Das Buch

In einer Welt, in der Menschen von Vampiren wie Sklaven gehalten werden, hat Allison Sekemoto die einzig richtige Entscheidung getroffen: Sie hat die Unsterblichkeit gewählt und genießt nun die Vorzüge eines sorgenfreien Lebens als Vampirin. Als Allie jedoch an den Ort zurückkehrt, der einst ihre Heimat war, macht sie eine furchtbare Entdeckung: Die Rote Schwindsucht, die den Menschen schon einmal zum Verhängnis wurde, ist zurückgekehrt. Und dieses Mal macht die Epidemie auch vor den Vampiren nicht halt. Gelingt es nicht, ein Gegenmittel gegen das Virus zu finden, sind Vampire wie Menschen dem Untergang geweiht. Der Einzige, der die Seuche aufhalten könnte, ist der abtrünnige Vampir Kanin, Allies »Schöpfer«. Doch Kanin ist spurlos verschwunden und niemand weiß, wo er sich aufhält. Gemeinsam mit ihrem Freund Zeke und ihrem verhassten Vampirbruder Jackal hofft Allie, ihn zu finden, bevor es zu spät ist …

Die Autorin

Julie Kagawa wurde in Sacramento, Kalifornien, geboren, bevor sie im Alter von neun Jahren mit ihrer Familie nach Hawaii umzog. Schon in ihrer Kindheit war das Schreiben ihre große Leidenschaft. Langweilige Schulstunden vertrieb sie sich damit, all die Geschichten festzuhalten und zu illustrieren, die ihr im Kopf herumspukten. Nach Stationen als Buchhändlerin und Hundetrainerin wurde sie schließlich Autorin und feierte mit ihrer *Plötzlich Fee*-Reihe ihren internationalen Durchbruch. Von Julie Kagawa sind außerdem die *Plötzlich Prinz*- und die *Unsterblich*-Reihe sowie *Talon – Drachenzeit* im Heyne Verlag erschienen.

Julie Kagawas *Unsterblich*-Reihe im Heyne Verlag:
Tor der Dämmerung
Tor der Nacht
Tor der Ewigkeit

www.twitter.com/HeyneFantasySF
@HeyneFantasySF

JULIE KAGAWA

Unsterblich

TOR DER NACHT

Roman

Aus dem Amerikanischen von
Charlotte Lungstraß

WILHELM HEYNE VERLAG
MÜNCHEN

Titel der amerikanischen Originalausgabe
The Eternity Cure – Blood of Eden 2

Verlagsgruppe Random House FSC®N001967

3. Auflage
Vollständige Taschenbuchausgabe 05/2016
Redaktion: Sabine Thiele
Copyright © 2013 by Julie Kagawa
Copyright © 2016 dieser Ausgabe by Wilhelm Heyne Verlag, München,
in der Verlagsgruppe Random House,
Neumarkter Str. 28, 81673 München
Printed in Germany
Umschlaggestaltung: Nele Schütz Design, München,
unter Verwendung von shutterstock/Casther
Satz: Christine Roithner Verlagsservice, Breitenaich
Druck und Bindung: GGP Media GmbH, Pößneck

ISBN 978-3-453-31750-5

www.heyne.de

*Für Natashya, weil sie mich dazu ermutigt hat,
meine Lieblinge zu töten.
Und für Nick, für alles andere.*

ERSTER TEIL

JÄGERIN

Sobald ich den Raum betrat, roch ich das Blut.

Mit mir fegte ein kalter Windstoß herein und ließ Schneeflocken um meinen schwarzen Mantel tanzen, die sich auf
meinen Haaren und meiner Kleidung niederließen, während
ich die Tür wieder zuschob. Drinnen war es eng und schmut-
zig, einige morsche Tische standen herum, und in den Ecken
waren alte Metallfässer aufgestellt worden, aus denen dicker
Qualm bis zur Decke aufstieg, wo er dichte Wolken bildete.
Dort drehte sich träge ein uralter Ventilator, dessen Blätter
entweder kaputt waren oder ganz fehlten, sodass er kaum
dazu beitrug, die stickige Luft zu erfrischen.

Als ich durch die Tür trat, richteten sich sämtliche Blicke
auf mich und ließen mich nicht mehr los. Harte, gefährliche, zerstörte Gesichter beobachteten aufmerksam, wie ich
mir einen Weg zwischen den Tischen hindurch suchte; sie
waren wie wilde Hunde, die Blut wittern. Ohne mein Publikum zu beachten, ging ich gelassen über die ächzenden
Holzbohlen. Bei jedem Schritt spürte ich alte Nägel und
Glasscherben unter meinen Sohlen. Ich musste nicht extra
atmen, um zu wissen, dass die Luft nach Schweiß, Alkohol
und menschlichen Ausdünstungen stank.

Und Blut. Sein Geruch hing in den Wänden und im Boden, es durchtränkte die modrigen Tische und klebte in

dunklen Flecken auf den Holzdielen. Heiß und berauschend floss es durch die Adern jedes Einzelnen hier. Ich hörte, wie sich bei einigen der Herzschlag beschleunigte, während ich Richtung Bar ging, spürte, wie sich Lust und Gier in ihnen regten, aber auch leise Angst, ein leichtes Unbehagen. Zumindest ein paar von ihnen waren also noch nüchtern genug, um die Wahrheit zu erkennen.

Hinter dem Tresen stand ein angegrauter Riese, über dessen Kehle sich ein dickes Geflecht aus Narbengewebe zog. Es erstreckte sich vom Hals bis zum linken Mundwinkel, der dadurch in einer verzerrten Grimasse erstarrt war. Mit ausdrucksloser Miene beobachtete er, wie ich mich auf einem der schmutzigen Barhocker niederließ und mich mit beiden Armen auf den ziemlich ramponierten Tresen stützte. Kurz huschte sein Blick zu dem Schwertgriff, der hinter meinem Rücken aufragte, und eines seiner Lider zuckte.

»Tut mir leid, aber die Art von Drink, nach der Sie suchen, führen wir nicht«, sagte er leise und ließ die Hände unter die Bar gleiten. Mir war klar, dass sie nicht leer sein würden, wenn er sie wieder hervorzog. *Wahrscheinlich ein Gewehr*, überlegte ich. *Oder vielleicht ein Baseballschläger.* »Zumindest nicht frisch gezapft.«

Ohne aufzublicken, lächelte ich. »Sie wissen also, was ich bin.«

»War ja nicht schwer zu erraten. Wenn ein hübsches Mädchen sich an solche Orte wagt, hat es entweder Todessehnsucht oder ist bereits tot.« Er schnaubte abfällig und ließ den Blick über seine Gäste schweifen. Selbst jetzt spürte ich noch ihre verstohlenen Blicke im Rücken. »Ich weiß, was Sie vorhaben, und ich werde Sie nicht daran hindern. Diese Idioten wird niemand vermissen. Nehmen Sie sich, was Sie brauchen, aber demolieren Sie dabei nicht meine Bar, verstanden?«

»Eigentlich bin ich auf der Suche nach jemandem«, erklärte ich schnell, da ich wusste, dass mir nicht viel Zeit blieb. Die Hunde hinter mir regten sich bereits. »Einer wie ich, kahlköpfig, groß, total vernarbtes Gesicht.« Erst jetzt sah ich auf und begegnete seinem reglosen Blick. »Ist hier so jemand aufgetaucht?«

An seinem Unterkiefer zuckte ein Muskel. Der Puls unter dem schmierigen Hemd beschleunigte sich, und auf seiner Stirn bildeten sich kleine Schweißperlen. Eine Sekunde lang schien er versucht zu sein, das Gewehr oder was auch immer er unter dem Tresen versteckte hervorzuziehen. Ich setzte eine bewusst neutrale und möglichst harmlose Miene auf und behielt beide Hände auf der Bar.

»Sie haben ihn also gesehen«, half ich ihm vorsichtig auf die Sprünge. Der Mann schüttelte sich kurz, dann starrte er mich ausdruckslos an.

»Nein.« Die Antwort schien er sich mühsam abringen zu müssen. »*Ich* habe ihn nicht gesehen. Aber ...« Mit einem schnellen Blick zu den Männern hinter mir schien er abschätzen zu wollen, wie viel Zeit wir noch hatten. Dann schüttelte er den Kopf. »Vor ungefähr einem Monat ist hier ein Fremder durchgekommen. Niemand hat gesehen, wie er kam, niemand hat gesehen, wie er ging. Aber wir haben entdeckt, was er zurückgelassen hat.«

»Zurückgelassen?«

»Rickson und seine Jungs. In ihrem eigenen Haus. Über-

11

all verteilt. Sie haben gesagt, es wären so viele Leichenteile gewesen, dass sie nicht einmal alle gefunden haben.«

Unwillkürlich biss ich mir auf die Lippe. »Hat jemand gesehen, wer das getan hat?«

»Ricksons Frau. Sie hat überlebt. Zumindest, bis sie sich drei Tage später das Hirn weggeblasen hat. Aber sie meinte, der Killer sei groß gewesen, ein bleicher Mann mit einer vernarbten Teufelsfratze.«

»War jemand bei ihm?«

Stirnrunzelnd schüttelte der Barkeeper den Kopf. »Nein, laut ihrer Aussage war er allein. Aber er hatte einen großen Sack dabei, sah wohl aus wie ein Leichensack. Mehr haben wir auch nicht aus ihr rausbekommen. Sie hat sich nicht besonders klar ausgedrückt, wenn Sie verstehen, was ich meine.«

Nickend lehnte ich mich zurück, obwohl mir bei dem Wort *Leichensack* ganz anders geworden war. *Wenigstens komme ich immer näher.* »Danke«, murmelte ich und rutschte vom Barhocker. »Ich gehe dann mal.«

Da spürte ich eine Hand auf meiner Schulter.

»Oh nein, du gehst bestimmt noch nicht, Kleines«, hauchte jemand. Heißer, stinkender Atem streifte mein Ohr. Dicke Finger schlossen sich um mein Handgelenk, so fest, dass ich blaue Flecken bekommen hätte, wenn das noch möglich gewesen wäre. »Verdammt kalt da draußen. Komm rüber und wärme uns ein bisschen.«

Ich musste mir ein Grinsen verkneifen. *Na endlich. Hast ja ziemlich lange gebraucht.*

Mein Blick wanderte zum Barkeeper. Der sah mich kurz an, dann wandte er sich demonstrativ ab und ging Richtung Hinterzimmer. Dem Mann neben mir schien das nicht aufzufallen, er ließ den Arm über meinen Rücken gleiten, packte mich an der Taille und wollte mich mit sich fortziehen. Als ich mich nicht rührte, runzelte er irritiert die Stirn, doch er war zu betrunken, um zu begreifen, was gerade passierte.

Ich wartete ab, bis der Barkeeper verschwunden und die Schwingtür hinter ihm zugefallen war, dann drehte ich mich zu dem Kerl um.

Der zog mich quasi mit den Augen aus, während der Alkoholgestank in wahren Wolken von ihm aufstieg. »Ganz recht, Kleines. Das kannst du alles haben.« Hinter ihm erhoben sich noch weitere Gäste von ihren Stühlen. Entweder wollten sie den Spaß nicht verpassen, oder sie waren der Meinung, dass sie mich gemeinsam schon überwältigen könnten. Die restlichen Männer verschanzten sich angespannt und wachsam hinter ihren Gläsern. Sie stanken nach Angst.

»Komm schon, du kleines Flittchen«, grunzte der Kerl neben mir. In seinem brutalen Gesicht spiegelte sich die Gier. »Los geht's. Ich kann die ganze Nacht.«

Ich grinste breit. »Tatsächlich?«, erwiderte ich leise.

Dann stürzte ich mich brüllend auf ihn und schlug ihm meine Fangzähne in den Hals.

Als der Barkeeper zurückkam, war ich schon weg. Er würde die Körper derjenigen, die dumm genug zum Bleiben und Kämpfen gewesen waren, dort vorfinden, wo sie zu Boden gegangen waren – einige zerfetzt, aber die meisten noch lebendig. Ich hatte bekommen, was ich gesucht hatte.

13

Der Hunger war gestillt, und es war besser, dass es hier in diesem Außenposten voll Krimineller passiert war als irgendwo anders. Besser solche Typen als eine unschuldige Familie oder irgendein altes Ehepaar, das sich in einer einsamen, verfallenen Hütte gegenseitig Wärme spendete. Ja, ich war ein Monster, das tötete und darauf aus war, Menschen das Leben zu nehmen. Dieser Tatsache konnte ich mich nicht entziehen, aber wenigstens konnte ich mir aussuchen, wessen Leben ich beendete.

Draußen schneite es inzwischen wieder. Die dicken Flocken hängten sich an meine Wimpern und Wangen und verfingen sich in meinen glatten schwarzen Haaren, doch ich spürte sie nicht. Jemandem, der bereits tot war, konnte die eisige Kälte nichts anhaben.

Ich schüttelte kurz mein Katana-Schwert, sodass sich auf dem Boden eine blutrote Linie ausbreitete. Anschließend schob ich die Waffe in die Scheide auf meinem Rücken und setzte mich in Bewegung. Meine Stiefel knirschten in dem gefrorenen Schlamm. Aus den Hütten aus Holz und Wellblech ringsum kam kein Laut, lediglich dunkler Rauch drang aus den Fenstern und den improvisierten Schornsteinen. Nachts war niemand draußen unterwegs: Die Menschen blieben alle in ihren Behausungen, drängten sich um ihre Stahlfässer und Flaschen und hielten die Kälte mit Feuer und Alkohol auf Abstand. So würde auch niemand den einsamen Teenager in dem langen schwarzen Mantel bemerken, der zwischen ihren Hütten herumschlich. Genau wie der andere Besucher war ich gekommen, hatte mir genommen, was ich brauchte, und verschwand nun wieder in der Dunkelheit. Und hinterließ ein Gemetzel.

Knapp hundert Meter weiter ragte eine dunkle Mauer aus rostigen Stahlplatten und Stacheldraht auf – eine unebene Konstruktion mit Lücken und Löchern, die immer wieder ausgebessert und dann irgendwann vergessen worden war. Eine schwächliche Barriere, um die Monster fernzuhalten, die jenseits der Mauer lauerten. Wenn das hier so weiterging, würde dieser kleine Außenposten über kurz oder lang von der Erdoberfläche verschwinden.

Nicht mein Problem.

Ich sprang auf das Dach einer Hütte, die sich gefährlich nah an die Stahlwand neigte, dann über die Mauer hinweg, und landete leichtfüßig auf der anderen Seite. Nachdem ich mich aufgerichtet hatte, spähte ich über die steinige Anhöhe hinweg zur Straße hinunter, auf der ich hergekommen war. Unter dem frischen Schnee war sie kaum noch auszumachen. Selbst meine Fußspuren, die aus östlicher Richtung kamen, waren unter der weißen Decke verschwunden.

Er war hier, überlegte ich, während mir der Wind ins Gesicht schlug, an meinen Haaren und dem Mantel zerrte. *Vor knapp einem Monat. Ich komme immer näher. Langsam hole ich auf.*

Ich ließ mich von der Klippe fallen, segelte mit wild flatterndem Mantel sechs Meter in die Tiefe und landete am Straßenrand. Mit einem leisen Ächzen federte ich den Aufprall ab. Als ich den rauen, löchrigen Beton betrat, spürte ich, wie er unter meinen Füßen zerbröckelte. Ich lief bis zu einer Stelle, an der sich die Straße teilte und in zwei unterschiedliche Richtungen weiterführte. Der eine Weg beschrieb eine weite Kurve und zog sich kreisförmig um den Außenposten herum, bevor er Richtung Süden führte. Der andere ging nach Osten und hielt auf die Sonne zu, die dort bald aufgehen würde.

Ich starrte erst in die eine Richtung, dann in die andere, und wartete ab. Und genau wie an jeder anderen Kreuzung, auf die ich bisher gestoßen war, kam es wieder: dieses leichte Ziehen, das mich dazu drängte, in nordöstlicher Richtung weiterzugehen. Es war mehr als eine Ahnung, stärker als ein Bauchgefühl. Auch wenn ich es mir nicht ganz erklären konnte, wusste ich so, welcher Weg mich zu meinem Schöpfer bringen würde. *Blut spricht zu Blut.* Die Toten, auf die ich während meiner Reise gestoßen war, wie etwa die glücklose Familie in dieser Siedlung, bestätigten das nur. Er bewegte sich schnell, aber ich holte ihn nach und nach ein, langsam aber stetig. Ewig konnte er sich nicht vor mir verstecken.

Ich bin auf dem Weg zu dir, Kanin.

Es blieben mir noch ein paar Stunden bis zum Morgengrauen. Bis dahin konnte ich noch eine ziemliche Strecke zurücklegen, also brach ich wieder auf und folgte der Straße zu meinem unbekannten Ziel. Auf der Jagd nach einem Schatten.

Immer in dem Wissen, dass uns die Zeit davonlief.

Den Rest der Nacht marschierte ich stur weiter, immer den eisigen Wind im Gesicht, der meine sowieso kalte Haut auch nicht weiter abkühlen konnte. Vor mir zog sich die stille, leere Straße dahin. Nichts rührte sich in der Dunkelheit. Ich kam an den Überresten unübersichtlicher Wohnviertel vorbei, deren Straßen verlassen und zugewuchert waren und deren Gebäude unter der Last des Schnees und des Alters zusammenzubrechen drohten. Seit der Seuche, durch die fast die gesamte Menschheit ausgelöscht worden war, und dem anschließenden Ausbruch des Verseuchten-virus war von den meisten Städten nicht mehr geblieben als leere Hüllen. Hin und wieder war ich auf vereinzelte Sied-lungen gestoßen, in denen die Menschen trotz der stän-digen Bedrohung durch die Verseuchten oder mögliche Übergriffe ihrer eigenen Artgenossen in Freiheit lebten. Doch der Großteil der Bevölkerung fristete sein Dasein in den Vampirstädten, den großen, von Mauern umschlosse-nen Gebieten, in denen der Hofstaat im Austausch gegen Blut und Freiheit Nahrung und »Sicherheit« garantierte. In Wirklichkeit waren die Menschen in den Vampirstädten nichts anderes als Vieh, aber das war nun einmal der Preis, den die Vampire für ihren Schutz verlangten. Zumindest sollte man das glauben. Monster gab es auf beiden Seiten der Mauern, aber die Verseuchten ließen wenigstens keinen Zweifel daran, dass sie einen fressen wollten. In einer Vam-pirstadt wusste man im Prinzip nie, wie viel Zeit einem noch blieb, bis die Killer, die einem lächelnd den Kopf tät-schelten, ihr wahres Gesicht zeigten.

Ich musste es wissen, immerhin war ich in einer solchen Stadt geboren worden.

Immer weiter folgte ich den Windungen der Straße durch die verschneiten Wälder, die nun ehemals weitläufige Städte und Vororte umschlossen. Irgendwann wurde der nacht-schwarze Himmel grau, und Trägheit breitete sich in mei-nem Körper aus. Ein Stück abseits des Weges fand ich ein verwittertes Bauernhaus, das fast völlig von Dornbüschen und Unkraut überwuchert war. Sie drangen durch die Bodenbretter der Veranda, rankten sich über das Dach und hüllten die Mauern ein, doch das Haus schien ansonsten noch einigermaßen intakt zu sein. Vorsichtig schlich ich die Stufen zur Veranda hinauf, schob mit dem Fuß die Tür auf und ging hinein. Kleine Nager huschten in die dunklen Ecken, als mit mir eine Schneewolke hereinwehte und sich über den Boden verteilte. Ich betrachtete das spärliche Mobiliar, das zwar voller Staub und Spinnweben war, ansonsten aber seltsamerweise unberührt zu sein schien.

Vor mir an der Wand stand ein altes gelbes Sofa. An einer Seite war es angenagt, sodass die Polsterung herausquoll. In mir stiegen Erinnerungen an eine Szene in einem ganz ähnlichen Haus auf, ebenfalls leer und verlassen.

Für den Bruchteil einer Sekunde sah ich *ihn* dort sitzen, erschöpft zusammengesunken mit den Ellbogen auf den Knien. Seine hellen Haare schimmerten in der Dunkelheit. Ich spürte wieder seine Wärme auf meiner Haut, sah diese durchdringenden blauen Augen auf mich gerichtet, wenn er versuchte, aus mir schlau zu werden, fühlte, wie sich meine Brust schmerzhaft zusammenzog, als ich mich abwenden und ihn zurücklassen musste.

Stirnrunzelnd ließ ich mich auf das Sofa fallen und fuhr mir mit der Hand über die Augen, um die Erinnerungen zu vertreiben und die letzten Eisreste von meinen Wimpern zu streichen. Ich durfte jetzt nicht an ihn denken. Er war zusammen mit den anderen in Eden. Er war in Sicherheit – Kanin nicht.

Ich lehnte mich zurück und stützte den Kopf auf die Rückenlehne. Kanin. Mein Schöpfer, der Vampir, der mich verwandelt hatte, der mir das Leben gerettet und alles beigebracht hatte, was ich heute wusste. Nur auf ihn musste ich mich nun konzentrieren.

Allein beim Gedanken an meinen Schöpfer runzelte ich schon wieder die Stirn. Ich verdankte diesem Vampir mein Leben, eine Schuld, die ich unbedingt begleichen wollte, auch wenn ich ihn nie richtig verstehen würde. Kanin war von Anfang an ein großes Rätsel für mich gewesen, schon seit jener schicksalhaften Nacht, als ich bei strömendem Regen vor den Mauern meiner Heimatstadt von Verseuchten angegriffen worden war. Ich hatte im Sterben gelegen, als wie aus dem Nichts dieser Fremde auftauchte und anbot, mich zu retten. Er stellte mich vor die Wahl: sterben oder ... zu einem Monster werden.

Logischerweise hatte ich mich für das Leben entschieden. Doch auch danach hatte Kanin mich nicht allein gelassen. Er war bei mir geblieben und hatte mir gezeigt, was es hieß, ein Vampir zu sein, hatte sichergestellt, dass ich genau wusste, wofür ich mich da entschieden hatte. Ohne ihn hätte ich diese ersten Wochen wahrscheinlich nicht überlebt.

Doch Kanin hatte so einige Geheimnisse, und eines Nachts holte uns das dunkelste von ihnen ein, und zwar in Gestalt von Sarren, einem wahnsinnigen Vampir auf Rachefeldzug. Der gefährliche, durchtriebene und vollkommen geisteskranke Sarren hatte uns in dem verborgenen Labor aufgespürt, das wir als Versteck benutzten, sodass wir gezwungen waren zu fliehen. In dem darauffolgenden Chaos wurden Kanin und ich getrennt, und mein Mentor verschwand ebenso unvermittelt, wie er aufgetaucht war. Seitdem hatte ich ihn nicht mehr gesehen.

Doch dann kamen die Träume.

Ich stand mit einem lauten Quietschen der Sofasprung-federn auf und ging durch einen muffigen Flur, bis ich das Zimmer ganz am Ende erreichte. Offenbar war es ein Schlaf-zimmer gewesen, und das Doppelbett in der Ecke stand so-gar so weit vom Fenster entfernt, dass eventuelle Sonnen-strahlen es nicht erreichen konnten.

Nur um sicherzugehen, hängte ich eine alte Decke vor das Fenster und tauchte den Raum so zusätzlich in tiefe Schatten. Draußen fielen immer noch winzige Flocken vom dunklen, wolkenverhangenen Himmel, doch falls es aufkla-ren sollte, wollte ich kein Risiko eingehen. Anschließend legte ich mich auf das Bett, mein Schwert immer in Reich-weite, starrte an die Decke und wartete darauf, dass der Schlaf mich holen kam.

Vampire träumen nicht. Technisch gesehen sind wir tot, und wenn wir schlafen, sinken wir in die endlose Schwärze eines Leichnams. Meine »Träume« handelten immer von Ka-nin, der offenbar in Schwierigkeiten steckte. Dabei blickte ich durch seine Augen und spürte alles, was er empfand. Denn wenn man extremen Stress, Schmerz oder starke Emo-tionen durchlebt, spricht das Blut zum Blute, sodass ich füh-len konnte, was mein Schöpfer durchlitt – Höllenqualen. Sarren hatte ihn gefunden. Und nun nahm er Rache.

Beim Gedanken an den letzten Traum kniff ich unwill-kürlich die Augen zusammen.

Nach all den Schreien ist meine Kehle wund.

Letzte Nacht hat er sich nicht mehr zurückgehalten. Zuvor hat er nur mit mir gespielt, lediglich einen kleinen

Teil seiner kranken Grausamkeit gezeigt. Doch in der vergangenen Nacht kam der wahre Dämon zum Vorschein. Er wollte reden, wollte mich zum Reden bringen, doch diesen Gefallen habe ich ihm nicht getan. Dann hat er mich stattdessen zum Schreien gebracht. Irgendwann habe ich auf meinen Körper hinabgeblickt, der wie ein Stück zerfetztes Fleisch von der Decke hing, und mich gefragt, wie es sein kann, dass ich noch lebe. Niemals zuvor hatte ich mich so sehr nach dem Tod gesehnt wie in diesem Augenblick. Die Hölle konnte nicht schlimmer sein als das. Es ist ein Beweis für Sarrens Geschick – oder vielleicht auch nur für seinen Wahnsinn –, dass es ihm gelang, mich am Leben zu halten, während ich alles daransetzte, endlich zu sterben.

Heute Nacht ist er allerdings erstaunlich zurückhaltend. Wie in den unzähligen Nächten zuvor erwachte ich und hing noch immer an den Handgelenken gefesselt von der Decke. Gleichzeitig bereitete ich mich mental auf die Qualen vor, die bald kommen würden. Der Hunger tobt in mir wie ein lebendiges Wesen, er verzehrt mich und ist allein schon kaum zu ertragen. In letzter Zeit sehe ich überall Blut, es tropft von der Decke und quillt unter der Tür hindurch. Erlösung, die sich mir stets entzieht.

»Es hat keinen Zweck.«

Ein zischendes Flüstern in der Dunkelheit. Sarren steht einen guten Meter von mir entfernt und beobachtet mich ausdruckslos. Wie ein Netz ziehen sich die Narben über sein bleiches Gesicht. Letzte Nacht lag ein fiebriger Glanz in seinen Augen, während er mich beschimpfte, schrie und immer wieder forderte, ich solle seine Frage beantworten.

Doch der tote, leere Gesichtsausdruck, mit dem er mich heute mustert, beunruhigt mich mehr als alles andere.

»Es hat keinen Zweck«, flüstert er wieder und schüttelt den Kopf. »Du bist hier, direkt vor mir, und doch spüre ich gar nichts.« Er gleitet heran, streicht mit seinen langen, knochigen Fingern über meinen Hals und sieht mich fragend an. Mir fehlt die Kraft, um zurückzuzucken. »Deine Schreie, welch glorreiches Lied. Jahrelang habe ich mir ausgemalt, wie sie wohl klingen würden. Dein Blut, dein Fleisch, deine Knochen – alles habe ich mir vorgestellt. Wie ich sie breche, sie koste.« Sein Finger wandert zu meiner Kehle. »Du warst ganz mein, ich konnte dich aufbrechen, abschälen, sehen, welch verdorbene Seele sich unter dieser Hülle aus Fleisch und Blut verbirgt. Es sollte ein prachtvolles Requiem werden.« Als er einen Schritt zurücktritt, wirkt er fast schon verzweifelt. »Aber ich sehe nichts. Und ich spüre … nichts. Warum?« Er wirbelt herum und geht zu dem Tisch hinüber, auf dem Dutzende scharfer Instrumente bereitliegen. Sie funkeln in der Dunkelheit. »Mache ich etwas falsch?«, murmelt er, während er mit der Fingerspitze über jedes einzelne von ihnen streicht. »Soll er nicht bezahlen für das, was er getan hat?«

Ich schließe die Augen. Was er getan hat. Sarren hat jedes Recht, mich zu hassen. Was ich ihm angetan habe, was ich zu verantworten habe – ich verdiene jede Folter, der er mich aussetzen wird. Doch dadurch wird es keine Wiedergutmachung geben. Es wird nicht aufhalten, was ich in Gang gesetzt habe.

Als hätte er meine Gedanken gelesen, dreht Sarren sich zu mir um, und plötzlich kehrt das Funkeln in seine Augen zurück. Seine brennende Intensität verrät den Wahnsinn und die Genialität dahinter, und zum ersten Mal durchdringt eine leise Angst die betäubenden Schmerzen.

»Nein«, haucht er gedehnt, fast schon benommen, so als hätte er nun alles begriffen. »Nein, jetzt verstehe ich. Ich erkenne, was ich tun muss. Nicht du bist der Ursprung dieser Verderbtheit. Du warst lediglich ihr Vorbote. Die ganze Welt strotzt vor Fäulnis, Verfall und Dreck. Doch das werden wir in Ordnung bringen, alter Freund. Oh ja, wir werden das zurechtrücken. Und zwar gemeinsam.«

Seine Hand wandert einmal über den gesamten Tisch, bevor er in der hintersten Ecke nach etwas greift. Dieser Gegenstand funkelt nicht wie die anderen – kein auf Hochglanz poliertes Metall. Er ist lang, aus Holz und endet in einer grob zugeschnitzten Spitze.

Ich fange an zu zittern, sämtliche Instinkte befehlen mir zurückzuweichen, möglichst viel Abstand zwischen mich und diese hölzerne Spitze zu bringen. Aber ich kann mich nicht bewegen, und Sarren kommt langsam auf mich zu, den Pflock wie ein Kruzifix vor sich ausgestreckt. Er lächelt wieder, ein dämonisches Grinsen verzerrt das zerstörte Gesicht und lässt seine Fangzähne aufblitzen.

»Noch kann ich dich nicht töten«, verkündet er und tippt mit der Spitze des Holzpflocks gegen meine Brust, direkt über meinem Herzen. »Nein, noch nicht. Das würde das Ende verderben, und ich habe so ein wundervolles Lied vor Augen. Oh ja, es wird grandios werden. Und du ... du wirst das Instrument sein, auf dem ich diese Symphonie komponiere.« Er macht einen Schritt nach vorn und schiebt dabei die Pflockspitze in meinen Brustkorb, ganz *langsam. Während sie meine Haut durchstößt, dreht er sie genüsslich. Ich werfe den Kopf zurück, beiße aber die Zähne zusammen, um nicht zu schreien. Sarren fährt fort: »Nicht doch, alter Freund. Der Tod ist immer noch zu gut für dich. Wir legen dich jetzt nur für eine Weile schlafen.« Immer tiefer gleitet der Pflock in mein Fleisch, zerteilt die Muskeln und schabt über mein Brustbein, näher und näher an mein Herz heran. Das Holz verwandelt sich in eine Feuerzunge und verbrennt mich von innen heraus. Mein Körper verfällt in Krämpfe und stellt langsam den Dienst ein. Am Rand meines Gesichtsfeldes lauert die Dunkelheit – die Tiefenstarre zerrt an mir, das letzte Mittel zur Selbsterhaltung. Sarren lächelt.*

»Schlaf nur, alter Freund«, flüstert er. Sein vernarbtes Gesicht verschwimmt, als die Dunkelheit mir die Sicht raubt. »Aber nicht lange. Ich habe etwas ganz Besonderes geplant.« Sein hohles Kichern verfolgt mich in die Schwärze hinein. »Das wirst du nicht verpassen wollen.«

An diesem Punkt war die Vision abgebrochen. Und seitdem hatte ich keine Träume mehr gehabt.

Schwerfällig verlagerte ich mein Gewicht, zog das Schwert an die Brust und dachte nach. Ich hatte Sarren bis zu einem Ort verfolgt, an dem er mit Sicherheit gewesen war: einem heruntergekommenen Haus in einem verlassenen Vorort, wo mich eine lange Treppe in den Keller hinuntergeführt hatte. Sobald ich die Tür geöffnet hatte, hatte mich schlagartig der Geruch von Kanins Blut überfallen. Es war einfach überall gewesen: an den Wänden, an den Ketten, die von der Decke hingen, an den Instrumenten auf dem Tisch. Direkt unter den Metallfesseln war der Boden dunkel verschmiert gewesen. Fast hätte sich mir der Magen umgedreht. Es schien völlig ausgeschlossen zu sein, dass Kanin das überlebt hatte, dass überhaupt irgendetwas lebend aus diesem makabren Verlies entkommen könnte. Doch ich musste daran glauben, dass er noch am Leben und Sarren noch nicht mit ihm fertig war.

Diese Ahnung hatte sich bestätigt, als ich mich weiter umsah und in einem Schrank im Erdgeschoss die steifen, halb verwesten Leichen einiger Menschen entdeckte, die nachlässig dort hineingeworfen worden waren. Sie waren vollkommen blutleer, die Hälse zeigten nicht nur Bisswunden, sondern waren völlig zerfetzt, außerdem stand auf einem Tisch ein rot verklebter Krug. Sarren hatte Kanin gefüttert, damit er zwischen den einzelnen Sitzungen heilen konnte. Während ich den Schrank mit den Leichen wieder schloss, packten mich Mitgefühl und Sorge um meinen Mentor. Kanin hatte Fehler gemacht, aber so etwas verdiente niemand. Ich musste ihn vor Sarrens krankem Irrsinn retten, bevor dieser meinen Schöpfer endgültig in den Wahnsinn trieb.

Durch die löchrige Decke am Fenster drang graues Licht, was mich noch träger werden ließ. *Halt durch, Kanin,* dachte ich müde. *Ich werde dich finden, das schwöre ich. Ich hole schon auf.*

Doch wenn ich ehrlich war, machte mir der Gedanke, Sarren wieder gegenüberzustehen und dieses leere, hohle Grinsen und seinen fiebrigen Blick zu sehen, mehr Angst, als ich zugeben wollte. Wieder tauchte vor mir das Gesicht auf, das ich durch Kanins Augen gesehen hatte. Während des Traums war es mir nicht aufgefallen, dass sich ein milchiger Film über dem linken Auge befunden hatte, sodass es weiß und trüb wirkte. Es war geblendet worden, und das erst vor Kurzem. Das wusste ich so genau, weil das Taschenmesser, das sich bei unserer letzten Begegnung in dieses Auge gebohrt hatte, meines gewesen war.

Daher wusste ich, dass Sarren mich ebenfalls nicht vergessen hatte.

2

Vor vier Monaten habe ich Eden verlassen.

Genauer gesagt hat man mich gezwungen zu gehen – ähnlich wie bei Adam und Eva, als sie aus dem berühmten Garten geworfen wurden, allerdings war ich mit einer kleinen Pilgergruppe vor den Toren erschienen, um dann abgewiesen zu werden. Eden war eine Stadt unter menschlicher Kontrolle, vollkommen einzigartig, ein ummauertes Paradies, dessen arglose Bewohner nicht von Monstern oder Dämonen gejagt wurden. Und ich war die Art Monster, die sie am meisten fürchteten. Für mich gab es dort keinen Platz.

Dabei wäre ich ohnehin nicht geblieben. Ich musste mein Versprechen einlösen. Musste ihn finden und ihm helfen, bevor seine Zeit ablief.

Also hatte ich Eden verlassen und mich von den Menschen getrennt, die ich auf dem Weg dorthin beschützt hatte. Die Gruppe, die ich zurückließ, war kleiner als jene, der ich mich ursprünglich angeschlossen hatte. Unsere Reise war hart und gefährlich gewesen, und wir hatten unterwegs einige Opfer zu beklagen. Doch ich freute mich für alle, die es geschafft hatten. Jetzt waren sie in Sicherheit. Sie mussten sich keine Gedanken mehr um Hunger oder Kälte machen, wurden nicht mehr von Banditen verfolgt oder von

Vampiren gejagt. Und sie mussten keine Angst mehr vor den Verseuchten haben, den wilden, hirnlosen Kreaturen, die nach Einbruch der Dunkelheit das Land unsicher machten und alles töteten, was ihnen über den Weg lief. Nein, Menschen, die es bis nach Eden schafften, fanden dort eine sichere Zuflucht. Ich freute mich wirklich für sie.

Obwohl es da einen gab ... den ich nur schweren Herzens zurückgelassen hatte.

Am nächsten Abend hatten sich die Wolken verzogen, und der Himmel war mit Sternen übersät. Der kalte Mond war halb voll und leuchtete mir den Weg. Außer dem Wind und dem Knirschen meiner Stiefel im Schnee waren keine Geräusche zu hören. Wie immer, wenn ich allein durch die stille, öde Landschaft wanderte, drifteten meine Gedanken in eine Richtung ab, die mir gar nicht gefiel. Ich dachte an mein altes Leben als Mensch, als ich noch einfach Allie, die Straßengöre, gewesen war, Allie aus dem Saum, und mit meiner alten Gang ein karges Dasein gefristet hatte. Ständig waren wir halb verhungert gewesen, waren Gefahr gelaufen, entdeckt oder auf hundert verschiedene Arten getötet zu werden, und das alles nur, damit wir von uns sagen konnten, wir wären »frei«. Bis wir das Schicksal eines Nachts zu sehr herausgefordert und mit unserem Leben dafür bezahlt hatten.

New Covington. So hieß die Vampirstadt, in der ich geboren worden, aufgewachsen und schließlich gestorben war. In den siebzehn Jahren meines Lebens hatte ich nichts anderes gekannt. Von der Welt jenseits der Großen Mauer, mit der man die Verseuchten abhielt, hatte ich keine Ahnung gehabt, genauso wenig von der Inneren Stadt, wo die

Vampire in ihren finsteren, glänzenden Türmen hockten und auf uns herabblickten. Mein gesamtes Leben hatte sich im Saum abgespielt, dem äußeren Stadtgebiet von New Covington, in dem das menschliche Vieh lebte, eingepfercht hinter Zäunen und gebrandmarkt durch Tattoos. Die Spielregeln waren simpel: Trug man ein Brandzeichen – und war damit bei den Meistern registriert –, dann bekam man Essen und eine gewisse Versorgung, doch der Nachteil war, dass man zu ihrem Eigentum wurde. Wie eine Ware. Und es bedeutete, dass man regelmäßig Blut spenden musste. Als Unregistrierter war man sich selbst überlassen, und das in einer Stadt, in der es außer dem, was die Meister verteilten, weder Nahrung noch sonst etwas gab, was man zum Leben brauchte. Dafür konnten die Vampire einem aber immerhin nicht das Blut abzapfen, solange sie einen nicht persönlich erwischten.

Natürlich drohte dann aber immer auch der Hungertod.

Als ich noch ein Mensch war, hatte ich jeden Tag gegen den Hunger angekämpft. Mein Leben hatte sich fast ausschließlich um die Frage gedreht, wo ich etwas zu essen auftreiben könnte. Unsere kleine Gruppe hatte aus vier Leuten bestanden: mir, Lucas, Rat und Stick. Keiner von uns war registriert gewesen – Straßenkids, die sich als Bettler und Diebe durchschlugen, zusammen in einer verlassenen Schule hausten und gerade so über die Runden kamen. Bis zu jener Gewitternacht, in der wir uns hinter die Große Mauer gewagt hatten, um auf die Jagd nach Nahrung zu gehen … und dort selbst zu Gejagten wurden. Es war dumm gewesen, den Schutz von New Covington zu verlassen, aber ich hatte sie dazu gedrängt, und für meine Sturheit zahlten wir einen hohen Preis. Lucas und Rat waren getötet worden, und mich hatte ein Rudel Verseuchter umzingelt und in Stücke gerissen. Mein Leben hätte in dieser Nacht dort im Regen enden sollen.

Und in gewisser Weise hatte es das wohl auch. In dieser Nacht starb ich in Kanins Armen. Und jetzt, wo ich ein Monster war, konnte ich niemals zu diesem vertrauten Leben zurückkehren. Ich hatte einmal versucht, einen Freund aus meinem alten Leben zu kontaktieren, den Jungen namens Stick, um den ich mich jahrelang gekümmert hatte. Doch sobald Stick erkannt hatte, was aus mir geworden war, hatte er angefangen zu schreien und war panisch vor mir weggelaufen. Damit hatte er das bestätigt, was Kanin mir die ganze Zeit gepredigt hatte: Es gab kein Zurück mehr. Weder nach New Covington noch in mein altes Leben oder zu irgendetwas anderem, was mit meiner ehemaligen Menschlichkeit zu tun hatte. Kanin hatte recht gehabt. Wie immer.

Ich musste oft an ihn denken, an all die Nächte, die wir in dem geheimen Labor unter der Vampirstadt verbracht hatten, wo ich geboren worden war. An seine Lektionen, durch die er mir beigebracht hatte, was es hieß, ein Vampir zu sein, und wie man jagte, kämpfte und tötete. An die Menschen, die ich zu meiner Beute gemacht hatte, an ihre Schreie, an das warme Blut in meinem Mund, so berauschend und schrecklich. Und an Kanin selbst, der mir unmissverständlich klargemacht hatte, was ich nun war – ein Vampir und ein Dämon –, aber auch, dass mein Weg nicht vorgezeichnet war, dass ich eine Wahl hatte.

Du bist ein Monster. Seine Stimme erklang so deutlich in

meinem Kopf, als würde er direkt neben mir stehen und sein eindringlicher Blick mich durchbohren. *Du wirst immer ein Monster sein, daran führt kein Weg mehr vorbei. Doch es ist allein deine Entscheidung, welche Art von Monster du sein wirst.* Genau an diese Lektion klammerte ich mich, diese Tatsache würde ich niemals vergessen, das hatte ich mir geschworen.

Aber Kanin hatte noch eine andere strikte Regel, die mir zunächst nicht so klar im Gedächtnis geblieben war. Sie betraf die Menschen und eventuelle Bindungen zu ihnen ...

Meine verräterischen Gedanken wanderten zu einem schlanken Jungen mit struppigen blonden Haaren und ernsten blauen Augen. Ich erinnerte mich an sein Lächeln, dieses schiefe Grinsen, das nur für mich bestimmt war. An seine Berührungen, die Hitze, die von ihm ausging, wann immer wir uns nahe kamen. Daran, wie seine Finger über meine Haut glitten, an seine warmen Lippen, die sich auf meine drückten ...

Ich schüttelte den Kopf. Ezekiel Crosse war ein Mensch. Ich war ein Vampir. Ganz egal, was ich für ihn empfand, ganz egal, wie stark meine Gefühle waren, ich würde den Wunsch, ihn zu küssen, nie von dem Drang trennen können, ihm die Reißzähne in den Hals zu schlagen. Was ein weiterer Grund dafür war, dass ich Eden ohne ein Abschiedswort verlassen und niemandem gesagt hatte, wohin ich ging. Es war unmöglich für mich, in Zekes Nähe zu sein, ohne dabei sein Leben aufs Spiel zu setzen. Letzten Endes würde ich ihn töten.

Da war es besser, allein zu sein. Vampire waren Raubtiere. Der Hunger war unser ständiger Begleiter, jene Gier nach menschlichem Blut, die uns jederzeit überwältigen konnte. Verlor man sich in diesem Hunger, starben die Menschen um einen herum. Ich hatte diese Lektion auf die harte Tour gelernt, eine Erfahrung, die ich nicht wiederholen wollte. Die Angst ließ mich nie los – Angst davor, die Kontrolle zu verlieren. Davor, dass der Hunger mich wieder überwältigen könnte und ich, wenn ich wieder ich selbst war, feststellen müsste, dass ich jemanden getötet hatte, den ich kannte. Selbst meine auserwählten Opfer – Banditen, Gangster, Plünderer und Mörder – waren doch immer noch Menschen. Lebewesen, die ich tötete, um mich zu ernähren. Und um mich davon abzuhalten, andere anzugreifen. Natürlich hatte ich die Wahl, welche Menschen ich jagte, doch letzten Endes musste ich irgendjemanden aussuchen. Auch das kleinere von zwei Übeln war noch schlimm genug.

Und Zeke war zu gut, um mit in diese Finsternis gerissen zu werden.

Ich zwang mich, an etwas anderes zu denken, bevor die Erinnerungen an Zeke zu schmerzhaft wurden. Um mich abzulenken, konzentrierte ich mich auf das Ziehen in meinem Inneren, diesen seltsamen Drang, den ich selbst jetzt noch nicht so ganz verstand. In wachem Zustand spürte ich ihn kaum, nur im Schlaf konnte ich Kanins Gedanken wahrnehmen und durch seine Augen sehen. Zumindest bis zu dieser letzten Vision, als Sarren Kanin den Holzpflock in die Brust getrieben und ihn so in die Tiefenstarre geschickt hatte.

Jetzt hatte ich keinen Zugang mehr zu dem, was mit Kanin geschah. Aber wenn ich mich konzentrierte, wusste ich immer, in welche Richtung ich mich wenden musste, um zu meinem Schöpfer zu gelangen. Auch jetzt befreite ich mein Bewusstsein von allen anderen Gedanken und suchte nach Kanin.

Das Ziehen war noch da, es schickte mich nach Osten, aber … irgendetwas stimmte nicht. Keine Gefahr, keine Bedrohung, doch in meinem Bauch machte sich ein merkwürdiges Kribbeln breit, wie dieses nagende Gefühl, wenn man weiß, dass man etwas vergessen hat, sich aber einfach nicht daran erinnern kann, was es war. Bis zur Morgendämmerung dauerte es noch einige Stunden, ich lief also nicht Gefahr, unter freiem Himmel vom Licht überrascht zu werden. Es gab auch nichts, was ich irgendwo hätte liegen lassen können, ich hatte nur mein Schwert, und das war sicher an meinem Rücken festgeschnallt. Warum fühlte ich mich also so unwohl?

Wenige Minuten später begriff ich es.

Das Ziehen in mir, diese merkwürdige, aber unfehlbare Gewissheit, war dabei, sich in zwei unterschiedliche Richtungen aufzuspalten. Abrupt blieb ich mitten auf der Straße stehen und überlegte, ob mich mein Gefühl vielleicht trog. Aber das war es nicht. In mir drängte immer noch ein starkes Ziehen Richtung Osten, aber jetzt war da noch ein schwächerer Impuls, der mich nach Norden schicken wollte.

Verwirrt runzelte ich die Stirn. Zwei Richtungen. Was konnte das bedeuten? Und wohin sollte ich mich nun wenden? Das Ziehen aus Osten war stärker, das aus dem Norden war kaum zu spüren, aber definitiv da. Auch wenn es unmöglich schien, stand ich plötzlich an einem Scheideweg. Und ich hatte keine Ahnung, welche Abzweigung ich nehmen sollte.

Hat Kanin sich irgendwie befreit? Flieht er jetzt Richtung Norden, und ich folge nur noch Sarren? Scheint ziemlich unwahrscheinlich, dass Sarren derjenige sein könnte, der auf der Flucht ist. Je mehr ich grübelte, umso tiefer wurden die Sorgenfalten auf meiner Stirn, denn das ungute Gefühl verstärkte sich nur. *Ist das Sarren? Würde ich denn überhaupt etwas spüren, wenn es nur um ihn geht? Wir teilen nicht das gleiche Blut, sind, soweit ich weiß, in keinster Weise miteinander verbunden. Was ist hier los?*

Vollkommen verwirrt stand ich auf der Straße und versuchte zu entscheiden, was ich nun tun, welche Richtung ich einschlagen sollte. Diese Geschichte mit den vampirischen Blutsbanden war Neuland für mich, deshalb hatte ich keine Ahnung, warum ich plötzlich zwei Fährten spüren konnte statt einer. Vielleicht hatte Sarren sich von Kanin genährt? War es möglich, dass Sarren doch mit mir und meinem Schöpfer verwandt war, dass vor Jahrhunderten eine Verbindung geknüpft worden war?

Ein absolutes Rätsel, das ich aber nicht lösen konnte. Letzten Endes wandte ich mich nach Osten. Da dieses zweite Gefühl mich stetig weiter in die andere Richtung schickte, nagten Unsicherheit und Zweifel an mir, aber ich konnte schließlich nicht an zwei Orten gleichzeitig sein. Ich musste mich für eine Route entscheiden und ihr weiter folgen. Also wählte ich die stärkere der beiden Zugleinen, und falls sie mich direkt in die Arme eines wütenden, psychotischen Vampirs trieb, der mir die Haut vom Fleisch schälen wollte, würde ich damit dann irgendwie klarkommen müssen.

Als ich am nächsten Abend aufwachte, hatte sich Drang Nummer zwei vollständig nach Westen verlagert. Ich ignorierte ihn genauso wie meine Zweifel und ging weiter nach Osten. Zwei weitere Nächte wanderte ich durch endlose Wälder und verfallene Ortschaften, immer die dunkle Straße entlang, auf der sich höchstens ab und zu ein paar Tiere blicken ließen. Ich sah Rehe, aber auch Waschbären, Opossums und sogar einen Berglöwen, der seine Beute durch die Bäume und Ruinen verlassener Häuser jagte. Die Tiere beäugten mich zwar misstrauisch, kamen mir aber nicht zu nahe, also ließ ich sie ebenfalls in Ruhe. Der Hunger regte sich momentan nicht, außerdem trug Tierblut nicht dazu bei, das Monster in meinem Inneren zu besänftigen – auch das hatte ich auf die harte Tour gelernt.

Schnee und Wälder nahmen kein Ende, die Straße wurde fast erstickt von den wuchernden Pflanzen ringsum, die sogar den Teer aufbrachen und durch die entstandenen Ritzen wuchsen. Doch irgendwann verbreitete sie sich, und es tauchten verlassene Autowracks am Straßenrand auf. Je weiter ich kam, desto mehr rostige Blechkisten standen im Schnee. Offenbar näherte ich mich einer Stadt, was meine Instinkte in Alarmbereitschaft versetzte. Die meisten verlassenen Ortschaften waren genau das: verfallen und leer, einstürzende Ruinen und überwucherte Straßen. Doch die Großstädte, in denen früher einmal Tausende Menschen auf engstem Raum gelebt hatten, wurden nun von einer anderen Spezies beherrscht.

Immer breiter wurde die Straße, sie glich nun fast einer Autobahn, die trotzig den gierigen Wald zurückdrängte. Inzwischen waren die Wracks so zahlreich, dass sie den

Weg in ein Labyrinth aus rostigem Metall und Glas verwandelten, allerdings nur auf der Fahrspur, die stadtauswärts führte. Ich wanderte auf der leeren Fahrbahn an der endlosen Schlange kaputter und zertrümmerter Autos entlang und vermied jeden Blick in ihr Inneres, auch wenn manche Dinge unmöglich zu übersehen waren. Am Steuer eines maroden Wagens hing ein Skelett, schon halb unter dem Schnee begraben, der durch die zerbrochene Windschutzscheibe wehte. Unter einem verkohlten, umgekippten Laster lag ein zweites. Tausende Menschen, die alle gleichzeitig versucht hatten, die Stadt zu verlassen. Waren sie vor der Seuche geflohen oder vor dem Wahnsinn, der auf sie folgte?

Mein Weg führte mich durch großzügig angelegte Boulevards, die mit einer dicken Schnee- und Eisschicht bedeckt waren. Irgendwann verließ ich die verstopfte Hauptstraße und bog in die leeren Seitenstraßen ab, da ich mir dort leichter einen Weg bahnen konnte.

Nachdem ich eine windige Brücke überquert hatte, die sich über einen trüb-grauen Fluss spannte, stieß ich auf ein riesiges Marmorgebäude, das fast gar nicht überwuchert war und seltsam unberührt wirkte. Aus Neugier und weil es sowieso in der Richtung lag, in die das Ziehen mich trieb, ging ich darauf zu und wanderte anschließend daran entlang. Das Dach war zur Hälfte eingestürzt, und einige der mächtigen Säulen ringsum waren zerbrochen und umgefallen. Eine komplette Ecke fehlte, an ihrer Stelle lag nur noch ein Schutthaufen. Ich ging hinein und sah mich wachsam um.

Obwohl der Innenraum riesig war, war er fast leer. Anscheinend lebte hier nichts außer der Eule, die unter der hohen, gewölbten Decke flatterte, als ich eintrat. An den Wänden zogen sich Säulen entlang, dahinter entdeckte ich Worte, die an beiden Seiten direkt in die Wände geritzt, jetzt aber so gesprungen und brüchig waren, dass ich sie nicht mehr entziffern konnte.

An der hinteren Wand ragte eine Statue von unfassbarer Größe auf. Die gigantische Männergestalt saß auf einer Art marmornem Stuhl, beide Arme auf die Lehnen gestützt. Eine Hand fehlte, und die steinernen Gesichtszüge waren von feinen Rissen durchzogen, doch ansonsten war sie noch erstaunlich gut erhalten. Auf dem Marmorstuhl klebte verschmierte Farbe, und es waren Obszönitäten darauf gekritzelt, die an der Wand noch weitergingen, außerdem war eine Ecke der Statue geschwärzt, als hätte jemand versucht, sie anzuzünden. Doch trotz dieser Schäden wirkte der Mann auf dem Stuhl noch immer irgendwie nobel. Sein großes, zerfurchtes Gesicht blickte auf mich herab, er schien mich direkt anzusehen – ein gruseliges Gefühl, dem steinernen Blick dieses Riesen ausgesetzt zu sein. Während ich rückwärts Richtung Ausgang schlich, schienen mich die leeren Augen zu verfolgen. Trotzdem hatte er ein freundliches Gesicht, das nicht in unsere Zeit passen wollte. Ich fragte mich, wer er wohl gewesen war, dass man ihn auf diese Art unsterblich gemacht hatte. Über die Zeit *davor* wusste ich so gut wie nichts; riesige Statuen und Gebäude aus Marmor, die offenbar keinerlei Zweck dienten. Alles sehr seltsam.

Draußen blieb ich kurz stehen, um mich zu orientieren. Vor den Eingangsstufen des Gebäudes breitete sich ein maroder Betonplatz aus. In einem flachen Wasserbecken waren Blätter und Zweige in Eis eingeschlossen, an seinem Rand lag ein umgekipptes Autowrack.

Und dann entdeckte ich etwas, das alles Bisherige an Merkwürdigkeit übertraf: Direkt gegenüber erhob sich ein hoher, weißer Turm in den Nachthimmel. Er war schmal und lief nach oben hin spitz zu. Wie eine bleiche Nadel stach er in die Wolken hinauf, wirkte dabei aber, als könnte ihn schon der kleinste Windhauch umwerfen.

Und das innere Ziehen trieb mich direkt darauf zu.

Ich rannte die Stufen hinunter und an dem Wasserbecken vorbei. Meine Stiefel landeten platschend in Schlick, Unkraut und Schneematsch. Jenseits der Betonfläche wurde der Boden zu feuchtem Sumpfland, in dem sich niedrige Büsche, Ranken und eisige Tümpel ablösten. Während ich mich dem seltsamen Turm näherte, erkannte ich, dass das Ziehen in meinem Inneren, dem ich seit Monaten gefolgt war, jetzt stärker war als je zuvor. Doch es ging nicht direkt von dem Turm aus, sondern von einem großen weißen Gebäude, das hinter den Bäumen jenseits des Turms hervorblitzte.

Dass meine Beute so nah war, stärkte meine Entschlossenheit, und ich schob mich weiter durch das Unterholz.

Dann hielt ich inne.

Einige Hundert Meter hinter dem Turm, noch jenseits der maroden Straße mit den rostigen Wracks und eines weiteren Sumpfs, ragte ein mit Stacheldraht versehener Zaun auf und zog sich wie eine Narbe über den Horizont. Er war fast vier Meter hoch und bestand unter der Drahtkrone aus schwarzen Eisenstäben; ein vertrauter Anblick. Während meiner Reise quer durch das Land hatte ich eine Menge Mauern gesehen, aus Beton, Holz, Stahl und Stein. Sie waren einfach überall, umgaben jede Siedlung, von der kleinsten Farm bis zu großen Städten. Und sie wurden alle aus nur einem Grund errichtet, der sich gerade direkt vor mir befand und mich daran hinderte, heute Nacht noch weiterzukommen.

Entlang des Zauns hatte sich eine Horde dürrer, ausgemergelter Kreaturen versammelt, die zischend und fauchend die Zähne fletschten. Ihre Bewegungen waren ruckartig, fast spastisch, einige liefen auf allen vieren, gebeugt und irgendwie widernatürlich. Ihre Kleidung – wenn sie welche trugen – bestand nur noch aus Fetzen, ihre Haare waren zerzaust und verklebt. Kalkweiße Haut spannte sich über ihre Knochen, und die Augen in den eingefallenen, kantigen Gesichtern reflektierten die Seelenlosigkeit im Inneren dieser Wesen: ausdruckslose, tote weiße Spiegel.

Verseuchte. Mit einem leisen Knurren zog ich mich in den Schatten eines Baumes zurück. Noch hatten sie mich nicht entdeckt. Während ich hinter dem Stamm Deckung suchte und die rastlose Horde beobachtete, fiel mir etwas Merkwürdiges auf: Die Verseuchten rannten weder gegen den Zaun an, noch versuchten sie hinüberzuklettern, obwohl sie sich leicht an ihm hätten hochziehen können. Stattdessen drückten sie sich einen guten Meter vor dem Zaun herum, ohne die Eisenstangen zu berühren.

Das machte mich noch neugieriger. Ich spähte zwischen den Verseuchten hindurch hinter den Zaun und ballte so fest die Fäuste, dass sich meine Fingernägel in die Handflächen gruben.

Hinter der stählernen Barriere stand zwischen allerlei Grünzeug ein niedriges weißes Gebäude, das nur wenig höher war als das Tor im Zaun. Es hatte einen halbrunden Eingangsbereich, der mit ebenfalls weißen Säulen ausgestattet war. Hinter den Fenstern machte ich schwaches, flackerndes Licht aus.

In diesem Moment wusste ich es.

Er ist da drin. Hätte mein Herz noch geschlagen, hätte es nun laut in meiner Brust gedröhnt. Ich war so dicht dran. Aber wen würde ich dort vorfinden? Auf wen würde ich stoßen, wenn ich ihn endlich eingeholt hätte? Würde ich meinem Schöpfer gegenüberstehen, und wäre er überrascht, mich zu sehen? Würde er wütend darüber sein, dass ich ihn aufgespürt hatte? Oder würde ich einen gefährlichen Vampir vorfinden, in schrecklichem Wahnsinn gefangen und nur darauf aus, mich zu Tode zu foltern?

Das werde ich wohl bald herausfinden.

Der Wind drehte, sodass mich der grauenhafte Verwesungsgestank der Verseuchten mit voller Wucht traf. Angewidert rümpfte ich die Nase. Die würden nicht zulassen, dass ich einfach hinübermarschierte und an die Tür klopfte, die wahrscheinlich dem ansässigen Vampirprinzen gehörte. Und gegen eine derartig große Horde konnte ich nicht kämpfen. Mit einer Handvoll von diesen wilden Kreaturen wurde ich fertig, aber sich mit so vielen von ihnen anzulegen, grenzte an Selbstmord. Einmal hatte gereicht, vielen Dank auch. Vor den Toren von Eden hatte ich es mit einer Gruppe dieser Größenordnung zu tun bekommen, was ich nur dank eines tiefen Sees in der Nähe überlebt hatte; Verseuchte fürchteten tiefes Wasser. Vampir hin oder her, auch ich konnte ab einer gewissen zahlenmäßigen Überlegenheit überwältigt und zerfetzt werden.

Stirnrunzelnd überlegte ich mir eine Strategie. Ich musste irgendwie unbemerkt an den Verseuchten vorbeikommen. Der Zaun war nur vier Meter hoch, vielleicht konnte ich ja darüberspringen?

In diesem Moment kreischte einer der Verseuchten und versetzte einem seiner Kumpane, der ihn anscheinend geschubst hatte, einen heftigen Stoß. Taumelnd stolperte dieser Richtung Zaun, streckte fauchend eine Hand aus, um sich abzustützen, und berührte dabei eine der Eisenstangen.

Ein greller Blitz, explosionsartiger Funkenflug, dann schrie der Verseuchte und hing zuckend an dem Metall fest. Sein Körper zitterte und krampfte, was die Übrigen hastig zurückweichen ließ. Wenig später verwandelte sich der Rauch, der von seiner verkohlten Haut aufstieg, in offenes Feuer, und das Monster wurde von innen heraus verbrannt.

Okay, diesen Zaun werde ich auf keinen Fall anfassen.

Wieder knurrte ich. Bis zum Sonnenaufgang dauerte es nicht mehr lange, bald würde ich mich zurückziehen und Schutz vor dem Licht suchen müssen. Was auch bedeutete, dass ich jegliche Versuche, hinter diesen Zaun zu gelangen, auf die nächste Nacht verschieben musste. Dabei war ich so dicht dran! Es war zum Verrücktwerden: Mein Ziel lag nur wenige Meter vor mir, und alles, was mich von ihm trennte, waren eine Horde Verseuchter und diese elektrisch aufgeladene Metallkonstruktion.

Moment mal. Bald würde die Sonne aufgehen. Logischerweise würden die Verseuchten also bald schlafen müssen. Sie vertrugen das Tageslicht genauso wenig wie die Vampire und würden sich unter der Erde verstecken, um den heißen Sonnenstrahlen zu entgehen.

Was ich normalerweise ebenfalls tun würde.

Aber das hier waren besondere Umstände. Außerdem war ich nicht irgendein Vampir. Dafür hatte Kanin mich zu gut ausgebildet.

Um so tun zu können, als wäre ich ein Mensch, hatte ich mir antrainiert, nach Sonnenaufgang wach zu bleiben. Obwohl das extrem schwierig war und sämtlichen Vampirinstinkten widersprach, konnte ich wach und aktiv bleiben, wenn es notwendig war. Zumindest für kurze Zeit. Die Verseuchten hingegen waren reine Instinktwesen und würden nicht einmal versuchen, sich diesen Trieben zu widersetzen. Sie würden unter der Erde verschwinden, und war die Bedrohung durch sie erst einmal gebannt, würde der Strom im Zaun wahrscheinlich abgeschaltet werden. Es gab eigentlich keinen Grund, ihn tagsüber anzulassen, vor allem da das Benzin – oder was auch immer den Zaun antrieb – sicherlich knapp war. Wenn ich es also schaffte, mich lange genug wach zu halten, würden die Verseuchten verschwinden und der Zaun deaktiviert werden. Dann hatte ich freie Bahn zu dem Haus und jedem, der sich darin aufhielt. Dafür musste ich nur mit der Sonne klarkommen.

Besonders klug war es wohl nicht, meine Mission bei Tageslicht fortzusetzen. Ich wäre langsam, meine Reaktionen träge. Doch falls Sarren sich in diesem Gebäude befand, war er dann ebenfalls beeinträchtigt. Vielleicht schlief er ja sogar und rechnete nicht damit, dass Kanins rachsüchtige Tochter ihn hier aufspürte. Dann könnte ich ihn überrumpeln … falls es mir gelang, wach zu bleiben.

Konzentriert suchte ich das Gelände ab und prägte mir ein, wo die Schatten am tiefsten waren und die Bäume möglichst dicht zusammenstanden. Klugerweise war das Gebiet direkt am Zaun von Bäumen und Sträuchern befreit worden. Indirektes Licht konnte uns nichts anhaben, trotzdem war es unangenehm, im Schatten zu sitzen und zu wissen, dass die Sonne nur ein wenig weiterwandern oder ein Windstoß die Blätter verschieben musste, um einem jede Menge Schmerzen zu bereiten.

Als der Himmel immer heller wurde und sich die ersten Strahlen über den Horizont schoben, verschwand die Horde nach und nach. Sie verließen ihren Posten am Zaun und schlurften davon, um sich im weichen Schlamm einzugraben, bis ihre bleichen Körper ganz mit Erde und Wasser bedeckt waren. Ziemlich schnell leerte sich das Gebiet am Zaun, bis schließlich kein einziger Verseuchter mehr zu sehen war.

Ich lehnte mich an einen dicken Eichenstamm und kämpfte gegen den Drang an, den bösartigen Monstern unter die Erde zu folgen. Es war immer noch unsagbar schwierig, bei Bewusstsein zu bleiben, während die Sonne in den Himmel hinaufwanderte. Meine Gedanken wurden schwammig, mein Körper schwer und träge. Doch meine Übungen, im Freien zu bleiben, während unser größter Feind den Kopf über die Bäume streckte, zahlten sich aus. So stand ich immer noch aufrecht, als der letzte sture Verseuchte unter der Erde verschwand. Trotzdem wartete ich weiter, bis die Sonne auf Höhe der Baumkronen war, damit genug Zeit blieb, um den Zaun abzuschalten. Schließlich wäre es voll tragischer Ironie, wenn ich erst den Verseuchten und dann der Sonne entginge, um letztlich vor lauter Ungeduld auf einem verdammten Elektrozaun gegrillt zu werden. Ungefähr zwanzig Minuten, nachdem die Horde verschwunden war, verstummte das leise Summen, das von dem Metall ausgegangen war. Der Zaun war abgeschaltet.

Nun kam der gefährlichste Teil.

Ich zog mir den Mantel über den Kopf und zerrte die Ärmel so weit herunter, dass sie meine Hände bedeckten. Direktes Sonnenlicht auf der Haut würde sie erst verkohlen, bis sie irgendwann aufbrach und in Flammen aufging. Bedeckte ich die Haut, konnte ich mir etwas Zeit verschaffen.

Trotzdem würde es kein Spaß werden.

Meine Vampirinstinkte flehten mich an, es sein zu lassen, als ich unter den Bäumen hervortrat und mich die ersten, schwachen Strahlen trafen. Mit ängstlich gesenktem Kopf hastete ich über die Wiese, immer von Baum zu Baum, jeden Schattenfleck nutzend. Das Stück direkt vor dem Zaun war am gefährlichsten – keine Bäume, keine Deckung, nur kurz geschnittenes Gras und die Sonne, die auf meinen Rücken brannte. Mit zusammengebissenen Zähnen zog ich die Schultern hoch und lief weiter.

Kurz bevor ich das eiserne Hindernis erreichte, hob ich ein Stück Metallschrott auf und warf es mit voller Kraft. In hohem Bogen flog es gegen die Eisenstangen, es klirrte leise, dann fiel das Wurfgeschoss zu Boden. Keine Funken, kein Lichtblitz, kein Rauch. Viel Ahnung hatte ich nicht von Elektrozäunen, aber ich hielt das für ein gutes Zeichen.

Hoffentlich ist er auch wirklich abgeschaltet.

Mit einem Sprung erreichte ich die obere Zaunkante. Kurz packte mich Angst, als sich meine Finger um die Eisenstangen schlossen. Zum Glück blieb das Metall kalt und still,

sodass ich das Hindernis eine halbe Sekunde später überwunden hatte und geduckt auf der anderen Seite landete.

In dem kurzen Moment, den ich brauchte, um über den
Zaun zu klettern, rutschte mir der Mantel vom Kopf. So
verflog die Erleichterung darüber, ohne gegrillt worden zu
sein auf der Innenseite des Zauns zu landen, sehr schnell,
als sich ein brennender Schmerz auf meinem Gesicht und
meinen Händen ausbreitete. Mit einem gequälten Stöhnen
zerrte ich den Mantel wieder hoch und flüchtete mich unter
den nächsten Baum. Dort hockte ich mich hin und untersuchte meine Hände. Entsetzt zuckte ich zusammen. Schon
nach wenigen Sekunden in der Sonne waren sie rot und
taten höllisch weh.

Ich muss sofort da rein.

Möglichst tief geduckt lief ich über die verschneite Wiese.
Je näher ich dem Gebäude kam, desto schutzloser fühlte ich
mich. Falls irgendjemand die schweren Vorhänge an den
riesigen Fenstern zurückzog, würde man mich garantiert
entdecken. Doch es blieb alles dunkel und still, während ich
die halbrunde Außenmauer erreichte und durch eine Art
Torbogen hechtete. Endlich raus aus dem Licht!

Okay, und was nun?

Das schwache Ziehen in meinem Inneren, diese subtile
Gewissheit, war jetzt stärker als je zuvor. Vorsichtig schlich
ich die Eingangsstufen hinauf und spähte durch eines der
Fenster. Dahinter lag ein seltsamer, runder Raum, der erstaunlich gut erhalten war. In der Mitte stand ein Tisch mit
mehreren Stühlen, die zum Glück nicht besetzt waren. Jenseits des Raums tat sich ein leerer Korridor auf, von dem
noch mehr Zimmer abgingen.

Ich unterdrückte ein Stöhnen. In einem derart großen Haus einen bewusstlosen Vampir zu finden, würde eine echte Herausforderung werden. Aber ich konnte jetzt nicht aufgeben.

Zu meinem größten Erstaunen waren die Fensterscheiben alle noch unversehrt, doch der Rahmen vor mir war nicht verriegelt. Ich schob mich durch das Fenster, landete leichtfüßig auf dem Holzboden im Inneren und sah mich wachsam um. Dabei wurde mir klar, dass hier Menschen leben mussten, und zwar nicht gerade wenige. Ich konnte sie riechen, in der Luft hing der Geruch von warmen Körpern und Blut. Kurz fragte ich mich, warum mich dieser Duft nicht umgehauen hatte, sobald ich durch das Fenster gekommen war. Falls Sarren hier war, würde er doch sicher das reinste Blutbad veranstalten.

Doch während ich durch das riesige Haus schlich, begegnete mir kein einziger Mensch, weder tot noch lebendig, was mir ziemliches Kopfzerbrechen bereitete. Insbesondere, da die Räumlichkeiten ganz offensichtlich sorgfältig gepflegt wurden. Hier war nichts kaputt. Wände und Boden waren sauber, es lag kein Schrott herum, die Möbel waren zwar alt, aber stabil und sorgsam arrangiert. Entweder verfügte der Prinz, der hier lebte, über eine Menge Diener, oder er hatte einen Putzfimmel.

Ich durchsuchte Dutzende leerer Räume, spähte in jede dunkle Ecke, achtete angespannt auf jede Bewegung. Aber das Haus blieb dunkel und still, auch als ich eine breite Treppe hinaufschlich und durch einen unglaublich langen Korridor ging, an dessen Ende mich eine dicke Holztür erwartete.

Hier muss es sein.

Vorsichtig zog ich mein Schwert aus der Scheide, damit das Metall nicht verräterisch schabte. Bis jetzt war alles viel zu einfach gewesen. Wer auch immer jenseits dieser Tür lauerte, wusste, dass ich kam. Falls Sarren mich erwartete, wollte ich ebenfalls vorbereitet sein. Und wenn Kanin dort drin war, würde ich nicht gehen, bevor ich ihn heil hier rausgeschafft hatte.

Schließlich packte ich die Klinke, drückte sie runter und riss die Tür auf.

Am anderen Ende des Zimmers stand jemand und wartete auf mich, genau wie ich es befürchtet hatte. Er trug einen schwarzen Ledermantel und hatte die Arme vor der Brust verschränkt. Anscheinend hatte er keine Waffe in der Hand. Das dicke dunkle Haar ging ihm bis zur Schulter, und als sich unsere Blicke trafen, verzog sich das blasse, attraktive Gesicht zu einem bösartigen Grinsen.

»Hallo, Schwesterchen«, begrüßte mich Jackal. Seine goldenen Augen funkelten im Halbdunkel. »Wurde auch Zeit, dass du endlich auftauchst.«

3

»Jackal«, hauchte ich entsetzt, als der große, schlanke Vampir gelassen auf mich zukam. Bei unserer letzten Begegnung war er der selbst ernannte Prinz einer überfluteten Stadt voller Banditen gewesen, deren Bewohner ebenso gefährlich und skrupellos gewesen waren wie er selbst. Er hatte sich alle Mühe gegeben, die Menschen gefangen zu nehmen, mit denen ich unterwegs gewesen war. Drei Jahre lang hatte er die Straßen nach ihnen abgesucht und seine Männer das Land durchkämmen lassen. Und sobald Jackal sie erwischt hatte, war er sich nicht zu schade gewesen, einen nach dem anderen zu opfern, um das zu bekommen, was er wollte. Zeke und mir war es zwar gelungen, unsere Gruppe aus den Fängen dieses Irren zu befreien, doch dabei hatten einige von ihnen ihr Leben verloren, und noch heute verfolgte mich das schmerzhafte Gefühl des Versagens, weil ich sie nicht hatte retten können.

Warum war Jackal hier? Als ich ihn das letzte Mal gesehen hatte, wurde er aus einem Fenster im dreißigsten Stock gestoßen, nachdem er mir – das wusste ich noch ganz genau – einen Holzpflock in den Bauch gerammt hatte. Meine Erinnerungen an den König der Banditen waren nicht gerade die besten, und mir war klar, dass Jackal auch nicht sonderlich begeistert von mir war.

Dann begriff ich, was das bedeuten musste, und ich starrte ihn entsetzt an. Kanin war unser Schöpfer, denn er hatte uns beide verwandelt. Der Banditenkönig war mein »Bruder im Blute«, und Blut sprach zu Blut. Kein Wunder, dass ich in zwei Richtungen gezerrt worden war. Wenn Jackal hier war, musste es *seine* Gegenwart gewesen sein, die mich angezogen hatte. Nicht Kanin, nicht Sarren. Ich hatte mich für die falsche Fährte entschieden.

Ich umklammerte mein Schwert so verzweifelt, dass sich der Griff in meine Handfläche grub. Wäre Jackal nicht in Hörweite gewesen, hätte ich frustriert gefaucht. Wer wusste schon, wie weit Sarren seinen Vorsprung inzwischen ausgebaut hatte? Die monatelange Suche, die Anstrengungen, ihn einzuholen und meinen Schöpfer zu finden, alles umsonst! Er befand sich noch immer in der Gewalt des Psychovamps, und inzwischen konnten sie schon am anderen Ende der Welt sein.

Während ich hier stand, eingesperrt in einem Haus mit meinem Bruder, der mich höchstwahrscheinlich umbringen wollte.

»Ich habe dich bereits erwartet, Schwesterchen.« Lächelnd und mit funkelnden Reißzähnen kam Jackal auf mich zu. Sein Mantel bauschte sich, sodass ich kurz den Glanz von Metall sehen konnte. »Hast dir ja ganz schön Zeit gelassen. Da befiehlt der Prinz von Old D. C. extra sämtlichen Wachen und Dienstboten, sich im Keller zu verstecken und dich passieren zu lassen, da es ja sein könnte, dass du hungrig bist, und was machst du? Schleichst durch das Haus wie irgendein dahergelaufener Einbrecher. Hast du dich nicht gewundert, dass dir niemand begegnet ist?«

Jetzt fauchte ich doch und fletschte dabei die Zähne. »Was machst du hier, Jackal?«

»Bin zu Besuch beim Prinzen«, erwiderte Jackal sanft, bevor er achselzuckend fortfuhr: »Und warte auf dich.« Sein selbstgefälliges Grinsen wirkte bedrohlich. »Komm schon, Schwesterchen, was ist los? Hast du etwa nicht mit mir gerechnet? Hattest du auf jemand anders gehofft?«

»Genau genommen schon«, giftete ich, trat einen Schritt vor und hob mein Schwert. »Aber bevor ich mich wieder auf die Suche nach ihm mache, kümmere ich mich erst mal um dich. Bringen wir es hinter uns.«

»Wohl kaum«, meldete sich eine leise Stimme zu Wort, dann betrat jemand den Raum und schloss sorgfältig die Tür hinter sich. Die hochgewachsene, makellos schöne Frau richtete ihre großen, dunklen Augen auf mich. Ihre vollen roten Lippen hoben sich reizvoll von der dunklen Haut ab, und ihre Haare waren so fein, dass sie eine schwarze Wolke um ihren Kopf zu bilden schienen. »Wenn ihr euch einen Kampf liefern wollt«, erklärte sie mit rauer Stimme, »dann wartet bis heute Abend und tragt es draußen aus. Mir wäre es lieber, wenn ihr euch hier drin nicht gegenseitig durch die Gegend werft und dabei die Möbel zertrümmert.«

»Azura.« Lächelnd deutete Jackal mit einer Hand auf mich. »Das ist mein reizendes kleines Schwesterlein.«

»So viel war mir klar«, antwortete sie, ohne sein Lächeln zu erwidern. Dann wandte sie sich an mich: »Bitte steck die Waffe weg. Wenn du in meinem Haus bleiben möchtest, musst du dich zivilisiert verhalten. Ich würde dich nur höchst ungern abweisen und der Sonne überlassen.«

Nun saß ich in der Falle, starrte die beiden aber trotzig

an. Zwei Vampire, einer davon ein Prinz und höchstwahrscheinlich auch ein Meister. Gegen Jackal würde ich sofort wieder kämpfen, aber ich bezweifelte stark, dass ich es mit beiden aufnehmen konnte. Die Frau hatte dieselbe gelassene, kühle Ausstrahlung wie ein gewisser anderer Vampir, den ich kannte – ebenfalls ein Meister –, und ich spürte, welche Kraft in diesem trügerisch schlanken Körper ruhte.

Vorsichtig schob ich mein Schwert in die Scheide, behielt Jackal aber wachsam im Auge, dem die ganze Situation verdammt gut zu gefallen schien. »Was ist hier los?«

»Azura ist eine … alte Bekannte von mir«, erklärte Jackal mit einem anzüglichen Blick zu der Vampirfrau. Ihre einzige Reaktion bestand darin, eine Augenbraue hochzuziehen. »Und da ich sowieso in der Nähe war, dachte ich mir, ich statte ihr einen kleinen Besuch ab. Als ich dann spürte, dass du dich näherst, habe ich natürlich sofort entschieden, hierzubleiben und auf dich zu warten.«

»Wenn du auf einen Kampf aus bist, den kannst du gerne haben.«

»Glaub mir, Schwesterlein, nichts wäre mir lieber.« Jackal ließ in einem bösartigen Grinsen die Fangzähne aufblitzen, und sofort machte ich mich bereit, wieder das Schwert zu ziehen. »Am liebsten würde ich dir den Kopf abreißen und ihn draußen an der Mauer aufhängen, aber ich habe Azura versprochen, mich zu benehmen.« Er nickte in Richtung Vampirfrau, die uns mit leiser Belustigung beobachtete. »Außerdem«, fuhr er fort, »möchtest du vielleicht erfahren, was ich über Kanin und Sarren herausgefunden habe.«

Damit brachte er mich völlig aus dem Konzept. Mit zusammengekniffenen Augen starrte ich ihn an. »Wieso weißt du davon?«

»Komm schon.« Jackal verschränkte die Arme vor der Brust. »Du bist nicht die Einzige, die nach unserem verehrten Schöpfer sucht. Kanin und ich müssen uns ernsthaft unterhalten, aber dieser Irre Sarren erschwert die Sache ziemlich. Bist du tatsächlich hierhergekommen, weil du die beiden gesucht hast?« Er schüttelte den Kopf, entweder voller Bewunderung oder Abscheu. »Und was hättest du gemacht, wenn du auf Sarren gestoßen wärst statt auf mich? Denkst du wirklich, du wärst ihm gewachsen, kleine Schwester? Er hätte dich auseinandergenommen.«

»Und was machst *du*?«, erwiderte ich provozierend. »Versteckst du dich hier draußen in der Hoffnung, dass es Sarren langweilig wird oder er irgendwann genug davon hat, Kanin zu foltern? Willst dich Sarren wohl nicht stellen, was?«

»Verdammt richtig.« Jackal ließ seine Fangzähne aufblitzen. »Ich renne diesem Psycho bestimmt nicht hinterher, solange es nicht unbedingt sein muss. Du glaubst, ich wäre ein übler Kerl?« Mit einem abfälligen Schnauben schüttelte er den Kopf. »Du hast keine Ahnung, solange du nicht den irren Sarren kennst. Und eines ist mal sicher: Allein hast du keine Chance gegen ihn. Selbst Kanin ist ihm immer aus dem Weg gegangen. Er wird dich vernichten, und zwar restlos.«

Die unterschwellige Angst in Jackals Stimme überraschte mich. Das klang so, als hätte er ebenfalls schon eine Begegnung mit Sarren hinter sich, aber vielleicht hatte Kanin ihn auch nur vor dem Psychovamp und seiner endlosen

Vendetta gewarnt. Wie dem auch sei, Jackals Prognose sorgte jedenfalls dafür, dass mein Widerwille gegen ein Zusammentreffen mit Sarren weiter stieg, gleichzeitig aber auch der Drang, Kanin aus seinen Fängen zu befreien.

»Höre auf deinen Bruder«, schaltete sich Azura ein. »Er hat recht. Jeder hat schon von Sarren und seiner Grausamkeit gehört, ebenso von seiner Skrupellosigkeit und seinem brillanten Verstand, der trotz allen Wahnsinns noch immer funktioniert. Sobald ich hörte, dass er in der Stadt ist, habe ich meinen Menschen befohlen, das Haus nicht zu verlassen, selbst tagsüber nicht. Außerdem habe ich den Zaun Tag und Nacht eingeschaltet gelassen, bis ich sicher sein konnte, dass er weitergezogen war.«

Verdammt. Selbst der Meistervampir und Prinz dieser Stadt fürchtete sich vor Sarren. Wie stark war er eigentlich? Oder war er einfach ein dermaßen unberechenbarer Irrer, dass niemand etwas mit ihm zu tun haben wollte, weil er gruselige Reime von sich gab und jeden in seiner Umgebung nervös machte?

Irgendwie bezweifelte ich das. Sarren war verschlagen und gefährlich genug gewesen, um Kanin zu fangen, den stärksten Vampir, den ich kannte. Sicher, Psychovamp war eine ganze Ewigkeit hinter ihm her gewesen, und zum Teil war es meine Schuld gewesen, dass er uns aufgespürt hatte, aber trotzdem. Wenn *Kanin* sich Sarrens grausamem Wahnsinn hatte ergeben müssen, was würde er dann erst mit mir anstellen?

»Also, warum bist du immer noch hier?«, wollte ich mit einem finsteren Blick von Jackal wissen. »Du behauptest, du hättest auf mich gewartet – hier bin ich. Was willst du?«

»Ich möchte dir einen Vorschlag unterbreiten.«

Das machte mich sofort misstrauisch, was wohl nicht zu übersehen war, denn Jackal seufzte schwer. »Schau mich nicht so an, Schwesterlein. Ich bin doch ein vernünftiger Mann.« Wieder dieses gefährliche Grinsen. »Du bist in meine Stadt eingedrungen, hast sie in Brand gesteckt, meine Männer getötet und mehr als zehn Jahre sorgfältige Planung ruiniert, aber das heißt doch nicht, dass wir uns nicht einigen könnten.«

»Es gibt nichts zu besprechen«, knurrte ich. »Du hast nichts zu bieten, was mich hier halten könnte. Ich verschwinde. Wenn du deinen Kampf willst, versuch es noch mal, wenn die Sonne untergeht.«

»Wie schade«, erwiderte Jackal scheinbar ungerührt, als ich mich abwandte. »Denn ich weiß, wonach Sarren gesucht hat.«

Ich hatte den Flur schon fast erreicht, blieb jetzt allerdings ruckartig stehen. Jackals selbstzufriedenes, wissendes Grinsen war fast schon spürbar. Obwohl ich mich dafür hasste, drehte ich mich langsam zu ihm um. »Was redest du da?«

»Wie gesagt, als Sarren nach Old D. C. kam, war er auf der Suche nach etwas. Er tauchte ein paar Tage vor mir hier auf und ist dann mit Kanin wieder verschwunden. Ich bin ihm nicht gefolgt, weil ich nicht so blöd bin, es allein mit ihm aufnehmen zu wollen, außerdem habe ich gespürt, dass du auf dem Weg hierher warst. Also dachte ich mir, ich warte hier auf dich.«

»Du hast meine Frage nicht beantwortet. Und mir auch keinen Grund genannt, warum ich bleiben sollte.« Ich kniff die Augen zusammen. »Dir bleiben jetzt noch genau fünf Sekunden, um mich zu überzeugen, danach gehe ich durch diese Tür dort.«

»Glaub mir, das wirst du hören wollen.« Gelassen verschränkte der ehemalige Banditenkönig die Arme vor der Brust. »Du weißt doch, wie die Verseuchten entstanden sind, oder?«, fragte er. »Dass unser lieber Schöpfer, der noble Kanin höchstpersönlich, unsere Rasse geopfert hat, um ein Heilmittel gegen die Seuche zu finden, die Menschen die Sache aber verbockt haben, indem sie aus diesen Vampiren Verseuchte machten?«

»Er hat es mir erzählt.«

»Gut. Dann kann ich mir weitere Erklärungen ja sparen.« Jackal lehnte sich an ein Bücherregal. »Jedenfalls hatten sie damals nicht nur dieses eine Labor. Die Regierung hatte mehrere eingerichtet, überall im Land wurde fieberhaft daran gearbeitet, die Seuche aufzuhalten. Und eines dieser Labore befindet sich irgendwo in dieser Stadt.« Als er meine überraschte Miene bemerkte, grinste er. »Ja, Kanin hat einmal erwähnt, dass es in der ehemaligen Hauptstadt ein geheimes Labor gäbe, und als Sarren hier rumgeschnüffelt hat, wurde mir klar, wonach er suchte.«

»Wo ist dieses Labor?«

»Keine Ahnung«, gab Jackal mit einem Achselzucken zu. »Ich dachte mir, ich rede mal mit Azura, um zu sehen, was sie darüber weiß. Ihrer Meinung nach befindet es sich irgendwo unter der Stadt, in einem alten unterirdischen Tunnelsystem. Das Problem ist nur, dass es in diesen Tunneln nur so wimmelt von Verseuchten, was die Suche etwas erschweren dürfte. Da kam mir die brillante Idee, deine Ankunft abzuwarten. Wenn wir zusammen suchen, können wir ein wesentlich größeres Gebiet abdecken.«

Ich schnaubte verächtlich. »Und warum sollte ich mich bereit erklären, dir zu helfen?«

»Ganz einfach: Wenn du mir dabei hilfst, das Labor zu finden, helfe ich dir dabei, Kanin aufzuspüren.«

»Ich brauche deine Hilfe aber nicht …«

»Oh doch.« Er stieß sich von dem Regal ab und sah mich durchdringend an. »Du kennst Sarren nicht. Du hast keine Ahnung, wozu er fähig ist. In deiner Vorstellung stürmst du seinen Unterschlupf, überwältigst ihn und rettest Kanin, aber so funktioniert das nicht. Sarren ist ein irrer Schweinehund, und er ist älter und verschlagener als wir beide zusammen. Wenn du ihn aufhalten willst, wirst du meine Hilfe brauchen. Um uns gegenseitig umzubringen, bleibt noch genug Zeit, nachdem wir unseren Schöpfer eingeholt haben. Aber wenn du Kanin wiedersehen willst, wirst du mir vertrauen müssen.«

»Weil du dich bisher ja als ach so vertrauenswürdig erwiesen hast?«

»Nun komm schon.« Jackal schenkte mir ein ermutigendes Lächeln. »Bloß weil ich dich gepfählt und aus dem Fenster geworfen habe? Dieses kleine Missverständnis können wir doch sicher hinter uns lassen, oder?«

»Nein«, knurrte ich. Meine Fangzähne drückten gegen das Zahnfleisch. »Es geht nicht darum, was du mir angetan hast. Du hast meine Freunde entführt und sie ermordet. Einen von ihnen hast du an einen Verseuchten verfüttert. Du hast einen Mann gefoltert, um zu bekommen, was du wolltest, und du bist für seinen Tod verantwortlich.« Ich musste an die blutige Arena denken, an den Käfig in ihrer Mitte und daran, wie der Verseuchte unter schaurigen Schreien sein Opfer massakriert hatte. Nun traten meine Fangzähne ganz hervor, und ich schürzte abfällig die Lippen. »Für das, was du ihnen angetan hast, sollte ich dich hier und jetzt töten.«

»Ach ja?« Jackal musterte mich aufmerksam. »Dann verrat mir doch mal, Schwesterlein: Wie viele Menschen hast *du* bereits getötet? Wie viele Männer mussten ihr Leben lassen, als du mit deinen ›Freunden‹ aus der Stadt geflohen bist, hm? Wie vielen hast du die Kehle zerfetzt, wie viele in Stücke gerissen, nur weil du den Hunger nicht unter Kontrolle hattest? Aber vielleicht irre ich mich ja auch.« Mit aufgesetzter Neugier legte er den Kopf schief. »Vielleicht bist du die Erste unserer Art, die kein menschliches Blut braucht, um zu überleben. Sollte das der Fall sein, sag es mir bitte jetzt, damit ich mich entschuldigen und meiner Wege gehen kann.« Mit einem erwartungsvollen Blick hob er die Augenbrauen. Ich ballte die Fäuste und starrte stumm zurück, woraufhin er nickte. »Wem willst du hier etwas vormachen? Menschen sind *Nahrung*, das weißt du ebenso gut wie ich. Also erwarte bitte nicht von mir, dass mich das schlechte Gewissen plagt, weil ich deine Menschen getötet habe, nicht, solange du selbst nach Blut und Tod stinkst. Du bist nicht weniger ein Monster als ich.«

Mir entfuhr ein Knurren. Am liebsten hätte ich mich auf ihn gestürzt und ihm den grinsenden Schädel von den Schultern geschlagen. Zekes Vater Jebbadiah Crosse hatte Gerechtigkeit verdient, ebenso wie Darren, Ruth und all die anderen, die wir durch den Banditenkönig verloren hatten.

Doch Azura trat in diesem Moment einen Schritt vor, sodass sie etwas dichter bei Jackal und mir stand, und ich spürte, dass sie sich bereithielt, um notfalls dazwischenzugehen.

»Arbeite dieses eine Mal mit mir zusammen, Schwester«, fuhr Jackal mit schmeichelnder Stimme fort. »Ich verlange doch nicht viel. Du sollst mir lediglich helfen, dieses Labor zu finden. Anschließend können wir gerne den alten Mann retten, aber ich muss das Labor vorher finden.«

»Das könnte eine Weile dauern«, gab ich zu bedenken. »Und mir bleibt nicht viel Zeit, *Kanin* bleibt nicht viel Zeit. Wir müssen ihn erreichen, bevor ...«

»Kanin ist längst tot«, fauchte Jackal. »Oder dem Tod so nahe, wie er ihm noch kommen kann. Sarren hat ihn in die Tiefenstarre gezwungen, und aus der kehren nur die wenigsten von uns zurück. So bald wird er nicht wieder aufwachen. Und falls Sarren ihn tatsächlich vernichten wollte, hätte er das bereits getan.«

»Warum bist du so scharf darauf, diesen Ort zu finden?«

Diesmal lag ungläubige Herablassung in Jackals Blick. »Musst du das wirklich noch fragen?« Seufzend schüttelte er den Kopf. »Worauf war ich denn die ganze Zeit aus? Was war so wichtig, dass ich drei Jahre lang das Land nach diesem alten Prediger und seiner kleinen Gemeinde abgesucht habe? Warum sollte ich hierherkommen und dich um Hilfe bitten, wenn mir eine ganze Armee von Banditen und Untergebenen zur Verfügung steht, die jeden meiner Befehle befolgen? Denk nach, Schwesterlein. So schwierig ist das nicht.«

»Das Heilmittel«, flüsterte ich. Jackal nickte grinsend.

»Genau, das Heilmittel. Das Ende des Verseuchtenvirus. Und das ist ja wohl etwas wichtiger, als Kanin jetzt sofort aufzuspüren.« Als er meinen finsteren Blick bemerkte, hob er beschwichtigend die Hand. »Ich will den alten Mann immer noch finden«, versicherte er mir. »Wie ich bereits sagte, muss ich mit ihm reden. Und ich werde deine Hilfe brauchen, um ihn aus Sarrens Fängen zu befreien. Also … hilfst du mir, helfe ich dir.« Sein Grinsen wurde noch breiter. »Und danach, wenn alles erledigt ist, kannst du gerne versuchen, mich umzubringen, damit ich dir anschließend wieder einen Pfahl in den Bauch rammen und dich den Verseuchten überlassen kann. Was sagst du dazu?«

»Jackal.« Azura klang leicht gereizt. »Wenn du möchtest, dass das Mädchen mit dir kooperiert, solltest du vielleicht aufhören, sie zu provozieren. Sie ist nicht einer deiner einfältigen menschlichen Schlägertypen, die sich durch Drohungen einschüchtern lassen. Sollte ich aufgrund deiner lieblosen Haltung gezwungen sein, sie zu töten, werde ich sehr böse werden. Und nun …« Die dunklen, durchdringenden Augen richteten sich auf mich. »Die Sonne steht am Himmel, und ich bin sehr müde. Falls ihr zwei eure Wortgefechte fortführen wollt, wartet damit bitte bis heute Abend. Vorerst steht euch mein Haus zur Verfügung, solange ihr es benötigt.«

»Äh …« Ich zögerte, da ich nicht wusste, was ich von diesem großzügigen Angebot halten und ob ich ihm trauen sollte. Oder ihr. Aber sie hatte recht: Die Sonne war aufgegangen, und solange ich nicht nach draußen gehen wollte, würde ich das Risiko eingehen müssen. »Vielen Dank.«

Azura blinzelte träge. »Ich würde dir ja das Gästezimmer

gegenüber von Jackals anbieten, aber dann würde ich später wohl ein Schlachtfeld vorfinden. Deshalb wird William dich zu einem der kleineren Zimmer bringen. Unser Gespräch setzen wir heute Abend fort. Und, Mädchen ...« Sie kniff die Augen zusammen, sodass sie plötzlich ziemlich bedrohlich wirkte. »Ich kann das Blut an dir riechen. Vergreif dich ja nicht an meinem Personal, sonst vergesse ich sämtliche Gebote der Gastfreundschaft und reiße dir den Kopf ab, verstanden?«

Ich verkniff mir ein Lächeln. Im Umgang mit Meistervampiren, insbesondere mit Prinzen, war Diplomatie gefragt. Wie ich feststellen musste, kam Sarkasmus bei ihnen nicht sonderlich gut an. »Jawohl«, antwortete ich also brav, »verstanden.«

Das schien Azura zufriedenzustellen, denn sie wandte sich zur Tür und hob die Hand. Im nächsten Moment trat ein Mann in schwarz-weißer Livree ein und verbeugte sich vor mir. »Ich werde Ihnen nun Ihr Zimmer zeigen«, sagte er steif. »Bitte folgen Sie mir.«

Nach einem letzten bösen Blick zu Jackal folgte ich dem Menschen durch mehrere lange Korridore und über einige Treppen. Meine Gedanken überschlugen sich. Ich war fest davon ausgegangen, heute Nacht auf Sarren oder meinen Schöpfer zu stoßen. Dass es nur Jackal gewesen war, machte meine Pläne quasi zunichte. Nun war ich mir nicht sicher, wie ich weitermachen sollte.

Der Mensch wanderte unbeirrbar durch das riesige Haus, bis wir schließlich in einem Flur standen, von dem mehrere Türen abgingen. Nachdem er auf eine davon gezeigt hatte, verneigte er sich eilig und verschwand, sodass ich allein in dem langen Korridor zurückblieb. Noch immer wachsam öffnete ich die Tür und fand dahinter ein kleines, aber opulent eingerichtetes Zimmer. Bett, Kommode, Nachtschränkchen und Tisch waren zwar alt, aber makellos und so auf Hochglanz poliert, dass noch immer ein leichter Geruch nach Chemikalien in der Luft lag. Auf dem Nachttisch neben dem Bett standen ein Krug und ein Glas. Der Geruch des warmen Blutes ließ den Hunger mit Macht in mir aufsteigen. Zwar traute ich Jackal keinen Meter weit, doch Azuras Gastfreundschaft konnte ich sicher in Anspruch nehmen – insbesondere, da sie aus einem Glas kam und nicht aus einer menschlichen Vene.

Nachdem ich den Krug ausgetrunken hatte, spürte ich, wie das Blut meinen leeren Magen füllte und das schmerzhafte Ziehen in meinem Inneren vorerst nachließ. Sobald der Hunger gestillt war, drängte sich die Müdigkeit in den Vordergrund, zerrte an meinen Gedanken und drückte mich nieder. Also verschloss ich die Zimmertür, zog die wuchtige Kommode von der Wand weg und schob sie davor. Vielleicht war ich ja paranoid, aber ich würde sicher nicht ohne gewisse Vorkehrungen in einem fremden Haus mit zwei Vampiren schlafen, vor allem dann nicht, wenn einer von ihnen Jackal war.

Nachdem ich so für ein gewisses Vorwarnsystem gesorgt hatte, falls jemand mein Zimmer stürmen wollte, kroch ich unter die kühle rote Decke, ohne mir vorher die Mühe zu machen, Mantel oder Stiefel auszuziehen. Dann grübelte ich über das nach, was Jackal mir erzählt hatte, bis ich mich der drängenden Schwärze ergeben musste.

Als ich am nächsten Abend aufwachte, hielt ich mein Schwert in der Hand. Offenbar hatte ich es aus der Scheide gezogen und mir zurechtgelegt, bevor der Schlaf mich ganz übermannt hatte. Während ich mich aus dem Bett wälzte, bemerkte ich die fremde Tapete und die unbekannten Möbel. Es dauerte einen Moment, bis mir wieder einfiel, wo ich mich befand. Ein Blick zur Tür verriet mir, dass sie immer noch gesichert war, niemand hatte sie angerührt. Der leere Krug stand ebenfalls noch auf dem Beistelltisch, ich war also nicht gestört worden in meiner Ruhe – zumindest nicht vom Personal.

Ich steckte meine Waffe weg und musste wieder an das Gespräch am Morgen denken. Unwillkürlich runzelte ich die Stirn. Jackal war hier, mein skrupelloser, mordender Bruder im Blute. Ich sollte abhauen oder noch besser: Ich sollte ihn umbringen. Die Nacht war sternenklar, und die weite Rasenfläche draußen eignete sich perfekt für einen Kampf. Beim letzten Mal hatte er mich beinahe getötet, aber ich war inzwischen stärker geworden. Falls es wirklich dazu kam, würde ich ihm diesmal einen echten Kampf liefern.

Doch wenn er die Wahrheit sagte, wenn das Heilmittel gegen das Verseuchtenvirus tatsächlich irgendwo hier unter unseren Füßen wartete, war kein Preis zu hoch, um es zu finden. Auch wenn ich es nur ungern zugab: Jackal hatte recht. Blindlings hinter Kanin herzustürmen, würde ihm nicht helfen. Wenn ich mich Sarren stellen wollte, brauchte ich einen Plan. Und die Hilfe eines zweiten starken Vampirs war ein zu verlockendes Angebot, um es einfach auszuschlagen.

Trotzdem – beim Gedanken daran, mit Jackal gemeinsame Sache zu machen, wurde mir ganz anders. Ich hatte nicht vergessen, was er unserer Gruppe angetan hatte. Er war grausam und bösartig und sah in Menschen nichts außer Nahrung oder ein Mittel zum Zweck. Er tötete, ohne mit der Wimper zu zucken. Und er hatte Menschen umgebracht, die ich kannte, Menschen, die meine Freunde gewesen waren.

Zeke würde nicht einmal erwägen, ihn am Leben zu lassen.

Ich versuchte immer noch, mich für einen Weg zu entscheiden, als einer der Dienstboten vorsichtig anklopfte und mich darüber informierte, dass Meisterin Azura und Meister Jackal mich im Salon erwarteten. Ob ich ihm bitte folgen würde. Nachdem ich die Kommode wieder an ihren Platz gerückt hatte, führte mich der tadellos gekleidete Mann durch mehrere Korridore, dann eine Treppe hinauf. Schließlich blieb er vor einer Tür stehen und signalisierte mir hineinzugehen.

Drinnen erwarteten mich wie angekündigt Azura und Jackal. Sie saß auf einem der Sofas, hatte die Beine übereinandergeschlagen und hielt ganz entspannt ein Weinglas mit Blut in der Hand. Er lehnte trotz des brennenden Feuers am Kaminsims. Das flackernde Licht tauchte sein Gesicht in einen gruseligen, roten Schein. Mir war schleierhaft, wie er den Flammen so nah kommen konnte. Ich würde das Schicksal niemals derartig herausfordern. Doch als er mich mit einem selbstgefälligen, provokanten Grinsen begrüßte, erkannte ich, dass er nur mit mir spielte. Ihm war bewusst, welche Wirkung seine Inszenierung auf einen Vampir haben musste, und er führte mir so deutlich vor Augen, dass er keine Angst kannte.

»Oh, die Königin hat sich endlich zu einer Audienz eingefunden.« Jackal hob spöttisch sein Glas und leerte es in einem Zug. Azura warf ihm einen vorwurfsvollen Blick zu und nippte dann ebenfalls an ihrem Getränk.

»Und, Schwesterlein, bist du bereit, unser Projekt anzugehen?«

»Noch habe ich nicht zugesagt«, erinnerte ich ihn, woraufhin er ungeduldig schnaubte. »Was überrascht dich daran?«, fuhr ich fort. »Warum sollte ich mit dem Mann zusammenarbeiten, der meine Freunde abgeschlachtet hat und der mir höchstwahrscheinlich ein Messer in den Rücken rammen wird, sobald ich ihm selbigen zukehre?«

»Sieh es nicht als Hilfe für *mich*«, wandte Jackal gelassen ein. Sofort fiel mir auf, dass er keine meiner Anschuldigungen zurückwies. »Sieh es als Hilfe für Kanin. Ich werde mir jedenfalls jeden noch so kleinen Vorteil zunutze machen, wenn ich Sarren gegenübertrete.«

Ich wandte mich an Azura: »Was halten Sie von dem Ganzen?«

»Ich?« Sie zog belustigt eine feine Augenbraue hoch. »Mir ist diese Angelegenheit vollkommen gleichgültig. Ich bin lediglich hier, um sicherzustellen, dass ihr zwei nicht mein gesamtes Haus auf den Kopf stellt.«

»Komm schon, Schwesterlein«, drängte Jackal. »Wir haben das am Morgen doch schon alles durchgekaut. Du weißt genau, dass das der beste Weg ist, um Kanin zu helfen. Und gib es zu: Du bist genauso neugierig wie ich.«

Ich bedachte ihn mit einem finsteren Blick. »Also schön,

ich stimme zu – vorerst.« Sein Grinsen wurde breiter, doch ich achtete nicht weiter darauf. »Ihr habt gesagt, Sarren sei ebenfalls auf der Suche nach diesem Labor. Was glaubt ihr, wo befindet es sich?«

Azura lehnte sich vor und stellte ihr Glas auf einem kleinen Couchtisch ab. »Ich habe meine Leute damit beauftragt, einige alte Karten der Stadt und des U-Bahnsystems aufzutreiben«, erklärte sie, während sie ein großes Blatt Papier auf dem Tisch ausbreitete. »Sie verraten uns zwar nicht die genaue Lage eines ultrageheimen Regierungslabors, aber ich habe da so meine Vermutungen.«

Jackal rührte sich nicht, doch ich ging zu dem Tisch hinüber und sah mir das Papier genauer an. Ich hatte noch nie zuvor eine Karte gesehen und wusste auch nicht, wie sie zu lesen war. Für mich waren es nur verworrene Linien und Schnörkel, die ein riesiges, chaotisches Netz bildeten. Azura hingegen zeigte mit einem dunkelrot lackierten Nagel auf einen der Striche und fuhr langsam daran entlang.

»Die Verseuchten«, erklärte sie mit ihrer rauen Stimme, »halten sich tagsüber in den alten U-Bahnschächten auf. Nachts kommen sie hervor, um zu jagen und ihre Beute aufzuspüren, kehren bei Sonnenaufgang aber normalerweise in den Untergrund zurück. Zumindest bis auf die wenigen, die ständig meinen Zaun belagern. Niemand in dieser Stadt betritt die Tunnel, zu keiner Zeit, zu keinem Zweck. Es ist nicht genau bekannt, wie viele Verseuchte es dort unten gibt, doch es sind wahrscheinlich Tausende. Und hier«, sie malte mit dem Finger einen Kreis auf die Karte, »vermuten wir ihr Nest.« Sie zog die Hand zurück und sah mich an. »Dort solltet ihr nach dem Labor suchen.«

»Warum das denn?«

»Falls das Virus von diesem Labor ausging, hat es sich rasend schnell verbreitet. Dann hätten sich rund um dieses Gebiet Hunderte oder sogar Tausende von Menschen infiziert. Also gäbe es an dieser Stelle und ringsum eine hohe Population von Verseuchten.«

»Moment mal.« Stirnrunzelnd versuchte ich mich daran zu erinnern, was Kanin mir erzählt hatte. »Ich dachte immer, das Labor in New Covington wäre für die Erschaffung der Verseuchten verantwortlich gewesen. Dass dort welche entwischt wären und die Epidemie so begonnen hätte.«

»Das hat Kanin dir also erzählt?« Jackal schnaubte abfällig. »Das ist ein Teil der Geschichte, aber nicht alles.« Er stieß sich von der Wand ab und schlenderte zu einem Beistelltisch, auf dem ein Krug stand, der halb mit roter Flüssigkeit gefüllt war. Sorgfältig füllte er sein Glas wieder auf. Dann ließ er sich in einem der Sessel nieder, trank einen großen Schluck und lächelte mich an.

»Setz dich, Schwesterlein. Ich werde dir ganz genau erklären, was passiert ist, damit du auch wirklich würdigen kannst, welchen Anteil unser Schöpfer an dieser komplizierten Situation hat.« Wieder hob Jackal sein Glas und trank, während er darauf wartete, dass ich mir einen Platz suchte. Schließlich setzte ich mich angespannt in den Sessel ihm gegenüber.

»Du weißt bereits, dass Kanin Vampire gefangen und sie den Wissenschaftlern übergeben hat, damit die ihre Experimente an ihnen vornehmen konnten«, begann Jackal. Er genoss es sichtlich, endlich wieder ein Publikum zu haben. Das erinnerte mich an seine Rede in der Arena, als die

Banditenarmee geschlossen seinen Namen skandiert hatte. Kurz danach hatte er Darren zusammen mit einem Ver- seuchten in die Arena gejagt, um die Menge zu unterhalten. Noch immer hallten Darrens Schreie in meinen Ohren wi- der, als der Verseuchte ihn in Stücke gerissen hatte. Die Wut kochte wieder hoch, und ich musste ein Knurren unterdrü- cken. Stattdessen versuchte ich, mich auf das zu konzentrie- ren, was der Banditenkönig sagte.

»Es diente alles dem Versuch, die Rote Schwindsucht zu heilen«, fuhr Jackal fort. Offenbar hatte er nicht bemerkt, wie wütend ich geworden war. »Oder zumindest wird Ka- nin sich das eingeredet haben, als er seine eigene Art verriet. Er suchte sich geeignete Opfer, schickte sie mithilfe eines Holzpfahls in die Tiefenstarre und brachte sie dann in die Labore, wo die Forscher mit ihnen all die hübschen Dinge anstellten, die Wissenschaftler ihren unglückseligen Objek- ten eben so antun.«

Ich rutschte auf meinem Sitz herum. Auch wenn ich die- sen Teil schon kannte, war es verstörend für mich, Kanin in diesem Licht zu sehen. Bisher hatte ich geglaubt, die ganze Geschichte zu kennen.

»Allerdings«, betonte Jackal und legte die Stiefel auf den kleinen, blank polierten Tisch vor sich, ohne auf Azuras wütenden Blick zu reagieren, »war New Covington nicht das einzige Labor, in dem nach einem Heilmittel gesucht wurde. Ja, sie waren die Einzigen mit Vampiren als ›Patien- ten‹, aber sie haben sich über ihre Forschungsergebnisse mit anderen Laboren ausgetauscht. Und hier in D. C. ist etwas passiert, das einen massiven Ausbruch des Verseuchtenvirus zur Folge hatte. Innerhalb weniger Stunden haben sich

Hunderte von Menschen verwandelt. Wir wissen, dass das Labor in New Covington niedergebrannt ist und sämtliche Forschungsergebnisse entweder verschwunden sind oder zerstört wurden. Aber über das Labor unter dieser Stadt wissen wir nichts. Existiert es noch? Gibt es dort jahrzehntealte Forschungsunterlagen? Was ist wohl noch übrig? Das Heilmittel vielleicht? Hoffentlich. Doch was ist mit der anderen Sache, mit den Forschungen zu der Krankheit, dem Virus und der Frage, wie die Verseuchten entstanden sind?«

Jackal kniff die goldenen Augen zusammen, und etwas an seinem durchdringenden Blick jagte mir einen kalten Schauer über den Rücken. »Wenn von ihren Forschungen noch etwas übrig ist, gibt es mit Sicherheit eine Person, die nicht darüber stolpern sollte, richtig? Sarren ist genial, irre und mehr als nur labil. Überleg doch mal, was für schreckliche Dinge er anstellen könnte, wenn er an die entsprechenden Informationen herankäme.«

Ich schauderte, und meine letzten Zweifel lösten sich in Luft auf. Falls Sarren irgendetwas plante, musste er aufgehalten werden. Und falls es wirklich ein Mittel gegen das Verseuchtenvirus gab, mussten wir es finden. Es führte kein Weg dran vorbei – ich würde mit meinem Bruder im Blute zusammenarbeiten. Zumindest vorerst. Dabei konnte ich nur hoffen, dass es die richtige Entscheidung war und dass Kanin so lange durchhielt, bis ich ihn fand.

»Dachte ich mir doch, dass du es so sehen würdest.« Grinsend stand Jackal auf, sodass sein Mantel sich elegant um seine Beine legte. »Und da wir jetzt endlich am selben Strang ziehen, können wir loslegen?«

4

Die Verseuchten waren zurückgekehrt und belagerten wieder das Grundstück, aber Azura zeigte uns einen Tunnel, der direkt vom Haus zu einem leeren Gebäude jenseits des Zauns führte. Sie war nicht gerade traurig darüber, uns gehen zu lassen, versorgte uns aber mit Kartenmaterial und Thermoskannen voller Blut und bot uns widerwillig an zurückzukommen, falls es absolut notwendig wäre.

»Die U-Bahn liegt einige Blocks weiter in dieser Richtung«, erklärte sie Jackal und zeigte dabei auf eine halb aufgefaltete Karte. »So gelangt ihr am schnellsten zu ihrem Nest, aber denkt daran: Sobald die Sonne aufgeht, wird es in den Tunneln vor Verseuchten nur so wimmeln, weil sie dann zum Schlafen unter die Erde zurückkehren. Ich würde also vorschlagen, dass ihr euch beeilt. Und meidet die Straßen, geht besser über die Dächer – Verseuchte denken nur selten daran, dass man den Boden auch verlassen kann.«

»Vielen Dank, Schätzchen.« Jackal schenkte ihr ein anzügliches Lächeln. »Vielleicht schaue ich irgendwann mal wieder vorbei, wenn wir etwas mehr Zeit haben. Dann können wir unsere ›Bekanntschaft‹ ja wieder aufleben lassen.«

»Natürlich, sag einfach Bescheid, wann ich dich erwarten

soll.« Azuras Lächeln wirkte angespannt. »Vielleicht denke ich sogar daran, für dich den Zaun auszuschalten.«

»Kleines Biest.« Jackal grinste breit, doch Azura schloss nachdrücklich die Tür hinter uns.

Hinter dem Zaun war die Stadt dunkel und unheimlich, überall ragten Bäume und Büsche auf, als hätte sich ein Wald gebildet, der alles unter sich erstickte. Für zwei Vampire war es kein Problem, auf das nächste Gebäude zu klettern und sich einen Weg über lose Dachziegel und klaffende Löcher zu suchen. Manchmal war der Abstand zwischen den Häusern so groß, dass wir nicht springen konnten, dann kehrten wir auf Straßenniveau zurück, blieben aber immer nur so lange unten, bis wir das nächste Gebäude erreichten und die Wände erklimmen konnten. Oben auf den Dächern hatten wir ziemlich freie Bahn, außerdem beleuchtete der Mond unseren Weg, während wir, Azuras Karte folgend, verschiedene Straßen kreuzten.

Unter uns sah das ganz anders aus.

Überall in den zugewucherten Straßen trieben sich Verseuchte herum, sie lauerten zwischen den Autos, kletterten durch Fenster oder schlurften über die verfallenen Gehsteige. Ständig fauchten und zischten sie einander an, blind vor Wut und durch den ewigen Hunger dem Wahnsinn verfallen. Jenseits des Zauns schien es keine Menschen zu geben – waren die in Azuras gesichertem Anwesen vielleicht die einzigen Übriggebliebenen? Einmal versuchte eine glücklose Katze, über die Straße zu huschen, und wurde prompt von einem Verseuchten erwischt, der sich ihren Kopf in den Mund stopfte und sie dann in Stücke riss. Der Blutgeruch zog noch mehr von ihnen an, und bald brach ein brutaler

Kampf aus, bei dem sich die Verseuchten kreischend um die Überreste des Tieres prügelten.

»Du bist ja nicht gerade gesprächig.«

Ich ignorierte Jackal und starrte stur geradeaus. Er ging entspannt neben mir her und warf nur hin und wieder einen Blick auf die Karte, bevor wir von einem Dach auf das nächste wechselten.

»Hast du nichts zu sagen?«, fuhr er fort. »Welch eine Überraschung. Bei unserer ersten Begegnung warst du so wortgewandt. Zugegeben, ich habe schon einige meiner Geschwister getötet, aber du warst die Erste, mit der ich vielleicht sogar hätte auskommen können.« Er seufzte schwer. »Aber dann hast du meine Männer getötet und bist mit diesen Menschen verschwunden, die zu bekommen mich so viel Mühe gekostet hat. Du und dieser ...«, seine Stimme wurde schärfer, »wie hieß er noch gleich? Der Sohn von dem alten Prediger, den die Menschen so bitterlich beweint haben, als sie dachten, er wäre tot? Es war doch ein biblischer Name, oder nicht? Jeremiah? Zachariah?«

Ezekiel, dachte ich, und mir wurde flau im Magen. *Und ich werde dir ganz bestimmt nichts über Zeke verraten. Eigentlich sollte ich gar nicht hier sein und dir helfen. Ich sollte mein Schwert ziehen und es dir in die grinsende Fresse rammen.*

»Was ist eigentlich aus deinen Menschen geworden?«, fragte Jackal nach einigen Minuten angespannten Schweigens weiter. »Haben sie dich verlassen? Sind sie abgehauen? Und das, nachdem du dir so viel Ärger aufgehalst hast, um sie aus meiner Stadt rauszuschaffen?« Wieder grinste er. »Oder hast du sie am Ende alle gefressen?«

»Halt's Maul«, fauchte ich, ohne ihn anzusehen. »Sie sind in Sicherheit, mehr musst du nicht wissen.«

»Ach ja?« Wir setzten unseren Weg über die maroden Dächer fort, doch ich spürte regelrecht, wie ihm die Selbstgefälligkeit aus allen Poren drang. »Dann hast du sie also nach Eden geführt, ja? Wie unglaublich selbstlos von dir.« Meinen scharfen Blick quittierte er wieder nur mit einem Grinsen. »Was denn? Bist du jetzt schockiert, weil ich von Eden weiß? Musst du nicht. Ich wusste immer, dass es das irgendwo dort draußen gibt, die Stadt ohne Vampire. Nur ein Haufen Menschlein, die herumrennen und denken, sie hätten das Sagen. Ich wusste ebenfalls, dass der alte Mann auf der Suche danach war und dass er dabei irgendwann ins Stolpern geraten und direkt in meinem Schoß landen würde. Ewig konnte er mit seiner kleinen Schar ja nicht vor mir weglaufen, ich musste also nur geduldig sein. Und es hat sich gelohnt – letzten Endes haben wir sie erwischt. Alles lief genau nach Plan.« Er kniff die Augen zusammen. »Zumindest bis du aufgetaucht bist.«

»Oh, tut mir leid, dass ich deine Weltherrschaftspläne ruiniert habe.«

»Das stimmt so nicht.« Jackal klang tatsächlich empört. »Ich habe nur versucht, ein Heilmittel gegen das Verseuchtenvirus zu finden.«

Ich schnaubte ungläubig. Jedes Lebewesen, das von einem Verseuchten gebissen wurde, verwandelte sich ebenfalls in eine der Kreaturen, doch das war nicht der einzige Weg, wie sie sich vermehrten. Aufgrund eines mutierten Stamms der Roten Schwindsucht waren die Vampire ebenfalls Träger des Verseuchtenvirus. Nur durch einen Biss

72

oder dadurch, dass man sich von ihnen nährte, wurden die Menschen zwar nicht verwandelt, doch bei den meisten unserer Art endete jeder Versuch, durch Blutaustausch einen neuen Vampir zu erschaffen, mit einem neuen Verseuchten. Lediglich die wenigen Meistervampire, die Prinzen in ihren Städten, konnten noch gesunde Nachkommen erschaffen. Und selbst bei ihnen bestand das Risiko, dass ein Verseuchter dabei herauskam. Unser Schöpfer Kanin war so ein Meister, trotzdem war es reines Glück gewesen, dass ich aus der Verwandlung als Vampir hervorgegangen und nicht als monströse, hirnlose Schreckgestalt wiedererwacht war.

»Dieser alte Mann war der Schlüssel«, erzählte Jackal weiter. Jetzt sah auch er finster drein. »Er verfügte über sämtliche Informationen, die wir gebraucht hätten. Über die Ergebnisse der Forscher bezüglich der Seuche, über ihre Versuchsanordnungen, darüber, wie die Verseuchten erschaffen wurden, einfach alles. Ich wollte unsere Art retten, Schwesterlein. Und ich war so kurz davor, als du alles zunichtegemacht hast.«

»Du hast bloß versucht, das Verseuchtenvirus zu heilen, um deine Banditenlakaien in eine Vampirarmee zu verwandeln und alles zu übernehmen«, schoss ich zurück. »Versuch bloß nicht, mir das als gute Tat zu verkaufen. Du bist nichts weiter als ein verschlagener, blutrünstiger Killer, der nach Macht strebt. Ach, übrigens, wo steckt eigentlich deine Banditenarmee? Haben sie sich doch noch gegen dich gewandt, als das mit der versprochenen Unsterblichkeit nicht geklappt hat?«

»Oh, keine Sorge, die gibt es noch.« Jetzt war Jackals

Lächeln ganz und gar nicht mehr freundlich. »Es ist ziemlich einfach, über eine Stadt ohne Gesetze zu herrschen. Meine Untergebenen tun, was ihnen gefällt, und ich halte sie nicht davon ab. Doch nach dem Tod des Alten musste ich mir etwas Neues überlegen. Da kam mir der Gedanke, mich mal ernsthaft mit dir zu unterhalten, aber das ging ja schlecht mit einer Horde Banditen im Schlepptau.« Er zuckte mit den Schultern. »Sie werden immer noch da sein, wenn ich zurückkomme, diesmal mit dem Heilmittel. Du hast gar nichts verhindert, Schwesterlein, du hast die Sache nur ein wenig verzögert.«

»Falls überhaupt ein Heilmittel existiert. Wir wissen ja gar nicht, ob in diesem Labor eines entwickelt wurde oder auch nur ein Vorläufer davon.«

»Ich hätte das alles mit dir geteilt«, fuhr Jackal wütend fort. Gleichzeitig klang er verletzt. »Du und ich, Schwester, wir hätten das alles haben können. Einfach alles.«

»Ich wollte das alles aber nicht.« Mit einem finsteren Blick erklärte ich es ihm: »Ich wollte weder deine Stadt noch deine Untergebenen, und mit deinen machtgierigen Plänen wollte ich auch nichts zu tun haben. Das Einzige, was ich wollte, war Sicherheit für meine Freunde.«

»So, so.« Jackal zog spöttisch eine Augenbraue hoch. »Und was ist dabei herausgekommen? Keiner deiner sogenannten Freunde ist jetzt hier. Wo sind sie? In ihrem kleinen Eden, richtig? Warum bist du nicht bei ihnen geblieben, wenn ihr so gute Kumpel wart?« Er kicherte kurz, fuhr aber fort, bevor ich antworten konnte. »Meiner Meinung nach ist Folgendes passiert: Du hast die kleinen Blutsäcke nach Eden geführt, wie du es versprochen hattest, aber –

oh je – die konnten ja keinen Vampir in ihre Stadt lassen, nicht wahr? Das würde doch eine Panik auslösen, wenn der Wolf unter den Schafen wandelt. Also haben sie dich entweder abgewiesen oder gewaltsam vertrieben. Und deine kleinen Freunde, jene Menschen, die du vor dem großen, bösen Banditenkönig gerettet und für die du sogar deinen Hals riskiert hattest, was haben die getan? Gar nichts! Weil sie genau wussten, dass die anderen recht haben. Weil du ein Monster bist, das Menschen tötet, um zu überleben. Und ganz egal, wie sehr du versuchst, dir etwas anderes einzureden: Genau das wirst du auch immer bleiben.«

»Sag mal, warum helfe ich dir noch gleich?«

Jackal lachte laut. »Du weißt genau, dass ich recht habe, Schwesterlein. Das kannst du abstreiten, bis dir der Himmel auf den Kopf fällt, aber dann machst du dir nur etwas vor.«

»Du kennst mich doch gar nicht.« Als er wieder kicherte, wirbelte ich zu ihm herum. »Und noch etwas: Hör auf, mich ständig ›Schwesterlein‹ zu nennen. Nur weil Kanin uns beide erschaffen hat, sind wir noch lange nicht verwandt. Ich habe einen Namen: Allison. Benutz ihn endlich.«

»Klar doch, *Allison*.« Jackal entblößte spöttisch die Reißzähne. »Aber wir kennen beide die Wahrheit. Vampirblut ist stärker als menschliche Bindungen – unser Blut schafft ein Band zwischen uns, das sie sich nicht einmal vorstellen können. Was glaubst du denn, warum du spüren konntest, wo ich war, oder wo Kanin ist? Weil du langsam stärker wirst. Und je stärker der Vampir, desto einfacher wird es herauszufinden, wo sich die einzelnen Mitglieder deiner Blutsfamilie aufhalten. Deshalb bestehen die meisten Hofstaaten aus Familienmitgliedern des Prinzen, also aus jenen, die er selbst erschaffen hat. Er kann spüren, wo sie sich befinden, und manchmal sogar ihre Gedanken lesen. Dadurch wird es ganz schön schwer für sie, sich gegen ihn zu erheben. Aber diese Verbindung funktioniert in beide Richtungen.«

»Deshalb waren wir also in der Lage, Kanin zu spüren.«

»Genau.« Wir setzten uns wieder in Bewegung, und Jackal blickte Richtung Westen. »Und uns gegenseitig, wenn auch nicht ganz so stark. Die stärkste Verbindung haben wir zu unserem Schöpfer, zumindest bis er in Tiefenstarre verfiel. Wenn der Vampir kurz vor dem Sterben ist, klappt es nicht ganz so gut, aber das Band ist trotzdem noch da.«

»Warum?«

»Weil Kanin lautlos und wahrscheinlich unbewusst nach uns ruft.«

Einige Stunden später waren wir bei der Suche nach dem Zugang zum U-Bahntunnel kein bisschen weitergekommen.

»Hmmm.« Jackal blieb an der Dachkante stehen und drehte die aufgefaltete Karte hin und her. »Verdammt noch mal. Eigentlich sollte es irgendwo in dieser Straße einen U-Bahnzugang geben, aber wie sollen wir uns an der dämlichen Karte orientieren, wenn es hier nirgendwo Schilder gibt?«

Ich ließ ihn schweigend mit dem Stadtplan herumspielen und beobachtete die fahlen Schemen der Verseuchten, die unter uns durch die Straßen huschten. »Warum sollte Sarren überhaupt nach dem Labor suchen?«, fragte ich leise, damit die Monster unter uns nicht aufgeschreckt wurden. »Was meinst du, was hat er vor?« Jackal grunzte nur halbherzig. »Frag nicht mich, ich bin kein psychotischer Irrer.« Nach kurzem Zögern ergänzte er: »Na ja, zumindest kein *so* psychotischer Irrer. Okay, da ist der U-Bahnhof Foggy Bottom … und wo zum Teufel ist dann der Tunnel?« Seufzend starrte er auf die Straße hinunter. »Vielleicht sucht er ja ebenfalls nach dem Heilmittel gegen das Verseuchtenvirus«, schlug er mir über die Schulter hinweg vor. »Aber Moment, das interessiert dich ja gar nicht, richtig?«

Direkt unter Jackal schob sich eine ganze Gruppe von Verseuchten zwischen den Häusern hindurch. Er beachtete weder sie noch mich, sondern konzentrierte sich wieder auf die Karte. Einen Moment lang spielte ich mit der Idee, ihn einfach über die Kante zu schubsen und direkt in die Verseuchtenmeute fallen zu lassen. Ob er das wohl überleben würde? Mein inneres Monster war eindeutig für den Plan, es drängte mich geradezu, den einen Schritt nach vorne zu machen und anzugreifen, solange er abgelenkt war. *Ja,* flüsterte es mir ein, *tu es. Jackal würde es machen, eines Tages wird er es bestimmt tun. Sobald er dich nicht mehr braucht, wird er dich ohne irgendwelche Skrupel von hinten angreifen.*

Aber dann wäre ich doch nicht besser als er, oder?

Der Moment verstrich, ohne dass ich zu einer Entscheidung kam. Die Verseuchten zogen weiter, die Chance war vertan. Zischend und fauchend schlichen sie die Straße hinunter … und verschwanden in einem Schutthaufen.

Ich blinzelte verwirrt. »Hey«, sagte ich dann, sodass

Jackal die Karte sinken ließ und mir zusah, wie ich zur Dachkante ging und mich hinhockte. »Ich glaube, ich habe den Tunnel gefunden.«

Vorsichtig ließen wir uns auf die Straße hinabfallen und hielten zwischen den Autos und Häusern Ausschau nach versteckten Verseuchten. Dann überquerten wir wachsam die Straße und sahen uns die Stelle genauer an, an der die Meute verschwunden war. Teile des Nachbargebäudes waren eingestürzt, sodass überall Glasscherben, Stahlstreben und Betonbrocken herumlagen. Aber unter einem halb eingesunkenen Überhang befand sich ein fast unsichtbares Loch, hinter dem sich Dunkelheit auftat.

Mit einem herausfordernden Grinsen drehte sich Jackal zu mir um. »Ladys first.«

Das ging mir gehörig gegen den Strich. Der Tunneleingang tat sich vor mir auf wie der Schlund eines bösartigen Riesen, der nur darauf wartete, mich zu verschlingen. Ich ging in die Hocke und spähte hinein. Absolute, endlose Dunkelheit lauerte dort, die selbst mit meiner vampirischen Sehkraft nur schwer zu durchdringen war. Aus dem Spalt wehte mir kalte, trockene Luft entgegen, die nach Staub, Moder und Verwesung stank.

»Was ist denn?«, fragte Jackal spöttisch von hinten. »Hast du Angst? Muss dein großer Vampirbruder etwa vorangehen?«

»Halt's Maul.« Widerwillig griff ich nach hinten und zog mit einem leisen, metallischen Surren mein Schwert aus der Scheide. Falls mich in der Finsternis etwas ansprang, wollte ich vorbereitet sein. Ich drehte den Griff, sodass ich die Klinge flach gegen meinen Arm drücken konnte, dann krümmte ich mich zusammen wie ein Verseuchter und glitt in das Loch hinein.

Meine Finger strichen über Stein und kaltes Metall, und als ich mich schließlich aufrichten konnte, entdeckte ich direkt vor mir eine lange Treppe, die ins Ungewisse hinabführte. Obwohl sie zum Teil unter Erde und Geröll verschwanden, erkannte ich, dass die Stufen aus Metall gefertigt waren und wirkten, als wären sie nicht richtig fest verankert. Aus einem bestimmten Winkel betrachtet sahen sie fast so aus, als hätten sie sich früher einmal bewegt.

Jackal schob sich mit den Füßen voran durch das Loch und landete grunzend auf der Treppe. »So weit, so gut«, murmelte er und richtete sich auf. Im Gegensatz zu mir musste er leicht geduckt stehen, um sich nicht den Kopf an der Decke anzustoßen. Manchmal hat es eben auch Vorteile, klein zu sein. Er faltete wieder seine Karte auf und versuchte, in der Dunkelheit etwas zu erkennen. »Also, laut meinem Plan müssen wir dieser roten Linie Richtung Norden folgen, um das Nest zu finden, das irgendwo hier liegen müsste …« Mit nachdenklicher Miene tippte er auf die Karte.

»Und wo genau?«

»Steht hier nicht.«

»Dann gehen wir also quasi blind da rein, auf der Suche nach einem Labor, das sich *vielleicht* irgendwo dort befindet. Und das mitten in einem Nest voller Verseuchter, die uns hier unten festsetzen können, wenn wir keinen Ausgang finden.«

»Aufregend, nicht wahr?« Grinsend faltete Jackal den Plan zusammen. »In Momenten wie diesen weiß man die

Unsterblichkeit erst richtig zu schätzen. Ist das nicht herrlich, Schwesterlein? Fühlst du dich dadurch nicht erst wirklich lebendig?«

»Danke, aber ich muss passen.« Ich steckte mein Schwert weg und ging die Stufen hinunter. »Im Moment würde es mir schon reichen, das Labor zu finden und mit heiler Haut hier rauszukommen.«

Die Treppe führte tief unter die Erde und endete in einem gigantischen Tunnel. Rechts und links von der erhöhten Plattform zogen sich Schienen entlang, auf denen früher Metallbahnen zwischen den Stationen hin und her gefahren waren, die inzwischen aber leer zu sein schienen. Die gewölbte Decke der Röhre war seltsam: Betonplatten, die offenbar eine Art Muster gebildet hatten, von denen nun aber einige heruntergefallen waren. Es zog sich die gesamte Röhre entlang.

Jackal trat an den Rand der Plattform, sprang auf die Schienen hinunter und spähte in den Tunnel hinein. »Keine Spur von den Verseuchten«, murmelte er. »Zumindest noch nicht.« Er blickte über die Schulter zu mir hinauf. »Kommst du?«

Mit einem Sprung stand ich neben ihm auf den Schienen. »Was ist los, Jackal?« Jetzt konnte ich ihm den letzten Seitenhieb heimzahlen. »Muss ich dir jetzt jedes Mal das Händchen halten, wenn wir in irgendein dunkles Loch kriechen?«

Sein Lachen hallte von der gewölbten Decke wider. Damit hatte ich nicht gerechnet. »Deshalb mag ich dich so, Schwesterlein. Du und ich, wir sind aus demselben Holz geschnitzt.«

Ich bin kein bisschen wie du, dachte ich, aber seine Worte verfolgten mich noch lange, nachdem wir in den Tunnel hineingewandert waren.

»Mann, das zieht sich ja endlos hin, oder?«

Ich zuckte heftig zusammen, als seine Stimme laut durch die drückende Stille hallte. Wie eine Welle zog der Schall durch den langen Korridor. »Könntest du vielleicht etwas leiser sein?«, knurrte ich und lauschte auf das Schlurfen von Schritten oder das Schaben von Krallen auf Stein, Zeichen dafür, dass die Verseuchten unsere Anwesenheit bemerkt hätten. Einigen dieser Monster waren wir bereits begegnet, und ich hatte keine Lust, mich durch die nächste Welle kämpfen zu müssen. Überall in den finsteren Tunneln stank es nach ihnen, der faulige Geruch schien in die Wände eingedrungen zu sein. Ansonsten rührte sich hier gar nichts, nicht einmal Ratten gab es. Hin und wieder stießen wir auf tote Verseuchte, ausgeweidete Leichen, die von ihren eigenen Artgenossen zerfetzt worden waren. An einer Stelle dachten wir, wieder so einen Leichnam vor uns zu haben, bis er uns mit einem schrillen Schrei anfiel und mit dem letzten verbliebenen Arm nach uns schlug. Jackal schienen diese Begegnungen Spaß zu machen, er schwang mit brutaler Kraft das Stahlbeil, das er unter seinem Mantel verbarg, und zertrümmerte mit einem wilden Grinsen Schädel und Knochen. Ich war weniger begeistert. Alles in mir sträubte sich dagegen, mit einem Vampir, den ich nicht mochte und dem ich kein bisschen vertraute, durch dieses unterirdische Labyrinth des Todes zu wandern. Denn wenn ich ihm dabei zusah, wie er sich auf die Verseuchten stürzte und sie mit

81

seinem dämonischen Grinsen Stück für Stück zerlegte, erinnerte mich das viel zu sehr an mich selbst. An dieses Ding in meinem Inneren, das ich sorgfältig wegsperrte, jenes Ungeheuer, das mich mit animalischer Wut und Blutdurst lockte. An jenen Teil von uns, der uns für jeden Menschen, dem wir begegneten, zur Gefahr machte.

Und der verhinderte, dass ich je mit Zeke zusammen sein konnte.

Mein Bruder im Blute hob immer noch grinsend sein blutverschmiertes Feuerwehrbeil auf die Schulter. »Ach, Schwesterlein, erzähl mir nicht, du hättest Angst vor ein paar Verseuchten.«

»Ein *paar* Verseuchte sind eine Sache – eine Riesenhorde in einem engen Tunnel eine ganz andere. Und uns bleiben nur noch wenige Stunden bis Sonnenaufgang.« Frustriert starrte ich in die verfallene Betonröhre vor mir. Der Untergrund von Old D. C. bestand aus einem endlosen Labyrinth aus Tunneln, Röhren und Gängen, die sich überall durch die Finsternis wanden. Die Nacht verstrich, und die verschiedenen Abzweigungen zogen sich ohne ein erkennbares Ende hin. Wir hatten sogar etwas entdeckt, das wie ein unterirdisches Einkaufszentrum aussah, voller verfallener Geschäfte und seltsamer Waren, die auf fast leeren Regalen vor sich hin moderten. Bisher hatte ich immer gedacht, das Kanalsystem von New Covington sei verwirrend, aber im Vergleich hierzu war das gar nichts. »Wo ist dieses dämliche Labor?«, murmelte ich. »Ich habe das Gefühl, wir wandern die ganze Zeit im Kreis.«

Jackal setzte zu einer Antwort an, zögerte dann aber und runzelte die Stirn. »Hörst du das?«, fragte er leise.

»Nein, was denn?«

Er signalisierte mir, still zu sein, und schlich ein paar Schritte weiter. Die Betonröhre, durch die wir gerade liefen, verjüngte sich ein wenig, und plötzlich hörte ich etwas – ein Geräusch, bei dem sich mir die Nackenhaare aufstellten. Hätten das leise Knurren und Zischen nicht ausgereicht, um mich misstrauisch zu machen, gab es noch den Verwesungsgestank, der durch den Tunnel wehte und meine Ahnung bestätigte.

Mit gezogenen Waffen schlichen wir weiter, absolut lautlos. Vor uns endete der Tunnel, dahinter wartete ein verrosteter, schmaler Steg in luftiger Höhe. Ich packte mein Schwert fester und folgte Jackal zu der Stelle, wo der Steg begann. Von dort aus spähte ich hinab in die Finsternis.

»Heilige Scheiße«, murmelte Jackal fast schon beeindruckt.

Wir befanden uns am Rand einer riesigen, runden Kammer, deren Wände von unserem Standpunkt aus noch einmal fast fünf Meter weit aufragten. Der schmale Metallsteg, der unseren Tunnel mit einem weiteren auf der anderen Seite verband, musste mindestens sechzig Meter lang sein. Sein Geländer war vollständig dem Rost zum Opfer gefallen, und das Drahtgitter, das den Boden bildete, wies einige Löcher auf, aber das war gerade meine geringste Sorge.

Ungefähr sechs Meter unter uns befand sich eine brodelnde, wogende Masse aus bleichen Körpern und scharfen Zähnen. Die gesamte Kammer war voller Verseuchter, die sich wie ein knurrender, fauchender Haufen Ameisen durcheinanderbewegten. Es waren Hunderte, vielleicht sogar Tausende, die da aus den diversen Tunneln und Rohren auf Bodenhöhe hervorkrochen. Als ihr Gestank aus der Grube zu mir aufstieg, sog ich angewidert den Atem ein – Blut, Verwesung, Fäulnis und dieser undefinierbare Hauch, der einfach *falsch* war. Schnell wich ich von der Kante zurück.

»Tja.« Jackal beobachtete mit leiser Belustigung den Verseuchtenschwarm. »Damit hätten wir unbestreitbar das Nest gefunden.« Probehalber rüttelte er an dem Steg. Das Ding quietschte, und einige rostige Metallflocken rieselten in die Menge hinab. Gott sei Dank blieb das unbemerkt. »Scheint nicht sonderlich stabil zu sein, oder? Das wird auf jeden Fall spannend.«

»Du machst Witze!«

»Siehst du hier noch einen anderen Weg nach drüben?« Er verschränkte die Arme vor der Brust und grinste mich herausfordernd an. »Und ich dachte, du wärst ganz scharf darauf, das Labor zu finden.«

Ich erwiderte sein Lächeln in gleicher Weise. »Na schön. Nach dir.«

Mit einem Achselzucken betrat Jackal die schmale Brücke und schob sich vorsichtig über den Abgrund, um ihre Stabilität zu prüfen. Der Steg ächzte hörbar, aber er hielt. Grinsend drehte Jackal sich zu mir um.

»Hast du etwa Höhenangst, Schwesterlein? Soll ich dich rübertragen?«

»Warum sparst du dir die dummen Sprüche nicht auf, bis du drüben bist?«

Er verdrehte die Augen, wandte sich ab und machte sich mit der übernatürlichen Grazie eines Vampirs daran, den Abgrund zu überqueren. Trotzdem quietschte und ächzte der Steg bedrohlich unter seinem Gewicht. Die Konstruktion zitterte und schaukelte so stark, dass ich mir vor Anspannung auf die Lippe biss – bestimmt gab das Metall jeden Moment nach, und Jackal würde in den Tod stürzen.

Inzwischen hatten die Verseuchten bemerkt, dass ein Vampir auf der Brücke war, und unter schrillem Schreien und Fauchen drängten sie sich zusammen und starrten hungrig nach oben. Einige sprangen hoch und versuchten, mit den Krallen den Steg zu erreichen, und auch wenn es ihnen nicht gelang, kamen manche ihm doch erschreckend nah.

Nach einer gefühlten Ewigkeit erreichte Jackal endlich die andere Seite. Nun war der Lärm, den die Verseuchten veranstalteten, ohrenbetäubend laut und hallte durch die gesamte Kammer. Trotzdem grinste Jackal breit, als er sich zu mir umdrehte und auffordernd winkte.

Verdammt. Ich schluckte schwer, trat an die Kante und schaute noch einmal nach unten. Die Verseuchten entdeckten mich sofort und fingen an, sich wild um sich schlagend in meine Richtung zu werfen. Ich versuchte, sie möglichst zu ignorieren, während ich den schäbigen Metallsteg betrat, der unter meinen Füßen sofort zu schwanken begann. Das andere Ende der Brücke schien unerreichbar weit weg zu sein.

Immer einen Schritt nach dem anderen, Allie.

Den Blick starr geradeaus gerichtet, machte ich mich auf den Weg und schob so vorsichtig wie möglich einen Fuß vor den anderen. Es gab nichts, woran ich mich festhalten konnte, ich musste es allein mit meinem Gleichgewichtssinn nach drüben schaffen. Als ich mich der Mitte näherte – wo-

bei ich mühsam über die klaffenden Löcher in dem Drahtgitter hinwegstieg –, schwankte die Brücke und ächzte immer lauter. Unter mir tobten die Verseuchten, starrten mit
ihren toten weißen Augen zu mir hinauf und knirschten mit
den schartigen Reißzähnen.

Je weiter ich kam, desto schneller wurde ich, versuchte
aber gleichzeitig, möglichst leicht aufzutreten. Kurz bevor
ich das Ende des Stegs erreichte, sprang einer der Verseuchten hoch, schlug zu und streifte mit einem metallischen
Kreischen die Unterseite des Stegs. Das Geräusch ging mir
durch Mark und Bein. Die Brücke wurde ruckartig zur Seite geschleudert, sodass ich fast abgerutscht wäre, dann geriet mit einem beängstigenden Knirschen ein Ende des Stegs
in Bewegung. Die Konstruktion schien nicht mehr Substanz
zu haben als ein Blatt Papier.

Angst packte mich. Mit einem verzweifelten Sprung warf
ich mich dem Tunneleingang entgegen, gleichzeitig brach
der Metallsteg ab und fiel in die wilde Horde unter mir. Ich
prallte wenige Zentimeter unterhalb der Tunnelöffnung gegen die Wand und suchte panisch nach etwas, woran ich
mich festhalten konnte. Meine Finger kratzten über die
glatte Wand, während ich langsam den kreischenden, tödlichen Wogen unter mir entgegenglitt.

Plötzlich wurde ich am Handgelenk gepackt und mein
Fall gestoppt. Mit weit aufgerissenen Augen sah ich nach
oben, wo Jackal flach auf dem Bauch lag und mit zusammengebissenen Zähnen meinen Arm umklammerte. Sein
Gesicht verzerrte sich vor Konzentration, als er mich langsam in die Höhe zog.

Ein stinkender, ausgemergelter Körper landete auf meinem Rücken, Krallen gruben sich in meine Schulter, und ein wildes Kreischen dröhnte in meinen Ohren. Ich fauchte vor Schmerzen und zog den Kopf ein, während der Verseuchte an meinem Kragen zerrte und versuchte, mich in den Hals zu beißen. Ich war vollkommen hilflos, doch Jackal schob seine freie Hand zu mir hinunter, griff nach meinem Katana-Schwert, das in der Scheide auf meinem Rücken steckte, und stieß dem Verseuchten die Klinge in den Leib. Sofort löste sich das Gewicht von mir, und der Angreifer fiel zeternd zurück in den Mob. Endlich schaffte Jackal es, mich in den Tunnel hinaufzuziehen.

Ich sank an der Wand zusammen und starrte zu ihm hinüber, während er die Verseuchten unter uns beobachtete. Er hatte mir ... das Leben gerettet. Fassungslos sah ich zu, wie er zu mir herüberkam und mir den Schwertgriff entgegenstreckte.

»Also«, begann er und musterte mich mit funkelnden Augen, »ich denke, jetzt habe ich mir ein paar dumme Sprüche verdient, oder nicht?«

Benommen nahm ich meine Waffe entgegen. »Stimmt«, murmelte ich, und seine selbstzufriedene Miene verwandelte sich in etwas, das einmal nicht vollkommen unerträglich war. »Danke.«

»Kein Thema, Schwesterlein.« Das fiese Grinsen kehrte zurück, sodass er wieder wie immer aussah. »Spruch Nummer eins: Wie viel wiegst du eigentlich, dass die Brücke einfach so unter dir zusammenbricht? Ich dachte immer, ihr Asiatinnen wärt alle so zierlich und zart.«

Okay, damit war dieser merkwürdige Moment wohl auch vorbei. Ich steckte mein Schwert weg und funkelte ihn wütend an. »Und fast hätte ich geglaubt, du wärst kein totaler Arsch.«

»Tja, dein Fehler, nicht meiner.« Jackal klopfte sich den Staub von den Händen und blickte kläglich Richtung Abgrundkante. »Sollen wir weitergehen? Bevor unsere Freunde da unten noch eine lebende Leiter bilden, um uns zu erwischen? Wenn das hier das Nest ist, müsste das Labor ja hier irgendwo sein.«

Ein Scheppern aus der Grube lenkte mich ab. Ich trat an die Kante und wollte hinunterspähen, doch genau in diesem Moment landete ein fauchender Verseuchter im Tunneleingang. Mit einem wilden Knurren versetzte ich dem Monster einen Tritt gegen die Brust, sodass es rückwärts in den Abgrund zurückfiel. Nun sah ich, dass der Metallsteg schräg an der Wand gelandet war und die Verseuchten daran emporkrochen, um dann mit wilden Sprüngen den Tunneleingang zu erreichen. Gerade rechtzeitig zog ich mein Schwert und erwischte den nächsten noch im Flug, sodass er heulend abstürzte. Aber Jackal packte mich am Mantel und zerrte mich zurück.

»Keine Zeit! In einer Minute ist das gesamte Nest hier oben. Komm!«

Ihr Kreischen und Heulen wurde immer lauter, als mehr und mehr Verseuchte in den Tunnel stürmten, laut fauchten und die Fänge bleckten. Ich befreite mich aus Jackals Griff, wirbelte herum, und gemeinsam rannten wir den Tunnel hinunter, dicht gefolgt von den Schreien der Monster.

Auch einige Kilometer später waren wir dem geheimen Labor noch nicht näher gekommen.

»Du rätst doch nur noch, oder?«, schnauzte ich Jackal an, woraufhin er mir im Laufen einen genervten Blick über die Schulter zuwarf.

»Tut mir leid, aber ich habe auf der Karte kein großes X mit der Bezeichnung *Ultrageheimes Regierungslabor* gesehen, du vielleicht?«

Aus einer Spalte in der Decke fiel ein Verseuchter herab und landete fauchend direkt vor uns. Jackal ließ sein Beil kreisen, erwischte ihn am Kiefer und schleuderte ihn dadurch beiseite, sodass wir ungebremst weiterlaufen konnten. Noch immer hörte ich die Horde, die uns verfolgte, ihre Schreie hallten durch den Tunnel und wurden von den Wänden zurückgeworfen. Da hatten wir eindeutig in ein Wespennest gestochen, denn nun waren sie völlig außer Rand und Band. Hier befanden wir uns in ihrer Welt, und sie holten langsam auf.

Wieder attackierte ich den Vampir vor mir: »Vielleicht könntest du diese Karte ja mal rausholen, damit wir sehen, wo wir überhaupt hinrennen, verdammt!«

Wir schoben uns durch eine Art Türrahmen und landeten im nächsten schmalen Betonkorridor, an dessen Wänden und Decke verrostete Stahlträger und Rohre entlangliefen. Wasser tropfte auf den Boden. Jackal zerrte die Karte aus seiner Tasche und schüttelte sie raschelnd aus. Das Gebrüll der Verseuchten hinter uns brandete wieder auf, sodass er irritiert die Stirn runzelte.

»Also gut, wo zum Teufel sind wir jetzt?«, murmelte er und starrte konzentriert auf die Karte, obwohl es stockdunkel war. Ich beobachtete nervös den Tunnel, durch den wir gekommen waren, da die Verseuchten immer näher kamen.

Jetzt war schon das Schaben ihrer Krallen auf dem Betonboden zu hören. Jackal setzte sich wieder in Bewegung und schlängelte sich zwischen den Pfeilern und Rohren hindurch. Hastig folgte ich ihm.

»Dir ist schon klar, dass sie uns dicht auf den Fersen sind?«

»Erst sagst du, ich soll auf die Karte sehen, und jetzt hetzt du mich. Entscheide dich mal, Schwester.« Er ging an einem großen, rechteckigen Vorsprung in der Mauer vorbei, in dem sich eine halb geöffnete Schiebetür befand. Durch den Spalt drang ein kalter Luftstrom herein. »Okay, da sind die U-Bahnschächte«, murmelte Jackal und ging ein wenig schneller, hielt gleichzeitig aber die Karte dicht vor der Brust, um sie im Dunkeln entziffern zu können. »Und das ist der Eingang, durch den wir reingekommen sind ... Moment mal.«

Er blieb stehen, drehte sich halb um und starrte über die Schulter zurück. Ich folgte seinem Blick, sah jedoch nichts außer dem leeren Gang und rostigen Rohren. Allerdings hörte ich, wie die Verseuchten sich näherten.

»Äh, wohin gehen wir jetzt?«, fragte ich, als Jackal sich wieder in Bewegung setzte, und zwar auf die heranstürmende Horde zu. »Hey, falsche Richtung! Falls du es noch nicht wusstest: Normalerweise bewegt man sich von tödlichen Gefahren *weg*.«

Jackal blieb vor dem Mauervorsprung stehen. »Das dachte ich mir«, hörte ich ihn grummeln, »es ist nicht in der Karte verzeichnet, eigentlich dürfte hier überhaupt nichts sein. Komm mal her und sieh dir das an.«

Obwohl ich es eigentlich besser wusste, lief ich zu der

Stelle, wo Jackal stand und die Schiebetür anstarrte. Kalte, trockene Luft drang durch den Spalt in ihrer Mitte, und Jackal schnaubte abfällig.

»Er war hier.«

»Wer? Sarren?«

»Nein, der Schwarze Mann. Sieh doch.« Er zeigte auf die Tür. An den Kanten war das Metall eingedellt, als hätte jemand eisenharte Finger dazwischengeschoben und sie aufgestemmt.

Als ich durch den Spalt spähte, entdeckte ich einen engen Schacht, der sich in Finsternis verlor. Das ging verdammt tief runter.

Hinter uns ertönte ein Heulen, dann ergoss sich eine bleiche, fauchende Flut aus Verseuchten in den Korridor. Sobald sie uns entdeckten, kreischten sie und gingen zum Angriff über. Sie stürmten zwischen den Pfeilern und Rohren hindurch, sodass ihre Krallen auf dem Metall Funken schlugen.

»Bewegung, Schwester!« Jackals Stimme hallte so laut in dem Schacht wider, dass es in den Ohren wehtat. Dann wurde ich durch den Türspalt geschubst. Im letzten Moment warf ich mich nach vorne, packte die dicken Kabel, die in dem Schacht hingen, und fing meinen Sturz mit schmerzverzerrtem Gesicht ab.

Jackal quetschte sich ebenfalls durch die Tür, doch anstatt sich auf die Kabel zu stürzen, klammerte er sich an eine rostige Leiter, die an einer Seite des Schachts in die Wand eingelassen war. Dann blickte er über die Schulter und grinste.

»Wir sehen uns dann unten.«

»Du hast so ein Glück, dass ich gerade nicht an dich ran-komme!«

Er lachte, doch in diesem Moment warf sich ein Verseuchter gegen die Schiebetür und bleckte drohend die Zähne. Laut kreischend sprang er vor, flog durch die Luft und schnappte sich das Kabel, das neben meinem hing. Als er mit gespreizten Krallen nach mir schlug, stieß ich einen wütenden Schrei aus und trat nach dem Monster. Die Metallseile gerieten in Schwingung, und wir pendelten wild hin und her. Von den Kabeln stiegen Funken auf, als die gebogenen Klauen an ihnen abrutschten, während ich mich an den Stahlseilen entlanghangelte, um außer Reichweite zu gelangen.

Wie ein grotesk entstellter Affe kletterte der Verseuchte hinter mir her, schlug nach mir und fletschte die Reißzähne. Schließlich hob ich fauchend eine Hand, sodass sich die schartigen Zähne in meinen Mantelärmel gruben, dann riss ich den Arm nach vorne, zerrte das Monster so von seinem Kabel weg und schleuderte es in die Leere unter uns. Verzweifelt griff es nach einem der Kabel, verfehlte es aber und stürzte brüllend in den Schacht. Es dauerte ziemlich lange, bis ich den leisen Aufprall unter mir hörte.

Immer mehr Verseuchte drängten sich durch die Tür und starrten mich mit leeren, toten Augen an, doch sie schienen sich nicht dazu durchringen zu können, ins Leere zu springen. Als ich mich umsah, entdeckte ich Jackal einige Meter unter mir. Er kletterte mit beängstigender Geschwindigkeit die Leiter hinunter. Leise Verwünschungen ausstoßend, machte ich mich an den Abstieg in die Dunkelheit.

Der Schacht war mindestens hundert Meter tief, eine

stockfinstere, klaustrophobisch enge Röhre, die bis zum Mittelpunkt der Erde zu reichen schien. Selbst mit meiner vampirischen Sehkraft, durch die reine Schwärze in verschiedene Grautöne abgestuft wurde, konnte ich weder Anfang noch Ende erkennen. Es kam mir vor, als würde ich über einer bodenlosen Grube hängen. Als schließlich ein metallisches Scheppern nach oben drang – ein Zeichen dafür, dass Jackal den Boden erreicht hatte –, atmete ich erleichtert auf.

Ich rutschte das letzte Stück an meinem Haltekabel hinunter und landete auf einer rechteckigen Plattform, die unter meinem Gewicht leicht schwankte. Ein Rundblick zeigte mir, dass sie nicht an den Schachtwänden befestigt war, vielmehr handelte es sich um eine Art Stahlkasten, der an den Kabelenden hing. Im Spalt zwischen Kasten und Wand lag ein bleicher, gekrümmter Körper. Sein Schädel war gegen eine Kante geprallt und geplatzt.

Jackal richtete sich grinsend auf. Am liebsten hätte ich ihn vors Schienbein getreten. »Sieht ganz so aus, als wären wir auf der richtigen Spur«, stellte er fest und zeigte auf eine geöffnete Klappe in der Mitte des Kastendeckels. »Nach dir.«

Ich zog mein Schwert und ließ mich durch die Klappe in das Innere des Kastens gleiten. Die Zugangstür war ebenfalls aufgestemmt worden. Dahinter lag ein langer Korridor mit dicken Metalltüren am Ende.

Jackal landete mit wehendem Mantel neben mir und richtete sich mühelos auf. Dann musterte er mit schlauer Miene die Tür. »Also schön, du Mistkerl«, murmelte er und trat auf den Ausgang zu. »Was hast du hier unten gesucht?«

Gemeinsam schoben wir die Türen am Ende des Korridors auf und betraten den dahinter liegenden Raum. Es war dunkel und kalt. Auf den ersten Blick erinnerte mich alles hier an das alte Krankenhaus, in dem Kanin und ich in New Covington gehaust hatten: An der Wand waren fahrbare Betten aufgereiht, durch modrige Vorhänge voneinander getrennt, einige davon waren umgefallen. Überall fanden sich Regale voller seltsamer Instrumente, und sowohl mitten im Raum als auch in den Ecken standen wuchtige Maschinen herum. Auch sie waren teilweise umgestoßen und zerstört worden. Während wir uns einen Weg zwischen Schutt und spitzen Schrottteilen hindurch suchten, knirschten Glasscherben unter unseren Sohlen.

Als ich genauer hinsah, entdeckte ich die Ledergurte an den Betten und die dicken Manschetten, mit denen Hände und Füße fixiert wurden. Ich erschrak furchtbar, als ich einen der Vorhänge zurückschob und mich aus dem Bett dahinter ein Skelett angrinste. Die modrigen Riemen hingen noch immer an den Handgelenken. Beim Anblick der nackten Knochen drehte sich mir der Magen um. Was war hier passiert?

Jackal war bereits weitergegangen und durchsuchte die hinteren Ecken des Raumes, deshalb hielt ich mich an der Wand und stieß so auf eine weitere Tür. Im Gegensatz zu den anderen ließ sie sich nicht so einfach öffnen. Warum war sie verschlossen, wenn alle anderen offen gewesen waren? Ich konzentrierte mich und verpasste ihr einen Tritt dicht neben dem Knauf. Mit einem lauten Knall zersplitterte die Tür und öffnete sich.

Dahinter lag ein Büro, oder zumindest legten die Regalbretter, die Metallschränke und der große Schreibtisch in der Ecke diese Vermutung nahe. Im Vergleich zum übrigen Labor wirkte hier alles ziemlich sauber und ordentlich. Alles schien intakt zu sein, und auch wenn die Möbel offensichtlich alt und verstaubt waren, standen sie alle noch aufrecht.

Allerdings klebte an der Wand hinter dem Schreibtisch ein verdächtiger dunkler Fleck, und als ich um den Tisch herumging, fand ich in der Ecke ein zusammengesunkenes Skelett. Es trug noch immer die fadenscheinigen Überreste eines ehemals weißen Laborkittels. Eine der Knochenhände umklammerte eine Pistole.

Angewidert wandte ich mich ab, als mir ein kleines Buch auffiel, das mitten auf dem Schreibtisch lag. Neugierig griff ich danach und musterte den Einband. Es hatte keinen Titel, und als ich es aufschlug, fand ich statt sauber gedruckter Zeilen nur mit unordentlicher Handschrift bedeckte Seiten vor.

Die Überschrift lautete:

Mensch-Vampir-Experiment, Tag 36
Der Strom wird nun so umgeleitet, dass im Labor weitergearbeitet werden kann, also halte ich meine Erkenntnisse hier fest, nur für den Fall, dass alles zusammenbricht. Wenn mir etwas zustößt, kann das Projekt dann vielleicht mithilfe der von mir hinterlassenen Aufzeichnungen fortgeführt werden.
Auch weiterhin verlieren wir alarmierend viele Patienten. Erste Tests mit den Proben aus dem Labor in New Covington sind katastrophal verlaufen, die menschlichen

Probanden sind in kürzester Zeit gestorben. Kein einziger Patient hat die Vampirblutinfusion überlebt. Ich kann nur hoffen, dass das Team aus New Covington uns Proben schicken wird, mit denen sich arbeiten lässt.

Dr. Robertson, leitender Wissenschaftler des D. C. Vampirprojekts

Mir lief es kalt den Rücken runter. Das klang so, als hätten die Wissenschaftler hier mit denen in New Covington zusammengearbeitet, allerdings hatten sie mit Menschen experimentiert statt mit Vampiren. Das konnte nichts Gutes bedeuten. Ich blätterte einige Seiten vor und las weiter.

Mensch-Vampir-Experiment, Tag 52

Das Stromnetz in der gesamten Stadt ist zusammengebrochen. Obwohl wir mit den Notstromgeneratoren arbeiten müssen, sieht es so aus, als hätten wir heute einen ersten Durchbruch erzielt. Einer der Patienten, denen wir das zu erprobende Heilmittel verabreicht hatten, ist nicht sofort gestorben. Einige Minuten nach der Injektion wurde die Frau zunehmend unruhig und erregt, gleichzeitig schien sie über die erhöhte Körperkraft der vampirischen Probanden zu verfügen. Interessanterweise stieg auch ihr Aggressionspotenzial an, und zwar bis zu einem Punkt, an dem ihr Verstand sich auszuschalten schien, sodass sie letztlich einem verrückten oder tollwütigen Tier glich. Zu unserem Bedauern starb sie wenige Stunden später, doch ich bin immer noch zuversichtlich, dass sich ausgehend davon ein Heilmittel finden lässt. Allerdings macht sich unter den jüngeren Assistenten Unruhe

breit. Dieses letzte Experiment hat sie stark mitgenom-
men, ich kann es ihnen also nicht verübeln, dass sie nicht
mehr mitarbeiten wollen. Aber wir dürfen uns jetzt nicht
durch Angst einschränken lassen. Das Virus muss um je-
den Preis aufgehalten werden, welche Opfer das auch
fordern mag. Das Überleben der Menschheit hängt von
uns ab.
Wir sind dicht dran, das spüre ich.

Wieder fühlte ich, wie mich ein kalter Schauer überlief. Ich
blätterte um und las weiter.

Mensch-Vampir-Experiment, Tag 60
Heute habe ich eine äußerst aufgebrachte Nachricht des
Laborleiters aus New Covington erhalten. »Brechen Sie
das Projekt ab«, hieß es da. »Verwenden Sie keinesfalls
weitere Proben an menschlichen Probanden. Schließen
Sie das Labor und verschwinden Sie.«
Das war mehr als schockierend – der brillante Malachi
Crosse sagt mir, ich solle das Projekt abbrechen!
Es tut mir leid, mein Freund, aber das kann ich nicht tun.
Wir sind auf dem richtigen Weg, stehen ganz dicht vor
einem Durchbruch. Ich kann nicht Monate der Forschung
einfach aufgeben, nicht einmal dir zuliebe. Die Proben,
die wir gestern erhalten haben, sind der Schlüssel. Mit
ihnen wird es funktionieren, da bin ich mir absolut si-
cher. Wir werden diese Krankheit besiegen, selbst wenn
ich dazu meinen eigenen Assistenten das neue Serum
spritzen muss. Es wird funktionieren.
Es muss einfach. Uns läuft die Zeit davon.

Ich schluckte schwer, dann suchte ich nach dem letzten Eintrag. Er war kaum leserlich und fleckig, als wäre er in größter Eile geschrieben worden.

Das Labor ist verloren. Alle sind tot oder werden es bald sein. Weiß nicht, was geschehen ist, diese Monster sind plötzlich überall. Malachi hatte recht. Hätte nicht darauf beharren sollen, das letzte Experiment durchzuführen. Das alles ist meine Schuld.

Ich habe mich in meinem Büro eingeschlossen. Kann nicht raus, nicht, solange diese Kreaturen da draußen sind. Kann nur hoffen, dass sie keinen Weg an die Oberfläche finden. Falls doch, möge Gott uns gnädig sein.

Falls jemand diese Aufzeichnungen findet: Die restlichen Proben des Retrovirus befinden sich in Gefrierschrank Nummer 2 im kryogenischen Lager. Und falls sie gefunden werden, bete ich zu Gott, dass Sie mehr Erfolg damit haben werden als ich und sie dazu benutzen werden, ein Heilmittel gegen die Rote Schwindsucht zu finden – und gegen diese neue Monstrosität, die wir entfesselt haben.

»Hey.« Bevor ich den Rest des Eintrags lesen konnte, tauchte Jackal im Türrahmen auf. Als er mit dem Kopf Richtung Korridor deutete, war er ausnahmsweise mal ernst. »Ich habe etwas entdeckt. Und ich denke, du solltest das sehen.«

Mit dem Tagebuch in der Hand folgte ich ihm, obwohl ich bereits ahnte, was ich vorfinden würde. Hinter einer weiteren Metalltür lag ein kleiner, kahler Raum, der vollständig gefliest war. Hier war es kälter – wäre ich ein

Mensch gewesen, hätte mein Atem Wolken gebildet und ich Gänsehaut bekommen. Ein Blick durch den Raum verriet mir auch, warum.

An der Rückwand standen vier große, weiße Kästen. Sie sahen aus wie größere Versionen normaler Kühlschränke, allerdings hatte ich bisher noch nie ein funktionierendes Exemplar gesehen. Bei einem stand die Tür offen, und es drang weißer Nebel heraus, der langsam über den Boden waberte.

Schweigend ging ich zu dem Kühlgerät und zog die Tür ganz auf, sodass mich ein Schwall eisiger Luft traf. Drinnen befanden sich mehrere weiße Fächer. Die Plastikbretter hingen dicht untereinander, darauf waren Halterungen befestigt, in denen winzige Glasphiolen funkelten.

Jackal trat hinter mich. »Denkst du nicht auch, dass hier ... etwas fehlt?«, fragte er leise.

Erst als ich die Fächer gründlicher musterte, erkannte ich, was er meinte. Auf einem der oberen Bretter fehlte eine Lage, offenbar war sie herausgenommen und nie zurückgestellt worden.

Mit finsterer Miene folgte Jackal meinem Blick. »Irgendjemand hat etwas aus diesem Gefrierschrank gestohlen«, knurrte er. »Die anderen sind alle unberührt. Und dieser Jemand war erst vor Kurzem hier. Also, was meinst du, wer könnte das sein?«

Zitternd wich ich einen Schritt zurück, da ich genau wusste, wer das gewesen war. Ich schloss die Tür und las das schlichte, handgeschriebene Schild, das außen befestigt war. Mein Verdacht wurde bestätigt: *Gefrierschrank 2* verkündeten die verblassten Buchstaben.

Sarren, dachte ich entsetzt. *Was zum Teufel führst du im Schilde?*

»Tja.« Jackal verschränkte die Arme vor der Brust. »Jetzt bin ich tatsächlich wesentlich stärker beunruhigt als zu Beginn unserer Suche. Ich weiß zwar nicht genau, was in diesem Gefrierschrank war, aber es ist wohl nicht schwer zu erraten, und das hier sind bestimmt keine guten Neuigkeiten.« Er klang gelassen, doch seine Augen funkelten gefährlich. »Hier gibt es jedenfalls mit Sicherheit kein Heilmittel. Die Preisfrage lautet also: Was will ein brillanter, aber psychotischer Vampir mit einer Virusprobe, und wo bringt er sie gerade hin?«

Sarren hatte die Rote Schwindsucht an sich gebracht. Ein erschreckender Gedanke. Was wollte er damit? Wo wollte er hin? Und wie passte Kanin da hinein? Ratlos wanderte mein Blick über die Seiten des Tagebuchs in meiner Hand, und ich las den unvollendeten Eintrag auf der letzten Seite.

Ich kann nur beten, dass jemand es aufhalten kann. Und ich bete darum, dass das Team in New Covington bereits daran arbeitet, das alles zu beenden. Das Labor dort wurde so konstruiert, dass es sich von der Außenwelt abkapseln kann, falls etwas passiert. Das könnte nun unsere einzige Rettung sein.
Möge Gott uns vergeben.

Da wusste ich es.

Das Tagebuch entglitt mir und landete mit einem Knall auf dem Boden. Ich spürte Jackals fragenden Blick, ignorierte ihn aber, da die Erkenntnis mich quasi lähmte. Falls

Sarren das Virus benutzen wollte, gab es nur einen Ort, an den er gehen konnte. Und ich hatte geschworen, niemals dorthin zurückzukehren.

»New Covington«, flüsterte ich. Der Weg lag unmissverständlich vor mir, und er führte dahin, wo alles angefangen hatte. »Ich muss nach Hause zurück.«

ZWEITER TEIL

GEFANGEN

5

Es waren keine Scheinwerfer auf der Mauer.

Die große Mauer von New Covington war der Schutzschild der Stadt, ihr Rettungsanker und ihre beste Verteidigung, was auch jeder wusste. Das zehn Meter hohe Monstrum aus Stahl, Eisen und Beton war nachts immer beleuchtet, dazu glitten Scheinwerfer über den kahl gehaltenen Boden davor, und auf der Mauerkrone patrouillierten Wachen. Sie umschloss das gesamte Stadtgebiet und schützte New Covington vor dem hirnlosen Grauen dort draußen – die einzige Barriere zwischen den Menschen und den stets hungrigen Verseuchten. Dieser Schutz war es, der die Macht des Prinzen stützte. New Covington war seine Stadt: Wollte man hinter seiner Mauer leben, unter seinem Schutz stehen, musste man sich seinen Regeln beugen.

Während der siebzehn Jahre, die ich in New Covington gelebt hatte, war die Mauer niemals unbesetzt gewesen.

»Da stimmt etwas nicht«, murmelte ich, als Jackal und ich am Rand des Todesstreifens ankamen. Der steinige Boden war mit Fallgruben, Minen und Stacheldrahtrollen übersät, sodass er zur tödlichen Falle wurde. Normalerweise glitten im Abstand von fünfzehn Metern helle Strahler über den Boden, die angeblich mit ultravioletten Birnen bestückt waren, um die Verseuchten noch effektiver davon abzuhalten, sich der Mauer zu nähern. Diese Scheinwerfer waren nun dunkel. Auf dem Todesstreifen rührte sich überhaupt nichts, nicht einmal lose Blätter wehten umher. »Die Mauer ist nie unbemannt. Nicht einmal, wenn die Stadt abgeriegelt wird. Die Scheinwerfer bleiben immer angeschaltet, und die Wachen gehen immer auf Patrouille, ganz egal, was passiert.«

»Ach ja?« An einen Baumstamm gelehnt, musterte Jackal skeptisch die Betonwand und den Todesstreifen. »Tja, entweder wird der Prinz nachlässig, oder Sarren verwirklicht da drin gerade seine ganz persönlichen Zerstörungsträume. Ich würde auf Letzteres tippen, es sei denn, der Prinz hier ist sowieso eine rückgratlose Marionette.« Er sah zu mir herüber. »Wer herrscht überhaupt in New Covington? Hab ich vergessen.«

»Salazar«, murmelte ich.

»Oh ja.« Jackal schnaubte abfällig. »Ein kleiner Zigeunerknilch, laut Kanins Aussage. Entstammt einer der älteren Blutlinien und hat sich selbst immer als ›königlich‹ bezeichnet, auch wenn ihm das hier mal gar nichts gebracht hat.« Nun richtete er sich auf und zog vielsagend eine Augenbraue hoch. »Wie dem auch sei, das hier war früher einmal dein Revier, Schwesterlein. Sollen wir zum Haupttor laufen und klingeln, oder gibt es noch einen anderen Weg hinein?«

»Wir können nicht einfach durch den Todesstreifen marschieren.« Ich wandte mich ab und ging in Richtung der Ruinen, die das Gebiet außerhalb der Mauer dominierten: reihenweise baufällige Häuser und marode Straßenzüge. Schließlich waren da noch die Minen, Trittfallen und anderen Scheußlichkeiten, auch wenn die Mauer nicht besetzt war. Aber ich kannte diese Stadt in- und auswendig. Als ich noch ein Mensch gewesen war, hatte ich es immer wieder geschafft, unbemerkt hinaus- und hineinzukommen. Das Kanalsystem unter der Stadt erstreckte sich kilometerweit, und hier waren die Tunnel nicht wie in Old D. C. voller Verseuchter. »Die Kanalisation«, erklärte ich Jackal. »Wir kommen in die Stadt, indem wir unter der Mauer hindurchlaufen.«

»Durch die Kanalisation? Warum überrascht mich das nicht?« Jackal folgte mir durch das hohe Gras und zwischen den rostigen Autowracks hindurch, die sich am Rand des Todesstreifens aufreihten, bis wir die Ruinen erreichten. »Hättest du das nicht früher erwähnen können?«

Ich beachtete ihn nicht weiter. Die Rückkehr hierher löste in mir einerseits Erleichterung, andererseits Anspannung aus. Wir hatten fast einen Monat gebraucht, um zu Fuß von Old D. C. hierherzugelangen. Nach weiten Ebenen, dichten Wäldern und zahllosen Geisterstädten hatten wir nun die Mauer meiner ehemaligen Heimat erreicht. Wären wir nicht eines Nachts auf ein funktionstüchtiges Fahrzeug gestoßen, hätten wir sogar noch länger gebraucht. Der »Jeep«, wie Jackal das Ding nannte, hatte die Reise um einiges verkürzt, trotzdem befürchtete ich, dass wir zu lange gebraucht haben könnten. Ich hatte keine weiteren Träume mehr gehabt, die mir gezeigt hätten, dass Kanin noch lebte, aber wenn ich mich konzentrierte, war da immer noch dieses leise Ziehen, das mich vorantrieb.

Zurück nach New Covington, an den Ort, wo alles begonnen hatte. Wo ich gestorben und zu einem Monster geworden war.

»Hier wurdest du also geboren?« Jackal musterte das zerpflügte Feld, während wir an seinem Rand entlangwanderten. »Wie unglaublich nostalgisch. Und, wie fühlt es sich an, nun als Vampir zurückzukehren statt als Blutsack?«

»Halt die Klappe, Jackal.« Ich blieb stehen und starrte auf einen kaputten Springbrunnen vor einem Apartmenthaus. Die armlose Betonfrau in dem Becken erwiderte blind meinen Blick, und plötzlich wusste ich haargenau, wo ich war. Bei meinem Abschied von New Covington hatten Kanin und ich versucht, durch die Ruinen in den Wald zu gelangen, bevor Salazars Leute uns unter Beschuss genommen hatten. »Und ich dachte, ich wäre fertig mit dieser Stadt«, murmelte ich, während ich an der Statue vorbeimarschierte. »Nie im Leben hätte ich geglaubt, dass ich mal hierher zurückkomme.«

»Ha«, höhnte Jackal, »keine alten Freunde, die du besuchen möchtest? Keine Orte, die du unbedingt noch einmal wiedersehen musst?« Als ich ihm einen finsteren Blick zuwarf, grinste er breit. »Dabei hatte ich gedacht, du würdest hier massenweise Leute kontaktieren, wo du dich den wandelnden Blutbeuteln doch so verbunden fühlst. Immerhin bist du ja quasi eine von ihnen.«

Ich ballte die Fäuste. »Nein«, presste ich hervor, während Erinnerungen in mir aufstiegen, die ich krampfhaft zu unterdrücken versuchte. Meine alte Gang: Lucas, Rat und Stick. Die baufällige Schulruine, die uns als Versteck gedient hatte. Jene schicksalhafte Nacht im Regen … »Hier gibt es niemanden«, fuhr ich fort und drängte die Erinnerungen zurück in den dunklen Winkel, aus dem sie entkommen waren. »Meine Freunde sind alle tot.«

»Na, dann. So sind die Menschen eben, immer so schrecklich sterblich.« Jackal zuckte lässig mit den Schultern, und am liebsten hätte ich ihm das Grinsen aus dem Gesicht geprügelt. Während unserer Reise von Old D. C. hierher war er ein zwar nicht angenehmer, aber doch unterhaltsamer Begleiter gewesen. Ich hatte mehr Geschichten, spitze Bemerkungen und dreckige Witze gehört, als ich je wollte, und mit der Zeit hatte ich mich an seinen bissigen und oft grausamen Humor gewöhnt. Nachdem ich erst einmal begriffen hatte, dass seine Kommentare absichtlich so scharf ausfielen, um mich zu provozieren, war es einfacher geworden, sie zu ignorieren. Einmal waren wir fast aneinandergeraten, als er ein ältliches Ehepaar auf einer abgelegenen Farm mit mir »teilen« wollte, während ich alles daransetzte, ihn von einem Angriff abzuhalten. Wir hatten bereits unsere Waffen gezogen, als er plötzlich die Augen verdrehte und in der Dunkelheit verschwand. Später kam er zurück, als wäre nie etwas gewesen. Am folgenden Abend hatten drei Männer in einem schwarzen Jeep neben uns gehalten, uns mit ihren Waffen bedroht und befohlen einzusteigen.

Für die drei war die Sache nicht gut ausgegangen, aber wir hatten anschließend einen hübschen Jeep. Und nachdem der Hunger vorübergehend gestillt war, hatte auch die Spannung zwischen Jackal und mir ein wenig nachgelassen. Natürlich wollte ich ihn immer noch hin und wieder treten, wenn er den Mund aufmachte.

Aber bis zu diesem Moment hatte er weder New Covington noch meine Zeit als Mensch angesprochen.

»So zerbrechlich, diese Blutsäcke«, fuhr er kopfschüttelnd

fort. »Kaum dreht man sich um, ist schon wieder einer gestorben. Langfristig ist das aber vielleicht sogar besser. Du hast doch bestimmt auch Kanins Vortrag zum Thema *Lasse die Vergangenheit hinter dir* gehört, oder?«

»Jackal, halt ...« Ich seufzte schwer. »Lass es einfach sein.«

Überraschenderweise befolgte er meinen Rat und verlor kein weiteres Wort, bis wir das Abflussrohr erreichten, das in die Kanalisation hinunterführte. Es fühlte sich komisch an, durch das Rohr zu rutschen und in die vertraute Finsternis der Tunnel einzutauchen. Als ich das das letzte Mal getan hatte, war ich noch ein Mensch gewesen.

»Igitt.« Grunzend richtete Jackal sich auf und drückte das schmutzige Wasser aus seinen Ärmeln. »Das ist zwar nicht das widerlichste Loch, in dem ich je rumgekrochen bin, aber es steht mit Sicherheit ziemlich weit oben auf der Liste. Wenigstens sind die Kanäle nicht mehr in Gebrauch. Kanin hat mir mal erzählt, dass sämtliche menschliche Scheiße der Stadt durch solche Tunnel geflossen sei.« Er warf mir einen verschmitzten Seitenblick zu. »Widerlicher Gedanke, oder? Da ist man doch froh, kein Mensch mehr zu sein.«

Ich machte mich wortlos auf den Weg und folgte meinen eigenen, unsichtbaren Spuren in Richtung Stadt.

Eine Zeit lang wanderten wir schweigend, sodass unsere Schritte und das Plätschern des trägen Wassers unter unseren Füßen die einzige Geräuschkulisse bildeten. Endlich war ich einmal froh, ein Vampir zu sein und deshalb nicht atmen zu müssen.

»Also«, durchbrach Jackal irgendwann leise die Stille.

»Wie bist du Kanin begegnet? Das war doch hier, oder nicht? Du hast mir nie viel von eurer gemeinsamen Zeit erzählt. Warum hat er es getan?«

»Was getan?«

»Dich verwandelt.« Jackals Augen leuchteten in dem dämmrigen Tunnel hellgelb. Sein Blick schien sich geradezu in mein Gesicht zu brennen. »Er hatte geschworen, nach mir nie wieder einen Nachkommen zu erschaffen. Du musst also irgendetwas getan haben, das seine Aufmerksamkeit so weit erregt hat, um seinen Eid zu brechen.« Jackal lächelte breit genug, dass die Spitzen seiner Reißzähne zum Vorschein kamen. »Da frage ich mich doch: Was hat dich so besonders gemacht?«

»Ich lag im Sterben.« Meine ausdruckslose Stimme hallte durch den Tunnel. »Eines Nachts saß ich außerhalb der Mauer fest und wurde von Verseuchten angegriffen. Kanin hat sie alle getötet, aber es war bereits zu spät, es gab keine Rettung mehr für mich.« Ich zuckte gleichmütig mit den Achseln, doch die Erinnerung an die Angst war so stark, dass ich wieder die Klauen auf meiner Haut zu spüren glaubte, die mich in Stücke rissen. »Wahrscheinlich habe ich ihm leidgetan.«

»Nein.« Entschieden schüttelte Jackal den Kopf. »Kanin hat niemals Menschen verwandelt, nur weil er Mitleid mit ihnen hatte. Was denkst du denn, wie viele schreckliche und schmerzhafte Tode wir mit angesehen haben? Wenn er dir die Unsterblichkeit angeboten hat, muss er etwas in dir gesehen haben, das ihm gefiel und ihn glauben ließ, dass du es als Vampir schaffen könntest. Er gewährt seinen ›Fluch‹ nicht jedem x-Beliebigen.«

»Dann habe ich keine Ahnung«, fauchte ich, weil ich nicht länger darüber reden wollte. »Spielt das denn eine Rolle? Jetzt bin ich ein Vampir. Ich kann nicht zurück und meine Meinung noch mal ändern.«

Überrascht hob Jackal eine Augenbraue. »Würdest du das denn gerne?«

Die Frage warf mich aus der Bahn. Ich dachte über mein Leben als Vampir nach, als Unsterbliche. Wie lange war es her, dass ich die Sonne gesehen und ihre wärmenden Strahlen auf dem Gesicht gespürt hatte? Wann hatte ich das letzte Mal etwas wirklich Menschliches getan? Mir wurde bewusst, dass ich mich nicht mehr daran erinnern konnte, wie echtes Essen schmeckte. Der Hunger hatte meine Erinnerungen korrumpiert, sodass ich mich inzwischen nach nichts anderem sehnte als Blut.

Doch die eigentliche Ironie bei der Sache war, dass ich, wenn Kanin mich nicht verwandelt hätte, Zeke niemals begegnet wäre. Gleichzeitig bedeutete meine Existenz als Vampir aber auch, dass ich keinesfalls mit ihm zusammen sein konnte.

»Ich weiß nicht«, antwortete ich ausweichend. Jackal schnaubte ungläubig. Sicher, für ihn war es einfach. Er genoss seine Kraft und Unsterblichkeit, ihm war vollkommen gleichgültig, wen er dafür abschlachtete. Vor einigen Monaten war ich mir noch so sicher gewesen, aber jetzt ... würde ich noch einmal in jener Nacht sterbend im Regen liegen, und ein Vampir würde mich fragen, was ich wollte ... würde ich mich genauso entscheiden?

»Was ist mit dir?«, fragte ich fordernd, um ihn von dem Thema abzubringen. »Warum hat Kanin dich verwandelt?

Ganz sicher nicht wegen deiner umwerfenden Persönlichkeit.« Er lachte kurz. »Also, wie bist du Kanin begegnet? Ihr beide macht ja nicht gerade den Eindruck, als kämt ihr gut miteinander aus.«

»Sind wir auch nie«, antwortete Jackal entspannt. »Besonders gegen Ende nicht, bevor unsere Wege sich getrennt haben. Man kann sicherlich sagen, dass ich der Vampir bin, der ihn am tiefsten enttäuscht hat.«

»Warum das?«

Mit einem bösartigen Grinsen winkte er ab: »Oh nein, Schwesterlein, so einfach bekommst du die Geschichte nicht aus mir raus. Ich soll mich dir öffnen?« Sein Grinsen wurde breiter, und er trat so dicht neben mich, dass es mir unangenehm war. Mit gesenkter Stimme sagte er sanft: »Dann wirst du mir beweisen müssen, dass ich dir trauen kann.«

»Dass *du mir* trauen kannst?« Ich wich zurück und spürte, wie meine Reißzähne gegen das Zahnfleisch drückten. »Das soll wohl ein Witz sein! Ich bin hier nicht der egoistische, mordende Mistkerl. Ich stecke nicht unbewaffnete Menschen mit Verseuchten in einen Käfig und lasse sie zu meiner Unterhaltung aufeinander los! Ich habe mir nicht einen Pflock in den Bauch gerammt und mich aus dem Fenster gestoßen.«

»Immer wieder fängst du davon an«, erwiderte Jackal mit aufgesetzter Langeweile. »Und trotzdem *bist* du ein brutaler, mordender Vampir, Schwesterlein. Das liegt dir im Blut. Wann wirst du endlich einsehen, dass du und ich aus demselben Holz geschnitzt sind?«

Sind wir nicht, wollte ich ihm entgegenschleudern, doch

113

ein Geräusch vor uns ließ mich innehalten. Ich hob eine Hand und sah Jackal mahnend an, der ebenfalls erstarrt war. Er hatte es auch gehört.

Wir gingen möglichst leise weiter, machten uns aber keine ernsthaften Gedanken darüber, was wir vorfinden könnten. Verseuchte kamen nur selten hier runter, denn der Prinz hatte, abgesehen von ein paar Stellen, extra sämtliche Zugänge versiegelt, um die Monster aus der Stadt fernzuhalten. Hin und wieder verschlug es einen von ihnen in die Tunnel, doch der blieb dann nie lange, geschweige denn, dass sich wie in Old D. C. solche riesigen Schwärme bildeten.

Als wir um die nächste Ecke bogen, ertönte ein Schrei, dann bohrte sich der Strahl einer Taschenlampe schmerzhaft in meine Augen, und ich senkte zischend den Blick. Schützend hob ich den Arm vors Gesicht, lugte darunter hindurch und entdeckte drei blasse, dürre Gestalten am Eingang des Tunnels, die uns starr beobachteten.

Sofort entspannte ich mich. Die sogenannten Maulwurfsmenschen waren während meiner Zeit im Saum kaum mehr als eine Legende gewesen, immer wieder hatten wir uns die Schauergeschichten über die Kannibalen im Untergrund erzählt – bis ich eines Nachts in den Tunneln einer Gruppe von ihnen begegnet war. Auch wenn manche Geschichten es so darstellten, waren sie keine riesigen, haarlosen Rattenmutanten. Sie waren einfach ausgehungerte, doch ansonsten völlig normale Menschen, deren Haut durch ein Leben in den dunklen Kanälen bleich und krank geworden war. Allerdings waren jene Anekdoten, in denen die Maulwurfsmenschen anderen Menschen auflauerten und sie aßen, nicht ganz aus der Luft gegriffen.

Das schien inzwischen eine Ewigkeit her zu sein. Diesmal war ich das gefürchtete Wesen, das Monster.

»Wer seid ihr?«, wollte ein schmaler Mann mit dickem Schorf an den Armen und im Gesicht wissen. »Noch mehr Oberflächler, die runterkommen und uns unser Gebiet streitig machen?« Er trat vor und fuchtelte aggressiv mit seiner Taschenlampe. »Verschwindet! Schert euch in eure geliebten Straßen zurück und hört auf, uns unseren Platz wegzunehmen. Das hier ist unser Territorium!«

Jackal lächelte bedrohlich. »Warum zwingst du uns nicht dazu, kleiner Mann?«, schnurrte er.

»Lass das.« Ich schob mich vor ihn, bevor er einen der Männer umbrachte. »Was soll das heißen?«, fragte ich die drei Maulwurfsmenschen, die sich nun dichter zusammendrängten, uns aber weiterhin finster musterten. »Kommen etwa Leute aus dem Saum hier herunter? Warum?«

»Vampir«, hauchte einer von ihnen und riss entsetzt die Augen auf. Die anderen krümmten sich zusammen. Ganz langsam schoben sie sich rückwärts in die Dunkelheit. Ich verkniff mir ein Knurren und trat einen Schritt vor, doch da warf der Typ mit dem Schorf mir die Taschenlampe ins Gesicht. Dann stoben sie in verschiedene Richtungen davon.

Ich duckte mich, sodass die Lampe hinter mir an die Wand prallte, während Jackal brüllend losstürmte. Bis ich mich aufgerichtet und umgedreht hatte, war er bereits bei einem der dürren Männer angekommen, packte ihn, riss ihn hoch und schleuderte ihn gegen die Wand. Der Maulwurfsmensch ging benommen zu Boden, woraufhin Jackal ihn an der Kehle hochzog und wieder gegen den Beton knallte.

»Das war nicht sehr nett von dir«, stellte er fest und

bleckte die Zähne. Der Mensch zerrte schwach an seinem Arm. »Meine Schwester hat euch lediglich eine einfache Frage gestellt.« Immer fester drückte er die Kehle des Mannes zu, sodass dieser um Luft rang. »Wie wäre es also, wenn sie eine Antwort bekommt, bevor ich dein jämmerliches Genick zerbrechen muss wie einen dürren Zweig?«

Eilig ging ich zu Jackal hinüber. »Oh ja, tolle Idee, würg ihn nur, bis er ohnmächtig wird. So bekommen wir ganz sicher eine Antwort.«

Er ging nicht darauf ein, lockerte seinen Griff allerdings ein wenig. Röchelnd holte der Maulwurfsmensch Luft. »Spuck's aus, Blutsack«, befahl der Banditenkönig. »Warum kommen die Oberflächler hier runter? Das liegt wohl kaum an eurer Gastfreundschaft.«

»Ich weiß es nicht«, krächzte der Mann. Jackal schüttelte in gespieltem Bedauern den Kopf und packte wieder zu. Der Mann würgte, zappelte leicht und lief langsam blau an. »Warte!«, presste er genau in dem Moment hervor, als ich eingreifen wollte. »Der letzte Oberflächler ... hat versucht, die Stadt zu verlassen ... meinte, die Vampire hätten alles abgeriegelt. Irgendein Notstand. Keiner kommt rein oder raus.«

»Warum?«, fragte ich stirnrunzelnd. Der Mann schüttelte nur den Kopf. »Und was ist mit diesem Oberflächler? Der weiß es wahrscheinlich. Wo ist er hin?«

Wieder keuchte der Maulwurfsmann. »Mit dem ... könnt ihr nicht mehr reden, Vampir. Seine Knochen ... verrotten in irgendeinem Abfluss.«

Entsetzen und Ekel packten mich. »Ihr habt ihn gegessen.«

»Na, das ist ja mal widerlich«, stellte Jackal beiläufig fest, bevor er ruckartig die Hand herumriss. Es knackte laut, dann rutschte der Mann an der Wand hinunter und landete mit dem Gesicht voran im Schlamm zu unseren Füßen.

Immer noch entsetzt, aber jetzt auch wütend, fuhr ich zu Jackal herum. »Du hast ihn getötet! Warum hast du das getan? Er konnte sich ja nicht mal verteidigen! Es gab keinen Grund, ihn umzubringen!«

»Er ist mir auf die Nerven gegangen.« Jackal trat mit einem Fuß gegen den schlaffen Arm des Leichnams. »Und von dem hätte ich mich nie und nimmer genährt. Was kümmert es dich, Schwesterlein? Er war ein blutrünstiger Kannibale, der wahrscheinlich selbst schon Dutzende Menschen umgebracht hat. Ich habe der Stadt einen Gefallen getan, indem ich sie von ihm befreit habe.«

Fauchend fletschte ich die Zähne. »Wenn du das nächste Mal direkt vor meiner Nase einen Menschen umbringst, mach dich besser auf einen Kampf gefasst, denn dann werde ich dich mit allen mir zur Verfügung stehenden Mitteln angreifen.«

»Du bist so öde.« Jackal verdrehte die Augen, dann setzte er sein gefährliches Grinsen auf. »Und langsam habe ich die Schnauze voll von deiner Moralapostelnummer, Schwesterlein. Du bist auch keine Heilige. Du bist ein Dämon, das solltest du dir endlich einmal eingestehen.«

»Willst du immer noch meine Hilfe?« Ich hielt seinem Blick stand. »Willst du den Kopf auf den Schultern behalten, wenn du mir das nächste Mal den Rücken zudrehst?« Als er skeptisch die Augenbrauen hochzog, trat ich so dicht vor ihn, dass mein Gesicht nur wenige Zentimeter von sei-

nem entfernt war. »Hör auf, wahllos Menschen umzubringen. Sonst werde ich deine Einzelteile getrennt beerdigen,
das schwöre ich dir.«

»Klar, das hat beim letzten Mal ja auch so gut geklappt,
nicht wahr? Wir scheinen dieses Gespräch immer und immer wieder zu führen. Lass mich eines mal klarstellen.«
Jackals Augen glühten gefährlich, als er sich zu mir runter-
beugte. Ich wich keinen Millimeter zurück. »Wenn du
denkst, ich hätte Angst vor dir«, erklärte er mir sanft, »oder
dass ich dir beim nächsten Mal keinen Pflock ins Herz rammen und dir den Kopf abschlagen werde, dann irrst du
dich. Ich spiele dieses Spiel schon wesentlich länger als du.
Und ich habe schon eine Menge vorwitzige Vampire gesehen, die sich für unbesiegbar gehalten haben. Zumindest,
bis ich ihnen den Kopf abgerissen habe.«

»Jederzeit gerne, Jackal.« Ich tastete nach dem Griff meines Schwertes. »Wenn du kämpfen willst, musst du es nur
sagen.«

Er starrte mich noch einen Moment an, dann lächelte er.
»Heute nicht«, entschied er leise. »Sicherlich bald, aber
heute nicht.« Damit trat er zurück und hob beschwichtigend die Hände. »Na schön, Schwesterlein, du hast gewonnen. Ich werde keinen von deinen geliebten Blutsäcken
mehr töten. Es sei denn, natürlich, ich habe Grund dazu.«
Mit Blick auf den toten Maulwurfsmenschen schürzte er
angewidert die Lippen. »Aber wenn sie mir mit Messern,
Pflöcken oder Pistolen kommen, ist der Deal geplatzt. Also,
gehen wir jetzt endlich in die Stadt rein, oder wolltest du
noch mit den Kannibalen Händchen halten und ein Lied-
chen trällern?«

Ich musterte den zusammengesackten Leichnam und fragte mich, ob seine Leute ihn wohl holen und was sie dann mit seinem Körper machen würden. An diesem Punkt wollte ich gar nicht weiterdenken, also schob ich mich an Jackal vorbei und führte ihn tiefer in den Tunnel hinein.

Die rostige Leiter zur Oberfläche war noch genau da, wo ich sie in meiner Erinnerung gesehen hatte, und wieder hatte ich eine Art merkwürdiges Déjà-vu-Erlebnis, als ich den schweren, runden Deckel beiseiteschob und hinaufstieg. Es hatte sich überhaupt nichts verändert. Die Gebäude ragten noch immer wie finstere Skelette in den Himmel hinauf, während sie unter wuchernden Pflanzen langsam zu Staub zerfielen. Rostige, ausgeschlachtete Autowracks standen als Zeichen des Verfalls an den Straßenrändern oder lagen halb versunken in Gräben. Weit entfernt in der Inneren Stadt leuchteten die Vampirtürme, wie es bis heute in jeder Nacht gewesen war. Alles war vertraut und unverändert, aber was hatte ich auch erwartet? Vielleicht hatte ich geglaubt, hier wäre alles anders, weil *ich* inzwischen so anders war.

Jackal stieg aus dem Loch, musterte die maroden Gebäude und die Bäume und Ranken, die alles bedeckten und sich durch den Asphalt bohrten, und stieß ein abfälliges Grunzen aus. »Ziemlich verkommen hier, oder nicht? Wo sind die alle?«

»Nach Einbruch der Dunkelheit geht hier niemand raus«, murmelte ich, während wir uns durch den überwucherten Graben kämpften, hinauskletterten und auf die Straße traten. »Die Vamps zwingen zwar die registrierten Menschen, alle zwei Wochen Blut zu spenden, außerdem haben sie in der Inneren Stadt jede Menge Blutsklaven, aber sie gehen trotzdem manchmal auf die Jagd.«

»Ist doch klar«, stellte Jackal fest, als wäre das eine Selbstverständlichkeit. »Wo bleibt denn der Spaß, wenn man sich nur von Blutsäcken nährt, die man nicht selbst gefangen hat? Das ist so, als hätte man einen vollen Fischteich, würde aber nie angeln gehen.«

Ich ignorierte diesen Kommentar und deutete mit dem Kopf Richtung Stadtzentrum, wo die drei Vampirtürme hell erleuchtet in den Himmel aufragten. »Da wohnt der Prinz, zusammen mit seinem Hofstaat. Die kommen nie in den Saum. Oder zumindest habe ich sie nie zu Gesicht bekommen, als ich noch hier gelebt habe.«

Jackal folgte nickend meinem Blick, dann erklärte er: »Das Vampirgesetz schreibt vor, dass wir uns beim Prinzen anmelden müssen, wenn wir seine Stadt besuchen wollen. Ihn darüber informieren, woher wir kommen, was wir hier zu tun beabsichtigen und wie lange wir bleiben.« Er schnaubte abfällig und verzog den Mund. »Mir ist zwar so gar nicht danach, den Regeln irgendeines kleinen Prinzlings zu gehorchen, und normalerweise würde ich auch darauf pfeifen, aber das dürfte diesmal schwierig werden, nicht wahr?«

»Allerdings.« Ganz deutlich spürte ich das Ziehen, das mich zu meinem Schöpfer führte. Es war jetzt zwar abgeschwächt und erlosch hin und wieder ganz, so als läge Kanin in den letzten Zügen, aber trotzdem drängte es mich zu den drei Türmen in der Stadtmitte von New Covington. »Er befindet sich in der Inneren Stadt«, seufzte ich.

»Ganz genau. Und während wir dort sind, werden wir

höchstwahrscheinlich auf Salazars Leute treffen. Sollten die zu der Erkenntnis kommen, dass wir dort nichts verloren haben, könnte das die Suche nach Kanin ziemlich erschweren.« Jackal zog eine Grimasse, als spräche er aus Erfahrung. »Prinzen haben die Tendenz, in Bezug auf fremde Vampire in ihren Städten extreme Paranoia zu entwickeln.«

»Dieses Risiko müssen wir eingehen.« Mit schmalen Augen musterte ich die Türme. »Salazar hat versucht, Kanin und mich umzubringen, als er uns in seiner Stadt entdeckt hat.« Jackal kicherte, wodurch er sich einen bösen Blick einfing. »Von dir wird er auch nicht gerade begeistert sein, immerhin entstammst du Kanins Blutlinie. Und er hasst Kanin abgrundtief.«

»Jeder hasst Kanin«, erwiderte Jackal achselzuckend. »Die alten Meister wissen alle, was er getan hat, was mit seiner Hilfe erschaffen wurde. Wenn wir sagen, dass wir auf der Suche nach ihm sind, wird Salazar vermutlich annehmen, dass wir ihn umbringen wollen. Er braucht die Wahrheit ja nicht zu wissen.«

»Und was, wenn er mitkommen und diese ehrenvolle Aufgabe persönlich erledigen will?«

»Salazar ist ein Meister.« Jackal grinste hinterhältig. »Es wäre schon praktisch, einen Meister dabeizuhaben, wenn wir auf Sarren stoßen: Dann können die sich gegenseitig zerfetzen, während wir uns mit Kanin davonstehlen. Mit ein bisschen Glück bringen sie sich gegenseitig um. Und wenn nicht …« Wieder ein Schulterzucken. »Dann erledigen wir den Überlebenden, wenn er gerade nicht aufpasst.«

»Gefällt mir nicht.«

»Warum überrascht mich das nicht?«, entgegnete Jackal

gereizt. »Was genau stört dich denn diesmal, Schwesterlein? Dass der Prinz uns helfen würde? Dass er gegen unseren psychotischen Freund kämpfen würde? Oder meldet sich dein Gewissen, wenn du jemanden treten sollst, der schon am Boden liegt?« Genervt schüttelte er den Kopf. »Sei doch nicht so verdammt naiv. Salazar ist ein Vampir, noch dazu einer, der schon sehr lange dabei ist und auf die altmodische Art zum Prinzen wurde, nämlich indem er die Konkurrenz abgeschlachtet hat. Und wenn er die Chance dazu bekommt, wird er mit uns genau dasselbe machen.« Er fletschte die Zähne. »Und du, mein liebes Schwesterlein, musst langsam mal anfangen, wie ein Vampir zu denken, sonst wirst du in dieser Welt nicht lange überleben.«

Seine Worte klangen unangenehm vertraut. Dasselbe hatte ich Zeke Crosse einmal gepredigt: Wie hart und gnadenlos die Welt sei, und dass er nicht überleben würde, wenn er nicht anfing, sie realistisch zu betrachten.

»Also schön«, fauchte ich. »Ist ja gut. Wir gehen zum Prinzen, aber ich werde nicht mehr Zeit bei ihm verschwenden als absolut nötig. Wir sind wegen Kanin hier, das ist alles.«

»Na endlich.« Jackal verdrehte die Augen. »Die Zimtzicke hat doch noch ein Einsehen.« Gerade wollte ich ihm sagen, wo er sich sein Einsehen hinschieben könne, als ich ein Geräusch hörte. Ein sehr leises Geräusch, bei dem sich mir die Nackenhaare aufstellten, auch wenn ich nicht wusste, warum.

Als wir uns umdrehten, entdeckten wir die Gestalt, die direkt auf uns zu taumelte.

6

Der Mensch bewegte sich wie ein Betrunkener, seine Schritte waren schlurfend, und er schwankte so stark, dass er fast über die eigenen Füße stolperte. Immer wieder prallte er gegen Autos oder Wände, woraufhin er verwirrt auf die Straße zurücktorkelte. Ich knurrte leise und hätte mich am liebsten zurückgezogen. Vielleicht lag es daran, dass er sich ähnlich verhielt wie Tiere, die von Verseuchten gebissen worden waren: im einen Moment völlig desorientiert, im nächsten nur darauf aus, dir das Fleisch von den Knochen zu nagen. Oder vielleicht störte mich, dass er einfach irgendwie *falsch* wirkte. Menschen gingen so spät in der Nacht nie vor die Tür, nicht einmal wenn sie sturzbetrunken waren. Abgesehen von den härtesten Gangs (und einer gewissen sturen Straßengöre, die nun ja auch nicht mehr unter den Lebenden weilte), flüchteten sich die Bewohner von New Covington bei Sonnenuntergang in ihre Häuser. Von den Verseuchten hatten sie natürlich nichts zu befürchten, aber wer im Dunkeln noch auf der Straße war, legte es quasi darauf an, von einem Vampir auf der Jagd nach lebender Beute entdeckt zu werden.

Während der Mensch näher kam, zerkratzte er sich selbst blind das Gesicht, dann stolperte er über einen Randstein und schlug sich beim Sturz den Kopf auf. Ich sah, wie sein

Schädel auf den Asphalt prallte und er zusammenbrach. Zuckend und keuchend blieb er liegen. Zuerst dachte ich, er wäre tot – oder zumindest so gut wie.

Dann wurde mir klar, dass er lachte.

»Wie nett. Entweder ist dieser Blutsack besoffen, oder er ist einfach total durchgeknallt.« Jackals Tonfall war beiläufig, aber seine Reißzähne schoben sich bereits aus dem Kiefer. »Ich weiß nicht, ob ich ihn auslachen oder von seinem Leid erlösen soll.«

Beim Klang seiner Stimme hob der Mensch den Kopf und starrte uns an. Seine Augen waren vollkommen ausdruckslos und glasig. Erst jetzt erkannte ich, dass es sich um eine Frau handelte. Ihre Haare waren zum Teil abgeschnitten, zum Teil ausgerissen, denn ihre Kopfhaut war blutverklebt. Über die Wangen zogen sich tiefe Wunden, die stark bluteten, doch das schien sie gar nicht wahrzunehmen.

Wieder kämpfte ich gegen den Drang zurückzuweichen. »Geht es Ihnen gut?«, fragte ich, ohne auf Jackal zu achten, der belustigt schnaufte. »Sie sind verletzt. Was ist passiert?«

Einen Moment lang starrte mich die Frau an, dann riss sie den Mund auf und brach in kreischendes Gelächter aus. Sie fletschte die blutverschmierten Zähne, stemmte sich auf die Füße und stürmte mit schwingenden Armen auf mich zu. Ich sprang beiseite, woraufhin sie mit dem Kopf voran gegen eine Betonmauer rannte. Mit einem dumpfen Knall landete sie an der Wand und taumelte dann rückwärts. Sie schüttelte den Kopf, drehte sich um, und versuchte trotz des Bluts, das über ihr Gesicht strömte, mich zu fixieren. Dann lachte sie wieder schrill.

Als sie erneut in meine Richtung schlurfte, zog ich mein

Schwert. Beim Anblick der Waffe zögerte sie, kicherte leise und fing abrupt an, sich wieder das Gesicht zu zerkratzen, sodass die ohnehin offenen Wunden weiter aufrissen. Immer mehr dunkles Blut lief über ihre Wangen.

»Bist du … jemand Neues?«, keuchte sie. Ich bekam eine Gänsehaut. »Jemand Neues, damit es nicht mehr brennt?«

»Was zum Teufel …?«, begann Jackal, doch da griff die Frau zum zweiten Mal an, nun mit einem lauten Schrei. Wieder wich ich ihr aus, aber sie folgte mir und schlug blindlings in meine Richtung.

»Verschwinde!«, knurrte ich und fletschte die Zähne. Doch der Anblick von Reißzähnen schien sie nur noch mehr anzustacheln. Kreischend sprang sie auf mich los und wollte mich im Gesicht erwischen. Ich duckte mich unter dem wilden Schlag weg und rammte ihr den Schwertgriff zwischen die Augen, was sie ein gutes Stück zurückschleuderte.

Die Frau landete auf dem Rücken, und mit einem leisen Knacken prallte ihr Schädel ein weiteres Mal auf den Asphalt. Sie zuckte, stöhnte, stand aber nicht auf. Mit einem großen Schritt stieg ich über sie hinweg, dann warf ich Jackal einen bösen Blick zu.

»Vielen Dank für die Hilfe«, knurrte ich, doch er grinste nur.

»Hey, ich darf keine Blutsäcke mehr umbringen.« Jackal verschränkte die Arme vor der Brust und musterte mich belustigt. »Du hast mir selbst verboten, weiterhin wahllos zu töten. Ich beuge mich lediglich deinem Befehl.«

Das brachte mich nur noch mehr auf die Palme. »Du bist so ein …«

Die Frau kreischte, und diesmal wirbelte ich ganz instinktiv herum. Noch während sie auf mich zustürmte, fuhr meine Klinge durch ihre Rippen und am anderen Ende wieder heraus, sodass sie fast in zwei Hälften geteilt wurde. Ihr Körper landete mit einem feuchten Klatschen im Rinnstein, und obwohl sie noch eine Weile krampfte und zuckte – wir behielten sie wachsam im Auge –, stand sie nicht mehr auf.

Jackal und ich sahen uns fragend an, als der Körper endlich erstarrte. Plötzlich schien es beunruhigend still zu sein.

»Okay.« Mein Bruder im Blute stupste den Leichnam mit dem Fuß an. Ein Bein erzitterte schlaff. »Das ist mal was ganz Neues. Hast du irgendeine Ahnung, was dahinterstecken könnte?«

Ich musterte die Tote, würde sie aber ganz bestimmt nicht anfassen. »Vielleicht ist irgendwie ein Verseuchter reingekommen«, überlegte ich. »Vielleicht haben sie deswegen die Stadt abgeriegelt.«

Jackal schüttelte den Kopf. »Das war kein Verseuchter. Sieh sie dir doch mal an.« Diesmal trat er so fest gegen den Körper, dass dieser ganz herumrollte. Natürlich hatte er recht, mir war von Anfang an klar gewesen, dass es sich nicht um einen Verseuchten handeln konnte. Sie waren bleich und ausgezehrt, hatten tote weiße Augen, gebogene, krallenartige Fingernägel und schartige, spitze Zähne. Das hier war etwas anderes. Die Leiche wirkte vollkommen menschlich, nur die tiefen Wunden im Gesicht und der starre Blick waren merkwürdig.

»Riecht auch nach Mensch«, stellte Jackal fest, atmete tief ein und verzog dann das Gesicht. »Oder zumindest riecht sie nicht nach Tod, so wie die. Sie muss sich allerdings etwas verdammt Gutes reingezogen haben, so wie sie gegen diese Mauer angerannt ist.« Er nickte in Richtung Wand, wo ein blutiger Fleck mit dem deutlichen Abdruck eines menschlichen Schädels zu sehen war. »Was hat die Irre zu dir gesagt? Irgendwas von einem Brennen, das aufhören soll?«

»Jackal«, knurrte ich warnend und hob mein Schwert. Mein Bruder im Blute folgte meinem Blick und kniff die Augen zusammen.

Auf der anderen Straßenseite stolperten zwei weitere Menschen aus einer der Hausruinen. Ihre Köpfe, vor allem die Gesichter, waren übel zugerichtet, und ihr irrer Blick glitt flackernd hin und her. Sie murmelten mit rauen Stimmen vor sich hin, unverständlicher Blödsinn, in dem nur wenige erkennbare Worte auftauchten. Einer von ihnen hielt ein schweres Eisenrohr in der Hand, mit dem er auf die geparkten Autos eindrosch, während er die Straße überquerte. Scheiben zersprangen, und das Blech verbog sich mit dumpfem Knallen. Anschließend herrschte wieder Stille.

Und dann trat noch ein Mensch aus einer Gasse, dicht gefolgt von einem weiteren Artgenossen.

Und noch einem.

Und noch einem.

Immer mehr zerkratzte, blutende Gesichter, mehr glasige Augen, ringsum ertönte irres, wildes Gelächter. Noch hatte der Mob uns nicht entdeckt, aber er kam unaufhaltsam näher, und inzwischen war er ganz schön groß geworden. Ihre krächzenden Stimmen wurden von den Mauern zurückgeworfen, ihr rauer Klang sorgte dafür, dass sich mir die Nackenhaare aufstellten. Vampir hin oder her, auf keinen Fall wollte ich mich da durchkämpfen.

Ein Blick zu Jackal verriet mir, dass er ausnahmsweise mal meiner Meinung war. Er deutete mit dem Kinn auf ein nahes Gebäude, und wir schlichen hastig davon, schoben uns durch ein kaputtes Fenster und landeten im Inneren eines ehemaligen Ladens. Überall hingen Spinnweben, alles war verstaubt und der Boden mit Schutt und Glasscherben bedeckt, obwohl die Regale längst leer waren. Alles Nützliche war schon vor Ewigkeiten ausgeräumt und weggeschleppt worden.

Draußen vor dem Fenster schlurfte der Mob ziellos umher. Manchmal schrien sie einander an oder brüllten ins Leere, oder sie erhoben ihre primitiven Waffen gegen etwas, das gar nicht da war. Andere kreischten, lachten oder bohrten sich die Nägel ins Gesicht, was tiefe, blutige Furchen hinterließ. Ein Mann fiel auf die Knie und hämmerte seinen Kopf wieder und wieder auf den Asphalt, bis er stöhnend zusammenbrach.

»Tja.« Jackal ließ die Reißzähne aufblitzen. »Diese Stadt ist ziemlich vor die Hunde gekommen, was?« Wir drangen tiefer in das Gebäude vor, und er warf mir einen dieser gefährlichen Blicke zu, bevor er flüsternd fortfuhr: »Ich gehe mal nicht davon aus, dass die Bevölkerung hier bei deinem letzten Besuch auch schon so drauf war, oder?«

Schaudernd schüttelte ich den Kopf. »Nein.«

»Ist ja reizend. Wie dem auch sei, wenn wir dem alten Salazar einen Besuch abstatten wollen, sollten wir uns beeilen.« Jackal warf einen Blick nach draußen und musterte prüfend den Himmel. »Die Sonne geht bereits auf, und ich

will ganz sicher nicht mit einem Mob von total irren Blutsäcken hier festsitzen.«

Da konnte ich ihm nur zustimmen.

Schweigend suchten wir uns einen Weg durch den Saum,
verbargen uns im Schatten oder hinter Mauern, sprangen
auf Dächer oder durch Fenster, versuchten einfach alles, um
den Scharen von ächzenden und lachenden Irren zu entgehen, die durch die Straßen zogen.

»Hier entlang«, zischte ich irgendwann und schob mich
durch ein Loch in ein altes Apartmenthaus. Die engen Flure
der Wohnungen waren zwar voller Steine und eingestürzter
Holzpfeiler, doch man konnte sich noch recht problemlos
darin bewegen. Hier drin kamen Erinnerungen hoch: Als
ich noch im Saum gelebt hatte, war das hier eine meiner
Hauptabkürzungen zum Großen Platz meines Bezirks gewesen.

Aus einem der Flure ertönte ein leises Stöhnen, und wir
blieben ruckartig stehen. Jackal schob sich an der Wand
entlang, spähte um die Ecke und zog sich hastig zurück,
während er mir signalisierte, es ihm gleichzutun. Wir verschmolzen mit den Schatten, verfielen in vampirische Reg-
losigkeit und warteten.

Ein Mensch taumelte vorüber, in der Hand eine schwere
Holzlatte. Er ging unangenehm nah an mir vorbei. Dabei
konnte ich sehen, dass er sein Gesicht so stark malträtiert
hatte, dass ihm ein Auge fehlte. Plötzlich blieb er stehen.
Aber entweder war es zu dunkel, um uns zu entdecken,
oder er konnte aufgrund seines lädierten Gesichts nicht
scharf sehen, jedenfalls wandte er sich ab und schlurfte
weiter.

Dann geriet der Einäugige ins Taumeln und ließ seine Waffe fallen. Er stöhnte, fiel auf Hände und Füße, würgte und ächzte, als bekäme er nicht genug Luft. Roter Schaum drang ihm aus Mund und Nase und tropfte vor ihm auf den Boden. Schließlich stieß er noch ein letztes verzweifeltes Keuchen aus, brach zusammen und lag noch einen Moment lang zuckend da. Dann rührte er sich nicht mehr.

Mit einem leisen Fluch richtete Jackal sich auf. »Verdammt«, knurrte er. So ernst hatte ich ihn noch nie erlebt. »Deshalb ist die Stadt also abgeriegelt.«

»Weshalb?« Ich musste mich zwingen, den Blick von dem toten Menschen abzuwenden. »Was ist hier los? Was ist das?« Jackal musterte noch einmal den Toten, dann drehte er sich zu mir um.

»Rote Schwindsucht«, erklärte er. Mir gefror das Blut in den Adern. »Was du hier gerade gesehen hast, sind die finalen Symptome der Roten Schwindsucht. Zumindest bis auf das irre Brabbeln und dieses Augenauskratzen.« Er schüttelte nachdenklich den Kopf, als fiele es ihm gerade erst wieder ein. »Ich selbst habe es nie gesehen, aber Kanin hat mir erzählt, wie das Virus sich auswirkt. Die infizierten Menschen sind innerlich verblutet, bis sie irgendwann in ihrem eigenen Blut ertranken und versuchten, ihre Organe auszukotzen. Kein schöner Tod, selbst für die Blutsäcke nicht.«

Angst packte mich. Wieder starrte ich zu dem reglosen Körper hinüber, der zwischen den dichten Pflanzen lag, die sich im Korridor durch den Boden gebohrt hatten, und mir wurde kalt. Mir fiel wieder ein, was Kanin mir einmal in unserem versteckten Labor erzählt hatte, kurz nachdem ich zum Vampir geworden war. Damals hatte ich ihn nach dem Virus gefragt, hatte wissen wollen, warum die Rote Schwindsucht nicht länger auf der Welt wütete, und ob die Wissenschaft ein Heilmittel gefunden habe. Er hatte nur verbittert gelächelt.

»Nein, die Rote Schwindsucht wurde nie geheilt«, sagte Kanin. »Die Rote Schwindsucht ist mutiert, als die Verseuchten entstanden. Deshalb hat sich das Verseuchtenvirus so schnell ausgebreitet. Es wurde über die Luft übertragen, genau wie die Rote Schwindsucht, doch anstatt krank zu werden und zu sterben, wurden die Leute zu Verseuchten.« Mit ernster Miene schüttelte er den Kopf. »Einige Menschen haben, wie man sieht, überlebt und ihre Immunität weitervererbt, weshalb die Welt heute nicht nur von Verseuchten bevölkert ist. Aber es gibt kein Mittel gegen die Rote Schwindsucht. Diese Hoffnung haben die Verseuchten zunichtegemacht, als sie erschaffen wurden und entkamen.«

Und nun war die Rote Schwindsucht wiederaufgetaucht, und zwar hier in New Covington. Oder zumindest eine Form davon. Jackal und ich sahen uns ernst an, sicher dachten wir beide dasselbe. *Das hier* hatte Sarren bezweckt, deshalb hatte er die Proben des Virus gestohlen. Irgendwie war es ihm gelungen, einen weiteren Erregerstamm der Seuche zu erschaffen, die fast die gesamte Welt vernichtet hatte, und er hatte ihn in New Covington freigesetzt.

Ein grauenerregender Gedanke.

In den Schatten wurden Stimmen laut, und wir erstarrten wieder. Die Leiche im Flur hatte aus einem anderen Zimmer zwei weitere Menschen angelockt. Sie stocherten halbherzig in dem Körper herum und stellten wirre, sinnlose Fragen. Als sich der Körper nicht regte, verloren sie schnell das Interesse und schlurften in ihr Zimmer zurück. Den Leichnam ließen sie direkt am Eingang des Korridors liegen.

Wir schlichen an dem Zimmer mit den Irren vorbei, durchquerten noch einige Wohnungen und gingen dann wieder nach draußen. Schaudernd blickte ich über die Schulter zurück. »Warum macht er das?«, flüsterte ich.

»Sarren braucht keinen Grund für das, was er tut.« Angewidert schürzte Jackal die Lippen. »Er hat sich schon vor langer Zeit von geistiger Klarheit verabschiedet, und seitdem ist er nur immer noch wahnsinniger geworden. Aber das hier ...« Kopfschüttelnd ließ er den Blick schweifen. »Du kranker Mistkerl«, murmelte er schließlich. »Warum vergreifst du dich an den Nahrungsvorräten? Noch eine Epidemie überleben wir vielleicht nicht.«

Der Himmel hatte einen beunruhigenden Blauton angenommen, und die Sterne waren verblasst. Uns blieb nicht mehr viel Zeit, um die Innere Stadt zu erreichen. »Hier entlang«, flüsterte ich und schlüpfte durch eine Lücke in dem Holzzaun, der den Apartmentkomplex umgab. »Bis zum Tor in Sektor Vier ist es noch ein ganzes Stück.«

Wir schafften es nicht ganz.

Natürlich führte ich uns auf dem schnellsten Weg dorthin. Das hier war immer noch mein Distrikt, mein altes Viertel. Ich hatte siebzehn Jahre meines Lebens in dieser heruntergekommenen, verdreckten Ruinenstadt verbracht, immer auf der Suche nach Essen, auf der Flucht vor Patrouillen, ständig damit beschäftigt, irgendwie zu überleben. Das war mein Revier, ich kannte seine Macken und Abkürzungen, wusste genau, welchen Weg ich nehmen musste, wenn ich schnell von A nach B kommen wollte.

Das war also nicht das Problem.

Das Problem bestand darin, dass zu meinen Zeiten als Mensch alle anderen ebenfalls Menschen gewesen waren, rational und vernünftig und nicht darauf aus, mich umzubringen. Jetzt waren sämtliche Straßen, Häuser, Gassen und Parkplätze voll infizierter Irrer. Und diese Irren fürchteten weder Vampire noch Schmerzen noch sonst irgendetwas, sondern griffen uns kreischend an, sobald sie auch nur die kleinste Bewegung in den Schatten wahrnahmen. Jackal und ich machten einige dieser Menschen nieder, als sie sich mit einer rückhaltlosen Wildheit auf uns stürzten, die stark an die besessene Brutalität der Verseuchten erinnerte. Einige andere Male flüchteten wir uns in die Schatten, über Mauern oder auf Hausdächer, wohin die Infizierten uns nicht folgen konnten. Noch nie hatte ich nachts so viele Menschen auf der Straße gesehen. Unwillkürlich fragte ich mich, wo wohl die normalen, nicht infizierten Leute steckten. Und ob es überhaupt noch welche gab.

Als wir endlich die Mauer der Inneren Stadt erreichten, leuchtete der Horizont schon in bedrohlichem Rosa. Wir kämpften uns durch eine weitere Gruppe zeternder Irrer bis zu dem großen Eisentor, hinter dem das Territorium des Prinzen begann. Normalerweise wurde die schwere Metalltür durch Soldaten auf der Mauer und zwei schwer bewaffnete Menschen vor dem Tor streng bewacht. Jetzt war der Zugang abgeriegelt, und es standen auch keine Wachen auf der Inneren Mauer. Auf unser Rufen und laute Schläge gegen das Tor folgte keine Reaktion. Anscheinend hatte der Prinz all seine Leute tiefer in die Stadt hineinbeordert und den Saum sich selbst überlassen.

Fluchend versetzte Jackal dem Tor einen heftigen Tritt. Das dumpfe Dröhnen hallte von der Mauer wider, doch die dicken, massiven Tore waren darauf ausgelegt, Angriffen durch Vampire standzuhalten. Sie wackelten nicht einmal.

»Und was jetzt?«, fauchte er und blickte an der gut sechs Meter hohen Mauer hinauf, bei deren Bau man Vampire mit einkalkuliert hatte. Es gab keinen Halt, keine Simse, an die man sich klammern, oder nahe Gebäude, von denen man hätte hinüberspringen können. Auf diesem Weg würden wir nicht in die Innere Stadt kommen.

Und die Morgendämmerung war gefährlich nah.

»Komm mit«, befahl ich Jackal, der die Mauer so finster musterte, als wollte er sie beim nächsten Mal mit einer Axt bearbeiten. »Hier draußen können wir nicht bleiben, und rein kommen wir so auch nicht. Ich kenne einen Ort, an dem wir schlafen können – dort sind wir einigermaßen sicher und müssen uns keine Sorgen machen wegen der irren Menschen.«

Eine Frau bog um die Ecke. Ihr Gesicht war eine einzige blutende Wunde, trotzdem stürzte sie sich heulend auf uns. Ich wich aus, sodass sie gegen die Mauer prallte, und rannte zurück in den Saum. Jackal folgte mir knurrend und fluchend.

Einige Querstraßen und knifflige Situationen später war die Sonne nur Momente davon entfernt, über den Horizont zu steigen. Hastig quetschte ich mich durch den altbekannten Maschendrahtzaun am Rand eines überwucherten Parkplatzes. Am anderen Ende stand ein massiges, mehrstöckiges Gebäude, bei dessen Anblick meine Kehle eng wurde. *Zuhause.* Das war früher einmal mein Zuhause gewesen.

Dann glitten gleißende Lichtstrahlen über die Hausdächer und tauchten sie in blendendes Orange. Wir rannten los.

Wie durch ein Wunder erwarteten uns auf dem Parkplatz keine Irren. Nachdem wir uns in die schattigen Flure gerettet hatten, sank ich erleichtert an der Wand zusammen.

»Nett hier«, bemerkte Jackal, der an den rostigen Spinden gegenüber von mir lehnte. Er ließ den Blick durch den dunklen Flur wandern, von dem an beiden Seiten Türen abgingen, und verzog die Lippen. »Lass mich raten: Krankenhaus? Oder Irrenanstalt.«

»Es ist eine Schule«, erklärte ich und verdrehte genervt die Augen. »Oder war es zumindest, in der Zeit vor der Seuche.« Mühsam stieß ich mich von der Wand ab. Jetzt, da die Sonne am Himmel stand, fühlte ich mich wie ausgelaugt. »Hier entlang. Es gibt einen Keller. Da haben wir uns immer versteckt, wenn die Vampire unterwegs waren.«

»Wir?« Neugierig zog Jackal eine Augenbraue hoch, während wir bereits den Gang hinunterliefen. Als mir klar wurde, dass ich mich verplappert hatte, zuckte ich kurz zusammen, antwortete aber nicht. Mit wesentlich mehr Interesse sah Jackal sich um. »Hier hast du also gelebt, als du noch ein Blutsack warst.«

»Du hast eine echte Vorliebe für dieses Wort, stimmt's?«

»Welches?«, fragte er verwirrt.

»Blutsack. Mehr sind Menschen nicht für dich.« Ich bog in einen anderen Flur ab, in dem wesentlich mehr Schutt und Dreck herumlag. »Dabei vergisst du allerdings, dass du selbst mal einer warst.«

Nun verdrehte er gereizt die Augen. »Pass auf, Schwesterlein: Ich bin nun schon verdammt lange ein Vampir. Vielleicht nicht ganz so lang wie Kanin, aber definitiv länger als du. Ja, nach einigen Jahrzehnten sehen sie für dich alle gleich aus. Ungefähr so wie Kühe – intelligente, sprechende Fleischbrocken.« Er duckte sich unter einem umgestürzten Pfeiler hindurch, der fast den gesamten Korridor ausfüllte. »Zugegeben, ich habe sie nicht immer so gesehen, aber die Zeit sorgt irgendwann dafür, dass Überzeugungen löchrig werden.«

Überrascht blieb ich stehen und sah ihn an. »Wirklich? Du?«

»Schockiert dich das?« Jackal grinste amüsiert. »Oh ja, Schwesterlein, früher einmal war ich so wie du. Immer bestrebt, die armen, wehrlosen Menschen nicht zu verletzen und nur das zu nehmen, was ich unbedingt brauchte, voller Furcht, ich könnte die Kontrolle verlieren.« Mit einem Kopfschütteln fuhr er fort: »Und dann sind Kanin und ich eines Nachts auf einige Männer gestoßen, die uns umbringen wollten. Wir haben sie alle abgeschlachtet. Es war nicht schwieriger, als ein paar Spinnen zu zertreten.« Er grinste breit. »In diesem Moment wurde mir klar, dass wir dazu bestimmt sind, über die Menschen zu herrschen. Wir konnten tun, was wir wollten, und sie waren nicht in der Lage, uns aufzuhalten. Warum sollten wir unsere Natur verleugnen? So sind wir nun einmal. Also: Ja«, er grinste noch immer, »ich bezeichne Menschen als Blutsäcke. Mich interessiert nicht, wie sie heißen, ob sie Familie haben oder was ihre Lieblingsfarbe ist. Denn entweder werde ich sie überleben, oder ich reiße ihnen die Kehle auf und sauge sie aus. Als ich das erst einmal begriffen hatte, wurde das Leben wesentlich leichter.«

»Du hast einfach aufgegeben«, warf ich ihm vor. »Der Kampf war dir zu anstrengend.«

»Hast du dich je gefragt, warum das so ist? Weil es uns nicht bestimmt ist! Warum sollte ich ständig gegen meine Instinkte ankämpfen?«

»Man muss kein mordender Scheißkerl sein, um ein Vampir zu sein.«

Jackal schnaubte abfällig. »Das glaubst du doch selbst nicht«, höhnte er. »Nicht einmal Kanin hat das geglaubt, und er war das größte Weichei, dem ich je begegnet bin. Zumindest, bis ich dich kennengelernt habe.« Als ich ihn böse anstarrte, grinste er nur. »Aber bitte schön: Bastle nur weiter an deinem hübschen kleinen Lügengebäude. Ich kann nur hoffen, dass ich nicht dabei bin, wenn es krachend über dir zusammenbricht.«

Wir hatten das Ende des Flurs erreicht, und ich riss die verrostete Metalltür auf, die in den Keller führte. Während ich die Stufen hinabstieg und durch die Betonkammern im Untergeschoss der Schule lief, wurde ich von Erinnerungen bestürmt. Hierhin hatten die anderen und ich uns zurückgezogen, wenn es Ärger gab: sei es mit einer rivalisierenden Gang, durch Vampire im Viertel oder eine überraschende Razzia. Die Tür ließ sich von innen versperren, und durch die dicken Wände und Decken kam niemand an uns heran. Jetzt als Vampir wurde mir jedoch schaudernd bewusst, wie einfach es wäre, diese mickrige Barriere einzureißen, ganz egal ob sie verriegelt war oder nicht. Und da dies der einzige Zugang zum Keller war, saß man dann hier unten in der Falle.

Ich schloss die Tür und ließ den Riegel einrasten. Hoffentlich waren die Irren da draußen nicht so stark wie Vampire, denn der Schlaf drängte sich jetzt mit Gewalt in mein Bewusstsein. Jackal, der sich am Treppengeländer festklammerte, als würde er ebenfalls gleich umkippen, sah sich in dem finsteren, kalten Keller um.

»Und wo genau sollen wir schlafen?«

»Mir egal«, nuschelte ich und brachte vorsichtig die letzten Stufen hinter mich. »Such dir eine Ecke aus, aber lass mich in Ruhe.« Ich ging zu der Stelle hinter den herabhängenden Rohren, wo ich früher eine Decke versteckt hatte, und stellte fest, dass das schäbige Ding immer noch da war. Nachdem ich sie mir um die Schultern gelegt hatte, hockte ich mich in eine Ecke und zog verborgen unter dem Stoff mein Schwert. Während der gesamten Reise hatten wir uns morgens getrennt, bevor wir uns in der gefrorenen Erde eingegraben hatten, mit einem ordentlichen Sicherheitsabstand zueinander. Dass er nun im selben Raum sein würde, während ich wehrlos hier lag, machte mich nervös.

Jackal wanderte noch herum und suchte nach einem Platz, um sich hinzulegen. Ich blieb so lange wie möglich wach und lauschte auf seine Schritte, wartete, dass er endlich Ruhe gab. Mühsam zwang ich mich, die Augen offen zu halten, und drängte den unwiderstehlichen Sog zurück, der mich in die Dunkelheit reißen wollte, bis die Geräusche verstummten.

Endlich. Ich lehnte den Kopf an die Wand, ließ die Lider sinken und fing gerade an, mich zu entspannen, als ein tiefes Kichern durch die Dunkelheit drang.

»Ich weiß, dass du noch wach bist.«

»Schön für dich. Halt die Klappe und schlaf.«

Wieder ein Kichern. »Du solltest dir die Frage stellen«, fuhr er fort, »ob ich eher der Typ bin, der sich so lange wach hält, bis du eingeschlafen bist, um dich dann zu töten, oder ob ich ein Frühaufsteher bin, der dich vor dem Aufwachen kaltmacht.«

»Wäre wohl besser, wenn keins von beidem auf dich zutrifft, zumindest, falls du den Kopf auf den Schultern behalten willst«, knurrte ich, doch seine Worte hatten mir einen kalten Schauer über den Rücken gejagt. Meine Finger schlossen sich noch fester um den Schwertgriff, während Jackal, unsichtbar in der Finsternis, anfing zu lachen.

»Ich mache doch nur Spaß, Schwesterlein. Oder doch nicht? Kleines Rätsel für dich zum Einschlafen. Angenehme Ruhe wünsche ich, schlaf gut.«

Eine Weile schaffte ich es noch, gegen die Müdigkeit anzukämpfen. Natürlich wusste ich, dass ich damit Jackals krankem Humor in die Hände spielte, aber ich konnte einfach nicht anders. Ich konnte Jackal weder sehen noch hören, also wusste ich auch nicht, ob er bereits schlief, breit grinsend wach lag oder nur darauf wartete, dass ich einnickte, damit er sich anschleichen und mir in aller Stille den Kopf abreißen konnte.

Ich hasse, hasse, hasse ihn, war mein letzter Gedanke, bevor ich mich endlich der unausweichlichen Dunkelheit ergab.

7

Hunger.

Nichts existiert mehr außer dem Hunger.

Hier gibt es keine Nahrung. Nur Stein, Stahl und Finster-nis. Gitter ringsum, Ketten an meinen Handgelenken, die mich an der Wand fixieren. Kann mich nicht rühren, darf nicht hierbleiben. Muss jagen, brauche Nahrung, Beute, Blut!

Nein.

Nein, beruhige dich, Kanin. Denk nach. Als du aufge-wacht bist, hast du sie gespürt. Sie sind hier, alle beide. Das Mädchen und der Verlorene. Wie heißen sie noch gleich? Erinnere mich nicht.

So hungrig.

»*Willkommen zurück, alter Freund.*«

Bewegung hinter den Gittern. Er ist hier; ich spüre, wie seine kalten schwarzen Augen mich mustern, spüre sein Grinsen. Ich knurre, eine leise, drohende Vibration in der Luft. Höre sein zischelndes Kichern.

»*Kannst du es hören?*« *Sein Gesicht schwebt zwischen den Eisenstangen, er hat die Augen geschlossen, als würde er ferner Musik lauschen.* »*Hörst du die Schreie? Riechst du die Angst, den Gestank der Verzweiflung? Das ist erst der Anfang, musst du wissen. Nur der erste Test. Und wir be-*

finden uns genau am richtigen Ort, um zu beobachten, wie sich alles auflöst.« Nun schlägt er die Augen auf und lächelt mich an. »Aber ich spüre den Hunger in dir, alter Freund. Er verzehrt dich bei lebendigem Leib, nicht wahr? Bedauerlicherweise liegt dein Schicksal nicht länger in meiner Hand.«

Ich beuge mich vor, versuche ihn zu erreichen, um ihn durch das Gitter zu zerren und in Stücke zu reißen. Die Handfesseln graben sich in meine Gelenke, halten mich fest. Wieder kichert er, dann zieht er sich zurück, und sein bleiches Gesicht verschwimmt in den Schatten jenseits der Zelle.

»Leb wohl, Kanin. Ich habe unsere gemeinsame Zeit genossen, doch nun verfolge ich höhere Ziele. Du wirst nach dieser Sache wohl nicht mehr viel an mich denken, aber ich werde dich immer in Erinnerung behalten. In überaus guter Erinnerung. Leb wohl, alter Freund.«

Ich riss die Augen auf, zuckte zurück und knallte mit dem Kopf gegen den Beton. Jackal hockte direkt vor mir, hatte die Augen zusammengekniffen und musterte mich nachdenklich. Ein feines Lächeln umspielte seine Lippen. In der nächsten Sekunde hatte ich mein Schwert gezogen und ließ Stahl und Fänge aufblitzen, doch er sprang zurück, sodass die Klinge ihn um Zentimeter verfehlte.

»Verdammt, Jackal!« Ruckartig setzte ich mich auf, die Waffe immer zwischen mir und dem sadistischen Banditenkönig. »Was soll der Scheiß? Wenn du das noch einmal machst, schneide ich dir das dämliche Grinsen aus dem Gesicht!«

»Viel zu einfach, Schwesterlein.« Seine Lippen verzogen sich so weit, dass seine Reißzähne sichtbar wurden. »Du bist einfach zu vertrauensselig. Ich hätte dir das hübsche Köpfchen abreißen können, ohne dass du irgendetwas merkst.« Er untermalte seine Erklärung mit einer entsprechenden Handbewegung und schüttelte dann in gespielter Enttäuschung den Kopf. »Ich fürchte, du musst noch eine Menge lernen.«

»Aber du wirst ganz sicher nicht mein Lehrer sein.« Ich schob das Schwert zurück in die Scheide und wandte mich ab. Es machte mich immer noch wahnsinnig, dass er mir so nahe gekommen war. Sadistischer, unerträglicher Vampir. Manchmal traf er wirklich einen Nerv bei mir, aber genau das wollte er wahrscheinlich auch: mich verunsichern und dafür sorgen, dass ich ständig unter Strom stand. Ein krankes Spiel zu seinem Vergnügen.

»Aber vielleicht«, fuhr Jackal fort, »fühlst du dich ja auch nur schwerfällig, weil du schlecht geschlafen hast. Böse Träume gehabt?« Als ich ihn prüfend ansah, nickte er – ausnahmsweise einmal ernst. »Du hast ihn auch gesehen, stimmt's? Der alte Scheißkerl hält immer noch durch.«

»Stimmt.« Ich gestattete mir einen kleinen Funken Hoffnung, ein wenig Erleichterung. »Er ist noch am Leben.«

»Ja. Sieht so aus, als hätte Sarren ihn tatsächlich aus der Tiefenstarre zurückgeholt. Zäher alter Sack – einige von uns kommen da nie wieder raus.«

»Hast du irgendeine Ahnung, wo er sein könnte? Es sah aus wie ein unterirdischer Raum, vielleicht in einem Gefängnis oder …«

Ich verstummte abrupt und runzelte die Stirn. Jackal

wollte mir antworten, doch ich hob warnend die Hand. Leise, schabende Geräusche hatten mich abgelenkt, die offenbar durch die verschlossene Tür drangen. Mit dem Kopf deutete ich auf den Eingang, als sich plötzlich der Türknauf drehte und wackelte, als würde jemand versuchen, mit Gewalt zu uns hineinzukommen.

Lautlos griff ich nach meinem Schwert, und Jackal hob ein rostiges Bleirohr vom Boden auf, wohl um sich die Mühe zu ersparen, von seinem versteckten Schlafplatz sein Beil zu holen. Auf mein Signal hin schlich er die Treppe hinauf und legte eine Hand an den Riegel. Dann drehte er sich zu mir um. Zentimeter für Zentimeter tastete ich mich voran, das Schwert kampfbereit erhoben. Schließlich gab ich Jackal durch ein Nicken zu verstehen, dass er loslegen konnte.

Er riss an dem Riegel und stieß die Tür auf, gleichzeitig stürmte ich vor und schlug mit dem Schwert zu, da ich fest davon ausging, auf der anderen Seite einen Irren mit blutverschmiertem Gesicht vorzufinden.

Jemand schrie und wich nach hinten aus, woraufhin ich den Angriff abbrach und das Schwert gerade noch rechtzeitig abfing. Mein Gegner landete höchst unelegant auf dem Boden: ein abgerissener Mensch mit zotteligen braunen Haaren und großen, dunklen Augen. Irgendwie kam er mir bekannt vor, so als wäre ich ihm schon einmal begegnet, doch ich konnte ihn nicht einordnen. Während er uns fassungslos anstarrte, breiteten sich Angst und Entsetzen auf seinem Gesicht aus, dann krabbelte er davon wie eine dürre, zottige Spinne. Arme und Beine bewegten sich im Akkord.

Jackal hechtete an mir vorbei, packte den Jungen am zerschlissenen Shirt und riss ihn hoch. »Wo willst du denn hin, kleine Ratte?« Brutal zerrte er ihn zu uns in den Keller. Der Junge kreischte und schlug wild um sich, doch Jackal schüttelte ihn so heftig, dass sein Kopf unkontrolliert hin und her flog. »Hey, hör mit dem gottverdammten Gebrüll auf. Du wirst noch die Irren anlocken, die hier überall herumlaufen. Und du willst doch sicher nicht, dass wir dir die Zunge rausreißen, oder?«

»Jackal«, fauchte ich, während ich die Tür schloss und wieder nach unten kam. »Lass ihn los!«

Er warf mir einen gelangweilten Blick zu, dann ließ er den Menschen ohne viel Federlesen fallen. Der Junge, der meiner Schätzung nach kaum älter als dreizehn sein konnte, zog sich hastig bis an die Wand zurück, von wo aus er uns wieder mit entsetzt aufgerissenen Augen beobachtete.

»Ganz ruhig«, sagte ich und ging langsam auf ihn zu. In mir erwachte schlagartig der Hunger, doch ich ignorierte ihn. Mein innerer Dämon knurrte ungeduldig und drängte mich dazu, mich auf den schmalen Körper zu stürzen und mich zu nähren, doch ich widersetzte mich ihm. Das alles war mir so vertraut: die ausgezehrte Statur, die abgewetzten Klamotten, die Art, wie seine Augen ruhelos hin und her schossen, immer auf der Suche nach einem Ausweg. Der Junge war ein Unregistrierter, genau wie ich früher.

»Entspann dich«, versuchte ich es noch einmal mit möglichst viel Ruhe und Vernunft in der Stimme. »Wir werden dir nicht wehtun oder ... dich aussaugen. Beruhige dich einfach.«

»Scheiße!«, keuchte er, drückte sich in seine Ecke und

starrte mich wie besessen an. »Dann stimmt es also doch! Der Typ hat nicht gelogen. Du bist *sie*! Du bist wirklich ein Vampir geworden!«

Nun starrte ich ebenfalls. »Woher weißt du …?«

Und plötzlich wusste ich wieder, woher ich den Jungen kannte. Er war nicht nur irgendein Straßenjunge, sondern gehörte zu Kyles Gang, einer rivalisierenden Gruppe Unregistrierter, die im selben Sektor gelebt und geplündert hatte wie wir. Als Mensch hatte ich ihn manchmal im Vorbeigehen gesehen. Die Gangs der nicht Registrierten im Saum hielten sich üblicherweise voneinander fern und ließen sich gegenseitig in Ruhe. Richtige Feinde waren wir nicht, man warnte sich zum Beispiel vor Patrouillen und Razzien, und wenn eine Gruppe gerade ein bestimmtes Gebiet abgraste, hielten sich die anderen für ein oder zwei Tage davon fern. Doch in unserem Teil des Saums war Kyles Gang unser größter Konkurrent um Essen und Vorräte gewesen, und der unausgesprochene Waffenstillstand war während meiner letzten Tage als Mensch ziemlich brüchig gewesen.

Die Nachricht, dass wir alle von Verseuchten getötet worden waren, hatte bei ihnen bestimmt für Begeisterung gesorgt. Also, ich ebenfalls. Denn selbst wenn ich nicht richtig gestorben war, konnte ich doch nicht länger ihrer Welt angehören. Damit gab es keine Konkurrenz mehr. Keiner von uns hatte es lebendig in die Stadt zurück geschafft – bis auf einen.

»Stick«, flüsterte ich und machte einen betont langsamen Schritt auf den Jungen zu. Der krümmte sich entsetzt zusammen, aber das war mir inzwischen egal. »Dieser Typ, von dem du da redest, hieß der zufällig Stick?«, wollte ich wissen. »Was ist mit ihm passiert? Ist er noch in der Gegend unterwegs?«

Lebt er noch?

»Die kleine Pissnelke?« Der Junge verzog verächtlich den Mund. Seine Abneigung war so stark, dass sie für einen Moment sogar die Angst überwog. »Nee, der ist nicht mehr hier. Ist verschwunden. Seit der Nacht, in der du unseren Unterschlupf angegriffen hast, hat ihn niemand mehr gesehen.«

Ich habe nicht euren Unterschlupf angegriffen, wollte ich protestieren. *Ich war nur auf der Suche nach Stick.* Doch ich wusste, dass der Mensch mir nicht glauben würde. Außerdem spielte es auch keine Rolle mehr. Stick war verschwunden. Der Junge, um den ich mich mein halbes Leben lang gekümmert und den ich zu meiner Zeit als Mensch für einen Freund gehalten hatte, hatte mich beim Prinzen verpfiffen, sobald er begriffen hatte, was aus mir geworden war. Kanin hatte mich davor gewarnt, ihn aufzuspüren, hatte mir gesagt, ich solle ihn nicht wiedersehen, doch ich hatte seine Ratschläge ignoriert und versucht, noch einmal mit meinem letzten verbliebenen Mitstreiter Kontakt aufzunehmen.

Ich hätte es besser wissen müssen. Stick hatte einen Blick auf mich geworfen, panisch losgebrüllt und die Flucht ergriffen. Und war anscheinend direkt zum Prinzen und seinen Anhängern gerannt. Als hätten all die Jahre unserer Freundschaft, in denen ich für ihn den Hals riskiert und ihn beschützt, ihn durchgefüttert und auf meine Kosten für sein Überleben gesorgt hatte, keinerlei Bedeutung.

Ich hatte geglaubt, diesen Schmerz begraben zu haben, nachdem ich aus der Stadt geflohen war, aber es tat immer noch weh: Tief in meinem Inneren nagte es noch an mir. Doch ich durfte mich jetzt nicht auf die Vergangenheit konzentrieren. Wenn dieser Junge nicht infiziert und bei klarem Verstand war, gab es vielleicht noch mehr Menschen, die dem Chaos entkommen waren.

»Gibt es noch mehr wie dich?« Jackal hatte sich anscheinend dasselbe überlegt. Als der Junge zögerte, fügte er freundlich hinzu: »Dir ist doch wohl klar, dass dein potenzieller Nutzen im Moment das Einzige ist, was dich am Leben hält, oder?«

»Ja.« Der Kleine spuckte das Wort förmlich aus und starrte uns halb ängstlich, halb hasserfüllt an. »Ja, es gibt noch mehr wie mich. Unten, in den Tunneln unter der Stadt. Wir haben uns dahin zurückgezogen, als der Wahnsinn losging. Die Bluter bleiben fast immer an der Oberfläche.«

»Das hat der Maulwurfsmensch also gemeint«, überlegte ich laut. »Oberflächler, die ihnen ihr Gebiet streitig machen.« Ich wandte mich wieder an den Jungen: »Gibt es mit denen denn keinen Ärger? Sie sind schließlich nicht gerade begeistert darüber, dass ihr in ihr Revier eindringt.«

Ein kurzes Achselzucken. »Wir können unser Glück bei den Irren versuchen oder bei den Kannibalen. Die Clans der Maulwurfsmenschen lassen uns in Ruhe, solange wir in der Gruppe bleiben. Und der Boss kennt sich in den Tunneln ziemlich gut aus, zumindest in denen, die den Clans gehören.«

Die Tunnel. Plötzlich fiel mir wieder ein, dass ich mit Kanin einmal durch einige dieser Tunnel in die Innere Stadt gelangt war. Diese Wege hatte ich als Mensch natürlich nie erkundet, hatte nicht einmal nach ihnen gesucht. Doch es hatte immer Gerüchte darüber gegeben, dass man sich an gewissen Stellen auf das Territorium der Vampire schleichen könne, auch wenn das so gefährlich war, dass es an Selbstmord grenzte. Kurz nach meiner Verwandlung in einen Vampir hatte Kanin mir einen Weg gezeigt, der unter der Inneren Mauer hindurchführte. Durch ein Netzwerk aus alten Kanälen und U-Bahntunneln gelangte man so direkt ins Herz der Inneren Stadt. Doch die U-Bahn war ein richtiges Labyrinth, das sich kilometerweit erstreckte, unter den Straßen gab es Tausende von Tunneln, die alle gleich aussahen. Selbst wenn wir es bis zum alten Krankenhaus schafften, glaubte ich nicht, dass ich den Weg wiederfinden würde, auf dem Kanin uns hinter die Mauer gebracht hatte. Aber zumindest existierte ein solcher Weg – irgendwo.

Durch das Tor kamen wir nicht in die Innere Stadt. Und unterirdisch waren wir bestimmt um einiges sicherer als an der Oberfläche bei den sogenannten »Blutern«.

»Denkst du dasselbe, was ich denke?«, murmelte Jackal hinter mir.

Ich nickte. »Du meintest, es gäbe da jemanden, der sich im Tunnelsystem auskennt«, hakte ich bei dem Jungen nach. Der zuckte zusammen, als wüsste er, was als Nächstes kommen würde. »Bring uns zu ihm.«

»Ich soll mit zwei Blutsaugern bei ihm aufkreuzen?« Er wurde noch blasser und schüttelte heftig den Kopf. »Nein, das geht nicht! Die werden alle durchdrehen. Und dann bringen sie mich um, weil ich euch hingeführt habe.«

Obwohl ich es nicht sah, wusste ich, dass Jackal sein Reißzahngrinsen aufgesetzt hatte. »Entweder du stirbst dann, Blutsack, oder du stirbst jetzt. Such es dir aus.«

»Scheiße.« Frustriert fuhr sich der Junge mit der Hand übers Gesicht. »Also gut, ich bring euch hin … wenn ihr versprecht, mich hinterher nicht zu töten. Da unten gibt es eine Menge anderer Menschen, falls ihr hungrig werden solltet – saugt dann einen von denen aus, okay? Ich zeige euch sogar die Dummen, die ihr leicht reinlegen könnt. Hauptsache, ihr fresst nicht mich.«

Ja, es war heuchlerisch, aber ich spürte einen Anflug von Ekel in mir, auch wenn ich mir das nicht anmerken ließ. Seine Antwort hätte mich eigentlich nicht überraschen dürfen. Ich war auf der Straße aufgewachsen, mit genau derselben Einstellung, denselben Instinkten, die nur aufs Überleben ausgerichtet waren. Im Saum war eben jeder sich selbst der Nächste. Ganz egal, was es kostete: Man tat alles, um zu überleben. Ich wusste das. Ich hatte nach diesem Motto gelebt.

Aber dann war ich Zeke und seiner kleinen Gruppe begegnet, und alles war anders geworden. Sie hatten mich – eine völlig Fremde – in ihren Kreis aufgenommen, ohne Rückhalt, ohne Erwartungen an mich zu stellen. Abgesehen von ihrem knallharten Anführer hatte bei ihnen jeder auf den anderen achtgegeben und sich um alle gekümmert. Und dieser Junge, den ich anfangs für naiv, blind und idealistisch gehalten hatte, musste wohl auf mich abgefärbt haben, denn als ich vor der Wahl stand, entweder abzuhauen oder mein Leben für die Gruppe aufs Spiel zu setzen, hatte sich mein Überlebensinstinkt schnell verabschiedet. Und ich hatte herausgefunden, dass er mir auch nicht länger wichtig war.

Es war ein Schock gewesen zu erfahren, dass man auch

anders leben konnte. Und noch erschreckender war die Erkenntnis gewesen, dass ich noch immer Gefühle zulassen konnte und bereit war, mein eigenes Leben zum Wohle anderer zu riskieren. Nun war ich in den Saum zurückgekehrt, wo das Motto *Jeder kämpft für sich allein* noch immer galt. Aber in meiner alten Gang hatten wir wenigstens keine anderen Menschen an die Vampire verschachert. Zumindest bis zu Sticks Verrat. In Kyles Gruppe gab es solche Überzeugungen offenbar nicht.

Jackal grinste mich an. »Ach ja, menschliche Loyalität. Sie ist wahrhaft inspirierend, nicht wahr, Schwesterlein? Da fragt man sich doch, wie es kommen konnte, dass wir am oberen Ende der Nahrungskette gelandet sind.« Er warf einen flüchtigen Blick zu dem Jungen hinüber, der verständnislos blinzelte und anscheinend nicht begriff, dass er gerade beleidigt worden war. Das ließ Jackal nur noch breiter grinsen. »Du solltest dich besser beeilen, kleiner Blutsack. Führ uns schnell zu deinen Freunden – ich verspüre ein leichtes Hungergefühl.«

Auf dem Parkplatz schlurften einige sinnlos vor sich hin murmelnde Bluter herum, doch es gelang uns, ihnen ohne größere Schwierigkeiten aus dem Weg zu gehen. Der Geruch des frischen Blutes aus den Wunden an ihren Gesichtern und Armen wurde vom Wind zu uns herübergetragen, sodass mein innerer Dämon geweckt wurde. Mir wurde erst bewusst, wie intensiv ich den Hals des Unregistrierten anstarrte, als ich meine Fangzähne an der Unterlippe spürte. Krampfhaft drängte ich den Hunger zurück.

»Wann hat das angefangen?«, fragte ich den Jungen,

nachdem wir das Schulgelände verlassen hatten. Einerseits war ich neugierig, andererseits wollte ich mich von meinem Blutdurst ablenken. »Diese Krankheit, dieser Wahnsinn. Wie lange geht das schon so?«

»Nicht sehr lange.« Er blickte kurz über die Schulter, als wäre er überrascht, dass ich mit ihm sprach wie mit einem normalen Menschen. »Zwei Wochen vielleicht, plus minus einige Tage? Genau weiß ich es nicht, ist auch schwer zu sagen von da unten.«

»Und warum hat der Prinz nichts unternommen?«

»Hat er ja.« Der Junge schnaubte abfällig. »Er hat alle seine Lakaien und Wachen in die Innere Stadt geholt und uns anderen die Tore vor der Nase zugeschlagen. Versucht man, da irgendwie reinzukommen, wird man erschossen. Es kommen auch keine Essenslieferungen mehr.« Wütend zuckte er mit den Schultern, eine Geste der Hoffnungslosigkeit. »Schätze mal, er wartet nur darauf, dass wir hier draußen alle abkratzen.«

Ein Mann taumelte über die Straße. Er schleifte eine Decke hinter sich her und roch so stark nach Blut, dass der Hunger in meinem Inneren kaum noch zu bändigen war. Wir verharrten in den Schatten, bis der Mann vorbeigelaufen war. »Du könntest hier oben auch krank werden«, gab ich zu bedenken, nachdem der Bluter hinter einer Ecke verschwunden war. »Macht dir das keine Angst?« Der Junge zuckte erneut mit den Achseln und machte sich wieder auf den Weg.

»Habe doch keine Wahl. Wie gesagt: Entweder versuchen wir unser Glück hier oben bei den Blutern, oder wir bleiben in den Tunneln und verhungern dort. Was würdest du tun, wenn es nirgendwo Essen gäbe?« Kopfschüttelnd musterte er mich. »Aber das kannst du wohl nicht mehr verstehen. Vampire haben solche Probleme nicht, stimmt's?«

Oh, ich kann das besser verstehen, als du glaubst.

Wir bogen in die nächste zugewucherte Straße ein, wo Unkraut, Büsche und ganze Bäume durch den Asphalt gebrochen waren und sich durch die alten Autowracks rankten. Die Vegetation auf dem Bürgersteig und an den Gebäuden war so dicht, dass man sich fast vorkam wie im Wald. Der kleine Unregistrierte schob sich mit absoluter Selbstverständlichkeit durch dieses Gestrüpp. Offenbar hatte er das schon öfter getan.

Hinter den Überresten eines Vans blieb er stehen, spähte angestrengt in die Schatten und ließ sich dann in die Hocke fallen. Er schob einen alten Reifen zur Seite, drückte einige Büschel Unkraut aus dem Weg und legte so mitten auf der Straße ein kleines, rundes Loch frei – ein weiterer Eingang zu dem Tunnellabyrinth unter New Covington. Kurz fragte ich mich, wie ich – oder besser gesagt Allie, die Straßengöre – ihn hatte übersehen können.

Der Unregistrierte wühlte in seinen schmutzigen Taschen und zog eine kleine Taschenlampe hervor. Der trübe Strahl war kaum sichtbar, als er damit in das Loch hineinleuchtete. »Sieht so aus, als wäre die Luft rein«, murmelte er, zog die Lampe zurück und schob sich so dicht an das Loch heran, dass er hineinkriechen konnte. »Ihr wartet hier, ich schaue nach, ob es sicher ist. Wenn alles okay ist, gebe ich euch ein Zeichen.«

»Nicht so hastig.« Ich packte den Jungen an seinem Shirt und zog ihn von dem Loch weg. »Du hältst mich wohl für

dämlich. Ich war früher eine von euch, schon vergessen?«
Als er protestieren wollte, schubste ich ihn zu Jackal hinüber, der ihn am Kragen festhielt. »Ich gehe als Erste, dann
kommt ihr beide nach.«

Der Junge sah über die Schulter zu Jackal und wurde
blass. »Du lässt mich mit *dem* alleine?«

»Er wird dir nichts tun.« Aus schmalen Augen musterte
ich den Vampir. »Stimmt's?«

»Ich?« Jackal grinste breit. »Ich bin der Inbegriff von
Selbstbeherrschung und Zurückhaltung, Schwesterlein.
Deine Weichherzigkeit hat wohl auf mich abgefärbt.«

Ich verdrehte die Augen, nahm meine Waffe und ließ
mich in das Loch fallen.

Meine Vampiraugen passten sich nahtlos an die Dunkelheit an. Vor mir lag eine schier endlose Röhre mit feuchten
Wänden, die hauptsächlich aus Ziegeln bestanden. Etwas
kleines Pelziges huschte über ein Rohr und quetschte sich
dann durch einen Spalt, doch abgesehen davon war es hier
unten leer und still.

»Alles klar«, rief ich nach oben und schob mein Schwert
in die Scheide.

Der Junge fiel so abrupt zu mir hinunter, als wäre er geschubst worden, und landete mit einem Schmerzensschrei
auf dem Betonboden. Das brachte Jackal einen finsteren
Blick von mir ein, als er einen Moment später folgte. Er
kam leichtfüßig auf und wischte sich den Staub von den
Ärmeln.

»Okey-dokey«, verkündete er, ohne mich zu beachten.
»Da wären wir also wieder, zurück in der Kanalisation,
meiner liebsten Sehenswürdigkeit in New Covington. Es ist

immer wieder toll hier.« Er bedachte den Jungen mit einem gefährlichen Lächeln. »Los, Kanalratte, steh nicht dumm rum. Zeig uns dein Reich.«

»Äh … klar.« Vorsichtig kam der Junge auf die Füße. Ruhelos und wachsam wanderte sein Blick umher. Das kam mir äußerst vertraut vor. »Folgt mir.«

Schweigend liefen wir weiter. Ich hielt mich dicht hinter dem Menschen und beobachtete ihn aufmerksam. Sollte er auf die Idee kommen, sich aus dem Staub zu machen, konnte ich ihn mir so jederzeit schnappen. Trotz seines Versprechens, uns zu den anderen Unregistrierten zu führen, würde er bestimmt sofort im nächsten Tunnel, Rohr oder Spalt verschwinden, wenn sich die Gelegenheit bot. Unregistrierte waren absolute Opportunisten: Wer überlebte, tat das mit allen erdenklichen Mitteln. Sie stahlen, logen und machten leere Versprechungen, um am Leben zu bleiben. Ich hätte mich ebenso verhalten, wäre ich noch ein Mensch gewesen, genauer gesagt ein Straßenkind wie dieser Junge.

Junge? Straßenkind? Mir wurde bewusst, dass ich nicht einmal seinen Namen kannte. Im Prinzip störte mich das nicht weiter; wären die Rollen vertauscht gewesen, hätte er mich sicher auch nicht nach meinem gefragt. Aber ihn nur als menschlich zu sehen, als namenloses Straßenkind, das war etwas, das nur Vampire taten.

»Du hast mir gar nicht gesagt, wie du heißt«, stellte ich also fest. Das überraschte den Jungen sichtlich, denn er drehte sich wachsam zu mir um. »Mich kennst du – anscheinend wissen alle Unregistrierten, wer ich bin und was mit mir passiert ist. Aber wie nennt man dich?«

»Roach«, murmelte der Kleine nach kurzem Zögern. »Man nennt mich Roach.«

Jackal lachte auf. »Roach wie Kakerlake? Na, das passt ja.«

»Sind Kyle und Travis noch hier?«, fragte ich weiter, ohne auf Jackals Kommentar einzugehen. Sie hatten mich schon gekannt, bevor ich zum Vampir wurde, zwar nicht besonders gut, aber auf jeden Fall genug, um mich jetzt wiederzuerkennen.

Doch Roach schüttelte den Kopf. »Nein, die sind beide tot.«

Weder seine Unverblümtheit noch das gelassene Schulterzucken schockierten mich, doch es war trotzdem ernüchternd zu hören, dass zwei weitere Bekannte fort waren.

»Was ist passiert?«

»Die Krankheit hat sie geholt. Hier entlang.« Roach duckte sich und bog in einen niedrigen, halbrunden Tunnel ein. Er war klaustrophobisch eng, und schleimiges Wasser lief über den Boden. Die Stimme des Jungen hallte, als er fortfuhr: »Travis ist sofort gestorben, aber Kyle ist zum Bluter geworden und durchgedreht. Da wussten wir, dass wir aus den Straßen verschwinden mussten. Dieser Neue hat uns in die Tunnel geführt, um den Irren auszuweichen. Er wird wahrscheinlich ziemlich angepisst sein, dass ich schon wieder allein unterwegs war. Wartet kurz, wir sind da.«

Das Ende des Tunnels wurde von einem rostigen Gitter versperrt, hinter dem gelbliches Licht schimmerte. In dem schwachen Schein entdeckte ich eine schmale, fast dürre Gestalt, die wahrscheinlich Wache schob. Beim Klang unserer Schritte fuhr sie herum und richtete den Strahl einer Taschenlampe auf uns. Roach zuckte zusammen und hob den Arm vors Gesicht, als das Licht seine Augen traf.

»Ich bin's, du Idiot! Mach das Tor auf.«

Die Lampe richtete sich auf mich und Jackal. Obwohl sie mich blendete, sah ich, dass sie von einem etwas älteren schwarzen Jungen gehalten wurde. Misstrauisch kniff er die dunklen Augen zusammen. »Wer sind die?«

»Wonach sieht es denn verdammt noch mal aus?«, fuhr Roach ohne zu zögern fort. »Saumbewohner, die ich oben getroffen habe. Leute, die sich nicht das Gesicht aufkratzen. Dachte mir, der Boss will bestimmt, dass ich sie mit runterbringe.«

»Er ist sauer auf dich, Roach.« Das Licht verschwand, und der Wachhabende hob eine schwere Metallstange an, mit der das Gitter verschlossen war. »Du weißt, dass wir nicht allein raufgehen sollen, vor allem jetzt nicht.«

»Ja, ja, erzähl mir was Neues.«

Mit einem ohrenbetäubenden Quietschen öffnete sich das Gittertor. Roach eilte an der Wache vorbei, die Jackal und mich prüfend, aber wortlos musterte. Anschließend führte er uns zu einer Metalltreppe hinter dem Tunnelausgang. Die verrosteten, brüchig wirkenden Stufen führten spiralförmig in einen engen Schacht hinauf, wo sie sich im Dunkeln verloren.

»Äh, die ist ziemlich wackelig«, erklärte Roach mit einem hoffnungsvollen Blick zu uns. »Vielleicht sollte besser immer nur einer gehen. Wir wollen ja nicht, dass sie unter uns zusammenbricht, oder?«

Jackal lachte leise. »Durchtriebener kleiner Blutsack,

was? Ich weiß nicht, ob ich belustigt oder beleidigt sein soll.«

»Netter Versuch«, stellte ich fest und deutete auf die Treppe. »Geh vor, wir sind direkt hinter dir.«

Achselzuckend ging Roach voraus.

Die Treppe war tatsächlich verflucht wackelig, sie ächzte und schwankte unter unserem Gewicht, aber sie hielt. Schließlich stiegen wir durch ein Loch und fanden uns in einem großen Raum wieder, der ganz aus Beton zu sein schien. Die niedrige Decke wurde von maroden Stützpfeilern gehalten, und an einer Wand standen massige, zylinderförmige Maschinen, die völlig verrostet waren. Sie bildeten eine Art schmalen Korridor.

»Was ist das hier?«, überlegte ich laut.

»Ein Lagerraum«, erklärte Jackal hinter mir. »Oder vielleicht ein alter Heizungskeller. Wahrscheinlich befinden wir uns unter einer Fabrik oder etwas Ähnlichem.« Er holte tief Luft und lächelte so breit, dass seine Fangzähne aufblitzten. »Ach ja, der Gestank menschlichen Leids. Riechst du es auch, Schwesterlein?«

Ich hatte keine Ahnung, was ein Heizungskeller sein mochte, aber da ich im Moment ganz andere Sorgen hatte, fragte ich auch nicht nach. Jackal hatte recht: Überall hing der Geruch von Menschen mit ihrem warmen Blut, er überlagerte sogar den Gestank nach Rost, Moder und rußigem Qualm. Heißer Blutgeruch gepaart mit den Aromen von Angst, Hoffnungslosigkeit und Verzweiflung weckte den Hunger aus seinem unruhigen Schlaf. Am liebsten wäre ich mit den Schatten verschmolzen, in den schmalen Durchgang geglitten und hätte dort darauf gewartet, dass ein ahnungsloser Mensch vorbeikam. Dann hätte ich ihn in die Dunkelheit gezerrt, und er wäre nie wieder gesehen worden.

»Reiß dich zusammen«, knurrte ich und meinte damit ebenso mich selbst wie den Vampir neben mir. Seine Augen hatten einen leuchtenden Gelbton angenommen, der mir überhaupt nicht gefiel. Mit einem bösen Blick erinnerte ich ihn: »Wir sind hier, weil wir ihre Hilfe wollen, und nicht, um uns einen Imbiss zu genehmigen.«

»Gott bewahre!« Jackal winkte ab. »Das war lediglich eine Feststellung. Was hast *du* denn gedacht?«

Ohne ihn weiter zu beachten folgte ich Roach in den Gang zwischen den dicken Maschinen, die wie rundliche Wächter neben uns aufragten. Gedämpftes Licht flackerte zwischen ihnen auf, und man hörte das Knacken von brennendem Holz. Nachdem wir den Irrgarten aus verrosteten Metallzylindern hinter uns gebracht hatten, landeten wir in einem weitläufigen Bereich, in dessen Mitte ein langsam ausglühendes Feuer flackerte. Ringsum türmten sich Decken, Kisten und aufgehäufte Lumpen.

In den unruhigen Schatten wanderten halb verhungerte Menschen umher, andere drängten sich zitternd um das Feuer. Mich beeinträchtigte die Kälte schon lange nicht mehr, sodass ich gar nicht weiter darüber nachdachte, doch jetzt wurde mir bewusst, dass es für sie hier unten eiskalt sein musste. Der ehemalige Saumbewohner in mir nickte anerkennend: schwer zu finden, unterirdisch, viele Versteckmöglichkeiten. Ja, Allie, der Straßengöre, hätte es hier gefallen. Wer auch immer diesen kleinen, sicheren Hafen ausgesucht hatte, verstand etwas davon.

Vielleicht abgesehen davon, dass Vampire hereingelassen worden waren.

»Okay«, flüsterte Roach und warf mir einen hastigen Blick zu. »Ich habe euch hergebracht. Dann kann ich jetzt gehen, ja?«

Stirnrunzelnd musterte ich die zitternden Menschen. »Wer hat hier das Sagen?«

»Äh …« Roach sah sich suchend im Lager um. »Da«, er streckte die Hand aus, »das ist unser furchtloser Anführer.« Ich folgte seinem Fingerzeig und sah zwei Menschen am Rande des Lichtkreises, die uns den Rücken zugewandt hatten und sich leise unterhielten.

Der eine war unscheinbar, dünn, dreckig und in ebenso schäbige Lumpen gekleidet wie alle anderen auch. Doch der zweite Mensch trug festere Kleidung, Stiefel und eine schwarze Kampfweste, wie sie mir schon an einigen Wachen des Prinzen aufgefallen war. An seinem Gürtel hing eine schwere Pistole, und er hatte sich eine Waffe auf den Rücken geschnallt, die ich noch nie gesehen hatte. Sie sah aus, als hätte jemand Pfeil und Bogen genommen – auch das kannte ich nur aus Büchern – und sie am Lauf eines Gewehrs befestigt. Außerdem war in dieser seltsamen Waffe ein Holzpflock eingelassen, bei dessen Anblick mir ganz anders wurde.

»Verdammte Scheiße«, murmelte Jackal hinter mir, »der Mistkerl hat eine Armbrust. Tja, ein gewisser Jemand hier ist auf die Begegnung mit einem Vampir vorbereitet.«

In meinem Kopf machte es Klick, und plötzlich schien die Zeit stillzustehen. *Nein*, dachte ich benommen, *das kann nicht sein. Er kann nicht hier sein. Das ist unmöglich.*

Doch es war so, und ich wusste ganz genau, wer dort vor mir stand, noch bevor er sich zu uns umdrehte. Blond, blaue Augen, groß, schlank – als wäre er direkt aus meiner Erinnerung, aus meinen Träumen in die Realität getreten.

»Zeke«, flüsterte ich, als sein vertrauter, durchdringender Blick mich erfasste. »Was zum Teufel machst du hier?«

8

Ezekiel Crosse, Adoptivsohn des Jebbadiah Crosse, jenes
fanatischen Predigers, der auf der Suche nach der sagen-
umwobenen Stadt Eden eine Pilgergruppe quer durchs
Land geführt hatte. Zeke, der so hart darum gekämpft
hatte, seine Leute in Sicherheit zu bringen, und den ich
hinter den Toren von Eden zurückgelassen hatte. Jener
Junge, von dem ich geglaubt hatte, ich würde ihn nie wiedersehen, und ganz bestimmt nicht hier, Hunderte Kilometer von dieser Insel entfernt, mitten im Hoheitsgebiet eines
Vampirprinzen.

Zeke, der Junge, den ich einfach nicht aus dem Kopf bekam, um den meine Gedanken immer wieder kreisten, auch
wenn ich genau wusste, dass ich mich richtig entschieden
hatte, als ich ging. Der mich geküsst hatte, obwohl er wusste, was ich war. Der sein Blut gegeben hatte, um mir das
Leben zu retten, als ich im Sterben lag.

Und der jetzt eigentlich in Eden sein sollte, in Sicherheit.

Irgendwie wirkte er älter, reifer, obwohl nicht einmal ein
Jahr vergangen war, seit ich ihn das letzte Mal gesehen hatte. Die blonden Haare waren kürzer und weniger struppig,
außerdem war er zwar immer noch schlank und sehnig, sah
aber nicht mehr so ausgezehrt und krank aus wie jemand,
der kaum genug zu essen bekam. Nein, er wirkte gesund,

selbstbewusst und stark und gleichzeitig schmerzhaft vertraut.

»Allie.« Es war kaum mehr als ein Flüstern, selbst mit meinem geschärften Gehör nahm ich es kaum wahr. Seine Stimme beschwor eine regelrechte Flut an Erinnerungen herauf: unsere erste Begegnung in der verlassenen Stadt, unser erster Kuss, sein heißes, süßes Blut auf meiner Zunge. Das alles war plötzlich wieder so präsent, dass ich fast schon taumelte unter diesem emotionalen Ansturm. Zeke war *hier*, nicht bei den anderen in Eden. Er stand direkt vor mir.

Einen Moment lang starrte Zeke mich ebenso fassungslos an wie ich ihn. In seinen weit aufgerissenen blauen Augen spiegelten sich Überraschung, Hoffnung, Erleichterung ... und noch etwas anderes.

Doch dann erfasste sein Blick den Vampir neben mir und veränderte sich schlagartig.

Sobald er ihn erkannte, wurde seine Miene ungläubig, dann wütend. Eisige Kälte trat in seine Augen, und eine ausdruckslose Maske legte sich über sein Gesicht. Mit einer fließenden Bewegung trat er einen Schritt zurück und riss die Waffe von seinem Rücken. Ich hörte ein leises Summen, als er die Sehne spannte und den tödlichen Pflock auf Jackals Brust richtete.

»Zeke, warte!«

Jackal stieß ein animalisches Fauchen aus, das im ganzen Raum widerhallte, gleichzeitig warf ich mich schützend vor ihn. Die Menschen schrien entsetzt und stoben auseinander wie kleine Vögelchen. Offenbar war ihnen gerade klar geworden, was sich in ihrem kleinen Versteck eingeschlichen hatte. Roach verschwand in den Schatten, als ringsum das Chaos ausbrach.

»Stehen bleiben, und zwar alle!« Zekes scharfer Befehl übertönte den Lärm und vertrieb die blinde Panik. Die Hektik um uns herum ließ nach, während Zeke Jackal und mich weiter mit der Waffe in Schach hielt. »Bleibt, wo ihr seid«, fuhr er fort und sah sich flüchtig im Raum um. Seine Stimme strahlte absolute Autorität aus, war streng aber gelassen. »Beruhigt euch wieder. Keiner rührt sich, bis ich es sage.«

Cleverer Schachzug. Zeke wusste eine Menge über Vampire, einiges davon hatte er von mir gelernt – unter anderem, dass wir Raubtiere waren, die durch Angst, Panik und hektische Bewegungen dazu verleitet wurden, auf Jagd zu gehen. Gerade jetzt spürte ich, wie mein innerer Dämon sich rührte, da er Beute erahnte. Er flüsterte mir ein, sie zu jagen und zu töten. Mit aller Kraft drängte ich ihn zurück und versuchte, mich zu konzentrieren. Doch das war nicht so einfach, mit einem Holzpflock auf der einen Seite und einem brutalen, mordlustigen Vampir auf der anderen, umgeben von den Gerüchen von Blut und Angst. Wir tanzten auf Messers Schneide, und es bräuchte nur einen kleinen Schubs, dann würde alles in blinder Gewalt untergehen.

Hinter mir ertönte ein leises, fieses Lachen. »Was für ein Spaß«, säuselte Jackal. Am liebsten hätte ich ihm in die Kronjuwelen getreten. »Was meinst du, Mensch: Wie viele von diesen Blutsäcken kann ich wohl umbringen, bevor du abdrückst?«

Ich warf ihm einen drohenden Blick zu und hoffte instän-

163

dig, dass Zeke sich nicht provozieren ließe. »Halt die Klappe! Das ist nicht gerade hilfreich!«

Er zuckte nur mit den Schultern. »Tut mir leid. Kann einfach keinen klaren Gedanken fassen, wenn man mit einer Armbrust auf mich zielt. Das macht mich ein wenig nervös.«

»Falls es dir nicht aufgefallen sein sollte: Diese Armbrust zielt gerade auf *mich*«, fuhr ich mit einem leisen Knurren fort. So viel zu dem Versuch, möglichst gelassen zu klingen. »Und zwar, weil ich blöd genug war, mich vor dich zu stellen. Was ich gerade anfange zu bereuen, also mach es nicht noch schlimmer.«

»Allison.« Zekes Stimme klang unerbittlich. Mir wurde schwer ums Herz, als ich mich zu ihm umdrehte und ihm in die Augen sah. Wut und Entsetzen funkelten in ihnen, er fühlte sich ganz offensichtlich verraten. Kopfschüttelnd fuhr er fort: »Bitte sag mir, dass es einen zwingenden Grund dafür gibt, dass du dich mit *ihm* abgibst.«

Er spuckte die Worte förmlich aus. Ich konnte es ihm nicht übel nehmen – Jackal hatte Zekes Familie entführt und seinen besten Freund Darren umgebracht, um an ihm ein Exempel zu statuieren. Außerdem war er für den Tod von Zekes Vater, Jebbadiah Crosse, verantwortlich. Er war ein skrupelloser, brutaler, kaltblütiger Killer, und Zeke hatte jedes Recht, ihn zu hassen.

Und warum stelle ich mich dann schützend vor ihn?

»Zeke, bitte ...«

»Zeke«, knurrte Jackal gleichzeitig, als hätte er es jetzt erst begriffen. »*Ezekiel*, Ezekiel Crosse. Verdammte Scheiße, du bist der Junge, von dem der Alte geredet hat. Du bist der Sohn!«

164

Mist. Ich wirbelte herum, doch Jackal war schneller und schubste mich mit aller Kraft zur Seite. Noch während ich fiel, hörte ich, wie das Surren der Bogensehne die kurze Stille durchdrang. Jackal duckte sich mit der übermenschlichen Schnelligkeit, die unseresgleichen zu eigen ist, sodass der todbringende Bolzen ihn knapp verfehlte und wenige Zentimeter neben seinem Gesicht vorbeiflog. Während ich fluchend aufsprang, stieß er einen wilden Schrei aus, fletschte die Zähne und stürzte sich auf Zeke.

Ich sprang hinterher und betete stumm, dass ich schnell genug wäre. Sobald Jackal auf ihn zukam, ließ Zeke die Armbrust fallen und zerrte einen langen Pflock aus einem Fach seiner Weste. Jackal fauchte drohend, doch Zeke ließ sich nicht einschüchtern, sondern hob die neue Waffe.

Schnell zog ich mein Schwert und warf mich zwischen die beiden.

»Hört auf!«

Ich richtete die Klinge auf Jackal und versperrte ihm so den Weg. Gleichzeitig packte ich Zekes Handgelenk und stoppte so den zustoßenden Pflock. Kurz bevor er sich selbst aufgespießt hätte, blieb Jackal stehen und starrte mich mit funkelnden Augen an. Zeke verkrampfte sich, als ich ihn festhielt, versuchte aber nicht, sich loszureißen.

»Dafür haben wir keine Zeit!«, fauchte ich. Jackal knurrte nur, und auch Zeke schien sich wieder auf seinen Gegner stürzen zu wollen, doch ich trieb die beiden auseinander.

»Verdammt noch mal, wir haben im Moment viel größere Probleme, zum Beispiel die Tatsache, dass hier alles vor die Hunde geht! Falls ihr es nicht bemerkt habt: Wir stecken ziemlich in der Scheiße. Da werde ich bestimmt nicht her-

umstehen und zusehen, wie ihr euch an die Kehle geht!«
Das brachte mir von beiden Seiten böse Blicke ein, die ich
prompt erwiderte. »Euer persönlicher Rachefeldzug ist mir
scheißegal. Bringt euch meinetwegen um – aber später. Im
Moment müssen wir uns um andere Sachen kümmern. Also
reißt euch zusammen!«

Gespanntes Schweigen folgte, doch ich spürte das Ge-
waltpotenzial auf beiden Seiten: Jackals brutale Entschlossenheit und Zekes reine, ungezähmte Wut, jeweils mühsam
im Zaum gehalten durch eine brüchige Barriere – mich. Ich
schluckte schwer und wartete ab. Hoffentlich brach der
Kampf nicht aus, denn sonst war ich gezwungen, mich für
eine Seite zu entscheiden, und ich hatte keine Ahnung, welche das sein würde.

Überraschenderweise war es Jackal, der schließlich lächelnd zurücktrat und beschwichtigend die Hände hob.
»Okay, Blutsack«, sagte er mit Blick auf Zeke, »alles klar,
ich weiß mich zu benehmen – vorerst. Pass auf.« Übertrie-
ben aufmerksam sah er sich im Raum um. »Wirklich nett
habt ihr es hier. Und was ihr nicht erst draus gemacht habt!
Hätte ich vorher Bescheid gewusst, hätte ich ein Einwei-
hungsgeschenk mitgebracht. Vielleicht einen alten Flicken-
teppich, der würde wundervoll zu dem restlichen Schrott
passen.«

Ein Teil der Spannung verflüchtigte sich, sodass ich schon
etwas ruhiger war, als ich mich Zeke zuwandte. Der entriss mir sein Handgelenk, und nun ließ ich ihn gewähren.
»Zeke …«

Er warf mir einen vernichtenden Blick zu. Abschätzend,
kalt und voller Wut musterte er mich, als würde er mich mit

ganz neuen Augen sehen und zu dem Schluss kommen, dass ich nicht mehr dieselbe war, die er einmal gekannt hatte.

Zeke schob den Pflock zurück in seine Weste, wo noch einige dieser Holzstäbe hingen, und bückte sich nach seiner Armbrust. »Was willst du hier, Allison?«, fragte er knapp und ohne mich anzusehen. Das verletzte mich, sodass nun auch in mir Wut und Frust aufstiegen. Während er sich die Armbrust wieder auf den Rücken schnallte, musterte ich sein restliches Arsenal. Es war ziemlich beeindruckend und unterschied sich deutlich von dem, was er bei unserer ersten Begegnung gehabt hatte. Armbrust, Pflöcke, schwere Pistole, Schutzweste – diesmal war er für Vampire gerüstet. Nur zwei Dinge erkannte ich wieder: Die Machete, die er unter Weste und Armbrust auf dem Rücken trug, und die Halskette mit dem kleinen Silberkreuz. Doch jetzt sah er nicht mehr aus wie ein verirrter Wanderer. Er sah aus wie ein Soldat, und das mehr als zu Jebs Zeiten. Wie jemand, der seinen Lebensunterhalt damit verdiente, Vampire zu töten.

Aber warum war er überhaupt hier? Warum war er nicht mehr in Eden, wo ich ihn zurückgelassen hatte?

»Wir suchen nach jemandem«, erklärte ich ihm und versuchte den Jungen wiederzufinden, den ich einmal gekannt hatte. Seine Miene blieb verschlossen und kalt, trotzdem fuhr ich fort: »Er befindet sich in der Inneren Stadt, und die Tore an der Oberfläche sind verschlossen. Wir müssen also einen Weg durch die Tunnel finden.«

Zeke warf Jackal einen hasserfüllten Blick zu, der überdeutlich sagte, wie gerne er sich einen seiner Pflöcke geschnappt und ihn dem Vampir ins Herz gerammt hätte. Jackal hingegen beobachtete ihn gelassen, mit einem feinen

Lächeln auf den Lippen. Mich packte die reine Verzweiflung. Es würde verdammt schwer werden, die beiden davon abzuhalten, sich gegenseitig umzubringen. Aber ich musste es versuchen. Dass Zeke wütend war, war mir klar, vielleicht verabscheute er mich jetzt sogar. Aber wir brauchten immer noch seine Hilfe, und ich durfte mich davon nicht aufhalten lassen. Kanins Leben stand auf dem Spiel.

»Tja, das dürfte nicht einfach werden.« Endlich drehte sich Zeke zu mir um, und auch wenn seine Miene und seine Stimme eisig waren, blieb er doch sachlich. »Ich kenne keinen Weg durch die Tunnel, der in die Innere Stadt führt. Glaubst du, wir würden noch hier im Saum hocken, wenn es so wäre? Wenn ich könnte, würde ich jeden Einzelnen von ihnen in die Innere Stadt bringen. Aber selbst wenn ich einen Weg wüsste, müssten wir immer noch an den Maulwurfsmenschen vorbei.«

»Bedrohen sie euch?«

Er nickte knapp. »Wir hatten einige Probleme mit ihnen, und langsam wird die Lage … kritisch. Einer meiner Späher hat berichtet, dass sie sich in großen Scharen zusammenrotten. Das haben sie bisher noch nie getan. Sie wollen, dass wir verschwinden.«

Na großartig. An der Oberfläche die Bluter, hier unten verärgerte Maulwurfsmenschen … und Zeke. Der, auch wenn er sich hier wie zu Hause zu fühlen schien und ganz in seiner Rolle als Anführer aufging, keinen Weg in die Innere Stadt kannte. Meine Hoffnung schwand. Kanin zu finden entpuppte sich als wesentlich schwieriger, als ich es mir vorgestellt hatte. Und dann war da ja auch noch Sarren.

Zeke beobachtete uns mit ausdrucksloser Miene. Flehend sah ich ihn an, trotz allem voller Hoffnung, dass unsere ehemalige Freundschaft und die Tatsache, dass wir uns gegenseitig das Leben gerettet und Seite an Seite gegen Verseuchte, Banditen und Vampire gekämpft hatten, ihm noch etwas bedeuteten. »Wir müssen unbedingt in die Innere Stadt, Zeke. Bitte, kannst du denn gar nichts tun? Irgendetwas? Es ist wirklich wichtig.«

Er kniff die Augen zusammen. Ich konnte regelrecht sehen, wie es in seinem Gehirn arbeitete, wie er Überlegungen anstellte und Puzzleteilchen zusammenfügte. »Wollt ihr zum Prinzen?«, fragte er schließlich.

Ich blinzelte überrascht. Das hatte ich nicht erwartet. »Ja«, antwortete ich. »Oder zumindest werden wir so weit zu ihm vordringen, wie es geht. Wir haben etwas über diese Seuche herausgefunden – wir glauben zu wissen, wer sie verbreitet hat, und wir hoffen, dass Salazar uns helfen wird. Immerhin ist es seine Stadt. Er muss sich doch Gedanken darüber machen, dass seine Futterquelle versiegen könnte.«

Sofort verfinsterte sich Zekes Miene, und ich hätte mich am liebsten selbst dafür getreten, dass ich Letzteres erwähnt hatte. Verdammt, offenbar färbte Jackal langsam auf mich ab. »Wenn wir es bis zum Prinzen schaffen, kann er uns dabei helfen, den Verantwortlichen zu finden, der wiederum wissen müsste, wie man die Seuche aufhält.« *Und dabei hoffentlich auch Kanin retten.*

Zeke kämpfte offenbar mit sich, dann seufzte er. »Einen Weg in die Innere Stadt kenne ich nicht«, wiederholte er, »da bin ich also keine Hilfe. Doch es gibt Leute, die diese Tunnel besser kennen als irgendjemand sonst.«

Wer?, wollte ich fragen, doch da stieß Jackal hinter mir ein angewidertes Schnauben aus.

»Oh scheiße, du meinst die dreckigen Kannibalen, richtig?«

»Die Maulwurfsmenschen haben nicht weit von hier ein Versteck«, fuhr Zeke fort, ohne auf Jackal zu achten. »Ich kann euch hinbringen, aber ihr werdet sie selbst dazu überreden müssen, dass sie euch hinter die Mauer führen. Auf mich werden sie nicht hören. Doch auf ein paar Vampire ...« Er zuckte vielsagend mit den Achseln. »Aber wenn es euch gelingt, sie davon zu überzeugen, komme ich mit euch.«

Das brachte mich völlig aus dem Konzept. Zeke hasste Vampire, und in der Inneren Stadt wimmelte es nur so von ihnen. »Warum?«

Er deutete auf seine kleine Gruppe. »Weil nichts getan wird, um die Lage hier zu verbessern. Es kommen keine Essenslieferungen mehr, hier unten gibt es keine Vorräte, und nach oben kann auch niemand, weil da die Bluter unterwegs sind. Wenn es so weitergeht, werden diese Menschen verhungern. Ich will mir ansehen, was die Vampire unternehmen, damit das aufhört – falls sie überhaupt etwas dagegen unternehmen –, oder ob sie vorhaben, hier draußen alle krepieren zu lassen.«

Oh, Zeke. Traurig schüttelte ich den Kopf. *Du hast dich kein bisschen verändert. Du kümmerst dich immer noch um alles und jeden, ganz egal, wer es ist. Sogar um eine Gruppe Unregistrierter, die dich verraten werden, sobald du ihnen den Rücken zukehrst.*

Jackal lachte belustigt. »Bist du sicher, dass du das tun willst, Blutsack?«, fragte er hämisch. »Hinter die Mauer gehen, wo die ganzen gruseligen Vampire leben? Vielleicht willst du dich ja auch noch mit Honig oder Grillsoße einreiben, bevor wir aufbrechen.«

Bevor Zeke etwas erwidern konnte, fuhr ich zu Jackal herum. »Könntest du wenigstens dieses eine Mal aufhören, dich wie ein Arschloch aufzuführen?«, schnauzte ich ihn an. »Du bringt bloß unsere einzige Hilfe gegen uns auf. Willst du jetzt zu Salazar oder nicht?«

»Ist schon okay«, mischte sich Zeke erstaunlich gelassen ein, »der macht mir keine Angst. Keiner von ihnen. Nicht mehr.« Mit einem unversöhnlichen Blick auf uns fuhr er fort: »Wartet hier. Ich muss den anderen erklären, was los ist, und ihnen einbläuen, nur im äußersten Notfall an die Oberfläche zu gehen.« Er musterte Jackal mit schmalen Augen. »Kann ich darauf vertrauen, dass du niemanden frisst, während ich weg bin?«

»Hey!« Jackal hob abwehrend die Hände. »Mach dir meinetwegen keine Gedanken, Fleischklumpen. Ich bin heute Nacht ein braver Vampir. Irgendetwas sagt mir, dass der *andere* mordlüsterne Blutsauger hier nicht gerade begeistert wäre, wenn ich dir das hübsche Köpfchen abreiße.«

Zekes finstere Miene blieb starr. Wortlos drehte er sich um und ging. Dabei rief er die restliche Gruppe zusammen und scharte sie am anderen Ende des Raums um sich. Mit einem unguten Gefühl im Bauch beobachtete ich ihn. Wenn ich doch nur unter vier Augen mit ihm hätte reden können! Ich hatte so viele Fragen: Warum war er hier? Warum hatte er Eden verlassen? Wo befand sich der Rest unserer ehemaligen Gruppe? Lebten sie noch? Waren sie in Sicherheit? Wie war er überhaupt hierhergekommen?

Und warum musste er ausgerechnet jetzt auftauchen, wo ich Jackal dabeihatte, jenen Vampir, der seine Familie getötet hatte?

Mein Bruder im Blute stellte sich neben mich und verfolgte ebenfalls, wie Zeke zu den Menschen sprach. Mit leiser, gelassener Stimme versuchte er, ihnen die Verwirrung und die Angst zu nehmen. »Na, dadurch wird die Sache doch gleich viel interessanter«, murmelte Jackal und verschränkte die Arme vor der Brust. »Das ist also der Zögling des sturen alten Mannes. Ezekiel. Sag mal, Schwesterlein, was weiß er über das Heilmittel?«

Ich musterte Jackal wachsam. »Wie kommst du darauf, dass er überhaupt etwas weiß?«

»Oh, bitte. Bei mir brauchst du nicht das Dummchen zu spielen.« Jackal beobachtete noch immer Zeke, doch jetzt lag Hunger in seinem durchdringenden Blick. Das gefiel mir ganz und gar nicht. »Nachdem du und der kleine Blutsack meine Stadt angezündet hattet – wodurch ihr alles zerstört habt, wofür ich hart gearbeitet hatte, wenn ich das mal sagen darf –, hast du ihn und seine kleinen Freunde nach Eden geführt. Das hast du selbst gesagt. Und ich könnte wetten, dass der Alte ihm sämtliche Forschungsergebnisse vermacht hat, sein gesamtes Wissen über das Heilmittel und die Vampirexperimente vor sechzig Jahren. Also erzähl mir nicht, der Kleine hätte keine Ahnung. Er weiß genauso viel darüber wie der Alte.«

»Jackal, es gibt kein Heilmittel.« Mir fiel wieder ein, was Zeke mir einmal erzählt hatte, als ich herausgefunden hatte, warum sie wirklich auf der Suche nach Eden waren. »Vielleicht weiß er, dass früher einmal geforscht wurde,

aber selbst wenn er wollte, könnte er nichts dazu bei-
tragen.«

»Aber er *kommt* aus Eden«, fuhr Jackal in diesem gruseligen, abwägenden Tonfall fort, der mich verdammt nervös
machte. »Sieh ihn dir an, Schwesterlein: Schutzweste, Pflöcke, Armbrust ...« Er schüttelte den Kopf. »Der Junge hat
Eden mit einer Mission verlassen, und er wusste, dass er auf
Vampire treffen würde. Er ist nicht zufällig hier, das steht
fest. Und da fragt man sich doch, wonach er wohl sucht.«

Ich wusste es nicht, aber das war auch nicht wichtig.
Wichtig – und wesentlich beunruhigender – war allerdings
Jackals plötzliches Interesse an Zeke und dem Heilmittel.
»Lass ihn in Ruhe«, warnte ich ihn leise. »Du hast bereits
seine Familie getötet. Und er wird sich keine Gelegenheit
entgehen lassen, sich dafür zu revanchieren.«

Moment mal, warum warnte ich Jackal denn vor Zeke?
Warum verteidigte ich ihn überhaupt? Bevor das alles hier
angefangen hatte, war ich nur darauf aus gewesen, dass
dieser Vampir für seine Taten betraft wurde, und plötzlich
war ich seine Reisebegleitung. Und stellte mich zwischen
ihn und eine Armbrust. Und was noch schlimmer war: Der
Finger am Abzug der Armbrust war Zekes gewesen, der
jeden erdenklichen Grund hatte, sich Jackals Tod zu wünschen, und nun wahrscheinlich glaubte, ich hätte ihn verraten. Aber ich konnte nicht zulassen, dass einer der beiden
starb. Aus unterschiedlichen Gründen brauchte ich sie beide. Selbst wenn das bedeutete, dass ich sie davon abhalten
musste, sich gegenseitig umzubringen.

Verdammt, wann war diese Sache bloß so kompliziert
geworden?

Jackal lachte leise. »Mit Rache kenne ich mich aus, Schwesterlein«, erwiderte er gedämpft und grinste mich bösartig an. »Mir ist klar, dass der Junge irgendwann versuchen wird, mich zu töten. Immerhin ist er nicht der erste Mensch, dem ich auf die Zehen getreten bin.« Als ich ihn böse anstarrte, wurde sein Lächeln breiter. »Keine Sorge, ich werde deinen kleinen Lakaien schon nicht fressen – es sei denn, natürlich, er versucht mich umzubringen. Sieh es mehr als Warnung an dich, liebe Schwester: Wenn du willst, dass der Kleine überlebt, sorge besser dafür, dass er mich in Frieden lässt. Denn sobald er mir zu nahe kommt, werde ich ihn in Stücke reißen.«

»Alles klar.« Zeke war zurück, bemerkte allerdings nicht, wie angespannt die Lage zwischen Jackal und mir war. »Ich bin so weit.«

»Zeke, warte!« Roach kam aus den Schatten gekrochen, warf einen ängstlichen Blick auf Jackal und mich, wandte sich dann aber voller Verzweiflung an Zeke: »Du darfst nicht gehen!«, flehte er ihn an. »Du bist das Einzige, was die Maulwurfsmenschen zurückhält. Was ist, wenn irgendwas passiert? Du hast gesagt, du würdest dich um uns kümmern.«

»Ich weiß.« Frustriert fuhr sich Zeke durch die Haare. »Es tut mir leid. Ich muss etwas erledigen, aber ich komme so schnell wie möglich zurück.« Roach fühlte sich ganz klar verraten, denn sein Blick wurde hart. Zeke seufzte schwer. »Hier«, sagte er schnell und zog etwas aus dem Gürtel. Es war ein kleiner, rechteckiger Kasten mit einer kurzen Antenne. »Nimm das.« Er drückte Roach das Ding in die Hand. »Das ist ein Walkie-Talkie. Wenn es Schwierigkeiten gibt, drückst du diesen Knopf hier und sprichst in das Mikro. Falls ich nicht zu weit weg bin, werde ich dich hören.« Roach nahm den Kasten vorsichtig entgegen und drehte ihn stirnrunzelnd hin und her. Zeke legte ihm eine Hand auf die Schulter. »Aber benutz es nur im Notfall, okay? Die Batterien halten nicht ewig.«

Wortlos steckte Roach seine Beute ein und verschwand in den Schatten. Kopfschüttelnd drehte Zeke sich zu uns um. Sein Blick wurde wieder kalt. »Gehen wir«, sagte er brüsk. »Es ist nicht weit bis zum Versteck der Maulwurfsmenschen, aber ich gehe mal davon aus, dass ihr vor Sonnenaufgang ankommen wollt.«

»Der Mensch hat den ersten Preis gewonnen«, kommentierte Jackal sarkastisch, als Zeke an uns vorbeimarschierte und auf den Schacht zuhielt, durch den wir mit Roach hereingekommen waren. Grinsend sah Jackal mich an. »Demnächst wird er uns noch erklären, dass Vampire Blut trinken.«

Ich unterdrückte ein Stöhnen. Mir graute jetzt schon vor dieser Mission, da ich genau wusste, dass ich wahrscheinlich immer wieder einspringen musste, damit die beiden sich nicht gegenseitig an die Kehle gingen.

»Wie lange bist du schon hier, Zeke?«

Er warf mir einen vorsichtigen Blick zu. Wir waren einige Minuten gelaufen, und nur das Geräusch unserer Schritte und das gelegentliche Fiepen der Ratten hatten die angespannte Stille durchbrochen. Ringsum breitete sich die Unterstadt aus, ein Labyrinth aus Tunneln, Gängen und verschlungenen Wegen. Wer wusste schon, welche Geheimnisse sich in ihr verbargen? Zeke hatte eine Taschenlampe dabei, deren dünner weißer Strahl die Schatten vertrieb und sichtbar machte, wie verrottet hier alles war. Er war einige Schritte vorgelaufen und hatte sich kein einziges Mal zu Jackal und mir umgedreht. Langsam zerrte sein eisiges Schweigen an meinen Nerven.

Nachdem ich also eine Zeit lang mit mir gerungen und mich gefragt hatte, ob ich den ersten Schritt machen sollte, schloss ich zu ihm auf. Irgendwann würde er sowieso mit mir reden müssen, außerdem hatte ich jede Menge Fragen, auf die ich endlich eine Antwort haben wollte.

Zunächst dachte ich, er würde mich einfach ignorieren. Sollte das der Fall sein, würde ich ihn so lange nerven, bis er reagierte. Doch er beließ es bei diesem misstrauischen Seitenblick, seufzte dann und schaute wieder nach vorne.

»Ungefähr einen Monat.« Seine Stimme hallte in der breiten Betonröhre, die wir gerade betraten. Geduckt liefen wir weiter. »Können auch ein paar Tage mehr oder weniger sein. Ich bin wenige Wochen vor Ausbruch der Seuche hier angekommen, bevor die Vampire die Stadt abgeriegelt haben. Das war alles ziemlich verrückt.«

»Und wie bist du dann hier unten gelandet?«

»Ich bin von vornherein durch die Tunnel in die Stadt gelangt, wahrscheinlich genauso wie Jackal und du.« Wieder ein kurzer Seitenblick. »Dann kam ich in Sektor Vier raus und bin Kyles Gang begegnet. Anfangs waren sie ziemlich misstrauisch – immerhin bin ich eines Nachts wie aus dem Nichts aufgetaucht, war schwer bewaffnet und kam eindeutig nicht von hier. Sie haben mich für einen Lakaien oder eine Wache oder so etwas gehalten. Niemand wollte mir glauben, dass ich von außerhalb der Mauer komme. Doch dann wurden die Leute krank«, fuhr Zeke fort, »sie wurden wahnsinnig und haben sich gegenseitig angegriffen. Anfangs waren es nur vereinzelte Vorfälle. Doch innerhalb weniger Tage wurde es zu einer Epidemie, die sich in allen Sektoren ausbreitete. Ich war dabei, als Kyle wahnsinnig geworden ist und Roach töten wollte.« Mit grimmiger Miene erklärte er: »Am Ende musste ich ihn erschießen. Mir blieb nichts anderes übrig.«

Mitfühlend zuckte ich zusammen. Zeke hasste es zu töten und menschliches Leben zu nehmen, selbst wenn es unumgänglich war.

»Danach haben sie irgendwie angefangen, sich um mich zu scharen«, erzählte er weiter. »Sie wollten, dass ich die Führung übernehme und ihnen sage, was zu tun sei. Vielleicht lag es daran, dass Kyle tot war und sie alle langsam durchdrehten. Oder vielleicht waren es auch nur meine Waffen. Da konnte ich nicht Nein sagen – sie brauchten meine Hilfe.« Er seufzte schwer. »Mir fiel wieder ein, dass ich auf dem Weg durch die Tunnel diesen Raum gesehen hatte, und er schien mir sicherer zu sein als alles an der Oberfläche. Da wusste ich allerdings auch noch nicht, dass er am Rand des Gebietes liegt, das die Maulwurfsmenschen für sich beanspruchen.« Stirnrunzelnd schüttelte er den Kopf. »Wie dem auch sei: Nachdem wir hier runtergekommen waren, schlossen sich immer mehr Menschen der Gruppe an. Inzwischen ist es so eine Art Flüchtlingslager geworden, für jeden, der dem Wahnsinn an der Oberfläche entkommen will. Aber die Lage wird immer schlimmer. Es gibt kein Essen, und die Maulwurfsmenschen werden auch immer dreister. Wenn nicht bald etwas geschieht, werden alle hier unten sterben.«

Und das kannst du nicht zulassen, dachte ich. *Auch wenn das hier nicht deine Leute sind und sie dich im Stich lassen werden, sobald sich etwas Besseres ergibt, könntest du dich doch nie von ihnen abwenden, solange sie dich brauchen. Du hast dich wirklich nicht verändert.*

Doch das beantwortete alles nicht meine drängendste Frage. »Zeke?« Er verkrampfte sich, als wüsste er genau, was jetzt kam. »Warum bist du hier? Warum bist du nicht in Eden geblieben, bei den anderen? Warum bist du überhaupt nach New Covington gekommen?«

Er stieß ein bitteres Lachen aus. »Ist das nicht offensichtlich?«, fauchte er, jetzt wieder wütend. Obwohl er es zu überspielen versuchte, konnte ich hören, dass er verletzt war – aber warum? Abrupt blieb er stehen und drehte sich zu mir um. Seine funkelnden blauen Augen schienen mich zu durchbohren. »Deinetwegen, Allie«, sagte er fast vorwurfsvoll. »Ich bin hergekommen, weil ich dich gesucht habe.«

Oh.

Hastig fuhr Zeke herum und setzte sich wieder in Bewegung. Hinter mir hörte ich Jackal kichern. »Ach ja, junge Liebe«, spottete er. Wieder einmal hätte ich ihn am liebsten dahin getreten, wo es wehtat. »Da wird einem doch ganz warm ums Herz.«

»Halt die Klappe, Jackal«, murmelte ich und lief hinter Zeke her. Jetzt fühlte ich mich noch schlechter. Zeke war meinetwegen hier? Warum? Doch nicht etwa wegen … was Jackal gesagt hatte. Das wäre verrückt. Er würde mir doch nicht *deswegen* quer durchs Land folgen, oder?

Außerdem spielte es auch keine Rolle. Ich hatte mich von Zeke losgesagt, als man mich aus Eden rausgeworfen hatte. Danach hatte ich nicht mehr damit gerechnet, ihn noch einmal wiederzusehen, und hatte mich auch schon fast damit abgefunden. Er hatte so viel dafür getan, dass seine Leute Eden sicher erreichten – warum sollte er das alles aufgeben und sich auf die Suche machen nach einem Vampir, der einfach überall sein konnte? Zeke musste doch wissen, dass es zwischen einem Menschen und einem Vampir niemals gut gehen konnte. Selbst jetzt, während ich ihm durch die Tunnel folgte und seine Schultern und seinen Nacken vor mir sah, spürte ich in mir den Drang, ihn zu beißen. Meine Reißzähne in seine Haut zu graben und seine Lebensessenz in mich aufzusaugen. Dass ich genau wusste, wie er schmeckte, machte es nur noch schlimmer. Einmal hatte er mir sein Blut gegeben, um mein Leben zu retten – es war heiß, kraftvoll und berauschend. Ich wollte mehr davon.

Das Gefühl meiner Fangzähne, die aus dem Kiefer geglitten waren und nun gegen meine Unterlippe drückten, riss mich aus meinen Überlegungen. Schaudernd zog ich sie wieder ein.

»Weißt du ...«, begann Jackal wieder, als wir über einen schmalen Metallsteg balancierten, der einen flachen Abgrund mit maroden Wänden überspannte. Früher war hier wohl einmal Wasser durchgeflossen, aber nun war der Kanal fast ausgetrocknet und der Boden vor allem mit Geröll, zerbrochenen Flaschen und anderem gefährlichen Müll bedeckt. »Das erinnert mich an diesen kleinen Welpen, den ich einmal beobachtet habe. Ein wirklich süßes Ding, er gehörte wohl einem meiner Banditen. Jedenfalls war dieser Welpe zu allen immer freundlich, selbst bei Fremden kannte er keine Scheu. Bis er sich eines Tages einem Artgenossen näherte – ich glaube, es war eine Hündin –, der das Motorrad eines anderen Banditen bewachte. Der Kleine wedelte mit dem Schwanz und wollte spielen. Da hat der andere Hund ihn angefallen und zerfetzt.«

»Vielen Dank für diese verstörende und vollkommen sinnlose Geschichte«, sagte ich und ignorierte absichtlich die deutlich erkennbaren Parallelen. »Vielleicht solltest du es besser bei Todesdrohungen und Einschüchterungsversuchen belassen. Oder, noch besser: Halt einfach ganz den Mund.«

Wir kamen zum Ende des Tunnels, wo Zeke bereits auf uns wartete. Er schaltete seine Taschenlampe aus. Falls er Jackals Geschichte gehört hatte, sparte er sich jeden Kommentar. »Ab hier müssen wir vorsichtig sein«, murmelte er und deutete mit dem Kopf auf die Dunkelheit vor uns. »Da vorne befindet sich eine große Kammer, in der die Maulwurfsmenschen schlafen. Man kann sie nicht umgehen, wir müssen also direkt durchlaufen.«

»Oh, gut.« Jackal grinste. »Ich fing schon an, mich schrecklich zu langweilen. Es geht doch nichts über ein anständiges Massaker, um das Blut in Wallung zu bringen.«

»Wir sind nicht hier, um mit ihnen zu kämpfen«, erinnerte Zeke ihn und kniff die Augen zusammen. »Wir brauchen sie, damit sie uns den Weg zu den Tunneln unter der Inneren Stadt zeigen. Oder würdest du lieber ziellos durch die Gegend wandern, bis die Sonne aufgeht?«

Jackal schnaubte abfällig. »Na klar doch, weil diese mörderischen, fleischfressenden Kannibalen uns ja auch einfach so geben, was wir wollen. Hauptsache, wir fragen schön höflich.«

»Größere Gruppen greifen sie normalerweise nicht an«, behauptete Zeke. »Außerdem fürchten sie sich vor Vampiren. Es muss also nicht in einem Blutbad enden.«

»Schon klar, Fleischbrocken.« Jackal fletschte die Zähne – das sollte wohl ein Grinsen darstellen. »Aber man darf ja wohl noch hoffen.«

Wir drangen in den Tunnel vor, diesmal etwas langsamer. Da Zeke die Lampe ausgeschaltet hatte, war nun alles in tiefe Finsternis getaucht. Für Jackal und mich stellte das kein Problem dar, unsere geschärften Sinne erlaubten es uns, auch in absoluter Dunkelheit zu sehen. Doch Zekes menschliche Augen waren nicht annähernd so gut. Gleichzeitig wollten wir nicht, dass die Maulwurfsmenschen unsere Anwesenheit zu früh bemerkten und vielleicht in dem Tunnellabyrinth verschwanden, bevor wir mit ihnen reden konnten.

Als wir den Gang hinter uns ließen, wölbte sich die Decke plötzlich zu einer hohen Kuppel über einem großen Raum, von dem mehrere Tunnel abgingen. Auch hier gab es jede Menge Müll und Schrott, der zu mehreren Haufen in den Ecken aufgeschichtet war. Rund um eine Feuerstelle lagen schmutzige Matratzen und mehrere Lumpenhaufen. Die Asche in der Grube war kalt und grau. Außer uns war niemand hier.

»Das ist seltsam«, murmelte Zeke, knipste die Taschenlampe an und ließ den Strahl durch den Raum gleiten. Neben den Müllbergen erfasste sie auch weiße, abgenagte

Knochen, die zwischen dem anderen Unrat aufleuchteten. Einige davon stammten sicherlich von Tieren, vor allem von Hunden und Ratten, aber manche waren … fragwürdig. »Vor ein paar Tagen waren sie noch hier. Was hat sie wohl dazu gebracht, das Lager aufzugeben?«

»Vielleicht gab es Gerüchte über Vampire in der Kanalisation«, schlug Jackal achselzuckend vor. »Wie schade. Ich hatte mich schon richtig auf ein hübsches Blutbad gefreut. Aber so …« Er schnappte sich einen gelblichen Katzenschädel aus einem Alkoven, drehte ihn mit der Schnauze zu mir und bewegte seine Kiefer auf und ab, während er fragte: »Was sollen wir jetzt tun?«

Ohne ihn zu beachten, drehte ich mich langsam im Kreis und atmete tief ein. Ich roch den Schmutz und den Moder, dazu aus einem nahen Tunnel den Gestank menschlicher Exkremente und eine Spur verwestes Fleisch von der letzten Mahlzeit der Maulwurfsmenschen. Doch hinter diesen Nuancen lag noch etwas anderes, ein Geruch, der mir sofort vertraut war.

Ich folgte der Duftspur um ein dickes, verrostetes Rohr herum, bis ich auf die Quelle stieß. Aus der Hocke heraus untersuchte ich eine der Matratzen, die an einer Ecke einen dunklen Fleck aufwies. Der Bezug war völlig durchtränkt mit der klebrigen Flüssigkeit. Plötzlich drängte sich der Geruch des frischen Blutes mit aller Gewalt in meine Nase. Als er meinen Mund erreichte, reagierte der Hunger sofort. Ich drängte ihn zurück und konzentrierte mich stattdessen auf die feine Tropfenspur, die von der Matratze zu einem Rohr am anderen Ende des Raumes führte.

Jackal spähte über meine Schulter. »Aha, sieht ganz so

aus, als hätte da jemand eine Fährte hinterlassen. Ziemlich leichtsinnig, die nicht zu entfernen, vor allem, da sich doch Vampire in den Tunneln herumtreiben.« Er holte tief Luft und lachte. »Und sie ist sogar noch recht frisch. Wir sollten wohl versuchen, denjenigen einzuholen, bevor er ausblutet und stirbt. Das wäre doch wirklich die reinste Verschwendung, nicht wahr?«

Ich stand auf, ließ Jackal stehen und ging auf das Rohr zu. »Was meinst du, wo sie hin sind, Zeke?«

»Keine Ahnung.« Zeke stieg über einen Haufen aus Steinen und Knochen, um zu uns zu gelangen. »Soweit ich weiß, und das ist auch nur Hörensagen, leben sie ziemlich nomadisch und ziehen nach Belieben durch die Unterstadt. Aber manche Familien haben feste Nester wie dieses hier, und sie halten sich dann auch von den anderen Clans fern. Sie dringen nie in fremde Territorien ein. Ich habe also keine Ahnung, wo sie hingegangen sein könnten.«

»Tja …« Ich machte einen Schritt in das mächtige Rohr hinein. Auch hier nahm ich den schwachen Blutgeruch wahr, obwohl er von Moder, Rost und anderen Nuancen überlagert wurde. »Dann müssen wir das wohl herausfinden.«

Als ich den eisigen Blick bemerkte, mit dem Zeke Jackal bedachte, während dieser an ihm vorüberschlenderte, signalisierte ich dem Vampir voranzugehen. »Nach dir«, forderte ich Jackal auf. »Es sei denn, natürlich, du hast Angst, dass die Maulwurfsmenschen dir auflauern könnten.«

Jackal setzte sein überhebliches Grinsen auf, lachte leise und betrat das Rohr. Er wusste genau, was ich bezweckte: mich zwischen den beiden zu positionieren, um ihn von

Zeke fernzuhalten. Natürlich würde Zeke seinen Gegner niemals von hinten abstechen oder erschießen – so war er einfach nicht. Jackal allerdings war sadistisch genug, um irgendeinen unverzeihlichen Kommentar abzugeben, bloß um Zeke auf die Palme zu bringen. Und dann hätte er »keine andere Wahl« als sich zu verteidigen, wenn Zeke ihn angriff.

Dabei hoffte ich, dass die beiden sich am Riemen rissen, zumindest bis wir Kanin gefunden hatten. Schließlich konnte ich sie nicht vierundzwanzig Stunden am Tag im Auge behalten.

Trotz seiner Größe war es in dem Rohr so eng, dass man Platzangst bekommen konnte, und wir mussten uns alle drei tief bücken, um nicht mit dem Kopf an die Decke zu stoßen. Jackal ging vorweg, leichtfüßig und elegant wie eine Katze. Der Saum seines langen Mantels schleifte hinter ihm über den Boden. Zeke spürte ich hinter mir, konnte seine gleichmäßigen Atemzüge hören. Und obwohl ich wusste, dass er es nicht tun würde, stellte ich mir immer wieder vor, wie er einen der Pflöcke aus seiner Weste zog und ihn mir in den Rücken rammte, vielleicht sogar direkt ins Herz. Wenn ich erst mal aus dem Weg wäre, hätte er freie Bahn zu dem Vampir, der seinen Vater getötet hatte …

Ich schüttelte mich. Nein, das würde Zeke niemals tun. Ich kannte ihn doch. Er hasste Vampire aus tiefstem Herzen, und wenn es sein musste, war er ein entschlossener, grimmiger Kämpfer, aber er war auch einer der sehr wenigen aufrichtig guten Menschen, die es auf dieser Welt noch gab. Er würde mich niemals kaltblütig von hinten abstechen.

Oder? Mir wurde bewusst, wie naiv ich war. Nur weil Zeke mich von früher kannte, bedeutete das nicht, dass ich ihm gegenüber nicht wachsam sein musste. Das war Monate her, inzwischen konnte er zu dem Schluss gekommen sein, dass ich doch ein mordendes, seelenloses Monster war, und dass alles, was wir miteinander geteilt und erlebt hatten, böse und falsch gewesen war. Falls er vorher nicht zu dieser Erkenntnis gelangt war, dann war die Tatsache, dass ich mit Jackal im Schlepptau aufgetaucht war – der die Verkörperung all dessen war, was Menschen an Vampiren fürchteten –, sicher nicht hilfreich gewesen.

Und bis jetzt wusste Zeke ja nicht einmal, dass wir … familiär verbunden waren. Was würde er sagen, wenn er herausfand, dass Jackal mein Bruder war? Vielleicht pfählte er mich dann schon aus Prinzip.

Es reicht, Allison. Ich schob diese Gedanken weit von mir. *Was passiert ist, ist passiert. Entweder Zeke akzeptiert das oder nicht, aber du kannst dir seinetwegen nicht länger den Kopf zerbrechen. Jetzt geht es nur darum, Kanin zu finden.*

Die Tunnel zogen sich weiter hin, genau wie die Blutspur. Immer wenn ich glaubte, sie verloren zu haben, deutete Jackal auf einen kleinen Fleck an der Wand oder einige Spritzer auf dem Boden. Wer auch immer das Opfer war, es war offensichtlich schwer verletzt, und ich konnte nur hoffen, dass wir im Zentrum dieses endlosen Irrgartens nicht auf eine Leiche stießen.

Jackal war keine Sekunde still, er gab ständig irgendwelche grausigen Kommentare oder Beobachtungen von sich, während wir ihm durch die verwirrenden Gänge und

Rohre folgten. Dabei flüsterte er gerade laut genug, um den Menschen in unserer Gruppe zu provozieren. Zeke hingegen blieb bewundernswert gelassen, ignorierte den Vampir oder antwortete sogar dann noch sachlich, wenn der ihm gezielte, stichelnde Fragen stellte. Irgendwann trat ich Jackal gegen das Bein und knurrte ihn an, dass er still sein solle.

»Hey, ich unterhalte mich doch nur.« Jackals Grinsen war so widerwärtig, dass ich mich zurückhalten musste, um ihm nicht eine reinzuhauen. »Ich bin eben neugierig, was der kleine Fleischbrocken so getrieben hat, seit er meine Stadt niedergebrannt hat und mit meinem Heilmittel abgehauen ist. Hast du es in Eden gelassen, Blutsack?« Jetzt klang er nicht länger spöttisch oder neugierig, sondern fast schon drohend. »Beschäftigt sich gerade eine neue Forschungsgruppe mit den bisherigen Ergebnissen? Und mit den fehlgeschlagenen Vampirexperimenten? Wie nah sind sie denn inzwischen an einem Heilmittel dran?«

»Warum sollte ich dir das verraten?«, erwiderte Zeke leise.

Jackal fletschte die Zähne, doch ein Geräusch vor uns lenkte ihn ab. Ganz kurz glaubte ich, leise Schritte und murmelnde Stimmen zu hören. »Still«, flüsterte ich. »Da ist jemand.«

Die beiden verstummten, und wir schlichen weiter möglichst lautlos durch den Tunnel. Das Geräusch entfernte sich, sowohl die Schritte als auch die Stimmen verhallten. Aber ich wusste, dass dort vor uns irgendetwas sein musste.

»Hier entlang«, hauchte Zeke und bog in ein anderes Rohr ab, das in einer Ziegelmauer verschwand. Dort waren leise Stimmen zu hören, die immer lauter wurden, je weiter wir gingen. Als ich tief einatmete, bemerkte ich Blut, Rauch und den Geruch von sehr vielen Menschen auf einem Haufen.

Das Rohr endete abrupt. Es ragte knapp fünf Meter über dem Boden aus einer Mauer. Ein dünnes Rinnsal floss an uns vorbei und tropfte in den riesigen Raum unter uns hinab. Die Luft hier war feucht und roch nach Metall, Rauch und abgestandenem Wasser. An Wänden und Decken zogen sich mehrere verrostete Rohre entlang, außerdem standen in den Ecken einige Metallfässer, aus denen dichter, schmieriger Qualm aufstieg.

In dem Raum eilten mehrere Dutzend bleicher, gebeugter Maulwurfsmenschen umher. Ihre leisen, rauen Stimmen drangen bis zu uns hinauf. Einige von ihnen saßen an kleinen Feuern und kauten auf unidentifizierbaren Fleischbrocken herum. Andere hatten sich unter fadenscheinigen, löchrigen Decken zusammengerollt, oder sie drückten sich aneinander, um zu schlafen oder sich zu wärmen. Eine Frau, die große, kahle Stellen auf dem Kopf hatte, zog einen Spieß voller Ratten aus einem Feuer und reichte eine davon an einen dünnen, verwilderten Jungen weiter, der sich den Nager schnappte und mit seiner Beute in einer Ecke verschwand. Bald darauf hörte man lautes Schmatzen.

Zeke stieß leise den Atem aus. »So viele«, flüsterte er, als wir uns ein Stück weit in das Rohr zurückzogen. »Ich habe noch nie so viele von ihnen an einem Ort gesehen. Warum sie sich wohl gerade jetzt versammeln …« Seine Stimme wurde grimmig. »Das Lager. Sie haben damit gedroht, uns zurück auf die Straßen zu treiben. Wenn sie alle gemeinsam beschließen, unser Lager anzugreifen, werden wir sie nicht aufhalten können. Dazu sind es viel zu viele. Sie werden alle töten, die dort sind.«

»Immer mit der Ruhe.« Beschwichtigend legte ich ihm eine Hand aufs Knie. Er starrte sie überrascht an, während ich so tat, als hätte ich seinen Blick nicht bemerkt. »Wir werden mit ihnen reden. Irgendwie müssen wir sie dazu bringen, uns friedlich zuzuhören.«

Jackal, der nun hinter uns stand, schnaubte mal wieder. »Die Hoffnung stirbt zuletzt«, murmelte er, sagte aber nichts weiter, während wir uns auf die Suche nach dem Eingang zu der großen Höhle machten.

Wir entdeckten ihn ungefähr hundert Meter weiter, wo ein Teil der Wand eingestürzt war und das Licht der Feuer über Steine und Geröll flackerte. Der Eingang war vollkommen unbewacht. Wahrscheinlich hatten die Maulwurfsmenschen in ihrer verschachtelten, unübersichtlichen Welt nicht oft mit Eindringlingen zu kämpfen – vor allem nicht mit Vampiren.

Als wir vor dem Eingang standen, warf ich Jackal einen warnenden Blick zu. »Wir sind nicht hier, um zu töten«, erinnerte ich ihn, woraufhin er dramatisch die Augen verdrehte. »Versuch, dich daran zu halten, okay? Ich habe keine Lust, gegen die gesamte Maulwurfsmenschenpopulation von New Covington kämpfen zu müssen. Außerdem haben wir, wenn wir sie alle töten, niemanden mehr, der uns den Weg zur Inneren Stadt zeigt.«

»Du traust mir wohl gar nichts zu, wie?« Jackal schüttelte empört den Kopf. »Ich habe über eine ganze Stadt voller Banditen geherrscht, und das schon lange, bevor ihr zwei gekommen seid. Ich weiß, wie man mit großen Gruppen potenzieller Mörder umgeht. Also mach dir keine Sorgen, ich werde diese blutrünstigen Kannibalen schon nicht verschrecken.« Er grinste breit. »Aber wenn du ernsthaft glaubst, dass wir ohne Blutvergießen hier rauskommen, bist du noch naiver, als ich dachte.«

Ich blieb ihm eine Antwort schuldig, da wir inzwischen den Geröllhaufen überwunden hatten, die eingestürzte Mauer hinter uns lag und wir das Lager der Maulwurfsmenschen betraten.

9

Wir zogen sofort ihre Aufmerksamkeit auf uns. Sobald wir aus dem Eingang traten und in den Raum kamen, blickten drei Maulwurfsmenschen an einer der Feuergruben auf. Im ersten Moment starrten sie uns verblüfft an. Jackal grinste und nickte ihnen zu.

»Guten Abend«, sagte er freundlich, woraufhin die drei fauchend und kreischend aufsprangen, sodass nun auch der Rest aufmerksam wurde. Waffen wurden gezogen, Schreie wurden laut, dann stürmte die gesamte Horde mit mörderischer Entschlossenheit auf uns zu.

»Hey, hey!«, rief Jackal so laut, dass seine klare, selbstbewusste Stimme durch die Höhle schallte. »Wir wollen doch nichts überstürzen! Wir sind nicht hier, um ein Massaker zu veranstalten! Und ihr Leutchen wollt bestimmt nicht gegen uns kämpfen, vertraut mir!«

Ob es nun an der unerschütterlichen Sicherheit seiner Stimme lag oder daran, dass er kurz seine Reißzähne aufblitzen ließ, weiß ich nicht. Jedenfalls kam der Pulk wenige Meter vor uns zum Stehen und starrte uns mit großen, hasserfüllten Augen an. Ich warf meinem Bruder im Blute einen überraschten Blick zu, während er mit einem leichten Lächeln den feindseligen Mob musterte. Offenbar war er ganz in seinem Element.

»Schon besser«, stellte Jackal fest. »Und nun beruhigen wir uns alle erst einmal. Ihr wisst, was wir sind, und es wäre uns lieber, wenn wir nicht erst die Wände mit eurem Blut tränken müssten, um zu bekommen, was wir wollen. Wir können uns doch alle zivilisiert verhalten, oder nicht?«

Leises Flüstern breitete sich aus, wurde lauter und unruhiger. Sofort spannte ich mich wieder an, doch da teilte sich die Menge, und eine alte Frau mit strähnigen weißen Haaren trat vor. Ihre Zähne waren fast alle verfault und ihre Augen von einem milchigen Film überzogen, doch sie verzog die Lippen und streckte anklagend einen knochigen Finger aus. Allerdings zeigte sie weder auf mich noch auf Jackal, sondern auf Zeke.

»Du!«, zischte sie, als Zeke sie verständnislos ansah. »Oberflächler! Ich kenne dich! Du bist der Außenseiter, der die anderen hier runtergebracht hat, sodass unsere Tunnel von Licht erfüllt sind und angezogen wird, was hier nicht hergehört. Du hast das alles verursacht. Mit eurem ewigen Lärm vertreibt ihr die Ratten, und jetzt bringt ihr auch noch *sie* von den Straßen hier runter, genau wie wir es befürchtet haben! Verflucht seist du!« Sie spuckte Zeke an. »Verflucht seist du und deine gesamte diebische Rasse! Ihr seid eine Plage, besetzt Plätze, die euch nicht gehören, und bringt den Tod! Nun wird die Unterstadt nie wieder sicher sein!«

»An der Oberfläche ist es auch nicht sicher«, antwortete Zeke ruhig. »Wir konnten nicht oben bleiben, nicht, solange die Krankheit sich so schnell ausbreitet. Es tut mir leid, dass wir in euer Gebiet eingedrungen sind, aber wir konnten sonst nirgendwo hin.« Als sie, offenbar unversöhnlich,

191

noch einmal spuckte, hob er beschwichtigend die Hände. »Wir werden so bald wie möglich wieder verschwinden, das verspreche ich.«

»Was uns zum nächsten Tagesordnungspunkt bringt«, unterbrach ihn Jackal. Offenbar passte es ihm nicht, dass sich die allgemeine Aufmerksamkeit von ihm abgewandt hatte. Er trat einen Schritt vor, woraufhin die Alte zurückwich. Das entlockte ihm ein Lächeln. »Wir müssen in die Innere Stadt. Aber da die Tore an der Oberfläche alle verrammelt sind, gibt es nur noch die Möglichkeit, durch den Untergrund zu gehen. Und da kommt ihr ins Spiel.«

Die Alte starrte Jackal ängstlich an. »Du willst, dass wir dir die Tunnel zeigen, die in die Innere Stadt führen, Vampir? Damit du anschließend deinen Leuten verraten kannst, dass direkt unter ihren Füßen Menschen hausen?« Sie schüttelte das faltige Haupt. »Niemals! Töte mich, wenn du willst, aber wir würden eher sterben, als die Monster hier herunterzuführen.«

»Wir werden niemandem von euch erzählen«, versicherte ich ihr, bevor Jackal so etwas sagen konnte wie ›Das lässt sich einrichten‹. »Wir stammen nicht aus der Inneren Stadt, wir sind nicht einmal aus New Covington.« *Na ja, zumindest Allie, der Vampir, würde das hier nicht als ihr Zuhause bezeichnen.* »Die Vampire da oben sind nicht unsere Freunde. Was meinst du denn, warum wir hier unten sind, zusammen mit einem Menschen?« Ich sah Zeke dabei nicht an, spürte aber seinen Blick auf mir. »Ich weiß, ihr habt keinen Grund, uns zu trauen, aber wir müssen unbedingt in die Innere Stadt, und wir werden die Tunnel nicht verlassen, bevor wir das geschafft haben.«

Wieder flüsterten und murmelten sie. Ich konnte spüren, dass einige der Maulwurfsmenschen über das nachdachten, was wir gesagt hatten. Die meisten von ihnen wirkten allerdings völlig verschreckt. Das hier war ihr schlimmster Albtraum: Vampire in der Kanalisation, in ihrem Revier. Die Furcht vor den Monstern hatte sie ja erst hier heruntergetrieben, und nun waren wir in ihren sicheren Hafen eingefallen. Ich hatte vollstes Verständnis dafür, dass sie zögerten.

»Deine Versprechungen sind für uns nichts wert, Vampir«, sagte die alte Frau schließlich. »Wir hätten nur euer Wort dafür, dass ihr schweigt, und das reicht nicht. Das Risiko, dass ihr nicht an der Oberfläche bleibt, ist einfach zu hoch. Wenn noch mehr Monster mit euch in die Tunnel kommen, gibt es nichts, womit wir uns verteidigen könnten.«

»Dann mache ich euch ein Angebot.« Zeke trat vor, und sofort richteten sich alle Augen auf ihn. Er erwiderte die Blicke ruhig, hielt die Hände an den Seiten und hob die Stimme, um sie alle anzusprechen: »Kennt ihr den einfachsten Weg, um einen Vampir zu töten?«, fragte er.

Die Maulwurfsmenschen bewegten sich unruhig und zischten. Einige murmelten vor sich hin. Einerseits wollten sie nicht antworten, andererseits waren sie fasziniert. Anscheinend gefiel ihnen der Gedanke, Vampire zu töten. Schließlich ertönte eine Stimme aus der Menge, der schnell weitere folgten.

»Verbrennen.«

»Kopf abschlagen.«

»Ein Holzpflock durchs Herz.«

Ich trat nervös von einem Fuß auf den anderen. *Ihr müsst ja nicht gleich so eifrig werden.*

Zeke nickte. »Aber dafür müsste man verdammt nah an sie rankommen, oder?«, fragte er ungerührt weiter. »Und niemand geht gerne so nah an einen Vampir ran, denn dann riskiert man ja, von ihm entdeckt zu werden, stimmt's? Schon besser, wenn man ihn aus der Distanz ausschalten kann.«

»Worauf willst du hinaus, Oberflächler?«, fauchte die Alte.

Zeke kniff die Augen zusammen. Mit einer lässigen Bewegung nahm er die Armbrust vom Rücken, spannte die Sehne und schoss auf die gegenüberliegende Wand. Der Pflock traf mit einem lauten Scheppern auf ein rostiges Fass und bohrte sich tief in das Metall. Die Maulwurfsmenschen keuchten, dann brach lautes Gemurmel aus.

»Die hier gebe ich demjenigen, der uns durch die Tunnel zur Inneren Stadt führt«, verkündete Zeke, nachdem der Sturm sich gelegt hatte. Als ich ihn überrascht ansah, zuckte er mit den Schultern. »Ich könnte sie sowieso nicht mitnehmen«, flüsterte er. »Nicht nach oben. Die Vamps würden einen Blick darauf werfen und ausrasten.«

»Da hat er nicht unrecht«, gab Jackal widerstrebend zu. »Wenn man in der Inneren Stadt mit so etwas herumwedelt, reißen sie einem den Kopf ab, bevor man weiß, was los ist. Andererseits bin ich auch nicht gerade begeistert, wenn eine Horde vampirhassender Kannibalen so etwas hat.«

Einer der Menschen schob sich nach vorne und musterte uns wachsam. Genau wie die anderen war er schrecklich dünn und hatte an Händen und Füßen offene Wunden, aber irgendwie wirkte er sogar noch fertiger als der Rest von ihnen. Seine eine Gesichtshälfte bestand nur aus Narben, ein Teil seiner Oberlippe fehlte, und ein Auge war milchig weiß, blind und nutzlos.

»Ich führe euch hin«, verkündete er mit rauer Stimme. Sein fiebriger Blick klebte förmlich an der Armbrust. »Im Tausch gegen diese Waffe bringe ich euch hin.«

»Amos«, zischte die Alte und richtete den trüben Blick auf ihn. »Sei kein Narr. Das sind Vampire. Sie werden dich umbringen und dich den Ratten zum Fraß vorwerfen.«

Der Maulwurfsmensch zuckte mit den knochigen Schultern und löste sich ganz aus der Menge. »Warum sollte mich das kümmern?«, erwiderte er ausdruckslos. »Mir ist nichts mehr geblieben. Und ich habe es satt, ständig in Angst zu leben.« Er ging zu Zeke hinüber und starrte ihm ins Gesicht. Zeke verharrte reglos. »Gib mir die Waffe«, forderte der Maulwurfsmensch, »dann sind wir im Geschäft. Dann bringe ich euch sofort in die Innere Stadt.«

Zeke nickte. »Alles klar«, sagte er und schlang sich die Armbrust wieder auf den Rücken. »Aber zuerst bringst du uns hin. Sobald wir jenseits der Inneren Mauer sind, gebe ich dir die Waffe, aber keine Sekunde früher.«

Der Maulwurfsmensch zeigte grimmig lächelnd seine fauligen Zähne. »Folgt mir.«

Während wir das Lager der Maulwurfsmenschen durch einen Tunnel auf der anderen Seite des Raums verließen, spürten wir die wütenden und misstrauischen Blicke der Menge auf uns. Ich roch ihre Angst, sah die Anspannung in den ausgemergelten Körpern, wie krampfhaft sie ihre Waffen umklammerten, und konnte nur hoffen, dass wir es hier raus schafften, bevor dieses Pulverfass hochging. Doch sie beobachteten reglos, wie wir dem Mann durch die Höhle und in den Tunnel folgten, wo wir schließlich mit der Dunkelheit verschmolzen.

Amos, der Maulwurfsmensch, bewegte sich unbeirrt durch die Gänge und blickte kein einziges Mal zurück, um zu sehen, ob wir noch da waren. Er hatte keinerlei Lichtquelle, sondern fand sich problemlos auch in völliger Dunkelheit zurecht, glitt in die Tunnel und kroch durch Rohre, als würde er einen entspannten Spaziergang machen. Dieses Labyrinth aus Beton, Rost, Moder und Feuchtigkeit war seine Welt, so wie die Straßen und Ruinen an der Oberfläche einmal meine gewesen waren. Ich kam zu der seltsamen Erkenntnis, dass die Maulwurfsmenschen den Unregistrierten gar nicht so unähnlich waren. Abgesehen von ihrer Abneigung gegen Licht und ihrer verstörenden Angewohnheit, Menschenfleisch zu essen, waren sie auch nur Plünderer, die um Nahrung kämpften, den Vampiren aus dem Weg gingen und alles taten, um zu überleben.

Mehrere Stunden lang folgten wir Amos durch endlose Tunnel und dunkle Gänge. Immer wieder flüchteten Ratten vor uns, und einmal glitt vor uns eine riesige Schlange in einen Kanal, doch ansonsten begegneten wir niemandem auf unserem Weg in das Herz der Stadt.

Bald blieb nicht einmal mehr eine Stunde bis Sonnenaufgang, und ich wurde langsam nervös, als Amos endlich stehen blieb. Eine rostige Leiter führte zu einem Loch in der Decke, das mit einem Metallgitter verschlossen war. Unkraut, Gräser und Dornenranken waren darüber gewuchert und hingen durch die Schlitze, sodass uns das Wasser auf die Köpfe tropfte.

»Die Innere Stadt ist dort oben«, krächzte Amos und musterte den Ausgang halb ängstlich, halb angewidert. »Das Gitter ist lose, ist aber seit Jahren nicht mehr benutzt worden. Die Vampire wissen nichts davon. Wir gehen nicht nach oben, besonders hier nicht. Und jetzt …« Er drehte sich zu Zeke um und kniff gierig die Augen zusammen. »Du hast mir die Waffe versprochen, wenn ich euch zur Inneren Stadt bringe. Gib sie mir und lass mich gehen.«

Sofort nahm Zeke die Armbrust vom Rücken. »Vielen Dank«, sagte er zu dem Maulwurfsmenschen und streckte ihm die Waffe entgegen. »Sag deinen Leuten, dass wir den Vampiren nichts von eurem Leben hier unten erzählen werden.«

Amos riss ihm die Armbrust aus der Hand und wich zurück. Mit einem finsteren Blick stellte er fest: »Dazu ist es jetzt zu spät, Oberflächler.« Demonstrativ sah er zu mir und Jackal hinüber. »Die Vampire wissen es bereits.«

Noch bevor wir etwas erwidern konnten, drehte er sich um und verschwand in den Tunneln. Schon nach wenigen Metern hatte ihn die Dunkelheit verschluckt.

Jackal zog eine Grimasse, dann musterte er nachdenklich das Gitter über uns. »Na schön«, meinte er und spähte durch die Schlitze, als könnte er durch das Gestrüpp hindurch die Stadt erkennen. »Da wären wir also. Doch ich denke nicht, dass wir heute Nacht noch beim Prinzen anklopfen werden.«

»Stimmt«, murmelte ich. Bald würde die Sonne aufgehen. Wenn das Licht bereits über den Horizont glitt, war es zu gefährlich, in unbekanntes Terrain vorzudringen. »Die Sonne ist schon fast aufgegangen. Sieht ganz so aus, als müssten wir noch einmal hier unten schlafen.« Stirnrunzelnd sah ich in den Tunnel, in dem Amos verschwunden war. »Und jetzt rennt hier ein Maulwurfsmensch mit Armbrust herum. Hoffentlich schleicht sich keiner von denen an, während wir schlafen.«

Jackal antwortete mit einem leisen Knurren: »Wegen der Maulwurfsmenschen mache ich mir keine Sorgen.«

Im ersten Moment war ich verwirrt. Doch dann tat Zeke etwas, das ich noch nie bei ihm gesehen hatte.

Er lächelte. Doch es war ein kaltes, gefährliches Lächeln, und seine Augen funkelten drohend. Schaudernd wurde mir bewusst, dass ich ihn tatsächlich nicht mehr kannte. Früher hätte ich Zeke bedenkenlos mein Leben anvertraut, immerhin hatte ich auch mehr als einmal den Tag verschlafen, während er über mich wachte. Anfangs war ich vorsichtig gewesen, doch irgendwann hatte ich begriffen, dass Zeke nicht die Art Mensch war, die andere kaltblütig abschlachtete – nicht einmal einen Vampir.

Jetzt war ich mir da nicht mehr so sicher. Dieser rachsüchtige Zeke mit dem kalten Blick hatte etwas Verstörendes an sich. Ich hatte keine Ahnung, ob er in mir noch immer eine Freundin sah oder nur irgendeinen Vampir, der ihn verraten hatte. Und was Jackal anging, war ich noch unsicherer.

»Beunruhigt dich das?«, fragte Zeke leise, aber bedrohlich. »Der Gedanke, dass eben jener Mensch, den du die ganze Nacht malträtiert hast, nun deinen toten Körper bewachen wird, solange die Sonne am Himmel steht? Daran hättest du vielleicht denken sollen, bevor du über meinen Vater gesprochen hast.«

Jackal warf Zeke einen abschätzenden Blick zu. Der legte locker eine Hand auf einen seiner Holzpflöcke und starrte zurück. Sofort machte ich mich bereit dazwischenzugehen, falls einer von ihnen zum Angriff überging.

Doch im nächsten Moment verzog sich Jackals Gesicht, und er grinste breit. »Sieh mal einer an, der Mensch hat ja wirklich Eier in der Hose. Vielleicht wird er den Ausflug in die Innere Stadt tatsächlich überleben.« Er trat einen Schritt zurück und nickte mir zu. »Für meinen Geschmack ist es hier etwas zu voll. Amüsiert euch schön, ihr zwei. Ich komme zurück, wenn die Sonne untergeht. Ach, und Menschlein …« Die goldenen Augen richteten sich auf Zeke. »Auch wenn du es vielleicht nicht glaubst: Ich bin sehr wohl in der Lage, auch tagsüber aufzuwachen. Falls du also mit dem Gedanken spielst, mir zu folgen und dir meinen Kopf zu holen, solltest du dich darauf einstellen, um dein Leben zu kämpfen, denn ich werde erst aufgeben, wenn einer von uns in Einzelteilen an den Wänden klebt. Nur eine kleine Warnung unter Freunden.«

Er setzte dieses strahlende Lächeln auf, an dem nichts Freundliches war, drehte sich um und schlenderte davon. Sein großer, schlanker Umriss verschmolz mit den Schatten in einem der Tunnel, dann war er fort.

Zwischen Zeke und mir breitete sich unangenehmes Schweigen aus. Er beobachtete mich in dem fahlen Licht, das durch das Metallgitter drang. Nun waren wir also allein, und bis zum Sonnenaufgang blieb uns noch ein wenig Zeit. Endlich konnte ich ihm all die Fragen stellen, die mir auf der Seele brannten, doch plötzlich wusste ich nicht mehr, wie ich anfangen sollte. Er war nicht mehr derselbe wie früher.

Und ich auch nicht.

Schließlich lehnte sich Zeke seufzend gegen die Mauer und zog seine Pistole aus dem Holster. Geschickt löste er das Magazin, zählte die Patronen und schob sie in die Kammer zurück. »Du solltest jetzt gehen«, sagte er, ohne mich anzusehen. »Such dir einen Platz, wo du dich bis zum Abend verstecken kannst. Ich bleibe hier und sorge dafür, dass in den Tunneln weder Maulwurfsmenschen noch sonst etwas auftaucht.«

»Du warst doch auch die ganze Nacht auf. Musst du nicht mal schlafen?«

»Mach dir meinetwegen keine Gedanken.« Er setzte das Magazin wieder ein, stellte sicher, dass die Waffe geladen war, und zog klickend den Schlitten durch. »Ich habe schon früh gelernt, wenn nötig ganz ohne Schlaf auszukommen. Ich komme klar.«

»Zeke …«

»Allison.« Endlich sah er mich an. »Ich weiß, dass du eine Menge Fragen an mich hast«, erklärte er unbehaglich, »doch ich kann sie dir nicht beantworten, zumindest jetzt nicht. Aber eines sollst du wissen: Die anderen sind in Sicherheit. Sie sind immer noch in Eden und haben dort ein schönes Leben. Ich habe vor meinem Aufbruch dafür gesorgt, dass es allen gut geht.« Ein halbes Lächeln huschte über sein Gesicht, und er schüttelte kurz den Kopf. »Caleb hat mir befohlen, dich von ihm zu grüßen und dir auszurichten, dass er und Bethany eine Ziege nach dir benannt haben.«

Ich musste lachen, spürte aber auch einen seltsamen Kloß im Hals. »Ich bin wirklich froh, dass es ihnen gut geht«, versicherte ich ihm, woraufhin er nickte. Wehmut blitzte in seinen Augen auf. Für einen kurzen Moment sah er wieder aus wie der Junge, den ich in Eden zurückgelassen hatte: hoffnungsvoll und wild entschlossen, seiner Familie ein Heim und einen sicheren Hafen zu schaffen.

»Also gut«, murmelte ich und wandte mich ab. »Wenn du darauf bestehst, suche ich mir jetzt einen Schlafplatz. Falls Jackal vor mir zurückkommt, ignoriere ihn einfach, okay? Ich habe keine Lust, bei meiner Rückkehr ein Blutbad vorzufinden.«

»Warte.« Zeke stieß sich von der Wand ab, als könnte er sich nicht länger zurückhalten. Als ich mich zu ihm umdrehte, bemerkte ich, dass er mich eindringlich beobachtete. Die Pistole hing locker in seiner Hand. »Warum, Allison?«, fragte er mit harter Stimme. »Du hast mir noch nicht gesagt, warum Jackal hier ist. Du weißt doch, was er ist, was er getan hat. Warum ist er bei dir?«

In meinem Inneren krampfte sich alles zusammen. Mir war klar gewesen, dass er diese Frage irgendwann stellen würde, und trotzdem hatte ich keine gute Antwort parat. Zumindest keine, die er akzeptieren konnte. *Warum sollte ich dir das sagen?*, dachte ich aufmüpfig. *Du vertraust mir deine Geheimnisse doch auch nicht mehr an. Du sagst mir ja nicht einmal, warum du hier bist. Dir muss ich überhaupt nichts erklären, Zeke Crosse.*

Aber … wenn ich ihm das sagte, würde er nur noch misstrauischer werden. Dann würde er glauben, ich hätte etwas zu verbergen. Außerdem wollte ich keine Spielchen mehr spielen. Mir war deutlich bewusst, was ich war – ich hatte nichts zu verbergen, jetzt nicht mehr.

»Ich bin auf Jackal gestoßen, als ich eigentlich jemand anderen gesucht habe«, erklärte ich ihm. »Ich dachte, ich würde einer Spur zu ihm folgen, lag damit aber falsch. Stattdessen habe ich Jackal gefunden – er hat auf mich gewartet.«

»Und er hat nicht versucht, dich zu töten?«

»Nein.« Während ich den Kopf schüttelte, sah ich, wie er ungläubig die Stirn runzelte. »Jackal war der gleichen Spur gefolgt. Wir sind zusammen nach New Covington gekommen, weil wir dieselbe Person suchen. Sein Name ist Kanin, und er wird momentan in der Inneren Stadt festgehalten. Ich will ihn da rausholen, aber dazu brauche ich Jackals Hilfe.«

Zeke dachte darüber nach, doch seine Miene blieb undurchdringlich. »Das ist der Mann, über den du früher schon gesprochen hast«, erinnerte er sich. »Du meintest, du müsstest jemanden finden, dass du ihm das schuldig wärst.« Obwohl das keine richtige Frage war, nickte ich bestätigend. »Wer ist er?«, wollte Zeke wissen. Seine Stimme klang ernst.

Ich zögerte. Wie konnte ich jemandem, der Vampire hasste und sie – vielleicht einmal abgesehen von einer Ausnahme – alle für böse, seelenlose Dämonen hielt, erklären, wie wichtig Kanin war? Wenn ich Zeke enthüllte, welche Beziehung mich in der Vampirgesellschaft mit Kanin verband, würde er das wahrscheinlich nicht gerade gut aufnehmen. Wieder einmal entschied ich mich dafür, einem Vampir zu helfen, und vielleicht wandte ich mich damit endgültig von meinen ehemaligen Mitmenschen ab, doch ich würde Kanin nicht im Stich lassen. Weder für Zeke noch für Sarren noch für sonst jemanden. Dafür schuldete ich diesem Vampir einfach zu viel.

»Er ist mein Schöpfer«, gab ich schließlich zu, was die Falten auf Zekes Stirn nur vertiefte, da er mit diesem Begriff nichts anfangen konnte. »Er hat mich verwandelt«, führte ich aus. »Er hat mich zu einem Vampir gemacht.«

Zeke war entsetzt. »Und nach dem suchen wir?«, flüsterte er. »Nach einem Vampir? Nach dem Monster, das dich umgebracht hat?«

»Er hat mich vor die Wahl gestellt«, korrigierte ich ihn streng. »Ich habe mich dazu *entschieden*, ein Vampir zu werden, niemand hat mich dazu gezwungen. Kanin ist nicht so.« Das hatte ich Zeke alles schon einmal erzählt, wie Kanin mich vor dem Angriff der Verseuchten gerettet und mir die Möglichkeit gegeben hatte, ein Vampir zu werden. Trotzdem starrte er mich nun ungläubig und entsetzt an. Vielleicht, weil für Zeke alle Vampire Monster waren. Zumindest hatte er so gedacht, bevor ich in sein Leben getreten war, und selbst jetzt war ich mir nicht sicher, was er eigentlich von mir hielt. Frustriert schüttelte ich den Kopf. »Er hat mir alles beigebracht, was ich heute weiß«, fuhr ich ernst fort. Ich wollte ihm begreiflich machen, dass Kanin nicht einfach irgendein Monster war, das man hassen und fürchten musste. »Er hat mich bei sich aufgenommen und mir alles gezeigt, was ich über das Leben als Vampir wissen musste. Das hätte er nicht tun müssen, doch er hat sich dafür entschieden, bei mir zu bleiben und mich zu unterrichten. Wäre er nicht gewesen, wäre ich längst tot.«

Überrascht stellte ich fest, dass ich Kanin tatsächlich vermisste. Ich hatte mir nie gestattet, viel an ihn zu denken. Abgesehen von der Tatsache, dass wir ihn finden und aus Sarrens Klauen befreien mussten, hatte ich versucht, jeden Gedanken an das, was mein Schöpfer gerade durchmachte, zu verdrängen. Doch nun fiel mir wieder ein, wie er mir mit tiefer Stimme all die Lektionen darüber erteilt hatte, wie man sich in der Welt der Vampire ernährte und kämpfte, und wie er mich genervt angesehen hatte, wenn ich auf stur schaltete. Ich hoffte verzweifelt, dass es ihm gut ging, oder dass er zumindest lebendig und bei klarem Verstand war. Der Meistervampir war oft kalt, streng und manchmal sogar ruppig gewesen, doch seine Lehren hatten mir im Grunde das Leben gerettet. Wäre er nicht gewesen, wäre ich tatsächlich tot – oder schlimmer: ein seelenloses Raubtier, das von seiner Blutgier verzehrt wurde und nicht wusste, dass es auch etwas anderes sein konnte als ein Monster.

Zeke hatte daran noch etwas zu knabbern. Ich konnte sehen, wie er mit dem Gedanken rang, dass wir in der Inneren Stadt nicht einen Menschen, sondern einen Vampir retten wollten. »Du musst nicht mitkommen«, sagte ich leise. »Du kennst Kanin ja gar nicht, es gibt keinen Grund für dich, dort hineinzugehen. Ich würde es dir nicht übelnehmen, wenn du gehst.«

Sofort schüttelte Zeke den Kopf. »Nein«, murmelte er wild entschlossen. »Nein, ich habe zu viel durchgemacht, um dich zu finden. Und die Flüchtlinge verlassen sich auf mich. Ich werde nicht gehen.«

Offenbar ging es bei der Sache um mehr, und ich wollte gerade fragen, was da noch im Argen lag, aber Zeke wechselte abrupt das Thema: »Dieser Kanin …«, begann er nachdenklich. »Warum *du* ihm helfen willst, hast du mir gesagt, und das klingt auch logisch. Aber was macht Jackal hier? Er hatte eine Armee von Banditen unter sich und hat über eine komplette Stadt geherrscht. Und das hat er alles aufgegeben? Woher kommt dieses Interesse an einem einzelnen Vampir? Was bedeutet ihm dieser Kanin?«

Ich musste mir ein gequältes Stöhnen verkneifen. »Warum musst du immer so komplizierte Fragen stellen?«, murmelte ich stattdessen. Zekes Miene machte klar, dass er nicht lockerlassen würde, also seufzte ich und fuhr fort – in der Hoffnung, dass er keine falschen Schlüsse ziehen würde: »Kanin ist auch Jackals Schöpfer. Ihn hat er vor langer Zeit verwandelt, noch vor meiner Geburt. Was uns, zumindest in der Vampirgesellschaft, zu …«

»… Geschwistern macht«, beendete Zeke leise meine Ausführungen. »Jackal ist … dein Bruder.«

Ich nickte. »Mein Bruder im Blute«, bestätigte ich und beobachtete Zeke scharf, um zu sehen, wie er das aufnahm. Sein Gesicht blieb vollkommen ausdruckslos, was ich etwas verstörend fand. Früher konnte ich ihn mühelos deuten. »Das heißt nicht, dass ich ihn mag oder vergessen habe, was er getan hat«, fügte ich schnell hinzu. Noch immer war Zekes Blick leer. »Eigentlich rechne ich fest damit, dass er sich gegen mich wenden wird, sobald er bekommen hat, was er will. Aber Kanin ist nun mal unser Schöpfer, und soweit ich weiß, sind wir beide die Einzigen, die ihn aufspüren können.«

»Warum das?«

»Weil …« Wieder zögerte ich und bereitete mich darauf

vor, ihm Details aus der Welt der Vampire zu erklären, die ich lieber für mich behalten hätte. »Manchmal können wir diejenigen ... spüren, die unsere Blutlinie teilen, also die Mitglieder unserer Familie. Wir können spüren, wo sie sind oder was gerade mit ihnen geschieht, normalerweise dann, wenn sie starke Emotionen durchleben oder Schmerzen haben. Unser Blut verbindet uns miteinander. Von unserem Schöpfer werden wir besonders stark angezogen, aber die Nachkommen eines Meistervampirs sind sich der Existenz der anderen immer bewusst, wenn sie erst einmal voneinander wissen. Deshalb besteht der Hofstaat eines Prinzen meist aus seinen Nachkommen – für sie ist es schwieriger, sich gegen ihn zu wenden, da er immer weiß, wo sie gerade sind.«

Verwirrt runzelte Zeke die Stirn. »Dann kannst du also spüren, wo Jackal gerade ist? Auch jetzt?«

»Eine genaue Wegbeschreibung kann ich dir nicht geben«, erwiderte ich. Dieses plötzliche Interesse gefiel mir nicht. »Es ist nur so eine grobe Richtung«, ich deutete auf eine Wand, »aber ganz genau weiß ich es auch nicht. Außerdem muss ich mich dazu ganz bewusst auf ihn konzentrieren, sonst spüre ich gar nichts. Bei Kanin ist das anders. Kanin ... er hat gerade starke Schmerzen. Und er ruft nach uns.«

Zeke sagte nichts, blickte aber mit zusammengekniffenen Augen in die Richtung, die ich angedeutet hatte. Unruhig trat ich von einem Fuß auf den anderen. Am liebsten hätte ich nicht gefragt, aber ich wusste, dass ich es tun musste. »Du wirst doch nicht nach Jackal suchen, Zeke, oder? Denn genau damit wird er rechnen, und er hat wahrscheinlich nicht gelogen, als er behauptet hat, auch tagsüber aufwachen zu können. Einige der stärkeren Vampire können das. Versprich mir, dass du nicht nach ihm suchst.«

Jetzt war er eindeutig wütend. »Musstest du die Frage tatsächlich stellen?«, erwiderte er mit rauer Stimme. »Hältst du mich wirklich für so schäbig, dass ich jemanden im Schlaf ermorden würde?« Angewidert schüttelte er den Kopf. »Nein, wenn ich diesen Vampir töte – und das werde ich, Allison, mach dir da nichts vor –, dann soll es ihm auch bewusst sein. Er soll mir dabei ins Gesicht sehen. Er soll ganz genau wissen, wer ihn getötet hat, und warum.« Zeke wandte sich ab und starrte in den dunklen Tunnel. Für einen Moment wirkte er gequält. »Das hätte Jeb verdient«, fuhr er sanfter fort. »Und Darren, Ruth und Dorothy. Genau wie all die anderen, die er zu seiner Belustigung ermordet hat. Wer kann schon wissen, wie viele er getötet hat oder wie viele seinetwegen leiden mussten?« Als er mich wieder ansah, verhärtete sich sein Blick. »Also: Nein, ich werde deinen Bruder nicht pfählen, während er schläft. Ich werde warten, bis wir euren Schöpfer gerettet haben und die Flüchtlinge in Sicherheit sind, und wer weiß, wie lange das dauern wird? Aber wenn das alles vorbei ist, werde ich diesen Vampir töten, Allison. Ich kann ihn nicht am Leben lassen, schon meiner Familie zuliebe nicht, auch jener, die heute in Eden ist. Die Frage ist nur …« Er sah mir direkt in die Augen, und kurz flackerte Unsicherheit in seinem Blick auf. »Werde ich gegen dich genauso kämpfen müssen wie gegen Jackal?«

Ich biss mir auf die Lippe, weil ich mich hin und her gerissen fühlte. Jackal war einmal mein Feind gewesen. Und soweit ich wusste, war er das noch immer. Aber wir waren auch zusammen gereist, hatten Seite an Seite gekämpft. In den Tunneln von Old D.C. hatte er mich nicht den Verseuchten überlassen. Und auch wenn ich es nicht gerne zugab: Er war mein Bruder. Im menschlichen Sinne waren wir vielleicht nicht verwandt, aber in der Vampirgesellschaft schon. Mich gegen Jackal zu wenden, sobald ich bekommen hatte, was ich wollte, war doch eher etwas, das er tun würde. Und ich war nicht wie er. Solange er mich nicht zuerst angriff, konnte ich nicht heute seine Hilfe annehmen und ihn morgen einfach umbringen.

Aber andererseits konnte ich genauso wenig gegen Zeke kämpfen. Er war das eine, was ich immer zu schützen versuchen würde, ganz egal, wie hoch der Preis dafür war. Auch vor mir selbst und dem Dämon in mir, der nach seinem Blut lechzte. Der mich selbst in diesem Moment dazu drängte, mich auf ihn zu stürzen und ihm die Reißzähne in den Hals zu schlagen. Sollte Zeke Jackal mit voller Absicht umzubringen versuchen, wüsste ich wirklich nicht, wie ich mich entscheiden sollte. Aber wahrscheinlich würde ich noch versuchen, sie beide aufzuhalten.

»Ich weiß es nicht«, sagte ich schließlich. Zekes hoffnungsvolle Miene verschwand, und er war am Boden zerstört, bevor er sich zusammenriss und wieder die ausdruckslose Maske aufsetzte. Das versetzte mir einen Stich ins Herz: Aus seiner Sicht hatte ich Jackal ihm vorgezogen. Aber ich konnte auch nicht lügen und behaupten, ich würde ihm dabei helfen, meinen Bruder umzubringen. Auch wenn Jackal es verdient hatte. »Hoffen wir einfach, dass es nie dazu kommen wird.«

Zeke wandte sich ab und starrte in die Dunkelheit. Ich wollte weiterreden, ihm erklären, dass ich mich nicht gegen die Menschen und für die Vampire entschieden hatte. Aber die Sonne kam immer näher, und so zog ich mich zurück und suchte nach einem Schlafplatz. Und vielleicht war es auch besser so, wenn Zeke mich hasste. Er war eine dieser »gefährlichen Verstrickungen«, vor denen Kanin mich immer gewarnt hatte. Wenn ich ganz ehrlich war, sogar die gefährlichste von allen. Was wir einmal gehabt und geteilt hatten, war nur ein Fantasiegebilde, und noch dazu ein todbringendes. Niemals konnten ein Vampir und ein Mensch zusammen sein, mein innerer Dämon lachte schon beim Gedanken daran. Nur ein kleiner Ausrutscher von mir, eine winzige Fehleinschätzung, und ich würde ihn töten. Da war es schon besser, er hielt mich für ein Monster wie Jackal und ging auf Distanz. Besser für uns beide.

Schweren Herzens suchte ich mir einen Seitentunnel. Wann hatte ich eigentlich diese ganzen unmöglichen Verbindungen geknüpft? Als ich noch Allie, die Straßengöre, gewesen war, hatte ich nicht solche schwierigen Entscheidungen treffen müssen, damals ging es nur darum, Essen für mich und Stick aufzutreiben und irgendwie zu überleben.

Am Tunneleingang drehte ich mich noch einmal zu Zeke um. Er lehnte direkt unter dem Metallgitter an der Wand, ließ den Kopf hängen und hatte die Augen geschlossen. Regentropfen ließen seine hellen Haare glänzen, und das Licht umhüllte ihn mit einem sanften Schimmer. Er wirkte … völlig verloren, ein einzelner Mensch in einer Welt voller Monster, ein heller Stern umgeben von Dunkelheit.

Und trotz aller guten Absichten, aller Entschlossenheit, kein Monster zu sein, war ich ein Teil jener Welt, die er fürchtete. Teil der Finsternis, die ihn in den Abgrund ziehen und in Stücke reißen würde.

»Es tut mir leid, Zeke«, sagte ich und verschwand in den Schatten, bevor er mir antworten konnte.

10

Ich bin ausgehungert, am Ende, stehe kurz davor, die Kontrolle zu verlieren. Mein Verstand besteht nur aus kaum verständlichen Gedankenfetzen und reinem, wüstem Hunger. Es ist zu lange her, viel zu lange. Mein Körper verbrennt, mein gesamtes Sein wird von dem Verlangen nach Nahrung aufgezehrt. Der Dämon, der mein Bewusstsein übernimmt, brüllt und kämpft gegen die Fesseln an meinen Handgelenken an, stemmt sich dagegen, will sich befreien, jagen, töten und fressen. Er spürt die Bewegung jenseits der Gitter und kreischt frustriert, trotzig. Sein Geheul wird von den nackten Steinen zurückgeworfen.

Und doch, trotz der Schmerzen und des tobenden Hungers realisiert ein Teil von mir, wie nah ich dem Abgrund bin, nur noch einen Schritt davon entfernt, sich dem Wahnsinn zu ergeben, wenn der Hunger letztlich meinen Verstand zerschmettert und seinen Wirt unumkehrbar in ein brutales Tier verwandelt. Wahnsinn, der – einmal erlangt – nicht wieder abgestreift werden kann. Ich kenne nur einen Vampir, dem es gelungen ist, sich aus diesem Abgrund des Wahns emporzukämpfen, doch die Kreatur, die aus jener Finsternis zurückkehrte, war nicht mehr dieselbe wie zuvor.

Ich muss durchhalten, nur noch ein wenig. Sie sind nahe, ich kann sie spüren. Wenn ich mir meinen Verstand erhalten

*kann, bis sie mich erreicht haben, werden sie meine Erlösung
sein. Ich kann nur hoffen, dass hinter diesen Gittern mehr als
ein wildes, geistloses Tier wartet, wenn sie endlich kommt.*

Beeil dich, Allison. Uns läuft beiden die Zeit davon.

Als ich aufwachte, war ich völlig verängstigt ... und
hungrig.

Zitternd setzte ich mich auf und stieß prompt mit dem
Kopf gegen die Betondecke des Abflusses, in den ich mich
verkrochen hatte. Kanin. Kanin war kurz davor aufzugeben, der Hunger trieb ihn langsam in den Wahnsinn. Seine
Qualen, die Schmerzen, die ihn innerlich auffraßen, der
entsetzliche Drang, sich zu nähren, blieben in meinem Kopf
hängen wie ein öliger Film. Ich konnte mir kaum vorstellen,
wie sehr er leiden musste, ohne jede Erleichterung, ohne ein
absehbares Ende. Ich wäre dabei schon längst wahnsinnig
geworden.

*Verdammt noch mal, das werde ich nicht zulassen. Ich
komme, Kanin, halt durch!*

Uns blieb nicht mehr viel Zeit. Wir mussten Kanin so
schnell wie möglich finden. Doch während ich noch die
letzte Trägheit abschüttelte, versetzten mir meine Sinne einen Schlag ins Gesicht – Blut. Und zwar eine Menge.

Als ich aus meinem Rohr kroch, lag direkt vor mir eine
Leiche im Schlamm. Die glasigen Augen eines Maulwurfsmenschen starrten zu mir hoch. Eine Kugel hatte ihn direkt
ins Herz getroffen. Ganz in der Nähe lag ein zweiter, ebenfalls mit einem Loch in der Brust. Er umklammerte ein
rostiges Schwert. Mein Magen verkrampfte sich. Die Klinge
roch nach Blut, nach *seinem* Blut.

Zeke!

Im Haupttunnel lagen noch mehr blasse, dürre Leichen, den meisten von ihnen war entweder in die Brust oder in den Kopf geschossen worden. Saubere, effiziente Schüsse. Aber einige bluteten auch aus tiefen Schnittwunden, die nur von einer Klinge stammen konnten. Fast alle hatten sie Waffen, entweder Messer, Bleirohre oder Holzbretter, die mit Nägeln gespickt waren. Primitiv, aber trotzdem fatal. Mein totes Herz zog sich zusammen vor Sorge, während ich weiterlief.

Plötzlich hörte ich Stimmen und spürte, wie meine Fangzähne wuchsen. Hinter der nächsten Kurve entdeckte ich Zeke, der in einer Ecke neben einem dicken Rohr stand und versuchte, so seinen Rücken zu schützen. In der einen Hand hielt er seine Machete, in der anderen die Pistole. Seine Augen konnte ich im Dunkeln nicht erkennen, doch Gesicht und Arme waren mit Blut verschmiert, wodurch er richtig gefährlich aussah. Am Tunneleingang standen drei Maulwurfsmenschen, die fauchend ihre Waffen schwenkten, sich aber offensichtlich nicht trauten, sich der wartenden Machete zu nähern.

»Tut das nicht«, flehte Zeke mit rauer Stimme, die von den Rohren ringsum widerhallte. »Ihr müsst heute nicht sterben, und es muss auch niemand mehr verletzt werden. Geht nach Hause.«

»Du hast Vampire in unsere Tunnel gebracht!«, fauchte einer der Männer und schlug mit seiner rostigen Eisenstange gegen ein Rohr. Das hohle Scheppern trieb eine Ratte aus ihrem Versteck und ließ Staub von der Decke rieseln, Zeke allerdings zuckte nicht einmal zusammen. »Wenn wir dich jetzt nicht töten, gehst du nach oben und verrätst ihnen, wo wir sind. Das können wir nicht riskieren. Alle Eindringlinge müssen sterben, und mit dir fangen wir an!«

Er schleuderte sein Rohrstück auf Zeke. Ich registrierte noch, wie dieser den Arm hob und es mit seiner Machete beiseiteschlug, dann sah ich im wahrsten Sinne des Wortes rot.

Brüllend fletschte ich die Zähne, woraufhin die Männer herumwirbelten und entsetzt die Augen aufrissen. Sie wollten abhauen, doch der Gang war zu schmal, sodass ich ihnen den einzigen Fluchtweg versperrte. Ich zog mein Katana-Schwert und schlug zu. Einen erwischte ich am Hals, als er an mir vorbeirennen wollte, und trennte ihm den Kopf von den Schultern. Der nächste Schlag traf einen zweiten Mann in den Rücken, durchtrennte Haut, Muskeln und Wirbelsäule. Er kam noch genau vier Schritte weit, bevor seine Beine nachgaben und er mit dem Gesicht voran auf den Beton fiel. Der letzte war inzwischen so verängstigt, dass er keinen klaren Gedanken mehr fassen konnte. Er stürmte kreischend auf mich zu und hob sein Messer. Als er wild nach meinem Gesicht schlug, packte ich sein Handgelenk, zog ihn zu mir herunter und schlug ihm die Zähne in den Hals. Heißes, schmieriges Blut lief in meinen Mund, und der Hunger brandete auf. Ich hörte erst auf zu trinken, als der Maulwurfsmensch erschauerte und schlaff in meinen Armen zusammensank. Klappernd fiel sein Messer zu Boden.

Nun reduzierte sich der Hunger auf ein leises, kaum wahrnehmbares Pochen. Vorerst war er befriedigt. Nachdem ich den Leichnam losgelassen und mir den Mund abgewischt hatte, schaute ich zu Zeke, der mich aus seiner Ecke heraus beobachtete. Sein Gesicht wirkte grimmig, nicht entsetzt oder ängstlich, und in mir breitete sich überwältigende Erleichterung aus. Obwohl Zeke wusste, was ich war, hatte ich mich noch nie in seinem Beisein genährt. Außer bei diesem einen Mal, als er mein Opfer gewesen war und ich mich nur mit Mühe so weit zurückgehalten hatte, dass ich ihn nicht komplett aussaugte. Damals hatte er sich nicht von mir abgewandt, und auch jetzt hätte ich es nicht ertragen, wenn er mit Angst, Entsetzen und Ekel reagiert hätte, weil ich noch immer ein Monster war.

Moment mal, eigentlich solltest du doch genau das wollen, kleine Vampirgöre. Zeke sollte sich vor dir fürchten – immerhin kann ihn nur das schützen, oder?

Ich steckte mein Schwert weg und trat in den engen Korridor. »Alles okay?«

»Ja.« Er schob sich aus der Nische heraus und zuckte leicht zusammen. »Sie sind wie aus dem Nichts aufgetaucht«, murmelte er und musterte betrübt die verstreuten Leichen. »Ich glaube, jemand ist uns von ihrem Lager bis hierher gefolgt und dann zurückgegangen, um die anderen zu holen. Sie haben verlangt, dass ich ihnen verrate, wo du und Jackal schlaft, damit sie euch auch töten können. Ich habe versucht, ihnen klarzumachen, dass das nicht nötig ist, weil wir niemandem etwas von ihnen sagen werden, aber sie wollten nicht hören. Sie haben … einfach immer weitergemacht. Ich wollte sie nicht töten.« Mit schmerzerfülltem Blick schüttelte er den Kopf. »Ich wollte das nicht.«

»Bist du verletzt?«

»Nichts Ernstes.« Mit steifen, mühsamen Bewegungen

steckte er die Pistole ins Holster. »Ich habe ein paar hübsche blaue Flecken, außerdem kam einer von hinten und hat mich am Rücken erwischt. Die Weste hat das meiste abgefangen, aber getroffen hat er trotzdem.« Die Machete war als Nächstes dran. Mit zusammengebissenen Zähnen schob Zeke sie an ihren Platz. »Sie hatten nie eine Chance«, murmelte er finster. »Ich hatte eine Pistole, und sie kamen nur mit Knüppeln und Messern an. Das hätten sie doch wissen müssen. Warum haben sie nicht aufgehört?«

Der Duft seines Blutes stieg mir in die Nase, und ich runzelte die Stirn. »Wir müssen dich sauber machen«, bestimmte ich, was mir einen misstrauischen Blick einbrachte. »Ich kann das Blut an dir riechen, Zeke. Du bist verletzt, das werden die anderen Vampire ebenfalls merken. Wir müssen das überdecken. Es sei denn natürlich, du willst blutend durch eine Vampirstadt laufen.«

Da wurde er bleich. »Stimmt«, murmelte er. »Hab's begriffen. Hier.« Er wühlte in einer seiner vielen Westentaschen und zog eine Rolle Pflaster und einige weiße Päckchen hervor. Zögerlich und sichtlich befangen hielt er mir die Sachen hin. »Ich glaube, selbst komme ich da nicht ran«, erklärte er und wich meinem Blick aus. »Könntest du …«

Nickend nahm ich das Pflaster und die seltsamen Päckchen entgegen. Bei dem einen handelte es sich offenbar um Mullbinden, doch das andere war dicker verpackt und roch so stark nach Chemie, dass mir die Augen tränten. Zeke drehte sich um, streifte wortlos die Weste ab und ließ sie zu Boden gleiten. Dann hob er langsam und gequält die Arme und zog sich das Shirt über den Kopf. Darunter tauchten straffe Muskeln und das dichte Netz aus Narben auf, das seinen Rücken bedeckte. Obwohl ich diesen Anblick erwartet hatte, biss ich mir unwillkürlich auf die Lippe. Einmal hatte ich miterlebt, wie sein Adoptivvater Zeke bestraft hatte, als dieser nicht seinen Erwartungen gerecht wurde. Bei dem Gedanken daran wurde mir heute noch schlecht vor Wut. Zeke war zu bedingungslosem Gehorsam erzogen worden – es grenzte an ein Wunder, dass er Jeb überhaupt jemals widersprochen hatte.

Ich trat hinter ihn und hätte fast der Versuchung nachgegeben, über seinen Rücken zu streichen und mit den Fingern seine Narben nachzuziehen. Die Wunde, ein kleiner, aber offenbar tiefer Stich von einem Messer, saß direkt unter dem Schulterblatt und blutete noch immer. Ich unterdrückte den Drang, mich in seinen Hals zu verbeißen, und machte mich an die Arbeit.

»Du fragst ja gar nicht«, murmelte Zeke, als ich eines der Päckchen aufriss und den feuchten Lappen herausnahm, der stark nach Desinfektionsmittel roch. Ich ging davon aus, dass der Lappen zur Reinigung der Wunde diente, gesehen hatte ich so etwas allerdings noch nie. »Es stört mich nicht, wenn du wissen willst, wo die herkommen. Das fragt mich jeder.«

»Ich weiß, woher sie stammen«, erwiderte ich ruhig, legte den Lappen auf die Wunde und tupfte sie vorsichtig ab. Zeke verkrampfte sich kurz und stieß gepresst den Atem aus. Was auch immer auf diesem Lappen war, brannte offensichtlich. »Ich war dort, in jener Nacht in der Kirche, bevor Jackals Männer euch angegriffen haben. Als Jeb …«

»Das hast du gesehen?«

Ich nickte. Erinnerungen stiegen in mir auf: Jeb, der Zeke befahl, sein Shirt auszuziehen; das Glitzern des Metalls, als der alte Mann immer wieder mit der Autoantenne zuschlug; Zeke, der sich an den Grabstein klammerte und wortlos den Kopf hängen ließ. Ich selbst hatte einige Meter entfernt hinter einem Busch gehockt und wäre am liebsten losgestürmt, um Jebbadiah den Kopf abzureißen.

»In dieser Nacht hatte ich euch eingeholt«, erklärte ich Zeke, bevor ich den Lappen faltete, um das letzte Blut abzuwischen. In meinem Inneren kämpfte der Hunger mit diesem seltsamen Ziehen, das sich immer meldete, wenn Zeke in der Nähe war. Ihn so zu berühren, seine warme Haut unter den Fingern zu spüren ... das machte es nur noch schlimmer. »Ich war euch einige Tage gefolgt, schon seit unserer ... Auseinandersetzung bei den Archers. Als Jeb und du rauskamt, war ich gerade auf dem Friedhof, und so habe ich alles gesehen.« Meine Hand schwebte über einer Narbe, die sich von der Schulter bis zur Mitte des Rückens zog. Ich schauderte. »Ich kann mir gar nicht vorstellen, wie das für dich war.«

»Das ist alles?«, stichelte Zeke leise, wenn auch weniger scharf, als ich erwartet hatte. »Kein Kommentar zu Jeb?«

»Zu Jeb könnte ich eine Menge sagen«, erwiderte ich. »Allerdings wäre nichts davon sonderlich nett, und es wäre gemein, jetzt so über ihn zu sprechen. Außerdem weißt du ja, was Jeb von mir hielt.«

Und er hat dich dazu erzogen, genauso zu denken.

»Hin und wieder vermisse ich ihn noch«, gab Zeke fast schon flüsternd zu. »Du wirst mich wahrscheinlich für verrückt halten, aber ich habe ihn immer respektiert. Auch wenn seine Prinzipien sich von meinen unterschieden und ich nie zu der Art Anführer wurde, die er sich erhofft hat, hat er doch immer alles getan, um uns zu beschützen.«

Ich ließ den blutigen Lappen fallen, packte eine zweite trockene Binde aus und drückte sie auf die Wunde. Dann rollte ich einen Pflasterstreifen ab, riss ihn von der Rolle und klebte ihn über die Mullbinde, sodass sie fest saß. »Du musst ihn nicht verteidigen, Zeke«, versicherte ich ihm, weil ich an Kanin denken musste. »Ich weiß, wie es ist, jemanden zu vermissen. Wenn man das Gefühl hat, völlig verloren durch die Gegend zu wandern. Und wenn man sich wünscht, derjenige wäre nur für einen Moment da, um einem den richtigen Weg zu zeigen.«

Zeke schwieg, während ich den Verband an den Ecken festklebte. »Dieser Vampir«, begann er wieder, als ich fast fertig war. »Kanin. Er … bedeutet dir viel, stimmt's? Ich meine … das klingt so, als wäre er mehr für dich als einfach nur der Vampir, der dich verwandelt hat.«

»Kanin ist …« Nachdenklich hielt ich inne. Meine Beziehung zu dem Meistervampir war schwer zu erklären. Ja, er war mein Schöpfer, aber er war auch mein Mentor, mein Lehrer und … mein Freund. »Das ist kompliziert«, stellte ich schließlich fest, während ich das letzte Pflaster glatt strich. »Ihn als meinen Adoptivvater oder so etwas zu bezeichnen, würde wohl zu weit gehen, aber … ich schätze, irgendwie ist er meine Familie.«

»Das verstehe ich«, nickte Zeke und drehte sich um, sodass wir uns direkt gegenüberstanden.

Seine blauen Augen waren sanft, offenbar war er hin und her gerissen. Fast schien es, als versuche er, in mich hineinzusehen, um die Allie zu finden, die er einmal kannte. Um das Mädchen zu entdecken, das sich hinter dem Vampir und dem Monster verbarg, hinter der Kreatur, die gerade einem Mann die Kehle zerfetzt hatte.

»Allie.« Auch seine Stimme war sanft, gleichzeitig runzelte er fast schon gequält die Stirn. »Ich werde Jackal niemals verzeihen, was er meiner Familie angetan hat«, erklärte er entschlossen und ohne meinem Blick auszuweichen. »Ich weiß, nach allem, was man mich gelehrt hat, sollte ich das, aber … ich kann es nicht. Immer wieder sehe ich Jeb, Darren und Ruth vor mir und all die anderen, die es nicht geschafft haben, und dann will ich ihm nur noch einen Pflock ins Herz rammen und ihn in die Hölle schicken, wo er hingehört. Vielleicht ist das krank, und vielleicht bin ich dadurch keinen Deut besser als er, aber es ist der einzige Weg, wie ich Frieden finden kann, solange er noch existiert. Aber … du und ich …« Er zögerte und sah mich fragend an. »Vielleicht könnten wir ja … von vorne anfangen. Alles hinter uns lassen, was war, und es noch einmal versuchen. Ich will nicht gegen dich kämpfen. Mir ist klar, dass du Jackal aus einem guten Grund hierhergebracht hast, und ich werde versuchen, das zu respektieren. Auch wenn ich ihm nicht verzeihen kann.«

»Ich will auch nicht gegen dich kämpfen«, murmelte ich und senkte den Blick, um nicht auf diesen nackten, muskelbepackten Oberkörper schauen zu müssen, der so verdammt nah war. Dabei entdeckte ich ein paar bleiche Narben auf seiner Brust. Es waren längst nicht so viele wie auf dem Rücken, trotzdem zog sich bei dem Anblick mein Magen zusammen. »Aber ich bin immer noch ein Vampir,

Zeke. Ich werde auch weiterhin Blut trinken, um mich zu nähren, und vielleicht töte ich auch weiterhin Menschen – das weißt du.«

»Ja, ich weiß.« Zeke kam noch einen Schritt näher. Er berührte mich nicht, aber ich spürte die Wärme seiner Haut, merkte, wie er meinen Blick suchte. »Und ich werde auch weiterhin die Vampire für das hassen, was sie uns angetan haben. Ich werde alles tun, um den Menschen hier zu helfen, aber ... das bedeutet nicht, dass ich *dich* hasse, Allie.«

Nun sah ich ihm doch wieder in die Augen. Er schenkte mir ein feines, reumütiges Lächeln. »Früher war alles schwarz und weiß«, gab er mit einem leichten Achselzucken zu. »Jebs Lehren ließen kaum Platz für Grauzonen. Aber heute verstehe ich die Vampire wesentlich besser. Und ich weiß, dass du zumindest versuchst, anders zu sein. Du willst nicht eine von denen sein, daran glaube ich fest.«

»Wie kannst du das wissen?«, fragte ich herausfordernd. Ein Teil von mir hatte keine Ahnung, was ich da eigentlich tat. Zeke sagte endlich die Worte, die ich so dringend von ihm hören wollte – dass ich nicht wie die anderen Vampire sei, dass ich anders sei. Doch der rationale Teil von mir wusste, dass wir uns damit auf gefährliches Terrain begaben, da Zeke mich eigentlich fürchten und hassen müsste. Und dass ich immer noch ein Vampir war, der jederzeit die Kontrolle über sich verlieren konnte, und dann wäre er tot. Mir fiel wieder ein, was Jackal gesagt hatte, und nun schienen seine Worte mich zu verhöhnen: *Du und ich, Schwesterlein, wir sind aus demselben Holz geschnitzt. Kämpfe ruhig dagegen an – am Ende gewinnt immer das Monster in dir.*

»Vielleicht benutze ich dich ja auch nur«, fuhr ich fort, während in meinem Kopf der Krieg weitertobte. Ich war völlig zerrissen zwischen dem irrationalen Bedürfnis, Zeke um den Hals zu fallen, und dem Wunsch, ihn für immer zu vertreiben. Fort von dem Monster, das mich dazu drängte, ihn zu zerfetzen. »Vielleicht hatte Jeb die ganze Zeit recht. Woher willst du wissen, dass ich nicht wie die bin?«

Zekes Stimme blieb unverändert sanft: »Weil ich sonst in jener Nacht in Jackals Turm gestorben wäre«, erklärte er gelassen.

»Oh, bitte«, mischte sich eine neue Stimme ein, die unerwünschterweise unser Gespräch an sich riss. »Ich glaube, ich muss kotzen.«

Hastig traten wir auseinander, als Jackal in den Tunnel geschlendert kam. Grinsend musterte er die Leichen ringsum. »Na, ihr habt ja eine richtig hübsche Spur hinterlassen«, stellte er fest und stieg über einen der Männer hinweg, die ich getötet hatte. »So konnte ich euch wenigstens leicht finden, auch wenn ich mir ein bisschen ausgeschlossen vorkomme. Wenn ihr zwei das nächste Mal beschließt, auf Mördertour zu gehen, schickt mir doch wenigstens eine Einladung, damit ich weiß, dass ihr an mich gedacht habt.«

Immer noch grinsend beobachtete er, wie Zeke Shirt und Weste vom Boden aufhob und anzog. »Habt ihr denn jetzt genug in dunklen Tunneln voller Leichenteile rumgemacht? Falls ja, können wir ja endlich zum Prinzen gehen.«

Ich kletterte die Leiter hinauf, drückte das Gitter beiseite und schob mich aus dem Kanal. Als ich mich aufrichtete, strich eine leichte Brise durch das hohe Gras, glitt durch meine Haare und streichelte meine Haut. Wäre ich noch lebendig gewesen, hätte ich sie wohl als unangenehm kalt empfunden. Um uns herum wirbelten Schneeflocken durch die Luft, und der Boden war weiß bestäubt.

Wachsam sah ich mich um. Auf drei Seiten ragten wuchtige, alte Gebäude auf, die sich nach und nach in überwucherte Geröllhaufen verwandelten. Der Platz, auf dem wir standen, war offenbar einmal ein Parkplatz gewesen, doch nun hatte die Pflanzenwelt das Regiment übernommen, und nur noch vereinzelt sah man den schneebedeckten Beton darunter.

Ich drehte mich um und entdeckte die funkelnden Lichter der Vampirtürme, die imposant über den anderen Gebäuden aufragten. So nah war ich ihnen noch nie gewesen. Konzentriert kniff ich die Augen zusammen, und sofort spürte ich wieder dieses Ziehen in mir, das mich direkt zu den Türmen führte.

Ich komme, Kanin. Halt durch.

»Ich habe mich hier in der Gegend mal etwas umgesehen«, verkündete Zeke, der hinter mir aus dem Kanal stieg. Pistole und Machete waren an ihrem Platz, doch die Holzpflöcke hatte er unten in den Tunneln gelassen. Was wahrscheinlich ein cleverer Schachzug war – einem so offensichtlichen Vampirkiller würden die Vamps, Lakaien und Wachen wohl wenig freundlich begegnen. »Als ihr zwei geschlafen habt, bevor die Maulwurfsmenschen angegriffen haben. Ungefähr alle halbe Stunde kommt eine Patrouille vorbei, aber ansonsten ist nicht viel los. Richtung Zentrum sieht es schon anders aus. Da sind jede

Menge Leute, schätzungsweise auch einige Vampire. Diese drei Gebäude«, er zeigte auf die Vampirtürme, »sind mit einem Sicherheitszaun abgeriegelt, und anscheinend kontrollieren sie jeden, der da reingeht. Ich bin allerdings nicht richtig nah rangekommen, denn die haben Spürhunde auf dem Gelände, und ich konnte nicht riskieren, dass sie meine Fährte aufnehmen.«

»Okay«, murmelte ich vor mich hin und starrte wieder auf die Türme. Nun hatten wir also die Mauer hinter uns gelassen und befanden uns im Territorium des Prinzen – oder zumindest beinahe. »Wie kommen wir da durch?«

»Wir könnten den Rand des Sicherheitsbereichs abgehen«, schlug Zeke vor. »Vielleicht decken die Patrouillen nicht alles ab, oder es gibt Pausen. Dann könnten wir uns an ihnen vorbeischleichen.«

Mit einem abfälligen Schnauben versetzte Jackal dem Kanalgitter einen Tritt, sodass es wieder an seinen Platz rutschte. »Hier wird niemand irgendwo rumschleichen«, befahl er und drehte sich zu uns um. »Selbst wenn ihr es an dem Kontrollpunkt, den Wachen und den Lakaien vorbeischafft: Ihr wollt in den Bau des *Prinzen* dieser Stadt eindringen. Denkt ihr wirklich, in diesen Türmen tummeln sich nur schwächliche Menschen?« Er schüttelte den Kopf. »Salazars Hofstaat wird dort sein, die Vampirelite der Stadt, seine handverlesene persönliche Garde.«

»Und wie sollen wir Kanin dann finden?«, fauchte ich. Ich spürte, dass ihm nicht mehr viel Zeit blieb. »Irgendwie müssen wir da reinkommen. Was schlägst du also vor – dass wir einfach hingehen und an die Vordertür klopfen?«

»Eigentlich würde ich genau das tun, ja.«

Zeke und ich starrten ihn an, sprachlos vor Entsetzen. »Das soll wohl ein Witz sein«, sagte Zeke schließlich. »Die lassen uns doch niemals da rein. Ich bin hier nicht registriert, und ihr beide habt euch heimlich in die Stadt geschlichen. Die werden doch wissen, dass wir Eindringlinge sind.«

»Ganz abgesehen davon, dass Salazar Kanin und seine gesamte Blutlinie verabscheut«, ergänzte ich. »Als ich das letzte Mal hier war, hat er versucht, Kanin und mich zu töten – oder hast du das etwa schon vergessen? Da waren Wachen, Autos und Leute, die ständig auf uns geschossen haben!«

Jackal lachte leise. »Oh ihr Kleingläubigen.« Mit einem tiefen Seufzer setzte er sich in Bewegung und signalisierte uns, ihm zu folgen. »Denkt wie Menschen. Irgendwie traurig. Dabei vergesst ihr, dass ich schon ziemlich lange als Vampir unterwegs bin. Überlasst alles mir, und haltet einfach die Klappe.«

Angespannt folgten wir Jackal über den Parkplatz und auf den gesprungenen Bürgersteig. Von dort aus liefen wir Richtung Stadtmitte. Trübe Straßenlaternen beleuchteten unseren Weg, allerdings waren bei einigen die Glühbirnen zertrümmert, andere flackerten wild. Die Straßen waren sauberer als im Saum, es gab weniger Schuttberge, weniger wucherndes Unkraut und keine Autowracks, die alles blockierten. Die Gebäude rechts und links waren verlassen, heruntergekommen und leer, doch je näher wir dem Zentrum kamen, umso mehr Lichter sahen wir. Einmal drehte ich mich um und erhaschte zwischen zwei Häusern hindurch einen Blick auf die Innere Mauer: Dunkel und leer ragte sie in den Himmel auf. Jenseits dieser Mauer lag der Saum. Ich fragte mich, welcher Wahnsinn wohl gerade in den Straßen meiner ehemaligen Heimat tobte.

Jackal blieb nicht stehen, wurde nicht langsamer. Er marschierte mit wehendem Mantel durch die Straßen, als gehörten sie ihm, und zögerte nicht einmal, als ein halbes Dutzend bewaffnete Wachen um die Ecke bog und auf uns zuhielt.

Sofort spannte ich mich an, und Zekes Hand zuckte Richtung Waffe, doch als die Männer uns sahen, wechselten sie die Richtung und wandten den Blick ab. Verblüfft sah ich zu, wie sie die Straße überquerten, um uns auszuweichen, und erst da wurde mir klar, wie wir wirken mussten: zwei Vampire und ein schwer bewaffneter Mensch, die durch die Innere Stadt liefen, als hätten sie jedes Recht, dort zu sein. Nun begriff ich, wie Jackal dachte. Natürlich fragten die Wachen uns nicht aus – wir waren schließlich Vampire. Verstohlen in der Inneren Stadt herumzulungern oder durch die Gegend zu schleichen, wäre höchst verdächtig gewesen, damit hätten wir sofort Aufmerksamkeit erregt. Aber wenn ein Blutsauger ganz offen durch die Straßen stolzierte, würde jeder Mensch, egal ob Lakai, Wache oder normaler Arbeiter, ihm möglichst aus dem Weg gehen.

Eigentlich hatte ich gedacht, Jackal würde die Wachen ziehen lassen, während wir weiter Richtung Türme gingen. Doch der Vampir bog ruckartig ab und lief auf die Männer zu. Jeder Schritt, seine gesamte Haltung, alles versprühte aggressives Selbstbewusstsein. Die Patrouille kam zum Stehen, und die Wachen nahmen Habachtstellung ein, wichen gleichzeitig aber seinem Blick aus.

Jackal stürmte auf sie zu, packte den ersten in der Reihe am Kragen und rammte ihn gegen eine Mauer. Mit gefletschten Zähnen knurrte er: »Euer Prinz ist nicht sonderlich nett.« Die übrigen Wachen wichen zurück und wussten nicht, ob sie zur Waffe greifen oder abhauen sollten. Zeke und ich beobachteten das Spektakel mindestens genauso schockiert, ließen uns aber nichts anmerken. »Da versuchen wir, höflich und brav zu sein und bei Salazar vorstellig zu werden, aber der hat sämtliche Tore verrammelt, ebenso wie die Mauer. Wir mussten durch die *Kanalisation* kriechen, um hierherzukommen. Ist dir eigentlich klar, wie widerwärtig das ist, Mensch?« Jackal verzog die Lippen zu einem Furcht einflößenden Grinsen. Der Mann wurde so bleich, dass man glauben konnte, er würde gleich in Ohnmacht fallen. »Und was zum Teufel ist eigentlich im Saum los? Die Blutsäcke sind ja völlig irre – sie haben sogar versucht, uns anzugreifen! Hat Salazar etwa die Kontrolle über die Stadt verloren?«

»S-Sir!« Der Wachmann versuchte zu salutieren, was allerdings schwierig war, da seine Arme so stark zitterten, dass er sie kaum heben konnte. »Bedaure, Sir, im Saum gibt es ein kleines Problem …«

»Das sehe ich selbst, Mensch.« Wieder fletschte Jackal die Zähne, sodass der Mann ruckartig den Kopf zurückkriss und gegen die Mauer prallte. »Ich will wissen, warum Salazar das noch nicht unter Kontrolle bekommen hat.«

»Ich versichere Ihnen, Sir …«

»Deine Versicherungen bringen mir gar nichts.« Abrupt ließ Jackal den Mann los und trat einen Schritt zurück. Der Wachmann fiel kraftlos gegen die Wand. »Ich will zu Salazar. Ich verlange eine Audienz bei eurem Prinzen. Bringt mich zu ihm, sofort.«

»Sir ...« Der Mann schaffte es, gleichzeitig verängstigt und bedauernd dreinzublicken. »Ich habe nicht die Befugnisse ...«

»Unfassbar. Wie kann in dieser Stadt eigentlich irgendetwas funktionieren?«, knurrte Jackal und warf Zeke und mir einen empörten Blick zu. Dann wandte er sich wieder den Wachen zu, holte tief Luft und tat so, als müsse er sich mühsam zur Geduld zwingen. »Dann verrate mir doch, Blutsack, wer über solche Befugnisse verfügt.«

»Der ... der Berater des Prinzen, Sir. Sein Lakai. Er bestimmt, wer zum Prinzen vorgelassen wird.«

»Also«, Jackal trat noch näher an den Mann heran, »dann solltest du ihn besser informieren, oder?«

»Jawohl, Sir!« Der Wachmann richtete sich ruckartig auf. Er war sichtlich erleichtert, dieses kleine Problem einem anderen aufbürden zu können. »Ich werde ihn sofort kontaktieren. Bitte folgen Sie mir.«

Grinsend drehte Jackal sich zu uns um, während wir hinter der Patrouille auf die Türme zumarschierten. »Seht ihr?«, fragte er leise und sah mich eindringlich an. »Wenn du dich wie ein Vampir aufführst, behandeln die Menschen dich auch entsprechend. Vergesst den ganzen heimlichtuerischen Mist. Sie sind die Schafe, wir die Wölfe – und das wissen sie auch.«

»So läuft das also in einer Vampirstadt«, stellte Zeke kalt fest.

Jackal schnaubte belustigt. »Ist dir das an die Nieren gegangen, Blutsack? Habe ich das Menschlein etwa zu hart angefasst?« Er grinste höhnisch. »Gewöhn dich dran. Das ist unsere Stadt, hier können wir machen, was wir wollen. Jeder einzelne Mensch, der innerhalb dieser Mauern lebt, ist unser Eigentum.«

»Nicht alle«, widersprach Zeke energisch.

Zu jedem anderen Zeitpunkt hätte ich mich auf Zekes Seite geschlagen und Jackal vorgehalten, dass es durchaus Menschen gab, die sich den Blutsaugern entzogen und frei lebten – immerhin war ich eine von ihnen gewesen –, aber ich wollte nicht mitten im Feindesland einen Streit herauf-beschwören. Und schon gar nicht jetzt, wo wir fast den Zaun erreicht hatten, der die Vampirtürme vom Rest der Inneren Stadt trennte. Je näher wir ihm kamen, umso mehr wuchs meine Anspannung. Hätte mein Herz noch geschla-gen, hätte es nun wohl fast meinen Brustkorb gesprengt. Dies war das Territorium des Prinzen, des Meistervampirs, der mit eiserner Hand über die Stadt herrschte. Und nicht nur das: Außerdem befanden sich in diesen Türmen die stärksten Vampire der Stadt, der Hofstaat des Prinzen. So viele Blutsauger. Falls Jackal sich irrte, liefen wir direkt in eine tödliche Falle.

»Was willst du eigentlich machen, wenn wir drin sind?«, raunte ich Jackal zu. Auf einmal hatte ich das dringende Bedürfnis, den ganzen Plan zu kennen – falls es überhaupt einen Plan gab und wir nicht blind ins Verderben rannten. »Falls Salazar herausfindet, wer wir sind, wird er unsere Köpfe an seine Wand hängen, das ist dir doch klar, oder?«

»Entspann dich, Schwesterlein.« Mahnend zog Jackal eine Augenbraue hoch. »Solange er dir nicht persönlich begegnet ist, hat Salazar keinen blassen Schimmer, wer du bist. Für ihn bist du nur irgendein herumstreunender Vampir. Und mich kennt er sowieso nicht. Mach dir keinen Kopf, ich weiß genau, wie Prinzen denken. Wir gehen da rein, erzählen ihm, wir wären nur auf der Durchreise und regen uns darüber auf, dass wir jetzt nicht mehr aus der Stadt rauskommen. Dann wird er sich ein wenig echauffieren, aber wohl nicht genug, um uns rauszuschmeißen. Immerhin gibt es Regeln für Vampirbesucher, und die Prinzen sind alle furchtbare Korinthenkacker – und stolz darauf. Wahrscheinlich wird er sich sogar dafür entschuldigen, dass seine Stadt sich in einem solchen Zustand befindet, und wird uns anbieten, bis zum Ende der Krise im Turm zu bleiben. Dann können wir in aller Ruhe nach Kanin suchen. Alles ganz simpel.«

»Viel zu simpel«, murmelte Zeke. Da musste ich ihm zustimmen. Jackal verdrehte genervt die Augen.

»Tja, wenn ihr einen besseren Plan habt, lasst hören.«

Wir hatten den Zaun erreicht und liefen an einigen Wachen und Menschen vorbei, die vor dem Kontrollpunkt Schlange standen. Am vorderen Ende der Reihe wies ein Wachmann die Menschen an, ihre Tattoos zu zeigen, die sich normalerweise an der Innenseite des Unterarms befanden. Dann fuhr er mit einem Scanner über das Mal und musterte konzentriert die Anzeige, bevor er den Wartenden durchwinkte. Es kostete mich einige Überwindung, mir meine Abscheu nicht anmerken zu lassen. Vor meiner Verwandlung hatte ich mich mein Leben lang gegen genau das gewehrt – ein Sklave der Blutsauger zu werden. Mich brandmarken zu lassen wie ein Stück Vieh, ein Besitz, Eigentum des Prinzen. Damals hatte ich das nie bereut, auch wenn es einfacher gewesen wäre, mir das Mal verpassen zu lassen, das Nahrung, Schutz und ein leichteres Leben versprach. Rückblickend war ich mir da nicht mehr so sicher. Wirklich »frei« war ich in New Covington nie gewesen. Klar, ich hatte kein Blut spenden müssen, aber trotzdem hatte ich in der Falle gesessen, war den Vampiren ausgeliefert gewesen und hatte ständig in Angst gelebt. Wäre ich registriert gewesen, hätten die Vampire zwar gewonnen gehabt, aber ich wäre auch nicht auf Beutezug in den Ruinen gewesen, wo mich die Verseuchten angegriffen hatten – in der Nacht meines Todes.

Also, was war schlimmer? Sich den Blutsaugern zu beugen und zuzulassen, dass sie einen wie einen Sklaven oder eine Melkkuh behandelten, oder selbst zu solch einem Monster zu werden?

Hör auf zu grübeln, Allison. Das spielt jetzt keine Rolle mehr, du hast deine Wahl getroffen.

»Also, was sollen *wir* tun?«, wandte sich Zeke an Jackal, als zwei riesige Hunde uns ankläfften und an ihren Leinen zerrten. Das Tor, und damit der Eingang zum Bau des Vampirs, war nur noch wenige Meter entfernt. »Dass ich ein Mensch bin, werden sie sofort erkennen, genau wie die Tatsache, dass ich nicht registriert und bewaffnet bin. Wird so etwas hier nicht mit dem Tod bestraft? Oder spekulierst du etwa genau darauf?«

»Ich habe alles im Griff, Kleiner. Vertrau mir.« Jackal streifte uns mit einem selbstzufriedenen Blick. »Seht einfach möglichst gefährlich aus.«

Jackal vertrauen. Das klang nicht gerade nach einem tollen Plan, aber jetzt blieb uns nichts anderes mehr übrig. Die

Patrouille war an einem weiteren Kontrollpunkt stehen geblieben, und ihr Anführer sprach gerade mit einem Wachmann. Der Uniformierte stand in einem Wachhäuschen und musterte uns durch das Fenster hindurch. Als er misstrauisch die Augen zusammenkniff, trat ich nervös von einem Fuß auf den anderen. Gleichzeitig spürte ich, wie der Hunger sich in mir regte. So viele Menschen ...

Der Mann verließ sein Häuschen und kam mit verkniffener Miene auf uns zu. Jackal setzte einen finsteren Blick auf und wartete reglos ab, bis er – flankiert von zwei bewaffneten Soldaten – direkt vor uns stand.

»Sir«, begann er mit der Attitüde eines Mannes, der sich für enorm wichtig hält, »willkommen in New Covington. Bitte verzeihen Sie die momentanen Zustände in der Stadt. Wie ich höre, wünschen Sie eine Audienz mit dem Berater des Prinzen?«

»Nein«, erwiderte Jackal mit einem herablassenden Blick, »ich wünsche keine Audienz mit dem Lakaien des Prinzen. Ich will Salazar persönlich sprechen. Doch da man offenbar nur über den kleinen menschlichen Kriecher an ihn herankommt, werde ich höflich sein und mich an die Regeln halten. Mir ist allerdings schleierhaft, warum ich noch hier stehe und mit *dir* rede.«

Den letzten Satz hatte er wohl mit einem kurzen Aufblitzen seiner Reißzähne untermalt, denn der Wichtigtuer war plötzlich eine Spur blasser.

»Na ja ... wissen Sie, S-Sir«, stammelte er und sah demonstrativ zu Zeke hinüber, »unregistrierten Menschen ist der Zugang zur Inneren Stadt untersagt. Falls er aus dem Saum stammt, müssen wir ihn sofort unter Quarantäne stellen, so leid es mir tut. Er könnte infiziert sein, und wir können nicht riskieren, dass sich die Seuche in der Stadt ausbreitet, und erst recht nicht im Inneren der Türme. Deshalb muss ich Sie bitten, ihn uns auszuhändigen.«

In meiner Kehle stieg ein Grollen auf, und ich musste mich krampfhaft zurückhalten, um nicht mein Schwert zu ziehen. Zeke stand reglos neben mir; er wirkte grimmig, aber nicht überrascht, fast als hätte er mit so etwas gerechnet. Der Mann winkte seinen beiden Begleitern, die daraufhin in Zekes Richtung marschierten. Zähnefletschend knurrte ich sie an und wollte dazwischengehen, doch Jackals folgende Worte ließen mich innehalten.

»Wenn ihr ihn anrührt, reiße ich euch die Köpfe ab.«

Sofort erstarrten sie. Jackal klang vollkommen gelassen, er hatte sich weder bewegt noch vom Fleck gerührt, aber wenn ein Vampir eine solche Drohung ausspricht, sollte man ihm besser glauben. Hastig wichen die beiden Wachmänner zurück. Der Dritte wollte protestieren, doch als Jackal sich vor ihm aufbaute, verstummte er abrupt.

»Sag mal, Mensch«, fragte er mit gefährlich sanfter Stimme, »was schreibt das Gesetz vor, wenn sich jemand am Lakaien eines Vampirs vergreift?«

Zeke richtete sich empört auf, was die anderen Menschen aber nicht bemerkten, da sie sich ganz auf Jackal konzentrierten. Ich sah die Wut in seiner Miene, doch er sagte nichts, während Jackal noch dichter an den Wachmann herantrat.

»Also?«

Der Uniformierte schluckte schwer. »Es ist unter Androhung des Todes verboten, ohne explizite Erlaubnis des

Eigentümers Hand an den speziell gebrandmarkten Lakaien eines anderen zu legen, Sir.«

»Und trägt er etwa Salazars Brandzeichen?«

»Nein, Sir.«

»Dann geh uns aus dem Weg«, befahl Jackal immer noch mit tödlicher Ruhe. »Bevor ich dir für deine Unverschämtheit das Herz rausreiße und es vor deinen Augen verschlinge. Ich habe hier schon viel zu viel Zeit verschwendet.«

Der Mensch brachte nicht die Kraft auf, sich zu widersetzen. Sein Gesicht war aschfahl, und seine Großspurigkeit hatte sich zusammen mit seinem Mut verabschiedet. »B-bringt unsere Gäste zum Büro von Mr. Stephen«, befahl er und winkte seinen Wachen. »Setzt ihn über die Situation in Kenntnis. Vielleicht ist er gerade beim Prinzen, dann sagt ihm, dass es dringend ist.«

»Jawohl, Sir!« Die Wachen traten vor und verbeugten sich vor Jackal. »Bitten folgen Sie uns, Sir.« Dann drehten sie sich ohne zu zögern um und marschierten durch die Kontrolle, wo der andere Mensch uns eilig durchwinkte.

Unfassbar. Wir hatten das Tor passiert, ohne uns den Weg freikämpfen zu müssen. Und wir hatten noch nicht einmal jemanden töten müssen, als sie uns Zeke wegnehmen wollten. Jackal hatte es geschafft. Ich hätte das niemals so gemacht, ich war mir nicht einmal sicher, ob ich es gekonnt hätte. Und dass er sich so für Zeke eingesetzt hatte, überraschte mich am meisten. Er hatte nicht zugelassen, dass der Mensch einkassiert wurde, obwohl er damit unsere Chance, vorgelassen zu werden, riskiert hatte.

An Zekes nachdenklicher Miene erkannte ich, dass ihn das ebenfalls verblüffte.

Die Wachen führten uns über die Straße, an einigen kleinen Eckgebäuden vorbei und dann über eine mächtige Freitreppe zum breiten Eingangsportal des ersten Turms. Ein weiterer Wachmann öffnete uns die Tür, und wir betraten eine weitläufige Eingangshalle mit grün-schwarzen Säulen und einem wuchtigen Schreibtisch am Ende. Direkt hinter der Tür erwartete uns eine weitere Kontrolle, wo gerade einige Menschen gescannt wurden, bevor man sie passieren ließ.

Wie viel Sicherheit braucht dieser Prinz eigentlich?, dachte ich, als der Wachmann hinter dem Schreibtisch uns misstrauisch musterte. *Umgibt er sich mit so vielen Wachen, weil er paranoid ist, oder liegt das an der momentanen Situation im Saum? Wer hätte gedacht, dass ein Meistervampir einer Stadt sich davor fürchtet, dass ein paar wild gewordene Menschen in seinen Turm einfallen könnten? Oder auch ein paar wilde Vampire?*

Hinter der Kontrolle wartete bereits eine Blondine im Businesskostüm auf uns. Sie signalisierte den Wachen, uns durchzulassen. Als wir uns näherten, versank sie in einer Verbeugung, lächelte Jackal aber strahlend an, als sie sich wieder aufrichtete. Ich hörte den Herzschlag in ihrer Brust und roch ihre Angst, die sie allerdings gut verbarg. Eigentlich stanken sämtliche Menschen hier nach Angst.

»Willkommen im Turm des Prinzen, Sir«, begrüßte uns die Frau, während Jackal den Blick über ihren Körper gleiten ließ und anzüglich grinste. »Ich bin Mr. Stephens Sekretärin. Wenn Sie mir bitte folgen würden, dann bringe ich Sie zu seinem Büro. Mr. Stephen ist gerade in einem Gespräch, doch er wird mit Ihnen sprechen, sobald es ihm möglich ist.«

»Das sollte er wohl«, knurrte Jackal. Äußerlich zeigte die Sekretärin keinerlei Reaktion, doch ihr Herzschlag beschleunigte sich, und ihre Schritte klangen etwas hektisch, als sie uns tiefer in den Turm hineinführte.

Ich konzentrierte mich und schickte meine Sinne auf die Suche nach etwas ganz anderem.

Da war das Gefühl wieder. Ich spürte *ihn*, ganz nah, aber ... unter uns. Irgendwo unterhalb des Turms kämpfte er verzweifelt darum, nicht den Verstand zu verlieren.

Halt durch, Kanin. Wir haben es fast geschafft.

Die Frau führte uns von der hell erleuchteten Eingangshalle in ein Labyrinth aus düsteren, leeren Fluren. Ihre Absätze klapperten laut über die Fliesen. Weder unter den Türen noch aus anderen Fluren drang Licht herein, und abgesehen von einer Frau, die den Boden wischte, zeigten sich keine Menschen. Im Inneren des Turms war es fast so kalt wie draußen. Zekes Atem bildete Dampfwolken, während wir immer tiefer in diesen Irrgarten vordrangen und es zunehmend dunkler wurde. Dieser Turm wirkte kalt, kahl und abweisend, auch wenn er wesentlich sauberer und besser erhalten war als jedes andere Gebäude, das ich jemals gesehen hatte.

Plötzlich öffnete sich vor uns eine Tür, und zwei Männer im Anzug traten auf den Gang hinaus. Beide waren groß und bleich, eindeutig Vampire – jedes Haar saß, und ihre Kleidung war makellos. Als sie uns entdeckten, verkrampfte ich mich innerlich. Die Sekretärin grüßte im Vorbeigehen mit einem ergebenen Kopfnicken, doch die beiden ignorierten sie völlig, während sie uns mit funkelnden Augen musterten und ein schmales Lächeln aufsetzten. Ich machte mich bereit, zur Waffe zu greifen, aber sie ließen uns problemlos passieren und gingen davon. Ob das wohl Typ 2-Vampire waren, von denen mir Kanin erzählt hatte, die Adeligen der Vampirgesellschaft? Irritiert überlegte ich, was sie wohl die ganze Nacht in diesem riesigen Turm machten. Vor unserer Trennung hatte Kanin mir einen kleinen Einblick in die Politik der Vampire gegeben: ständige Intrigen, die einen in der Befehlskette auf- oder absteigen ließen, immer mit dem Ziel, dem Prinzen möglichst nahe zu kommen. Damals hatte mich das nicht sonderlich interessiert, da ich gar keine Lust darauf gehabt hatte, mich den Stadtvampiren anzupassen. Nun wünschte ich mir, ich hätte ihm besser zugehört.

»Hier entlang, bitte.« Die Frau öffnete die Tür zu einem großen, gepflegten Büro. »Mr. Stephen wird gleich bei Ihnen sein.«

Schon beim ersten Blick in den Raum packte mich Abscheu. Die Lakaien waren zwar korrupte Verräter an ihrer eigenen Art, aber ganz offensichtlich ging es ihnen verdammt gut dabei. Der Teppich unter meinen Füßen war dicht und weich, und die dicken Vorhänge an den Fenstern hielten die Kälte ab. In einer Ecke des Raums stand ein großer, auf Hochglanz polierter Mahagonischreibtisch, umgeben von Regalen voller Aktenordner. Hier drin war es viel wärmer als auf dem Gang, was wahrscheinlich an dem Feuer lag, das in dem mit Marmor eingefassten Kamin am anderen Ende des Raums flackerte. Für mich war es ein regelrechter Schock, dass die Vampire in ihren Häusern echtes Feuer gestatteten, auch wenn es so klein und kontrollierbar wie dieses war. Aber wahrscheinlich konnten sie es nicht riskieren, dass ihre gut gehüteten Menschen erfroren.

An der anderen Wand stand eine Ledercouch, auf der einige Kissen und eine ordentlich gefaltete Decke lagen. Fast sah es so aus, als würde der Lakai hier auch schlafen, und das nicht gerade selten. Auf einer der abgewetzten Armlehnen lag noch etwas anderes, das meine Aufmerksamkeit erregte: ein aufgeschlagenes und umgedrehtes Buch. Ich musste einfach hingehen und den Titel lesen: *Von Mäusen und Menschen*, John Steinbeck. Als ich hochblickte, entdeckte ich in der Ecke beim Fenster ein weiteres Regal. Es war voller Bücher, mehr Bände, als ich in meinem ganzen Leben gesehen hatte. Für den Bruchteil einer Sekunde flackerte Neid in mir auf.

Als ich noch Allie, die Straßengöre, gewesen war, hatte ich solche Bücher gesammelt, hatte sie überall zusammengesucht. Im Saum war ihr Besitz natürlich strengstens verboten. Die Vampire wollten nicht, dass ihr Vieh lesen konnte – wenn wir wussten, wie das Leben früher einmal war, könnten wir ja auf dumme Gedanken kommen. Doch eines meiner größten Geheimnisse war genau das: Ich konnte lesen. Meine Mom hatte es mir vor ihrem Tod beigebracht, und ich hatte mich mit aller Kraft an diese Fähigkeit geklammert. Sie war das Einzige, was die Vampire mir nicht nehmen konnten.

Doch als Kanin mich zum Vampir gemacht hatte, musste ich meine Sammlung zurücklassen, und irgendwann war sie von anderen Menschen, die in mein altes Versteck gezogen waren, verbrannt worden. Jahrelange Mühen, innerhalb weniger Momente vernichtet.

Aber die Lakaien konnten ohne Furcht lesen. Wenn sie wollten, konnten sie eine ganze Buchsammlung besitzen und mussten sie nicht vor neugierigen Augen verstecken. Sie mussten nicht betteln und plündern, um über die Runden zu kommen, oder sich mit einem Freund eine schmutzige Decke teilen, um nicht zu erfrieren. Nein, sie hatten alles, was man sich nur wünschen konnte, und das zu einem lächerlichen Preis: dem Verrat an ihrer eigenen Art.

Ist bestimmt nett.

»Ich halte das immer noch für eine dumme Idee«, sagte Zeke hinter mir. »Das auf dem Gang waren Vampire. Wenn der Prinz herausfindet, wer wir sind, kommen wir niemals aus dem Gebäude raus, geschweige denn zurück in den Saum.«

»Sei doch nicht so nervös«, erwiderte Jackal, und ich hörte, wie er sich in einen der Sessel vor dem Schreibtisch fallen ließ und die Füße hochlegte. »Ich habe es euch doch schon erklärt: Salazar hat keinen Schimmer, wer wir sind. Niemand hier kennt uns. Und es ist auf jeden Fall besser, so zu tun, als hätten wir ein Recht, hier zu sein, als uns heimlich herumzudrücken. Also entspann dich, *Lakai*.« Ich hörte das Grinsen in seiner Stimme und spürte, wie Zeke wütend wurde. »Wir sind Vampire. Was soll schon passieren?«

Ein Band in dem Bücherregal erregte meine Aufmerksamkeit, wie ein Farbfleck leuchtete er zwischen den ganzen dunklen Buchrücken. Aus irgendeinem Grund zog er mich magisch an. Während ich um das Sofa herumging, begann in meinem Hinterkopf eine leise Alarmglocke zu schrillen. Als ich nach dem dünnen Bändchen griff, wurde daraus ein richtig mieses Gefühl.

»Allie?« Ich nahm Zekes Stimme nur am Rande wahr, als sich meine Finger um den Buchrücken schlossen. »Was machst du da?«

Mit einem Ruck zog ich das Buch aus dem Regal. Ich war plötzlich benommen, und eine kalte Hand schien meinen Magen zu zerquetschen. Auf dem Einband des Kinderbuchs tanzten bunte Tiere herum – ein Einband, den ich ebenso gut kannte wie meinen eigenen Handrücken. Im Gegensatz zu den anderen Büchern war dieses hier dreckig und zerrissen, und eine Ecke war verschimmelt. Ich erkannte es sofort. Das war das Buch meiner Mom, aus dem sie mir immer vorgelesen hatte, als ich noch klein war. Das Buch, dessen Verlust mich am meisten geschmerzt hatte. Die Kälte breitete sich von meinem Bauch in den gesamten Körper aus. Wenn dieses Buch hier war, konnte das nur eines bedeuten …

Quietschend öffnete sich die Tür, und mehrere Personen kamen herein. Dann ertönte eine Stimme, die ich überall wiedererkannt hätte.

»Vielen Dank, dass Sie gewartet haben. Ich bin Mr. Stephen, Prinz Salazars Berater. Wie ich höre, wünschen Sie eine Audienz beim Prinzen?«

Ganz langsam drehte ich mich um und blickte in Sticks fahle Augen.

Er hatte sich verändert.

Der Stick, den ich gekannt hatte, war groß und spindel-dürr gewesen, eine abgerissene Vogelscheuche mit stroh-blonden Haaren und verschreckten, wässrig blauen Augen. Der Mann in der Tür, der von vier bewaffneten Vampiren und zwei Menschen begleitet wurde, war zwar immer noch groß und schlank, aber er trug einen Anzug und hielt einen Aktenkoffer in der schmalen Hand. Dürr war er definitiv nicht mehr, außerdem waren seine Haare ordentlich ge-schnitten und zurückgekämmt, keine Spur mehr von dem verfilzten Nest, an das ich mich erinnerte.

Doch die größte Veränderung lag in seinem Blick und seiner Haltung. Damals im Saum war Stick gebückt und zusammengekauert durchs Leben gegangen und hatte sich voll darauf verlassen, dass ich für sein Überleben sorgte. Er hatte sich vor allem und jedem gefürchtet und war oft verhöhnt worden, weil er, anstatt für sich selbst einzutreten, ständig erwartete, dass ich ihn rettete.

Jetzt hielt er sich aufrecht, Tonfall und Miene waren klar, fast schon arrogant. Aber das konnte auch an seiner En-tourage liegen, an den zwei Menschen und vier Vampiren mit ihren Pistolen und Armbrüsten, die nur wenig kleiner waren als jene, die Zeke aufgegeben hatte. Bei seinem Anblick verschwand auch der letzte Rest von – Hoffnung? Sturheit? Ungläubigkeit? – in mir. Ich hatte mich immer gefragt, was wohl aus Stick geworden war, und ob er mich wirklich an den Prinzen verraten hatte, nachdem er erfahren hatte, was ich war. Tief in meinem Inneren hatte ich immer gehofft, dass es nicht so war.

Aber nun stand er hier: Salazars persönlicher Berater, der mich anstarrte, als hätte er einen Geist gesehen.

»A-Allie?« Aus seinem Mund kam nur ein ersticktes, entsetztes Flüstern, woraufhin seine Wachen erst ihn und dann uns alarmiert musterten. »Nein. Nein, du kannst es nicht sein. Du solltest eigentlich tot sein!«

»Stick.« Ich trat einen Schritt vor. Sofort wich er bis in den Flur zurück und deutete mit ausgestrecktem Finger auf mich.

»Haltet sie auf!«, kreischte er, woraufhin seine Wachen die Armbrüste zogen und auf uns anlegten. Fluchend sprang Jackal aus dem Sessel auf, und auch Zeke griff hektisch nach seiner Waffe. »Haltet sie alle auf! Sie ist gekommen, um mich umzubringen!«

»Ich bin nicht gekommen, um dich umzubringen!«, rief ich und hob beide Hände. Beim Anblick der hölzernen Bolzen, die nach wie vor auf mein Herz zielten, wurde mir ganz anders. Verdammt, wenn ich die Situation nicht in den Griff bekam, würde man uns aufspießen wie Ratten. »Stick, warte!«, schrie ich verzweifelt. »Ich bin nicht deinetwegen hier. Wir wollen zum Prinzen, mehr nicht! Ich wusste ja nicht einmal, dass du hier bist.«

Misstrauisch spähte er in den Raum und starrte mich kalt an. »Ich glaube dir nicht.«

»Glaub doch, was du willst. Ich sage die Wahrheit.« Als ich weiter die Hände hochhielt, schob er sich vorsichtig wieder in den Raum. »Wir sind weder deinetwegen noch für sonst jemanden hier. Wir wollen einfach nur zum Prinzen.«

Nach einem finsteren Blick auf Zeke und Jackal wandte er sich wieder mir zu. »Du solltest gar nicht hier sein, Allie«, sagte er vorwurfsvoll. Plötzlich klang er wieder wie sein altes störrisches Selbst. »Meister Salazar hat gesagt, du wärst tot, er hat mir fest zugesichert, dass du getötet worden wärst. Du solltest nicht hier sein.«

In mir meldeten sich die alte Gereiztheit und etwas noch viel Dunkleres zu Wort. »Ich enttäusche dich nur ungern, aber ich lebe noch.«

Stick kniff die Augen zusammen, und ein Ausdruck von Boshaftigkeit huschte über sein Gesicht. Dann drehte er sich zu seinen Wachen um. »Verhaftet sie«, bellte er, woraufhin sich die Wachen abrupt aufrichteten. »Sie wollen zum Prinzen? Dann bringen wir sie zum Prinzen. Ich bin mir sicher, der Meister wird *sehr* an einem Treffen interessiert sein.«

Nur mühsam verkniff ich mir ein drohendes Knurren, als zwei der Vampire vortraten und mich packten, während die anderen uns weiter mit ihren Waffen bedrohten. *Verdammt. Was jetzt?* Gegen die Elite des Prinzen hatten wir keine Chance, wir konnten nicht gegen einen ganzen Turm voller Vampire kämpfen, um hier rauszukommen. Und selbst wenn Jackal und ich es bis zum Ausgang schafften, würden sie Zeke in Stücke reißen, noch bevor er die Lobby erreichte. Außerdem würden wir hier nie wieder reinkommen, falls uns eine Flucht gelänge. Stick wusste, dass ich hier war, und

243

bald würde es auch der Prinz wissen. Hastig sah ich zu Zeke und Jackal hinüber, vielleicht hatte ja einer von ihnen eine brillante Idee. Aber die beiden sahen genauso grimmig aus, wie ich mich fühlte. Kein Ausweg – wir saßen fest.

Als eine der Wachen nach meiner Schwertscheide griff und sie mir über den Kopf zog, ballte ich krampfhaft die Fäuste. Am liebsten hätte ich ihm die Nase gebrochen. Ohne meine Waffe fühlte ich mich nackt. Der andere Mann zog ein Paar schwarzer Handschellen hervor. »Das ist nicht nötig, Stick«, protestierte ich, als der Vampir mir die Arme auf den Rücken zerrte und die Fesseln um meine Handgelenke schloss. Ihr Gewicht ließ darauf schließen, dass sie offenbar extra für Vampire entwickelt worden waren.

»Das heißt jetzt Stephen«, korrigierte mich Stick selbstgefällig. »Mr. Stephen, um genau zu sein. Und was nötig ist und was nicht, entscheide immer noch ich, Allie.« Mit einem feinen Lächeln reckte er das Kinn. »Mir sagt niemand, was ich zu tun habe – nicht mehr.«

Tatenlos musste ich zusehen, wie Zeke und Jackal ebenfalls entwaffnet und gefesselt wurden. Jackal verdrehte nur genervt die Augen, aber Zeke wurde blass, als man ihm Pistole und Machete abnahm und sich die Fesseln um seine Arme schlossen. Als wir uns ansahen, erkannte ich die Resignation in seinem Blick. Er rechnete nicht mehr damit, hier lebend rauszukommen.

Es tut mir leid, Zeke. Ich wollte dich da nicht mit reinziehen. Irgendwie werde ich uns hier rausbringen, versprochen.

Als wir schließlich gefesselt waren, nickte Stick zufrieden. Seine fahlen Augen waren fest auf mich gerichtet, als er großspurig verkündete: »Hier entlang!« Es klang so, als wollte er uns eine Führung geben. »Prinz Salazar erwartet uns bereits.«

Eine der Wachen stieß mich mit seiner Armbrust an, also folgte ich meinem ehemaligen Freund durch die Flure des Vampirturms.

Verdammt, so hatte ich Salazar nicht gegenübertreten wollen: gefangen und in Ketten, unfähig, mich und die Meinen zu verteidigen. Das war alles ziemlich schiefgegangen, aber jetzt blieb mir nichts anderes übrig als zu bluffen, wenn wir beim Prinzen waren. Gleichzeitig fragte ich mich, ob Jackal vielleicht an einem Plan arbeitete, an einer Rede oder einer List, die uns lebend hier rausbringen würde. Immerhin war er es, der sich mit Vampirpolitik auskannte, nicht ich. Andererseits war er mit schuld daran, dass wir jetzt so in der Klemme steckten.

Ich wollte unbedingt mit ihm reden, und auch mit Zeke, aber die Wachen links und rechts machten das unmöglich.

Schließlich erreichten wir am Ende eines Flurs einen funktionierenden Aufzug. Als die Kabinentüren sich öffneten, warf Stick uns einen wachsamen Blick zu.

»Bringt sie nach oben«, befahl er den vier Vampiren, bevor er sich zu einem zweiten Fahrstuhl umdrehte. »Wir treffen uns dort.«

Feigling, dachte ich, als Stick mit seinen beiden menschlichen Bodyguards die Kabine betrat und lächelnd die Hände verschränkte, bevor sich die Türen schlossen. *Schätze mal, er will nicht mit dem Vampir eingesperrt sein, den er hinterrücks verraten hat.*

Mit gezogenen Waffen scheuchten uns die Vampire in den Aufzug, wo sie sich an den Ecken postierten, sodass wir in der Mitte der Kabine zusammengedrängt wurden. Die Türen schlossen sich und tauchten uns in Dunkelheit. Dann setzte sich der Fahrstuhl in Bewegung.

Krampfhaft biss ich die Zähne zusammen. Ich war schon einmal in einem Fahrstuhl gewesen, einer schäbigen, zusammengezimmerten Kiste, die geruckelt, geknirscht und Funken gesprüht hatte, sodass ich befürchtet hatte, sie würde jeden Moment auseinanderfallen. Enge, geschlossene Räume ohne Ausgang mochte ich sowieso nicht. Die Wachen starrten stur nach vorne. Sie hielten die Waffen zwar bereit, zielten aber nicht auf uns und passten generell nicht besonders gut auf. Probehalber zerrte ich an den Handfesseln. Wenn ich mich nur befreien könnte, dann würde ich mich bereithalten, falls sich eine Fluchtmöglichkeit ergab. Dummerweise hielten die Fesseln. So schnell würde ich nirgendwo hingehen.

Jackal beugte sich zu mir und murmelte: »Du hast deinen kleinen Freund mit keiner Silbe erwähnt.« Falls die Wachen ihn hörten, zeigten sie es nicht. »Das wäre eine nette Information gewesen, bevor wir in den Turm des Prinzen eingedrungen sind.«

»Ich hatte nicht damit gerechnet, ihn hier zu treffen«, flüsterte ich. »Und das ist jetzt auch egal. Ich hoffe, in deinem kranken kleinen Hirn spukt etwas herum, womit wir den Prinzen davon abhalten können, uns die Köpfe abzureißen.«

»Ich arbeite daran.«

»Dann mach mal Tempo.«

Der Vampir neben mir warf mir einen finsteren Blick zu und ließ die Fangzähne aufblitzen – eine kleine Warnung. Ich erwiderte das Zähnefletschen, drehte mich nach vorne und beobachtete die Ziffern, die über der Tür aufleuchteten: 10 ... 12 ... 14 ... 16 ... Wie hoch fuhr das Ding denn? Mit jedem Stockwerk entfernten wir uns weiter vom Ausgang und kamen dafür der Höhle des Meistervampirs immer näher.

»Allie«, murmelte Zeke. Obwohl wir so dicht beieinanderstanden, konnte ich ihn kaum verstehen. Trotz der verfahrenen Situation und all den Vampiren ringsum klang er gelassen. Auch sein Gesicht war ganz ruhig – zu ruhig. »Falls wir es nicht schaffen ... bin ich trotzdem froh, dass ich dich gefunden habe. Es war schön, dich wiederzusehen.«

Knurrend beugte ich mich zu ihm und zischte leise: »Fang gar nicht erst an, Zeke.« Ich war mir nicht sicher, ob seine Worte mir Angst einjagten oder mich wütend machten. »Deine Leute warten in Eden auf dich. Du wirst hier drin nicht sterben.«

»Ist schon gut.« Zeke rang sich ein kleines Lächeln ab. »Ich habe keine Angst vor dem Tod. Ich wünschte nur ...« Kurz blitzte Schmerz in seiner Miene auf, doch auch den schüttelte er ab. »Egal. Das ist jetzt nicht wichtig. Aber ... du musst mir etwas versprechen.«

Ich hatte keine Ahnung, ob ich im Moment überhaupt noch irgendein Versprechen einlösen konnte. Hoffentlich wollte er mich nicht bitten, nach Eden zu gehen und seine Familie zu informieren, falls er getötet wurde. Denn ich war nicht sicher, ob ich das schaffen würde, selbst wenn wir hier herauskamen. Aber so war Zeke eben, man konnte ihm nur schwer etwas abschlagen. »Was soll ich für dich tun?«, flüsterte ich also.

Seine blauen Augen waren ernst. »Du darfst mich nicht verwandeln«, hauchte er. In meinem Bauch breitete sich eisige Kälte aus. »Selbst wenn ich sterbe, mach mich nicht zu einem von denen. Lass mich einfach gehen.«

»Zeke.« Plötzlich hatte ich einen dicken Kloß im Hals. Zeke beugte sich vor, drückte seine Stirn gegen meine und schloss die Augen.

»Bitte.« Sein Atem strich warm über meine kalte Haut. »Ich ... ich kann die Ewigkeit nicht als Vampir verbringen. Das schaffe ich nicht. Versprich mir, dass du mich gehen lässt, falls es so weit kommt.«

»Dich sterben lassen?«, würgte ich hervor. Mein erster Impuls war, mich zu weigern. Der Gedanke, ihn zu verlieren hinterließ in mir eine klaffende, schmerzende Wunde, was mich sowohl überraschte als auch entsetzte. Um genau solche Bindungen zu vermeiden, hatte ich mich von allen um mich herum distanziert. In meiner Welt starben die Leute. Da konnte man nur überleben, indem man sich gegen Verluste abhärtete und weitermachte. Aber Zeke ... Ihn konnte ich nicht verlieren. Sollte er im Sterben liegen und ich könnte irgendetwas tun, um ihn bei mir zu behalten ... Wenn es nur die kleinste Chance gab, ihn zu retten, würde ich es tun. Auch wenn ich kein Meistervampir war und der Versuch, Zeke zu verwandeln, höchstwahrscheinlich einen Verseuchten hervorbringen würde, gab es immer noch eine winzige Chance. Oder ich würde einen anderen, einen stärkeren Vampir dazu überreden. Vielleicht Kanin. Der war ein Meister, auch wenn er seine Unsterblichkeit als Fluch empfand und wohl nur widerwillig einen völlig Fremden verwandeln würde. Das war mir egal. Irgendwie würde ich ihn schon überzeugen. Ich konnte Zeke nicht sterben lassen, ohne alles versucht zu haben.

Dann wurde mir bewusst, wie selbstsüchtig das war.

Du würdest tatsächlich versuchen, Zeke zu verwandeln, obwohl er sich mehr als alles andere davor fürchtet, ein Vampir zu werden? Obwohl er den Gedanken verabscheut? Dir hat *Kanin die Wahl gelassen. Er hat dich so weit respektiert, dass er dich selbst entscheiden ließ.*

»Verdammt, Zeke«, knurrte ich. »Du verlangst also von mir, dass ich tatenlos zusehe, wie du stirbst?«

Zeke öffnete die Augen. Sein Gesicht war so nah. Die Wachen verschwanden, und auch Jackal war nicht mehr da. Es gab nur noch Zeke und mich, alleine in der Dunkelheit. »Es tut mir leid«, flüsterte er. »Ich weiß, dass es egoistisch ist. Aber ich bin nicht wie du, Allie.«

Betroffen wich ich zurück und schürzte die Lippen. »Du meinst böse und seelenlos?«

»Ich meine damit, dass ich nicht so stark bin wie du«, fuhr Zeke ernst fort. »Ich kann nicht tun, was du tust, und was nötig ist, um als Vampir zu existieren. Bitte.« Sein Blick wurde flehend. »Wenn es so weit kommt, lass mich als Mensch sterben. Versprich, dass du mich gehen lässt.«

»Du darfst ihm diese Entscheidung nicht verweigern«, raunte Jackal hinter mir, womit er mich schon wieder verblüffte. »Man braucht eine ganz bestimmte Einstellung, um einer von uns zu werden. Wenn du jemanden verwandelst, der damit nicht klarkommt, wird er sich selbst zerstören und in das Sonnenlicht treten. Ich habe so etwas schon erlebt. Wenn er das wirklich will, ist es besser, du lässt den kleinen Blutsack sterben.«

»Ihr könnt mich beide mal«, murmelte ich und wandte mich ab. Zekes Blick verfolgte mich, und ich presste die Lider zusammen. »Also gut«, flüsterte ich endlich. »Wenn du es so willst, Zeke. Ich verspreche, dass ich dich nicht verwandeln werde. Aber das bedeutet nicht, dass du kampflos aufgeben kannst.« Ich riss die Augen wieder auf und starrte ihn böse an. »Du darfst dich nicht einfach hinlegen und sterben. Versprich *du* mir, dass du so lange kämpfen wirst, wie es geht. Noch sind wir nicht tot.«

Ein geisterhaftes Lächeln umspielte Zekes Lippen. »Du schon – technisch gesehen«, flüsterte er. Wären meine Hände nicht gefesselt gewesen, hätte ich ihm eine Ohrfeige verpasst. »Aber du hast mein Wort, kleines Vampirmädchen. Ich habe nicht vor, so schnell aufzugeben. Ich werde so lange ich kann an deiner Seite kämpfen.«

Der Aufzug blieb stehen, ein kurzes Klingeln ertönte, und die Türen öffneten sich. Dahinter tauchte Stick auf, der grinste wie eine Katze, die gerade einen Vogel gefressen hat. Seine menschlichen Bodyguards standen reglos hinter ihm. »Hier entlang«, flötete er, als die Elitevampire uns aus der Kabine schoben. Zeke stolperte und wäre fast gestürzt. Gereizt zeigte ich dem Schubser die Reißzähne, wobei mein Blick auch zu meinem Katana-Schwert huschte, das über seiner Schulter hing. Ohne eine Miene zu verziehen deutete er mit seiner Armbrust den Flur hinunter, um uns weiterzuscheuchen.

Dieser Korridor war aufwendiger dekoriert als die auf den anderen Stockwerken. Der Boden war mit dickem, rotem Teppich bedeckt, und in kleinen Nischen leuchteten elektrische Lampen. An den Wänden hingen große Gemälde: eine friedliche Landschaft, städtische Straßenszenen voller Licht und Leben, Pferde an einem Weidezaun. Momentaufnahmen einer Welt, die ich nie gekannt hatte. Das Bild eines Gebirgszuges stach mir besonders ins Auge. Die Spitzen der Berge waren rot und rosa eingefärbt – ein Sonnenaufgang, den ich auch niemals wieder sehen würde.

Am Ende des Flurs befand sich eine große Doppeltür, vor der zwei Vampire postiert waren. Als wir sie erreicht hatten, hob Stick eine Hand und drehte sich lächelnd zu uns um.

»Wartet kurz«, sagte er. »Ich werde den Prinzen über eure Ankunft informieren.« Seine wässrigen Augen richteten sich auf die Wachen hinter uns. »Sorgt dafür, dass unsere Gäste sich nicht vom Fleck rühren. Sollten sie auf dumme Gedanken kommen, dürft ihr schießen, falls es nötig wird. Aber bringt sie nicht um.« Mit einem breiten Grinsen sah er mich an. Offenbar fühlte er sich vollkommen sicher in seiner Autorität. »Wir wollen den Prinzen schließlich nicht um sein Vergnügen bringen.«

Früher hätte mich so ein Spruch auf die Palme gebracht, aber jetzt fühlte ich mich einfach nur abgestumpft. *Was ist bloß aus dir geworden, Stick?*, fragte ich mich, als er sich abwandte und mit einem Fingerschnipsen einen der Vampire dazu brachte, ihm die Tür zu öffnen. *Hasst du mich so sehr dafür, dass ich gegangen bin? Oder hast du mich schon immer verabscheut, selbst als wir noch zusammen im Saum gelebt haben?*

251

»Was für ein charmantes Kerlchen«, stellte Jackal gedämpft fest, als sich die Tür hinter Stick schloss. »Ihr müsst
ja echt dicke Freunde gewesen sein. Ich hoffe, du nimmst
mir das nicht übel, aber ich werde ihm die Zunge durch die
Nase rausreißen und sie ihn anschließend fressen lassen.«

Zeke schob sich so dicht an mich heran, dass unsere
Schultern sich berührten. »Alles klar?«, fragte er leise und
musterte mich prüfend. Ich nickte. Ich durfte jetzt nicht
weiter über Stick nachdenken, sondern musste mich auf
Salazar konzentrieren, mir überlegen, was ich zu ihm sagen
sollte, wenn wir durch diese Tür geführt wurden. Was
könnte er wollen? Welche Worte musste ich wählen, um auf
einen Vampirprinzen Eindruck zu machen? Seine Stadt ging
gerade zum Teufel, vielleicht hatte er also Interesse daran
zu erfahren, was wir über Sarren und das zweite Labor
herausgefunden hatten. Wusste er, dass Kanin ganz in der
Nähe war, direkt unter seinem Turm? Und falls Kanin irgendwo dort unten war, dann wahrscheinlich auch Sarren.

Bei dem Gedanken, dass Sarren hier irgendwo sein könnte, überlief mich ein kalter Schauer. Wenn er uns jetzt entdeckte …

Verdammt noch mal, ich würde hier drin nicht sterben!
Wir waren schon so weit gekommen. Ja, Salazar war ein
Meister, und wir waren ihm komplett ausgeliefert, aber ich
war noch nicht bereit, meine Existenz zu beenden. Und ich
würde weder Kanin noch Zeke im Stich lassen. Wie hoch
der Preis auch sein mochte – wir würden das alle über-
stehen.

Mit einem leisen Quietschen öffnete sich die Tür, und
Stick kehrte zurück, das Dauergrinsen noch immer im Ge-

sicht. »Bringt die Gefangenen herein«, rief er. Wütend ballte ich hinter meinem Rücken die Fäuste. »Prinz Salazar empfängt sie jetzt.«

Tja, dann mal los.

Während die Wachen uns durch die Tür schoben, warf Zeke mir einen grimmigen Blick zu. *Denk an dein Versprechen*, mahnte er wortlos, und ich schluckte schwer. So weit würde es nicht kommen. Das würde ich nicht zulassen.

Wieder quietschte es, dann fiel die Tür hinter uns zu.

Im ersten Moment konnte ich mir kein Bild von dem Raum machen, sondern sah lediglich, dass er sehr groß und düster war. Die gegenüberliegende Wand bestand fast vollständig aus Glas, sodass man den dunklen Himmel und die beiden anderen Türme vor der nächtlichen Schwärze sehen konnte. Davor stand ein enorm großer, ebenfalls dunkler Schreibtisch, doch unsere Aufmerksamkeit wurde ganz von dem Mann in Anspruch genommen, der vor dem Tisch stand und sich an das glänzende Holz lehnte.

Prinz Salazar musterte uns neugierig, als wären wir irgendein fremdartiges Insekt, das er auf dem Boden entdeckt hatte. Mit seiner Größe von über einem Meter achtzig füllte er seinen perfekt sitzenden schwarzen Anzug mühelos aus. Die rabenschwarzen Haare fielen ihm in sanften Wellen bis auf die Schultern, natürlich makellos frisiert.

»So, so.« Prinz Salazar fixierte mich. »Du bist also Kanins Tochter.«

Er wusste, wer ich war.

Prinz Salazar, Meistervampir von New Covington, der Kanin so sehr hasste, dass er wochenlang Jagd auf ihn gemacht hatte, als er sich in seiner Stadt aufhielt, wusste, wer ich war.

Es sah überhaupt nicht gut für mich aus.

»Du brauchst es gar nicht erst abzustreiten«, fuhr Salazar mit warmer, tiefer Stimme fort. Er hatte einen kaum merklichen Akzent, den ich aber nicht zuordnen konnte. »Dein Freund Stephen hat mir alles über dich erzählt: Wo du gelebt und geschlafen hast und wer noch zu eurer kleinen Gang gehört hat. Wie hießen sie noch gleich ... Rat und Lucas, richtig? Alle nicht registriert, nicht in meinem System erfasst.«

Mein Blick wanderte kurz zu Stick, der sich im Hintergrund hielt und ganz auf seinen Meister konzentriert war. Sein Gesicht wirkte schlaff, fast schon bewundernd. Mir wurde von dem Anblick übel, also zwang ich mich, wieder Salazar anzusehen, der mich nach wie vor mit ausdrucksloser Miene musterte.

»Hast du mir gar nichts zu sagen?«, fragte er schließlich und zog eine seiner schmalen Augenbrauen hoch.

»Was soll ich denn sagen?«, erwiderte ich rebellisch. »Sie scheinen ja schon alles über mich zu wissen.«

Salazar lächelte. Dann wandte er sich ab und deutete auf eine der Wachen, die wie erstarrt neben uns standen. »Nehmt ihnen die Fesseln ab.«

Der Wachmann richtete sich ruckartig auf, und auch Stick zuckte heftig zusammen. Er starrte auf mich, dann auf Salazar, der uns alle gelassen beobachtete. »Halten Sie das wirklich für eine gute Idee, Meister?«

Ich war ebenfalls fassungslos und ließ den Prinzen nicht aus den Augen, während einer der Wachmänner hinter mich trat und meine Handschellen aufschloss. Salazar nahm ein Weinglas mit Blut vom Schreibtisch und ließ nachdenklich die Flüssigkeit im Glas kreisen.

»Sie sind neu in meiner Stadt«, erklärte er, während die Fesseln verschwanden, sodass ich meine Hände wieder bewegen konnte. »Ich will nicht unhöflich sein. Das Gesetz besagt, dass ich Besucher meiner Art als Gäste zu behandeln habe, solange ich in ihnen keine direkte Bedrohung sehen kann. Und sie stellen keine Bedrohung für mich dar. Ich muss sie nicht in Ketten legen, um sie zu vernichten.«

Immer noch schockiert sah ich zu, wie Jackal und Zeke ebenfalls befreit wurden. Zeke rieb sich die Arme, als sie ihm die Handschellen abnahmen. Dann wanderte mein Blick zu meinem Schwert, das nach wie vor an der Schulter des Vampirs hing. Alles in mir brannte darauf, mir meine Waffe zurückzuholen, aber das würde nicht einfach werden. Dazu müsste ich mich mit vier bewaffneten Vampiren und – was noch schlimmer war – mit Salazar persönlich anlegen. Nachdem Kanin mir gezeigt hatte, wie mächtig ein Meistervampir sein konnte, würde ich mich ganz sicher nicht auf einen Kampf mit dem Prinzen der Stadt einlassen.

»Mr. Stephen«, wandte sich der Prinz nun an Stick, der immer noch missmutig vor sich hin starrte. »Bitte sagen Sie den Wachen vor der Tür, dass sie bei den Aufzügen warten sollen. Solange es nicht um Leben und Tod geht, möchte ich auf keinen Fall gestört werden. Ist das klar?«

»Selbstverständlich, Meister.«

Stick verbeugte sich und ging hinaus, warf mir auf dem Weg zur Tür aber noch einen undurchdringlichen Blick zu. Seine menschlichen Bodyguards folgten ihm. Bevor die Tür hinter ihnen zufiel, hörte ich noch, wie er draußen mit den Wachposten sprach. Die vier bewaffneten Vampire hatten sich allerdings nicht von der Stelle gerührt.

Salazar ging um seinen Schreibtisch herum und ließ sich in den Ledersessel dahinter fallen. »Bitte, nehmt Platz«, forderte er uns freundlich auf und deutete mit dem Kopf auf drei Stühle vor dem Tisch. Da uns nichts anderes übrig blieb, setzten wir uns. Der Vampirprinz lächelte. »Ich würde euch ja Erfrischungen anbieten, aber leider stecken wir momentan in einer Art Krise, und unser Blutvorrat wurde … kompromittiert. Für den momentanen Zustand meiner Stadt kann ich mich nur entschuldigen. Wir tun wirklich alles, um die Situation unter Kontrolle zu bringen.« Er musterte erst Jackal und dann Zeke, die rechts und links von mir saßen. »Es tut mir leid, aber offenbar bin ich nicht ganz auf dem Laufenden«, wandte er sich dann an Jackal. »Das Mädchen kenne ich, aber bisher hatte ich nicht das Vergnügen, deinen Namen zu erfahren.«

»Jackal.« Mein Bruder im Blute schlug die Beine übereinander und lehnte sich in seinem Stuhl zurück. Allem Anschein nach war er völlig entspannt. »Ehemaliger König von Old Chicago.«

»Ah.« Salazar nickte und musterte ihn anerkennend. »Ja, ich habe Gerüchte gehört über einen Vampir, der ganz allein über eine Stadt voller Menschen herrscht. Es hieß, er würde eine Armee aufstellen, um die anderen Vampirherrscher vom Thron zu stoßen, nur dass es leider nicht so funktioniert hat, wie er es sich ausgemalt hatte.« Als Jackal die Augenbrauen hochzog, erklärte der Prinz: »Ich behalte die Konkurrenz gerne im Auge.« Plötzlich wirkte sein Lächeln wieder gefährlich. »Und lote potenzielle Bedrohungen gründlich aus, bevor sie so groß werden, dass ich sie nicht länger ignorieren kann. Du bist mir willkommen, Banditenkönig, solange du nicht vergisst, wer hier der Prinz ist.« Als sein Blick sich auf Zeke richtete, bekam er etwas Raubtierhaftes. »Und wer ist dieser ... Mensch?«

Ich verkrampfte mich, doch bevor ich etwas sagen konnte, sprang Jackal ein. »Niemand«, versicherte der ehemalige Banditenkönig wegwerfend. »Nur einer von meinen. Für den Fall, dass ich hungrig werde, außerdem ist er ein ganz passabler Schütze. Nicht besonders helle, aber für einen Lakaien ganz unterhaltsam. Also darf er mich begleiten.«

Ich sah, wie Zeke krampfhaft die Zähne zusammenbiss, wahrscheinlich, um sich einen Kommentar zu verkneifen. Als Jackal meinen Blick bemerkte, zuckten kurz seine Lippen. Ich biss mir auf die Zunge. *Du bist so ein Mistkerl*, dachte ich, auch wenn mir klar war, was Jackal damit bezweckte. *Beachte den Menschen gar nicht*, wollte er dem Prinzen suggerieren. *Der Mensch ist unwichtig.* Sollte Salazar herausfinden, wer Zeke wirklich war und wo er in Wahrheit herkam ... Nein, da war es definitiv besser, wenn der Prinz Zeke für einen Niemand hielt, für vollkommen unwichtig. Jackal hatte genau richtig gehandelt, indem er die Aufmerksamkeit des Prinzen von ihm ablenkte. Aber deswegen musste er noch lange nicht so verdammt selbstzufrieden auftreten.

»Hmmm.« Der Prinz nickte und schien zu meiner Erleichterung sofort das Interesse an Zeke zu verlieren. »Nun, genug der Höflichkeiten.« Sein durchdringender Blick ruhte wieder auf mir. »Ihr seid wegen Kanin hier.«

Krampfhaft klammerte ich mich an die Armlehnen meines Stuhls. Zeke und Jackal spannten sich ebenfalls an. »Woher wissen Sie das?«, fragte ich. Das Lächeln des Prinzen wurde so breit, dass seine Reißzähne aufblitzten.

»Weil er auf der untersten Ebene meines Turms gefoltert wird«, erklärte er sachlich, »und weil seine Schmerzen sich auf dich, seinen Nachkommen, übertragen. Weil du in deinen Träumen siehst, wie er sich nach Nahrung verzehrt und fast wahnsinnig wird durch den Hunger. Wie er an seinen Fesseln zerrt wie ein wildes Tier. Weil er nach Erlösung schreit und du dem Ruf deines Schöpfers nicht widerstehen kannst. Er hat dich hierher in meine Stadt geführt und zwingt dich, nach ihm zu suchen. Aber du kannst ihn nicht mehr retten.«

Ich schluckte schwer. Salazar hatte Kanin. Aber wie war das möglich? Wie hatte er ihn aus Sarrens Klauen befreit? Hatte er den psychotischen Vampir getötet, oder hatte Sarren einfach das Interesse an Kanin verloren und ihn irgendwo zurückgelassen, wo der Prinz ihn gefunden hatte?

Entschlossen schüttelte ich den Kopf. Das spielte jetzt keine Rolle mehr. Sarren war verschwunden, und nun hatte ich es mit dem Prinzen zu tun. »Warum tun Sie ihm das an?«, flüsterte ich. »Er hat doch nur versucht, ein Heilmittel gegen die Rote Schwindsucht und das Verseuchtenvirus zu finden. Er hat versucht, alle zu retten.«

»Er hat unsere Art verraten, indem er sich an die Wissenschaftler wandte.« Plötzlich klang Salazars Stimme hart und Furcht einflößend. In seinen Augen funkelte blanker Hass. »Er hat sich gegen seinesgleichen gewandt und zugelassen, dass die Menschen Experimente an jenen vornahmen, die eigentlich ihre Herren waren. Außerdem ist er für die Abscheulichkeiten verantwortlich, die sich vor der Stadtmauer herumtreiben.« Salazar lehnte sich zurück und schien sich etwas zu beruhigen, wodurch er aber nicht weniger gruselig klang. »Es ist einfach unverzeihlich, dass er zuließ, was diese Menschen unseren Brüdern angetan haben. Was durch seine Mithilfe erschaffen wurde, hat uns in den tiefsten Kreis der Hölle verbannt. Kanin wird für seine Verbrechen leiden. Mir bleibt die ganze Ewigkeit, um zuzusehen, wie er sich windet, schreit und schließlich zu dem wird, was er miterschaffen hat. Was ich für ein passendes Ende halte.« Salazars Blick durchbohrte mich fast. »Vielleicht möchtest du ihm ja Gesellschaft leisten.«

Ich musste vorsichtig sein. Ein falsches Wort, eine falsche Bewegung, und wir landeten dort unten bei Kanin, wurden an eine Wand gekettet und durften darauf warten, dass der Hunger uns in den Wahnsinn trieb. »Irgendwie müssen wir uns doch einigen können«, begann ich wachsam. »Vielleicht können wir Ihnen ja etwas anbieten, im Austausch gegen Kanins Leben.«

»Ach ja?« Belustigt zog der Meistervampir eine Augenbraue hoch. »Dann sprich, Tochter von Kanin. Was könnte so viel wert sein, dass es sein Leben und die Milliarden von Menschen und Vampiren aufwiegt, die mit seiner Hilfe vernichtet wurden?«

»Wie wäre es mit Ihrer Stadt?«, mischte sich Jackal ein, woraufhin sich Salazar überrascht zu ihm umdrehte. »Mit Informationen darüber, was da draußen wirklich vorgeht und dem Namen desjenigen, der es aufhalten könnte?«

Betont langsam lehnte sich der Prinz zurück und musterte Jackal. »Ich höre«, sagte er leise.

»Das ist keine willkürlich auftretende Krankheit«, fuhr Jackal fort. »Jemand hat innerhalb Ihrer Stadt ein Virus erzeugt und es auf die Bevölkerung losgelassen. Die Ähnlichkeit mit der Roten Schwindsucht ist so groß, das kann kein Zufall sein. Wir wissen, wer das getan hat. Hinter ihm sollten Sie her sein, denn er ist der Einzige, der über ein Gegenmittel verfügt.«

Gegenmittel? Ich fragte mich, wie viel davon der Wahrheit entsprach und wie viel Jackal sich aus den Fingern sog. Wir wussten schließlich nicht mit Sicherheit, ob Sarren ein Gegenmittel hatte oder eines herstellen konnte. Wir wussten ja nicht einmal, ob er überhaupt noch in der Stadt war. Aber Salazar stand auf und ragte mit Furcht einflößender Miene über uns auf. »Angenommen, ich glaube euch«, schränkte er ein. »Wie lautet der Name desjenigen, der diese Pest über meine Stadt gebracht hat? Wer ist die Kreatur, die bald bereuen wird, jemals geboren worden zu sein?«

»Wenn ich Ihnen den Namen nenne«, hakte ich nach, »werden Sie Kanin dann freilassen?«

Salazars Blick war vollkommen leer – gespenstisch. »Du befindest dich nicht in der angemessenen Position, um mit mir zu feilschen, Tochter von Kanin«, warnte er mich leise. »Nur durch meinen Willen und meine Gesetze bist du überhaupt noch am Leben. Ein Wort von mir, und du teilst das Schicksal deines Schöpfers. Also solltest du vielleicht um dein eigenes Leben feilschen, nicht um seins. Wie dem auch sei«, fuhr er etwas sachlicher fort, »das Überleben meiner Stadt ist wichtiger als die Existenz eines einzelnen Vampirs. Auch wenn er verflucht ist. Verratet mir, wer für dieses

Chaos verantwortlich ist, dann werde ich … erwägen, Kanin an euch zu übergeben.«

Ich schaute zu Jackal, der kurz nickte. »Sarren«, wandte ich mich wieder an den Prinzen. »Sein Name ist Sarren. Vielleicht erinnern Sie sich noch an ihn. Er kam vor einigen Monaten in die Stadt, auf der Suche nach Kanin. Groß, kahlköpfig, Narben im Gesicht und mit erheblichem Dachschaden?«

»Sarren«, wiederholte der Prinz ausdruckslos. Er wandte sich ab, ging zum Fenster hinüber und blickte auf seine Stadt hinunter. Ich beobachtete sein Spiegelbild, das ernst und nachdenklich wirkte, und wartete ungeduldig auf eine Reaktion.

»Das sind schwere Anschuldigungen«, stellte der Prinz grimmig fest und drehte sich wieder zu uns um. Sein Blick wanderte in eine Ecke des Raums. »Was hast du dazu zu sagen … Sarren?«

»Ich würde sagen«, antwortete eine kalte, zischende Stimme in der Dunkelheit, »dass das kleine Vögelchen dich angelogen hat.«

12

Er war hier.

Mir gefror das Blut in den Adern. Ich sprang auf und zog Zeke und Jackal mit mir hoch, als die bleiche, schmale Gestalt mit einem gruseligen Lächeln aus den Schatten trat. Die Wachen, die ich schon ganz vergessen hatte, umringten uns und griffen nach ihren Waffen. Aus dem Augenwinkel sah ich, dass der Prinz mich aufmerksam beobachtete, offenbar wollte er abwarten, was als Nächstes passierte. Aber ich starrte wie paralysiert auf Sarren.

»Es ist nicht schlau, den Prinzen zu hintergehen, kleines Vögelchen«, säuselte Sarren, als sein durch Narben entstelltes, grinsendes Gesicht ins Licht eintauchte. Sein tief eingesunkenes dunkles Auge fixierte mich, das andere, das mit einem bläulichen Film überzogen war, starrte ins Leere. »Welch giftige Lügen du doch verbreitest, nur um deinen Schöpfer zu retten.«

»Das sind keine Lügen«, fauchte ich. Oh Gott, wie sehr ich mir doch wünschte, mein Schwert in der Hand zu haben. Oder wenigstens irgendetwas, das ich zwischen mich und ihn bringen konnte. Den Prinzen und seine Elitevampire konnte man vergessen – nun war Sarren das gefährlichste Wesen im Raum, und ich traute nicht einmal den Wachen mit ihren Armbrüsten zu, dass sie uns retten könnten. »Wir wissen, dass du in dem anderen Labor in Old D. C. warst. Wir haben den Raum mit den Viruskulturen gefunden, und wir wissen, dass du sie gestohlen hast, bevor du hierhergekommen bist.«

»Tatsächlich?« Sarren kam weiter auf uns zu, und ich spannte jeden Muskel meines Körpers an. Jackal und Zeke, die rechts und links von mir standen, waren ebenfalls in höchster Alarmbereitschaft. Nur der Prinz beobachtete uns unverändert gelassen. Ich fragte mich, ob er auch noch so entspannt wäre, wenn er wüsste, was für ein Monster er da in seinen Turm eingeladen hatte. »Ich glaube, du klammerst dich verzweifelt an irgendwelche Strohhalme, kleines Vögelchen«, fuhr Sarren fort. »Um damit ein Nest aus Lügen zu bauen. Oh, was für verworrene Nester wir doch bauen.«

»Du hast etwas aus dem Labor gestohlen«, beharrte ich, ohne mich von seinem Irrsinn ablenken zu lassen. »Und hast es hierhergebracht. Und dann hast du es im Saum freigesetzt. Deswegen zerfetzen sich die Saumbewohner jetzt die Gesichter und spucken Blut auf die Straße. Warum? Warum riskierst du eine neue Seuche? Wir haben uns doch noch nicht mal von der letzten erholt.«

»Hörst du ihn?«, flüsterte Sarren. Entweder hatte er meine Frage nicht verstanden, oder er ignorierte sie einfach. »Hörst du seine Schreie? Verfolgen sie dich in deinen Träumen, seine Schmerzensschreie? Spürst du sein Leid, diese exquisiten Qualen? Oh, wie ich dich beneide.«

»Azura, Prinz von Old D. C., wird für mich bürgen«, wandte sich Jackal nun direkt an den Prinzen. »Sie weiß, dass Sarren in ihre Stadt gekommen ist und nach dem geheimen Regierungslabor im Tunnelsystem gesucht hat. Fragen Sie sie, dann wird sie alles bestätigen, was wir Ihnen gerade gesagt haben.«

»Wo ist Kanin?«, fuhr ich den vernarbten Irren an. »Was hast du mit ihm gemacht?«

»Es ist nichts von ihm übrig«, erwiderte Sarren verträumt. Er schien halb in Trance zu sein. »Nicht mehr. Sein Verstand liegt in Scherben. Genau wie meiner.« Er kicherte, was mir einen eisigen Schauer über den Rücken jagte. »Aber er wird nicht zurückkommen. Wie schade. Ich habe unsere Begegnungen so genossen. Aber jetzt diene ich einem höheren Ziel. Auch wenn ich seine Schreie vermisse. Welch wundervolle Melodie.«

Ich fletschte die Zähne. »Du solltest beten, dass er okay ist«, knurrte ich. »Denn ich schwöre: falls nicht, werde ich dich fertigmachen.« Doch Sarren schien jetzt völlig weggetreten zu sein. Er hatte die Augen geschlossen und schwankte leicht. Seine schmalen Lippen waren immer noch zu einem Grinsen verzerrt.

»Du kannst ihn nicht retten, Vögelchen«, flüsterte er. »Du kannst niemanden mehr retten. Das Requiem hat begonnen, und wenn die letzte Melodie erklingt, wird nur die süße, ewige Stille applaudieren.« Er hob die Arme, als könne er den Applaus hören und würde sich dafür bedanken. »Sie kommt immer näher. Ich kann es kaum erwarten, den letzten Ton zu hören.«

Der Prinz schüttelte den Kopf. »Ich bin mir nicht sicher, was hier vorgeht«, gab er zögerlich zu, »oder wem ich glauben soll. Doch nach dieser Wendung der Dinge muss ich euch alle bitten, hier im Turm zu bleiben. Man wird euch als Gäste behandeln, solange ihr nicht versucht, das Gebäude zu verlassen. Ich werde den Dingen so schnell wie möglich auf den Grund gehen.«

Verdammt. Das war alles andere als ideal, aber auch wesentlich besser, als in den Kerker geworfen zu werden.

»Wachen.« Der Prinz nickte den Vampiren zu, die immer noch in Habachtstellung standen. »Bitte begleitet unsere Gäste zu ihren Zimmern. Und sorgt dafür, dass sie nicht verschwinden. Sollten sie einen Fluchtversuch unternehmen, habt ihr die Erlaubnis, sie zu erschießen.«

»Jawohl, Sir.«

Damit wandte sich der Prinz wieder dem Fenster und der Aussicht über die Stadt zu. Wir waren entlassen.

Zwei der Wachen traten mit gezogenen Waffen vor, um uns nach draußen zu bringen. Die anderen gingen zu Sarren, der benommen mitten im Raum stand und zu einer Melodie tanzte, die nur er hören konnte. Der wahnsinnige Vampir ignorierte die wiederholten Aufforderungen der Wachen und schien völlig in seiner eigenen Welt versunken zu sein. Schließlich seufzte einer der Wachmänner resigniert und griff nach seinem Arm.

Sarren wirbelte mit unfassbarer Geschwindigkeit herum, riss ruckartig die freie Hand hoch und fuhr damit über den Hals des Wachmannes. Der Vampir keuchte erstickt, dann kippte sein Kopf in einer Blutfontäne nach hinten. Er hing nur noch an einem schmalen Hautfetzen. Ohne seinen kleinen, funkelnden Dolch loszulassen, packte Sarren den schlaffen Arm des Wachmannes, in dem er noch immer seine Armbrust hielt, und schwenkte die Waffe herum. Es zischte, der Bolzen flog durch die Luft und bohrte sich bis zum Schaft in die Brust von Salazar, der sich zu dem Tumult hin umgedreht hatte.

Das alles geschah innerhalb eines Wimpernschlages. Salazar stieß einen erstickten Schrei aus und sackte zusammen. Er fasste sich an die Brust und griff gleichzeitig blind nach der Schreibtischkante, um sich festzuhalten. Sämtliche Wachen brüllten vor Wut, zogen die Waffen und gingen zum Angriff über. Der Mann, der neben Sarren stand, zog sein Schwert und schlug nahtlos zu, doch Sarren wich ihm aus, trat vor und bohrte seinem Gegner den Dolch durch das Kinn direkt ins Gehirn. Sofort riss er ihn wieder heraus, fuhr herum und stellte sich den beiden verbliebenen Wachen. Mit einem irren Grinsen erwartete er ihren Angriff.

Jackal stieß ein Heulen aus und stürzte sich ebenfalls ins Getümmel. Er entriss einem toten Vampir das Schwert und ging damit auf Sarren los. Ich fuhr zu Zeke herum. »Unten bleiben!«, zischte ich, dann stürmte ich auch los. Aber ich hatte es nicht auf Sarren abgesehen, zumindest noch nicht. Ich duckte mich unter einer Klinge hindurch, die über meinen Kopf hinwegflog, und rannte zu einem der toten Wachmänner. Endlich schlossen sich meine Finger um den Griff meines Katana-Schwerts.

Eine vertraute Stimme ließ mir das Blut in den Adern gefrieren. Als ich mich umdrehte, sah ich gerade noch, wie Jackal zu Boden ging. Er umklammerte den Schwertgriff in seiner Brust, während Sarren ihn wegschubste. Die letzten beiden Wachen waren nicht weit; einer hatte einen Armbrustbolzen im Auge, dem anderen fehlte der ganze Kopf.

So schnell. Es war alles so verdammt schnell gegangen. Ich nahm mein Schwert, stand auf und stellte mich Sarren – allein.

Der Vampir stand lächelnd zwischen den Toten. Sein Gesicht und die Narben waren blutverschmiert. Seine Arme, seine Brust, alles war rot, das Blut lief über seine bleiche Haut und tropfte auf den Teppich. »Hallo, kleines Vögelchen«, hauchte er, stieg über einen toten Vampir hinweg und drängte mich bis an die Wand zurück. Ich hob mein Schwert und versuchte ruhig zu bleiben, während ich innerlich vor Angst fast erstickte. »Ich glaube, wir haben noch eine Rechnung zu begleichen, wir beide.«

»Lass sie in Ruhe.«

Sarren drehte sich langsam um. Neben einer der Leichen stand Zeke, mit einer Armbrust in der Hand, die er direkt auf Sarrens Herz richtete.

»Was ist das denn?« Sarren musterte Zeke mit unverhohlener Belustigung. »Ein Mensch? Ein Mensch, der bereit ist, für einen Vampir zu sterben? Was bist du doch für ein treuer kleiner Lakai. Aber dein Meister hat nun keine Kontrolle mehr über dich.« Er deutete auf das Massaker ringsum und lächelte. »Lauf, kleines Menschlein«, säuselte er. »Lauf weg. Das Ende ist nahe, und für deinesgleichen wird bald das letzte Mal die Sonne untergehen. Was meinst du, wie lange kannst du der Finsternis entgehen?«

»Zeke!«, zischte ich, ohne Sarren aus den Augen zu lassen. Ich wusste genau, wie schnell er war, und dass er ganz plötzlich und ohne jede Vorwarnung vor einem auftauchen konnte. »Hör auf das, was er sagt. Verschwinde!« Hatte er denn nicht gesehen, wie Sarren innerhalb weniger Sekunden vier Vampire und den *Prinzen* abgeschlachtet hatte? Er konnte es mit Sarren nicht aufnehmen. Verdammt noch mal, ich war mir ziemlich sicher, dass nicht einmal *ich* es mit Sarren aufnehmen konnte. »Lauf!«, drängte ich ihn. »Such Stick. Sag ihm, was passiert ist. Sag ihm, er soll Hilfe schicken. Los!«

»Allie«, erwiderte Zeke ruhig und ohne sich vom Fleck zu rühren, »ich werde dich nicht verlassen.«

Blinzelnd schaute Sarren zwischen uns beiden hin und her, dann lachte er. Seine raue, tote Stimme verursachte mir eine Gänsehaut. Sarren schüttelte den Kopf. »Ooh«, rief er, als hätte er gerade etwas begriffen. »Das ist ja interessant! Ein kleines Vögelchen, das sein Nest mit einer Ratte teilt. Bist du denn ein Prinz, kleine Ratte?«, fragte er Zeke, der verwirrt zu sein schien, aber trotzdem wachsam blieb. Doch Sarren wandte sich sofort wieder mir zu. »Was für ein Dilemma. Wen soll ich nun zuerst töten? Soll ich das Vögelchen des Prinzen umbringen, damit er zusehen kann?« Sein Grinsen wurde noch breiter, dann senkte er die Stimme zu einem Flüstern: »Oder soll ich den Menschen Stück für Stück auseinandernehmen? Ihm die Haut abziehen, jeden einzelnen Knochen brechen, jeden Schrei genießen, bevor ich ihm dann das Herz herausreiße?« Kichernd fuhr er sich mit der Zunge über die Lippen. »Würde dir das gefallen, kleines Vögelchen? Oder vielleicht ... würdest du gerne dabei zusehen?«

Meine Angst löste sich in Luft auf. Der Gedanke, dass Zeke diesem Irren ausgeliefert sein könnte, weckte in mir eine wilde, fast verzweifelte Wut. Ohne nachzudenken, griff ich an. Ich fletschte die Zähne und stürzte mich brüllend auf Sarren, schlug blind nach seinem Hals. Sarren fing den Schlag ab, packte mich an der Kehle und wirbelte mich herum. Er drehte mir den Schwertarm auf den Rücken und brachte meinen Körper zwischen sich und Zeke, der die Armbrust erhoben und auf uns angelegt hatte.

»Los doch, Menschlein«, fauchte Sarren über meine Schulter hinweg. Seine Reißzähne waren nur Zentimeter von meinem Hals entfernt, außerdem hielt er mein Handgelenk umklammert und drohte, mir den Arm zu brechen. Sobald ich versuchte, mich zur Wehr zu setzen, riss er meine Hand hoch, und ein stechender Schmerz fuhr in meine Schulter. »Du würdest mich wahrscheinlich sogar treffen, wenn du uns beide erschießt.«

»Lass sie gehen.« Zekes Hand blieb ruhig, doch seine Stimme zitterte ein wenig.

Ich spürte etwas Kaltes, Nasses an meiner Wange – Sarrens Zunge – und wand mich voller Ekel. »Wie schmeckst du wohl?«, flüsterte Sarren mir ins Ohr. »Sollen wir dich aufbrechen und nachsehen? Ist dein Blut so dunkel und dickflüssig wie Kanins, kleines Vögelchen?«

»Pfoten weg, du kranker Psycho!«, fauchte ich fast schon hysterisch. Kichernd drückte er seine Fangzähne gegen meine Haut.

»Hey.«

Hinter uns ertönte eine neue Stimme. Obwohl sie schmerzverzerrt war, erkannte ich sie sofort. Als Sarren sich halb umdrehte, sah ich Jackal. Er hatte sich auf die Knie hochgestemmt, drückte eine Hand an seine blutende Brust und richtete mit der anderen eine Armbrust auf uns. »Daneben«, keuchte er und drückte ab.

Sarren ließ sich nach hinten fallen und riss mich mit sich zu Boden. Als ich auf dem Teppich aufschlug, rollte ich mich hastig ab, gleichzeitig hörte ich ein schrilles Kreischen hinter mir. Ich sprang auf und entdeckte Sarren, der taumelnd den Rückzug antrat. In seiner Schulter steckte ein Bolzen, und er fletschte gequält die Zähne.

Noch während ich nach meinem Schwert griff, zischte Sarren wie eine wütende Schlange, drehte sich um und rannte los. Ein ohrenbetäubender Knall ertönte, und es regnete Glassplitter, als der Vampir sich durch das Fenster stürzte und in der Tiefe verschwand.

Zitternd umklammerte ich das Schwert, damit es nicht aus meinen tauben Fingern glitt. Es schien unmöglich zu sein, dass wir gewonnen hatten – oder zumindest überlebt. Der gesamte Raum stank nach Blut, der Teppich unter meinen Füßen war nass, und das ehemals elegante Büro war das reinste Schlachtfeld.

»Allie.« Zeke ließ die Armbrust fallen, kam zu mir und nahm mich in den Arm. Ganz fest drückte er mich an sich. Er zitterte, und sein Herz pochte laut und hektisch in seiner Brust. Wie von allein schlossen sich meine Augen, und ich schlang den freien Arm um seinen Körper. Der Hunger erwachte, und der klare Teil meines Verstandes schickte mir eine Nachricht, wie gefährlich das war. Ich kam ihm zu nahe, war ihm bereits zu nah. Ich ignorierte die Warnung. Zeke fühlte sich so warm an, so sicher, und ich hatte ihn vermisst – mehr als ich jemals gedacht hätte. Diesen einen Moment durfte ich mir erlauben.

»Gott, ich dachte schon, ich würde dich verlieren«, flüsterte er mit rauer Stimme. »Als Sarren dich gepackt hat, wäre mir fast das Herz stehen geblieben.« Er löste sich von mir, streichelte meine Wange und strich mir die Haare aus dem Gesicht. Meine Haut kribbelte, als er sie berührte. »Geht es dir gut? Es tut mir so leid ... ich habe einfach nicht schnell genug abgedrückt. Hat er dir etwas getan?«

»Nein.« Ich nahm sein Handgelenk und schloss die Finger darum. Sein Pulsschlag zeigte mir endgültig, dass wir beide okay waren. Kaum zu glauben. Das war schon meine zweite Begegnung mit Sarren, bei der er mich hatte umbringen wollen, und ich lebte immer noch. Wie lange würde meine Glückssträhne wohl noch anhalten? Insbesondere mit dem Psychovamp da draußen, der uns jetzt umso mehr hasste. »Es geht mir gut, Zeke«, versicherte ich ihm und drückte seinen Arm. »Wir sind beide noch hier.«

Er holte tief Luft. »Allie ...«

»Kümmert euch nicht um mich«, tönte es voller Sarkasmus zu uns herüber. »Macht ruhig in aller Ruhe miteinander rum – ich bleibe einfach hier sitzen und blute still vor mich hin.«

Schuldbewusst lösten wir uns voneinander. Jackal saß mitten zwischen den Leichen an einen umgedrehten Stuhl gelehnt und grinste trotz der schrecklichen Szene breit. »Schon okay«, presste er hervor. »Wer wird denn dem Kerl danken, der gerade einen Bolzen in Sarren gejagt hat, sodass der wie ein kleines Mädchen abgehauen ist? Obwohl, irgendetwas habe ich da vergessen, oder? Ach ja, richtig, ich habe euch ja das Leben gerettet!«

Zeke wollte zu ihm gehen, aber ich hielt ihn zurück. »Nein«, sagte ich nachdrücklich, »komm ihm bloß nicht zu nahe. Er hat eine Menge Blut verloren, vielleicht kann er sich nicht zurückhalten und beißt dich.«

»Ich bin kaputt, aber nicht taub«, rief Jackal aus seiner Ecke. Ganz ehrlich: Ich hatte noch nie von einem Vampir gehört, der mit einer tödlichen Wunde noch ein solches Theater machte. Wenn er noch so herumzetern konnte, würde er wohl nicht so bald sterben. »Obwohl ...« Er zog eine Grimasse, und seine Stimme wurde rau. »Vielleicht solltest du den Snack auf Beinen hier wegschaffen, wenn sein Blut drinbleiben soll. Also, in ihm, nicht in mir.«

»Geh und such Stick«, trug ich Zeke auf. »Erzähl ihm, was passiert ist. Sag ihm, dass Sarren auf der Flucht ist und dass wir hier einen verletzten Vampir haben, der dringend Blut braucht.« Ich schaute kurz zu Salazar hinüber, der reglos hinter seinem Schreibtisch lag. »Und dass sie sich wahrscheinlich einen neuen Prinzen suchen müssen.«

Bei dem Gedanken daran, wie Stick auf diese Nachricht reagieren würde, wurde mir ganz anders. Verdammt, die ganze Stadt würde das nicht gerade toll finden. »Andererseits«, schränkte ich ein, »ist es vielleicht am besten, wenn du davon erst mal nichts erwähnst.«

Zeke nickte, auch wenn es ihm offenbar schwerfiel zu gehen. »Bin gleich wieder da.« Er musterte die zerstückelten Leichen, die blutverschmierten Wände und die abgetrennten Köpfe auf dem Boden und verzog das Gesicht. »Kommst du klar?«

»Ja.« Ich lächelte erschöpft. »Ich komme zurecht.«

Noch einmal streichelte er meine Wange und hinterließ einen Hauch von Wärme auf meiner Haut. Dann wandte er sich ab, stieg über die Leichen hinweg und suchte sich über den glitschigen Teppich einen Weg zum Ausgang. Nachdem die Tür ächzend hinter ihm zugefallen war, schien der Raum kälter zu werden.

Grunzend suchte Jackal sich eine bequemere Position und lehnte sich wieder gegen den Stuhl. »Dir ist schon klar, dass du da ein verdammt riskantes Spiel spielst«, meinte er mit einem eindringlichen Blick aus seinen goldenen Augen.

Erst wollte ich ihn anfauchen, dass ihn das nichts anginge, doch dann ließ ich die Schultern hängen. »Ich weiß.«

»Wann willst du dem Jungen denn sagen, dass er keine Chance bei dir hat? Du solltest es möglichst bald tun – sieht so aus, als hätte es den armen Kerl böse erwischt.« Jackal musterte meine Miene und zog überrascht die Augenbrauen hoch. »Du wirst gar nichts sagen, stimmt's? Du wirst ihn fröhlich weitermachen lassen, bis der Hunger eines Tages zu stark wird, und dann wird der kleine Blutsack gar nicht wissen, wie ihm geschieht.« Er kicherte, zuckte kurz zusammen und schüttelte dann den Kopf. »Und ich dachte immer, *ich* wäre ein herzloses Schwein.«

»So ist es nicht«, protestierte ich. Jackal schnaubte nur.

»Und wie ist es dann? Erzähl mir bloß nicht, du empfindest etwas für den kleinen … Oh.« Er blinzelte schockiert, dann verzog er angewidert die Lippen, und für einen kurzen Moment spiegelte sich Mitleid auf seinem schmalen Gesicht. »Oh, Schwesterlein. Wirklich? Das ist einfach nur traurig.«

»Halt – die – Klappe.«

Jackal kicherte wieder, doch dann verstummte er. Einige Minuten später wurde die Tür aufgerissen, und ein ganzes Regiment bewaffneter Vampire stürmte herein. Die meisten von ihnen umzingelten Jackal und mich und hielten uns mit ihren schweren Armbrüsten in Schach, während die anderen den Raum absuchten, die toten Vampire anstupsten und in alle Ecken schauten.

»Ein bisschen spät, meine Lieben«, stellte Jackal vom Boden aus fest. »Falls ihr den psychopathischen Mörder sucht: Der ist durchs Fenster verschwunden.«

»Meister Salazar!«

Stick kam hereingerannt. Ihm folgten zwei weitere Wachen, diesmal von der menschlichen Sorte. Einer von ihnen hatte eine weiße Kühlbox dabei, auf deren Deckel noch Reif klebte. Der zweite drückte Zeke seine Waffe in den Rücken, obwohl der keine Anstalten machte, sich zu wehren. Sofort regte sich Wut in mir, aber Zeke suchte meinen Blick und nickte knapp, um mir zu zeigen, dass alles in Ordnung war.

»Oh Gott.« Stick schaute sich schockiert im Raum um und wurde bleich. Dann entdeckte er mich und riss die Augen auf. »Allie!«, fauchte er und streckte mir drohend einen mageren Finger entgegen. »Wo ist der Prinz? Was hast du mit ihm gemacht?«

»Wir haben gar nichts gemacht!«, protestierte ich. »Das war Sarren. Wir haben nur versucht, uns nicht umbringen zu lassen.«

»Sarren?« Stick wurde noch blasser und schlug die Hand vor den Mund. »Nein. Nein, du lügst. Sarren würde das niemals tun. Das ist …«

Er verstummte, als er die leblose Gestalt hinter dem Schreibtisch entdeckte. »Meister Salazar!«, kreischte er, rannte los und kniete sich neben den starren Körper. Verwirrt und – auch wenn es absurd war – verletzt sah ich ihm zu. So viel Mitgefühl hatte Stick für mich nie übriggehabt.

»Er lebt noch«, flüsterte Stick. »Können Sie mich hören, Meister?«

Die Gestalt hinter dem Tisch rang sich ein ersticktes Krächzen ab, was mich völlig aus der Bahn warf. Salazar war von einem hölzernen Bolzen mitten in die Brust getroffen worden. Ein solcher Schuss hätte mich sofort in Tiefenstarre fallen lassen. Hatte ich auch nur den leisesten Zweifel an der Stärke des Meistervampirs gehabt, verschwand der in diesem Moment spurlos.

»Du!« Hektisch sprang Stick auf und deutete auf einen der menschlichen Wachmänner, der sich abrupt aufrichtete. Stick ging um den Schreibtisch herum und zeigte hinter sich auf den Boden. »Der Bolzen muss entfernt werden. Zieh ihn raus!«

»Sir!« Der Mann stellte seine Kühlbox ab und ging ans Werk. Mit schnellen Schritten lief er um den Tisch herum und ließ sich neben dem Prinzen auf die Knie fallen. Als er einen Moment später wieder auftauchte, hielt er triumphierend den blutigen Pflock hoch.

»Ich habe ihn, Sir«, rief der Wachmann Stick zu. Der blieb reglos stehen und antwortete nicht. Stattdessen beobachtete er den Mann aus halb geschlossenen Augen. Verwirrt runzelte der Wachmann die Stirn und wollte etwas sagen … da tauchte plötzlich Salazar hinter ihm auf und schlug ihm die Reißzähne in den Hals.

Entsetzt fuhr ich zusammen. Der Wachmann keuchte erstickt und verkrampfte sich, dann fiel der Bolzen aus seinen gefühllosen Fingern. Salazar verbiss sich in seine Kehle, zerfetzte blind vor Hunger Haut und Muskeln, bis der Mann zu zucken begann. Stick und die Vampire von der Wache sahen reglos und mit undurchdringlichen Mienen zu. Nur Zeke, der vergessen hinter Stick und dem zweiten menschlichen Bodyguard stand, ballte grimmig die Fäuste.

Der Prinz ließ sein Opfer los, noch bevor es seinen letzten Krampf hinter sich hatte. Als der Körper mit einem dumpfen Knall auf dem Boden landete, richteten sich die schwarzen Augen des Meistervampirs auf mich. Blut klebte an seinen Lippen und überall in seinem Gesicht, sein ehemals weißer Hemdkragen war dunkelrot. An der Stelle, wo der Bolzen ihn getroffen hatte, war die Hemdbrust ebenfalls fleckig. Als der Prinz über sein Opfer hinwegstieg, packte ich krampfhaft meinen Schwertgriff. Sein Zorn verbreitete sich im Raum wie ein wilder Sturm.

»Tochter Kanins!«

Die dröhnende Stimme ließ die Wände beben und die Luft vibrieren. Selbst die Wachen wirkten nervös, einige gingen vorsichtshalber auf Abstand zu mir.

»Du«, knurrte der Prinz zähnefletschend. »Verflucht seist du und deine Blutlinie! Wenn meine Stadt nicht in dieser Zwangslage stecken würde, würde ich dich vor meinem Fenster aufhängen und in der Sonne schmoren lassen. Da es aber nun einmal so ist, wirst du, Tochter Kanins, Sarren aufspüren und ihn zu mir bringen – lebendig. Es ist mir egal, was es dich kostet und wohin es dich dabei verschlägt, ob du dazu die Straßen des Saums durchkämmen und dich durch die Horden der infizierten Wahnsinnigen kämpfen musst, um ihn zu finden – du wirst es tun. Falls Sarren weiß, wie man diese Seuche aufhalten kann, wird er es mir sagen.

Falls er ein Gegenmittel kennt, werde ich die Wahrheit Stück für Stück aus ihm herausschneiden. So oder so werde ich Antworten bekommen, und wenn du meine Stadt lebendig verlassen willst, wirst du ihn zu mir schaffen.«

Es ist nie eine gute Idee, mit einem wütenden Meistervampir zu diskutieren. Trotzdem reckte ich das Kinn, begegnete seinem brennenden Blick und sagte: »Ohne Kanin werde ich nirgendwo hingehen.«

Nun wurde sein Blick eisig. »Ich bin nicht in der Stimmung für Spielchen, Tochter Kanins«, warnte mich Salazar leise. »Du begibst dich auf gefährliches Terrain, also überlege dir deine Worte gut.«

»Warum brauchen Sie uns, um Sarren zu finden?«, fragte ich mit ruhiger Stimme. »Sie verfügen über einen ganzen Turm voller Untergebener ...«

Er fiel mir ins Wort: »Es ist sinnlos, Menschen auf Sarren anzusetzen. Da könnte ich ihnen ebenso gut selbst den Kopf abreißen. Und aufgrund der chaotischen Zustände draußen im Saum sind wir momentan etwas unterbesetzt.« Das zugeben zu müssen, schien ihn noch weiter zu reizen. »Ich verfüge nicht über genügend Ressourcen, um eine groß angelegte Jagd zu veranstalten, also muss ich mich mit dem begnügen, was ich habe. Du behauptest, du hättest schon früher mit Sarren zu tun gehabt. Bring ihn mir, dann lasse ich dich am Leben. Versagst du, wirst du sterben, entweder durch Sarrens Hand oder durch meine. Entscheide dich.«

»Okay, schön.« Ich schluckte schwer und versuchte, mit ruhiger Stimme fortzufahren: »Sie wollen, dass wir Sarren aufspüren und zurückbringen. Er ist der Einzige, der eventuell das Gegenmittel kennt. Außerdem ist er völlig durchgeknallt, hat bereits vier Vampire auseinandergenommen und uns alle fast umgebracht. Hinzu kommt, dass wir keine Ahnung haben, wo er sein könnte, und dass die Zustände in New Covington immer schlimmer werden, je länger wir für die Suche nach ihm brauchen.« Ich wartete ab, wie Salazar auf diesen Hinweis reagieren würde. Seine Miene blieb kalt und unbeeindruckt, doch er widersprach mir nicht und gab auch nicht den Befehl für unsere Hinrichtung. Das war doch schon einmal etwas.

»Die eine Person, die Sarren richtig kennt«, fuhr ich fort und betete insgeheim, dass mein Plan funktionieren würde, »die eine Person, die uns vielleicht verraten könnte, wo er ist und wie sein nächster Schritt aussieht, ist Kanin. Und falls wir dem Psychovamp wieder über den Weg laufen, ist Kanin auch der Einzige, der ihn vielleicht aufhalten kann. Sie wollen Sarren?« Nun spielte ich meine letzte Karte aus. »Dann lassen Sie Kanin frei. Mit ihm haben Sie noch die besten Chancen, Ihre Stadt zu retten.«

Salazar presste die Kiefer aufeinander. Der Gedanke, dass ihm Kanin nun, wo er ihn genau da hatte, wo er ihn immer hatte haben wollen, wieder durch die Finger glitt, machte ihn wahnsinnig. Aber sein Hass auf Sarren war stärker. »Nun gut«, erklärte er würdevoll. »Ich werde dir den Verdammten überlassen, unter der Bedingung, dass er euch dabei hilft, mir Sarren auszuliefern. Doch sollte er einen Fluchtversuch unternehmen, oder solltet ihr gemeinsam versuchen, aus New Covington zu fliehen, werde ich euch beide persönlich zur Strecke bringen. Und falls es so weit kommt, wirst du dir wünschen, ich hätte Kanin nie von seinen Ketten befreit.«

Ich versuchte, mir meine Erleichterung nicht anmerken zu lassen. Kanin war frei. Endlich würde ich meinen Schöpfer retten. Falls – und bei dem Gedanken daran wurde mir ganz schlecht – in dem von Hunger und Folter zermürbten Körper überhaupt noch etwas von ihm übrig war.

Salazar schien meine Gedanken zu lesen. »Natürlich müssen wir hoffen, dass Kanins Verstand noch so weit intakt ist, dass er dir helfen kann«, fügte er leicht erheitert hinzu. »Eventuell finden wir unten in seiner Zelle nichts weiter vor als einen Verlorenen.«

Das würde dir gefallen, was? Ich schluckte meine Wut runter und biss mir auf die Zunge. Was auch immer ich gesagt hätte, es hätte mir nur noch mehr Ärger eingebracht. *Für dich wäre es das Größte, Kanin so zu sehen. Aber letztlich wäre dir damit auch nicht geholfen, denn wenn Kanin nicht mehr ist, werde ich Sarren nicht zurückholen. Dann werde ich ihn umbringen.*

»Wurde auch Zeit.« Zähneknirschend zog Jackal sich neben mir hoch. Ihn hatte ich schon ganz vergessen. Seine Reißzähne waren voll ausgefahren, und seine Augen glänzten etwas zu stark, als er sich aufrichtete. »Bloß keine Umstände, ich möchte euch durch meinen Beinahe-Tod auf keinen Fall zur Last fallen.« Er musterte erst die Kühlbox auf dem Boden, dann den verbliebenen Menschen, der sie bewachte. Dann verzog er die Lippen, als könnte er sich nicht mehr zurückhalten, woraufhin der Wachmann schluckte. »Essen Sie das noch, Prinz, oder muss ich mir einen anderen suchen?«

Salazar winkte ab. Hastig öffnete der Wachmann die Kühlbox, holte eine Blutkonserve hervor und warf sie

Jackal zu. Der fing den Beutel auf und nahm sich, obwohl er halb verhungert war, die Zeit, spöttisch vor dem Prinzen zu salutieren, bevor er mit den Zähnen das Plastik zerfetzte. Das Blut quoll hervor, lief ihm über die Finger und tropfte auf den Boden. Ich bemerkte, wie Zeke den Blick abwandte.

»Vielleicht solltest du besser hierbleiben«, sagte ich zu Jackal, der sich ausschließlich dem Beutel widmete und mich gar nicht beachtete. Mir war nicht ganz wohl bei der Sache. Dieser eine Beutel würde ihn nicht vollständig heilen, und ich wollte nicht noch einen halb verhungerten Vampir dabeihaben, wenn ich zu Kanin hinunterging. Außerdem hatten er und Kanin sich laut Jackals Aussage nicht im Guten getrennt. Unser Schöpfer war momentan geistig nicht ganz auf der Höhe; wenn er Jackal sah, verfiel er vielleicht endgültig der Gewalt. Das konnte ich nicht gebrauchen. »Warte hier oben«, drängte ich Jackal noch einmal. »Ich komme so schnell wie möglich wieder, zusammen mit Kanin.«

Er warf die leere Blutkonserve auf den Boden und grinste mich mit rot verschmiertem Mund an. »Mach das«, nickte er und leckte sich die letzten Tropfen von der Unterlippe. Dann drehte er sich zu dem Wachmann um, der immer noch neben der Kühlbox stand, und schnippte mit den Fingern. Der warf ihm den nächsten Beutel zu. Jackal fing ihn auf und schnitt eine Grimasse. »Geh du nur und spiel mit Kanin«, fuhr er fort. »Ich warte hier. Oh, und der kleine Blutsack sollte diese Runde vielleicht auch aussetzen. Wenn Kanin derart ausgehungert ist, dreht er beim kleinsten menschlichen Hauch schon durch.«

Verdammt, daran hatte ich nicht gedacht. Ich wollte Zeke nicht mit einem Haufen hungriger, sadistischer Vampire allein lassen. Und ganz besonders nicht mit Jackal. Aber er hatte recht: Es war schon schwer genug für mich, einen Menschen nicht zu beißen, wenn ich nur ein bisschen hungrig war. Die Qualen, die Kanin gerade durchmachte, wollte ich mir gar nicht vorstellen, aber mir war klar, dass der bloße Anblick oder die leiseste Duftspur eines Menschen ihn wahrscheinlich endgültig wahnsinnig machen würde. Zeke konnte nicht mitgehen.

Genau in diesem Moment kam Zeke zu mir und stellte sich neben mich. Er beugte sich vor und sagte leise, aber gelassen: »Was soll ich deiner Meinung nach tun, Allie?«

Ich schluckte schwer. »Jackal hat recht.« Ich blickte in seine ernsten blauen Augen und hoffte inständig, dass er mich richtig verstand. »Du musst hierbleiben.«

Er nickte. »Es gefällt mir zwar nicht, aber ich vertraue darauf, dass du weißt, was du tust.« Als er meine Hand drückte, wich ich seinem Blick aus. »Aber versprich mir, dass du vorsichtig bist. Ich weiß, dass wir ihn brauchen, und dass er dir wichtig ist, aber lass dich nicht umbringen, okay?« Zeke kam noch näher und senkte seine Stimme zu einem Flüstern. »Denn du bist mir auch wichtig. Denke immer daran, wenn du dort unten bist.«

»Zeke.« Er trat zurück, sah mich aber durchdringend an. Seine Miene war völlig offen, in seinen Augen war keine Spur von Misstrauen oder Vorsicht zu erkennen. Und irgendetwas an diesem Blick sorgte dafür, dass sich in mir alles zusammenzog. So hatte er schon einmal ausgesehen, kurz bevor er mich geküsst hatte. Ich dachte an das Gefühl seiner Lippen auf meinem Mund, an die Wärme seiner Berührung, an die Gefühle, die er in mir auslöste. Das alles war noch da und stieg nun aus der Dunkelheit empor – jener Teil von mir, der sich nicht dem Monster und dem nagenden Hunger in meinem Inneren ergeben wollte. Jener Teil, der noch immer menschlich war.

Dann bemerkte ich, wie Stick uns quer durch den Raum beobachtete. Er hatte die Lippen zusammengepresst und musterte uns finster.

»Wenn du dann so weit wärst.« In Salazars kalte Stimme hatte sich eine gewisse Gereiztheit eingeschlichen. »Warte draußen auf mich. Ich muss mich hier noch um ein paar Dinge kümmern, dann bringe ich dich in den Kerker.«

13

Ich stand zusammen mit Salazar und zwei seiner Vampirwachen im Aufzug und versuchte, nicht herumzuzappeln
oder ständig auf die immer niedriger werdenden Zahlen der
Anzeige zu starren. Die Kabine vibrierte hin und wieder
oder ruckelte, wenn sie sich irgendwo verhakte, und jedes
Mal ballte ich krampfhaft die Fäuste. Ich betete mir vor,
dass alles gut gehen würde, schließlich würde Salazar den
Fahrstuhl bestimmt nicht benutzen, wenn er nicht sicher
war. Andererseits hatte Salazar einen Armbrustbolzen in
der Brust überlebt, da würde ein Absturz in einer winzigen
Metallkiste ihm wahrscheinlich nicht sonderlich viel aus-
machen. Er hatte sich ein frisches Jackett angezogen und
wirkte nun wieder so makellos und perfekt wie vorher.
Außerdem hatte er mir unmissverständlich klargemacht,
dass ich kein Sterbenswörtchen über das verlieren durfte,
was in seinem Büro passiert war. Als wir gingen, hatte er
Stick damit beauftragt »aufzuräumen«. Zweifellos würden
bei unserer Rückkehr – falls wir denn alle zurückkamen –
sämtliche Spuren von Sarrens Massaker verschwunden
sein. Vielleicht mit Ausnahme des kaputten Fensters.

Unwillkürlich fragte ich mich, wo Sarren wohl steckte. Schlich er immer noch da draußen in der Stadt herum? Oder hatte er New Covington bereits verlassen, was

es nahezu unmöglich machen würde, ihn zu finden und zurückzubringen?

Darüber durfte ich jetzt nicht nachdenken. Kanin hatte nun oberste Priorität. Immer eins nach dem anderen. Wenn das mit meinem Schöpfer geregelt war, würden wir uns Gedanken über Sarren machen.

Zeke und Jackal waren getrennte Zimmer im obersten Stock zugewiesen worden, sie waren also erst einmal in Sicherheit. Dieser Gedanke spendete mir Trost, als der Fahrstuhl ächzend erbebte, sodass ich fest die Zähne zusammenbiss und mir zum wiederholten Mal wünschte, es gäbe einen anderen Weg nach unten. Verdammte Alte-Welt-Technologie oder was auch immer dieses Ding antrieb – was war denn falsch an einer einfachen Treppe?

Endlich, endlich kam die Kabine quietschend zum Stehen, es knirschte noch einmal, dann öffneten sich die Türen mit einem fröhlichen Klingeln. Ich zwang mich, möglichst gelassen auszusteigen und nicht mit einem Hechtsprung aus der Tür zu stürmen, sobald sie sich bewegte. Salazar und seine Wachen folgten mir auf den engen, düsteren Flur hinaus. Die schnellen Schritte des Prinzen hallten auf dem Fliesenboden, als er uns zu der Tür am Ende des Korridors führte. Daneben stand eine Wache, die sich ruckartig aufrichtete, als der Prinz erschien.

»Sir!« Der Mann verbeugte sich, was der Prinz mit einem abwesenden Nicken quittierte, da er bereits durch das kleine Fenster in der Tür spähte.

»Ist Dr. Emerson hier?«

»Jawohl, Sir. Er war die ganze Nacht bei den Patienten.«

»Irgendwelche Fortschritte?«

Der Wachmann schüttelte den Kopf. »Einige mussten wir am Abend ausschalten. Das Geschrei wurde einfach zu viel, Sir.«

»Verstehe.« Salazar verzog keine Miene, doch seine Stimme wurde um einiges kälter. »Öffne die Tür.«

»Jawohl, Sir.«

Wir betraten einen kahlen weißen Raum, in dem es nach Blut und Chemikalien stank. An einer Wand standen durch Vorhänge voneinander abgetrennte Betten. In jedem davon lag ein Patient, einige waren mit einem dünnen Laken zugedeckt. Leise Schreie und gequältes Stöhnen drangen zu uns herüber, als die Patienten sich schwach gegen die Lederriemen stemmten, mit denen sie an ihre Betten gefesselt waren. Zwischen den Kabinen liefen ein paar blasse Gestalten in weißen Kitteln herum, die nach den Patienten sahen und sich um sie zu kümmern schienen, was äußerst seltsam auf mich wirkte. Ein Krankenhaus im Keller eines Vampirturms? Vampire, die sich um menschliche Kranke kümmerten? Hier stimmte einiges nicht. Oder wurden hier etwa Experimente durchgeführt, wie in dem Labor in Old D. C.? Allein beim Gedanken daran wurde mir schlecht.

Einer der Vampire verließ das Krankenlager, an dem er gerade gestanden hatte, und kam auf uns zu. Dabei starrte er lange auf sein Klemmbrett und schüttelte dann den Kopf. Zum Zeitpunkt seiner Verwandlung war er ein junger Mann mit kurzen braunen Haaren und einem attraktiven, glatt rasierten Gesicht gewesen. Doch in seinen dunklen Augen zeigte sich eine emotionslose Abgebrühtheit, die sein Äußeres Lügen strafte. Da er in den Unterlagen auf dem Klemmbrett blätterte, schien er uns gar nicht zu bemerken, bis er direkt vor dem Prinzen stand und einer der Wachen sich vielsagend räusperte.

»Ich weiß schon, dass Sie da sind«, erwiderte der Vampir, ohne den Kopf zu heben. Die jugendliche Stimme hatte den Tonfall eines genervten Großvaters, der von einem sturen Angehörigen geärgert wird. »Kein Grund, mich so lange anzuknurren, bis ich Blickkontakt herstelle.«

Der Wachmann schien das übel zu nehmen, während der Prinz völlig unbeeindruckt blieb. »Dr. Emerson«, begrüßte ihn Salazar mit kühler, leiser Stimme. »Ich hoffe, wir stören nicht.«

»Ganz und gar nicht. Momentan bin ich derart verstört, dass im Vergleich zu dieser unsäglichen Woche alles andere harmlos wirkt.« Nun ließ er sein Klemmbrett sinken und sah Salazar mit trüben, erschöpften Augen an. »Was kann ich für Euch tun, mein Prinz?«

»Wie steht es um die Infizierten?«

»Momentan?« Dr. Emerson schüttelte den Kopf. »Beschissen. Entschuldigen Sie meine Wortwahl, aber so ist es nun einmal. Gegen Ende der Woche werde ich wahrscheinlich eine komplett neue Lieferung für meine Forschung brauchen. Vielleicht verpasse ich dieser Gruppe Kopfschüsse, damit sie endlich aufhören, mich mit ihrem Geschrei und Gebrabbel zu traktieren.«

Plötzlich war ich verdammt froh, dass Zeke nicht mitgekommen war. Salazar schien das auch nicht lustig zu finden. »Ich werde es nicht riskieren, meine Leute in den Saum hinauszuschicken, um noch mehr Testkandidaten für Sie zu besorgen, Dr. Emerson. Sie werden mit diesen hier auskommen müssen.« Er warf dem Vampir einen scharfen Blick zu, dem dieser sofort auswich. »Haben Sie denn überhaupt irgendwelche Fortschritte gemacht?«

Emerson setzte zu einer Antwort an, doch dann entdeckte er mich, wie ich ziemlich ungeduldig hinter dem Prinzen wartete und versuchte, einfach nur die Klappe zu halten. Ich hatte keine Ahnung, warum wir überhaupt stehen geblieben waren, und es war mir auch egal. Mir ging es nur um Kanin.

»Wer ist das?«, fragte Emerson so vorwurfsvoll, als wolle er mir unterstellen, ich würde ihm im Weg stehen oder wichtige Sachen umschmeißen. Sofort kniff ich gereizt die Augen zusammen. »Halten Sie es für klug, Zivilisten hier runterzubringen, Prinz? Falls sie sich vergisst und einen der Patienten beißt ...«

»Lassen Sie das ruhig meine Sorge sein«, unterbrach ihn Salazar knapp. »Wir bleiben auch nicht lange.«

Gott sei Dank, dachte ich. *Bring mich raus aus diesem Gruselkabinett. Ich will zu Kanin.*

»Doch bevor wir gehen, hätte ich noch eine Bitte«, fuhr Salazar fort. Ungeduldig biss ich mir auf die Lippe und tippte mit dem Fuß auf den Boden. »Unser ›Freiwilliger‹ – lebt er noch?«

Emerson entgleiste das Gesicht, was ihn wesentlich älter aussehen ließ. »Ja«, murmelte er dann, »gerade noch. Inzwischen frage ich mich, ob wir ihn nicht einfach köpfen und von seinen Qualen erlösen sollten.« Er wartete offenbar auf die Zustimmung des Prinzen, doch Salazar machte keinerlei Anstalten dazu. Stattdessen sah er den Arzt ausdruckslos an, bis dieser nickte. »Sie wollen ihn sehen? Hier entlang, bitte.«

»Ich dachte, wir gehen zu Kanin«, hakte ich bei Salazar nach, während wir Dr. Emerson in einen weiteren Korridor folgten. »Sie haben mir Ihr Wort gegeben, dass Sie ihn freilassen. Ohne ihn werde ich ganz bestimmt nicht auf die Jagd nach dem Psychovamp gehen!«

Der Prinz schenkte mir ein kaltes Lächeln.

»Gedulde dich, Mädchen. Ich versichere dir, Kanin läuft dir nicht weg. Doch bevor du auf deinen Schöpfer triffst, solltest du dir das hier ansehen.«

Wir blieben vor einer Tür stehen, an der ein merkwürdiges gelb-schwarzes Schild angebracht war. ACHTUNG stand ganz oben in dicken Buchstaben, doch bevor ich den Rest lesen konnte, hatte Emerson die Tür bereits aufgeschlossen und drückte dagegen.

Salazar signalisierte mir, dass ich hineingehen solle. Vorsichtig, da ich nicht wusste, was mich vielleicht anspringen könnte, betrat ich den Raum. Es brannte kein Licht, und in den Schatten erkannte ich die Umrisse einiger Regale, in denen funkelnde Instrumente lagen. Nichts rührte sich, und alles blieb still, bis ich in einer Ecke ein unterdrücktes Stöhnen hörte. Ein Teil des Raums war durch einen Vorhang abgetrennt, und hinter der Stoffbahn bewegte sich etwas.

Ich unterdrückte den Impuls, zur Waffe zu greifen, ging hinüber und schob den Vorhang zur Seite.

Auf einem Bett lag ein verwesender Leichnam. Sein Fleisch war zerfressen und dunkel verfärbt, an manchen Stellen schimmerten die Knochen durch. Die Haut war so dünn und brüchig, dass sich die Rippen hindurchbohrten und ich seine Brusthöhle sehen konnte. Einige Finger fehlten. Entweder waren sie abgefault, oder er hatte sie verloren, als er sich vor seinem Tod gegen die Lederriemen gewehrt hatte, die sich noch immer um die knochigen Handgelenke schlossen und ihn ans Bett fesselten. Der Schädel auf dem Kopfkissen starrte blicklos an die Decke. Auch hier war der Großteil der Haut verwest. Ganz deutlich sah ich den geschwungenen Kieferknochen und die Zähne, die sich durch die eingefallenen Wangen abzeichneten. Während ich mich noch fragte, warum Salazar mir so etwas zeigte, drehte der Leichnam den Kopf und starrte mich mit glasigen Augen an. Als sein Mund sich zu einem stummen Schrei öffnete, wäre ich fast aus dem Zimmer gerannt.

Das war ein *Vampir*. Oder zumindest war es einmal einer gewesen. Ich sah seine Reißzähne, hörte sie klappern, als er den Mund öffnete und schloss. Fast so als wollte er etwas sagen, doch er brachte keinen Ton heraus. Als ich ihm in die Augen sah, wurde mir schlecht: In ihnen spiegelten sich unsagbare Qualen, doch sie waren wach und klar. Er wusste genau, was mit ihm geschah.

»Verstörend, nicht wahr?«, fragte Salazar hinter mir. Der Vampirprinz trat neben mich und blickte ausdruckslos auf den lebenden Leichnam hinab.

»Was ist mit ihm passiert?«, fragte ich.

Der Prinz legte eine Hand auf das Seitengitter des Bettes. »Er wurde als Freiwilliger bei einem Experiment eingesetzt und hat das Blut der Infizierten aus dem Saum verabreicht bekommen. Das passiert, wenn wir uns von den Kranken dort draußen nähren. Das Virus befällt nicht nur Menschen, es überträgt sich auch auf jeden Vampir, der einen Infizierten beißt. Wir verwesen dann von innen heraus, bis unsere Körper so stark geschädigt sind, dass sie uns nicht mehr am Leben erhalten können.«

Ein Virus, das nicht nur Menschen, sondern auch Vampire befiel. Kein Wunder, dass die Bewohner der Inneren Stadt ausflippten. Was hatte Sarren getan? Salazar wandte sich von dem Leichnam ab und starrte mich an. Seine Miene war so grimmig, dass man Angst bekommen konnte.

»Jetzt begreifst du vielleicht, warum wir diesen Irren finden müssen«, sagte er. »Falls Sarren das wirklich ausgelöst hat, dürfen wir nicht ruhen, bis wir ihn erwischt haben und ihn zwingen können, uns ein Gegenmittel zu geben. Sonst ist New Covington verloren.« Ohne mich aus den Augen zu lassen, deutete er auf den Vampir in dem Bett. »Präge dir gut ein, was du heute gesehen hast, Tochter von Kanin. Wird Sarren nicht gefunden, könnten wir alle so enden.«

Ich konnte nur stumm nicken. Salazar musterte mich noch einen Moment lang, dann wandte er sich ab. Als ich noch einmal zu dem gruseligen, halb verwesten Leichnam hinuntersah, riss der den Mund auf, als würde er stumm um Erlösung flehen. Schaudernd folgte ich dem Prinzen nach draußen.

Vor der Tür erwartete uns ein Vampir mit einer Kühlbox, die er ernst an einen der Wachmänner weiterreichte. Dann führte uns der Prinz durch eine weitere Tür, hinter der wieder labyrinthartige Gänge warteten, und schließlich in ein Treppenhaus. Auf dem Weg nach unten passierten wir mehrere Stockwerke, sodass ich irgendwann das Gefühl hatte, wir müssten kilometertief unter der Erde sein.

Gerade als ich Salazar fragen wollte, wie tief hinunter es

hier noch ginge, endete die Treppe vor einer massiven Stahltür, die von außen mit Ketten, einem schweren Schloss und einer Eisenstange gesichert war. Auf ein Signal des Prinzen hin entfernten die Vampirwachen die Stange, schlossen die Ketten auf und schoben die laut ächzende Tür auf.

Im Raum dahinter war es feucht und kalt, offenbar war er direkt aus dem Felsen gehauen. Der Mittelgang wurde von Säulen flankiert, und rechts und links befanden sich Zellen mit dicken Eisengittern. Als wir eintraten, schlurfte uns eine aufgequollene, riesenhafte Gestalt entgegen. Der Vampir war so groß, dass er mit dem Kopf fast an die Decke stieß. Seine kleinen Knopfaugen funkelten bösartig. Der Unterkiefer passte nicht ganz zur oberen Hälfte des Gesichts, sodass seine schartigen Zähne wie Knochensplitter aus dem Mund ragten. Er blieb dicht vor dem Prinzen und den Wachen stehen, die er um einiges überragte, und musterte mich neugierig, bis Salazar ungeduldig mit den Fingern schnippte.

»Bring uns zu Kanin.«

Grunzend drehte sich der riesige Kerkermeister um und schlurfte den Mittelgang hinunter. Wir folgten ihm und wichen mehreren Pfützen und Säulen aus, bis wir schließlich die letzte Zelle erreichten.

Ich war so angespannt, dass meine Haut kribbelte. Hinter den Gitterstangen sah ich eine blasse, abgerissene Gestalt, die mit nacktem Oberkörper und völlig verdreckt in der hintersten Ecke kauerte. Salazar und die Wachen rührten sich nicht, doch ich wagte mich bis dicht an die Zellentür vor und spähte hinein. An der Wand waren Eisenringe mit schweren Ketten befestigt, die leise klirrten, als die Gestalt in der Ecke sich bewegte. Ihr Gesicht konnte ich nicht erkennen, spürte aber plötzlich, dass sie mich beobachtete.

»Kanin«, flüsterte ich, »ich bin da.«

Als er den Kopf hob, zog sich alles in mir zusammen vor Entsetzen. Es war sein Gesicht, er *war* also Kanin, aber der Mann, der mich aus dieser Zelle heraus anstarrte, war nur noch ein Schatten meines ehemaligen Mentors. Die kalkweiße Haut spannte über den Knochen, die Wangen waren eingefallen und hohl. In den tief eingesunkenen Augen zeigte sich keinerlei Verständnis, keine Persönlichkeit, nichts als reiner Hunger. Er schürzte die Lippen, fletschte seine tödlichen Reißzähne und stürmte mit einem ohrenbetäubenden Brüllen auf die Zellentür zu.

Ich sprang zurück, doch er wurde von den Ketten zurückgerissen, lange bevor er die Tür erreichen konnte. Wieder brüllte Kanin und versuchte, auf uns loszugehen. Sein Gesicht war eine von Hunger und Wut verzerrte Fratze.

Bei seinem Anblick stiegen mir Tränen in die Augen; ich schluckte schwer und versuchte, mich zusammenzureißen. Ich war so weit gekommen, hatte uns allen so viel zugemutet, nur um meinen Schöpfer zu finden. Jetzt hatte ich es endlich geschafft, und er ... er war verschwunden. War durch Sarrens Grausamkeit und Salazars Hass in den Wahnsinn getrieben worden. Niemals hätte ich geglaubt, ihn einmal so zu sehen. Trotz allem hatte ich immer gedacht, Kanin wäre zu stark, zu klug, zu ausgeglichen und stur, um sich in eine derart verwilderte Kreatur zu verwandeln wie die dort in der Zelle. In einen Verlorenen, wie Salazar es genannt hatte.

Ich ballte die Fäuste. Nein. Nein, so einfach würde ich ihn nicht aufgeben. Irgendetwas musste noch übrig sein. Kanin war halb verhungert, und die Blutgier hatte ihm den Verstand geraubt, aber das musste ja nicht heißen, dass er für immer verloren war. Dafür war er zu stark.

Ein leises Knistern lenkte mich ab. Als ich mich umdrehte, sah ich, wie einer der Wachen die Kühlbox öffnete und zwei Blutkonserven herausholte. Die beiden und der monströse Kerkermeister waren ganz auf Kanin konzentriert, der immer noch fauchend und zischend an seinen Ketten zerrte. Doch Salazars Blick war auf mich gerichtet. Ein feines, zufriedenes Lächeln umspielte seine Lippen.

»Er kann dich nicht mehr hören, Mädchen«, erklärte der Prinz und versuchte, die Geräusche aus der Zelle zu übertönen. »Er erkennt weder dich noch mich oder sonst jemanden. In diesem Moment kennt er nichts mehr außer dem Hunger. Wir können nur hoffen, dass sein Verstand keinen Schaden genommen hat, wenn er aus dem Blutrausch auftaucht.«

Ich unterdrückte die aufsteigende Wut, indem ich zusah, wie die beiden Wachen zur Zelle gingen. Nachdem ich ihnen Platz gemacht hatte, streckten sie vorsichtig die Arme durch das Türgitter, immer darauf bedacht, sich nicht zu weit in die Zelle hineinzulehnen. Ich sah Angst in ihren Augen. Kanin fauchte, knurrte und versuchte, die beiden zu erreichen – ein kaum kontrollierbarer Dämon.

Sie warfen ihm die Blutkonserven vor die Füße, und sofort stürzte er sich darauf. Obwohl es schwer war, ihn so zu sehen, zwang ich mich, den Blick nicht abzuwenden. Er war ein Tier, ohne Sinn und Verstand. Innerhalb weniger Sekun-

293

den hatte er die Plastikbeutel aufgerissen und saugte sie aus, bis seine Lippen und Hände rot verschmiert waren und das Blut auf den Boden seiner Zelle tropfte.

Irgendwann fand das wilde Fressen ein Ende. Mit einem leisen Knurren stand Kanin auf und ließ die zerfetzten Beutel fallen. Einen Moment lang stand er reglos da und musterte ausdruckslos die Blutflecken auf dem Boden. Dann wich er ohne den Blick zu heben bis zur hinteren Wand zurück, ließ sich daran hinuntergleiten und hockte sich zusammengekauert hin. Mit weit aufgerissenen Augen starrte er ins Leere.

Salazar drehte sich zu mir um.

»Jetzt liegt es bei dir«, sagte er und ließ einen kleinen Eisenschlüssel in meine Hand fallen. »Wenn du denkst, du kannst zu ihm durchdringen, geh hinein und befreie ihn von den Ketten. Doch ich muss dich warnen: Falls er wahrhaftig verloren ist, wird er dich ohne Gnade angreifen, und wenn das passiert, werden wir die Zellentür nicht wieder öffnen. Dann bist du mit einem wahnsinnigen, wilden Meistervampir dort eingesperrt, und er wird dich in Stücke reißen. Du solltest dir also absolut sicher sein, Tochter des Kanin. Willst du das tatsächlich tun? Vertraust du deinem Schöpfer so sehr?«

Ich packte den Schlüssel. »Machen Sie einfach die Tür auf.«

Er nickte und gab dem Kerkermeister ein Zeichen. Der riesige Vampir holte irgendwo unter seinem fetten Bauch einen Schlüsselring hervor, schloss die Zellentür auf und öffnete sie. Das rostige Metall quietschte laut.

Wäre ich noch am Leben gewesen, hätte mein Herz wie

294

wild geschlagen, als ich mich der Zelle näherte und hastig durch die Tür trat. Den Schlüssel hielt ich fest in der Hand. Sobald ich den ersten Schritt ins Innere gemacht hatte, wurde die Tür scheppernd hinter mir zugeschlagen. Nun war ich also mit einem halb wahnsinnigen Meistervampir eingesperrt, der mich jederzeit auseinandernehmen konnte. Schaudernd musterte ich die zusammengesunkene Gestalt an der Wand. Falls Kanin mich angriff, würde ich mich mit aller Kraft verteidigen müssen. Und obwohl er gefesselt war und ich eine Waffe hatte, war er immer noch wesentlich stärker und tödlicher als alles, was mir bis jetzt begegnet war. Selbst wenn ich ihm ausweichen konnte, würde Salazar nicht die Zelle öffnen, damit ich fliehen könnte, das hatte er mir eindeutig klargemacht. War mein Schöpfer tatsächlich verloren und würde mich vom Hunger getrieben angreifen, gab es nur eine Möglichkeit für mich, lebend aus dieser Zelle rauszukommen: Ich müsste ihn töten.

Langsam aber entschlossen pirschte ich mich an, bis ich knapp außerhalb der Reichweite der Ketten stand. Kanin rührte sich nicht und starrte weiter zu Boden. Doch ich spürte, wie seine Aufmerksamkeit sich auf mich richtete. Auch wenn er mich nicht ansah, wusste er doch genau, dass ich da war.

»Kanin?«, fragte ich leise und hielt mich bereit, um jederzeit ausweichen zu können, falls er sich auf mich stürzte. »Ich bin's, Allison. Kannst du mich hören?«

Nichts. Keine Bewegung, kein Laut. Doch ich spürte den kalten Blick der hockenden Gestalt, die jede meiner Bewegungen verfolgte. »Ich werde jetzt versuchen, dich zu befreien«, erklärte ich ihm und nahm all meinen Mut zusammen, um diesen einen – vielleicht letzten – Schritt zu machen. »Ich weiß nicht, ob du mich verstehen kannst«, fuhr ich fort und suchte nach einem Zeichen dafür, dass er zumindest zuhörte. »Aber ich fände es wirklich toll, wenn du nicht versuchst, mich umzubringen, wenn ich jetzt näher komme.«

Wieder nichts. Kanin bewegte sich zwar, sodass seine Ketten leise klirrend an die Wand stießen, aber er zeigte nicht, ob er mich gehört hatte. Und plötzlich wurde mir etwas klar: Ich stand hier in dieser dreckigen Zelle, nur wenige Meter entfernt von jenem Mann, der mir das Leben gerettet, mich zu einem Vampir gemacht und mir alles beigebracht hatte, was ich zum Überleben brauchte … und ich hatte Angst. Vor Kanin. Nicht, weil ich ihn verlieren könnte, obwohl das auch eine Rolle spielte. Ich hatte Angst, mich ihm zu nähern, weil ich ihn nicht mehr kannte, weil ich den Dämon gesehen hatte, der hinter der glatten, beherrschten Fassade lauerte, und wie fürchterlich er war. Tief in unserem Innersten waren wir alle so. Nahm man uns das Bewusstsein, die Selbstbeherrschung, die Logik und Vernunft, dann waren wir alle nur Monster, die auf ihre nächste Mahlzeit warteten.

So sah mein Dämon aus. Das Wesen, zu dem ich werden konnte.

Und das Zeke niemals zu Gesicht bekommen durfte.

Mit einem Ruck konzentrierte ich mich wieder auf die Gegenwart. War Kanin wirklich verloren, dann war es eben so, und nichts, was ich tat, würde daran etwas ändern können. Mir blieb nur eines übrig: herauszufinden, ob sein Verstand noch intakt war, oder ob ich ihn niedermachen musste, bevor er mich umbrachte.

Wieder ballte ich die Fäuste und trat in seine Reichweite.

Kanin rührte sich nicht. Noch ein Schritt. Und noch einer. Dann stand ich direkt neben ihm und blickte auf ihn hinab. Ich spürte, wie Erleichterung in mir aufstieg, blieb aber trotzdem wachsam. So nah bei Kanin zu sein war ungefähr so, wie einen Verseuchten zu beobachten, der noch nicht begriffen hat, dass man da ist. Doch sobald sich das änderte ...

Ganz langsam sank ich neben ihm auf die Knie. Er bewegte sich, und ich hörte ein leises Knurren, bei dem ich sofort erstarrte, aber er griff nicht an.

Meine Hände zitterten. Um mich zu beruhigen, biss ich mir fest auf die Lippe, dann griff ich nach Kanins Arm und dem eisernen Ring an seinem Handgelenk.

Widerstandslos ließ er es geschehen, er fuhr nicht herum, fletschte nicht die Zähne, sprang nicht auf. Meine Hoffnung wuchs, aber noch hatten wir es nicht geschafft.

Immer noch zitternd schob ich den Schlüssel in das Schloss seiner Fessel und drehte ihn langsam herum, bis es klickte. Das eiserne Band löste sich und fiel klirrend ab.

Kanin bewegte sich.

Er hob den Kopf und sah mich an, als hätte er erst jetzt begriffen, dass ich so dicht bei ihm saß. Für den Bruchteil einer Sekunde erwiderte ich seinen glasigen Blick und wagte es zu hoffen.

Dann entblößte er seine Reißzähne, und ich wusste, dass ich so gut wie tot war.

Ich ließ mich zurückfallen, gleichzeitig warf sich Kanin fauchend auf mich. In seinen Augen brannte der reine Wahnsinn. Für mich gab es jetzt nur noch eins: weg von ihm, so viel Abstand wie möglich zwischen mich und diesen brutalen Dämon bringen, der mich problemlos in Stücke reißen konnte. Ich war nicht mal annähernd schnell genug. Kanin packte mein Bein und zog mich fauchend zu sich, während ich erschrocken aufheulte und ihn gegen die Brust trat. Plötzlich lag ich unter ihm, und seine Hand schloss sich um meine Kehle. Zum Glück musste ich nicht atmen, um zu überleben, aber es tat so weh, dass rote Flecken vor meinen Augen tanzten – verdammt, war er stark!

»Kanin!« Mit einer Hand tastete ich nach den Fingern an meinem Hals, mit der anderen nach meinem Schwert. Was gar nicht so einfach war, während ich auf dem Rücken lag. »Verdammt noch mal, beruhig dich! Ich bin's …«

Er packte noch fester zu und zerquetschte meine Luftröhre, sodass ich kein Wort mehr herausbekam. Kanin stand auf, riss mich in die Höhe und schleuderte mich gegen die Wand. Als mein Kopf gegen den Stein prallte, ertönte ein widerliches Knacken, aber ich spürte keinen Schmerz, da Kanin in diesem Moment die Zähne in meinen Hals schlug.

Sofort erstarrte ich, ich konnte mich nicht mehr rühren. Einen Moment lang fühlte ich mich in jene Nacht zurückversetzt, als ich verwandelt wurde, als ich starb, mit Kanins Zähnen an meiner Kehle. Dabei fühlte es sich ganz anders an. In meiner letzten Nacht als Mensch hatte es zwar wehgetan, aber ich erinnerte mich auch an ein berauschendes Glücksgefühl und Wärme, die meinen ganzen Körper durchdrungen und mich eingelullt hatten, bis ich einschlief, bis ich starb.

Das hier war völlig anders. Jetzt gab es nur reine, lähmende Qual. Abgesehen von der Erfahrung mit dem Holzpflock im Bauch war das hier das Schmerzhafteste, was ich je erlebt hatte. Ich konnte mich nicht bewegen, konnte nicht denken. Während die klaren Gedanken sich auflösten, blieb nur eine Erinnerung, die mein gesamtes Bewusstsein auszufüllen schien.

»*Vampire nähren sich nicht voneinander*«, *hatte Kanin mir einmal in unserem Versteck im Labor erklärt.* »*Zum einen stillt Nahrung von unseresgleichen nicht den Hunger. Manchmal wird er dadurch sogar noch schlimmer. Und zweitens bereitet es einem Vampir unsagbare Schmerzen, wenn ihm gegen seinen Willen Blut entzogen wird. Das ist einer der brutalsten Gewaltakte, die wir einem der Unseren antun können, und es wird von den meisten als barbarisch und unnötig grausam angesehen.*«

»*Igitt.*« *Angewidert hatte ich das Gesicht verzogen.* »*Gut zu wissen. Dann beißen Vampire sich also nicht gegenseitig? Niemals?*«

»*Ich sagte, dass wir uns nicht voneinander* nähren«, *lautete die nervtötende Antwort meines Mentors.* »*Doch in seltenen Fällen teilen zwei Vampire, die sich zueinander hingezogen fühlen, ihr Blut. Dann wird es zu einer äußerst sinnlichen Angelegenheit und entspringt dem Bedürfnis, einen Teil seines Selbst darzubieten und die Nähe zum anderen zu spüren – nicht dem Drang, seinen Hunger zu stillen.*«

»*Iiiigitt*«, *hatte ich noch nachdrücklicher wiederholt.* »*Vielen Dank auch für dieses schöne Bild. Sagen wir einfach, ich werde keinen Vampir an meinen Hals ranlassen, weder jetzt noch irgendwann. Das kann ich dir versprechen.*«

Die Erinnerung verblasste, und ich spürte nur noch Schmerz. Und tiefes Bedauern, dass ich mich nicht an mein Versprechen gehalten hatte. »Kanin«, stieß ich mühsam hervor. Meine Stimme war rau und brüchig. Ich versuchte, die Arme zu bewegen, um ihn wegzustoßen, doch er knurrte nur und biss noch fester zu. Ich keuchte entsetzt. Entschlossen machte ich die Augen zu und presste die Zähne aufeinander, um nicht zu schreien. »H-hör auf, Kanin. Bitte.«

Abrupt hielt er inne. Er drückte mich zwar weiter gegen die Wand, doch die Hand an meiner Kehle lockerte sich etwas, und *endlich* zogen sich seine Reißzähne aus meiner Haut zurück. Vor Erleichterung zitternd sank ich in mich zusammen, während der Vampir weiter zögerte und angestrengt die Stirn runzelte, als versuchte er, sich an etwas zu erinnern.

»Du ...« Seine leise Stimme war so rau, als hätte er sie seit einer Ewigkeit nicht mehr benutzt. Kanin blinzelte, dann sah er mich an, verwirrt und voll gequälter Unsicherheit. Gleichzeitig war sein Blick nun klarer, die glasige Leere zog sich zurück. »Ich ... ich kenne dich.«

Obwohl es wehtat, nickte ich. »Ich bin's«, flüsterte ich wieder. Um meine Stimme war es auch nicht gerade gut bestellt. Mein ganzer Hals brannte nach dieser Misshandlung, aber trotzdem versuchte ich, Kanin möglichst ruhig anzusehen. »Erinnerst du dich noch? An diese Nacht im Regen, als du mich vor den Verseuchten gerettet hast?«

Stirnrunzelnd musterte er mich. Ich beobachtete sein Gesicht, sah zu, wie er sich mühsam aus dem dunklen Abgrund des Wahnsinns hervorkämpfte, zurück ans Licht.

Komm schon, Kanin, feuerte ich ihn stumm an. *Du bist stärker als das hier. Du hast es fast geschafft. Bitte, ich will dich nicht noch einmal verlieren.*

Mit gequälter Miene schloss Kanin die Augen. Als er sie wieder öffnete, konnte ich sehen, wie die letzten Spuren des Wahnsinns verblassten, und für einen kurzen Moment wirkte er so nackt und bloß wie eine offene Wunde. Entsetzen, Scham, Schuld und Verzweiflung spiegelten sich in seinem Gesicht, als er auf mich herunterblickte. Und dann erkannte er mich endlich.

»Allison.«

Ich war so erleichtert, dass ich fast zusammenbrach. »Ja«, flüsterte ich und rang mir ein gequältes Lächeln ab. Er starrte mich an, als wäre ich ein Geist. »Ich bin's. Verdammt, Kanin. Weißt du eigentlich, wie verflucht schwer es war, dich zu finden?«

Kanin antwortete nicht. Ohne jede Vorwarnung hob er beide Hände und umschloss mit festem Druck mein Gesicht. Ich erstarrte wieder. In seinem fragenden Blick lag so viel Hoffnung, als könnte er nicht glauben, dass ich real war, und müsste sich durch die Berührung davon überzeugen, dass ich mehr war als ein Phantom.

»Du bist hier.« Er sprach so leise, dass ich ihn kaum verstand. Wieder schloss Kanin die Augen und ließ den Kopf hängen. Er klang gebrochen, wie ein Mann, der zu lange im Dunkeln verharrt hatte und sich verzweifelt an einen letzten Hoffnungsschimmer klammerte. »Du bist gekommen.«

Und während ich noch völlig schockiert an der Zellenwand lehnte, sank Kanin vor mir auf die Knie und umfasste krampfhaft meine Beine. Seine gesenkter Kopf drückte gegen meine Oberschenkel. »Du bist gekommen.« Er wiederholte es wie ein Mantra, das ihn bei Bewusstsein hielt. Ich versuchte, den dicken Kloß in meiner Kehle runterzuschlucken, und berührte sanft seine breiten Schultern. Nur indem ich mir fest auf die Unterlippe biss, konnte ich die Tränen zurückhalten. Dann öffnete sich quietschend die Zellentür, und der Prinz signalisierte uns, hinaus in die Freiheit zu treten.

14

Als sich die Fahrstuhltüren mit diesem nervigen Klingelton öffneten, wartete Zeke bereits auf mich. Mit verschränkten Armen lehnte er an der Wand, richtete sich aber hastig auf, als ich gemeinsam mit Salazar und seinen Wachen auf den Gang hinaustrat, erleichtert, wieder festen Boden unter den Füßen zu haben.

»Gott, Allie!« Sein besorgter Blick erfasste sowohl meinen malträtierten Hals als auch das Blut auf Haut und Kragen. »Geht es dir gut? Was ist passiert?«

»Alles okay.« Verlegen ertastete ich die feinen Wunden, die Kanin an meinem Hals hinterlassen hatte. »Das ist nichts. Ich habe mich schon genährt, du musst dir also keine Sorgen machen.« Als ich mit Kanin und dem Prinzen aus dem Kerker gekommen war, hatte Dr. Emerson mir eine Blutkonserve verpasst. Und auch wenn sie kalt sehr widerlich geschmeckt hatte, hatte ich sie verschlungen. Ganz hatten sich die Wunden allerdings noch nicht geschlossen, und an der Stelle, wo Kanin mich gebissen hatte, tat der Hals noch weh. Der Doktor hatte behauptet, das sei ganz normal. Der Schmerz würde in ein bis zwei Tagen nachlassen, aber eventuell würde ich kleine Narben zurückbehalten. So sei das nun einmal, wenn ein Vampir einen anderen beiße.

Emerson hatte außerdem darauf bestanden, dass Kanin

zumindest für eine Nacht unter Beobachtung blieb, da jeder Vampir – selbst wenn er über die außergewöhnlichen Heilkräfte eines Meisters verfügte – einige Tage bräuchte, um sich von einer so langen Hungerperiode zu erholen. Deshalb befand sich mein Schöpfer nun unten auf der Krankenstation, wo er von Vampirärzten und -wachen ständig beobachtet wurde. Aber wenigstens hockte er nicht mehr halb wahnsinnig in einer einsamen Zelle. Nachdem ich so lange gebraucht hatte, um ihn zu finden, war es mir schwergefallen, ihn dort zurückzulassen, aber Salazar hatte mir versichert, dass man sich gut um ihn kümmern würde. Dass Kanin nun ein Gast in seinem Turm sei und man sämtliche seiner Bedürfnisse erfüllen würde. Und dass ich mir keine Sorgen um meinen Schöpfer machen müsse – er würde nicht zulassen, dass Kanin ein Leid geschehe, aus welchem Grund auch immer.

Ich glaubte ihm. Immerhin hatte auch er ein Interesse daran, dass Kanin am Leben blieb, damit er Sarren verfolgen konnte.

Salazar bedachte mich mit einem undurchdringlichen Blick. »Ich muss mich um meine Geschäfte kümmern«, erklärte er, nun wieder gelangweilt und höflich distanziert. »Falls ihr mich braucht, sagt einem Lakaien oder den Wachen Bescheid. Wo sich eure Quartiere befinden, habe ich euch gesagt, um alles Weitere kümmern sich die Bediensteten. Ihr könnt euch gerne ein wenig umsehen, aber denkt daran, dass ihr den Turm erst verlassen dürft, wenn ihr auf die Suche nach Sarren geht. Ich würde euch allerdings empfehlen, das bald zu tun. Vielleicht morgen. Sobald die Sonne untergeht.«

»Wir werden gehen, wenn Kanin wieder auf den Beinen ist«, erwiderte ich stur. Der Prinz lächelte humorlos.

»Glaub mir, Mädchen, euch bleibt nicht viel Zeit. Und Kanin ebenfalls nicht.«

Damit zog er sich mit seinen Wachen zurück, während ich über diese ominöse Feststellung nachdachte und hoffte, dass es nur eine leere Drohung war.

Zeke trat zu mir, schlang mir zögerlich eine Hand um den Bauch und musterte mich aufmerksam. »Hast du Kanin gefunden?«, fragte er und zog mich an sich. »Geht es ihm gut?«

»Ja.« Ich legte beide Hände auf seine Brust und spürte, wie sein Herz pochte. Schon komisch, dass etwas so Simples wie ein Herzschlag mich derartig faszinierte, seit ich selbst keinen mehr hatte. Vielleicht war es aber auch nur Zekes Herz, das mich so fesselte. »Ich glaube, er kommt wieder in Ordnung.«

Er strich mir die Haare von der Schulter und betastete dabei vorsichtig das getrocknete Blut an meinem Hals. Mir wurde ganz schwindelig, auch wenn sich bei der Berührung gleichzeitig der Hunger regte wie ein schläfriges Tier. »Ich habe mir Sorgen um dich gemacht«, flüsterte Zeke.

»Was? Warum denn?« Ich versuchte, sowohl das Flattern in meiner Magengrube als auch die sanften Finger auf meiner Haut zu ignorieren. »Das ist doch nichts, Zeke. Mann, ich wurde schon angeschossen, abgestochen, gepfählt, verprügelt, aufgeschnitten und aus einem Fenster geschleudert. Supervampirheilkräfte, schon vergessen? Da können mir so ein paar kleine Bisswunden echt nichts anhaben.«

»Die körperlichen Wunden sind nicht immer die schmerzhaftesten«, stellte Zeke fest. »Mir ist klar, dass du auf dich aufpassen kannst, wohl besser als irgendjemand sonst. Auf jeden Fall besser als ich.« Er grinste gerade breit genug, um mich daran zu erinnern, wie gut er aussah, wenn er lächelte. Und wie mein kaltes Herz aus dem Tritt geriet, wenn er das machte. »Aber ich kenne dich, Allie. Selbst wenn Kanin ein Verlorener geworden wäre, wie Salazar es vermutet hat, hättest du ihn nicht aufgegeben. Du hättest auf jeden Fall versucht, ihn zu retten, ob das nun möglich gewesen wäre oder nicht. So bist du nun mal.«

Seit wann das denn?, dachte ich und schaute ihn zweifelnd an. Er lachte leise.

»Du weißt, dass es wahr ist.« Er sah mich durchdringend an und strich mir mit dem Daumen über die Wange. »Jackal ist nicht da runtergegangen und hat sein Leben riskiert, das warst du.« Leise, fast zärtlich und mit leichtem Bedauern in der Stimme stellte er fest: »Ich hatte ganz vergessen, wie unglaublich du bist.«

Wieder rührte sich der Hunger, und ich verkrampfte mich. *Zu nah, Allison. Ganz egal, was Zeke über dich denkt: Du bist ein Vampir, und er ist ein Mensch. Das kann nicht gut ausgehen, und du machst es nicht leichter, für keinen von euch.*

»Apropos, wo steckt Jackal eigentlich?«, fragte ich und löste mich aus der Umarmung. Er wirkte enttäuscht, aber nicht überrascht. »Ich muss ihm sagen, was passiert ist – es wird ihm zwar egal sein, aber er sollte zumindest wissen, dass Kanin in Sicherheit ist.«

Außerdem wollte ich ihnen beiden erzählen, was ich in diesem kalten Krankenzimmer gesehen hatte, die grausame

Wahrheit über das, was Sarren entfesselt hatte. Bei dem Gedanken an den sterbenden Vampir, der bei lebendigem Leib verfaulte und mich so hoffnungslos und flehend angesehen hatte, wurde mir ganz schlecht. Der Prinz hatte recht. Unsere Vereinbarung hin oder her, wir mussten Sarren finden und ihm ein Heilmittel abpressen. Sonst würde dieses neue Virus beide Arten auslöschen.

Aber ein Schritt nach dem anderen, Kanins Heilung hatte erst einmal Vorrang.

»Als ich ihn das letzte Mal gesehen habe, ist er nach oben gegangen, zusammen mit ein paar anderen Vampiren«, erklärte Zeke. »Ich glaube, sie hatten eine Art Versammlung. Ganz sicher bin ich mir nicht, aber ich wollte auch nicht dabeibleiben. Ein paar von denen haben mich angesehen, als wäre ich heute das Tagesgericht.«

Die Vorstellung von Zeke in einem Raum voller Vampire, die ihn alle hungrig musterten, jagte mir einen Schauer über den Rücken. Er hatte keine Waffen mehr, wäre also eine leichte Beute. Nur irgendein Mensch, von dem man sich nähren und den man hinterher entsorgen konnte.

»Komm mit.« Ich drehte mich um. »Schauen wir doch mal, ob wir den faulen Mistkerl aufspüren können. Immerhin sind wir nicht hier, um Blut aus Weingläsern zu schlürfen und uns bei den Vampiren des Hofstaates einzuschleimen. Wir haben noch etwas zu erledigen.«

Eine Zeit lang wanderten wir durch die vielen Flure und Zimmer, immer auf der Suche nach dem Banditenkönig. Der ganze Turm war ein Labyrinth mit steril wirkenden Fliesenböden und großen Fenstern, und nach einer Weile sahen alle Räume gleich aus. Statt mit dem Aufzug zu fahren, nahmen wir lieber die Treppe, begegneten auf den verschiedenen Stockwerken aber immer wieder gut gekleideten Menschen und noch besser gekleideten Vampiren, die offenbar auf dem Weg zu den vampirischen Geschäften waren, die hier so stattfanden. Viele der Vamps musterten herablassend meinen langen schwarzen Mantel und die abgewetzten Stiefel, so als wäre ich irgendein Straßenköter, der sich verirrt hatte. Ich beachtete sie nicht weiter, solange ihre Aufmerksamkeit sich nicht auf Zeke richtete. Wenn das passierte, starrte ich sie finster an und fletschte andeutungsweise die Zähne, was ihnen entweder ein hämisches Grinsen oder einen kalten Blick entlockte, bevor sie weitergingen.

»Ich wünschte, ich hätte mein Messer«, murmelte Zeke, als wir wieder einmal eine Treppe hinaufstiegen. Im Halbdunkel schien seine Stimme noch mehr zu hallen. »Oder einen Pflock. Eben irgendetwas, um mich zu verteidigen. Jetzt weiß ich, wie sich ein Kaninchen fühlt, wenn der Wolf vorbeiläuft.« Mit finsterer Miene rieb er sich den Arm. »Ich frage mich, wie die Menschen, die hier arbeiten, das aushalten.«

»Ich werde dafür sorgen, dass Salazar dir deine Waffen zurückgibt, bevor wir aufbrechen«, versprach ich ihm. Wir betraten einen Korridor, der exakt genauso aussah wie der letzte. »Bis dahin solltest du vielleicht möglichst wenig Aufmerksamkeit auf dich lenken.«

»Stimmt.« Zeke fuhr sich durch die Haare und ließ den Blick durch den leeren Flur wandern. »Es ist nur so frustrierend. Ich weiß, dass ich momentan nur eine Belastung für dich bin. Falls irgendetwas passiert, werde ich ziemlich nutzlos sein.«

»Du bist keine Belastung für mich!« Jemand, der sich mit nichts außer einer Armbrust Sarren entgegenstellte und das auch noch überlebte, war alles andere als nutzlos.

Zeke lächelte grimmig.

Ich wollte noch einmal protestieren, als plötzlich ein merkwürdiges Geräusch zu uns herüberdrang. Verwirrt blinzelte ich und neigte den Kopf, um es besser hören zu können. Es war leise, melodisch und mir vollkommen fremd. Ich konnte es noch nicht einmal richtig beschreiben. Am ehesten erinnerte es mich daran, wenn jemand versuchte, mit zwei Metallrohren eine Melodie zu klopfen, aber das war dann ja nur Lärm. Das hier war verlockend, irgendwie gruselig, voller Gefühl und Klang, wie Traurigkeit oder Sehnsucht, die eine Stimme bekommen hatte.

Unwiderstehlich angezogen, folgte ich dem Geräusch den Flur hinunter, durch eine offene Tür bis zu einer Art Versammlungsraum. Der Boden war mit rotem Teppich bedeckt, es gab gemütlich aussehende schwarze Sofas und Sessel, die um niedrige Tische angeordnet waren. Hinter der Fensterfront sah man die marode Skyline der Stadt.

Überall auf den Sofas und in den Ecken hingen elegante, gelangweilte Vampire herum. Ihre blasse Haut bildete einen starken Kontrast zu der schwarz-roten Einrichtung. Dazwischen trugen Menschen in Uniform Tabletts mit Weingläsern – natürlich voller Blut – herum oder ließen leere Gläser verschwinden. Die rechte Wand wurde von einem schwarzen Marmortresen beherrscht. Auch an der Bar, hinter der ein erschöpft wirkender Mensch stand, saßen einige Vampire. Stirnrunzelnd registrierte ich, dass auf einem der Hocker Jackal saß. Er hielt ein Glas in der Hand und unterhielt sich gerade mit einer schlanken Vampirfrau mit langen blonden Haaren. Aber er war in diesem Moment eher nebensächlich, denn meine Aufmerksamkeit galt dem massigen Ding in der anderen Ecke.

Aus diesem Ding kamen die seltsamen, verlockenden Töne. Davor saß ein Mensch, dessen Finger über eine Art schwarz-weiße Tafel glitten, die in dem glänzenden dunklen Holz eingelassen war. Fasziniert sah ich ihm zu. Diese Töne, dieses gruselige Gewirr aus Gefühlen, zog an mir und sorgte dafür, dass ich einen Kloß im Hals bekam. Ich schloss die Augen, ließ den Klang durch mich hindurchfließen und vergaß für einen Moment alles um mich herum.

Dann hörte ich Zekes Schritte hinter mir und spürte, wie er über meine Schulter hinweg zu dem Ding sah, das die fremdartigen, schrecklich schönen Töne hervorbrachte.

»Ein Klavier«, stellte er bewundernd fest. »Als ich das letzte Mal eines gesehen habe, war ich noch ein Kind. In unserer alten Kirche gab es eins, das war immer furchtbar verstimmt, das weiß ich noch. Dass ich jede Woche darauf rumgehämmert habe, hat es wohl auch nicht besser gemacht.«

»Ein Klavier?« Ich riss die Augen auf und durchsuchte mein Gedächtnis nach der Bedeutung dieses Wortes, das ich aus halb vergessenen Geschichten kannte. »Das ist ... Musik?«

Zeke drehte sich zu mir um und starrte mich an. »Du hast noch nie Musik gehört?«, fragte er fassungslos.

Ich schüttelte den Kopf, konnte den Blick aber nicht von dem seltsamen Instrument abwenden. Im Saum gab es jede Menge hässliche Geräusche: Schreie, Gebrüll, Laute voller

Entsetzen, Wut oder Schmerz. Als ich noch sehr klein war, hatte meine Mutter mir manchmal etwas vorgesummt, und für mich war ihre Stimme das wundervollste Geräusch auf der ganzen Welt gewesen. Aber so etwas ... nein, so etwas hatte ich noch nie gehört.

»Oh, Allie«, hauchte Zeke. »Komm mal kurz her.«

Er nahm meine Hand und zog mich fort von den Vampiren an der Bar, in die hinterste Ecke des Raums, wo die Schatten am dichtesten waren. Ich verkrampfte mich und runzelte irritiert die Stirn, als er meine Hände auf seinen Schultern platzierte und einen Arm um meine Taille schlang.

»Was machen wir hier?«

Zeke lächelte traurig und legte die freie Hand auf meine. Mit einem stummen Blick bat er mich, ihm zu vertrauen. »Lass dich einfach führen«, murmelte er, dann begann er, sich im Takt der langsamen Melodie hin und her zu wiegen.

Im ersten Moment stemmte ich mich gegen die Bewegung, da ich keine Ahnung hatte, was ich tun sollte. Doch nach und nach spürte ich, was Zeke da machte. Er bewegte sich im Einklang mit der ... Musik. Ich fing an, ihn nachzuahmen. Diese langsamen, entspannten Bewegungen waren seltsam. Unsere Körper waren wie Spiegelbilder, glitten leicht wiegend im Kreis, aber irgendwie fühlte es sich richtig an. Wir blieben immer in unserer Ecke, hielten uns im Schatten, aber Zeke zog mich noch dichter an sich, und ich schloss die Augen, nur wenige Herzschläge lang. Und für diesen kurzen Moment gab es nur die Musik und die Dunkelheit ringsum, und wir verloren uns in unserer eigenen kleinen Welt.

»Ich habe dich vermisst, weißt du?«, flüsterte Zeke mir

ins Ohr. Ich krallte mich in sein Shirt und lauschte seinem Herzschlag. »Während der ganzen Zeit in Eden konnte ich einfach nicht aufhören, an dich zu denken. Als ich aufgewacht bin und sie mir gesagt haben, dass du fort bist ...« Er schüttelte den Kopf, und sein Herzschlag beschleunigte sich. »Da wollte ich dir sofort folgen, aber ich wusste ja, dass ich mich um die anderen kümmern musste, denn ich war für sie verantwortlich, ihnen musste meine Hauptsorge gelten. Also habe ich das getan. Jetzt sind sie in Sicherheit, sie alle, auch wenn ich sie gehen lassen musste.«

»Sie gehen lassen?«

Er schluckte schwer und drückte meine Hand. »Caleb, Matthew und Bethany sind von einem großartigen Paar adoptiert worden, das sich immer schon Kinder gewünscht hat. Sie halten Hühner, Katzen und Ziegen, dort gibt es alles, was sich die Kleinen nur wünschen können. Jake hat eine der Krankenschwestern aus der Klinik geheiratet, und Silas und Teresa sind in ein kleines Häuschen am Seeufer gezogen. Sie sind glücklich. Jetzt haben sie endlich ein Zuhause.« Seine Augen schimmerten feucht, doch er lächelte. »Sie brauchen mich nicht mehr.«

»Zeke ...«

In seinem Blick lag plötzlich so viel Zärtlichkeit, dass sich mein Herz zusammenzuziehen schien. »Aber eine hat gefehlt«, flüsterte er und umfasste sanft mein Gesicht. »Eine konnte ich nicht nach Hause bringen.«

Ich lächelte traurig. »Eden ist nicht mein Zuhause.«

»Das könnte es aber sein.«

Ich schüttelte den Kopf. »Wie denn?«, flüsterte ich. »Es ist der einzige Ort auf der Welt, an dem es weder Vampire noch Verseuchte gibt, der eine Ort, an dem die Menschen frei sind. Wie kannst du da behaupten, sie würden einfach so einen Vampir aufnehmen? Ohne irgendwelche Konsequenzen?« Mein Lächeln wurde brüchig. »Sie haben mich schon einmal rausgeschmissen, Zeke. Ich habe es dir doch gesagt: In Eden habe ich nichts verloren.«

Zeke ließ die Finger durch meine Haare gleiten. »Du bist nicht wie die anderen«, protestierte er leise. »Ich kenne dich. Ich habe dich durchschaut.« Er zog mich wieder an sich. »Du bist der eine Vampir auf dieser Welt, den sie vielleicht reinlassen würden. Wenn das hier vorbei ist, könntest du mit mir kommen. Wir könnten gemeinsam nach Eden gehen ...«

»Hör auf«, flüsterte ich und drückte mit beiden Händen gegen seine Brust. Jetzt wurde es gefährlich. Mal wieder. Der Hunger erwachte und drängte mich, ihn heranzuziehen, mich vorzubeugen und meine Reißzähne in seinen Hals zu schlagen. Zeke sah mich flehend an, und ich versuchte krampfhaft, überzeugend zu klingen: »Es geht nicht, Zeke. Ich bin und bleibe ein Vampir. Daran wird sich nichts ändern. Du kennst mich nicht so gut, wie du vielleicht glaubst.«

Kanins böses, fauchendes Gesicht tauchte vor meinem inneren Auge auf, der Dämon, der nur von Hunger und Wut angetrieben wurde. Wenn der Hunger sogar jemanden wie Kanin überwältigen konnte, wie standen dann die Chancen, dass ich ihn unter Kontrolle halten konnte? Plötzlich begannen die Bisswunden an meinem Hals zu pochen, und ich zuckte schmerzerfüllt zusammen. Wenn ich mich in Eden in so etwas verwandelte, mit Zeke und Bethany in Reichweite ...

Nein, das würde nicht geschehen, weil ich sie nicht so nah an mich heranlassen würde. Die anderen waren in Eden in Sicherheit, fernab von dem Wahnsinn, der im Rest der Welt herrschte. Sicher vor Vampiren, Verseuchten, Monstern und Dämonen. Sicher vor mir.

Abgesehen von diesem einen sturen Kerl, der wieder und wieder mit meinem Herzen spielte.

Zeke sah so aus, als wollte er etwas erwidern, aber ich schob ihn von mir weg, trat zurück und löste mich aus der Umarmung. »Warum bist du nicht in Eden geblieben?«, fragte ich mit rauer Stimme und starrte ihn wütend an. »Du warst dort *zu Hause*, Zeke. Danach hast du doch immer gesucht, das war es, was du immer wolltest. Warum bist du gegangen?«

Sein Blick war unerschütterlich. »Ohne dich war es kein Zuhause.«

Wieder hatte ich einen Kloß in der Kehle. Plötzlich wurde mir bewusst, dass das Klavier nicht mehr spielte und die meisten Vampire gegangen waren. Beim Blick aus dem Fenster zuckte ich zusammen. Der Himmel über den maroden Häusern war nicht mehr schwarz, sondern schon dunkelblau, und die Sterne waren kaum noch zu sehen.

Bald würde die Sonne aufgehen. Die ganze Sache mit Zeke, Kanin und Salazar hatte mich derart abgelenkt, dass ich es nicht bemerkt hatte. Es war eine lange Nacht gewesen.

Zeke schaute ebenfalls aus dem Fenster und seufzte. »Du musst gehen, stimmt's?«

Zu spät fiel mir wieder ein, dass ich ja eigentlich hierhergekommen war, um Jackal von Kanin zu berichten. Jetzt war er nicht mehr da, genauso wenig wie seine Begleiterin. In mein Schuldgefühl mischte sich leise Wut.

Er hat sich nicht einmal die Mühe gemacht, sich nach Kanin zu erkundigen, als ich reingekommen bin. Wahrscheinlich bin ich die Einzige, die sich dafür interessiert, ob er lebt oder stirbt.

Vielleicht war ich genau deshalb so ein lausiger Vampir und würde nie zu Salazar und seinen Stadtvampiren passen. Natürlich wollte ich das auch gar nicht, aber die schienen sich wirklich nur für ihre Sippschaft zu interessieren, wenn sie jemandem in den Rücken fallen oder einen Rivalen aus dem Weg räumen konnten. Heute Nacht wäre ihr Prinz fast ermordet worden, und ich konnte mir gut vorstellen, wie sich die Aasgeier versammelt hatten, um zu planen, zu intrigieren, zu kalkulieren. So könnte ich niemals sein, ganz egal, wie sehr mein innerer Dämon darauf beharrte und mir einzureden versuchte, dass wir nun einmal so wären.

»Allie?« Zeke trat zögernd auf mich zu. Und plötzlich war der Preis zu hoch. Meine wilde Entschlossenheit, sich an meiner menschlichen Seite festzuhalten und eben nicht so zu sein wie die anderen Monster, wog so verdammt schwer. Doch nie hatte ich mir mehr gewünscht, wieder ein Mensch zu sein, als in diesem Moment – einfach, damit ich mit Ezekiel Crosse zusammen sein konnte. Mit dem tapferen, loyalen, selbstlosen Zeke, der Vampire hasste und trotzdem hier war, mitten unter ihnen, und das nur meinetwegen. Der Eden verlassen hatte und quer durchs Land bis nach New Covington gewandert war, weil er mich nach Hause holen wollte.

Und ich konnte nicht mit ihm kommen.

Hastig trat ich zurück, um mehr Abstand zwischen uns zu bringen. Zeke sah mich traurig an, rührte sich aber nicht vom Fleck. Die Sehnsucht in seinem Blick schnürte mir die Kehle zu. Ich musste schnell weg von hier, sonst tat ich am Ende noch etwas, was wir beide bereuen würden.

»Warte«, flüsterte Zeke, als ich mich zurückziehen wollte. »Bitte, Allison. Lauf nicht schon wieder weg.«

Ich schüttelte nur den Kopf. »Gute Nacht, Zeke«, sagte ich schlicht und wandte mich ab. Mit schnellen Schritten verließ ich den Saal und ließ ihn allein zurück.

Vor dem Zimmer, das Salazar mir zugewiesen hatte, stand eine menschliche Wache. Gelassen hatte der Mann die Hände hinter dem Rücken verschränkt. Ich musterte ihn misstrauisch, doch er nahm mich erst zur Kenntnis, als ich direkt vor ihm stand. Und auch dann starrte er über meine Schulter hinweg, blieb reglos vor der Tür stehen und machte keine Anstalten, den Weg freizugeben. Ich war körperlich und geistig erschöpft, die Begegnungen mit Kanin, Salazar und Zeke zerrten an meinen Nerven. Mir fehlte die Energie für einen Kampf mit einem namenlosen Wachmann.

»Lassen Sie mich vielleicht irgendwann da rein?«, fragte ich deshalb. Inzwischen spürte ich, wie draußen die Sonne auf dem Vormarsch war, und wollte nur noch in irgendein Bett fallen und in Bewusstlosigkeit versinken. »Das hier ist doch mein Zimmer, oder etwa nicht? Oder bin ich aus Versehen vor Jackals Quartier gelandet?«

Ohne mich zu beachten hob der Mann die Hand und klopfte zweimal gegen das Holz. »Sie ist hier, Sir«, rief er durch die Tür. Nach einer gedämpften Antwort trat der

Mann beiseite und bedeutete mir mit einem Nicken einzutreten. Verwirrt öffnete ich die Tür und ging vorsichtig hinein.

Man konnte sicher einiges über Salazar sagen, aber zumindest aus der Ausstattung seiner Gästezimmer ließ sich schließen, dass dieser Mann zu leben wusste. Der Raum war ziemlich beeindruckend, wesentlich prachtvoller, als ich es gewohnt war. Orangefarbene Lampen spendeten gedämpftes Licht und warfen gleichzeitig tiefe Schatten auf den Boden und die zartrosa Wände. Und zwar echte Lampen, weder flackernde Kerzen noch Öllaternen oder eine der seltenen batteriebetriebenen Taschenlampen. Das riesige Bett war mit langen schwarzen Vorhängen versehen, die absolute Dunkelheit während der Schlafenszeit garantierten. Vor der Glastür, die vermutlich auf einen Balkon mit großartiger Aussicht hinausführte, hingen sogar noch dickere Stoffbahnen.

Genau vor dieser Tür stand Stick. Er hatte die Arme verschränkt und musterte mich mit seinen wässrigblauen Augen.

Ich unterdrückte ein Stöhnen. Ich war müde, die Sonne war fast aufgegangen, und ich hatte jetzt absolut keine Lust, mich mit ihm auseinanderzusetzen. Und Stick war auch nicht allein. In einer Ecke stand ein zweiter Wachmann, der mit ausdrucksloser Miene ins Leere starrte. Allerdings hatte er eine geladene Armbrust dabei, sodass er sofort schießen konnte, falls ich Ärger machte.

»Was willst du, Stick?«, fragte ich und ging langsam auf ihn zu, wobei ich den Mann mit der Armbrust wachsam im Auge behielt. Komischerweise war ich nicht einmal wütend. Enttäuscht, vielleicht. Angewidert, weil er sich dafür entschieden hatte, in dem von mir verhassten Vampirregime als Lakai zu dienen, sogar als persönlicher Speichellecker des Prinzen. Aber gleichzeitig war ich mehr resigniert als wütend und nicht im Geringsten überrascht. Tief in meinem Innersten hatte ich immer gewusst, dass Stick mich verraten hatte. Und anscheinend fühlte er sich in seiner neuen Rolle so wohl wie ein Fisch im Wasser. Momentan brachte ich nicht einmal genug Energie auf, um mich darüber aufzuregen.

Er kniff die blassen Augen zusammen. »Das heißt jetzt Mr. Stephen«, erinnerte er mich mit scharfer Stimme. »Und ich will wissen, was du hier machst, Allie. Warum bist du wirklich in New Covington? Willst du Rache? Bist du gekommen, um mit mir abzurechnen, wegen dem, was damals war?« Er presste die Lippen zusammen. »Ich warne dich, ich bin heute nicht mehr der jämmerliche Saumbewohner von damals. Mein Wort hat hier Gewicht. Wenn ich will, kann ich dich in den Kerker werfen lassen. Bedenke das, falls du dich nachts in meine Räumlichkeiten einschleichen willst.«

»Ich bin nicht deinetwegen gekommen«, erwiderte ich abfällig. »Glaub mir, an dich habe ich keinen Gedanken verschwendet, als ich New Covington betreten habe. Ich bin wegen Kanin hier, sonst nichts.«

Das gefiel ihm überhaupt nicht. Er blähte die Nasenflügel und richtete sich steif auf, als hätte ich ihn beleidigt. Fast hätte man meinen können, er *wünschte* sich, dass ich als Racheengel zurückgekehrt wäre. »Lügnerin«, rief er vorwurfsvoll. »Du hast mich schon immer gehasst. Du wolltest doch, dass ich verschwinde, genau wie Lucas und Rat. Und jetzt, wo du ein Vampir bist, bist zu zurückgekommen, um mich zu bestrafen, weil ich …« Er verstummte abrupt.

»Weil du was?«, bohrte ich nach. »Mich hingehängt hast? Dem Prinzen verraten hast, wo deine Freundin steckt, damit du in den Turm kommen und sein Lakai sein durftest?«

»Du warst ein Vampir.« Trotzig starrte Stick mich an. »Erst warst du wochenlang verschwunden, dann bist du mitten in der Nacht wiederaufgetaucht, und du warst ein Monster. Was sollte ich denn da denken? Was sollte ich tun?«

»Keine Ahnung, Stick«, erwiderte ich resigniert. »Vielleicht mal mit mir reden? Dir meine Seite der Geschichte anhören? Wenigstens das hättest du mir zugestehen können. Denn ich glaube …« Ich zögerte, weil ich erst herausfinden wollte, ob die folgenden Worte tatsächlich der Wahrheit entsprachen. Doch, das taten sie. »Ich hätte dasselbe für dich getan.«

»Tja, jetzt ist es zu spät.« Klang Stick wirklich ein wenig bedauernd, oder bildete ich mir das nur ein? »Was geschehen ist, ist geschehen, und wir haben uns beide für diesen Weg entschieden. Denn du *hast* dich doch bewusst dafür entschieden, oder etwa nicht, Allison?« Er sah mich prüfend an. »Immerhin bist du nicht zufällig zum Vampir geworden. Du hast dich dafür entschieden, ein Monster zu werden.«

Okay, jetzt war ich wütend. Und, überraschenderweise, verletzt. »Du willst wissen, wie ich zum Monster wurde?«, fauchte ich, woraufhin Stick heftig zusammenfuhr und der

Wachmann drohend die Armbrust hob. »Erinnerst du dich noch an die Nacht hinter der Mauer, als Rat und Lucas starben? Erinnerst du dich daran, wie die Verseuchten uns jagten, und wie ich sie von *dir* weggelockt habe? Sie haben mich umgebracht. Haben mich überrannt und in Stücke gerissen. Und dann, als ich im Sterben lag, ist Kanin aufgetaucht und hat mich vor die Wahl gestellt: Stirb oder werde zu einer Untoten. Also: Ja, ich habe mich auf den Deal eingelassen und wurde zum Vampir. Und du hast dich auf den Deal eingelassen, der dich zum Lakaien gemacht hat. Damit wären wir dann wohl beide irgendwie Monster, oder?«

Stick knirschte mit den Zähnen. Dann nickte er langsam, so als hätte sich gerade etwas bestätigt, was er schon lange geahnt hatte. »Ich wusste, dass du mir die Schuld geben würdest«, murmelte er. Das brachte mich so auf die Palme, dass ich ihn am liebsten gepackt und gegen die Glastür geschleudert hätte. *Es geht hier nicht um dich*, wollte ich ihn anbrüllen. *Es ging nie um dich. Ich habe dir nie die Schuld dafür gegeben, dass ich zum Monster wurde – das war allein meine Entscheidung. Aber du hast mich, ohne mit der Wimper zu zucken, an den Prinzen verraten. Vampir hin oder her, ich hatte geglaubt, unsere Freundschaft würde dir mehr bedeuten. Ich dachte … ich würde dir mehr bedeuten.*

Ich versuchte mich zu beruhigen und zwang mich, die Reißzähne wieder einzufahren. Die Wut kochte noch einmal hoch und wurde dann von kalter Gleichgültigkeit verdrängt. Offenbar hatte ich ihn nie richtig gekannt. Diese Erkenntnis brannte wie bittere Galle in meinem Bauch. »Stick«, begann ich ausdruckslos. Es fühlte sich an, als wäre ein Teil von mir gestorben. Oder, schlimmer noch: als wäre es mir egal. »Ich bin müde, die Sonne geht gleich auf. Wenn du sonst nichts mehr von mir willst, geh bitte und lass mich schlafen.«

Stick schüttelte angewidert den Kopf. »Du hast dich immer für so toll gehalten«, sagte er, als wäre er hier der Betrogene. »Nie hast du geglaubt, dass ich mehr aus mir machen könnte. Ich war doch immer nur der arme, erbärmliche Kleine, der mit dir rumhängen durfte. Dabei bist du nie auf den Gedanken gekommen, dass ich mir vielleicht mehr erträumen könnte, als immer nur dein Schatten zu sein, oder?«

»Bist du fertig?«, fragte ich gelangweilt. Er rümpfte abfällig die Nase.

»Du hast dich kein bisschen verändert«, stellte er fest. Offenbar wollte er mich provozieren. Kurz fragte ich mich, ob ihm eigentlich klar war, was für ein gefährliches Spiel er hier anzettelte. Lieblingslakai hin oder her, man sollte einen Vampir nie zu sehr reizen. »Mag sein, dass du jetzt ein Blutsauger bist, aber du bist immer noch dieselbe ignorante Straßengöre wie früher. Wer ist eigentlich dieser Typ, der dir heute hinterherläuft wie ein verlorenes Hündchen? Weiß er, was du in Wahrheit bist?«

»Lass Zeke da raus«, zischte ich und warf ihm einen warnenden Blick zu. Angst stieg in mir hoch, doch ich unterdrückte sie und fuhr mit gelassener Stimme fort: »Das hier hat nichts mit ihm zu tun. Er stellt keinerlei Bedrohung dar, weder für dich noch für sonst irgendjemanden.«

»Das wird sich noch zeigen«, erwiderte Stick mit einem feinen Grinsen. Er hatte bekommen, was er wollte, indem er einen Weg gefunden hatte, mich zu provozieren. Da würde er jetzt nicht mehr lockerlassen. Offenbar wusste er wirklich nicht, wie verdammt gefährlich sein neues Spielchen war, vor allem, wenn es dabei um Zeke ging. »Soweit ich weiß, könnte auch er derjenige gewesen sein, der auf den Prinzen geschossen hat.« Herausfordernd sah Stick mich an. »Sei besser vorsichtig, Allison. Er ist nur ein Mensch, und hier bei uns verschwinden Menschen manchmal. Wenn du für seine Sicherheit sorgen willst, solltest du mich besser mit Respekt behandeln.«

Ich holte tief Luft, um die aufsteigende Wut zu unterdrücken. Am liebsten wäre ich zu meinem ehemaligen Freund rübergegangen, hätte ihn gepackt und ihm den mageren Hals gebrochen.

»Stick?« Ich sprach sehr leise, achtete aber darauf, dass er jede Silbe verstand. Meine Stimme zitterte vor Wut. Als ich mich ihm zuwandte, funkelten meine Reißzähne im Licht. »Hör mir jetzt sehr genau zu. Falls du Zeke auch nur ein Haar krümmst, falls er in irgendeiner Form verletzt wird, werden sämtliche Wachen auf dieser Welt nicht ausreichen, um dich vor mir zu schützen.«

Stick wurde blass, hob aber verbissen das Kinn und funkelte mich an. »Du ... so kannst du nicht mehr mit mir reden, Allie«, stammelte er. »Ich bin hier der Boss, und jetzt hörst du besser mir zu. Ich könnte den Befehl geben, dass dein Mensch in den Kerker wandert, dem Prinzen wäre das egal. Ich könnte ihn foltern lassen oder dafür sorgen, dass er ausgesaugt wird, bis nur noch Haut und Knochen von ihm übrig sind. Und niemand würde auch nur einen Finger krümmen, um mich daran zu hindern.« Er hatte sich richtig in Rage geredet und fixierte mich mit einer Mischung aus trotziger Überlegenheit und Angst. So hatte ich ihn noch nie erlebt, aber es kümmerte mich nicht. Jetzt zählte nur, dass er Zeke bedrohte, der ihm nie irgendetwas getan oder auch nur mit ihm gesprochen hatte. Und wenn er nicht sofort aus meinem Zimmer verschwand, würde es hier extrem ungemütlich werden.

Fauchend fletschte ich die Zähne. Stick fuhr zusammen und wich stolpernd zurück. Die Wache hob die Armbrust und legte auf mich an, doch ich blieb ruhig stehen. »Raus hier!«, schnauzte ich Stick an. Nur mit Mühe unterdrückte ich die tödliche Wut in mir. Nun war auch der Hunger voll erwacht und drängte mich anzugreifen, ihnen die Herzen rauszureißen, die Knochen zu brechen und meine Reißzähne in ihre fleischigen Kehlen zu schlagen. »Verschwinde, Stick«, zischte ich. »Sofort, bevor ich dir den dämlichen Kopf abreiße und ihn aus dem Fenster schmeiße.«

Stick wirkte immer noch aufsässig, als würde er nicht glauben, dass ich ihm wirklich etwas antun könnte. Zum Glück war seine Wache vernünftiger. »Sir«, sagte der Mann angespannt und ging mit erhobener Armbrust zu ihm. »Wir sollten gehen, Sir. Der Prinz wird es nicht gerne sehen, wenn Sie von einem seiner Gäste verletzt werden. Wir müssen jetzt wirklich gehen, Sir.«

Sanft aber bestimmt nahm er Stick am Ellbogen und zog ihn mit sich fort. Nach einem kurzen Moment des Widerstands gab Stick mit einem gereizten Schnaufen nach.

»Lass mich.« Er riss sich los, ging aber weiter Richtung Tür. Obwohl der Wachmann dicht hinter ihm blieb, um ihn rauszuscheuchen, drehte er sich noch einmal um und starrte mich finster an. »Denk dran, Allie, ich habe hier das Sagen. Du bist jetzt nicht mehr die Wichtige.«

Ich kochte noch immer vor Wut, lange nachdem sich die Tür hinter den beiden geschlossen hatte. Und zum ersten Mal seit jener verregneten Nacht fragte ich mich, was wohl passiert wäre, wenn ich Stick einfach hätte sterben lassen. Wenn ich die Verseuchten nicht abgelenkt hätte, was letztlich mein Todesurteil gewesen war. Wenn sie ihn erwischt hätten statt mich.

15

Der Traum kam völlig überraschend.

Kurze Verwirrung. Als ich die Augen aufschlage, befinde ich mich in einem mir unbekannten Raum. Er ist anders als das, woran ich mich bereits gewöhnt hatte: Dunkelheit, Fels, Eisengitter, Leid. Meine Welt bestand so lange nur aus Schmerzen, ich hatte schon vergessen, wie man ohne sie existieren kann. Und jetzt, einfach so, bin ich frei. Dank ihr.

Allerdings … irgendetwas stimmt noch immer nicht. In meinem Inneren befindet sich ein finsterer, sich windender Eindringling. Fast unmerklich gleitet er durch meine Adern. Was ist mit mir geschehen, während ich bewusstlos war? Und wo in diesem ganzen Chaos ist er geblieben?

Sobald ich aufwachte, wurde Kanins düsterer Verdacht von der Realität verdrängt. Ich lag am Rand des riesigen Betts, hielt mein Schwert umklammert und blickte an die Decke. Es war stockfinster im Zimmer, da die dicken Vorhänge an der Balkontür keinerlei Licht durchließen. Doch meine innere Uhr sagte mir, dass die Sonne gerade erst untergegangen war.

Ich setzte mich auf und verließ das Bett, immer noch in meinen alten Klamotten und dem schwarzen Mantel. Da ich weder den Vampiren noch den Menschen in diesem Turm traute, hatte ich die Zimmertür abgeschlossen und sogar überlegt, sie mit dem Kleiderschrank zu verbarrikadieren. Vor allem wollte ich verhindern, dass Stick sich heimlich hereinschlich. Allein beim Gedanken an ihn brodelten Wut und Abscheu in meinem Bauch. Er war jetzt mein Feind, oder zumindest hielt er sich dafür. Wie verächtlich er mich angesehen hatte, voller Verbitterung, als würde ich ihn allein dadurch ärgern, dass ich hier war und noch lebte. Das konnte ich immer noch nicht ganz verstehen. Vielleicht waren wir in Wirklichkeit ja nie Freunde gewesen.

Ohne die Schwertscheide abzulegen, ging ich ins Bad. Über dem Waschtisch hing ein riesiger Spiegel, aus dem mir mein Ebenbild entgegenblickte. Ich schnaubte abfällig. Kein Wunder, dass die Stadtvampire auf mich herabsahen – ich war völlig verdreckt, außerdem klebte getrocknetes Blut an meinem Hals und meinem Kragen. Vorsichtig zog ich den Stoff beiseite und untersuchte die Stelle, an der Kanin mich gebissen hatte. Direkt über dem Schlüsselbein hatte ich zwei weiße Narben, kaum größer als Nadelstiche. Erinnerungsstücke an Kanin, die mir wohl ewig erhalten bleiben würden.

Kanin. Bald würde ich nach unten gehen und nach ihm sehen müssen, aber zumindest im Moment schien es ihm gut zu gehen. Vielleicht sollte ich mich etwas salonfähiger machen. Was die Stadtvampire von mir dachten, war mir eigentlich egal, aber es gab keinen Grund, Salazars Gastfreundschaft nicht voll auszunutzen, solange ich noch die Gelegenheit dazu hatte.

Vorsichtig drehte ich den Wasserhahn auf, auch wenn ich eigentlich nicht damit rechnete, dass er funktionierte. Überraschenderweise schoss ein Strahl warmes Wasser in das Becken. Ich fing an, mir Gesicht und Hals zu waschen und das getrocknete Blut aufzuweichen, hielt aber schnell wieder inne.

Zögernd ging ich zur Dusche hinüber, schob den Vorhang zurück und drehte auch hier am Hahn. Das Wasser, das aus dem Duschkopf kam, war so heiß, dass der Dampf in kürzester Zeit den Spiegel hinter mir beschlagen ließ. Ein seliges Grinsen breitete sich auf meinem Gesicht aus.

Schnell zog ich mich aus und stellte mich unter den Strahl. Von so etwas hatte ich im Saum immer mal wieder gehört, aber nie wirklich geglaubt, dass es existierte. Das heiße, saubere Wasser lief über meine kalte Haut und durchnässte meine Haare. Als die Wärme langsam bis zu den Knochen vordrang, schloss ich die Augen. Pure Glückseligkeit. Eine halbe Ewigkeit stand ich unter dem prasselnden Strahl, ließ ihn erst den Dreck von meiner Haut spülen und dann echten Seifenschaum über meine Haut gleiten. So lebte man also in der Inneren Stadt, zumindest als Vampir. Als Mensch aber wohl auch. Ein großes Bett, Strom, heißes Wasser und jederzeit reichlich Essen. Das war schon sehr verlockend, verständlich, dass manche dafür auf Verrat und Mord zurückgriffen. Wäre ich ein Stadtvampir, könnte ich ebenfalls so leben.

Und ich musste nichts weiter dafür tun als meine Menschlichkeit aufzugeben.

Stirnrunzelnd drehte ich den Hahn zu und trocknete mich mit einem der flauschigen roten Handtücher ab, die griffbereit neben der Dusche hingen. Da ich weder frische Sachen noch genug Zeit hatte, um die alten zu waschen, zog ich die verdreckten Klamotten wieder an, auch wenn es etwas eklig war. Nachdem ich mir den Mantel umgehängt hatte, verließ ich das Badezimmer. In diesem Moment klopfte es laut an der Zimmertür.

Vorsichtshalber schnallte ich mir das Schwert auf den Rücken, bevor ich öffnete. Falls es der Prinz war, der Nachricht von Kanin hatte, wollte ich mir das anhören. Und falls es Jackal war, würde ich ihn gerade lange genug hereinlassen, um ihm zu berichten, was in der letzten Nacht mit unserem Schöpfer passiert war. Sollte allerdings Stick gekommen sein, um mich weiter zu reizen, würde ich ihm die Tür vor der Nase zuschlagen und ihm dabei selbige hoffentlich brechen.

Doch als ich öffnete, standen weder Stick noch Jackal oder der Prinz draußen.

Es war Zeke.

»Hi«, sagte er zögernd, als hätte er Angst, ich könnte *ihm* die Tür vor der Nase zuschlagen. Er sah nicht so aus, als hätte er genug Schlaf bekommen. Seine blonden Haare waren ganz zerzaust. »Darf ich reinkommen?«

Wortlos trat ich einen Schritt zurück und ließ ihn ins Zimmer, bevor ich die Tür wieder verschloss. Als ich die große Klinge sah, die er sich über der Kampfweste auf den Rücken geschnallt hatte, blinzelte ich überrascht. Auch die Pistole steckte wieder im Gürtel. »Du hast deine Waffen wiedergefunden.«

»Ja.« Mit geübtem Blick suchte er den Raum ab, dann drehte er sich achselzuckend zu mir um. »Na ja, nicht direkt gefunden. Man hat sie mir am frühen Abend gebracht. Angeblich hat Jackal angeordnet, dass ich sie wiederbekomme.«

»Jackal?« Das schockierte mich. »Bist du sicher, dass sie ihn gemeint haben?«

Seine Lippen zuckten kurz. »Absolut. Das hier war auch dabei.« Er holte einen Zettel aus der Hosentasche und reichte ihn mir. Auf dem zerknüllten Papier stand in Jackals schlampiger Schrift: »*Versuch, sie nicht wieder zu verlieren, Untertan.*«

Belustigt lachte ich auf. »Er ist sogar noch ein Arsch, wenn er hilfreich ist.« Ich zerknüllte den Zettel wieder und blickte zu Zeke, in der Erwartung, dass er mir grinsend zustimmen würde.

Doch sein schmales Lächeln war verblasst, und er beobachtete mich ernst. In seinem Gesicht spiegelte sich alles, was er nicht sagen konnte. Beunruhigt fing ich an zu grübeln. War er sauer, weil ich ihm am Morgen einen Korb gegeben hatte? Vielleicht war er auch nur gekommen, um sich zu verabschieden, und wollte mir sagen, dass es ein Fehler gewesen war hierherzukommen und dass er ohne mich nach Eden zurückkehren würde.

»Gehst du schon?« Ich versuchte, nicht verbittert zu klingen und mir die Verzweiflung, die mich plötzlich gepackt hatte, nicht anmerken zu lassen. »Der Prinz hält uns nicht hier fest. Kehrst du heute Nacht nach Eden zurück?«

Er runzelte die Stirn. »Natürlich nicht«, erwiderte er leise. »Ich würde niemals einfach so gehen.«

»Warum bist du dann hier?«

Zeke stieß ein frustriertes Brummen aus. »Keine Ahnung.

Vielleicht reden wir kurz miteinander?« Leicht verlegen ging er zu der Glastür, schob sie auf und trat auf den Balkon hinaus. Ich folgte ihm und ließ die Tür halb offen. Der Wind verfing sich in unseren Haaren und Kleidern und trieb kleine Schneeflocken vor sich her.

Nachdem er sich auf der eisbedeckten Brüstung aufgestützt hatte, blickte Zeke mit finsterer Miene auf die Stadt hinunter. Ich folgte seinem Beispiel. Unter mir funkelten die Lichter der Inneren Stadt, dahinter breitete sich der dunkle Saum aus.

»Von hier oben sieht alles anders aus«, begann ich. Ich hatte keine Ahnung, warum ich ihm das erzählte, aber die Worte kamen einfach aus meinem Mund und wurden mit den Schneeflocken davongeweht. »Als ich noch im Saum lebte, habe ich oft zu den Türmen hochgeschaut und mich gefragt, was die dort oben wohl gerade tun. Was für ein krankes Leben führen die dort eigentlich? Und jetzt stehe ich hier und blicke auf die Stadt hinunter, während irgendein Kind im Saum sich wahrscheinlich genau dasselbe überlegt.«

»Träume vom Leben im Turm der Vampire.« Zeke klang nicht vorwurfsvoll, er sah mich aber auch nicht an. »Hast du dir das jemals vorgestellt? Wie es sein könnte?«

»Manchmal schon«, gab ich zu. »Aber nicht oft.« Mir fiel wieder ein, wie ich in einer besonders eisigen Nacht zu den Türmen hochgestarrt und all die Menschen gehasst hatte, die dort im Warmen saßen, sich vollstopften und dafür belohnt wurden, dass sie ihresgleichen verraten hatten. Aber Eifersucht und Hass hielten einen auch nicht warm, und seine Energie auf Wünsche zu verschwenden war sinnlos. Natürlich konnte man sich wünschen, Mom wäre noch am Leben und würde einen in den Arm nehmen und abends Gutenacht-geschichten vorlesen, aber dadurch kam sie auch nicht zu-rück. Man konnte sich wünschen, den Freunden nicht beim Sterben zusehen zu müssen, wenn sie verhungerten, verblute-ten oder erfroren, oder sich einmal keine Gedanken darüber machen zu müssen, wo man genug Essen herbekam, um den nächsten Tag zu überleben. Aber die Leute starben trotzdem, und man blieb immer noch hungrig.

Oder man konnte sich wünschen, es gäbe einen Weg, wie ein Mensch und ein Vampir ohne Angst zusammen sein könnten.

Ich schluckte schwer und wagte einen Seitenblick zu Zeke. Der lehnte immer noch schweigend an der Brüstung und starrte in die Dunkelheit hinaus. In seinen hellen Haa-ren und auf seinen Schultern sammelten sich Schneeflocken. Wie gerne hätte ich sie weggewischt. Plötzlich tat es fast schon weh, ihn nicht zu berühren, seine Hand in meiner zu spüren, seine warmen, festen Lippen. Aber natürlich kam mit der Sehnsucht auch das wilde Ziehen des Hungers. Ich dachte an sein süßes Blut, die heiße Kraft und die berau-schende Macht, die damit durch meinen Körper flossen. Ich wollte ihn so sehr, wusste aber nicht, welcher Drang nun stärker war. Und ich fürchtete mich davor, es herauszu-finden.

Ich sog die eisige Luft in meine Lunge, um den Kopf wie-der freizubekommen. Dabei entging mir nicht, dass mein Atem keine Dampfwolken bildete. »Warum bist du hier, Zeke?«, fragte ich, ohne ihn anzusehen. »Du bist doch ge-kommen, um mir etwas zu sagen. Was ist es?«

Zeke zögerte, wischte ein paar Eisbrocken von der Brüstung und holte dann ebenfalls tief Luft. Als er ausatmete, schwebte eine kleine weiße Wolke vor seinem Gesicht. »Okay«, murmelte er. »Ich schaffe das.« Wieder zögerte er und schien ganz fasziniert zu sein von den Lichtern unter uns, dann fragte er: »Weißt du ... weißt du noch, was ich gesagt habe zum Thema Neuanfang?«

Er sprach so leise, dass der Wind seine Worte fast verschluckte, als würden sie ebenso verschwinden wie die feine Dampfwolke. Ich nickte vorsichtig.

Zeke zögerte kurz, dann drehte er sich zu mir um. »Das war gelogen. Ich will keinen Neuanfang mit dir.«

Hätte er mir einen Pflock ins Herz gerammt, hätte das kaum mehr wehtun können. Obwohl mein Hals wie zugeschnürt war, versuchte ich, mir nichts anmerken zu lassen. »Ach?«

»Nein.« Er stellte sich so dicht vor mich, dass wir uns fast berührten. »Ich will, dass es wieder so wird wie ... vorher«, flüsterte er. »Vor Jebs Tod, vor unserer Ankunft in Eden ... vor alldem. Erinnerst du dich noch? Wie es war ... zwischen uns?«

Das hatte ich keine Sekunde vergessen. Ich erinnerte mich an jedes Detail, von unserer ersten Begegnung in der verlassenen Kleinstadt über die Härte in seinen Augen, als er herausgefunden hatte, dass ich ein Vampir war, bis zu unserem ersten Kuss in der Dunkelheit. Er war der Sohn eines Predigers und ich das Monster, das zu hassen man ihn gelehrt hatte und dessen Vernichtung sein Ziel war. Doch nach und nach hatten wir gelernt, in dem anderen mehr zu sehen. Und als wir schließlich Eden erreichten und ich mich endgültig von ihm verabschiedete, war zwischen uns etwas entstanden, was uns beiden Angst machte.

»Ich erinnere mich«, flüsterte ich. »Ich wünsche mir auch, dass es noch so sein könnte.«

Abrupt streckte Zeke die Arme aus und zog mich an sich. »Dann hör auf, ständig vor mir wegzulaufen«, flüsterte er gequält. »Bitte. Du bist mir unendlich wichtig, Allie. Ich …« Er zögerte kurz, dann fuhr er leise fort: »Ich will mit dir zusammen sein. Mir ist egal, wie hoch der Preis dafür ist.« Er strich mir zärtlich über die Wange. »Lass es mich dir beweisen. Gib mir noch eine Chance.«

»Zeke …« Ich schloss die Augen, um seine sanfte Berührung auszublenden. Die bittersüße Sehnsucht verdrängte für einen Moment sogar den Hunger. »Du weißt, was ich bin.« Ich konnte ihn nicht ansehen. »Du weißt, dass es niemals … dass ein Vampir und ein Mensch …«

»Ich habe keine Angst.« Warm und weich streifte sein Atem meine Wange. Ich hörte den kräftigen Schlag seines Herzens, und wieder regte sich der niemals endende Hunger. »Ich weiß, worauf ich mich einlasse«, fuhr Zeke zärtlich fort. »Diesmal gehe ich es sehenden Auges an. Du bist ein Vampir und ich ein Mensch, aber das kümmert mich nicht mehr. Es sei denn … du empfindest nicht das Gleiche wie ich.«

Er wartete auf meine Antwort, doch ich brachte kein Wort heraus, konnte ihm nicht einmal ins Gesicht sehen. Dann legte er seine Stirn an meine, streichelte meine Wangen und umfasste sanft meinen Hinterkopf. »Allie«, murmelte er kaum hörbar, »wenn du nichts fühlst, wenn das alles einseitig ist, sag es mir jetzt, dann fange ich nie wieder davon an. Doch diese letzte Wette gehe ich noch ein, dass ich dir etwas bedeute, und dass wir es schaffen können, trotz allem, was zwischen uns steht. Ich will es versuchen. Allison.« Sein Daumen glitt über meine Haut, sein Blick schien mich zu durchbohren. »Ich vertraue dir.«

Nein. Ich legte die Hände an seine Brust – nicht um ihn wegzustoßen, sondern um ihn daran zu hindern, noch näher zu kommen. Seine Worte brannten sich mir ins Herz. Er vertraute mir; einem Vampir, einem Monster. Das war das Wertvollste, was er mir geben konnte, und gleichzeitig das eine, was ich auf keinen Fall verdient hatte.

Er wartete. Der Herzschlag unter meinen Fingern war schnell, unruhig. Sein Dröhnen schien sich fortzusetzen bis zu der schweigenden Stelle in meiner Brust. Zekes Herz unter meiner Hand. Er bot es einem Monster dar, das es mit Leichtigkeit brechen konnte, sowohl im übertragenen wie auch im wörtlichen Sinn. Und das sollte ich tun. Im übertragenen Sinn sollte ich es ihm jetzt sofort brechen, damit wir niemals Gefahr liefen, dass ich es ihm irgendwann im wörtlichen Sinn aus der Brust riss.

Doch allein beim Gedanken daran wurde mir ganz anders. Ich wollte ihn nicht verletzen. Was wir miteinander teilten, all die Gefühle, die in mir tobten, wann immer er in der Nähe war, das gehörte zu meiner anderen Hälfte. Dem Teil von mir, der noch immer menschlich war. Und auch wenn er noch so winzig war, kämpfte er jeden Tag, jede Minute gegen den Dämon und den Hunger an. Diese Seite von mir wollte das – brauchte das. Zeke war ein leuchtender Stern in all dem Bösen, der Finsternis und dem Blutdurst, dessen Licht bis zu dem winzigen menschlichen Teil von mir drang, der um sein Überleben kämpfte. Schon seit ich Eden verlassen hatte, hatte ich mich an die Erinnerung an Zeke geklammert, an diesen winzigen Hoffnungsschimmer, und den konnte ich jetzt nicht loslassen. Blieb nur zu hoffen, dass ich ihn nicht mit mir in die Finsternis reißen würde.

»Du fühlst nicht wie ich, stimmt's?«

Zeke trat einen Schritt zurück. Keine Wärme mehr an meinen Händen, kein Herzschlag unter meinen Fingern. Ohne ihn fühlte ich mich leer und hohl. Er wandte den Blick ab und sagte ausdruckslos: »Tut mir leid. Ich hätte nicht erwarten dürfen ... Ich lasse dich jetzt allein.«

»Nein! Ich meine ...« Hastig griff ich nach seiner Hand, und er sah mich an: niedergeschlagen, mit gebrochenem Herzen. So schnell ich konnte, fuhr ich fort, um ihm die Unsicherheit zu nehmen: »Das ist es nicht. Zeke, ich ...« Kraftlos sank ich gegen die Brüstung, bevor ich es endlich ausspuckte: »Ich will es doch auch«, hauchte ich. »Aber ich kann *mir selbst* nicht trauen.«

Er blinzelte einmal, dann war sein Blick wieder voller Zärtlichkeit und Hoffnung, als er sich an mich heranschob. »Damals in Jackals Turm hast du mich auch nicht getötet. Dabei hättest du es tun können. Ich hatte dich ja quasi dazu eingeladen, aber du hast es nicht getan.«

»Du hast ja keine Ahnung, wie kurz davor ich war«, erwiderte ich. Das schien ihn nicht zu beeindrucken.

»Ich bin immer noch hier.«

»Ich habe *Menschen* getötet.«

»Meinst du denn, an meinen Händen klebt kein Blut?«

»Zeke.« Verzweifelt sah ich zu ihm hoch – wenn er doch

nur begreifen würde! »Ich werde für die Menschen in meiner Umgebung immer eine Gefahr darstellen. Das sage ich nicht nur so. Es vergeht kein Tag, an dem ich nicht daran denke, wie es wäre, dich zu beißen. Klar, ich versuche, mich unter Kontrolle zu halten, aber das heißt nicht automatisch, dass ich das immer schaffen werde. Und das Letzte, was ich will ...« Ich brachte die Worte einfach nicht über die Lippen, obwohl ich wusste, dass ich es ihm sagen musste. »Das Letzte, was ich will, ist, aus einem Blutrausch aufzuwachen und festzustellen, dass ich jemanden umgebracht habe. Jemanden, den ich kannte. Wie Caleb oder Teresa. Oder dich.«

»Allie.« Zeke sah mich ernst an. Ich konnte mein Spiegelbild in seinen blauen Augen sehen, als er nach meiner Hand griff. »Ich habe dich beobachtet. Seit dem Tag, an dem wir uns begegnet sind, bis hin zu dem Tag, als ich herausfand, was du wirklich bist, und bis heute. Dabei warst du die ganze Zeit dieses toughe, sture Mädchen, das niemals aufgibt. Ich habe gesehen, wie hart du gekämpft hast, um niemandem etwas anzutun und immer Abstand zu wahren, damit du die anderen nicht in Gefahr bringst.« Er schloss kurz die Augen. »Und ich schäme mich dafür, was ich über dich gedacht habe, als du mit Jackal aufgekreuzt bist. Aber jetzt weiß ich es besser. Du hast dich nicht verändert. Du bist immer noch wunderschön, gefährlich und umwerfend, und das werde ich dir immer wieder sagen, so lange, bis du es endlich glaubst. Aber jetzt will ich dich einfach nur küssen. Allerdings habe ich Angst, dass du mich vom Balkon schmeißt, wenn ich es versuche.«

Mein Lachen klang mehr wie ein Schluchzen. Als Zeke

das erste Mal versucht hatte, mich zu küssen, war er auf dem Rücken gelandet, und meine Schwertspitze hatte direkt über seinem Herzen geschwebt. »Es wird nicht funktionieren«, warnte ich ihn mit funkelnden Augen. »Ein Vampir und ein Mensch? Das ist Wahnsinn, Zeke.«

Er schenkte mir dieses herzzerreißende Lächeln.

»Na ja, was hast du mal gesagt? Vielleicht sind wir beide ein bisschen … *mmmmm.*«

Er kam nicht weiter, weil ich mich von der Brüstung abstieß, ihm die Arme um den Hals schlang und ihn küsste.

Sofort packte er mich und drückte mich fest an sich. Seine Lippen bewegten sich leicht, sie waren genauso weich und warm, wie ich sie in Erinnerung hatte. Ich spürte, wie der ewige Hunger aufflackerte, doch ich erstickte ihn im Ansatz. Ich würde es schaffen. Ich konnte ein Vampir und trotzdem mit Zeke zusammen sein. Er war bereit, es zu versuchen und sein Herz einem Dämon anzuvertrauen, und ich würde ihn nicht enttäuschen. Egal, was es kostete oder wie sehr ich darum kämpfen musste, ich würde nicht zum Monster werden.

Der Wind war stärker geworden und zerrte an unseren Haaren und Kleidern, als Zeke sich von mir löste und mich ansah. Die Flocken tanzten um uns herum, blieben an meiner kalten Haut kleben und schmolzen auf Zekes warmer. Blinzelnd blickte ich in diese leuchtend blauen Augen und neigte den Kopf. »Was ist?«, fragte ich so leise, dass der Wind mir die Worte von den Lippen riss. Zeke lächelte.

»Du«, erwiderte er ebenso leise und zog mich wieder an sich. »Ich hätte niemals gedacht, dass ich das hier erleben würde. Mit dir. Bei all den Orten auf der ganzen Welt, an die es uns hätte verschlagen können, sind wir zur selben Zeit hier gelandet und haben uns getroffen. Als wäre es vorherbestimmt gewesen.«

»Vorherbestimmt?« Ich konnte mir ein leises, spöttisches Lachen nicht verkneifen. »Wohl eher ein extrem glücklicher Zufall. Ich glaube nicht an das Schicksal.«

»Ich auch nicht.« Er strich mir eine Haarsträhne aus dem Gesicht. »Aber ich denke, irgendjemand hat uns gehört. Jemand wollte, dass wir zueinanderfinden. Wie willst du das sonst erklären?«

»Ich hatte bisher eher den Eindruck, dass Gott die Vampire hasst«, erwiderte ich möglichst leichtfertig und schlang ihm eine Hand um den Bauch. »Böse, seelenlose Satansbrut oder so ähnlich.«

»Du bist nicht böse«, widersprach Zeke im Brustton der Überzeugung. »Früher habe ich das vielleicht geglaubt, aber jetzt nicht mehr.« Wieder strich er mir über die Wange. »Jemand, der so sehr darum kämpft, das Richtige zu tun, kann nicht böse sein.«

Seltsamerweise reichte diese simple Feststellung aus, um mir den Rest zu geben. Mir wurde die Kehle eng, und in meinen Augen brannten Tränen. Schnell wandte ich mich ab, da ich nicht wollte, dass Zeke mich weinen sah. Vielleicht fand er die roten Spuren in meinem Gesicht ja abstoßend. Er umfasste mein Kinn und hob sanft mein Gesicht an. Im ersten Moment sträubte ich mich, dann sah ich ihn trotzig an. Ich spürte, wie das Blut über meine Wangen lief, und erwartete, dass er zurückschrecken würde. Doch er lächelte nur und wischte die Träne vorsichtig ab.

»Sehenden Auges«, flüsterte er, dann küsste er mich.

Ich stieß ein kehliges Quietschen aus, ließ mich aber in seine Arme sinken und klammerte mich an seinem Shirt fest. Ich konnte nicht nachdenken. Im Moment konnte ich mich ja kaum bewegen. Deshalb hielt ich mich an ihm fest und ergab mich dem Gefühlssturm, der in meinem Inneren tobte und dafür sorgte, dass ich mich einerseits verstecken und es andererseits genießen wollte. Ich hatte keine Ahnung, wie das Ganze funktionieren sollte, ob es überhaupt funktionieren konnte. Aber eines wusste ich: Ich durfte ihn nicht verlieren. Zeke hatte das Monster in all seiner Schrecklichkeit gesehen und war immer noch hier. Er wagte sich an den Dämon heran, obwohl er wusste, dass der sich nach seinem Blut verzehrte und nach seinem Leben hungerte, und trotzdem hatte er keine Angst. Selbst wenn ich bis ans Ende aller Zeiten existieren sollte – ich würde nie wieder einem Ezekiel Crosse begegnen. Keine andere Seele würde jemals so hell erstrahlen wie seine. Das machte mir Angst, und gleichzeitig war ich nur umso entschlossener, ihn zu behalten, auch wenn das vielleicht egoistisch war. Zeke war jetzt mein. Für immer.

Jemand klopfte an die Zimmertür. Sofort lösten wir uns voneinander, obwohl Zeke mich nur ungern freigab. Noch einen Moment ruhte seine warme Hand auf meiner Haut. Meine Sinne arbeiteten auf Hochtouren, Hunger und Leidenschaft tobten in mir wie zwei Wirbelstürme, die gegeneinander anrannten, und trotzdem ging ich äußerlich gelassen zur Tür und öffnete sie. Zeke hielt sich dicht hinter mir.

»Guten Morgen, Sonnenschein«, säuselte Jackal. Seine goldenen Augen erfassten Zeke, und er zog süffisant eine Augenbraue hoch. »Störe ich etwa?«

»Immer«, murmelte ich, was ihm ein Grinsen entlockte. »Was willst du, Jackal?«

»Salazar hat nach uns rufen lassen«, erklärte der Vampir spöttisch. »Er erwartet uns bei Kanin im Krankentrakt. Sieht ganz so aus, als hätte seine Gastfreundschaft nun ein Ende.«

Wir fuhren mit dem Aufzug hinunter, ich in der Mitte, Jackal und Zeke rechts und links von mir. Diesmal wurden wir nicht von Elitevampiren eskortiert, es standen nicht einmal menschliche Wachen an den Türen oder auf den Fluren. Allerdings sah ich die Vampirfrau, mit der sich Jackal in der letzten Nacht unterhalten hatte. Sie schenkte ihm ein aufreizendes Lächeln und musterte ihn mit funkelnden Augen, als sie an uns vorbeiging. Bevor wir um die nächste Ecke bogen, zwinkerte Jackal ihr zu.

In der quietschenden Metallkabine stand Zeke dicht neben mir, während Jackal gelangweilt an der Wand lehnte. Ich biss jedes Mal verkrampft die Zähne zusammen, wenn der Fahrstuhl ruckelte oder bebte, und vielleicht spürte Zeke, wie unwohl ich mich fühlte, denn nach der Hälfte der Fahrt griff er nach meinen Fingern. Sofort ließ die Anspannung etwas nach, und ich drückte seine Hand. Ich glaubte, aus Jackals Richtung ein leises Schnauben zu hören, sah aber nicht hin.

Zeke. An diesen neuen, verrückten Gedanken musste ich mich erst noch gewöhnen: ein Mensch und ein Vampir. Vielleicht war ich naiv. Vielleicht verschloss ich die Augen vor der Realität. Höchstwahrscheinlich war ich unglaublich dumm und brachte ihn dadurch in Gefahr. Was würde

Kanin sagen, falls – nein, wenn – er es herausfand? Würde er mir eine Standpauke halten? Würde er den Kopf schütteln und mich mit dieser typischen Verärgerung im Blick mustern? Oder würde er mit Wut und Abscheu darauf reagieren, dass ich eine seiner obersten Regeln missachtete: Lass dich nicht mit Menschen ein?

Der Fahrstuhl schaukelte heftig, dann quietschte er so laut, dass es mir kalt den Rücken runterlief. Ich schloss die Augen und klammerte mich an Zekes Hand, bis mir klar wurde, dass ich ihm damit vielleicht wehtat. Schuldbewusst wollte ich loslassen, doch er schlang seine Finger wieder um meine und griff noch fester zu.

Weißt du was? Scheiß drauf, sagte ich mir. *Ich bin nicht mehr Kanins Schützling. Ich stehe jetzt schon lange auf eigenen Beinen. Immerhin bin ich durchs halbe Land gereist, um ihn zu finden. Es geht ihn nichts an, wie ich mein Leben lebe oder mit wem ich es verbringe.*

Der Fahrstuhl läutete, die Türen öffneten sich, und Zeke ließ meine Hand los. Am Ende des Flurs warteten Salazar und einige seiner Elitevampire auf uns. Aus ihren unterkühlten Mienen ließ sich nichts ablesen.

»Er ist aufgewacht«, informierte mich der Prinz, als wir durch den Saal mit den stöhnenden, sich windenden Menschen gingen, wobei wir uns vorsichtshalber von den Betten fernhielten. Ich beobachtete, wie Zeke die »Patienten« musterte und die Fäuste ballte, als er begriff, was hier vorging. Doch er sagte nichts. Jackal beachtete die Menschen kaum und rümpfte nur kurz die Nase.

»Er erwartet dich«, fuhr Salazar fort, als wir ein Zimmer erreichten, das ähnlich angelegt zu sein schien wie das, in dem der verwesende, sterbende Vampir lag. Allerdings standen hier zwei bewaffnete Elitevampire vor der Tür. »Du wirst zu Kanin hineingehen und ihn darüber informieren, was getan werden muss«, wies mich der Prinz an. »Danach werdet ihr gemeinsam meinen Turm verlassen und erst zurückkehren, wenn ihr Sarren oder ein Heilmittel gegen diesen Wahnsinn gefunden habt. Ist das klar?«

Nickend betrachtete ich die geschlossene Tür, hinter der ich die unverwechselbare Präsenz meines Schöpfers spürte. Jetzt, wo ich kurz davor war, ihm gegenüberzutreten, war ich nervös. Es war so viel passiert. Was würde er mir sagen? Was würde ich ihm sagen? Wir waren beide nicht mehr dieselben wie früher.

»Geh ruhig vor«, meinte Jackal mit einem nachlässigen Winken. »Ich verspüre nicht gerade ein brennendes Verlangen, den alten Herrn jetzt schon zu sehen. Und er wird bestimmt auch viel lieber mit dir reden.«

Ich warf ihm einen scharfen Blick zu. »Für jemanden, der einen so weiten Weg hinter sich gebracht hat, um Kanin zu sehen, zierst du dich aber schon ziemlich.« Verärgert runzelte ich die Stirn. »Gestern hast du dich auch nicht für ihn interessiert. Fast scheint es, als würdest du ihm aus dem Weg gehen.«

»Was soll ich sagen?« Jackal lehnte sich gegen die Wand. »Ich bin eben nicht sein Musterknabe.«

»Was soll das denn schon wieder heißen?«

»Geh«, mischte sich der Prinz wieder ein. »Mir ist völlig egal, wer Kanin holt und ihn aus dem Turm bringt, solange er verschwindet. Solange ihr alle verschwindet.«

»Prinz Salazar«, meldete sich Zeke leise zu Wort, was uns

alle verblüffte. Fassungslos starrte ich ihn an, während sich der Vampirprinz leicht verwirrt zu dem Menschen umdrehte. Zweifelsohne fragte er sich, warum dieser einfache Sterbliche es wagte, ihn anzusprechen. »Sir«, fuhr Zeke ruhig und höflich fort, »bevor wir gehen, muss ich Sie darüber in Kenntnis setzen, dass es im Saum noch Menschen gibt, die nicht infiziert sind. Falls …« Er holte tief Luft, als fiele es ihm schwer, das Folgende zu sagen: »Falls Sie sich Sorgen um Ihren Blutvorrat machen, sollten Sie vielleicht erwägen, sie in die Innere Stadt zu holen. Oder ihnen zumindest Nahrungsmittel und andere Vorräte zu schicken. Ich weiß, wo sie sich aufhalten, und für mich sieht es ganz so aus, als könnten Sie jeden gesunden Menschen brauchen, den Sie nur finden können. Würden Sie es sich überlegen und sie vielleicht in die Stadt lassen? Sie müssen so schnell wie möglich aus dem Saum raus.«

Der Prinz zog eine Augenbraue hoch. »Ich bin kein Narr«, erklärte er. Sein Ton verriet, dass er sich köstlich über diesen Sterblichen amüsierte, der es wagte, mit einem Prinzen zu sprechen. »Falls es dort draußen tatsächlich nicht infizierte Menschen gibt, wäre es natürlich das Beste, wenn man sie in den Schutz der Inneren Mauer holen könnte. Doch ich werde nicht die Sicherheit meiner Leute riskieren und sie in den Saum schicken. So leid es mir tut, doch ich bin nicht bereit, etwas für sie zu tun. Lieber sterben noch einige Menschen, als dass ich diese Krankheit in meine Stadt hole.« Zeke ballte die Fäuste, woraufhin der Prinz, dem seine Wut nicht entging, die Augen zusammenkniff. »Findet Sarren und das Heilmittel«, erklärte er Zeke. »Nur so könnt ihr dem Rest der Bevölkerung helfen.

Mehr kann ich dir nicht anbieten, Mensch.« Damit wandte er sich von Zeke ab – offenbar interessierte er ihn nicht weiter. Als ich Zeke einen entschuldigenden Blick zuwarf, verschränkte er grimmig die Arme vor der Brust. »Tochter Kanins«, sagte Salazar und lenkte mich so von Zeke ab. »Wir vergeuden Zeit. Wirst du mit deinem Schöpfer sprechen, oder soll ich jemanden reinschicken, der ihn mit Gewalt rausholt?«

Ich biss mir auf die Lippe, stellte mich zwischen die beiden Wachen und griff nach dem kalten Türknauf. Nach kurzem Zögern drehte ich ihn, ging hinein und schloss die Tür hinter mir.

Es war dunkel in dem engen Raum, nur etwas Helligkeit fiel durch die kleine Scheibe in der Tür und den Spalt zum Boden. Für meine Vampiraugen war alles andere in ein verwaschenes, farbloses Grau getaucht. Kurz überlegte ich, ob ich vielleicht den Schalter neben der Tür betätigen sollte. Ich wusste, dass es hier Strom gab, genau wie im ganzen Rest dieses Stockwerks. Doch es kam mir unhöflich, drängend, ja sogar grausam vor, meinem Schöpfer das Licht aufzuzwingen. Seit ich ihn kannte, hatte Kanin immer die Dunkelheit vorgezogen.

Jetzt sah ich ihn. Er saß ganz hinten in der Ecke in einem Sessel und hatte das Kinn in die Hände gestützt. Heute sah er schon viel besser aus. Seine Haut war zwar noch blass, aber nicht mehr so kalkweiß und rissig wie in der Nacht zuvor. Wie immer trug er Schwarz, sodass er, abgesehen von seinem Gesicht und den kräftigen Armen, ein konturloser Schatten war. Zunächst sah er mich nicht an, sondern starrte gedankenverloren auf den Boden. Doch als sich die Tür mit einem leisen Klicken schloss und es wieder dunkel um uns wurde, hob er den Kopf, und die stechenden schwarzen Augen musterten mich.

»Allison.«

Seine weiche, tiefe Stimme ließ mich schaudern. Er klang weder einladend noch wütend, aber auch nicht erleichtert. Nichts weiter als mein Name, keinerlei Hinweis darauf, was er dachte oder fühlte. Und plötzlich wusste ich nicht mehr, was ich sagen sollte. Eigentlich hatte ich nie so weit gedacht, mir nie den Moment vorgestellt, wenn ich meinem Schöpfer gegenüberstehen würde, und das als eine völlig andere als bei unserer letzten Begegnung.

Schließlich entschied ich mich für eine unverbindliche, sichere Antwort: »Hi.«

Nichts. Er zuckte nicht einmal mit der Wimper, blieb völlig reglos. Kein Anzeichen dafür, dass er mich überhaupt gehört hatte. Ich schluckte schwer. »Ich ... äh ... freut mich, dass es dir besser geht.«

Kanin neigte kurz den Kopf. »Ja«, murmelte er leicht betreten. »Obwohl ...«

Er ließ die Hände sinken und stand so abrupt auf, dass ich zusammenzuckte. Reglos sah ich zu, wie er das Zimmer durchquerte und vor mir stehen blieb. Er war immer noch verdammt mächtig und hatte eine erdrückende Präsenz. Um ihm ins Gesicht sehen zu können, musste ich den Kopf in den Nacken legen. Sein Blick war unruhig, und hinter der gelassenen Maske flackerte Schmerz auf.

Ganz langsam, mit einer bestimmten und doch sanften Bewegung, hob er die Hand und strich mir die Haare über die Schulter. Als er nach meinem Kragen griff und ihn beiseiteschob, zitterte ich leicht. Darunter kam die Narbe zum Vorschein, die er hinterlassen hatte.

Kanin schloss die Augen. Jetzt waren sein Schmerz und sein Schuldgefühl nicht mehr zu übersehen.

»Das warst nicht du«, sagte ich fast unhörbar. »Ich mache dir keine Vorwürfe, Kanin. Du warst nicht du selbst.«

»Nein«, stimmte er mit erstickter Stimme zu. »Aber das entschuldigt nicht, was ich getan habe. Du bist noch nicht lange genug ein Vampir, um das zu verstehen. Dass ich …« Er ließ mich los und wandte sich mit hängenden Schultern ab. Wieder fiel mir ein, was er damals in dem alten Krankenhaus gesagt hatte, als er mir die Geschichte und die Gebräuche der Vampire erklärt hatte: *Vampire nähren sich nicht voneinander. Das ist einer der brutalsten Gewaltakte, die wir einem der Unseren antun können, und es wird von den meisten als barbarisch und unnötig grausam angesehen.*

»Und doch bist du hier«, stellte er schon etwas lauter fest und richtete sich auf. Allerdings sah er mich nicht an. »Du hast mich gefunden. Das hatte ich kaum noch zu hoffen gewagt.«

»Natürlich.« Verletzt sah ich ihn an. »Ich hätte dich ihm niemals überlassen, Kanin. Nicht diesem Psychovamp. Nicht nach allem, was du für mich getan hast. Dachtest du wirklich, ich könnte diese Träume einfach ignorieren, wenn ich dadurch genau wusste, was Sarren tut? Hast du gedacht, ich würde dich im Stich lassen?«

»Da wärst du nicht die Erste.« Endlich drehte er sich zu mir um. Seine dunklen Augen waren undurchdringlich, voller Finsternis. Doch er hielt meinem Blick stand. »Ich war

346

noch nicht oft in dieser Situation«, gab er mit einer Spur seines alten Selbstbewusstseins zu. »Aber ... danke. Unter all meinen Nachkommen bist du die Einzige, bei der ich nichts bereue.«

Nun war ich es, die Schwierigkeiten hatte, in diese stechenden Augen zu sehen. Um die Spannung zwischen uns zu brechen, lächelte ich verlegen. »Du wirst jetzt doch wohl nicht weich werden«, mahnte ich, woraufhin Kanin überrascht die Augenbrauen hochzog. Mein Lächeln wurde breiter. »Noch sind wir hier nicht raus«, fuhr ich fort und beobachtete ihn genau. »Wir brauchen dich, damit du uns bei der Suche nach Sarren hilfst.«

»Sarren.« Kanin kniff die Augen zusammen. Wahrscheinlich erinnerte er sich gerade an die langen, grauenhaften Nächte, in denen Sarren ihn grausam gefoltert hatte. Mit gefährlich ruhiger Stimme befahl er mir: »Sag mir, was geschehen ist. Lass nichts aus.«

Ich gehorchte. Angefangen bei den ersten Träumen erzählte ich ihm, wie ich seiner Spur bis nach Old D.C. gefolgt war, wo ich stattdessen Jackal gefunden hatte, wie wir das andere Labor entdeckt und ihn schließlich in New Covington aufgespürt hatten, wo Sarren seine Niedertracht in einem spektakulären Blutbad bewiesen hatte und dann geflohen war. »Wir wissen nicht einmal, ob er noch in der Stadt ist«, beendete ich meinen Bericht mit einer hilflosen Geste. »Aber wir sollen ihn aufspüren und ihm entweder ein Heilmittel abpressen oder ihn hierher zurückbringen, damit der Prinz sich um ihn kümmern kann.«

»Er ist noch nicht weg«, behauptete Kanin. Auf mein überraschtes Blinzeln hin schüttelte er den Kopf und erklärte stirnrunzelnd: »Was auch immer er vorhat: Er wird bleiben und sehen wollen, wie das Ganze endet. So denkt sein krankes Hirn. Er wird niemals gehen, bevor er nicht das Endergebnis gesehen hat, nicht, nachdem er sich so viel Mühe gemacht hat, das alles einzufädeln.« Kanin blickte zur Tür. »Er ist noch irgendwo in der Stadt.«

»Hervorragend.« Quietschend öffnete sich die Tür, und Prinz Salazar kam herein. »Das macht es leichter für dich, nicht wahr? Denn so, wie es aussieht, bleibt dir ja nicht mehr viel Zeit.«

Ich fuhr herum und stellte mich zwischen Kanin und den Prinzen, blieb dabei aber ganz bewusst in Kanins Hälfte des Raums. Bei dem Blick, den die beiden Meistervampire tauschten, schien die Temperatur um einige Grad zu fallen. Hinter den glatten, eisigen Mienen tobten gut verborgen Wut und Hass.

»Du kannst stolz sein auf deinen Schützling, Kanin.« Die aufgesetzte Ruhe in Salazars Stimme reichte kaum aus, um die darunterliegende Abneigung zu übertünchen. »Niemand sonst hätte das getan und solche Mühen auf sich genommen, um dich zu retten. Jeder andere hätte dich hier unten verrotten lassen. Ich ganz bestimmt.« Seine Lippen zuckten. »Was natürlich nach wie vor eine Option wäre.«

»Was hast du mit mir gemacht?« Kanin blieb ruhig, doch irgendetwas in Salazars triumphierendem Blick sorgte dafür, dass sich mein Magen vor Angst zusammenkrampfte. »Du würdest mich niemals einfach gehen lassen, nicht ohne eine Rückversicherung. Was sollte mich sonst davon abhalten, New Covington zu verlassen und niemals zurückzukommen?«

So etwas würde er nicht tun, das wusste ich. Kanin war nicht so. Diese Frage passte eher zur Denkweise des Prinzen, und als ich das bösartige Grinsen sah, das sich langsam auf Salazars Gesicht ausbreitete, wusste ich es plötzlich. Mir gefror das Blut in den Adern. Kanin hatte sich krank gefühlt, als er am Abend erwacht war. Ich hätte wissen müssen, dass man dem Prinzen nicht trauen konnte. Er hasste Kanin abgrundtief und wollte ihn leiden sehen, auch wenn er jetzt frei war.

In meinem Inneren befindet sich ein finsterer, sich windender Eindringling. Fast unmerklich gleitet er durch meine Adern.

»Krankes Schwein«, flüsterte ich. Der Prinz zog süffisant eine Augenbraue hoch. »Sie haben ihm gestern verseuchtes Blut gegeben!«

Salazar sah mich unbeeindruckt an. »Überrascht dich das, Tochter Kanins?«, fragte er sanft. »Ich habe versprochen, ihn freizulassen, doch ich brauchte etwas, um sicherzustellen, dass ihr auch wirklich Sarren verfolgt und euch nicht einfach auf und davon macht.« Diesmal blitzten bei seinem Lächeln Reißzähne auf. »Das verschafft euch die nötige Motivation.«

Vor meinem inneren Auge sah ich den sterbenden Vampir, dessen Fleisch an den Knochen verfaulte, und an sein stummes Flehen, seinem Leben ein Ende zu setzen. Wütend und gleichzeitig voller Furcht fletschte ich die Zähne und fauchte den Prinzen an: »Verdammt, Salazar! Das war doch völlig unnötig! Wir hätten Sarren so oder so verfolgt!«

»Allison.« Kanins kühle Stimme hielt mich davon ab, etwas abgrundtief Dämliches zu tun, wofür man mir bestimmt den Kopf abgerissen hätte. Was mich herzlich wenig kümmerte. Salazar wusste, dass Kanin niemals versucht hätte, die Stadt zu verlassen. Und dass wir alles daran setzen würden, Sarren aufzuhalten und das Heilmittel zu finden. Verdammt noch mal, wie auch nicht, wenn eine Seuche beide Spezies bedrohte? Das war einfach nur grausame, bösartige Rachsucht. Ich hatte so viel auf mich genommen, um Kanin zu retten, hatte zugesehen, wie er sich aus den Tiefen des Wahnsinns hervorgekämpft hatte, hatte die grauenhaften Träume und Visionen durchlitten, und nun ... nun würde er wahrscheinlich ...

»Wie lange habe ich noch?«, wollte Kanin, immer noch unfassbar gelassen, wissen. Der Prinz, der mich mit gefährlich kalten Augen beobachtet hatte, wandte sich ihm zu.

»Ungefähr zweiundsiebzig Stunden«, erwiderte er nonchalant, »gerechnet von dem Zeitpunkt, an dem die ersten Symptome auftreten. Mehr oder weniger. Danach erreicht das Virus das Gehirn und beginnt, es auszuschalten. Aber bis dahin ist dein Körper wahrscheinlich schon so geschädigt, dass er sich sowieso nicht länger erhalten kann.«

Drei Tage. Drei Tage, um Sarren aufzuspüren, ein Heilmittel zu finden – falls überhaupt eines existierte – und zum Prinzen zurückzukommen, bevor das Virus in Kanins Körper ihn vernichtete. »Die Zeit reicht nie!«, protestierte ich, woraufhin der Prinz mich ohne einen Funken Mitleid ansah.

»Die Zeit wird reichen müssen. Ihr habt gar keine andere Wahl.«

Stimmt, hatten wir nicht. Völlig vor den Kopf gestoßen hörte ich zu, wie Kanin und Salazar die Situation im Saum besprachen, überlegten, was uns erwarten würde, wenn wir den Turm verließen, und Pläne entwickelten, wie wir durch die Innere Stadt kämen. Es klang wie ein vollkommen normales Gespräch. Als würde nicht einer der beiden sterben, und das nur aufgrund der Heimtücke und Falschheit des anderen.

»Wo wollt ihr zuerst suchen?«, erkundigte sich Salazar.

»Im Saum«, antwortete Kanin prompt. Der Vampirprinz hob zweifelnd eine Augenbraue.

»Du glaubst nicht, dass Sarren sich noch in der Inneren Stadt aufhält? Sondern dass er sich unter den Infizierten versteckt, ohne eine Möglichkeit zur Nahrungsaufnahme?«

Kanin lächelte kalt. »Es spielt keine Rolle, wo er jetzt ist. Er wird zu uns kommen – weil ich weiß, wo er seine Forschungen betrieben hat. Ich weiß, von wo aus er diesen Wahnsinn entfesselt hat.«

»Tatsächlich?«, erwiderte Salazar leise, während ich Kanin stirnrunzelnd anstarrte. Tatsächlich? Ich wusste es jedenfalls nicht, und ich hatte Sarren seit Old D. C. verfolgt, durch die Ruinenstadt und die Tunnel bis zu dem geheimen Labor …

Oh. Natürlich. Natürlich wusste Kanin, wo Sarren das Virus entwickelt hatte. Und ich wusste es auch. Es war ganz offensichtlich – warum hatte ich nicht schon vorher daran gedacht? Ich war selbst dort gewesen. Dort hatte ich meine ersten Wochen als Vampir verbracht.

Das Labor unter dem alten Krankenhaus, wo Kanin mir beigebracht hatte, eine Unsterbliche zu sein.

»Nun gut. Dann brecht heute noch auf.« Salazar streifte mich mit einem flüchtigen Blick, während er zur Tür ging. »Wenn ihr bereit seid, werden euch meine Wachen zum Tor bringen.« Ein Lächeln huschte über sein Gesicht, als er langsam die Tür hinter sich zuzog. »Ich hoffe sehr, dass wir uns bald wiedersehen.«

Dann waren wir allein.

Einen Moment lang starrte ich wütend auf die geschlossene Tür, dann drehte ich mich um. »Ich hatte keine Ahnung, Kanin. Ich hätte nie gedacht, dass Salazar ...«

Er unterbrach mich mit einer schnellen Geste. »Schon gut, Allison. Was geschehen ist, ist geschehen.« Seine Miene verfinsterte sich, und ich sah Bedauern in seinem Blick aufblitzen, bevor er sich wieder unter Kontrolle hatte. »Auf uns wartet Arbeit. Finden wir Sarren und versuchen wir, diesen Wahnsinn zu stoppen, bevor es für mich zu spät ist.«

Als wir das Zimmer verließen, stand Salazar nicht mehr im Flur, was auch besser war, denn ich war immer noch so wütend auf den Vampirprinzen, dass ich mich sonst vielleicht in Schwierigkeiten gebracht hätte. Zeke und Jackal warteten allerdings auf uns – der eine lehnte entspannt an der Wand, der andere stand ein paar Meter entfernt und beobachtete mit verschränkten Armen wachsam seine Umgebung. Als sich die Kabinentüren öffneten und ich mit Kanin auf den Gang trat, richteten sich beide ruckartig auf.

»Ihr zwei kennt euch ja sicher«, begann ich und ließ Jackal und Kanin dabei nicht aus den Augen. Vielleicht verrieten sie jetzt ja etwas von ihrer Vergangenheit, oder ich schnappte einen Hinweis auf, was wohl zwischen ihnen vorgefallen war.

»Ja«, sagte Kanin tonlos und starrte Jackal mit unergründlicher Miene an. »Ja, wir kennen uns.« Jackal erwiderte den Blick mit einem gefährlichen Funkeln in den Augen, was wiederum Kanin ein feines Lächeln entlockte. »Hallo, James.«

Jackal schloss resigniert die Augen, während meine fast aus den Höhlen traten vor Überraschung. »*James?*«, fragte ich ungläubig. Breit grinsend drehte ich mich zu ihm um. »Dein richtiger Name ist *James?*«

Jackal seufzte schwer und sah Kanin voller Abscheu an. »Netter Zug, alter Mann. Das musstest du unbedingt erwähnen, oder?«

»Wenn ich mich richtig erinnere, sagte ich auch, dass ich dich töten werde, falls wir uns jemals wieder begegnen.«

»Tja …« Achselzuckend deutete Jackal auf Zeke. »Dann wirst du dich hinten anstellen müssen, denn der kleine Blutsack da ist vor dir dran. Obwohl eigentlich du ganz oben auf seiner Liste stehen müsstest. Fast schon witzig, denn er hat keine Ahnung, wer du bist und was du getan hast.«

Kanins Blick schoss kurz zu dem Menschen, der das Gespräch aus sicherer Entfernung verfolgte. »Kanin.« Ich stellte mich zwischen die beiden Vampire, bevor Jackal noch mehr Unheil stiften konnte. »Das ist Zeke. Er hat uns bei der Suche nach dir geholfen. Und er wird uns auch auf der Jagd nach Sarren begleiten.«

Eigentlich hatte ich mit Fragen gerechnet, doch Kanin nickte nur zustimmend. Ich war erleichtert, aber offenbar wollte Jackal auch etwas zu dem Thema beisteuern.

»Ich hätte da noch eine interessante Info für dich, Kanin«, meldete sich der Banditenkönig wieder zu Wort. Er sprach verdächtig leise, und das gefährliche Funkeln in seinen Augen verstärkte sich. »Erinnerst du dich noch an die Wissenschaftler, die vor sechzig Jahren nach einem Heilmittel gesucht haben? Für die du auf die Jagd gegangen bist und denen du unsere Brüder ausgeliefert hast? Wie hieß doch noch gleich deren Anführer? Ach ja, richtig: Malachi. Malachi Crosse.«

Zeke zuckte heftig zusammen, und auch Kanin reagierte sichtlich angespannt auf diesen Namen. Zähnefletschend fuhr ich zu Jackal herum und wollte ihm Einhalt gebieten, doch es war schon zu spät.

»Darf ich vorstellen?«, fuhr der Vampir fort und deutete mit dem Kopf auf Zeke. »Sein Urenkel, Ezekiel Crosse.«

Kanin erstarrte. Dann drehte er sich wie in Zeitlupe um und musterte Zeke, als würde er ihn jetzt erst richtig wahrnehmen. Langsam ging er auf ihn zu. Zeke verkrampfte sich zwar, rührte sich aber nicht vom Fleck und sah mit stechendem Blick zu, wie der Vampir sich ihm näherte.

»Kanin«, setzte ich an und wollte ihm folgen.

Mein Schöpfer beachtete mich nicht, sondern konzentrierte sich ausschließlich auf den Menschen. Mit rauer Stimme fragte er: »Dein Vater ist Jebbadiah Crosse?«

»War«, entgegnete Zeke ruhig. Dabei huschte sein Blick kurz zu Jackal, der die Szene lächelnd beobachtete. In Zekes Augen blitzte für einen Moment Wut auf, bevor er sich wieder unter Kontrolle hatte. »Er ist vor ein paar Monaten gestorben.«

»Das tut mir leid.« Kanins Tonfall verriet, dass ihm der kurze Blickwechsel zwischen den beiden nicht entgangen war, und dass er daraus schließen konnte, was passiert war. »Aber seine Forschungen«, fuhr er so drängend fort, dass ich überrascht blinzelte. Noch nie hatte ich Kanin derart ängstlich erlebt. »Die Experimente mit den Vampiren. Weißt du etwas darüber? Hast du die Daten?«

Zeke schüttelte den Kopf. »Nicht mehr«, erklärte er. Kanin schien in sich zusammenzufallen. In diesem Moment sah er so aus, als hätte er alles verloren, als hätte die schreckliche Last auf seinen Schultern ihn endgültig niedergedrückt und als fehlten ihm die Kraft und der Wille, länger dagegen anzukämpfen. Als Zeke mich fragend ansah, nickte ich kurz, woraufhin er leise fortfuhr: »Ich habe die Aufzeichnungen nicht mehr, aber sie sind in guten Händen. Das Material ist jetzt in Eden.«

»Eden«, wiederholte Kanin flüsternd. Langsam hob er den Kopf. »Dann ist es also Wirklichkeit, es existiert.«

»Verlangen Sie nicht von mir, Ihnen zu verraten, wo es liegt«, sagte Zeke unnachgiebig. »Das werde ich nicht tun.«

»Ich werde dich nicht danach fragen.« Kanin wich ein paar Schritte zurück, er schien regelrecht benommen zu sein. »Du hast keinen Grund, mir zu trauen«, fuhr er, offenbar an Zeke gerichtet, fort, auch wenn sein Blick abwesend wirkte. »Aber zu wissen, dass das Material in Sicherheit ist, dass es immer noch Hoffnung gibt …«

Er verstummte, aber als ich seinen Gesichtsausdruck sah, tat er mir so leid, dass sich alles in mir schmerzhaft zusammenzog. Ich wollte schon etwas sagen, als laute Schritte die Ankunft von Dr. Emerson und vier Elitevampiren ankündigten. Mit gelangweilter Miene blieb der Arzt vor uns stehen. In einer Hand hielt er einen Rucksack, in der anderen eine kleine Kühlbox.

»Der Prinz hat entschieden, dass ihr mit Vorräten versorgt werden sollt, bevor ihr in den Saum aufbrecht«, erklärte er ausdruckslos, als müsste er sich lästigerweise um dieses unwichtige Detail kümmern, bevor er wieder an seine Arbeit gehen konnte. »Hier. Vorräte für Lakaien ...« Er warf Zeke den Rucksack zu, der ihn stirnrunzelnd auffing. Dann hob er die Kühlbox. »Und Vorräte für Vampire. Allerdings würde ich euch empfehlen, sie bald zu verbrauchen, da sie sich nicht mehr lange halten.«

»Nein danke«, knurrte ich und musterte die Kühlbox misstrauisch. Als mir wieder einfiel, wie ich in der vergangenen Nacht eine der Konserven verschlungen hatte, wurde mir übel. War die etwa auch verseucht gewesen? Müsste ich mich dann jetzt nicht krank fühlen? Kanin hatte gespürt, dass etwas nicht stimmte, aber Kanin war auch ein Meister und schon wesentlich länger ein Vampir. Würde mein Körper in ein paar Stunden anfangen zu verwesen und von innen heraus zerfressen werden? Bei dem Gedanken daran fletschte ich abwehrend die Zähne. »Wir werden ganz sicher kein Blut anrühren, das von euch kommt. Besonders nicht, nachdem ...«

Kanin warf mir einen scharfen Blick zu, offenbar sollte ich nichts verraten. Sofort verstummte ich. Die Botschaft war eindeutig: Er wollte nicht, dass jemand von seiner Krankheit erfuhr. Frustriert verkniff ich mir den Rest, aber es widersprach sowieso niemand. Nur Jackal musterte mich irritiert, offenbar dachte er, ich wäre überemotional.

Der Arzt zuckte mit den Schultern. »Wie ihr wollt. Dass ihr euch von den Menschen im Saum nicht nähren könnt, wisst ihr ja bereits. Falls sie infiziert sind, wird das Virus in ihrem Blut euch vernichten.«

»Wissen wir«, erwiderte ich eisig. »Euer Prinz hat daran keinen Zweifel gelassen.«

»Gut. Dann werden die Wachen euch jetzt hinausbegleiten.«

Und so fuhren wir alle zusammen hinauf ins Erdgeschoss: sieben Vampire und ein Mensch, eingesperrt in einer kleinen Metallkiste. Mir kam das alles irgendwie unwirklich vor – mein Schöpfer, mein Bruder im Blute, Zeke und ich. Vier völlig unterschiedliche Wesen, die unter normalen Umständen nie zusammenkommen würden. Die wahrscheinlich sogar Feinde wären.

Doch hier standen wir nun.

Vor dem Turm standen zwei kastenförmige Gefährte mit breiten Reifen und großen Scheinwerfern bereit. Als wir darauf zugingen, wurden wir von einem Menschen in Uniform begrüßt.

»Der Prinz hat befohlen, dass man Sie zum Tor in Sektor Zwei bringt«, erklärte er uns, nachdem er Kanin und Jackal zugenickt hatte. Ein weiterer Soldat öffnete die Hintertür des ersten Wagens, und der Wachmann signalisierte den beiden, dass sie einsteigen sollten. »Jeweils zwei pro Wagen, bitte. Das Mädchen und der Mensch nehmen den zweiten.«

»Warum können wir nicht alle zusammen fahren?«, wollte ich wissen.

»Tut mir leid, Ma'am«, erwiderte der Mann höflich, aber bestimmt. »Wir müssen Sie auf diesem Weg befördern.«

Natürlich hätte ich protestieren können, aber Kanin und Jackal schien es nicht zu stören, mein Bruder im Blute grinste nur selbstgefällig, was Kanin geflissentlich ignorierte. Falls der Prinz unseren Tod wollte, hätte er uns mit Sicherheit schon umgebracht. »Na schön«, murmelte ich und ging zu dem zweiten Wagen. »Komm, Zeke.«

Doch sobald wir eingestiegen waren, wurde mir klar, warum man uns getrennt hatte. Von wegen Befehl des Prinzen.

Auf der Bank gegenüber saßen Stick und seine Bodyguards, deren Armbrüste bereits gespannt und auf mein Herz gerichtet waren. Zeke zuckte zurück, aber die Türen wurden bereits geschlossen und mit einem leisen Klicken verriegelt. Lächelnd schlug Stick die Beine übereinander und deutete auf die freie Sitzbank. »Setz dich, Allie.«

Wachsam ließen wir uns auf das Polster sinken. Der Wagen setzte sich brummend in Bewegung.

Die vorbeiziehenden Lichter der Stadt huschten über Sticks Gesicht, das er nun in die Hand stützte, während er mich anstarrte. Falls er mich damit beeindrucken oder verunsichern wollte, funktionierte es nicht. »Was willst du, Stick?«, fragte ich, bevor er etwas sagen konnte. Er kniff die Augen zusammen, als hätte ich ihm den Auftritt vermasselt. Hielt er das hier für irgendein blödes Spiel?

»Mein Name ist Stephen«, sagte er mit finsterer Miene. »Mr. Stephen, die rechte Hand des Prinzen Salazar. Stick war mein wertloser Saumname, von dem jeder dachte, ich hätte ihn verdient. Der Name, den Lucas und du mir gegeben habt, weil ich nichts anderes für euch war. Stick wie Stöckchen, das man mühelos zerbrechen und wegwerfen kann.« Er bemerkte wohl Zekes verwirrte Miene, denn mit funkelnden Augen fuhr er fort: »Weißt du, ich war früher einmal ihr bester Freund. Hat sie dir das erzählt? Von unserem Leben als Straßenkinder im Saum? Hat sie uns überhaupt einmal erwähnt?«

»Nein«, erwiderte Zeke gelassen. Er hatte die Arme vor der Brust verschränkt und musterte Stick wachsam. Natürlich spürte er die Spannung, die sich zwischen uns aufbaute, doch seine Stimme blieb neutral. »Ich habe nie danach gefragt.«

»Solltest du vielleicht irgendwann mal tun«, fuhr Stick fort, ohne mein warnendes Knurren zu beachten. »Vielleicht solltest du sie nach Lucas fragen, und wie er gestorben ist. Das war der Anführer unserer Gang. Auf ihn war sie auch scharf, obwohl sie immer versucht hat, sich nichts anmerken zu lassen. Armer Lucas.« Stick schüttelte bedauernd den Kopf. »Er dachte, er würde sie lieben. Und was hatte er davon? Er ist bei den Verseuchten gelandet.«

»Stick!« Wütend fletschte ich die Zähne, doch die Wachen hoben drohend ihre Waffen. Innerlich kochte ich; irgendwie musste ich Stick zum Schweigen bringen! Mein Dämon drängte mich natürlich, ihm zu diesem Zweck die Kehle rauszureißen. Und ich war noch nie so versucht gewesen, ihm seinen Willen zu lassen.

Doch Zekes kühle, beruhigende Stimme durchdrang die aufsteigende Wut und vertrieb sie erst einmal. »Warum erzählst du mir das?«, fragte er ruhig, doch ich hörte eindeutige Missbilligung heraus. »Ich dachte, ihr zwei wärt Freunde.«

»Freunde.« Stick lächelte verbittert. »Früher vielleicht. Da dachte ich zumindest, sie wäre meine Freundin. Aber sie hat das nur vorgetäuscht. Sie alle. Das kann sie richtig gut, weißt du?« Stick sah mich an, und für einen Moment wirkte er aufrichtig verletzt. »Sie tut so, als würde man ihr etwas bedeuten, als wäre sie gern mit einem zusammen, aber das ist alles nur gespielt. Nichts davon ist echt, stimmt das nicht, Allie?« Noch immer starrte er mich an, und ich war wirklich schockiert, als ich Tränen in seinen Augen schimmern sah, bevor er sie hastig fortblinzelte. Es ging so schnell, dass ich es fast nicht realisierte. »Ich wollte, dass du mir vertraust, wollte dir zeigen, dass ich mehr sein konnte, aber du hast mir nie die Chance dazu gegeben. Immer dachtest du, ich wäre wertlos. Tja, jetzt bin ich nicht mehr wertlos, was?«

»Das habe ich nie gedacht«, presste ich hervor. »Und wenn ich auf Distanz gegangen bin, dann nur, weil ich es nicht ertragen konnte, dir beim Sterben zuzusehen. Das konnte ich bei keinem von euch ertragen.«

Stick lachte. Es klang scheußlich. »Hat ja super funktioniert.« Dann wandte er sich mit einem höhnischen Grinsen wieder an Zeke: »Kleine Warnung.« Abfällig musterte er seinen Mitmenschen. »Komm ihr besser nicht zu nahe. Sie vertraut niemandem, und sie wird dich nie an sich heranlassen. Außerdem haben alle, die ihr zu nahe kommen, die Tendenz, irgendwann spurlos zu verschwinden.«

»Vielen Dank für die Warnung«, erwiderte Zeke. Dann griff er ganz offen, sodass Stick und die Wachen es deutlich sehen konnten, nach meiner Hand. »Aber ich denke, ich werde schon klarkommen.«

Bisher hatte ich Stick noch nie so richtig wütend erlebt, aber nun warf er Zeke einen Blick zu, der geradezu mörderisch war. Sein Gesicht verzerrte sich vor Hass, Wut und … Eifersucht? Zeke starrte völlig unbeeindruckt zurück und streichelte mit dem Daumen meinen Handrücken. Ich bekam eine wohlige Gänsehaut. Gleichzeitig richtete ich mich steif auf und ließ Stick nicht aus den Augen. Der wurde knallrot und beobachtete zähneknirschend sein Gegenüber.

Dann drehte er sich abrupt zu einem seiner Bodyguards, riss die Pistole aus dessen Gürtel und zielte damit auf Zeke.

»Allie, stopp!«, schrie er mit wildem Blick, als ich aufspringen wollte. »Bei der kleinsten Bewegung muss ich nur den Abzug drücken, und sein Gehirn klebt an der Heckscheibe. Weiterfahren!«, herrschte er übergangslos den Soldaten am Steuer an, der fluchend gehorchte. »Siehst du?«, fuhr Stick keuchend fort und grinste breit. »Siehst du, wie sie gehorchen? Jeder hier hört auf mich, nur du nicht! Aber jetzt musst du mir zuhören, denn ich habe die Macht. Ich kann ihn töten ...« Sein irrer Blick glitt kurz zu Zeke, und er hob die Waffe noch ein Stückchen höher. »Ich kann ihn hier und jetzt umbringen, dem Prinzen wäre das egal. Ein Mensch mehr oder weniger, das kümmert ihn nicht. Deswegen wirst du mir jetzt endlich zuhören, Allie, sonst werde ich ihn erschießen, das schwöre ich!«

»Schon gut!« Ich machte eine beschwichtigende Geste. Zeke hatte verkrampft die Hände gehoben und den Blick starr auf die Waffe gerichtet. Ich war zwar schnell, aber vielleicht nicht schnell genug, falls Stick wirklich abdrückte. Und auf die kurze Entfernung wäre der Schuss auf jeden Fall tödlich. »Ich höre dir zu, Stick«, versicherte ich ihm. »Was zum Teufel willst du?«

Stick grinste, seine Augen flackerten. »Sag ihm«, er wedelte mit der Pistole vor Zeke herum, der kurz zusammenzuckte, »was in jener Nacht mit Lucas passiert ist. Und

361

mit Rat. Los, Allie, erzähl es ihm. Erzähl ihm, was mit den anderen passiert ist.«

»Sie sind gestorben«, gab ich zu. Was bezweckte er nur damit? Am liebsten hätte ich ihm die Waffe entrissen, aber sie schwebte so dicht vor Zekes Gesicht, dass ich es nicht riskieren konnte.

»Und warum?«, bohrte Stick weiter.

»Sie wurden von Verseuchten getötet.«

»Warum?«, fragte Stick wieder. Wütend runzelte ich die Stirn. Was wollte er von mir hören? Was wollte er damit beweisen? »Warum waren wir überhaupt dort?«, fuhr Stick fort, ohne Zeke aus den Augen zu lassen. »Warum waren wir hinter der Mauer?«

Plötzlich begriff ich, was er meinte. Ich ließ die Schultern hängen. Das wollte ich nicht sagen, wollte mich nicht an diese Nacht erinnern. Aber ich musste. »Wir waren außerhalb der Mauer«, begann ich tonlos, »weil ich uns dorthin geführt hatte.«

»Und warum ist Lucas gestorben?«

Lucas. Als ich Stick einen wütenden Blick zuwarf, hob er die Waffe höher und zielte auf Zekes Gesicht. Seine Augen funkelten unerbittlich. Mit geballten Fäusten murmelte ich: »Weil … ich ihn zurückgelassen habe.«

»Zum Sterben«, wiederholte Stick.

Verdammt, Stick. »Ja.«

In mir brannten Wut, Trauer und Schuldgefühle. Krampfhaft versuchte ich, die Erinnerungen an jene Nacht zu verdrängen, an die Angst und das Entsetzen, als die Verseuchten mich eingekreist, als sie Rat in das hohe Gras geschleppt und Lucas über den Zaun gezerrt hatten. Trotzdem waren die Bilder in meinem Kopf so klar, dass es wehtat, als wäre das alles erst gestern passiert. Ich sah noch genau Lucas' Gesicht vor mir, wie er mich mit Blicken angefleht hatte, ihn zu retten, kurz bevor die Verseuchten mit ihm in der Dunkelheit verschwunden waren. Daran musste Stick mich nicht erinnern. Das wusste ich alles. Es war meine Schuld, dass sie gestorben waren. Meine Schuld, dass wir alle drei gestorben waren.

Ich spürte, dass Zeke meine Aufmerksamkeit auf sich lenken wollte, und drehte mich hastig zu ihm um. Mit wütender Miene starrte er mich an, offenbar wollte er mir etwas mitteilen. *Halt dich bereit*, schien sein Blick zu sagen. Verstohlen sah ich zu den Wachen hinüber. Die fühlten sich anscheinend nicht wohl in ihrer Haut: Zwar hielten sie weiter die Armbrüste auf mich gerichtet, doch sie warfen Stick auch immer wieder wütende und abfällige Blicke zu. Es war nicht zu übersehen, dass sie das irre Verhalten ihres Chefs höchst beunruhigend fanden.

Stick fiel das allerdings nicht auf, er wedelte wieder mit der Waffe vor Zeke herum. »Siehst du?«, fragte er ihn. »Es ist ihr egal. Sie lässt andere über die Klinge springen, um sich selbst zu retten. Stimmt es nicht, Allie? Sag es ihm. Sag ihm, dass er dir egal ist, dass du ihn nur benutzt, so wie Lucas damals.«

»Du …« Die Worte wollten mir einfach nicht über die Lippen kommen. Ich schluckte, dann zwang ich mich zum Sprechen, würgte die Silben hervor, damit Stick dachte, ich würde sein krankes Spiel mitspielen. »Du bist mir gleichgültig, Zeke. Stick hat recht. Wenn ich müsste, würde ich dich den Verseuchten überlassen, genau wie Lucas.« Ich kniff die Augen zusammen. »Genauer gesagt, würde ich sogar deinen Tod in Kauf nehmen, um an Stick heranzukommen und ihm beide Arme auszureißen.«

Stick zuckte zusammen und fuhr zu mir herum. Genau in dieser Sekunde handelte Zeke.

Er warf sich erst zur Seite, dann nach vorn und packte mit beiden Händen Sticks Handgelenk. Der wehrte sich kreischend gegen den Griff, sodass die Pistole einen gefährlichen Tanz zwischen den beiden aufführte. Die Wachen schrien ebenfalls und konzentrierten sich ganz auf die beiden Jungs, sodass ich einem von ihnen die Faust ins Gesicht rammen konnte. Der Kopf des Mannes kippte nach hinten. Der zweite saß auf der anderen Seite von Stick und Zeke, die immer noch um die Waffe rangen. Er wollte nach der Pistole greifen, doch in diesem Moment löste sich ein Schuss, und der Bodyguard fiel mit blutüberströmtem Gesicht in den Sitz zurück. Seine Armbrust landete auf dem Boden.

Das alles war innerhalb eines Augenblicks passiert. Als er den Schuss hörte, verriss unser Fahrer das Lenkrad und verlor die Kontrolle über den Wagen, der daraufhin mit einem Autowrack am Bordstein kollidierte. Der Aufprall schleuderte uns zur Seite, einer der Leibwächter prallte gegen mich. Wir landeten an der Tür, und unsere Köpfe schlugen knirschend zusammen. Sobald der Wagen stand, schob ich den reglosen Körper von mir herunter und sah mich nach Stick um. Der klammerte sich benommen an seine Pistole, riss die Wagentür auf und taumelte auf die Straße hinaus. Aber Zeke war ihm dicht auf den Fersen. Er schob den zweiten Wachmann zur Seite und hechtete aus dem Auto.

Natürlich sprang ich ebenfalls auf die Straße und griff sofort nach meinem Schwert, doch schnell wurde klar, dass Zeke keinerlei Hilfe brauchte. Während Stick noch unsicher die Waffe hob, war Zeke schon bei ihm und verpasste ihm einen Kinnhaken. Sticks Kopf flog zur Seite, und sein Körper fiel in sich zusammen, als hätte jemand eine unsichtbare Schnur gekappt. Dann landete er schlaff auf dem Asphalt.

Keuchend bückte sich Zeke und zog die Pistole aus Sticks regloser Hand. Geübt holte er das Magazin aus der Waffe und lud sie durch, um die letzte Kugel aus dem Lauf zu entfernen. Patrone und Magazin verschwanden in einer Tasche seiner Weste, dann schleuderte er die Waffe angewidert fort. Als ich zu ihm kam, streckte er die Arme aus, und ich ließ mich ohne zu zögern hineinfallen. Während er mich an sich drückte, spürte ich trotz der dicken Weste, wie sein Herz raste.

»Alles okay?«, murmelte er, als wir uns voneinander lösten. Nickend sah ich zu Stick hinunter, der immer noch reglos dalag, während um ihn herum der Schnee herabrieselte. Die Wut flammte wieder auf, und ich musste den mächtigen Drang niederkämpfen, mich auf ihn zu stürzen, eine Faust durch seine Rippen zu rammen und ihm das Herz herauszureißen. Vielleicht ahnte Zeke, was ich gerade dachte, denn er hielt mich am Arm fest.

»Es geht mir gut, Allie«, flüsterte er. »Es ist vorbei.«

Der erste Wagen, in dem Kanin und Jackal saßen, hatte gewendet und raste nun auf uns zu. Das Licht der Scheinwerfer war trotz des Schneegestöbers blendend hell. Während ich noch meine Augen abschirmte, hielt das Fahrzeug quietschend an, die Wachen sprangen heraus und zielten mit ihren Pistolen und Armbrüsten auf uns.

»Was geht hier vor?«

Kanin und Jackal stiegen ebenfalls aus und musterten den schlaffen Körper im Schnee mit einer Mischung aus Neugier und Belustigung. Mir fiel auf, dass niemand vortrat und nachsah, ob es Stick gut ging – oder ob er überhaupt noch lebte. Als der Wachmann seine Frage zum zweiten Mal brüllte, stöhnte Stick und regte sich schwach. Ich roch das Blut, das aus seiner aufgeplatzten Lippe in den Schnee tropfte, und freute mich diebisch. Hoffentlich tat es weh. Und hoffentlich blieb sein Kiefer noch ein paar Wochen lang geschwollen. Diesmal war er noch davongekommen.

»Fragen Sie ihn«, antwortete ich dem Wachmann und zeigte auf Stick, der mühsam versuchte aufzustehen. »Er wollte uns umbringen, nicht umgekehrt.«

Daraufhin richtete sich die allgemeine Aufmerksamkeit auf Stick, der sich keuchend aufrichtete und Zeke und mich wütend anstarrte. Wieder verzerrten Wut und Hass sein Gesicht zu einer hässlichen Fratze.

»Tötet ihn!«, kreischte er und zeigte mit ausgestrecktem Finger auf Zeke. Sofort fletschte ich fauchend die Zähne, aber Zeke legte mir warnend die Hand auf den Arm. Niemand rührte sich. »Also? Worauf wartet ihr noch?« Aufgebracht starrte Stick den führenden Wachmann an. »Erschießt ihn!«

Der Mann trat nervös von einem Fuß auf den anderen. »Das geht leider nicht, Sir.«

»Was?« Stick kniff die Augen zusammen. »Was haben Sie gesagt, Captain?«

»Der Prinz hat uns befohlen, sie zum Tor zu bringen, Sir.« Die Stimme des Captain war vollkommen ausdruckslos. »Sie alle. Wir können uns seinen Befehlen nicht widersetzen, nicht einmal für Sie.«

»Er ist nur ein Mensch!«, platzte es aus Stick heraus. Seine Augen waren glasig, und an seiner Schläfe pochte eine Ader. »Kein Vampir. Den Prinzen kümmert es nicht, ob ein einzelner Mensch stirbt. Tut, was ich euch sage!«

»Das würde ich mir gut überlegen«, mischte sich eine leise, tiefe Stimme ein. Kanin tauchte am Rand der Versammlung auf. Er stand vor dem Wagen, während Jackal auf der Motorhaube saß und das Geschehen fröhlich verfolgte. Keiner der beiden Vampire rührte sich, doch sie musterten die Menschen bedrohlich. Jackals Augen leuchteten im Halbdunkel. »Ich würde mir eure momentane Lage sehr genau durch den Kopf gehen lassen«, fuhr Kanin fort. »Ganz allein, weit weg vom Turm des Prinzen, zusammen mit drei Vampiren. Falls es zu Gewalttätigkeiten kommt, was wird dann wohl passieren?«

Die Wachen wurden blass, offenbar hatten sie jetzt erst begriffen, in welcher Gefahr sie hier schwebten. »Sir?« Der Captain wandte sich wieder an Stick. Er bemühte sich, möglichst leise und ruhig zu sprechen. »Wir müssen gehen, sofort. Wir bringen Sie zurück zum Turm und informieren den Prinzen über die Geschehnisse.« Mit der Waffe in der Hand winkte er Stick vorwärts. Höflich, aber unerbittlich fügte er hinzu: »Gehen Sie, Sir. Schnell.«

»Und wo genau wollt ihr hin?« Jackal glitt geschmeidig von der Motorhaube. Seine sanfte Stimme hatte einen scharfen Unterton angenommen, und seine Augen funkelten. »Wollt ihr zu eurem Prinzen zurückrennen? Wohl eher nicht, Blutsack.«

Stick riss die Augen auf. Endlich durchdrang die Angst seinen Wahnsinn, als er begriff, dass seine Bodyguards tot und die restlichen Wachen nicht in der Lage waren, ihn zu schützen. Nicht vor drei wütenden Vampiren, ohne die Sicherheit, die ihm der Turm des Prinzen bot.

Mein Blick wanderte zu Kanin, da ich damit rechnete, dass er einschreiten würde, doch er rührte sich nicht vom Fleck. Seine Miene war undurchdringlich. Die Wachen schoben Stick hinter sich, hoben die Waffen und wichen hastig vor Jackal zurück. Doch außer den beiden anderen Vampiren gab es ja auch noch mich – und damit keinen Ausweg mehr.

Mit einem bösartigen, breiten Grinsen wandte sich Jackal an mich: »Komm schon, Schwesterchen, erledigen wir das zusammen, nur du und ich. Ich überlasse dir sogar den kleinen Kriecher. Wenn du willst, kannst du ihm das Herz rausreißen und es vor seinen Augen verspeisen.«

Knurrend drehte ich mich zu den Menschen um und entblößte meine Reißzähne. Mann, war das verlockend. Ich könnte Stick töten, jetzt gleich. Niemand würde ihn vermissen. Solange wir Sarren und das Heilmittel fanden, wäre es dem Prinzen egal. Immerhin war Stick, trotz seiner eingebildeten Wichtigkeit, bloß ein Mensch in einer Welt, die von Vampiren beherrscht wurde. Ein Lakai. Und Lakaien waren austauschbar.

»Allie, nein!«, kreischte Stick hinter seinen Wachen. »Lass nicht zu, dass sie mir etwas tun«, flehte er. »Wir waren doch Freunde. Das bedeutet doch etwas, oder? Du bist besser als die.«

In diesem Moment entfaltete der Dämon in mir seine volle Kraft und entfesselte all die Wut und den Schmerz, die sich so lange in mir angestaut hatten. »Du hast kein Recht, davon anzufangen!«, brüllte ich. Sofort schrumpfte er in sich zusammen und sah plötzlich wieder aus wie der Stick von früher. Mit gefletschten Zähnen ging ich auf ihn zu. Wie sehr ich ihn hasste! »Wage es ja nicht! Nicht nach dem, was du getan hast! Dein Hass, deine Wut, dein kranker Feldzug, mit dem du beweisen willst, dass du besser bist als ich – meinetwegen. Ich könnte sogar damit leben, dass du mich im Tausch gegen ein bequemeres Leben an den Prinzen verraten hast. Alles schön und gut. So bist du eben, das habe ich schon immer gewusst. Ich wusste immer, dass ...« Plötzlich hatte ich einen Kloß im Hals und musste erst schlucken, bevor ich weitersprechen konnte: »Aber versuch jetzt bloß nicht, an meine Menschlichkeit zu appellieren.« Meine leise Stimme war so kalt, dass ich sie selbst kaum erkannte. »Nicht, nachdem du mich gerade gezwungen hast zuzugeben, was für ein Monster ich bin. Nicht, nachdem du versucht hast, mir das einzig Gute zu nehmen, was ich je haben werde. Wenn er gestorben wäre, hätte ich dir gezeigt, was für ein Monster ich tatsächlich bin.«

»Jawohl«, feuerte Jackal mich grinsend an und kam langsam zu uns herüber. »So ist es recht, Schwesterlein. Lass es raus. Das ist unser wahres Wesen. Und es ist eine Ewigkeit her, dass ich anständig getötet habe. Schicken wir dem Prinzen eine Nachricht: Das passiert mit Lakaien, die keine angemessene Angst vor Vampiren zeigen.«

Mein Dämon war voll auf seiner Seite. Ich stand kurz

davor, mich in dem Monster zu verlieren, und es war mir egal. Mit einem schrillen Kreischen glitt mein Schwert aus der Scheide. Die Wachen richteten ihre Waffen neu aus, doch sie waren unbedeutend, nichts als eine brüchige Mauer aus Fleisch und Blut. Sie würde fallen, und dann stünde nichts mehr zwischen mir und meinem Feind. »Du willst wissen, was aus mir geworden ist?«, fragte ich Stick, der offenbar kurz davor war, in Ohnmacht zu fallen. »Was aus mir wurde, als ich dir das Leben gerettet habe? Schön! Dann zeige ich dir jetzt, was ich wirklich bin!«

Ich hob mein Schwert und wollte mich auf ihn stürzen.

»Allie, nicht!«

Etwas packte meinen Arm und hielt mich zurück. Fauchend wirbelte ich herum und sah Zeke. Nur mit Mühe gelang es mir, ihn nicht anzuspringen und ihm die Zähne in den Hals zu schlagen. Zeke hielt meinem Blick ruhig stand. Dafür konnte ich mein Spiegelbild in seinen Augen sehen: ein wilder Dämon, der seine langen Reißzähne bleckte.

»Tu es nicht«, flüsterte er, ohne meinen Arm loszulassen. Dabei musste er doch wissen, dass ich ihn mühelos abschütteln könnte. »Allie, das ist es nicht wert.«

Ich fauchte ihn an, immer noch nicht ganz ich selbst. Das Monster in meinem Inneren tobte, und der Hunger brannte in meinem Bauch. »Warum nicht?«, wollte ich wissen.

Er hob die Hand und ließ sie durch meine Haare gleiten, während er mich bittend ansah. Dass er mich anfasste, warf mich völlig aus der Bahn. Er war tatsächlich bereit, einem wütenden, fauchenden Vampir so nahe zu kommen. »Weil ich dich kenne«, sagte er sanft. »Und weil du es, wenn es vorbei ist, für den Rest deines Lebens bereuen würdest.«

Er umfasste meinen Hals, seine Handfläche lag an meiner Wange. »Und das ist eine Ewigkeit, Allison.«

Ich schloss die Augen. Der Dämon heulte, schrie nach Blut, wollte die Gewalt. Aber ... Zeke flehte mich an, es nicht zu tun, dem Monster nicht nachzugeben. Ich spürte seinen Blick: Er bat mich um das Leben des Mannes, der ihn fast umgebracht hatte.

Die Wut verrauchte, ich sank in mich zusammen, und meine Reißzähne zogen sich zurück. »Verschwinde, Stick«, knurrte ich, ohne mich umzudrehen. »Und komm mir nie wieder unter die Augen. Ich will dich nicht mehr sehen, nicht mehr mit dir sprechen. Geh zurück zu deinem Prinzen und vergiss, dass es mich gegeben hat.«

Jackal schnaubte empört. »Das soll wohl ein Witz sein«, murmelte er, und mit einem schweren Seufzen rief er: »Ihr habt es gehört, Blutsäcke. Scheinbar habt ihr heute Glück. Aber beeilt euch besser, denn ich bin nicht so zimperlich wie meine liebe Schwester. Ich gebe euch fünf Sekunden, um zu verschwinden. Wenn ich fertig gezählt habe und noch einen Menschen entdecke, wird er es nicht einmal bis zum Ende der Straße schaffen.«

Ich hörte, wie die Menschen den Rückzug antraten, gerade so schnell, dass sie nicht rannten. Der Vampir in mir protestierte brüllend und wollte ihnen nachsetzen und sie zerfetzen. Ihr heißes Blut im Schnee verteilen und zusehen, wie das Licht in ihren Augen erlosch. In *seinen* Augen. Um das Monster zurückzuhalten, konzentrierte ich mich ganz auf Zekes Herzschlag und die sanfte Berührung seiner Finger, bis die Schritte verklungen waren und der Wind den Geruch ihrer Angst mit sich forttrug.

Zeke legte seine Stirn an meine. »Du hast das Richtige getan«, flüsterte er. Ich nickte, während ich noch immer versuchte, meine Gefühle in den Griff zu bekommen. »Geht es dir gut?«

»Gib mir noch einen Moment«, antwortete ich steif. Noch immer ruhten seine Finger auf meiner Haut, während sich meine Muskeln langsam entspannten und der Hunger sich widerwillig zurückzog wie ein bockiges, wütendes Tier.

Als ich mich wieder vollständig unter Kontrolle hatte, löste ich mich von ihm, und Zeke ließ mich gehen. Jackal beobachtete uns kopfschüttelnd, in seiner Miene spiegelten sich Mitleid und Abscheu. Aber mir ging es jetzt um Kanin. Er stand neben dem Auto, ein dunkler Umriss im Licht der Scheinwerfer. An seinem Gesicht ließ sich nichts ablesen. Seine tief liegenden schwarzen Augen musterten mich ausdruckslos, als ich zu ihm hinüberging.

»Warum hast du uns nicht zurückgehalten?«, fragte ich, nicht wütend, sondern eher überrascht. »Ich hätte diese Männer fast getötet. Wäre Zeke nicht gewesen, hätten Jackal und ich sie in Stücke gerissen. Warum hast du nichts gesagt?«

Kanin musterte mich eindringlich, dann wurde sein Blick ein kleines bisschen milder. »Ich bin nicht länger dein Lehrer, Allison«, erklärte er leise. »Du bist schon eine ganze Weile eine von uns. Du hast gejagt und getötet. Es liegt nicht mehr in meiner Verantwortung, deinen inneren Dämon im Zaum zu halten.« Er blickte zu der Stelle, an der gerade noch Stick und seine Männer gestanden hatten. »Außerdem wollte ich sehen, zu welcher Art von Monster du geworden bist.«

»Oh.« Die letzten Reste der Wut in mir erloschen und wurden von schmerzhaftem Bedauern abgelöst. Plötzlich fühlte ich mich wieder wie ein frisch erschaffener Vampir mit seinem Mentor, als hätte ich bei einer von Kanins Prüfungen versagt. Trotzig erwiderte ich: »Na, hoffentlich hat dir das Ergebnis gefallen, denn daran wird sich nichts mehr ändern.«

Kanins Antwort war so leise, dass ich sie mir ebenso gut eingebildet haben könnte: »Hoffentlich nicht.«

»Großartig.« Jackal tauchte neben uns auf, musterte erst den leeren Wagen, dann den zu Schrott gefahrenen ein Stückchen weiter und seufzte. »Sieht ganz so aus, als müssten wir in den Saum laufen.«

DRITTER TEIL

LEIDENSCHAFT

16

Wir verließen die Stadt nicht durch das Tor in Sektor Zwei. Die Wachen, die uns begleitet hatten, hätten es eigentlich für uns öffnen sollen, aber wir würden sicher nicht darauf warten, dass sie zurückkamen. Vor allem nicht, da sie dann wahrscheinlich einen wütenden Prinzen und eine Truppe Elitevampire dabeihätten, denen Stick irgendeine irre Geschichte darüber aufgetischt hatte, wie wir ihn hatten umbringen wollen.

Stattdessen führte Kanin uns in den Untergrund. Irgendwie gelang es ihm, in einer der Ruinen einen Einstieg in die Kanalisation zu finden, durch den wir wieder einmal in das Labyrinth unter der Stadt eintauchten.

»Jetzt ist es offiziell«, stellte Jackal so laut fest, dass seine Stimme durch die Gänge hallte. »So oft hintereinander war ich noch nie in der Kanalisation. Hätte mir vor einem Monat jemand gesagt: ›Hey, Jackal, rate mal, wie du deine Zeit in New Covington verbringen wirst? Knietief in der Scheiße!‹, dem hätte ich die Lippen abgerissen.«

»Hier entlang«, befahl Kanin, ohne ihn zu beachten. »Es ist ein langer Weg bis zum alten Krankenhaus, und wir werden wahrscheinlich ein- oder zweimal hoch auf die Straße müssen. Verschwenden wir also keine Zeit.«

Er marschierte los, und wir folgten ihm tiefer in das Tunnelsystem hinein. Da keiner der anderen etwas sagte, blieb mir genug Zeit, um über das nachzudenken, was gerade fast passiert war. Was ich beinahe getan hätte.

Ich hätte heute fast Stick getötet. Als mir das klar wurde, überlief mich ein kalter Schauer, aber auch die Wut flackerte wieder auf, zusammen mit leisem Bedauern. Ich war tatsächlich drauf und dran gewesen, ihn umzubringen. Den Jungen, um den ich mich mein halbes menschliches Leben lang gekümmert und der sich in allem immer auf mich verlassen hatte. Den schwachen, ängstlichen Stick, der nie auf eigenen Beinen gestanden hatte. Fast hätte ich den Jungen getötet, den ich früher für meinen einzigen Freund gehalten hatte. Wenn Zeke mich nicht zurückgehalten hätte …

Was er jetzt wohl von dir denkt?

Zeke ging hinter mir, da dieser Kanal so eng war, dass wir im Gänsemarsch laufen mussten. Er bewegte sich fast lautlos, was bei den vielen Pfützen und dem Schutt auf dem Boden gar nicht so einfach war. Er hatte kein Wort über den Vorfall mit Stick verloren, doch ich fragte mich, was jetzt in seinem Kopf vorging. Bereute er schon, mit mir zusammen zu sein, mich geküsst und einem Vampir so blind vertraut zu haben? War ihm klar, was dieses Ereignis implizierte? Dass es, wenn ich in der Lage war, Stick umzubringen, den ich eine Ewigkeit kannte, wohl kaum etwas gab, was mich davon abhalten konnte, auch ihn anzugreifen?

Ich habe dir ja gesagt, dass ich immer ein Dämon sein werde, dachte ich, während ich einem Rinnsal auswich, das von der Decke tropfte. Zeke war so dicht hinter mir, dass ich ihn spüren konnte. Ich schloss die Augen. *Es wäre bes-*

ser gewesen, wenn ich auf mein Bauchgefühl gehört hätte.
Wem will ich hier etwas vormachen?

Kanin, der voranging, blieb vor einer rostigen Leiter stehen, die zu einem verschlossenen Gully hinaufführte. »Weiter vorne ist der Tunnel eingestürzt«, erklärte er, während er sich zu uns umdrehte. »Er führt bis in den Saum, unter der Inneren Mauer hindurch. Den Großteil des Weges zum Krankenhaus können wir im Untergrund zurücklegen, aber jetzt müssen wir ein paar Blocks oberirdisch gehen. Also haltet euch bereit.«

»Und wenn wir auf Bluter treffen?«, wollte Zeke wissen. »Sie sind zwar krank und irre, aber trotzdem Lebewesen. Sie sind Menschen.«

»Versucht, ihnen so weit wie möglich aus dem Weg zu gehen«, erwiderte Kanin. »Wenn die Situation wirklich so dramatisch ist, wie der Prinz behauptet, wollen wir sie nicht in Scharen anlocken. Doch falls es so weit kommt, macht sie nieder, verkrüppelt sie, tut was immer nötig ist, um am Leben zu bleiben. Das ist unsere oberste Priorität. Wir helfen niemandem damit, wenn wir uns umbringen lassen, verstanden?«

Zeke nickte widerwillig. Kanin stieg die Leiter hinauf, schob den Gullydeckel beiseite und kletterte hinaus. Jackal ging als Nächster, dann Zeke, und ich erreichte als Letzte die verlassenen Straßen des Saums.

Obwohl das hier nicht mein ehemaliger Sektor war, kam mir alles sehr vertraut vor: die maroden Straßen, die halb eingestürzten Häuser und das mit Raureif überzogene Unkraut, das überall wucherte. Hier und da standen verrostete Autowracks herum, die jetzt mit einer dünnen Schneeschicht bedeckt waren, und auch die Pfützen waren zugefroren, was den Boden gefährlich glatt machte. Als ich noch ein Mensch gewesen war, hatten zu dieser Zeit die größten Gefahren gelauert, wenn alles hart gefroren war und es so gut wie keine Nahrung gegeben hatte. Jeden Winter waren im Saum Leute gestorben, entweder in irgendeiner einsamen Gasse erfroren oder im eigenen Bett verhungert. Oft war ich morgens zitternd unter meiner Decke aufgewacht und hatte mich davor gefürchtet, in die Kälte hinauszumüssen, um nach Essen zu suchen. Doch tat ich es nicht, würde ich verhungern, genau wie Stick, der sich an mich drückte, um sich zu wärmen, und sich weigerte, den Raum zu verlassen.

Darüber musste ich mir jetzt keine Gedanken mehr machen. Genauso wenig wie Stick.

Eine Bewegung an der Ecke lenkte mich ab. Aus einem Haus trat eine Gestalt. Auf bloßen Füßen wankte sie über den eisbedeckten Boden. Ich sah das rot verklebte Gesicht, die nässenden Kratzwunden an den Armen und hörte das leise Murmeln und Kichern, während die Gestalt offenbar blind weitertorkelte.

»Still«, ermahnte uns Kanin und verschmolz mit den Schatten ringsum. So leise wie möglich liefen wir hinter ihm her.

Während unseres gehetzten Marsches durch den Saum sahen wir noch einige Bluter, die mit sich selbst sprachen oder grundlos lachten. Manche schrien auch herum oder zerkratzten sich das Gesicht. Wir ließen die Innere Mauer hinter uns, und bald stolperten wir über die ersten Leichen. Getrocknetes Blut klebte an ihren Lippen oder bedeckte den Boden ringsum. Einige waren gefroren oder mit Schnee bedeckt, wahrscheinlich lagen sie schon seit Tagen hier. Andere waren frischer, sie waren wohl erst in dieser Nacht oder am Tag zuvor gestorben. Ihre selbst beigebrachten Wunden nässten noch. Diesmal gab es wesentlich mehr Tote als zu dem Zeitpunkt, als Jackal und ich in die Stadt gekommen waren. Das Virus trat in seine letzte Phase und griff erbarmungslos um sich.

»Diese Stadt ist voll im Arsch«, stellte Jackal fest, als wir durch einen ehemaligen Lebensmittelladen schlichen, der kein Dach und kein einziges intaktes Fenster mehr hatte. In den schmalen Gängen lagen neben Schutt und Glasscherben nun auch massenweise Leichen. In dem fahlen Licht, das durch die offene Decke fiel, zeichnete sich das Blut auf der bleichen, kalten Haut in dunklen Flecken ab. Vorsichtig stiegen wir über steife Gliedmaßen und reglose Gesichter hinweg, immer auf der Hut, falls eine der Gestalten plötzlich aufsprang und zum Angriff überging. »Wenn ich Salazar wäre, würde ich warten, bis das Virus sich ausgetobt und die hier alle ausgelöscht hat, und würde dann mit den Menschen, die noch übrig sind, neu anfangen. Er hat genug Blutsäcke in der Inneren Stadt, um sich und die anderen durchzufüttern. Aber nein, er muss uns ja auf diese hoffnungslose Mission schicken, damit wir einen Irren und ein nicht vorhandenes Heilmittel suchen.«

»Hat er nicht«, sagte Kanin leise. »Nicht, wenn er die Stadt am Leben erhalten will. Er verfügt nicht über genug Menschen, um alle Vampire in New Covington zu ernähren, zumindest nicht, ohne die Blutrationen drastisch zu kürzen. Einige würden wahnsinnig werden und müssten vernichtet werden. Die Menschen im Saum sind ihre größte Nahrungsquelle. Sterben sie alle, ist New Covington vom Aussterben bedroht.«

»Wie jammerschade.« Jackal stieg über einen Leichnam hinweg, der mit dem Gesicht nach unten auf dem Boden lag. »Vielen Dank für die Aufklärung, alter Mann. Bleibt nur noch eine Frage: Warum zum Teufel sollte uns das kümmern?«

»Weil es immer noch Menschen gibt, die gerettet werden können«, antwortete Zeke mit kühler Verachtung in der Stimme. Er sah Jackal dabei nicht an. »Weil es im Saum noch Menschen gibt, die nicht infiziert sind und aus der Inneren Stadt ausgesperrt wurden, sodass sie sich jetzt nicht verteidigen können.«

»Okay, okay, lasst mich die Frage anders stellen.« Jackal musterte Zeke angewidert. »Warum sollte es die *Vampire* in dieser Gruppe kümmern, ob die Stadt des Prinzen in Flammen aufgeht? Diese Seuche wird sich nicht ausbreiten, dazu liegt New Covington zu isoliert. Wir könnten doch einfach umkehren, wieder in die Kanalisation runterklettern, unter der Mauer durchschlüpfen und bis Mitternacht die Stadt hinter uns lassen.«

Jackals Gefühllosigkeit machte mich wütend. Nicht, weil ihm die Menschen – und sogar die anderen Vampire – in dieser Stadt egal waren, das war typisch für ihn. Aber jetzt war er sogar schon bereit, Kanin sterben zu lassen. Immerhin wusste er doch, dass ihm nicht mehr viel Zeit blieb. Er wusste, dass wir nur wenige Tage hatten, bis unser Schöpfer nicht mehr zu retten wäre.

Doch dann fiel mir ein, dass Jackal ja keine Ahnung hatte

von Kanins Krankheit. Weil Kanin es ihm nicht gesagt hatte. Und auch Zeke nicht. Ich war die Einzige, die von Salazars Verrat und dem infizierten Blut wusste, das ihn von innen heraus tötete. Zwar hatte ich keinen blassen Schimmer, warum Kanin das geheim hielt, aber er würde schon seine Gründe haben. Und so wie ich Kanin kannte, würde er es, wenn überhaupt, selbst preisgeben. Mir gefiel es zwar nicht, aber wenn er nicht wollte, dass die anderen es erfuhren, würde ich es ihnen auch nicht sagen.

»Komm schon, alter Mann«, drängelte Jackal, als Kanin, ohne auf uns zu achten, weiter durch die Gänge marschierte. »Verschwinden wir von hier, okay? Hast du mir nicht selbst beigebracht, dass man keine Schlachten schlagen sollte, die man nicht gewinnen kann? Vergiss Salazar. Vergiss dieses Dreckloch hier. Soll Sarren doch zu uns kommen.«

Ich schnaubte abfällig. »Dein Mitgefühl verblüfft mich immer wieder, *James*.«

Er funkelte mich wütend an. »Oh, tut mir leid, ich hätte mich wohl deutlicher ausdrücken sollen: Mich interessiert nur die Meinung *richtiger* Vampire.«

»Wenn das so ist, warum suchst du dann nicht ohne uns nach Sarren? Ihr zwei habt bestimmt eine Menge zu besprechen.«

Nun drehte Kanin sich doch um und musterte uns mit gelangweilter Miene, die deutlich sagte: *Seid ihr dann bald mal fertig?* »Wir dürfen nicht stehen bleiben«, sagte er ruhig. »Wir müssen in Bewegung bleiben. Hoffentlich hat Sarren etwas im Labor gelassen, was uns weiterhilft.«

»Und wenn nicht?«, nörgelte Jackal.

Dann ist Kanin tot, dachte ich benommen. *Denn dann*

bleibt nicht genug Zeit, um ein Heilmittel zu entwickeln,
zumindest für ihn nicht. Er wird anfangen zu verfaulen, bis
er so aussieht wie der Vampir in dem Krankenzimmer. Wütend ballte ich die Fäuste. Wie konnte er nur so gelassen
bleiben?

»Dann versuchen wir es anders«, beantwortete Kanin
Jackals Frage. »Wenn es sein muss, machen wir Jagd auf
Sarren. Aber ich werde die Stadt erst verlassen, wenn es
vorbei ist. Du hingegen kannst jederzeit gehen.« Er deutete
mit dem Kopf in die Richtung, aus der wir gekommen waren. »Ich werde dich nicht festhalten, das habe ich nie getan. Wenn du weglaufen willst, werde ich dich nicht aufhalten.«

»Das würde dir so passen, was?« Jackal grinste böse.
»Was ist los, Kanin? Soll dein neuester Sprössling nichts
von der größten Enttäuschung deines Lebens erfahren? Die
du erst erschaffen hast und dann töten wolltest?«

Kanin sagte nichts, doch ich sah Bedauern in seinen Augen aufblitzen. Bedauern, weil er versucht hatte, Jackal zu
vernichten? Oder weil es ihm nicht gelungen war? »Gibt es
denn irgendjemanden, den du nicht so genervt hast, dass er
dich am liebsten umgebracht hätte?«, fragte ich Jackal, der
daraufhin höhnisch die Lippen spitzte.

»Hmmm, lass mich nachdenken. Ja, da war diese Kleine,
die … nein, warte. Das ist ja auch nicht gut ausgegangen.«

Hinter uns knallte ein Schuss.

Mit der Hand am Schwert fuhr ich herum, bereit zum
Angriff. Zeke hatte die Pistole gezogen und zielte in die
Richtung, aus der wir gekommen waren. Einige Meter entfernt brach kreischend ein Mensch zusammen. Mitten im

Lauf fiel er vornüber und landete krachend auf dem Boden. Ein zweiter sprang über den reglosen Körper hinweg und stürmte durch den Gang auf uns zu. Er fuchtelte schreiend mit einem Hammer herum, während Zekes Waffe ein zweites Mal losging. Der Mensch landete in einem der Regale, wo er kichernd zuckte und sich mit den Fingernägeln durch das Gesicht fuhr, bis er endlich in sich zusammensank und still liegen blieb.

Zeke steckte mit grimmiger Miene die Pistole weg, während ich krampfhaft versuchte, mich zu beruhigen. »Ich weiß, ich bin der einzige Mensch in der Runde«, sagte Zeke leise und musterte uns scharf, »aber könntet ihr eure Familienstreitigkeiten vielleicht auf später verschieben? Wenn wir nicht mehr ungeschützt hier oben auf der Straße sind?«

Ich blinzelte überrascht, und sogar Kanin zog belustigt eine Augenbraue hoch. Dann nickte er knapp und wandte sich ab. »Also weiter. Es ist nicht mehr weit bis zum nächsten Tunnel.«

Wir verließen den Laden und suchten uns eilig einen Weg durch die Ruinen, diesmal passten wir allerdings auf, dass wir keine Geräusche machten, die Bluter angezogen hätten. Kanin lief voraus, dicht gefolgt von Jackal. Zeke und ich ließen uns ein wenig zurückfallen.

»Was läuft da zwischen Jackal und Kanin?«, fragte mich Zeke nach einigen Minuten leise. »Kanin hat ihn verwandelt, richtig? Was ist denn zwischen ihnen vorgefallen, dass er seine Meinung wieder geändert hat?«

»Keine Ahnung«, erwiderte ich. »Ich habe mich das auch schon gefragt, und ich wünsche dir viel Glück, falls du versuchen solltest, von einem der beiden eine Antwort zu bekommen. Kanin hat nie über seine Vergangenheit gesprochen, und Jackal sträubt sich ja schon aus Prinzip. Wieso?« Für einen Moment vergaß ich, dass ich mich reserviert geben wollte, und sah Zeke fragend an. »Du hast dich doch noch nie für die beiden interessiert. Was ist passiert?«

»Ach, nichts.« Er wich meinem Blick aus. »Es hat mich nur gewundert.«

Plötzlich begriff ich, und ich riss die Augen auf. »Du willst wissen, ob Kanin Jackal töten könnte, bevor du die Gelegenheit dazu bekommst«, riet ich. Zeke zuckte schuldbewusst zusammen. »Du willst immer noch gegen ihn kämpfen, wenn das hier vorbei ist.«

»Allison, er hat meinen Vater getötet.« Wütend und unnachgiebig starrte er mich an. »Jebbadiah und Darren und Dorothy, sogar Ruth – sie alle sind tot, und zwar seinetwegen. Tut mir leid, aber das kann ich nicht einfach auf sich beruhen lassen. Klar, momentan hilft er uns, aber was kommt danach? Das ändert nichts an der Vergangenheit. Meine Familie ist immer noch tot.«

»Wenn du ihn tötest, bringt sie das auch nicht zurück«, erwiderte ich leise.

»Ich weiß.« Zekes Gesicht wirkte angespannt, als er sich abwandte. »Aber ich muss Frieden finden, irgendwie. Wenn ich ihn nicht in die Hölle schicken kann …«

Mir wurde übel. »Jeb dachte auch, er würde einen Vampir mit in die Hölle bringen.« Warum erzählte ich ihm das? »Er meinte mich.«

Ruckartig drehte er sich wieder zu mir um, doch genau in diesem Moment ertönte ein Rauschen, das uns beide zusammenfahren ließ.

»Zeke?« Als er die leise Stimme hörte, griff Zeke an seinen Gürtel und zog diesen seltsamen, rechteckigen Kasten hervor. Die Stimme drang, abgehackt und rauschend, aus dem kleinen Gerät: »... da? Maulwurfsmenschen ... kommen ... du musst ...«

»Roach!« Mit angestrengter Miene hob Zeke den Kasten an den Mund. »Kannst du mich hören? Was ist los? Wo bist du?«

»... hilf uns!«, tönte es aus dem Kasten. »Alle sind ... Eingang versiegelt ... Maulwurfsmenschen ... werden uns töten!«

Der Kasten summte, dann kam trotz Zekes Bemühungen, die Stimme am anderen Ende zu kontaktieren, nur noch Rauschen.

»Verdammt«, murmelte er. Überrascht blinzelte ich. Aus seinem Mund hatte ich noch nie irgendwelche Schimpfwörter gehört. Schuldbewusst aber entschlossen sah er mich an. »Ich muss gehen.«

»Gehen?«, wiederholte Jackal, der mit Kanin zu uns zurückgekommen war. Seine gelben Augen musterten Zeke neugierig. »Wo genau willst du denn hin, Blutsack?«

»Die Flüchtlinge stecken in Schwierigkeiten«, fuhr Zeke fort, als Kanin ihn fragend ansah. »Die Maulwurfsmenschen greifen ihr Lager an und werden sie töten, wenn sie einen Weg hineinfinden. Ich muss ihnen helfen.«

Kanin runzelte die Stirn. »Flüchtlinge?«

»Eine Gruppe nicht infizierter Menschen, die in den Tunneln lebt«, erklärte ich. Zeke starrte auf die Straße hinter uns, als könnte er es kaum erwarten aufzubrechen. »Ihr Lager liegt allerdings an der Grenze zum Gebiet der Maulwurfsmenschen, und die wollen sie von dort vertreiben. Damit haben sie schon gedroht, als wir auf der Suche nach dir waren.«

»Wie viele sind es?«, wandte sich Kanin an Zeke.

»Fast zwei Dutzend, zumindest als ich noch da war.« Nervös fuhr sich Zeke durch die Haare. »Ich kann sie nicht sich selbst überlassen. Sie haben zwar das Tor geschlossen und sich eingesperrt, aber die Maulwurfsmenschen werden draußen warten, und sie haben nicht sonderlich viele Lebensmittel. Ich habe versprochen, dass ich zurückkomme, falls es Schwierigkeiten gibt, besonders jetzt, wo Salazar keine Hilfe schickt.«

»Viel Spaß«, wünschte Jackal und verschränkte die Arme vor der Brust. »Bis wir da sind, werden sie wahrscheinlich schon tot sein. Aber lass dich nicht aufhalten. Wir haben allerdings keine Zeit, mit den blutrünstigen Kannibalen rumzuspielen.«

Wie recht er damit doch hatte. Die Zeit war gegen uns, jetzt mehr als je zuvor. Während wir hier standen und diskutierten, verrannen für Kanin kostbare Sekunden. Doch ich wusste, dass Zeke niemals jemanden im Stich lassen würde, dem zu helfen er versprochen hatte. »Geht ihr weiter«, sagte er schließlich und wollte schon loslaufen. »Sucht weiter nach dem Labor. Wenn ich kann, hole ich euch wieder ein.«

»Zeke, nicht.« Ich hielt ihn zurück. »Es sind zu viele. Das ist Selbstmord.« Und da ich wusste, dass er weniger Angst vor dem Tod hatte, als gut für ihn war – weniger als jeder vernünftige Mensch –, fügte ich hinzu: »Wenn du stirbst, kannst du niemandem mehr helfen.«

Zeke zögerte. Es schien, als wollte er etwas sagen, doch dann überlegte er es sich anders. Ganz leise murmelte er: »Kommst du mit mir, Allie?«

Eindeutig eine Frage. Kein Befehl, nicht einmal eine Bitte. Er stellte mich vor die Wahl: Mensch oder Vampir. Hilf den Flüchtlingen oder bleib bei Jackal und Kanin. Ich wusste nicht, was ich tun sollte. Wie gern wäre ich mit Zeke gegangen. Ich konnte ihn doch nicht allein losziehen lassen, um gegen eine Armee von Maulwurfsmenschen zu kämpfen! Das wäre sein Tod, und ich würde es mir niemals verzeihen.

Aber Kanin starb. Ihm blieben nur noch wenige Stunden. Wenn wir weder Sarren noch ein Heilmittel fanden, war Kanin verloren. Ihn konnte ich doch auch nicht im Stich lassen. Wenn ich zurückkäme, und mein Schöpfer wäre tot, entweder Sarren zum Opfer gefallen oder dem heimtückischen Virus in seinem Körper …

Verdammt. Wie sollte ich mich entscheiden? Eine unmögliche Wahl.

Die drei starrten mich an und warteten auf eine Entscheidung. Ich war so frustriert, nein, verzweifelt, dass ich am liebsten brüllend auf eine Wand eingeprügelt hätte. »Zeke«, setzte ich an, obwohl ich gar nicht wusste, was ich eigentlich sagen sollte. »Ich …«

»Wo sind sie?«, fragte Kanin plötzlich.

Überrascht drehten wir uns zu dem Meistervampir um, der mit undurchdringlicher Miene auf Zekes Antwort wartete. »Sektor Vier«, erwiderte der. Mit einem kurzen Blick zu mir fügte er hinzu: »In Allies altem Viertel.«

»Das ist nicht weit«, überlegte Kanin. Er klang erschöpft, resigniert. Kurz schloss er die Augen, als müsse er sich gegen etwas wappnen, oder als hätte er eine Entscheidung getroffen. Dann seufzte er. »Also gut, gehen wir.«

»Was?« Fassungslos sah ich zu, wie er sich zwischen uns hindurchschob. »Kanin, bist du sicher? Was ist mit …« Ich brachte den Satz nicht zu Ende, da er mit Sicherheit wusste, was ich meinte.

Mein Schöpfer drehte sich zu mir um und nickte müde. »Mach dir keine Sorgen, Allison. Das hier ist wichtig, ich muss eine Schuld begleichen. Ich …« Er zögerte und schloss wieder für einen Moment die Augen. »Ich habe eine Pflicht zu erfüllen«, sagte er fast unhörbar. »Sowohl dir als auch ihm gegenüber. Du bist meinetwegen nach New Covington gekommen, dafür schulde ich dir mehrere Leben. Sieh es als ersten Teil meiner Wiedergutmachung.« Er schüttelte sich kurz, dann winkte er Zeke voranzugehen. »Komm. Wenn wir uns beeilen, sind wir in wenigen Stunden dort. Hoffen wir, dass deine Leute so lange durchhalten.«

»Moment mal, ich bin verwirrt«, protestierte Jackal, als wir wieder in die Richtung liefen, aus der wir gekommen waren. »Steht denn die ganze Welt Kopf? Jetzt beschützen wir auf einmal einen Haufen elender Blutsäcke vor einem Haufen elender Kannibalen? Warum retten wir nicht auch gleich noch ein paar Kätzchen und stellen Futternäpfe für streunende Welpen auf?«

Wir brauchten länger als erhofft, um den Tunnel zu erreichen, der zu Sektor Vier führte. Zwischen den Ruinen streunten überall Bluter herum, sodass wir gezwungen waren, uns zu verstecken, Umwege zu gehen oder abzuwarten, bis sie verschwunden waren. Jackal ging das furchtbar auf die Nerven. Es seien doch nur Menschen, wir sollten uns einfach durchkämpfen und Gott die Aussortierung über- lassen. Doch der Rest unserer Gruppe, insbesondere Zeke, wollte nicht unnötig töten, außerdem wussten wir ja gar nicht, wie viele dort draußen noch auf uns warteten. Das Letzte, was wir gebrauchen konnten, war ein riesiger Mob, der zum Angriff überging.

Auf den letzten Metern bis zum Tunnel herrschte ge- spenstische Ruhe. Kanin führte uns über einen Platz, der auf allen Seiten von maroden Gebäuden umgeben und mit halb gefrorenen Gräsern überwachsen war. Hier hatten wir keinerlei Deckung, was mich ziemlich nervös machte. Mein ungutes Gefühl verstärkte sich, als ich plötzlich über etwas Großes stolperte – eine Leiche, die blicklos in den Himmel starrte.

Naserümpfend eilte ich weiter. Es war einfach zu ruhig. Die Häuser rund um den Platz schienen uns zu beobachten. Ich spürte Blicke im Rücken, und auch wenn sich nirgend- wo etwas rührte, hing der Geruch von Blut und offenen Wunden in der Luft.

»Kanin«, flüsterte ich und schloss hastig zu ihm auf. »Das gefällt mir nicht. Sind wir bald da?«

Er nickte – offensichtlich war er ebenso angespannt wie ich. »Wir haben es fast geschafft. Der Zugang zur Kanali- sation liegt ungefähr hundert Meter …«

Da begannen die Schreie.

In den Türen der Häuser erschienen Dutzende Gestalten, ein riesiger, abgerissener Schwarm. Heulend schoben sie sich durch die Türen und Fenster nach draußen und brach- ten den Gestank von Blut und Schmerz mit sich. Dann stürmten sie kreischend los und stellten uns mitten auf dem Platz.

Fauchend griff ich nach meinem Schwert, gleichzeitig übertönte das Knallen von Zekes Pistole den schrillen Lärm ringsum. Ich wirbelte zu ihm herum und sah, wie er zwei Bluter erschoss, gleichzeitig seine Machete zog und damit einem Mann die Kehle durchschnitt, der humpelnd auf ihn zulief. Mit einem wilden, gurgelnden Lachen fiel er um, versuchte aber noch aus dem Gras heraus, nach Zeke zu greifen. Zeke wich einen Schritt zurück und prallte fast gegen mich, als ich ihm helfen wollte. Sofort drehte ich mich wieder um und schützte so seinen Rücken.

Eine Frau griff mich an. Sie schrie irgendetwas über ihre Wäsche, die verbrannt sei, und schlug mit einem Stuhlbein nach mir. Ich zerhackte erst ihre Waffe und bohrte mein Schwert dann zwischen ihre Brüste. Als ich es wieder herauszog, grinste die Frau mich an und fiel dann um. Ein Mann, der anstelle einer Nase nur ein blutendes Loch im Gesicht hatte, griff nach meinem Arm und wollte unbedingt einen Kuss von mir, während er gleichzeitig ein Messer zückte. Mein Schwert blitzte auf, dann rollte sein Kopf ins Unkraut.

»Weiterlaufen!« Kanins Befehl übertönte mühelos die Schreie und das Gelächter des Mobs. Als sich die Menge kurz teilte, sah ich ihn und Jackal, sie kämpften Seite an Seite. Kanin setzte seinen schmalen Dolch mit einer solchen Geschwindigkeit ein, dass es kaum zu sehen war: schnelle, tödliche Attacken mit absoluter Präzision und Effizienz. Jeder Angriff forderte ein Opfer, und er ging bereits zum nächsten Gegner über, bevor der erste überhaupt begriffen hatte, dass er tot war.

Jackal stand neben ihm und sah den Angreifern mit einem breiten Grinsen entgegen, bevor sie mit seinem Beil Bekanntschaft machten. Seine Hiebe rissen die Menschen von den Füßen, und keiner von ihnen stand wieder auf. Als einer der Bluter bei der Attacke nach der Waffe griff, rammte Jackal ihm die freie Faust mit solcher Gewalt in die Brust, dass die Knochen brachen und die Hand komplett im Brustkorb verschwand. Sein halber Unterarm war nass, als er sie wieder herauszog.

»Allison!« Das war Kanin. »Hier entlang! Der Zugang zum Tunnel liegt hundert Meter geradeaus!«

Ich schlitzte einen Bluter auf, wich einem Schraubenschlüssel aus, der auf meinen Kopf zuraste, und trennte meinem Gegner die Beine ab. »Verstanden! Zeke!« Mir gefror das Blut in den Adern, als ich sah, wie ein Bluter ihn von der Seite erwischte. Er packte Zekes Arm, brüllte ihm etwas ins Ohr und verbiss sich dann knurrend in seiner Schulter wie ein wütender Hund. Ich wollte ihm helfen, doch da fand Zeke schon sein Gleichgewicht wieder, schob den Mann von sich herunter und hob die Pistole, als der sofort wieder angriff. Der Schuss traf den Bluter genau zwischen die Augen. Geräuschlos brach er zusammen.

»Zeke!« Ich machte zwei weitere Menschen nieder, um zu ihm zu gelangen, und griff nach seinem Arm. Er trat bereits den Rückzug an und schoss weiter in die Menge. »Alles okay?«

»Mir geht's gut.« Aus der Bisswunde an der Schulter strömte das Blut. Der Mann hatte knapp unterhalb des Halses zwei offene Wunden hinterlassen. Zeke biss die Zähne zusammen und gab mit grimmiger Miene zwei weitere Schüsse ab. Dann war sein Magazin leer, und er griff wieder zur Machete. »Los, ich bin direkt hinter dir.«

Ohne Sinn und Verstand schrien die Bluter uns an. Ganz langsam kämpften wir uns durch die Menge, hin zu Jackal und Kanin, die in der Mitte des Platzes standen. Vor Kanins Füßen klaffte ein rechteckiges Loch im Boden. Das Metallgitter, mit dem es verschlossen gewesen war, hatte er bereits aufgeklappt, sodass die verrostete Leiter zu sehen war, die in die Tiefe führte. Doch die Bluter, die von allen Seiten herandrängten, verhinderten, dass wir hinunterklettern konnten.

Fauchend stieß Jackal einer Frau den Griff seines Beils ins Gesicht, sodass sie heulend zurückwich. »Zähe kleine Scheißerchen«, knurrte er und holte zum nächsten Schlag aus. »Wenn wir jetzt runtergehen, werden sie uns folgen.«

»Nein, werden sie nicht«, murmelte Zeke und holte etwas aus seiner Weste. Es war ein kleiner, grüner Zylinder mit einem Griff und einem Metallring an einer Seite. Ich hatte keine Ahnung, was das sein sollte, aber Jackal fluchte bei dem Anblick.

»Du hast Handgranaten dabei?« Er wehrte einen Angriff auf seinen Kopf ab und zog dem Mann das Beil durchs Gesicht. »Das hättest du ja auch früher sagen können.«

»Das ist die letzte.« Zeke schaute zu Kanin, der direkt neben dem Loch stand. »Blendgranate. Wir haben nur einen Versuch.« Der Vampir nickte verstehend.

»Alle runter, sofort«, befahl er und zeigte auf mich. »Jackal, Allison, los!«

Jackal reagierte prompt. Er schnappte sich einen Mann und schleuderte ihn in die Menge, dann fuhr er herum und ließ sich in das Loch fallen. Fluchend schlitzte ich noch einen Bluter auf, bevor ich ihm folgte. Ich landete hart auf dem Betonboden und sah mich nach Kanin und Zeke um.

Durch das Loch konnte ich beobachten, wie Zeke einen der Menschen mit einem Tritt abwehrte, dann holte er aus und schleuderte etwas in die Menge. Kanin fauchte ihn an, dass er gehen solle, woraufhin Zeke in das Loch sprang und die Leiter hinunterkletterte.

»Was ist mit Kanin?«, fragte ich, sobald Zeke unten ankam und die Leiter freimachte. »Wie …«

Gleißendes Licht flammte auf, und ein lauter Knall ließ den Boden über uns beben. Die Explosion hallte durch den Tunnel und ließ Staub von der Decke regnen. Dreck und Eissplitter rieselten auf uns herab. Fluchend suchte ich nach Kanin, doch der Meistervampir war bereits auf der Leiter, zog das Metallgitter hinter sich zu und kletterte hinunter.

»Das sollte sie eine Weile ablenken«, murmelte er mit einem letzten Blick nach oben. Als er sich zu Zeke umdrehte, glaubte ich eine Spur Anerkennung in seiner reglosen Miene zu erkennen. »Du behältst auch im Kampf einen kühlen Kopf«, stellte er fest. »Gut gemacht. Bist du verletzt?«

Zeke griff sich an den Hals und verzog das Gesicht. »Das ist nichts«, sagte er dann und ließ die Hand sinken. »Es geht mir gut. Wir sollten weitergehen.«

Kanin nickte und wandte sich wortlos ab. Schnell tauchten wir in die Dunkelheit des Tunnels ein.

|7

Ein paar Stunden später begann Zeke zu husten.

Beim ersten Mal fiel es eigentlich niemandem auf. Zwar war der Großteil der Kanäle ausgetrocknet oder gefroren, da sie ja seit Jahrzehnten nicht mehr benutzt wurden, aber es war immer noch die Kanalisation. Ich musste nicht erst Luft holen, um zu wissen, dass es hier nach Schimmel, Pilz-befall und Moder roch. Unter anderem. Außerdem wim-melte es hier unten vor Ratten und Insekten, die überall herumkrochen und ihre Spuren hinterließen. Als Zeke also anfing zu husten, glaubte ich zunächst, es müsse an der feuchten Kälte und den üblen Gerüchen liegen, und ging einfach weiter.

Beim zweiten Anfall war es schlimmer.

Wir liefen gerade durch ein ziemlich enges Rohr, in dem die beiden größeren Vampire nur geduckt laufen konn-ten, um sich nicht an der niedrigen Decke zu stoßen. Zekes rauer Husten gefiel mir ganz und gar nicht. Als ich mich zu ihm umdrehte, sah ich, dass er gebeugt dastand und sich mit einer Hand an der Wand abstützte, während sein gan-zer Körper krampfhaft zuckte. Keuchend richtete er sich schließlich wieder auf und ließ die Hand sinken, die er vor den Mund gehalten hatte. Da entdeckte ich die Blutspritzer an seinen Fingern.

»Zeke.« Mit wachsender Angst sah ich ihn an. Endlich begriff ich, was mit ihm los war. *Nein. Nicht er, bitte.*

»Es geht mir gut.« Mit stumpfen Augen schaute er mich an. Als er meinen Gesichtsausdruck sah, schenkte er mir ein müdes, resigniertes Lächeln. »Ist schon gut. Du kannst nichts dagegen tun, Allie. Gehen wir einfach weiter.«

Jackal, der vor uns lief, fluchte leise und drehte sich mit einem beunruhigenden Gesichtsausdruck zu Zeke um. »Das sagst du jetzt«, behauptete er, und seine Reißzähne schimmerten im Halbdunkel. »Aber glaub ja nicht, dass ich mich zurückhalte, wenn du anfängst, dir die Augen auszukratzen.«

»Falls das passiert …« Ganz ruhig sah Zeke mich an. »Du weißt ja, was dann zu tun ist, nicht wahr? Lass mich nicht leiden, und pass auf, dass ich niemanden in Gefahr bringe. Und … sorg dafür, dass es schnell geht.«

Am liebsten hätte ich ihn angefaucht. Das war einfach zu viel. Ich konnte nicht länger so tun als ob. Kanins Warnungen, niemanden zu nah an mich heranzulassen, meine ganzen eigenen Überlegungen, besser auf Distanz zu bleiben und Gefühle zu unterdrücken – das alles fiel im Angesicht der schmerzlichen Wahrheit in sich zusammen: Ich empfand unglaublich viel für Zeke, es hatte keinen Sinn, mir etwas anderes einreden zu wollen. Er bedeutete mir mehr als irgendjemand sonst in meinem Leben, vielleicht mal abgesehen von meiner Mom. Wenn ich ihn jetzt verlor, würde mich das vernichten.

»Aber anspruchsvoll bist du ja gar nicht, Ezekiel«, erwiderte ich mit brüchiger Stimme. Er hatte mich in den Arm nehmen wollen, doch jetzt zögerte er überrascht. »Erst muss ich dir versprechen, dich sterben zu lassen, und jetzt bittest du mich sogar darum, dich zu töten? Wofür hältst du mich eigentlich? Für eine seelenlose Maschine? Meinst du, das wäre leicht für mich, nur weil ich ein Vampir bin? Als ob es nicht genug wäre, dass Kanin stirbt, jetzt soll ich auch noch dich töten.«

»Allison«, mahnte Kanin müde, aber missbilligend. Zeke und Jackal richteten sich ruckartig auf und starrten den Meistervampir entsetzt an. Ich achtete gar nicht darauf, sondern ballte wütend die Fäuste. Keine Ahnung, woher das plötzlich kam, aber ich war es leid, ständig jemanden zu verlieren. In meinem kurzen Leben hatte ich schon zu viele Verluste erlitten, auch schon vor meiner Verwandlung. Die zynische Straßengöre in mir grinste abfällig. Verluste gehörten zum Leben, das wusste ich ja. Nichts in dieser Welt war von Bestand. Je stärker man sich an etwas festklammerte, desto schmerzlicher wurde es, wenn es nicht mehr da war. Da war es doch am besten, erst gar keine Bindungen einzugehen.

Aber, verdammt noch mal, ich wollte es versuchen. Ich wollte um das kämpfen, was mir wichtig war. *Wer* mir wichtig war. Und es machte mich wahnsinnig, dass sie nicht genauso dazu bereit waren.

»Wir werden nicht aufgeben«, entschied ich mit einem finsteren Blick in die Runde. Meine Augen brannten, doch ich drängte die Tränen zurück. »Meinetwegen könnt ihr gerne fröhlich resignieren und euch dem Fatalismus hingeben, aber ich weigere mich, dieses Ding gewinnen zu lassen. Wenn ich muss, werde ich Sarren jagen und ein Heilmittel aus ihm rausprügeln. Und ich werde verdammt noch mal erst aufgeben, wenn ich mir hunderttausendprozentig sicher bin, dass es keine Hoffnung mehr gibt. Und deshalb wirst du«, ich zeigte auf Zeke, »aufhören, mir zu sagen, dass ich dich umbringen soll, und du«, nun fuhr ich zu Kanin herum, »wirst nicht länger vor den anderen geheim halten, dass du bald draufgehst. Wir stehen diesen Kampf gemeinsam durch, und ich werde dabei verdammt noch mal nicht noch jemanden verlieren.«

Nach meinem Wutausbruch herrschte erst einmal Totenstille. Offenbar hatte ich sie alle total überrumpelt, selbst Kanin schien sprachlos zu sein. Oder er war einfach zu wütend, um etwas zu sagen. Mir war das egal. Sollte er ruhig sauer auf mich sein, solange er nur am Leben blieb.

»Tja«, meinte Jackal schließlich, »was für eine Ansprache. Fast so gut wie die in meinem Turm, damals mit dem alten Mann. Du hast schon einen Hang zur Dramatik, was, Schwesterlein?«

Ich runzelte gereizt die Stirn, doch bevor ich etwas erwidern konnte, wandte er sich an Kanin und funkelte ihn böse an. »Du hast uns nie gesagt, dass du sterben wirst, alter Mann.« Er kniff die Augen zusammen. »Lass mich raten: Salazar wollte sichergehen, dass du nicht die Stadt verlässt, also hat er dafür gesorgt, dass du ihm nicht entwischen kannst. Verschlagener alter Mistkerl. Wie lange noch?«

»Spielt das eine Rolle?«, entgegnete Kanin völlig emotionslos. »Würde das irgendetwas ändern?«

»Schon komisch«, fauchte Jackal. »Bei jedem anderen würde es das! Jeder normale Vampir wäre jetzt auf der Suche nach Sarren und würde nicht versuchen, irgendwelche wertlosen Blutsäcke zu retten, die wahrscheinlich sowieso schon tot sind. Aber das war ja schon immer dein Problem, nicht wahr? Du hast dich immer auf die Seite der Menschen gestellt. Jetzt siehst du mal, was es dir gebracht hat.«

Verblüfft starrte ich ihn an. So hatte ich Jackal noch nie erlebt, er war tatsächlich außer sich vor Wut. Sonst äußerte sich Ärger bei ihm immer in Form eines nervtötenden Kommentars oder durch einen Seitenhieb, mit dem er die Leute auf die Palme brachte. Doch jetzt starrte er Kanin voller Verachtung an und schürzte angewidert die Lippen. Dabei konnte ich nicht sagen, ob er wütend auf Kanin war, weil der diese Menschen retten wollte oder weil er starb und es ihm nicht gesagt hatte.

»Was glaubst du denn, wie es abläuft, wenn wir Sarren finden?«, pöbelte Jackal Kanin an, der ihn nur gelassen ansah. »Denkst du wirklich, du kannst es mit ihm aufnehmen, in deinem Zustand? Dein beschissenes Mitgefühl für diese wertlosen Menschen wird uns alle umbringen!«

»Ich habe meine Wahl getroffen«, erwiderte Kanin ungerührt wie immer. »Du musst sie ja nicht mittragen.«

Jackal schüttelte empört den Kopf und trat einen Schritt zurück. »Weißt du was? Du hast recht«, sagte er leise und musterte uns, einen nach dem anderen. »Das ist es nicht wert. Ich dachte, der alte Blutsauger hätte vielleicht Informationen über ein Heilmittel gegen das Verseuchtenvirus oder könnte uns sogar eines zeigen. Aber wenn er sein Leben für ein paar wertlose Sterbliche wegwerfen will, versuche ich mein Glück lieber alleine.«

»Und wo willst du bitte suchen?«, motzte ich, während ich mich gleichzeitig fragte, warum es mich eigentlich kümmerte, wenn Jackal ging. *Lass ihn. Du hast doch immer gewusst, dass er entweder irgendwann abhaut oder sich gegen dich wendet, sobald sich die Chance dazu bietet.* Keine Ahnung, warum mich das so wütend machte. Ein Teil von mir behauptete, dass wir Jackals Hilfe brauchen würden, wenn wir Sarren aufspürten, weil er ein guter Kämpfer war und einer mehr, der mir Sarren vom Leib halten konnte. Und dass ich nur deshalb nicht wollte, dass er ging.

Aber das war eine Lüge. Jackal war mein Bruder, und auch wenn er ein selbstsüchtiges Monster war, hoffte ich immer noch, mich in ihm getäuscht zu haben. »Du kannst es nicht mit Sarren aufnehmen«, versuchte ich, ihn zu überzeugen. »Er ist zu stark für einen allein, das hast du selbst gesagt.«

»Wer behauptet denn, dass ich gegen ihn kämpfen will?« Grinsend verschränkte Jackal die Arme vor der Brust. »So dumm bin ich nicht, Schwesterlein. So wie ich das sehe, ist Sarren momentan am dichtesten an der Entdeckung eines Heilmittels dran. Falls ich unserem gestörten Freund noch einmal über den Weg laufe, werde ich ihm höflich ein paar Fragen stellen und mich dann verziehen. So verrückt bin ich nicht, dass ich versuchen würde, ihn aufzuhalten. Aber ich werde auch ganz sicher nicht hier mit euch rumhängen und meine Zeit vergeuden. Amüsiert ihr euch schön mit euren Kranken und Psychos. Ich bin dann mal weg.«

Ein metallisches Schaben hallte durch den Tunnel, als Zeke seine Machete zog. Bei dem feinen Geräusch wurde mir ganz anders.

»Und wie kommst du darauf, dass ich dich einfach so gehen lasse?«, fragte Zeke eisig. Wut und Hass funkelten in seinen Augen, als er Jackal kalt anstarrte. »Du musst dich für deine Verbrechen verantworten«, fuhr er fort. Das fahle Licht glitt über die Klinge, als er sie in Jackals Richtung hob. »Du hast Menschen umgebracht. Ich habe keinen von ihnen vergessen, und du wirst für das bezahlen, was du ihnen angetan hast.«

Oh nein. Zeke meinte es ernst – er war zu diesem Kampf bereit. Die Konfrontation, auf die er seit seiner Ankunft in New Covington immer wieder hingedeutet hatte, war endlich gekommen. »*Ich kann ihn nicht am Leben lassen, schon meiner Familie zuliebe nicht*«, hatte er bei unserem ersten Marsch durch die Tunnel gesagt. »*Auch jener, die heute in Eden ist. Die Frage ist nur ... werde ich gegen dich genauso kämpfen müssen wie gegen Jackal?*«

Ich musste mich entscheiden. Ich konnte nicht gegen beide kämpfen. Als hätte er meine Gedanken gelesen, sah Zeke kurz zu mir herüber. In seinen blauen Augen spiegelte sich Reue. »Es tut mir leid, Allison«, sagte er leise. »Du musst mir nicht helfen. Wenn du nicht anders kannst, verschwinde einfach. Aber ich kann ihn nicht gehen lassen.«

Jackal setzte ein sadistisches Lächeln auf, und ich machte mich bereit dazwischenzugehen, falls einer der beiden angriff. »Du hast keine Zeit für so etwas, Blutsack«, säuselte er. »Solltest du nicht besser deinen erbärmlichen kleinen Stamm retten? Denkst du wirklich, du kannst es allein mit mir aufnehmen? Und wie willst du ihnen helfen, wenn du tot bist?«

Es war wahrscheinlich das Schwerste, was ich je in meinem Leben getan hatte, aber mein Entschluss stand fest. Ich zog mein Schwert und stellte mich an Zekes Seite. »Er wird nicht allein sein«, sagte ich.

Ohne ihn anzusehen, spürte ich Zekes Erleichterung und Dankbarkeit. Jackal hingegen verengte die gelben Augen zu gefährlichen Schlitzen. »Aha«, murmelte er, und seine übliche Arroganz wurde von eiskalter Wut verdrängt. »So ist das also, Schwesterlein. Du stellst einen Menschen über deine eigene Art. Ja, du bist genau wie Kanin – ein Verräter an unserer ganzen Rasse.«

Ich fletschte die Zähne. »So wie ich das sehe, lässt du uns im Stich. Erwarte also nicht, dass ich dir auch nur eine Träne nachweine, *Brüderchen*.«

»Allison, Ezekiel.« Kanins Stimme löste einen Teil der Spannung und der in mir aufsteigenden Wut. Zögernd sah ich zu ihm hinüber. Er stand noch immer unter dem Gully. »Lasst ihn gehen«, forderte er leise.

Zeke rührte sich nicht, biss aber trotzig die Zähne zusammen.

»Kanin …«

»Wir haben keine Zeit dafür.«

Ich sackte in mich zusammen. Kanin hatte recht. Wir hatten keine Zeit, um jetzt gegen Jackal zu kämpfen. Die Sekunden verrannen unerbittlich, für uns alle: für die Flüchtlinge, für Kanin, und jetzt … jetzt auch für Zeke. *Was wird wohl passieren, wenn die Zeit abgelaufen ist?*, überlegte ich bedrückt. Dann würde niemand mehr übrig bleiben. Alle würden sterben.

Alle außer mir. Ich wäre dann wieder allein.

Ganz langsam schob ich das Schwert zurück in die Scheide und drehte mich zu Zeke um. Vorsichtig legte ich ihm eine Hand auf den Arm. Die Muskeln unter meinen Fingern waren hart wie Stahl, so sehr verkrampfte er sich. »Lass uns gehen. Komm schon, wir müssen die Flüchtlinge finden.«

Sein Arm zitterte, als er die Waffe fester umklammerte. Noch leiser fügte ich hinzu: »Bitte.«

Einen Moment lang widersetzte er sich, dann ließ er die Machete sinken, und Rücken und Schultern entspannten sich. »Es ist noch nicht vorbei«, warnte er Jackal mit leiser Stimme. »Ich werde dich finden. Und bei unserer nächsten Begegnung werde ich dich töten, Vampir.«

Jackal lachte leise. »Bei unserer nächsten Begegnung wirst du eine stinkende Leiche ohne Augen sein, Blutsack. Also verzeih mir, wenn ich nicht allzu besorgt bin.«

Zeke antwortete nicht. Mein Bruder im Blute entfernte sich ein paar Schritte, dann grinste er uns noch einmal böse an. »Na ja, ich würde lügen, wenn ich sage, dass es keinen Spaß gemacht hätte«, stellte er fest und salutierte spöttisch, bevor er sich abwandte. »Aber jetzt habe ich Besseres zu tun: Vampire aufspüren, Armeen ausheben, solche Sachen eben.« Bei einem letzten Blick auf mich verblasste sein Grinsen ein wenig. »Wenn dir diese wandelnden Blutkonserven jemals langweilig werden, komm und such mich, Schwesterlein. Wir beide könnten immer noch Großes bewirken.«

Damit drehte er sich um und verschwand im Halbdunkel des Tunnels.

Fassungslos starrte ich ihm hinterher. Halb rechnete ich damit, dass er gleich zurückkam und uns auslachte, weil wir auf einen derart billigen Trick hereingefallen waren. Doch nichts dergleichen geschah. Die Dunkelheit, die ihn verschluckt hatte, blieb leer und still. Ich schloss die Augen und versuchte, ihn mithilfe unseres Blutsbandes zu erspü-

404

ren. Ganz schwach fühlte ich seine Gegenwart, und sie entfernte sich mehr und mehr. Jackal war tatsächlich gegangen.

»Kommt«, sagte Kanin, als klar war, dass er nicht zurückkommen würde. »Gehen wir weiter. Wir sind fast da.«

»Hast du es gewusst?«, fragte ich Kanin wenige Minuten später, als das Rohr endete und wir wieder in einem richtigen Kanal landeten. Hastig liefen wir durch den Tunnel, da uns bewusst war, dass wir gegen die Zeit anrannten. Trotzdem verfolgte mich diese Frage, sie ließ mich einfach nicht mehr los.

Als er mich fragend ansah, wurde ich konkreter: »Jackal. Hast du gewusst, dass er gehen würde, wenn er erfährt, dass du krank bist? Hast du es ihm deswegen verschwiegen?«

»Das war einer der Gründe.« Kanin runzelte die Stirn. »Jackal war schon immer äußerst ... pragmatisch. Sobald er glaubt, auf der Verliererseite zu stehen, windet er sich irgendwie heraus und probiert es auf einem anderen Weg. Seiner Meinung nach konnte ich ihm nicht mehr geben, was er wollte, also hat er beschlossen, nach einer anderen Möglichkeit zu suchen. Das ist bei ihm nichts Neues.«

»Ich habe es verbockt«, murmelte ich und beförderte mit einem wütenden Tritt einen der herumliegenden Steine ins Wasser. »Es tut mir leid, Kanin.«

Er schüttelte entschieden den Kopf. »Entschuldige du dich nicht für Jackals Fehler, Allison. Wir haben alle unsere Entscheidung getroffen.«

Dadurch ging es mir auch nicht besser. Jackal war trotzdem weg, und Kanin war immer noch krank. Und Zeke, der schweigend hinter uns herwanderte, hustete jetzt mehr und mehr. Zwar versuchte er, es zu unterdrücken, und natürlich beklagte er sich nicht, aber ich konnte seinen rasselnden, gequälten Atem hören, und ich roch das Blut, das er manchmal aushustete. Das alles machte mir große Sorgen.

»Kanin?«, nahm ich den Faden wieder auf, woraufhin er hörbar seufzte, als müsse er sich gegen weitere Fragen wappnen. Fast hätte ich es mir verkniffen, doch dann schaltete ich auf stur. Ich wollte es einfach wissen. »Warum hast du Jackal überhaupt verwandelt?«

Er ließ mich so lange auf eine Antwort warten, dass ich schon glaubte, er würde mich einfach ignorieren. »Warum fragst du?«, erwiderte er schließlich leise, fast schon traurig.

Ich zuckte mit den Schultern. »Weil ich neugierig bin? Weil ich wissen will, wie du auswählst? Ob es bei der Entscheidung, wer in einen Vampir verwandelt wird, bestimmte Kriterien gibt? Weil …« *Weil ich wissen will, ob er früher vielleicht einmal so war wie ich. Und ob ich jemals so werden könnte wie er.*

Undurchschaubar und erfahren wie er nun einmal war, schien Kanin zu ahnen, was ich dachte. »Ich habe James vor mehreren Jahrzehnten entdeckt«, begann er langsam, als habe er sich noch nicht ganz mit der Geschichte abgefunden. »Als ich in dieses Land zurückkehrte. Zuvor war ich viele Jahre fort gewesen.«

»Warum?«

»Was meinst du damit, warum?«

»Warum warst du fort?«

Er schloss die Augen. »Du wirst es mir nicht leicht machen, wie?«, murmelte er. Sofort fühlte ich mich schuldig, allerdings nicht allzu sehr. Stärker waren meine Entschlossenheit und der brennende Wunsch, endlich all seine Geheimnisse zu entschlüsseln. Kanin hatte mir so lange fast alles vorenthalten, aber nun war ich nicht mehr seine Schülerin. Ich wollte endlich wissen, wer mein Schöpfer wirklich war.

Nach kurzem Zögern antwortete ich vorsichtig: »Ich denke, ich habe ein Recht darauf, Kanin.«

»Ja«, flüsterte er und fuhr sich mit der Hand über die Augen. »Ja, das hast du wohl.« Er ließ den Arm sinken und setzte sich mit finsterer Miene wieder in Bewegung. »Um auf deine Frage zurückzukommen«, fuhr er betont sachlich fort, »ich war gezwungen zu fliehen. Nachdem die anderen Meister herausgefunden hatten, was ich getan hatte – was ich erschaffen hatte –, wollten sie mir an den Kragen. Seit zahllosen Jahrhunderten verschrieben sie sich zum ersten Mal wieder alle einem gemeinsamen Ziel: einen der Ihren zu vernichten. Es wurde fast zu einem Wettbewerb, bei dem es darum ging, wer mich als Erster finden und töten würde. Und natürlich war da noch Sarren …« Sein Gesicht wurde noch grimmiger. »Also verließ ich das Land und verbrachte viele Jahre auf der Flucht, blieb nie lange an einem Ort. Irgendwann hörten die anderen Meister auf, mir ihre Leute auf den Hals zu hetzen, und die Lage beruhigte sich ein wenig. Nur einer setzte die Jagd fort.«

Ich schauderte, da ich genau wusste, wen er damit meinte. Kanin schüttelte nachdenklich den Kopf. »Sarren hat niemals aufgegeben. Wo immer ich auch hinging, er blieb mir dicht auf den Fersen. Ich wusste immer, dass er mich eines Tages einholen würde. Und dass seine Rache, wenn es erst einmal so weit war, fürchterlich sein würde. Aber ich hatte gehofft, für meine Fehler Buße tun zu können, bevor es passierte. Also kehrte ich nach vielen Jahren in dieses Land zurück und suchte nach dem Forschungsmaterial, das die Wissenschaftler hinterlassen hatten. Ich wusste, dass zumindest einer von ihnen das Gemetzel überlebt hatte, als die Verseuchten ausbrachen, doch ich wusste weder, wo er sich befand, noch, ob seine Nachfahren noch lebten. Nachdem ich jahrelang erfolglos gesucht hatte, beschloss ich, eben jenen Ort zu untersuchen, an dem die Verseuchten geschaffen worden waren. Obwohl er sich nun auf dem Gebiet einer Vampirstadt befand, deren Prinz noch immer meinen Kopf wollte, musste ich es versuchen.« Er musterte mich kurz, und ein reuevolles Lächeln umspielte seine Lippen. »Den Rest kennst du.«

Ich hatte fasziniert zugehört. So viel hatte Kanin noch nie von seiner beschämenden, entsetzlichen Vergangenheit preisgegeben. »Und an welcher Stelle kommt Jackal ins Spiel?«, kehrte ich zu meiner ursprünglichen Frage zurück.

»Jackal.« Kanin kniff die Augen zusammen. »Als ich zurückkehrte, hatte sich die Welt vollkommen verändert. Die Vampirstädte waren zu Macht gekommen, außerhalb ihrer Mauern herrschte das reinste Chaos. In jenem ersten Jahr stieß ich irgendwann mitten in der Wildnis auf die brennenden Überreste eines kleinen Gehöfts. Es sah ganz danach aus, als hätten Banditen oder andere Verbrecher sämtliche Anwohner getötet, zumindest dachte ich das. Doch später in der Nacht fand ich einige Kilometer weiter James, er lag mitten auf der Straße. Er war ins Bein geschossen worden, hatte sich aber noch so weit fortgeschleppt, bevor ihn die Kräfte verließen.«

»Er lag im Sterben«, riet ich. »Genau wie ich damals.«

»So war es. Obwohl ihm der Tod noch nicht ganz so stark im Genick saß wie dir.« Wieder runzelte Kanin die Stirn. »Doch ich hatte keine Nahrungsmittel, kein Wasser, weder Medikamente noch Verbandszeug bei mir, und wir befanden uns weitab jeder Zivilisation. Er würde entweder am Blutverlust sterben oder erfrieren, und das wusste er auch. Wir hatten eine sehr interessante Unterhaltung.« Obwohl er todernst klang, huschte ein Lächeln über Kanins Gesicht. »Er lag auf dem Boden, ich stand über ihm und versuchte herauszufinden, was für ein Mensch er war. Als ich ihn vor die Wahl stellte, glaubte ich zu wissen, was ich erschaffen würde. Ich dachte ...«

Kanin lachte leise, doch es klang alles andere als amüsiert. »Ich dachte, ich hätte jemanden gefunden, der mir dabei helfen würde, dem ein Ende zu machen, was ich ausgelöst hatte. Erst viel später habe ich erkannt, worauf er tatsächlich aus war.«

»Was ist passiert?«

Es schien Kanin Überwindung zu kosten fortzufahren. »Ich brachte ihm bei, wie man als Vampir lebt, genau wie dir. Einige Monate reisten wir durchs Land, nur wir beide. Er schien völlig fasziniert zu sein von der Vorstellung, dass man die Verseuchten heilen könnte, und stellte mir Fragen über die Forschungen, die Wissenschaftler, die geheimen Labore. Wir diskutierten viel, und trotzdem blieb ich blind gegenüber dem, was ich erschaffen hatte. Dann erwischte er eines Nachts die Männer, die seine Familie getötet hatten, und versuchte, sie zu verwandeln. Bis heute weiß ich nicht, was er ihnen erzählt hat. Vielleicht bot er ihnen ewiges Leben an, oder es ging dabei doch nur um Rache. Jedenfalls wurden sämtliche Männer, die er zu verwandeln versuchte, zu Verseuchten. Doch er hörte nicht auf. Als ich ihn fand, war er von toten Verseuchten umgeben, nur wenige der Menschen lebten noch, und James versuchte noch immer, eigene Nachkommen zu erschaffen. Nun endlich begriff ich, was für einen Vampir ich auf die Welt losgelassen hatte. James wollte zwar das Verseuchtenvirus vernichten«, beendete Kanin mit eisigem Blick seine Geschichte, »aber nur, um sich eine Armee zu züchten, ein eigenes Königreich zu erschaffen und die Welt mit unseresgleichen zu bevölkern. Die Vampire sollten herrschen, erklärte er mir. Warum sollten die Menschen die Welt an sich reißen, wenn wir ihnen doch so haushoch überlegen seien? Bis jetzt habe uns nur die Tatsache aufgehalten, dass wir in der Unterzahl seien. Doch wenn die Vampire sich wieder vermehren könnten, würden die Menschen es nicht mehr wagen, sich gegen uns zu erheben.«

»Jackal behauptet, du hättest versucht, ihn zu töten.«

»Das stimmt.« Kanin klang kein bisschen reumütig. »Er war der einzige von mir erschaffene Vampir, den ich je zu vernichten versucht habe. Vor James war es mir gleichgültig, was meine Nachkommen anstellten, wenn sich unsere Wege trennten. Ich konnte ihnen zwar beibringen, wie man als Unsterblicher lebt, aber dann mussten sie sich selbst einen Weg durch die Unendlichkeit suchen. Doch eine Welt, wie James sie sich ausmalte, konnte ich nicht dulden. Unglücklicherweise ist er mir entkommen, allerdings sagte ich ihm, dass ich seinem Leben ein Ende machen würde, falls wir uns jemals wiederbegegnen.«

»Und seitdem habt ihr euch nicht mehr gesehen?«

»Er hat den Namen Jackal angenommen und ist mit den überlebenden Mördern seiner Familie in den Bergen verschwunden. Vermutlich wurden sie die ersten Mitglieder seiner sogenannten Banditenarmee. Also …« Kanin schaute ernst auf mich herunter. »Nun kennst du all meine Geheimnisse, sämtliche Fehlschläge.« Stirnrunzelnd blickte er über meinen Kopf hinweg. »Du und Ezekiel. Mir ist durchaus bewusst, dass er jedes Wort gehört hat.«

»Tut mir leid«, meldete sich Zeke von hinten. »Ich wollte nicht lauschen.«

Kanin lächelte bitter. »Vielleicht ist es besser so«, sagte er nachdenklich. »Jemand sollte wissen, wie Jackal in Wahrheit ist. Nach James hatte ich mir geschworen, niemals wieder einen Vampir zu erschaffen, aber …« Er zögerte und fuhr dann kaum hörbar fort: »Ich bin froh, dass ich diesen Schwur gebrochen habe.«

»Kanin.«

Zeke beschleunigte seine Schritte und schloss zu uns auf. »Jetzt habe ich eine Frage«, sagte er, was Kanin wieder ein Seufzen entlockte. Doch er protestierte nicht, und Zeke fuhr unerbittlich fort: »Also … dann sind Sie tatsächlich der Vampir, der mit den Wissenschaftlern zusammengearbeitet hat?« Das klang fast bewundernd. »Der dem ersten Team bei der Suche nach dem Heilmittel geholfen hat.«

»Sie haben von mir gesprochen?« Kanin schien überrascht zu sein.

Zeke nickte. »Die Wissenschaftler in Eden haben mir alles erzählt: über die Experimente mit den Vampiren und darüber, wie die Verseuchten erschaffen wurden. Sie sagten, Sie wären in der Nacht verschwunden, als im Labor das Feuer ausbrach und die Verseuchten entkamen.« Zekes Stimme wurde schärfer. »Die meisten von ihnen sind der Meinung, dass … Sie den Brand gelegt hätten.«

»Nein.« Kanin sprach leise, doch man hörte die Reue in seiner Stimme. Und in seinem sonst so undurchdringlichen Gesicht flackerte Schmerz auf. »Da ihr beide so erpicht darauf seid, meine Vergangenheit ans Licht zu zerren – nein, ich war nicht derjenige, der im Labor Feuer gelegt hat. Ich hatte ihnen gesagt, dass die Verseuchten vernichtet werden müssten, doch die meisten Wissenschaftler waren anderer Ansicht. Sie spalteten sich in zwei Lager: jene, die sämtliche Verseuchte auslöschen wollten, und andere, die der Meinung waren, man könne sie noch zu etwas gebrauchen. Letztlich beschloss man, einige der Wissenschaftler aus dem Team zu werfen – all jene, die für die Vernichtung der Verseuchten waren.« Kanin zögerte und fuhr dann leiser fort: »Einer von ihnen war der Leiter der Forschungsgruppe, Malachi Crosse.«

Zeke sog hörbar den Atem ein. »Jebbadiahs Großvater.«

»In jener Nacht ging ich ins Labor, um ihn aufzuhalten«, erinnerte sich Kanin finster. »Ich wusste, was er vorhatte, doch als ich dort eintraf, war es bereits zu spät. Das Labor stand in Flammen, die Forscher waren tot und die Verseuchten verschwunden. Ich hatte versagt.«

Nach dieser Enthüllung schwiegen wir eine Weile, sodass außer unseren Schritten und Zekes keuchendem Atem nichts zu hören war. »Hast du von dem anderen Labor gewusst?«, fragte ich schließlich. »Dem in Old D. C.?«

Kanin schüttelte den Kopf. »Damals nicht. Allerdings habe ich später davon erfahren. Dort haben sie menschlichen Patienten die Testversion des sogenannten Heilmittels verabreicht, nicht wahr? Narren.«

»In diesem Gebiet gab es einen massiven Ausbruch des Verseuchtenvirus«, erklärte ich. »Tausende, wenn nicht sogar Zehntausende Menschen sind gestorben oder haben sich verwandelt. Du bist also vielleicht gar nicht dafür verantwortlich, dass sich das Verseuchtenvirus ausgebreitet hat, Kanin. Vielleicht hat es ja in Old D. C. angefangen und nicht in New Covington.«

»Selbst wenn das wahr wäre …« Kanin musterte mich mit leerem Blick. »Ich war es, der das Geheimnis um unsere Existenz gelüftet und das Leben anderer unserer Art riskiert hat, um ein Heilmittel zu finden. Natürlich weiß ich deine Bemühungen zu schätzen, Allison, aber die Schuld liegt trotzdem bei mir. Und nun …« Er wandte sich an Zeke, der mit ernster Miene zugehört hatte. »Nun habe ich euch alles über meine Vergangenheit erzählt, und wir sind immer noch ein Stück von Sektor Vier entfernt. Ich würde gerne mehr über die Forschungsgruppe in Eden erfahren. Haben sie die damaligen Ergebnisse erhalten? Arbeiten sie an einem Heilmittel?«

Doch bevor Zeke antworten konnte, ertönten vor uns hastige Schritte, und zwei ausgemergelte, bleiche Gestalten schossen aus einem der Tunnel hervor. Als sie uns sahen, blieben die Maulwurfsmenschen fauchend stehen und hoben ihre primitiven Klingen.

»Mehr Oberflächler!«, krächzte einer und bleckte die fauligen Zähne. »Verschwindet! Verschwindet aus unserem Gebiet. Hier unten gibt es keine Sicherheit für euch. Das Lager der Oberflächler ist zerstört. Bald sind die Eindringlinge tot! Und wenn ihr nicht sofort verschwindet, seid ihr die Nächsten!«

Zeke trat vor, zog seine Pistole aus dem Gürtel und fragte kalt: »Was habt ihr mit ihnen gemacht?«

Die Maulwurfsmenschen fauchten wieder und rissen die Augen auf. »Der Anführer der Oberflächler«, knurrte einer der beiden. »Er ist zurückgekehrt! Mit *Vampiren!* Lauf, warn die anderen!«

Schon wollten sie losrennen, doch da hob Zeke seine Waffe, und ich stürzte mich auf sie. Ein Schuss in den Rücken stoppte den einen Maulwurfsmenschen, ein Schlag meines Schwertes enthauptete den zweiten.

»Schnell.« Kanin schob sich an uns vorbei und rannte in die Dunkelheit hinein. »Das klingt so, als bliebe uns nicht viel Zeit.«

Bald konnte ich das Blut riechen. Sein Duft hing schwer in der Luft und sorgte dafür, dass sich mein Magen vor Hunger zusammenzog. Je mehr wir uns dem unterirdischen Lager näherten, desto mehr Stimmen hallten durch den Tunnel: Rufe, Kreischen und wütendes Fauchen und Knurren. Als ein verzweifelter Schrei selbst diesen Lärm übertönte, rannten wir mit gezogenen Waffen los.

Aus einem der Tunnel tauchte ein Maulwurfsmensch auf, der bei unserem Anblick sofort Alarm schlug. Mir wurde ganz anders, als ich den Tunnel wiedererkannte: Er bildete den Zugang zum Lager, und zwar jenen, der bei unserem ersten Besuch mit Roach versperrt gewesen war. Das Gittertor war aus den Angeln gerissen worden und trieb nun wie ein Haufen rostiger Schrott im Wasser.

Zeke zögerte keine Sekunde. Als der Maulwurfsmensch vorsprang, tauchte er unter dessen wildem Schlag hindurch, riss seine funkelnde Machete hoch und rammte sie dem Mann in die Brust. Mit brutaler Kraft riss er die Klinge seitlich aus dem Körper heraus. Schreiend brach der Maulwurfsmensch hinter uns zusammen, während Zeke uns durch das Tor führte.

Mitten im Durchgang lag eine Leiche. Es war der junge Wachmann, mit dem Roach bei unserem ersten Besuch gesprochen hatte. Brust und Bauch waren mit Stichwunden übersät, die leeren Augen waren starr an die Decke gerichtet. Neben ihm lag ein toter Maulwurfsmensch, der über und über mit Blut beschmiert war. Ohne mit der Wimper zu zucken stürmte Zeke an den beiden vorbei zu der Treppe, die ins Obergeschoss führte. Immer zwei Stufen auf einmal nehmend, rannte er hinauf.

Kanin und ich folgten ihm. Am Ende der Treppe erwartete uns Chaos: Überall in dem Heizraum brannten Feuer, da die Fässer umgekippt waren und die glühenden Kohlen auf dem Beton herumrollten. In dem flackernden Licht huschten Gestalten herum, einerseits bleiche Maulwurfsmenschen, andererseits verängstigte Flüchtlinge, die kopflos herumrannten. Zwei Maulwurfsmenschen hatten eine Frau in die Ecke gedrängt und stachen und prügelten auf sie ein. Mit einem wütenden Schrei stürzte Zeke sich auf sie.

Ich wollte ihm helfen, doch da trat Kanin in das rötlich

schimmernde Licht und brüllte. Das unheimliche Geräusch hallte durch den Raum. Mir stellten sich die Nackenhaare auf, während alle anderen ruckartig zu ihm herumfuhren. Während Zeke einen der Maulwurfsmenschen mit seiner Machete köpfte und den anderen mit der Pistole nieder- schlug, fingen alle anderen – Angreifer genauso wie Flücht- linge – an zu schreien, da sie begriffen hatten, was so plötzlich unter ihnen aufgetaucht war. Panisch stoben sie auseinander.

Der Geruch von Angst und Gewalt verführte mich dazu, ebenfalls herausfordernd zu brüllen, dann stürmte ich los. Mehrere Maulwurfsmenschen gingen mit wilden Schlä- gen und hasserfüllten Schreien auf mich los. Ich machte sie gnadenlos nieder. Ihr Blut spritzte an die Wände, verteilte sich auf dem Boden und bedeckte mein Gesicht, was mein Dämon mit Begeisterung registrierte. Wenige Meter wei- ter bahnte sich Zeke einen Weg durch die Menge. Seine Machete funkelte im Licht, und immer wieder summten die Heizkessel, wenn ein Schuss knallte. Kanin fegte wie ein tödlicher schwarzer Schatten durch den Raum. Wer seinen Weg kreuzte, sank Sekunden später leblos und blutleer zu Boden.

Es dauerte keine Minute, dann war der Raum leer. So- bald sie begriffen, dass nun zwei Vampire mitmischten, be- schlossen die meisten Angreifer, sich besser nicht dem Kampf zu stellen, und flohen Richtung Treppe. Ich ließ sie ziehen, obwohl es mir schwerfiel, sie nicht durch die Tunnel zu verfolgen. Alles in mir drängte danach, sie durch die Dunkelheit zu jagen und ihnen die Kehlen zu zerfetzen. Doch ich bekam meinen Blutdurst mühsam in den Griff, steckte das Schwert weg und zwang meinen Dämon, sich wieder zu beruhigen, während ich mich nach Kanin und Zeke umsah.

Letzterer stand keuchend mitten im Raum, ließ Pistole und Machete kraftlos sinken und beobachtete den Rückzug der letzten Maulwurfsmenschen. Seine blauen Augen funkelten gefährlich im Halbdunkel, so als müsste er sich mühsam zurückhalten, um nicht auf die bleichen, fliehenden Gestalten zu schießen. Kanin stand nicht weit weg in einer Ecke und hielt sich bewusst im Schatten.

»Zeke!«

Ein junger Mann rannte auf ihn zu und krallte sich ängstlich an sein Shirt. Zeke zuckte kurz zusammen, als der andere verzweifelt an ihm zerrte. »Wo warst du? Wir haben seit Stunden versucht, dich zu erreichen!«

»Ich bin so schnell gekommen, wie ich konnte.« Zeke befreite sich, trat einen Schritt zurück und sah sich grimmig um. Überall lagen Leute herum, einige stöhnten, doch die meisten rührten sich nicht mehr. Wieder trat der Flüchtling auf ihn zu, doch Zeke wich ruckartig zurück. »Komm mir bloß nicht zu nahe!«, befahl er wütend, woraufhin der Junge abrupt stehen blieb und ihn entsetzt anstarrte. Zeke hob einen Arm vor den Mund und entfernte sich weiter von dem Flüchtling. »Bleibt weg, das gilt für alle. Ich will nicht ...« Er schluckte schwer. »Ich bin krank«, erklärte er dem Jungen, der kreidebleich wurde. »Ich will nicht, dass ihr euch ansteckt. Also haltet Abstand.«

Sofort zog sich der Junge in eine Ecke zurück. Zeke musterte die übrigen Überlebenden, die ihn nun fast ebenso ängstlich ansahen wie uns Vampire. Mit gequälter Miene drehte er sich zu mir um. »Allie? Würdest du mir dabei helfen herauszufinden, wie viele noch am Leben sind?«

Also zählten wir die Überlebenden. Das Ergebnis war niederschmetternd. Von den ungefähr zwei Dutzend Flüchtlingen, die Zeke zurückgelassen hatte, hatten nur neun den unvermuteten Angriff überstanden. Viele von ihnen waren schwer verwundet, und ein paar würden die Nacht wohl nicht überleben.

Zeke nahm diese Nachricht stoisch entgegen und fing an, wieder Ordnung in das Chaos zu bringen: Er half den Verletzten, teilte Leute ein, die sich um die Wunden kümmern sollten, und postierte eine Wache am Eingang, falls die Maulwurfsmenschen zurückkehrten. Dabei blieb er die ganze Zeit auf Abstand. Mehr als einmal zog er sich zurück und presste sich ein altes Tuch vor Mund und Nase, wenn ein heftiger Hustenanfall seinen ganzen Körper packte. Jedes Mal wichen die Flüchtlinge hastig vor ihm zurück und schauten besorgt zwischen ihm und den Vampiren hin und her – offenbar wussten sie nicht, was von beidem schlimmer war.

»Hier sind sie angreifbar«, erklärte mir Kanin, als ich mich in seiner Ecke zu ihm gesellte. Ich hatte versucht, Zeke bei der Wiederherstellung der Ordnung zu helfen, doch das war nicht ganz leicht, da jeder hier Angst hatte vor dem blutüberströmten Vampirmädchen. Kanin war schlauer gewesen, hatte sich einen Platz an der am weitesten entfernten Wand gesucht und beobachtete alles mit kühler Gelassenheit.

Fragend schaute ich zu ihm hoch. »Was soll das heißen?«

»Die Maulwurfsmenschen wissen jetzt, wo sie sind. Sie

haben keinerlei Verteidigungsmöglichkeit mehr. Beim nächsten Mal werden die Angreifer wahrscheinlich alle töten.« Kopfschüttelnd beobachtete er einen der Flüchtlinge, der quer durch den Raum humpelte. »Und wir werden nicht mehr lange hier sein, um sie zu beschützen.«

»Dann können sie also nicht hierbleiben«, murmelte ich. »Sie müssen sich einen anderen Lagerplatz suchen. Aber wo? Sollen sie es noch mal in den Tunneln versuchen?«

»Dann riskieren sie, wieder auf Maulwurfsmenschen zu treffen«, gab Kanin zu bedenken. »Wenn die so erbost auf Eindringlinge in ihrem Gebiet reagieren, wäre es vielleicht besser, wenn sie von hier verschwinden.«

»Klar, aber wohin?«, wiederholte ich meine Frage. »An der Oberfläche ist es auch nicht sicherer, da rennen die Bluter und die Irren rum. Wohin könnten sie also gehen, wo es auch nur annähernd sicher wäre?«

»Das hier ist doch dein ehemaliger Sektor, oder?«

»Schon, aber ...« Ich dachte angestrengt nach. Eine Möglichkeit wusste ich schon. *Es ist nicht weit weg*, überlegte ich. *Und ziemlich abgeschieden. Im Keller kann man sich gut verschanzen, wenn es Ärger gibt. Perfekt wäre es nicht, aber immer noch besser als hier.* »Na gut«, murmelte ich und stieß mich von der Wand ab. »Ich weiß, wo wir hingehen können.«

Ich stöberte Zeke zwischen den riesigen, verrosteten Heizkesseln im hinteren Teil des Raumes auf. Er hatte mir den Rücken zugedreht und beugte sich über irgendetwas vor seinen Füßen. Neugierig stellte ich mich hinter ihn und spähte an ihm vorbei. Mitleidig zuckte ich zusammen.

An einer der Säulen lehnte Roach. Sein kindliches Gesicht war zur Decke gewandt, doch sein Blick ging ins Leere. Aus seiner Brust ragte ein langer Dolch hervor. Eine Hand umklammerte noch immer das Funkgerät.

Da ich Zeke kannte und wusste, dass er sich die Schuld daran gab, legte ich ihm tröstend eine Hand auf den Arm. Seine Haut war glühend heiß. »Du kannst nichts dafür«, sagte ich leise.

Er antwortete nicht, sondern bückte sich und zog sanft das Walkie-Talkie aus Roachs schlaffen Fingern. Mit einem schweren, gequälten Seufzen richtete er sich auf.

»Zeke …« Als er sich zu mir umdrehte, war sein Gesicht zu einer reglosen Maske erstarrt. »Die anderen Flüchtlinge können nicht hierbleiben.«

»Ich weiß.« Er schob das Funkgerät wieder in die Halterung an seinem Gürtel und fuhr sachlich fort: »Ich wollte es Kanin und dir sowieso noch sagen, ich werde sie nach oben bringen. Ihr müsst nicht … ihr müsst nicht bleiben. Es ist besser, wenn ihr Sarren verfolgt. Ich komme schon klar.«

Er konnte mich nicht ansehen. Obwohl ich spürte, wie ich wütend wurde, gab ich mir alle Mühe, ruhig und vernünftig zu klingen. »Du kennst diesen Sektor nicht so gut wie ich. Wo willst du denn mit ihnen hin?«

»Wir finden schon was.« Er schaute sich noch einmal nach Roach um, dann wandte er sich ab und ging langsam zur Gruppe zurück. »In ungefähr zwei Stunden geht die Sonne auf«, stellte er fest, als er ohne den Blick zu heben an mir vorbeiging. »So lange werden wir wohl brauchen, um nach oben zu kommen und ein Versteck zu finden, in dem uns die Bluter nicht aufspüren können. Das heißt, du kannst mit Kanin noch ein gutes Stück zurücklaufen Richtung Sektor Zwei, bevor es Morgen wird. Mach dir um mich keine Sorgen, ich komme nach, sobald ich kann.«

In meiner Kehle grollte es leise. Ich packte ihn am Ellbogen, wirbelte ihn herum und presste ihn mit dem Rücken an eine Säule. Zeke ächzte überrascht und riss entsetzt die Augen auf, bis ich mich an ihn drückte und ihn leidenschaftlich küsste.

Im ersten Moment erstarrte er, dann schlang er die Arme um mich und zog mich an sich. Ich spürte, wie seine Nähe den Hunger in mir weckte, spürte aber auch seine Lippen, seine Hände, die über meinen Rücken glitten. Ganz bewusst ließ ich all diese Gefühle zu, darunter auch den Drang, mich über seinen Hals zu beugen und meine Reißzähne in seine Haut zu bohren. Ich konnte es unter Kontrolle halten – *würde* es unter Kontrolle halten. Denn auf gar keinen Fall würde ich Zeke wieder gehen lassen.

»Ich habe eine bessere Idee«, flüsterte ich, als wir uns endlich voneinander lösten. Wir waren uns so nah, dass ich die fiebrige Hitze im Gesicht spürte, die seine Haut abstrahlte. »Warum lässt du dir nicht von uns helfen?«

Seine Brust hob und senkte sich unter meinen Fingern. »Und was ist mit Sarren?«

»Wir werden Sarren finden.« Sanft strich ich ihm die Haare aus dem Gesicht, sodass er kurz die Augen schloss. »Wir können diese Leute in Sicherheit bringen *und* Sarren finden, dazu reicht die Zeit noch. Du musst dich nicht für eines entscheiden, Zeke.« Als er nicht antwortete, ließ ich meine Hände auf seine Schultern sinken und strich mit den Fingerspitzen über seinen Nacken. »Ich kenne einen Ort an der Oberfläche, an den wir gehen können: die alte Schule, in der ich früher gelebt habe. Sie ist abgeschieden, es gibt jede Menge Platz, und sie bietet einen gewissen Schutz. Dort werden sie so sicher sein, wie es hier im Saum überhaupt geht. Wir müssen sie nur sofort von hier fortschaffen.«

»Ich will euch nicht zur Last fallen.«

Das beantwortete ich mit einem herausfordernden Grinsen. »Du bist doch derjenige, der durch das halbe Land gereist ist, um mich zu finden, Zeke Crosse. Das ist dir gelungen, und außerdem behauptest du doch, irgendetwas hätte uns zusammengeführt. Ich fürchte, da wirst du mich so leicht nicht mehr los. Oder besser gesagt: Ich werde dich nicht mehr loslassen. Vampire sind ganz schön besitzergreifend, weißt du?«

Er schnaubte zwar, doch seine Miene hellte sich ein wenig auf. »Was bin ich denn dann, Vampirmädchen, dein Haustier?«

Es war weder der richtige Ort noch der richtige Moment dafür. Sarren war auf der Flucht, Jackal abgehauen, und wir mussten uns auch noch um die Flüchtlinge kümmern. Für Kanin und Zeke tickte die Uhr, jede Sekunde war kostbar. Aber im Moment hatte kein anderer Gedanke in meinem Kopf Platz, ich wollte es so sehr. Ich wollte das Risiko eingehen, auch wenn die Jahre der Selbsterhaltung mir sagten, ich sollte mich verstecken, mich zurückziehen, mich schützen. Zeke hatte sich nicht geschützt. Er war nach New Covington gekommen, obwohl er gewusst hatte, wer ich war, *was* ich war, und er war der Grund, warum ich es riskieren konnte. Der Grund, warum ich dieses eine Mal mein Herz in die Waagschale werfen, mich öffnen und jemanden an mich heranlassen konnte.

Ich schlang die Arme um seinen Hals, sah hoch in diese strahlend blauen Augen und flüsterte: »Küss mich, Zeke.«

Was er dann auch tat. Er schloss die Augen, und seine weichen, sanften Lippen berührten meinen Mund. Dieser Kuss dauerte schon etwas länger, und als Zeke ihn beendete, sah ich die Leidenschaft in seinem Blick. Aber auch eine gewisse Vorsicht.

»Kanin beobachtet uns«, murmelte er.

Sofort hatte ich wieder einen klaren Kopf. Ängstlich fragte ich mich, was mein Mentor sagen, ob er schimpfen oder nur angewidert den Kopf schütteln würde. Begeistert war er mit Sicherheit nicht. Ich konnte sein Gesicht nicht erkennen, da er immer noch am anderen Ende des Raums stand, noch dazu in dieser dunklen Ecke, doch ich spürte seinen durchdringenden Blick auf mir ruhen.

Zeke schob mich sanft von sich und löste sich von der Säule. »Ich bereite die anderen auf den Aufbruch vor«, sagte er. »Das dauert nicht lange. Wie weit ist es bis zu deiner Schule?«

»Wir können vor Sonnenaufgang dort sein«, erklärte ich, Noch immer spürte ich Kanins Blick. *Dir war doch klar, dass er das mit dir und Zeke irgendwann herausfinden würde, Allison. Wahrscheinlich hat er es auch schon vor dieser Szene vermutet. Bleibt nur die Frage: Interessiert es dich, was er über Verbindungen zwischen Mensch und Vampir denkt?*

»Alles klar«, nickte Zeke. »Lass mich den anderen nur erst erklären, wie die Lage ist. In ein paar Minuten können wir dann aufbrechen.«

»Zeke?«

Fragend drehte er sich zu mir um. Bevor mich der Mut verließ, trat ich vor, umfasste direkt vor den Augen meines Mentors sein Gesicht und küsste ihn noch einmal.

Ich weiß, dass du uns zusiehst, Kanin. Und ja, das ist meine Reaktion darauf.

Leicht benommen löste sich Zeke von mir. Dann schaute er mit einem trockenen Grinsen auf mich herunter und leckte sich über die Lippen. »Hatte das irgendetwas mit ihm dort drüben zu tun?« Er klang ein wenig atemlos, aber auch belustigt. Ich biss mir auf die Lippe.

»Stört es dich?«

»Wenn ich dich dabei küssen muss? Kein Problem, du kannst mich jederzeit dazu missbrauchen, deinen Standpunkt zu verdeutlichen.« Lächelnd drückte er meinen Arm und trat einen Schritt zurück. Diesmal ließ ich ihn gehen. »Ich sammle die anderen ein. Gib mir zehn Minuten, dann können wir los.«

Ich sah ihm hinterher, dann wappnete ich mich und ging zu Kanin hinüber, der nach wie vor in seiner Ecke stand.

»Das war interessant«, stellte er tonlos fest, als ich zu ihm trat. »Ich nehme mal an, die letzte Vorstellung war allein mir gewidmet?«

»Kanin ...«

»Allison.« Mein Schöpfer sah mich ernst an. »Ich habe kein Recht, dir zu sagen, was du tun oder wie du dein Leben leben solltest«, sagte er überraschend. »Du weißt, was ich davon halte, und wie ich schon öfter feststellen konnte, wirst du meinen Rat entweder befolgen oder eben nicht. Daran muss ich dich nicht extra erinnern. Du bist nicht mehr das Mädchen, das ich vor den Toren von New Covington zurückgelassen habe, und ich bin nicht länger dein Lehrer. Allerdings«, fügte er hinzu, als ich gerade dabei war, mich ein wenig zu entspannen, »möchte ich eines klarstellen: Ich werde diesen Jungen nicht für dich verwandeln, falls wir in eine solche Situation geraten. Er ist zu sehr Mensch, um es als Vampir zu schaffen. Es würde ihn innerhalb kürzester Zeit zerstören.«

»Ich weiß«, murmelte ich, während ich zusah, wie Zeke von einem Flüchtling zum anderen ging, immer auf Abstand, um keinen von ihnen zu infizieren. »Ich musste ihm das auch schon versprechen. Dass ich ihn, falls er stirbt … gehen lassen soll.«

Kanin musterte mich aufmerksam. »Und könntest du es?«, fragte er sanft. »Könntest du ihn gehen lassen?«

Ich antwortete nicht, und Kanin hakte nicht weiter nach. Schweigend beobachteten wir die Menschen – zwei Vampire in der Dunkelheit, die Menschlichkeit nur vom Spielfeldrand aus betrachten konnten.

18

Wir konnten die verbliebenen Flüchtlinge fast die ganze Strecke durch die Tunnel führen. So kurz nach dem Angriff bereiteten uns die Maulwurfsmenschen keine Sorgen. Da sie nun wussten, dass ihr Revier von Vampiren heimgesucht worden war, würden sie sich wahrscheinlich im hintersten Winkel der Kanalisation verstecken und abwarten, bis die Monster an die Oberfläche zurückgekehrt waren. Die Bluter in den Straßen stellten die weit größere Gefahr dar. Obwohl die Tunnel nun leer waren, kamen wir nur langsam voran. Die meisten Flüchtlinge waren verletzt, einige sogar schwer, sodass wir nur im Schneckentempo gehen konnten. Ich verdrängte meine Ungeduld und ignorierte den Dämon, der mir riet, einige von ihnen zu fressen, die Schwachen und die Kranken auszumerzen. Der Sonnenaufgang stand kurz bevor, und bei der Geschwindigkeit würde uns kaum noch Zeit bleiben, von der Straße runter in unser lichtdichtes Versteck zu kommen.

Als wir endlich quälend langsam über den leeren Hof gingen, war der Himmel bereits grau. Die vereinzelten gefrorenen Leichen, die zwischen den hohen Gräsern lagen, ignorierten wir. Es schneite nicht mehr, sodass die alte Schule in diesem Licht aussah wie ein unförmiges Tier, das sich in der Kälte zusammenkauert.

Ich führte die Gruppe hinein und durch die düsteren, halb eingefallenen Gänge in den Keller. Da unten war es stockdunkel, und die Temperaturen lagen vermutlich unter dem Gefrierpunkt, aber der Raum hatte massive Wände, keine Fenster und nur eine einzige, dicke Tür, die man von innen verrammeln konnte. Das hier war – zumindest im Saum – der sicherste Ort, den ich kannte. Wenn die Bluter es bis hierhin schafften, gab es für die Nichtinfizierten sowieso keine Hoffnung mehr.

Zeke beobachtete, wie die Flüchtlinge sich ein neues Lager einrichteten. Erst nachdem die Decken verteilt, die Feuer angezündet und die Leute ein wenig zur Ruhe gekommen waren, wandte er sich an mich.

»Jetzt werden sie allein klarkommen«, murmelte er. Auf dem Weg hierher hatte er immer wieder gehustet, und inzwischen hatte er sich ein Stück Stoff vor Mund und Nase gebunden, um die Keime einzudämmen. Trotz der Kälte glänzte seine Stirn schweißnass, und rund um den Mund war seine Maske blutrot.

Ich nickte. »Hier sind sie wenigstens vor den Blutern geschützt.« Das Thema Nahrung würde auch weiter ein Problem bleiben, aber das war es im Saum sowieso immer. Plötzlich zuckte Zeke zusammen und presste eine Hand an die Stirn. Sofort fragte ich besorgt: »Alles okay?«

»Ja, alles klar, nur Kopfschmerzen.« Er ließ die Hand sinken und lächelte, um mir die Angst zu nehmen. »Wo ist Kanin?«

»Er meinte, er wolle sich einen Schlafplatz suchen.« Kanin war verschwunden, sobald wir den Keller erreicht hatten. Lautlos hatte er sich in die Dunkelheit zurückgezogen.

Und in diesem großen, maroden Gebäude mit den unzähligen Zimmern und dunklen Ecken würde ich ihn wohl nie finden. Bald würde ich seinem Beispiel folgen müssen. Die Sonne war bereits aufgegangen, und die vertraute Trägheit sorgte dafür, dass meine Lider immer schwerer wurden. »Ich muss auch bald weg.«

»Allie.« Verlegen fuhr sich Zeke durch die feuchten Haare. »Darf ich … mitkommen?« Ich blinzelte überrascht. »Ich will nicht hier unten bleiben«, fuhr er fort und deutete mit dem Kopf auf die Kellertür. »Nicht, wenn ich die anderen dadurch in Gefahr bringe. Ich will nicht, dass sich die Krankheit ausbreitet.«

Ich nickte verstehend. »Klar doch.«

»Danke. Einen Moment noch.« Zeke streifte seinen Rucksack ab und stellte ihn neben die Tür. »Da drin sind Nahrung und ein paar Sachen; wer etwas braucht, soll sich bedienen«, erklärte er den Flüchtlingen. »Versucht, so lange wie irgend möglich damit auszukommen.«

Als wir auf den Gang hinaustraten, sah ich ihn strafend an und schüttelte den Kopf. »Du hättest die Sachen ebenfalls gebrauchen können, Zeke.«

»Sie brauchen sie dringender«, erwiderte er ohne zu zögern. »Das wäre sonst pure Verschwendung. Ich bin …« Er senkte den Blick, aber wir wussten beide, was er hatte sagen wollen: Ich bin bald nicht mehr da.

Die Angst zerrte an mir, doch ich sagte nichts, während ich ihn den Gang hinunter und durch eine tausendmal benutzte Tür in ein Zimmer führte, das mir schmerzlich vertraut war.

Draußen war es inzwischen hell geworden, die Sonne

lugte wahrscheinlich gerade über die Dächer. Doch die schwarzen Plastiksäcke, mit denen die Fenster abgeklebt waren, sorgten für ausreichende Dunkelheit. Ich konnte auch ohne künstliches Licht erkennen, dass alles fast genauso war, wie ich es zurückgelassen hatte. Als ich mit Kanin in dem alten Krankenhaus gelebt hatte, war ich eines Nachts in mein altes Zimmer zurückgekehrt – und hatte mich damit seinen Wünschen widersetzt. Damals hatte ich entdeckt, dass zwei Fremde eingezogen waren. Zwar hatte Psychovamp sie umgebracht, bevor sie größere Veränderungen hatten vornehmen können, aber trotzdem hatten sie es geschafft, meine gesamte Büchersammlung zu verbrennen, um sich daran zu wärmen. Danach hatte ich diesen Raum nicht wiedergesehen, da Kanin und ich aus New Covington hatten fliehen müssen. Ich hatte keine Ahnung, was aus den beiden Leichen geworden war, die bei meiner ersten Begegnung mit Sarren hier gelegen hatten, aber nun waren sie fort.

Zeke ließ neugierig den Strahl seiner Taschenlampe herumwandern und sah sich alles genau an. Als das Licht die Matratze und die Decke in der Ecke erfasste, hielt er stirnrunzelnd inne. Noch einmal sah er sich im Raum um, entdeckte die unauffälligen Spuren eines Bewohners, und plötzlich begriff er. »Das hier war ... dein Zimmer?«

Ich nickte müde. »Ich habe mit meiner Gang hier gelebt, damals, als ich noch ein Mensch war.« Sorgfältig richtete ich einen umgekippten Stuhl auf und stellte ihn zurück an den Tisch. »Viel ist es nicht, aber immer noch besser als das, was manch andere hatten.«

Nachdenklich nahm ich einen abgebrannten Kerzenstummel vom Regal und drehte ihn zwischen den Fingern. War es tatsächlich erst ein paar Monate her, dass ich ein Mensch gewesen war? Das konnte doch unmöglich sein. »Wie dem auch sei«, ich legte die Kerze wieder weg, »du kannst die Matratze haben. So wie du aussiehst, hast du den Schlaf dringend nötig. Aber leg dich besser auf die linke Seite, rechts ist sie etwas abgenutzt.«

»Und was ist mit dir?«

»Mach dir da mal keine Gedanken.« Ich lächelte kurz und ging in die Ecke hinüber, die am weitesten von den Fenstern entfernt war. »Ich kann inzwischen überall schlafen, solange es nicht in der Sonne ist. Aber ich muss mich jetzt dringend hinlegen, Ezekiel. Ich kann kaum noch die Augen offen halten.«

Ein komisches Gefühl, das zuzugeben. Früher hatte ich außer Stick niemanden in meinem Zimmer geduldet. Und heute warnten mich meine Vampirinstinkte davor, jemandem zu verraten, wo ich schlief. Ich wusste, dass die älteren, stärkeren Vampire wie Kanin und Salazar sich notfalls selbst wecken konnten, und auch Jackal hatte behauptet, dazu in der Lage zu sein. Doch während ich mich zwar nach Sonnenaufgang für eine Weile wach halten konnte, musste ich die Fähigkeit, bewusst wieder wach zu werden, nachdem ich einmal eingeschlafen war, erst noch üben. Bei jedem anderen als Zeke hätte ich es genauso gemacht wie Kanin und mich davongestohlen, um ein sicheres Versteck weitab von den ängstlichen Menschen zu finden.

Den Flüchtlingen traute ich immer noch nicht. Hoffentlich blieben sie unten im Keller und fingen nicht an, in den Gängen herumzustreifen. Aber im Moment konnte ich sowieso nichts gegen sie tun, und zumindest war meine Tür von innen verschlossen.

»Allison.« Eigentlich wollte ich nach einer Stelle suchen, an der ich mich möglichst bequem anlehnen konnte, doch irgendetwas in Zekes Stimme ließ mich innehalten. »Du musst nicht ... ich meine ...« Verlegen fuhr er sich durch die Haare. »Wir könnten sie uns teilen«, schlug er schließlich vor, traute sich aber nicht, mich dabei anzusehen. »Die Matratze ist doch groß genug.«

In meinem Bauch schien plötzlich eine Achterbahn zu fahren. Früher hatte ich zusammen mit Stick auf der Matratze geschlafen, aber da ging es nur darum, sich gegenseitig zu wärmen, sonst wären wir in den eisigen Winternächten wahrscheinlich erfroren. Das hier wäre ... etwas vollkommen anderes.

Als ich schwieg, warf Zeke mir schließlich doch einen kurzen Blick zu. Seine bleichen Wangen hatten sich verfärbt. »Also wenn du willst. Einfach nur schlafen. Ich wollte damit nicht andeuten, dass wir ...« Die Röte in seinem Gesicht vertiefte sich. »Mist, das ist jetzt völlig falsch rübergekommen. Ich würde nichts machen, Allie, das weißt du doch, oder?«

»Ich weiß«, versicherte ich, um ihm die Verlegenheit zu nehmen. »Das ist es nicht, Zeke. Es ist einfach ...« *Du würdest direkt neben mir liegen. Kann ich mich beherrschen? Oder wäre die Versuchung für das Monster zu groß?* Da ich wollte, dass er mich richtig verstand, erklärte ich langsam: »Neben einem Vampir zu schlafen, ist wahrscheinlich nicht besonders sicher.«

Das brachte Zeke zum Lachen, was sich allerdings schnell

in krampfhaftes Husten verwandelte. Ich zuckte erschrocken zusammen. »Es ist vielleicht ein bisschen spät, um sich Gedanken um meine Sicherheit zu machen«, keuchte er. »Aber natürlich ist es deine Entscheidung. Wir machen es so, wie du willst.«

Eigentlich wollte ich nur schlafen. Die Erschöpfung war jetzt so groß, dass ich kaum noch klar denken konnte. Meine Reaktionen waren gleich null. Die Sonne stand jetzt am Himmel, sodass die Vampirinstinkte, die mich anflehten, endlich zu schlafen, so stark wurden, dass ich sie nicht länger ignorieren konnte. Plötzlich war der Gedanke, mich an Zeke zu kuscheln und seine Wärme und seinen Herzschlag zu spüren, verdammt verlockend.

»Also gut«, murmelte ich. Zeke zog überrascht die Augenbrauen hoch. »Ich bin mir zwar immer noch nicht sicher, ob das eine gute Idee ist, aber …« Mit einer müden Bewegung zog ich mir die Schwertscheide über den Kopf und legte sie neben der Matratze ab. Wenn ich mich nicht bald hinlegte, würde ich umkippen. Das ging hier genauso gut wie dort drüben.

Ohne Zeke anzusehen, ließ ich mich auf der Matratze auf die Knie sinken. Sie war dünn und abgewetzt, aber vertraut. Zeke zögerte kurz, doch dann hörte ich, wie er seine Weste abstreifte und zusammen mit seinen Waffen in eine Ecke legte. Die Matratze knackte, als er sich steif und verlegen zu mir setzte.

»Bist du dir sicher, dass es okay ist?«, fragte er mich.

Wortlos legte ich mich hin und griff nach der Decke. Bevor ich es mir anders überlegen konnte, wickelte ich mich darin ein. Nach kurzem Zögern schlüpfte Zeke ebenfalls darunter. Obwohl er mich nicht berührte, spürte ich sofort seine Wärme, die mich einhüllte wie ein Kokon. Doch sie fühlte sich nicht gesund an, sondern fiebrig.

Zeke drehte sich mit dem Gesicht zur Wand und damit weg von mir. Als er hustete, bebte die ganze Matratze. Obwohl er das Geräusch mithilfe der Decke zu dämpfen versuchte, packte mich wieder die Angst. Was, wenn ich am Abend aufwachte und ein Toter neben mir lag? Wenn Zeke sich im Laufe des Tages davonstahl, indem er unbemerkt starb? Ich würde es erst merken, wenn die Sonne unterging, und dann wäre es zu spät.

Ich drehte mich zu ihm um und musterte seine breiten Schultern. Er hatte den Kopf auf einen Arm gelegt und atmete angestrengt. Beim Anblick seines entblößten Genicks wuchsen automatisch meine Reißzähne, und der Hunger drängte mich, dieses kleine Stück näher zu rutschen und sie in seinen Hals zu schlagen. Ihm war egal, dass es für mich jetzt ebenfalls tödlich wäre, Zeke zu beißen. Der Hunger sah in ihm nur einen kranken, verletzlichen, nichts ahnenden Menschen und damit die perfekte Gelegenheit, um zuzuschlagen.

Mühsam drängte ich meine Fangzähne zurück und berührte Zeke am Arm.

Er stieß rasselnd den Atem aus und zog die Schultern zusammen. »Allison?«

»Dreh dich um«, flüsterte ich.

Es dauerte einen Moment, doch dann rollte er sich auf die andere Seite und sah mich an. Eine Zeit lang schauten wir uns stumm in die Augen, unsere Gesichter nur eine Armeslänge voneinander entfernt. Zeke hatte den Kopf in die Armbeuge gelegt. Seine blauen Augen musterten mich ernst – ich konnte mein Spiegelbild in ihnen erkennen. Offenbar hatte er Schmerzen, denn er runzelte angestrengt die Stirn. Die Hitze, die von seinem Körper ausging, wurde immer schlimmer.

»Was ist los?«, flüsterte er schließlich.

Ich darf dich nicht verlieren. Ich habe Angst, dass ich dir beim Sterben zuschauen muss. »Ich hasse das«, murmelte ich so leise, dass meine Stimme sich zwischen uns zu verlieren schien. »Ich hasse diese Hilflosigkeit. Wenn das doch nur etwas wäre, wogegen ich kämpfen könnte, etwas, dem man sich offen stellen kann. Dann hätte ich wenigstens eine Chance.«

Offenbar hielt sich Zeke bewusst zurück, um nicht die Hand nach mir auszustrecken, doch ich sah die Sehnsucht in seinem Gesicht. Er wollte es, hielt aber krampfhaft still. »Ich glaube nicht an das Schicksal«, sagte er vorsichtig, »aber … ich glaube schon, dass alles aus einem bestimmten Grund geschieht. Dass es irgendeinen Plan gibt, eine Bedeutung hinter dieser Finsternis, in der wir leben.« Seufzend zog er die Stirn in Falten, und sein Blick wurde abwesend. »Vielleicht irre ich mich ja, aber bisher hat es funktioniert. Das ist mein Grund zu kämpfen, der Grund, der mich weitermachen lässt, trotz allem. Und er hat mich zu dir geführt.«

Es war ein wenig heller geworden. Ich wusste, dass die Sonnenstrahlen hinter mir über das Fenster glitten und an der Barrikade rüttelten. Meine Lider sanken immer tiefer, mein Körper war schwer wie Stein. Mit letzter Kraft streckte ich den Arm aus, griff nach Zekes Shirt und zog ihn zu mir herüber. Er blinzelte überrascht, rutschte dann aber so dicht an mich heran, dass er sich unter der Decke an mich drücken konnte. Seine Arme legten sich um meine Taille, meine um seine Schultern. Sein Herz pochte an meiner Brust, während ich das Gesicht an seiner Kehle vergrub. Versuchung und Hunger wollten aufbegehren und diese perfekte Gelegenheit nutzen, aber ich war schon halb eingeschlafen und beachtete sie nicht weiter. In diesem Moment konnte mich nicht einmal das süße Blut locken, das direkt unter meinen Lippen floss.

»Bleib bei mir«, flüsterte ich, als mir die Augen zufielen. »Ich werde dich … nicht gehen lassen.«

Ich spürte noch, wie er mich enger an sich zog und meinen Kopf unter sein Kinn schob. »Nur der Tod kann mich von dir trennen, meine kleine Vampirin«, hauchte er. »Und selbst dann werde ich weiter auf dich aufpassen, wo auch immer ich lande.«

Das war das Letzte, was ich wahrnahm, bevor mich der Schlaf mit sich forttrug.

Keine Albträume. Wundervoller Schlaf ohne Visionen, Träume oder die Gefühlswelt meines Schöpfers. Entweder hatte Kanin endlich Frieden gefunden, oder er hatte sich nun, da er nicht mehr gefoltert wurde, besser unter Kontrolle. Jedenfalls erwachte ich irgendwann in einem dunklen Raum, und meine Gedanken gehörten allein mir.

Doch der Platz neben mir war leer.

Zeke? Ich stand auf und sah mich hastig um. Taschenlampe, Kampfweste und Waffen waren fort, außer mir war niemand hier. Alarmiert riss ich die Tür auf und stürmte auf den Gang hinaus. Meine Suche in den dunklen Fluren blieb erfolglos, im Raum mit dem Flüchtlingslager war er wohl ebenfalls nicht, allerdings war deren Tür noch immer von innen verriegelt. Doch ich konnte mir einfach nicht vorstellen, dass Zeke es riskieren würde, zu ihnen hineinzugehen.

Wo steckte er also?

Schließlich entdeckte ich in der offenen Eingangstür eine schlanke blonde Gestalt, die auf den leeren Hof hinausstarrte. Es hatte wieder angefangen zu schneien, und die dicken Flocken landeten lautlos auf seinem Haar und seinen Schultern. Erleichtert ging ich hinüber und stellte mich neben ihn in den Eingang. Doch er drehte sich nicht zu mir um.

»Was machst du denn, Zeke?«, fragte ich, während ich nach Blutern Ausschau hielt. Auf dem Hof war niemand zu sehen, und auch im Bereich dahinter war es still. Zu still.

»Ich konnte nicht schlafen«, murmelte Zeke mit angespannter Stimme. »Es war zu heiß und …« Er griff sich an die Stirn. »Diese Kopfschmerzen bringen mich um.«

Besorgt packte ich ihn am Arm und drehte ihn zu mir um. Seine Augen waren gerötet, sein Gesicht wirkte grau und eingefallen, und seine Haare waren schweißnass. Sein Körper glühte in dieser kranken, fiebrigen Hitze, bei der mir ganz schlecht wurde. Uns lief die Zeit davon. Wir mussten Sarren finden und zwar schnell.

»Wo ist Kanin?«, fragte ich, ließ Zekes Arm los und trat zurück. »Wir brechen auf, uns bleibt keine Zeit mehr, um zu warten. Wo steckt er?«

»Ich habe ihn heute Abend schon gesehen«, berichtete Zeke, während wir hineingingen. »Auf der Treppe, die in den ersten Stock führt.« Mit grimmiger Miene fuhr er fort: »Allie … er sieht nicht gut aus. Du solltest dich auf das Schlimmste gefasst machen.«

Ich wurde immer unruhiger. Wir liefen an meinem Zimmer und dem Zugang zum Keller vorbei zu einer brüchigen Betontreppe, die in den ersten Stock führte. Als Mensch war ich ab und zu dort oben gewesen, aber die Gang hatte diese Etage nur selten genutzt. Das Stockwerk darüber war eingestürzt, sodass in den meisten Zimmern Schutt- und Geröllberge lagen, die den Aufenthalt dort oben nicht ganz ungefährlich machten.

Am oberen Ende der Treppe saß eine dunkle Gestalt. Sie hatte die Arme auf die Knie gestützt und ließ den Kopf hängen. Allein ihn so zu sehen löste schon ein mulmiges Gefühl in mir aus. Offenbar hatte er Schmerzen – Kanin, der Vampir, der einmal drei Kugeln in die Brust bekommen und sie ohne mit der Wimper zu zucken wieder herausgeholt hatte. Dann hob Kanin den Kopf, und ich musste mir auf die Lippe beißen, um nicht entsetzt aufzuschreien.

Die Haut an seinen Wangen, seiner Stirn und seinem Kiefer war schwarz und schälte sich ab. Unter dem kranken Fleisch schimmerte der Knochen durch. Die dunklen Augen waren tief eingesunken, und unter ihnen zeichneten sich tiefe Ringe ab. Wie stark seine Schmerzen waren, erkannte ich an seinem Blick. An seinen Armen und auf den Handrücken war die Haut ebenfalls verfärbt, an einigen Stellen wirkte sie brüchig und begann zu verfaulen. So bahnte sich das Virus, das in seinem Körper wütete, nun seinen Weg nach draußen.

»Oh, Kanin …«, flüsterte ich mit erstickter Stimme. Ich

wusste nicht, was ich sagen sollte. Es war einfach zu schrecklich. Und beängstigend. *Ein Tag. Das Virus hat sich innerhalb eines Tages so weit ausgebreitet. Wie wird er erst in vierundzwanzig Stunden aussehen?*

»Können wir gehen?« Seine Stimme klang so tief und gelassen wie immer. Ohne den glasigen Blick und den verkrampften Kiefer wäre man nie darauf gekommen, dass er starke Schmerzen hatte. Ich nickte nur, woraufhin Kanin aufstand und Zeke prüfend musterte. »Kannst du überhaupt gehen?«

»Das schaffe ich schon.«

Kanin neigte zustimmend den Kopf und kam die Treppe herab. »Dann sollten wir aufbrechen. Zu Fuß brauchen wir mehrere Stunden, bis wir Sektor Zwei erreichen.«

Die Tür zum Keller war geöffnet worden, und einer der Flüchtlinge beobachtete uns, als wir vorbeigingen. Mit steinerner Miene starrte er uns an, misstrauisch und ängstlich kniff er die Augen zusammen. Als Zeke seinem Blick begegnete, presste er die Lippen aufeinander und verschwand wortlos im Keller. Die Tür fiel mit einem leisen Klicken hinter ihm ins Schloss.

Sobald wir wieder in der Kanalisation waren, marschierten wir zügig weiter, da wir spürten, wie schnell die Nacht verrann. Kanin und Zeke waren schweigsam, sie sparten sich ihre Kraft für den Weg auf. Zeke schien nicht mehr so oft zu husten, dafür drückte er jetzt immer wieder die Hand vor die Augen oder massierte sich mit zusammengebissenen Zähnen die Schläfen. Einige Male stolperte er, als könnte er den Boden vor seinen Füßen nicht gut erkennen. Ich war ganz krank vor Sorge, sowohl um Zeke als auch um Kanin. Letzterer marschierte natürlich ohne einen Klagelaut weiter, sein angespannter Kiefer verriet eiserne Entschlossenheit. Doch als er einmal stehen blieb, um sich zu orientieren, lehnte er sich völlig erschöpft an die Wand – allein das zeigte mir schon, wie schlecht es ihm ging.

Sie sterben. Bei jedem Schritt, jedem rasselnden Atemzug von Zeke und jedem gequälten Blick meines Schöpfers folterte mich dieser Gedanke. *Sie sterben, und ich kann ihnen nicht helfen. Rein gar nichts kann ich für sie tun. Verdammt, was bringt mir die Unsterblichkeit, wenn ich nicht einmal denen beistehen kann, die mir wichtig sind? Wenn ich die Unendlichkeit allein verbringen muss?*

Über uns zogen die Bluter murmelnd und kichernd durch die Straßen. Manchmal schrien sie wild herum, prügelten auf die Autowracks, Mauern oder aufeinander ein und zerfurchten ihre Gesichter. Fast gegen meinen Willen überlegte ich, wann Zeke wohl die ersten Anzeichen des Wahnsinns zeigen würde – Geschrei und blinde Wut, die Selbstzerstörung, die sich darin zeigte, dass er sich Augen und Gesicht zerkratzte, bis sie nur noch blutige Fetzen waren. Was würde ich tun, wenn es anfing?

Sorg dafür, dass es schnell geht. Lass mich nicht leiden, und pass auf, dass ich niemanden in Gefahr bringe.

Eisige Kälte floss durch meine Adern und erfüllte mich bis ins Mark. Urplötzlich begriff ich: Vielleicht würde ich sie töten müssen. Beide. Wenn wir Sarren nicht rechtzeitig fanden, würde Zeke irgendwann auf uns losgehen, und Kanins Schmerzen würden so schlimm werden, dass er tot besser dran wäre. Bis jetzt hatte ich den Gedanken nicht zugelassen, dass wir es nicht schaffen könnten, doch falls Sarren kein Heilmittel hatte, würde ich …

In meiner Kehle bildete sich ein dicker Klumpen, und ich scheute vor dem Gedanken zurück. Es gab sonst niemanden. Ich würde es tun müssen. Die Frage, ob ich dazu in der Lage war, stellte sich nicht. Ganz sicher würde ich Kanin nicht so leiden lassen wie diesen Vampir in dem Krankenzimmer, der mich stumm angefleht hatte, ihn zu töten. Stand ich vor dieser Wahl, würde ich ihm den Kopf abschlagen und ihn von seinem Elend erlösen. Ich kannte meinen Schöpfer gut genug, um zu wissen, dass er es nicht anders wollte.

Aber Zeke? Allein daran zu denken war für mich schon unerträglich. Das war einfach nicht fair: Wir hatten gerade erst zueinandergefunden, ich hatte gerade erst angefangen zu glauben, dass wir es schaffen könnten, und jetzt starb er vielleicht. Durch meine Hand.

Aber die Welt war nicht gerecht, das wusste ich schließlich schon lange. Wenn ich Kanin und Zeke töten musste, dann war das eben so. Ich würde trauern, wüten und den Verlust nur schwer verkraften, und ich würde niemals wieder jemanden so nah an mich heranlassen, aber ich würde sie nicht unnötigen Qualen aussetzen, nur weil ich nicht loslassen konnte.

Doch gewisse Leute würden für ihren Tod bezahlen. Sarren und Salazar würden auf jeden Fall dafür büßen, und nun konnte ich auch Jackal mit auf diese Liste setzen. Falls wir nicht rechtzeitig ein Heilmittel fanden, wäre nicht einmal der Prinz persönlich vor mir sicher. Wenn einer der beiden starb, würde das üble Folgen haben.

Aber noch würde ich nicht aufgeben.

Nachdem wir ein paar Stunden gewandert waren, stolperte Zeke nur noch dahin, bis Kanin stehen blieb, sich zu ihm umdrehte und ihn abschätzend musterte.

»Machen wir eine Pause«, beschloss er und deutete mit dem Kopf auf ein Stück eingestürzte Mauer, von der einige große, flache Steine übrig geblieben waren, auf denen man sitzen konnte. Er sah einfach grauenhaft aus: Die schwärzlichen Wunden auf Wangen und Stirn schienen jedes Mal, wenn ich ihn ansah, ein Stückchen größer geworden zu sein. »Wir gehen bald hoch auf die Straße, dann müssen wir schnell Deckung suchen. Ruht euch ein paar Minuten aus.«

»Es geht mir gut«, behauptete Zeke stur, aber mit brüchiger Stimme. »Ich kann weiterlaufen.«

»Keine Diskussion.« Kanin kniff die Augen zusammen und zeigte mit Nachdruck auf die Steine. »Hinsetzen.«

Resigniert ließ sich Zeke auf einen der Plätze fallen und rieb sich die Augen. Kanin lehnte sich an die Wand, zuckte dabei aber kurz zusammen, als würde der Kontakt mit dem Beton ihm Schmerzen bereiten. Hoffentlich hatten sich unter seiner Kleidung nicht noch mehr Wunden gebildet.

»Wie weit ist es noch bis zur Klinik?«, fragte ich Kanin. »Ich kann mich nicht daran erinnern, dass wir früher diesen Weg genommen hätten.«

»Ein paar Stunden werden wir noch brauchen, je nachdem, was oben auf der Straße los ist.« Kanin schloss die Augen, und für einen Moment verriet seine Miene, welche Schmerzen er litt. »Diese Route ist ein wenig länger, aber dafür können wir fast die ganze Strecke unterirdisch zurücklegen. Ich würde den Infizierten gerne so lange wie möglich aus dem Weg gehen.«

»Und wenn Sarren gar nicht dort ist?«

Kanin lächelte bitter. »Ich denke, die dringendere Frage wäre: Was, wenn er es ist?«

Mich überlief ein kalter Schauer. Dann würden wir wohl gegen ihn kämpfen müssen. Denn er rückte das Heilmittel bestimmt nicht raus, selbst wenn er eines hatte. Hoffentlich war ich dem gewachsen. Hoffentlich waren Kanin und Zeke dem gewachsen. In Sachen Gewalt war Sarren alles andere als zimperlich.

»Sarren.« Zeke beugte sich vor und stützte die Ellbogen auf die Knie. Einen Moment lang schien er ganz in Gedanken versunken zu sein. »Jeb hat mir da irgendetwas erzählt«, murmelte er schließlich und starrte weiter ins Nichts. »Von dem Vampir, der seine Familie getötet hat. Er war sechzehn, als es passierte, und ich konnte die Geschichte auch nur ein einziges Mal aus ihm herauskitzeln. Danach hat er nie wieder darüber gesprochen.«

Ich blinzelte irritiert – Jebbadiah als Kind, als Teenager, wie ich einer war. Obwohl ich versuchte, mir das vorzustellen, gelang es mir einfach nicht. Stattdessen sah ich nur den sturen alten Mann mit dem stählernen Blick vor mir, der niemals lächelte.

»Was ist damals passiert?«, wollte ich wissen.

Zeke runzelte angestrengt die Stirn. »An die ganze Geschichte kann ich mich nicht erinnern. Aber Jeb hat erzählt, dass sein Vater eines Abends nach Hause kam und außer sich vor Wut erklärt hat, sie müssten die Stadt verlassen. Dass Malachi irgendetwas Schreckliches getan habe und jetzt jemand hinter ihnen her sei. Also sind sie ins Auto gestiegen, Jeb und seine Schwester auf den Rücksitz, und einfach losgefahren, ohne irgendetwas mitzunehmen.«

Der nächste Schock: Jebbadiah hatte eine Schwester gehabt. Wie alt sie jetzt wohl wäre? Und wäre Jeb auch so ein verbitterter, wütender Alter geworden, wenn sie überlebt hätte? Mir wurde klar, dass ich überhaupt nichts von ihm wusste. Nicht einmal sein Adoptivsohn Zeke kannte ihn richtig.

Kurz fragte ich mich, wie viele Geheimnisse Jebbadiah wohl mit ins Grab genommen hatte.

»Zunächst dachten sie, sie wären entkommen«, fuhr Zeke fort, der natürlich nicht ahnen konnte, dass ich über seinen Vater nachdachte. »Doch als sie die Stadt ein paar Kilometer weit hinter sich gelassen hatten, stand plötzlich ein großer, blasser Mann auf der Straße und grinste sie an. Jebs Vater wich aus, der Wagen fuhr in den Straßengraben und stürzte die Böschung hinunter. Jeb wurde rausgeschleudert, doch als er zum Wagen zurückkroch, war seine Schwester tot, seine Mutter hatte sich den Kopf an einem Stein aufgeschlagen, und sein Vater lag in einer Blutlache. Jeb wollte ihn herausziehen, doch Malachi drückte ihm nur etwas in die Hand und sagte, er müsse es um jeden Preis beschützen. Dann befahl er ihm zu fliehen. Er wollte nicht, aber der blasse Mann kam auf den Wagen zu. Also ist er weggelaufen.«

Kanin hörte reglos zu, während ich immer noch versuchte, mich an den Gedanken von Jeb als Teenager und Bruder zu gewöhnen, der seiner Familie beim Sterben zusehen musste. »Das war Sarren, stimmt's?« Fragend sah Zeke zu Kanin hinüber. »Er hat sich gerächt, indem er die Forscher und ihre Familien umgebracht hat. Als Sie erzählt haben, dass das Labor abgebrannt ist und die Verseuchten entkommen sind, hat es bei mir Klick gemacht.« Als Kanin weiter schwieg, lachte er verbittert und schüttelte den Kopf. »Am Ende der Gleichung tauchen immer Sie auf, nicht wahr?«, murmelte er. »Die Verseuchten, Sarren, Jackal, einfach alles.«

»Wenn du dich für den Tod deines Vaters rächen möchtest, würde ich dich bitten, damit zu warten, bis wir diese Krise überstanden haben«, erwiderte Kanin erschöpft. »Falls ich danach noch am Leben bin, kannst du dich gerne den vielen Vampiren und Menschen anschließen, die es auf meinen Kopf abgesehen haben. Ich fürchte allerdings, da wirst du dich am Ende einer sehr langen Schlange anstellen müssen.«

»Mir geht es nicht um Rache«, erklärte Zeke, bevor ich etwas einwenden konnte. »Zumindest nicht an Ihnen. Und das sage ich nicht nur Allison zuliebe.« Er sah Kanin durchdringend an, der den Blick ausdruckslos erwiderte. »Früher haben Sie den Forschern geholfen«, stellte er fest. »Denken Sie heute immer noch so? Wollen Sie immer noch die Menschheit retten?« Als Kanin fragend die Stirn runzelte, unterbrach sich Zeke. Anscheinend war er sich nicht sicher, ob er weitermachen sollte. Schließlich seufzte er schwer. »Falls es ein Heilmittel gegen das Verseuchtenvirus gäbe«, fuhr er langsam fort, »was würden Sie tun, um es zu finden und zu verteidigen?«

»Zeke!« Fassungslos starrte ich ihn an. Kanin hingegen richtete sich steif auf – jetzt hatte Zeke seine volle Aufmerksamkeit. »Was willst du damit sagen?«

Er schaute mich reumütig an. »Ich wollte es dir schon früher sagen«, beteuerte er. »Aber ich konnte doch nicht darüber sprechen, als Jackal und die anderen Vampire dabei waren. Die Wissenschaftler in Eden haben etwas entdeckt. Zumindest hoffen sie das.«

Ich spürte, wie mir übel wurde. »Es gibt ein Heilmittel?«

»Eventuell, noch lässt sich nichts Definitives sagen.« Zeke schaute zwischen Kanin und mir hin und her. »Mithilfe von Jebs Forschungsergebnissen sind sie näher dran als je zuvor. Aber jetzt treten sie auf der Stelle. Ihnen fehlt ein entscheidendes Element. Etwas, das es in Eden nicht gibt.«

Während ich noch verwirrt die Stirn runzelte, schloss Kanin ergeben die Augen. »Vampirblut«, murmelte er. Ich war starr vor Entsetzen.

Vampirblut. Damit hatte alles angefangen, die Verseuchten waren geboren worden und hatten die Welt in die Hölle verwandelt, die sie heute war.

Und dann begriff ich, warum Zeke wirklich hier war, warum er mir quer durchs Land gefolgt war und mich angefleht hatte, mit ihm nach Eden zu kommen. Es war wie ein Schlag ins Gesicht. »Dann … dann wolltest du also deshalb, dass ich mit dir nach Eden gehe?«, fragte ich schwach und sah Zeke fassungslos an. »Du willst mich deinen Forschern übergeben, damit sie mich als Laborratte benutzen können? Damit sie mich in einen Käfig stecken und mit Nadeln durchlöchern, wie die Vampire in der ehemaligen Klinik? Oder wie die Menschen im Labor in Old D. C., die schreiend ans Bett gefesselt wurden, während man an ihnen herumgepfuscht hat?« Zum Schluss schrie ich ihn regelrecht an. Der Vampir in mir heulte auf und drängte mich, ihn für diesen Verrat zu bestrafen. Meine Reißzähne glitten durch das Zahnfleisch, und voller Wut präsentierte ich sie dem erbärmlichen Menschlein. »Bist du deswegen gekommen, Ezekiel?«

»Natürlich nicht!« Hastig stand Zeke auf, musste sich aber an der Wand abstützen. Fauchend wich ich vor ihm zurück, während er bittend eine Hand ausstreckte und sanft sagte: »Du kennst mich, Allie. Ich würde niemals etwas tun, was dich verletzen oder in Gefahr bringen könnte, und ich werde nicht zulassen, dass man dich einsperrt. Wäre das der einzige Grund, warum ich hier bin, würde ich jetzt wohl kaum hier unten herumlaufen und versuchen, Sarren aufzuhalten. Dann hätte ich mir das Blut irgendwie anders besorgt und wäre längst wieder auf dem Weg nach Eden.« Verzweifelt rieb er sich die Stirn, bevor er wieder hochblickte. »Du … du bist der einzige Grund, warum ich hier bin. Ich bin allein deinetwegen gekommen.«

»Bist du dir da ganz sicher?« Mit aller Kraft unterdrückte ich das Zittern in meiner Stimme. Kanin lehnte an der Wand und beobachtete uns schweigend, doch ich nahm ihn kaum wahr. »Jeb wusste, wie wichtig diese Forschungsergebnisse waren, deswegen hat er alles darangesetzt, sie nach Eden zu bringen. Er wusste, wie dringend wir das Heilmittel brauchen. Und er hätte alles getan, um es zu finden. Was ist schon ein Vampir, wenn man die ganze Welt retten kann?«

»Ich bin aber nicht mein Vater«, erwiderte Zeke ruhig. »Und ich hätte so oder so nach dir gesucht. Selbst wenn es keine Chance auf ein Heilmittel gäbe – ich wäre trotzdem gekommen. Wenn du sonst an nichts glaubst, das kannst du glauben. Aber die Wissenschaftler haben durch die Wachen am Tor von dir erfahren, Allie. Geschichten von einer Vampirin, die in der Klinik war und nicht sofort alle abgeschlachtet hat. Dann haben sie mir eine Menge Fragen gestellt: über dich, über Jeb und über unsere gemeinsame Reise. Als sie dann noch erfahren haben, dass ich die Insel verlassen wollte, haben sie mich gefragt, ob ich bereit wäre, dich nach Eden zu bringen. Nicht als Versuchskaninchen oder Laborratte, das hätte ich niemals zugelassen. Aber sie brauchen nun einmal Vampirblut, um weiter an dem Heilmittel arbeiten zu können.« Seufzend fuhr er sich mit der Hand über das Gesicht. »Ich weiß ja, wie das klingt«, gab er zu. »Am Anfang war ich selbst skeptisch. Aber die Forscher in Eden wissen, was in dem anderen Labor passiert ist und wie die Verseuchten entstanden sind. Sie werden diese Fehler nicht noch einmal machen.«

»Woher willst du das wissen?«, fragte ich scharf. »Vielleicht benutzen sie dich ja nur, Zeke. Sie könnten lügen, um dich dazu zu bringen, ihnen einen Vampir zu liefern. Und wenn es so ist, wirst du sie nicht davon abhalten können, ein Laborexperiment aus mir zu machen. Ich werde ganz bestimmt nicht nach Eden gehen, damit sie da dasselbe mit mir machen wie mit den Vampiren vor sechzig Jahren.«

»Ich werde gehen«, sagte Kanin leise.

Überrascht drehten wir uns zu ihm um. Kanin zuckte mit den Schultern, sah dabei aber nur Zeke an. »Falls ich das hier überlebe, wir Sarren aufhalten und diese Seuche beenden können, werde ich mit dir nach Eden gehen. Und deine Wissenschaftler können dann mit mir machen, was immer sie wollen.«

»Kanin«, flüsterte ich entsetzt, »das kann nicht dein Ernst sein. Gerade du solltest doch wissen, was da alles passieren kann, was beim letzten Mal dabei herausgekommen ist. Sie machen jetzt doch wieder genau dasselbe!«

Kanin lächelte nur. »Wie könnten sie es denn jetzt noch schlimmer machen?«, entgegnete er. Als ich protestieren wollte, ließ er mich gar nicht erst zu Wort kommen. »Früher habe ich es falsch gemacht«, erklärte er unnachgiebig. »Ich habe zugelassen, dass andere ihr Blut lassen mussten, wenn eigentlich ich dieses Opfer hätte bringen müssen. Seitdem verbringe ich mein Leben damit, diesen Fehler wiedergutzumachen.« Wie sehr ihn diese jahrzehntealte Schuld belastete, zeigte sich in seinen Augen. »Aber Ezekiel hat recht. Ich darf nicht zulassen, dass die Ängste der Vergangenheit die Zukunft trüben. Falls sich ein Heilmittel finden lässt und die Menschen dazu immer noch Vampirblut benötigen, wird diesmal meines an ihren Händen kleben. Das ist mehr als angebracht. Aber zuerst müssen wir Sarren finden.«

»Dann sollten wir uns wieder auf den Weg machen«, sagte Zeke leise und machte einen unsicheren Schritt. »Denn ganz ehrlich: Ich weiß nicht, wie lange ich noch durchhalte.« Er presste sich die Handballen auf die Augen. »Gott, es fühlt sich an, als würden mir die Augäpfel aus dem Schädel fliegen.«

Sofort verpuffte meine Wut. Ich ging zu ihm und zog sanft seine Hände von seinem glühenden Gesicht fort. Ohne seine Handgelenke loszulassen, drückte ich sie. Er sah mich aus geröteten Augen an.

»Wir sind fast da«, flüsterte ich, um ihn zum Durchhalten zu motivieren. Er durfte jetzt nicht aufgeben. »Bleib bei uns, Zeke. Du hast mir versprochen, dass du weitermachst.«

Er versuchte nicht einmal, sich loszureißen. »Ich werde mein Versprechen halten, kleines Vampirmädchen«, erwiderte er ebenso leise, auch wenn das Sprechen ihm offenbar Schmerzen bereitete. »Wenn du deines hältst.«

19

Zwei Stunden später war Zeke nicht mehr bei uns.

Seit der kurzen Pause hatte er kein Wort mehr gesagt, sondern war wild entschlossen weitermarschiert, auch wenn sein glasiger Blick deutlich zeigte, dass er Schmerzen hatte. Sein Körper strahlte mehr und mehr Hitze ab, sodass die Schneeflocken, die nach unserer Rückkehr an die Oberfläche auf ihm landeten, sofort zu Wasser wurden. Hastig huschten wir von einer dunklen Ecke zur nächsten, um den Blutern zu entgehen.

Und dann, als wir gerade einen verschneiten Parkplatz überquerten und uns zwischen rostigen Autowracks durchschoben, hörte ich hinter mir plötzlich einen dumpfen Knall. Irgendetwas landete schwer auf dem Asphalt. Ich fuhr herum und sah Zeke neben einem Van liegen. Sein Körper schien endgültig aufgegeben zu haben.

Nein. Ich rannte zu ihm, fiel auf die Knie und rollte ihn auf den Rücken. Stöhnend versuchte er, die Augen zu öffnen und mich anzusehen.

»Zeke!« Ich packte seinen Arm. Er war glühend heiß. »Komm schon, aufstehen. Wir müssen weiter.«

Er versuchte es. Mit zusammengebissenen Zähnen lehnte er sich an mich, während ich ihn hochzog, aber sobald wir den ersten Schritt machten, brach er wieder zusammen.

Keuchend lag er im Schnee und ignorierte meine Versuche, ihn wieder auf die Beine zu stellen.

»Tu mir das nicht an, Zeke«, flehte ich, während ich hilflos zusehen musste, wie er in sich zusammenfiel. »Steh auf. Wir sind doch fast da.« Wieder ging ich in die Knie und griff nach seinem Arm, doch er packte meine Hand.

»Lass mich.« Er sprach so leise, dass ich ihn kaum hören konnte. Doch mein Herz, mein Verstand, einfach alles an mir krümmte sich entsetzt zusammen. »Ich kann nicht mehr«, hauchte Zeke mühsam. »Geht ohne mich weiter.«

Wütend und trotzig knurrte ich ihn an. »Verdammt noch mal, Ezekiel! Komm mir jetzt bloß nicht mit dieser scheiß Aufopferungsnummer. Wenn du glaubst, dass ich dich hier zurücklasse ...« Plötzlich konnte ich nicht mehr sprechen, doch ich schluckte die Verzweiflung runter. »Vergiss es. Ich werde ganz sicher nicht ohne dich weiter ...«

»Allie.« Zeke drückte meinen Arm, und ich verstummte. »Ich kann nicht«, murmelte er. Mir wurde schlecht. Kraftlos hob er eine Hand ans Gesicht. »Ich spüre die Krankheit ... sie brennt in mir, und sie vernebelt mir den Verstand. Ihr müsst ohne mich weitergehen. Ich kann nicht einmal richtig geradeaus schauen, geschweige denn kämpfen.«

»Nein«, flüsterte ich und schüttelte abwehrend den Kopf. »Das mache ich nicht. Wenn es nötig ist, können wir dich tragen.«

Er schloss wieder die Augen. Dicke Flocken schmolzen auf seiner Stirn und seinen Wangen. »Ihr könnt Sarren nicht aufhalten ... wenn ihr euch ständig Gedanken um mich machen müsst.« Nach jedem Satz holte er angestrengt Luft.

»Er würde mich gegen euch einsetzen … so ist er. Wenn ihr ihm gegenübersteht, dürft ihr nicht … abgelenkt sein.«

»Du bist keine Ablenkung«, würgte ich hervor. Zeke antwortete nicht. Als seine Augen geschlossen blieben, ballte ich krampfhaft die Fäuste. »Verdammt, Zeke! Das kannst du nicht von mir verlangen.«

Hinter mir hörte ich Kanins Schritte knirschen. Der Meistervampir ragte über uns auf und musterte den Menschen mit ernstem Blick. *Sag etwas*, flehte ich stumm. *Er darf das nicht tun, Kanin.*

»Die Entscheidung liegt bei dir«, sagte Kanin schließlich. Am liebsten hätte ich ihn angeschrien. »Bist du sicher?«

Zeke nickte schwach und schlug die Augen auf. »Ich weiß, was ich zu tun habe«, flüsterte er. »Es ist zu riskant, mich mitzuschleppen, wenn wir Sarren schon so dicht auf den Fersen sind. Ich kann nicht mehr. Allie«, sein Blick richtete sich auf mich, »lass mich hier. Geht ohne mich weiter.«

»Ich soll dich hier im Schnee liegen lassen?«, protestierte ich. »Mit den ganzen Blutern? Dann bist du tot, wenn wir zurückkommen, Zeke. Sie werden dich in Stücke reißen.«

Kanin drehte sich um, dann hörte ich das Knirschen von Metall, als er die Seitentür des Vans aufschob. Der Innenraum war stockdunkel. Ohne sich um meinen finsteren Blick zu kümmern, befahl er: »Hier rein, dann ist er geschützter. Schnell, wir haben nicht viel Zeit.«

»Kanin, du kannst nicht von mir erwarten …«

Sein unerbittlicher Blick ließ mich verstummen. »Und was passiert, wenn wir ihn mitnehmen und Sarren ihn so sieht?«, fragte er. »Was glaubst du, was er dann tut? Oder wenn die Infizierten uns noch einmal umzingeln und wir fliehen müssen?« Plötzlich wurde seine Miene weich, und er runzelte gequält die Stirn. »Ich … bin nicht ganz auf der Höhe, Allison. Ich bin mir nicht einmal sicher, ob ich dir eine große Hilfe sein werde, wenn wir Sarren aufspüren. Wenn wir kämpfen müssen – und Sarren wird sicher dafür sorgen, dass es darauf hinausläuft –, dann liegt es an dir, ihn aufzuhalten.«

Die Angst breitete sich wie Eis in meinem Körper aus. Ich wollte mich Sarren nicht allein stellen. Bisher hatte ich geglaubt, Kanin wäre derjenige, der sich um den Psychovamp kümmern würde, aber jetzt war offensichtlich, dass er sich kaum noch auf den Beinen halten konnte. Blieb nur noch ich – ich würde gegen Sarren kämpfen müssen. In mir stieg die Erinnerung daran auf, wie seine Zunge über meine Haut geglitten war, an sein Gesicht so dicht vor meinem, während er über meine Schulter hinweg Zeke verspottete. Wenn Sarren auf mich losging und dabei Zeke sah, krank und unfähig, sich zu verteidigen …

Der Kloß in meinem Hals wurde immer dicker, während ich mir Zekes Arm über die Schulter legte, ihn hochzog und ihn halb schiebend, halb ziehend in den Van legte. Er biss die Zähne zusammen und stieß zischend den Atem aus, als ich ihn an die Wand des Wagens lehnte und mich neben ihn hockte. Keuchend presste er die Lider aufeinander. Auf seiner Stirn bildeten sich Schweißperlen, die langsam über seine Wangen liefen. Seine kranke Hitze füllte den Van aus und vertrieb schnell die Kälte.

»Allie?« Kraftlos sank Zekes Arm herab. »Kommst du an meine Waffe?«

Schweigend zog ich die Pistole aus dem Holster an seiner Hüfte. Zeke musterte sie müde.

»Wie viele Kugeln?«

Mit zitternden Fingern prüfte ich das Magazin. »Eine«, stellte ich leise fest. »Es ist nur noch eine übrig.« Zeke nickte.

»Gut. Falls es ernst wird, brauche ich … nur einen Schuss.«

Die Angst kehrte zurück. Benommen sah ich zu, wie Zeke die Pistole aus meinen schlaffen Fingern zog und griffbereit neben sein Bein legte. Vor meinem inneren Auge formte sich das Bild, wie ich mich langsam von dem Van entfernte und plötzlich hinter mir einen Schuss hörte. Oder wie ich mit Sarrens Heilmittel zurückkam, die Tür aufschob und in dem kalten Van ein eingefrorener Leichnam hockte. Am liebsten hätte ich laut geschrien.

Trotz aller Schmerzen sah Zeke mich liebevoll an. »Ich komme schon klar«, versicherte er mir mit schwacher Stimme. »Ich werde keine Dummheiten machen, Allison. Ich muss mich nur … ausruhen. Wenn ihr Sarren findet und rechtzeitig ein Heilmittel bekommt, bin ich hier. Wenn nicht … spielt es sowieso keine Rolle mehr.«

Ich beugte mich vor, drückte meine Stirn an seine und schloss die Augen. »Ich werde ihn finden«, versprach ich leise. »Versuch, durchzuhalten. Ich komme zurück, Zeke, das schwöre ich dir.«

Zeke streichelte mit seinen glühend heißen Fingern mein Gesicht und küsste mich. Ganz leicht streiften seine Lippen meinen Mund. »Ich werde auf dich warten, kleines Vampirmädchen«, flüsterte er, während er mit dem Daumen über meine Wange strich. »So lange ich kann. Aber falls ich es nicht schaffe …« Er wollte noch etwas sagen, überlegte es sich dann aber anders. Sein Herz, das sowieso schon raste, schlug noch schneller. »Allie, ich …«

»Allison«, rief Kanin von draußen. Sanft mahnte er: »Wir müssen gehen.«

Zeke sackte in sich zusammen. »Geh«, hauchte er und zog sich von mir zurück. »Geh, halte Sarren auf. Mach dir um mich keine Sorgen, ich warte hier.«

In meinen Augen brannten Tränen. Ich wollte nicht weg, wollte ihn überzeugen, aber mir blieben die Worte im Hals stecken, außerdem gab es eigentlich nichts mehr zu sagen. Wütend blinzelte ich, löste mich von Zeke und schob mich in den Schnee hinaus.

Vielleicht zum letzten Mal drehte ich mich zu dem Menschen um, der mich aus dem Innenraum des Vans ansah. Er schenkte mir ein schwaches Lächeln und nickte aufmunternd, dann schob ich die Tür zu, bis sie klickend einrastete. Zeke war nicht mehr zu sehen.

Kanin ließ mir keine Zeit, um an meiner Entscheidung zu zweifeln. »Gehen wir«, sagte er knapp, wandte sich ab und suchte sich einen Weg zwischen den Wracks hindurch. Nach einem letzten Blick auf den Van folgte ich ihm. Dabei spürte ich fast körperlich, wie Zeke hinter uns zurückblieb.

Eine Weile liefen wir schweigend weiter, ich immer ein Stück hinter dem anderen Vampir. In Gedanken war ich bei Zeke. Indem ich ihn dort zurückgelassen hatte, hatte ich wahrscheinlich sein Todesurteil unterzeichnet. Allein, krank, sterbend lag er in diesem Van. Wenn ich darauf bestanden hätte, dass er mitkam … aber das hätte ihn wahrscheinlich auch umgebracht.

»Es gibt keine guten Entscheidungen, Allison«, sagte Kanin irgendwann leise. »Es gibt nur solche, mit denen man leben kann, und solche, an denen man arbeiten kann, um sie zu verbessern.«

Wieder bildete sich ein Kloß in meiner Kehle. »Ich habe ihn umgebracht.« Fast lautlos formulierte ich die Angst, der ich mich vor wenigen Minuten noch nicht hatte stellen können. »Er wird da drin sterben.«

»Das kannst du nicht wissen«, meinte Kanin. »Du traust ihm zu wenig zu. Er kämpft dagegen an, Allison. In diesem Stadium sollte er durch die Krankheit eigentlich bereits den Verstand verloren haben. Dass er sich seiner selbst überhaupt noch bewusst ist, grenzt an ein Wunder. Vielleicht hält er auch noch etwas länger durch.«

»Lang genug, um ihm ein Heilmittel zu bringen?«

»Falls Sarren eines hat.« Kanin klang erschöpft. »Was zu glauben mir allerdings schwerfällt. Er hat noch nie zurückgenommen, was er angefangen hat.«

Die Verzweiflung drohte mich zu ersticken. »Warum machen wir das hier dann überhaupt?«

»Weil wir müssen.« Kanins Stimme blieb, genau wie seine Miene, unverändert. »Weil wir nichts anderes tun können. Weil es niemanden gibt außer uns.« Fast unhörbar fügte er hinzu: »Dieses eine Mal vertraue ich noch auf die Hoffnung. Vielleicht reicht es in dem Fall ja aus.«

Hoffnung. Hoffnung, dass Sarren ein Heilmittel hatte. Dass es ausreichen würde, um Kanin, Zeke und New Covington zu retten. Allie, die Straßengöre, hätte das lächerlich gefunden – Hoffung war ein Luxus, der oft tödlich endete. Aber sie hatte Kanin doch so lange durchhalten lassen, oder nicht? Die Hoffnung auf ein Ende der Verseuchten, die Hoffnung, dass er dabei helfen könnte, rückgängig zu machen, was er verursacht hatte. Und sie hatte Zeke und die anderen überhaupt erst nach Eden suchen lassen. Sie hatten es nur geschafft, weil sie fest daran geglaubt hatten. Und … sie war es auch, die mich an Zeke festhalten ließ. Die Hoffnung, dass ein Vampir und ein Mensch Instinkten und Ängsten trotzen konnten, das Monster, den Blutdurst und die Lust am Töten besiegen konnten, um zusammen sein zu können.

Also gut, ich würde nicht aufgeben. Ich würde die Sache bis zum bitteren Ende durchziehen. Für Zeke, Kanin und die Stadt, die siebzehn Jahre lang mein Zuhause gewesen war, würde ich ebenfalls auf diesen winzigen Hoffnungsschimmer vertrauen, mich daran festhalten, bis mit absoluter Sicherheit alles verloren war.

Kanin blieb am Rand einer Straße abrupt stehen, dann schob er sich hastig hinter eine Hausecke. Vorsichtig trat ich neben ihn und spähte an der Ziegelmauer vorbei.

Jenseits der Straße befand sich ein von Gebäuden umgebener freier Platz. Er war über und über mit Gras und Unkraut bewachsen, aus dem einzelne verkrüppelte Bäume aufragten. Dazwischen lagen große Betonbrocken. Ich kannte diesen Ort. Als ich das letzte Mal hier gewesen war, waren Kanin und ich auf der Flucht vor dem Hofstaat des Prinzen gewesen und hatten versucht, aus der Stadt zu kommen, bevor sie uns umbrachten. Zwar konnte ich durch das hohe Gras und die Bäume die verbrannte Ruine auf der anderen Straßenseite kaum erkennen, aber ich wusste genau, wo sie stand.

Das alte Krankenhaus. Das geheime Labor. Wir hatten es geschafft.

»Es ist zu ruhig«, stellte ich fest, als wir am Rand des Platzes standen und über die gefrorenen Gräser hinweg zu den Überresten des alten Gebäudes hinüberblickten. »Meinst du wirklich, Sarren ist hier?«

»Das werden wir gleich herausfinden«, murmelte Kanin.

Er klang angespannt. Ein Blick auf ihn reichte aus, und die überwältigende Sorge kehrte zurück. Es war hart, mich nicht davon lähmen zu lassen. Ein Arm schälte sich jetzt auf voller Länge ab, und auf einer Seite schimmerte der Wangenknochen durch das faulige Fleisch. Ich wusste, dass er unerträgliche Schmerzen hatte, dass jeder Schritt die reinste Qual für ihn war, ganz egal, wie ruhig er sich nach außen hin gab.

»Wirst du es schaffen?«, flüsterte ich. Der Gedanke, Sarren gegenüberzutreten, war beängstigend, vor allem, weil ich es wahrscheinlich allein tun musste. Ich dachte an Zeke, wie er sterbend in dem Van lag, ganz allein auf dem verschneiten Parkplatz. Es brachte mich fast um, dass ich ihn hatte zurücklassen müssen, aber Kanin hatte recht: Sarren würde ihn gegen uns einsetzen. Und mit Kanin würde er dasselbe machen, wenn er die Chance dazu bekam.

»Du solltest hier warten«, erklärte ich Kanin deshalb, als er nicht antwortete. »Ich finde Sarren auch allein. Du musst nicht mitkommen.«

Mein Schöpfer sah mich an, und ich setzte ein tapferes

Lächeln auf. Wenn ich Zeke und Kanin nur dadurch retten konnte, dass ich mich allein dem Psychovamp stellte, dann würde ich es tun. Ich machte mir zwar fast in die Hose vor Angst, aber ich würde es tun.

Kanins Blick wurde fast liebevoll. »Nein«, murmelte er und drehte sich wieder zu dem Platz vor uns um. »Sarren und ich ... Das geht schon viel zu lange so. Dieser Krieg wird heute Nacht enden. Ich werde nicht zulassen, dass du dich ihm allein stellst.«

»Bist du sicher?«

Plötzlich wirkte sein Lächeln bedrohlich, und seine dunklen Augen funkelten gefährlich. In diesem Moment wurde mir wieder bewusst, dass Kanin ein Meistervampir war, viel stärker als ich, und dass in ihm dieser Furcht einflößende Dämon steckte.

»Gehen wir«, sagte er leise. Seite an Seite marschierten wir auf die Ruine des Krankenhauses zu. Nur wir beide, mein Schöpfer und ich, gegen den gruseligsten Vampir, dem ich je begegnet war. Was auch immer heute Nacht passierte – es würde das Schicksal von uns allen besiegeln.

Als wir uns dem ersten Gebäude näherten, überlief mich ein warnender Schauer. Rechts und links von uns hörte ich schlurfende Schritte in der Dunkelheit. Leise murmelnde Stimmen, verhaltenes Kichern. Dann blitzte zwischen den Gräsern Metall auf, das vorher definitiv nicht da gewesen war. Abrupt blieb ich stehen.

Käfige. Rund um das ehemalige Krankenhaus waren Käfige aufgestellt worden, Drahtverschläge, wie man sie für Hunde benutzte. Doch in diesen hier saßen Menschen. Menschen, die sich blutende Wunden zufügten, die murmelten und kicherten und nicht einmal merkten, wie der Schnee auf ihren Gesichtern landete.

Es sah ganz so aus, als wäre Sarren hier … und als würde er uns erwarten.

»Können wir außenrum gehen?«, hauchte ich in Kanins Richtung.

Doch genau in diesem Moment – entweder durch eine Zeitschaltung oder durch einen unsichtbaren Draht – öffneten sich mit einem Knall sämtliche Käfige, und die Bluter stürmten heulend ins Freie. Ein Mann, der schlurfend durch das Gras stolperte, entdeckte uns und alarmierte mit einem schrillen Schrei die gesamte Horde.

So viel zum Thema reinschleichen.

Brüllend und kreischend rannten die Bluter los, wie ein chaotischer Bienenschwarm gingen sie zum Angriff über. Ich brüllte ihnen meinen Hass entgegen – auf sie, auf Sarren, auf diesen ganzen verfluchten Mist. Dann machten Kanin und ich uns bereit.

Der erste Mensch begriff gar nicht, wie ihm geschah, als mein Schwert in einem roten Sprühregen durch seinen Körper fuhr. Ruckartig befreite ich meine Klinge und widmete mich zwei weiteren Angreifern; der Schlag glitt durch den ersten Körper und traf ohne anzuhalten den zweiten. Das Blut schoss in dicken Fontänen in die Luft. Schnell presste ich die Lippen aufeinander, falls etwas davon in meinem Gesicht landete. Ein junger Mann, der nur noch ein Auge hatte, schleuderte mir mit beiden Händen einen verrosteten Stuhl entgegen. Ich duckte mich darunter weg und durchtrennte aus der Bewegung heraus sein Bein, sodass er hinter mir zusammenbrach.

»Allison!«

Noch während ich wieder auf die Füße kam, stellte sich Kanin vor mich und wehrte eine Keule ab. Das Holz zersplitterte an seinem Unterarm, und er brüllte vor Schmerz. Dann trieb er dem Angreifer seine Klinge von unten in den Hals. Wie aus dem Nichts sprang eine mit einer Eisenstange bewaffnete Frau auf seinen Rücken.

Bevor sie sich festklammern konnte, glitt mein Katana-Schwert zwischen die beiden Körper und schlitzte ihr den Bauch auf.

Laut schreiend rannte der nächste Bluter auf mich zu. Knurrend blickte ich ihm entgegen und hob das Schwert, um ihm den Kopf abzuschlagen, doch da wirbelte Kanin herum, packte mich am Kragen und riss mich zurück. Während er mich fortzerrte, blitzte es, und vor den Füßen des Menschen explodierte etwas. Der Gestank von Schießpulver, Rauch und verbranntem Fleisch stieg auf.

»Pass auf, wo du hintrittst«, warnte mich Kanin, nachdem er mich abgesetzt hatte. »Sarren hat hier wahrscheinlich alles vermint.« Vor uns dröhnte die nächste Explosion, gefolgt von einem schmerzerfüllten Schrei.

Wachsam drückte ich mich an Kanin, als wir uns den verbliebenen Blutern stellten. Von allen Seiten stürmten sie heran. Während ich einer geschwungenen Kette auswich und ihrem Besitzer mein Schwert in die Rippen rammte, packte Kanin einfach den Kopf des Menschen, der auf ihn einstechen wollte, hob ihn hoch und durchtrennte ihm gelassen die Kehle.

Nachdem der letzte Bluter im Schnee gelandet war, sah ich mich auf dem zertrampelten, blutdurchtränkten Feld um. Nun herrschte wieder beunruhigende Stille. »Meinst du, Sarren weiß, dass wir hier sind?«, fragte ich Kanin.

Er schnaubte höhnisch. »Wir sind besser vorsichtig.«

Mit größter Wachsamkeit gingen wir weiter, immer auf der Hut vor Minen, Trittfallen, Stolperdrähten und ähnlichen Scheußlichkeiten, die Sarren platziert haben könnte. Ich hielt mich hinter Kanin, der ein unglaubliches Gespür dafür hatte, wo unter dem Schnee und dem Gras Gefahren lauern könnten, und sie geschickt umging. Ich trat im wahrsten Sinne des Wortes in seine Fußstapfen, passte meine Schritte seinen an, bis wir das Feld hinter uns gebracht hatten und geduckt in die verkohlten Überreste des ehemaligen Krankenhauses eintauchten.

Da es auch hier Fallen und Minen geben konnte, suchten wir uns vorsichtig einen Weg zwischen den halb verfallenen Gebäuden hindurch. Neben einer eingestürzten Mauer führte ein gähnendes Loch in undurchdringliche Finsternis hinunter. Sein Anblick weckte jede Menge Erinnerungen in mir. Am anderen Ende dieser finsteren Röhre hatte Kanin mir meine ersten Lektionen erteilt, durch sie waren wir bei unserem eiligen Rückzug aus New Covington geflüchtet. Über den Abgrund hinweg suchte ich Kanins Blick. Ob ihm dasselbe durch den Kopf ging wie mir?

Oder konzentrierte er sich ganz auf das, was uns bevorstand, tief unten in dieser verlassenen Klinik?

»Ich gehe zuerst«, sagte er leise. »Du bleibst hier. Warte auf mein Zeichen, dann kannst du runterkommen.«

Ich nickte. Kanin trat an den Rand des Lochs und ließ sich ohne zu zögern hineinfallen.

Mit verschränkten Armen lauschte ich in die Tiefe. Dabei

versuchte ich, meine Ungeduld zu unterdrücken und mir bloß nicht vorzustellen, was Kanin alles zustoßen konnte, wenn ich nicht bei ihm war. Vielleicht lauerte Sarren ihm da unten auf. Oder er hatte am Ende des Aufzugschachtes Minen platziert. Er könnte im Foyer des Krankenhauses auch eine weitere Horde Bluter postiert haben, alle bereit zum Angriff. Unruhig trat ich von einem Fuß auf den anderen und kämpfte gegen den Drang an, einfach in den Schacht zu springen. Endlich hallte Kanins Stimme aus der Dunkelheit zu mir herauf: »Die Luft ist rein.«

Ohne mir die Mühe zu machen, nach den verbliebenen Aufzugkabeln zu greifen, brachte ich die knapp zehn Meter bis zum Boden im freien Fall hinter mich. Als ich grunzend in einer Wolke aus Betonstaub landete, fuhr Kanin sofort zu mir herum und signalisierte mir mit einem scharfen Blick, still zu sein. Ich schob mich unter einem eingestürzten Balken hindurch und betrat den vertrauten unterirdischen Raum.

Alles schien noch genauso zu sein wie in jener Nacht, als wir aus New Covington geflohen waren. An der hinteren Wand stand der riesige Schreibtisch mit den angelaufenen goldenen Buchstaben auf der Front. In dem freien Raum davor hatte Kanin mir beigebracht, wie ich mit meinem Schwert umzugehen hatte, denn dort lag weder Schutt noch Geröll. Alles fühlte sich leer und verstaubt an, die Luft hier drin war seit Jahren nicht mehr in Bewegung geraten.

Aber irgendwo in diesem dunklen, verlassenen Grab wartete der Feind auf uns.

Kanin gab mir ein Zeichen, und wir machten uns auf den Weg. Lautlos glitten wir über die Fliesen, zwei Vampire auf der Jagd. Die zahllosen Räume in den engen Fluren ließen wir außer Acht, genauso Kanins ehemaliges Büro und mein altes Zimmer, wo ich auf einem durchgelegenen Feldbett geschlafen hatte. Sarren war ganz sicher in keinem dieser Räume. Es gab hier nur einen Ort, an den er gehen würde.

Der Raum hinter der roten Tür am Ende der Treppe.

Und sobald wir besagte Treppe erreichten, wurde auf grausame Art klar, dass Sarren uns erwartete.

Auf jeder Stufe bis hinunter zu der roten Tür klebte Blut, außerdem war es in großen, feuchten Flecken an die Wand geschmiert worden. An der Decke waren Drähte befestigt, an denen abgetrennte Hände und Füße hingen, dazwischen schien ein Kopf zu schweben, dessen Lippen zu einem trägen Grinsen verzogen waren. Über der roten Tür stand in großen, mit Blut geschriebenen Buchstaben: *Offenbarung 21*.

»Bist du bereit?«, fragte Kanin leise.

Ich zog mein Schwert aus der Scheide und umfasste krampfhaft den Griff. »Schätze, bereiter geht's nicht.« Plötzlich fiel der abgetrennte Kopf von der Decke und landete mit einem feuchten Platschen auf dem Boden. Ich zuckte erschrocken zusammen. »Bringen wir es hinter uns.«

Wir gingen die Treppe hinunter, stiegen über einzelne Körperteile und halb geronnene Pfützen voll Blut hinweg und näherten uns langsam der roten Tür. Sie war unverschlossen, der Knauf ließ sich mühelos drehen, nur beim Öffnen quietschte sie hörbar. Der Gang dahinter war ebenfalls rot verschmiert, und das Wort *Offenbarung* war wieder und wieder an die Wand geschrieben worden, jedoch immer mit einer anderen Zahl.

Kanin legte mir eine Hand auf die Schulter und deutete mit dem Kopf auf eine Ecke. Dort hing eine Überwachungskamera unter der Decke. Früher war sie kaputt gewesen, doch nun blinkte das rote Lämpchen, und die Linse starrte mich an wie ein winziges schwarzes Auge. Schaudernd wurde mir klar, dass Sarren vielleicht am anderen Ende dieser Leitung saß und uns beobachtete.

Die runde Tür am Ende des Flurs war leicht angelehnt. Noch vorsichtiger als bisher – vielleicht gab es auch hier tödliche Fallen – schob ich mich voran und drückte sie ganz auf. Ächzend schwang sie zurück, und wir betraten den Raum, in dem sechzig Jahre zuvor die Monster erschaffen worden waren.

Erleichtert stellte ich fest, dass die Zellen rechts und links leer waren. Dabei hatte ich fast damit gerechnet, dass sie voller Bluter wären, die dann freigelassen würden, um sich auf uns zu stürzen. Aber hier war alles ruhig. Solange Sarren sich nicht in einem der Käfige versteckte, war er nicht in diesem Raum.

»Hier nicht«, sagte Kanin so leise, dass ich ihn kaum verstand. »Wir müssen weiter, zur letzten Tür.«

Hinter die letzte Tür hatte ich noch nie geschaut. Bisher war ich immer nur bis zu diesem Raum gekommen, wo Sarren mich vorgefunden hatte, nachdem er Kanin bis nach New Covington verfolgt hatte. Hier hatte ich ihm auch das Taschenmesser ins Auge gerammt. Das hatte er wohl kaum vergessen.

Plötzlich hatte Kanin seinen Dolch in der Hand. Nun gab es kein Zurück mehr. Wir mussten diesen Wahnsinnigen stellen, Kanin, Zeke und der ganzen Stadt zuliebe. Ohne zu zögern näherten wir uns der letzten Tür, die natürlich auch nicht verschlossen war, und stießen sie auf.

Im ersten Moment starrten Kanin und ich reglos in die Dunkelheit, die sich hinter der Tür auftat. Von meinem Platz aus konnte ich mehrere alte Betten erkennen. Sie standen überall im Raum verteilt und waren mit Staub und Schimmel überzogen. Genau wie die in Old D. C. waren sie mit dicken Lederriemen ausgestattet. Allein der Anblick jagte mir einen Schauer über den Rücken. Hinten an der Wand stand ein alter Computer mit gesprungenem Monitor und daneben eine seltsame Maschine mit einem langen Rohr, das steil in die Luft ragte. Hinter der anderen Wand taten sich weitere Zellen auf, deren Fenster mit schweren Gitterstäben versehen waren. Die Gittertüren waren von außen verriegelt. Kalte, abgestandene Luft wehte uns entgegen und brachte einen Hauch von Blutgeruch mit sich.

In der Dunkelheit erklang ein zischendes Lachen. »Da seid ihr ja«, säuselte eine sanfte, lispelnde Stimme irgendwo tief im Raum. »Nur herein in die gute Stube, sagte die Spinne zur Fliege. Wir haben eine Menge zu besprechen.«

Mir lief es eiskalt den Rücken hinunter. Entschlossen packte ich mein Schwert und wollte losstürmen, doch Kanin hielt mich zurück. »Bleib hinter mir«, sagte er so leise, dass nur ich ihn hören konnte. »Falls es eine Falle ist, bleibst du wenigstens verschont.«

Ich schluckte schwer. »Sei vorsichtig, Kanin.«

Er ließ mich los und betrat den dunklen Raum. Zunächst passierte nichts: keine Explosion, keine Geschosse, auch die Tür wurde nicht hinter ihm zugeschlagen.

Gelassen sah Kanin sich um und rief: »Du hast doch offenbar auf mich gewartet, Sarren. Hier bin ich.«

Wieder ertönte dieses bösartige Lachen. »Oh, Kanin«,

säuselte es. Dann glitt *er* aus den Schatten und baute sich vor uns auf. Als er uns das widerliche, vernarbte Gesicht zuwandte, bekam ich eine Gänsehaut. »Ich habe unsere kleinen Spielchen wirklich genossen, alter Freund«, sagte er und verschränkte die Arme vor der Brust. »Du warst ein höchst faszinierendes Opfer, unsere gemeinsame Zeit wird mir fehlen. Aber dein Teil in dieser Sinfonie ist bereits ausgespielt. Deine Stimme, deine Musik, sie stirbt und wird bald verklungen sein.« Die tief liegenden, irren Augen richteten sich auf mich, und er grinste breit. »Mich interessieren vielmehr die Lieder, die das kleine Vögelchen zum Besten geben kann.«

Am liebsten hätte ich mich zurückgezogen. Doch stattdessen trat ich durch die Tür und stellte mich neben Kanin. Dann bedachte ich den Psychovamp mit dem frechsten Blick, der mir möglich war. »Du willst mich? Bitte sehr, da bin ich.«

»Oh ja«, nickte Sarren und schlug die knochigen Hände zusammen. »Du bist hier, kleines Vögelchen. Du bist hier, wir sind hier, und die Welt dreht sich um uns ihrem Tode entgegen.« Er legte den Kopf schief und musterte mich abwägend. »Doch wo ist dein Prinz? Er möchte doch bestimmt auch dabei sein, wenn diese Sinfonie zu Ende geht.«

»Den gibt's nicht mehr«, fauchte ich zähnefletschend. Plötzlich war ich froh, dass Zeke nicht hier war, dass er nicht bei diesem durchgeknallten Vampir sein musste, der jede noch so kleine Schwäche zu seinem Vorteil nutzte. »Dein Virus hat ihn erwischt«, fuhr ich fort. Die Wut in meiner Stimme war echt. Hasserfüllt starrte ich Sarren an, der lediglich die Augenbrauen hochzog. »Und du wirst uns sofort das Gegenmittel geben, oder wir prügeln es aus dir raus.«

»Gegenmittel?«, stellte sich Sarren dumm. »Wir kommst du darauf, dass ich ein Gegenmittel habe, kleines Vögelchen?«

Knurrend hob ich mein Schwert, obwohl Kanin mir warnend eine Hand auf den Arm legte. Ich war es leid, mit diesem irren Psychopathen zu reden, und auf seine kranken Spielchen hatte ich erst recht keine Lust. »Also, hast du eins, oder nicht?«

»Lass mich nachdenken. Gegenmittel, Gegenmittel ...« Sarren hob demonstrativ die leeren Hände, dann trat er an den Tisch heran, der direkt vor ihm stand. »Meinst du vielleicht ... dieses hier?«

Ich hätte wissen müssen, dass man ihm nicht trauen konnte. Ich hätte wachsamer sein müssen, vorsichtiger, doch als ich erkannte, dass er irgendetwas vorhatte, glitt seine Hand bereits über den Tisch und legte einen Schalter um. Gleißend helles Licht flammte vor uns auf und ließ uns geblendet erstarren.

Fauchend wandte ich mich ab und versuchte, meine Augen zu schützen. Kanin tat offenbar dasselbe. In diesem Moment wurde ich von hinten gepackt, jemand drückte meinen Schwertarm an meinen Körper, und vor meinem Brustbein tauchte ein spitzer Holzpflock auf, der genau auf mein Herz gerichtet war.

»Hallo, Schwesterlein«, flüsterte mir eine vertraute Stimme ins Ohr. »Ich wette, du hast nicht damit gerechnet, mich so schnell wiederzusehen.«

20

Ich erstarrte. Als das Licht schwächer wurde, nahm ich langsam wieder meine Umgebung wahr. Mein Angreifer stand hinter mir, fixierte meinen Arm und drückte den Holzpflock gegen meine Brust. Er bohrte sich schmerzhaft in meine Haut, sodass ich automatisch versuchte, mich nach hinten zu lehnen, doch es gab kein Entrinnen.

»Wenn ich du wäre, würde ich das Schwert fallen lassen«, riet mir die kühle, selbstgefällige Stimme und untermalte die Forderung mit einem Ruck des Pflocks, der mich zusammenzucken ließ. »Du willst doch nicht, dass ich den hier benutze, Schwesterlein. Lass es fallen, sofort.«

Ich fluchte, dann landete mein Katana-Schwert scheppernd auf dem Boden. »Verdammt, Jackal«, murmelte ich und verrenkte den Kopf, um ihn ansehen zu können. Er grinste breit. »Du verlogenes Arschloch!«

»Ach, komm schon«, erwiderte Jackal milde und zog mich ein Stück von Kanin weg, der ihn mit erschreckend kaltem Blick beobachtete. »Das passt doch gar nicht zu dir. Keine Bewegung, alter Mann«, warnte er Kanin und schob mich in eine Ecke. »Wenn du auch nur zuckst, werde ich deinen kleinen Lieblingsspross aufspießen. Und das wollen wir doch nicht, oder?«

Plötzlich huschte Sarren schnell wie ein Schatten an uns

vorbei, fauchte wild und verpasste Kanin einen so heftigen Schlag, dass dieser zurücktaumelte. Kanin erholte sich schnell und reagierte mit einem Tritt, als Sarren wieder auf ihn losging. Sarren wurde mehrere Meter zurückgeschleudert und landete krachend auf einem der Betten. Ich machte mich sprungbereit, doch Jackal bohrte mir knurrend den Pflock ins Fleisch, bis ich keuchte. Sofort erstarrte Kanin.

Ein gruseliges Lachen drehte mir fast den Magen um. Sarren kam mit funkelnden Augen wieder auf die Beine. Seine Zunge glitt über seine aufgeplatzte Lippe, und er grinste. »Für jeden Tropfen Blut, den ich verliere, lasse ich dein kleines Vögelchen eine Stunde lang schreien«, versprach er und kam wieder auf uns zu. »Ihr Gesang wird sich in die Wände einbrennen und auf ewig hier verharren, und jeder, der das hört, wird wissen, wie sehr sie den Tod herbeigesehnt hat. Je länger das hier dauert, desto länger dauert ihr Lied, bis sie um sein Ende betteln wird. Doch es wird nicht enden, solange du noch am Leben bist.«

»Dann nimm mich an ihrer Stelle.« Kanin ließ seinen Dolch sinken und sah Sarren resigniert an. »Ich habe dir das angetan. Mich willst du leiden sehen. Meinetwegen musstest du in diesem Höllenloch ausharren. Ich habe dich hintergangen, dir ein besseres Leben versprochen. Ich habe dich betrogen, Sarren, und doch bin ich noch hier. Der Schmerz, den du ihr bereiten willst, gebührt allein mir.«

»Nein, Kanin, nicht«, flüsterte ich, doch es war bereits zu spät.

Sarren schnappte sich ein Metallrohr vom Boden, stürmte auf Kanin zu und ließ es mit voller Kraft auf sein Schlüsselbein niedergehen. Diesmal reagierte Kanin nicht. Der

Knochen brach mit einem ekelerregenden Knirschen, und Kanin sank auf die Knie. Sofort schlug Sarren ihm die Waffe gegen den Schädel. Ich schrie auf, als Kanin endgültig zusammenbrach, was seinen Feind nur dazu veranlasste, ihm brutal in die Rippen zu treten, sodass er mit voller Wucht gegen die Wand geschleudert wurde.

»Autsch.« Jackal zuckte heftig zusammen, doch sein Griff lockerte sich nicht. »Weißt du, in solchen Momenten wünscht man sich eine Kamera, um ein bleibendes Andenken zu haben.« Ich verkrampfte mich, woraufhin er meinen Arm sofort fester packte und den Pflock so heftig gegen meine Haut drückte, dass ich spürte, wie ich anfing zu bluten. »Denk nicht mal dran, Schwesterlein. Ich habe kein Problem, dir das Ding ins Herz zu rammen, falls du Zicken machst. Und das wäre nicht sehr angenehm für dich, das kannst du mir glauben.«

»Wie konntest du ihm das antun?«, presste ich hervor. Die Wunde an meiner Brust pochte. Verzweifelt versuchte ich, dem Pflock auszuweichen. Doch als ich den Rücken durchdrückte, drängte ich mich automatisch dichter an Jackal, der weder meinen Arm noch den Pflock losließ. »Er hat dich gerettet. Du wärst längst tot, wenn er nicht gewesen wäre.«

Jackal lachte leise. »Wie süß, da versuchst du tatsächlich, an mein Gewissen zu appellieren.« Seine Finger gaben ein wenig nach, allerdings längst nicht so viel, dass ich mich hätte entspannen können. Hilflos musste ich mit ansehen, wie Sarren zu Kanin hinüberschlenderte, ihn hochriss und ihm mit dem Metallrohr ins Gesicht schlug. Noch immer war Kanins Verteidigung schwach; er hob lediglich den

Arm, um seinen Kopf zu schützen. Der Schlag riss ihn wieder von den Füßen.

»Du hast es mir ganz schön leicht gemacht, ist dir das eigentlich klar, Schwesterlein?«, stellte Jackal fest, während er fast schon desinteressiert den hoffnungslos einseitigen Kampf verfolgte. »Du hast nicht einmal daran gedacht, unsere Blutsbindung einzusetzen, um mich im Auge zu behalten. Ich hingegen wusste ganz genau, wo du steckst, und Kanin hatte zu große Schmerzen, um irgendetwas zu unternehmen. Doch, ich bin ziemlich enttäuscht von dir. Wie ich dir immer sage: Du bist viel zu vertrauensselig.«

»Jackal«, flehte ich, »tu das nicht. Kanin ist …«

»Was? Ein Familienmitglied?« Jackal schnaubte gereizt. »Mein liebes Schwesterlein, wir sind alle Dämonen. Und in unserer Welt überleben nur die Stärksten und Klügsten. Kanin und du, ihr steht auf der Verliererseite, und ich bin nun mal ein schlechter Verlierer. Nimm das nicht persönlich – jeder echte Vampir würde so handeln.«

Sarren stellte Kanin wieder auf die Füße und rammte ihn gegen die Wand. Dann presste er seinen Unterarm gegen Kanins Hals. Sein Gesicht war zu einer unmenschlichen Fratze verzerrt. Kanin erwiderte reglos seinen Blick. Die offenen Wunden in seinem Gesicht hoben sich dunkel von der bleichen Haut ab. Wieder schrie ich und versuchte mich gegen das zu wappnen, was nun folgen musste. Ich war mir absolut sicher, dass mein Schöpfer gleich vor meinen Augen getötet werden würde.

Doch dann setzte Sarren wieder dieses gruselige, leere Lächeln auf, zog Kanin von der Wand weg und schleuderte ihn durch eine der geöffneten Zellentüren. Kanin rollte bis an die hintere Wand, während Sarren die Gittertür mit einem lauten Knall zuschlug, der durch den ganzen Raum hallte.

»Oh nein, alter Freund«, murmelte er und ließ seine Waffe fallen. Kanin kam mühsam auf die Füße. »Deine Qualen stehen dir noch bevor. Du sollst es sehen. Du sollst sehen, was sie mit uns gemacht haben, jede Nacht aufs Neue, hier in diesen Räumen. Und dein kleines Vögelchen eignet sich perfekt als Anschauungsobjekt.«

»Nein.« Kanins Stimme war rau. Er schleppte sich bis zum Gitter und umklammerte die Stäbe. Krampfhaft presste ich mich an Jackal. »Das ist unser Krieg. Und du kannst ihn hier und jetzt beenden. Sie hat nichts damit zu tun, Sarren!«

Psychovamp marschierte zu dem Bett hinüber, auf dem er gelandet war, hob es auf und stellte es mitten in den Raum. Ohne sich umzudrehen, erwiderte er gelassen: »Unser Krieg ist bereits beendet, alter Freund. Du bist nichts als eine verdorbene Seele in einem verwesenden Körper. Nichts, was ich dir antun könnte, wäre schlimmer als die Pein, die dich erwartet. Du wirst in dieser Zelle verrotten. Ich bereue lediglich, dass ich nicht hier sein werde, um das zu beobachten. Doch wenn du dein verfallenes Gefängnis verlässt und in die Hölle entschwindest, werde ich längst nicht mehr da sein.« Er winkte Jackal mit einer bleichen, knochigen Hand zu sich.

Fauchend versuchte ich, mich zu wehren, doch mein Bruder im Blute drückte den Pflock noch tiefer in meine Haut, sodass ich mich vor Schmerzen krümmte. Dann schleppte er mich zu Sarren, der wartend neben der Pritsche stand.

»Hätte nie gedacht ... dass du der Typ ... hirnloser Handlanger bist«, presste ich hervor, während ich gegen jeden Schritt ankämpfte und gleichzeitig versuchte, die Schmerzen zu ignorieren. »Seit wann bist du ... Sarrens Schoßhündchen?«

»Hey, ich bin lediglich ein guter Teamspieler«, erwiderte Jackal. Sarren war schon bedrohlich nah. »Zumindest, solange mein Team gewinnt. Gib es auf, Schwesterlein, ihr habt verloren. Bewahre dir doch ein Fünkchen Würde, während er dir die Haut abzieht.«

Angst und Verzweiflung drohten mich zu ersticken, als Jackal mich endgültig zu Sarren hinüberschleppte. Die tief liegenden Augen und das leere Grinsen des Wahnsinnigen erinnerten mich an einen Totenschädel. Als ich zu zittern begann, schluckte ich meine Angst hinunter, hob trotzig das Kinn und stellte mich diesem dämonischen Lächeln.

»Willkommen zurück, meine Liebe.« Sarren hob eine Hand, um mein Gesicht zu streicheln, doch ich wich angewidert zurück. »Wir laufen uns immer wieder über den Weg, nicht wahr?«

Mit einer ruckartigen Bewegung packte er mich an der Kehle und zog mich in die Höhe. Bevor ich noch einmal Luft holen konnte, warf er mich auf die Liege und hielt mich dort fest. Als ich begriff, was er vorhatte, kämpfte ich wie eine Wilde gegen ihn an, versuchte knurrend, mich ihm zu widersetzen. Doch gegen Sarren *und* Jackal kam ich nicht an. Sie hielten mich fest, befestigten die Lederriemen an meinen Handgelenken und fesselten mich so an das Bett. Dann spannten sie weitere Gurte über Brust, Beine und Hals und zogen sie so straff an, dass ich mich nicht mehr rühren konnte. Ich heulte, fletschte die Zähne und stemmte mich mit aller Kraft gegen die Fesseln – doch vergeblich.

Hinter den Gitterstäben sah ich Kanin. Sein Gesicht war ruhig, doch als sich unsere Blicke trafen, bemerkte ich die Qualen in seinen Augen. Dann beugte sich Sarren grinsend über mich, und ich vergaß alles außer diesem grauenhaften, vernarbten Gesicht, das direkt über mir schwebte.

»Ist dir klar, wie oft ich in dieser Lage erwacht bin?«, flüsterte er. In seinem gesunden Auge sah ich die Spiegelung meines entsetzten Gesichts. »Wie oft ich nachts aufgeschreckt bin, an dieses Bett gekettet, halb bewusstlos vor Hunger, während die Menschen um mich herumschwirrten und meinen Körper mit ihren Nadeln und ihrem Gift malträtierten? Mich aufschnitten und ausbluteten, manchmal so lange, bis nur noch wenige Tropfen in meinem Körper verblieben? Ich habe geschrien, dass sie aufhören sollten, sie angefleht. Aber sie haben immer weitergemacht. Und das alles nur wegen deines Schöpfers.« Ruckartig richtete er sich auf und blickte zu Kanin hinüber. »Du kannst dich also bei ihm bedanken für alles, was ich dir heute Nacht antun werde.«

»Sarren.« Fast hätte ich Kanins Stimme nicht erkannt. Verzweiflung und Hoffnungslosigkeit verwandelten sie in ein raues Flüstern. »Das willst du doch gar nicht. Lass deine Rachegelüste an mir aus. Das Mädchen hat nichts damit zu tun.«

Sarren schüttelte den Kopf. »Es geht nicht länger um Rache«, erklärte er. Ich sah, wie er in eine Ecke ging und mit einem Metalltisch auf Rollen zu mir zurückkam. Darauf lag eine Art Handtuch, auf dem mehrere Nadeln, Skalpelle und andere scharfe Instrumente funkelten. Wieder packte mich die Angst, und ich kämpfte gegen meine Fesseln an – vergeblich. »Es geht inzwischen um wesentlich mehr: Wiedergutmachung. Erlösung.« Mit diesem unheimlichen, liebevollen Lächeln drehte er sich zu mir um. Seine Augen funkelten gierig. »Und du, kleines Vögelchen, wirst als Erste einen Vorgeschmack davon bekommen.«

Obwohl ich trotzig die Zähne fletschte, zitterte meine Stimme, als ich erwiderte: »Wovon redest du überhaupt, du Psychopath?«

»Soll ich dir ein Geheimnis verraten, kleines Vögelchen?« Ohne auf eine Antwort zu warten, beugte sich Sarren so weit nach unten, dass seine kalten Lippen mein Ohr streiften. »Es gibt kein Heilmittel«, flüsterte er. Mir wurde schlecht. »Es gab niemals ein Heilmittel. Die Seuche hat sich zu schnell ausgebreitet, sie ist zu stark, sie lässt sich nicht mehr heilen. Doch du, Kanin und dieser Narr Salazar sehen das falsch. Das Virus *ist* das Heilmittel, und es wird die gesamte Welt kurieren.«

Mir wurde eiskalt. »Was … was soll das heißen?«

Mit fast schon betrübter Miene richtete sich Sarren auf. »Du wirst schon sehen.« Er nahm eine Nadel von dem Wagen und musterte sie abwesend. »New Covington war nur ein Test, mein Vögelchen. Ein Ort, an dem man die letzten Macken auslöschen und das Virus perfektionieren konnte. Nun weiß ich, wozu es in der Lage ist, und wenn ich es das nächste Mal freisetze, wird es unaufhaltsam sein.«

»Das nächste Mal?«, fragte ich entsetzt. »Hat dir das noch nicht gereicht? Eine ganze Stadt voller Vampire und Menschen umzubringen war dir nicht genug? Wenn du dieses Virus noch einmal freisetzt, könntest du die gesamte Bevölkerung auslö...«

Ich verstummte und starrte ihn fassungslos an. *Wiedergutmachung. Erlösung. Die gesamte Welt kurieren.* Nein, so verrückt konnte er nicht sein ...

Sarrens Gesicht war vollkommen ausdruckslos. Mir drehte sich der Magen um. Doch, war er.

»Oh Gott«, flüsterte ich, während mich unfassbares Entsetzen packte. »Darauf hast du es also angelegt. Du willst *alle* umbringen. Nicht nur die Menschen, sondern auch die Vampire. Du willst alles und jeden auslöschen.«

Sarren rammte mir die Nadel in den Arm. Krampfhaft biss ich die Zähne zusammen, bis er sie wieder herauszog. Die Kanüle war voller Blut. »Die Verderbtheit hat sich zu weit ausgebreitet, Vögelchen«, erklärte er, während er die Spritze gegen das Licht hielt. »Es wird Zeit für einen Neuanfang. Reinen Tisch zu machen, damit die Welt sich endlich selbst heilen kann. Ein Neuanfang ohne Menschen, ohne Vampire, ohne Verseuchte. In dieser Gleichung gab es nur eine Unbekannte, und die warst du.«

Seine Enthüllungen hatten mich derart schockiert, dass ich nicht antworten konnte. Das war absurd, völlig unvorstellbar. Ein tatsächliches Ende der Welt? Absolut unmöglich, dass er damit durchkam. Oder? Ich musste dafür sorgen, dass er weiterredete, sich ganz auf mich konzentrierte, auch wenn ich keine Ahnung hatte, was ich noch tun konnte. Aber ich wusste, dass ich Antworten brauchte. »Warum ich?«, presste ich also hervor, woraufhin er mich überrascht ansah.

»Weil mir ...«, Sarren ließ den Arm sinken und lächelte

mich an, »… eine höchst erstaunliche Geschichte über dich und einen Ort namens Eden zu Ohren gekommen ist, mein Vögelchen. Laut diesen Gerüchten verfügen die Forscher in Eden über dieselben Daten, die ich aus dem anderen Labor entwendet habe. Du kannst dir sicher vorstellen, dass mich diese Nachricht ein wenig beunruhigt hat.«

Ein ungutes Gefühl stieg in mir auf. Automatisch dachte ich an Zeke und wich krampfhaft Jackals Blick aus. Der lehnte entspannt an der Wand, die Arme vor der Brust verschränkt. »Keine Ahnung, was du meinst«, log ich. Sarren schüttelte den Kopf.

»Ach, kleines Vögelchen. Dein Lied klingt viel zu wahrhaftig, als dass du mich mit Unwahrheiten täuschen könntest.« Er strich mir mit einer Hand über die Wange. Als seine Nägel über meine Haut glitten, bekam ich eine Gänsehaut. »Doch es spielt keine Rolle. Schon bald wirst du singen. Oh ja, du wirst für uns alle singen.«

Mit der gefüllten Spritze in der Hand ging er zu den Maschinen hinüber. Mir war schleierhaft, was er vorhatte, doch er ließ einen Blutstropfen auf ein kleines Stück Glas fallen, schob ein zweites gläsernes Viereck darüber und legte das Ganze unter das röhrenartige Gerät neben dem Computer. Dann beugte er sich vor und starrte oben in die Röhre hinein.

Sobald er mir den Rücken zukehrte, riss ich wieder an meinen Fesseln. Das war meine letzte Chance, so viel war sicher. Bevor Sarren zurückkam und … darüber wollte ich gar nicht nachdenken. Aus dem Augenwinkel sah ich die funkelnden Instrumente auf dem Wagen, was mich nur noch stärker an den Riemen zerren ließ. Verzweifelt versuchte ich, mich loszureißen, mich zu befreien, bevor Sarren anfing, mir die Haut abzuschälen – oder was auch immer er sich sonst noch an Grausamkeiten ausdenken konnte.

Plötzlich stieß Jackal sich von der Wand ab. Ich erstarrte. Da er genau sehen konnte, wie ich gegen die Gurte ankämpfte, würde er entweder einen schnippischen Kommentar abgeben, der Sarrens Aufmerksamkeit auf mich lenkte, oder er hielt mich gleich selbst auf. Angewidert verzog ich die Lippen. Wie sehr ich ihn für diesen Verrat hasste – er hatte uns diesem Wahnsinnigen ausgeliefert, der im wahrsten Sinne des Wortes alles zerstören wollte. Gerade, als ich ihm das sagen wollte, legte er mir warnend einen Finger auf die Lippen.

Ganz ruhig stellte er sich neben mich und ließ entspannt einen Arm sinken. In seiner Hand blitzte ein Skalpell auf. Eine schnelle Bewegung, und der Riemen an meinem Handgelenk war halb durchtrennt. Ganz frei war ich dadurch nicht, aber es war ein sichtbarer Schnitt entstanden. Fassungslos starrte ich zu ihm hoch, woraufhin er mir zuzwinkerte.

»Nun, kleines Vögelchen.« Sarren richtete sich wieder auf. Jackal trat einen Schritt zurück, und das Skalpell verschwand so schnell, wie es aufgetaucht war. »Ich muss sagen, ich bin ein wenig enttäuscht. Dein Blut ist weder verseucht noch in irgendeiner anderen Form verändert. So wie es aussieht, bist du vollkommen durchschnittlich.« Er kam zurück, sein grinsendes Gesicht erschien vor mir, und er musterte mich fragend. Als sein Blick für den Bruchteil einer Sekunde an der manipulierten Handfessel hängen zu bleiben schien, verkrampfte sich jeder Muskel meines Körpers. Doch die leeren Augen glitten weiter zu meinem Gesicht. »Was sieht Kanin nur in dir?«, fragte er sich. »Was liegt unter dieser Hülle aus Fleisch, Knochen und Blut, hm? Ist es etwas Besonderes? Vielleicht kann ich es sehen, wenn ich die Hülle aufschneide. Vielleicht werden deine Schreie mir alles verraten, was ich wissen muss.«

In seinem Gesicht spiegelte sich jetzt Vorfreude, fast schon Gier – als würde er es genießen, anderen Schmerzen zuzufügen. Schaudernd versuchte ich, mir meine Angst nicht anmerken zu lassen, als er sich umdrehte und ein Messer von seinem Gerätewagen nahm. Die Klinge funkelte bedrohlich. Ich würde nicht betteln. Und ich würde ihm auch nicht sagen, was er von mir hören wollte. Schreien konnte ich, weinen und mir den Tod herbeiwünschen, bevor er mit mir fertig war, aber ich würde ihm nichts über Eden, Zeke oder das Heilmittel verraten.

»Ich weiß, was du jetzt denkst, Liebes«, hauchte Sarren und ließ die Messerklinge über seine Zunge gleiten. Angewidert krümmte ich mich zusammen. »Du denkst: *Ich werde nicht singen. Ich werde ihm nichts sagen.* Aber Schmerz ist dazu in der Lage, auch die verstockteste Zunge zu lösen. Jeder Körper erträgt nur ein gewisses Maß davon, mit all seinen wundervollen Nervenenden. Er hat Millionen davon, und sie alle senden schrille Meldungen der Qual an das Gehirn. Schon erstaunlich, wie banal diese Welt auf einmal wird, wenn man anfängt, sich nach dem Tod zu sehnen.«

»Ich werde dir gar nichts sagen«, presste ich hervor. »Du kannst mich genauso gut gleich umbringen.«

»Jeder hat seine Grenzen, kleines Vögelchen.« Er drückte

das Messer so fest gegen meine Wange, dass die Kanten sich in meine Haut gruben. Am liebsten hätte ich die Augen geschlossen, doch stattdessen starrte ich Sarren trotzig an. Dabei biss ich so fest die Zähne aufeinander, dass es wehtat. »Dann wollen wir doch mal sehen, ob wir deine finden können.«

Indem ich versuchte, mein Bewusstsein vom Rest meines Körpers abzukoppeln, wappnete ich mich gegen den Schmerz, der nun kommen würde. Und für einen scheinbar ewig andauernden Moment überblickte ich den gesamten Raum und konnte alles beobachten, was um mich herum vorging: Kanin wandte sich vom Gitter ab und zog die Schultern hoch, als müsste er sich ebenfalls schützen. Sarrens Muskeln spannten sich, als er zum ersten Schnitt ansetzte. Jackal, der mit hartem, kaltem Blick hinter Sarren aufragte.

In seiner Hand lag ein Holzpflock, den er hoch über den Kopf hob.

Brennender Schmerz breitete sich auf meiner Wange aus, ich keuchte entsetzt, und die Welt fing wieder an, sich zu drehen. Sarren zog das Messer aus meiner Haut, wirbelte herum und rammte es Jackal in den Bauch.

Der fletschte die Reißzähne und wollte fauchen, brachte aber nur ein ersticktes Röcheln zustande. Die Hand mit dem Pflock konnte er nicht mehr bewegen, da sich Sarrens knochige Finger um das Gelenk schlossen.

»Fast hättest du mich getäuscht.« Sarren lächelte, als er Jackals schockierte Miene sah. »Ich dachte, du würdest deine Gefährten ohne mit der Wimper zu zucken verraten – und da habe ich mich nicht geirrt. Aber du willst gar keine Erlösung, richtig? Oh nein, du hängst viel zu sehr am Leben.«

Er zerrte an dem Messer und riss ein klaffendes Loch in Jackals Bauchhöhle. Dieser heulte vor Schmerz. Anschließend versetzte Sarren ihm einen heftigen Stoß, der ihn gegen den Tisch schleuderte. Das Klirren von brechendem Glas und das Scheppern des Metalls dröhnten in meinen Ohren.

Überraschenderweise kam Jackal sofort wieder auf die Beine. Mit einer Hand hielt er sich den Bauch, die andere packte den Pflock. »Du bist ein verdammt kranker Schweinehund, weißt du das?«, fauchte er Sarren an, der gelassen ein Rohr vom Boden aufhob und auf Jackal zu schlich. »Die ganze Zeit sitzt du auf diesen Forschungsergebnissen, und dann beschließt du einfach: Hey, anstatt das Verseuchtenvirus zu heilen, entwickle ich lieber eine Megaseuche und vernichte die gesamte Welt! Denen werde ich es zeigen!« Der Versuch eines höhnischen Grinsens endete in einer schmerzverzerrten Grimasse. »Tut mir außerordentlich leid, aber auf deinen Weltuntergangszug werde ich bestimmt nicht aufspringen. Zufälligerweise gefällt mir diese Welt ganz gut.«

Sarren stürzte sich auf ihn. Jackal konnte seinem ersten Schlag ausweichen und stach gleichzeitig mit dem Pflock zu. Doch Sarren blockte den Angriff ab, trat einen Schritt vor und stieß ihm das Eisenrohr gegen den Unterkiefer. Mit einem trotzigen Knurren taumelte Jackal zurück. Als Sarren ihm nachsetzen wollte, verpasste er ihm einen so heftigen Kinnhaken, dass Psychovamp aus dem Tritt geriet. *Verdammt, hör auf, die beiden anzustarren, Allison! Du musst verschwinden!* Hastig begann ich, an dem angeritzten Lederriemen zu zerren, um ihn ganz abzureißen. Der Gurt hielt, ich zog weiter. Erst beim dritten Versuch gab das Leder endlich nach, der Riemen riss, und mein Handgelenk war frei. Hektisch nestelte ich an den Gurten, die meinen Hals und meine Brust fixierten, und nachdem ich sie ebenfalls entfernt hatte, befreite ich auch meinen zweiten Arm.

Als ich endlich vom Bett aufgestanden war, schleuderte Sarren gerade Jackal gegen eine der Zellentüren. Das Fensterchen in dieser Tür war zerbrochen, und einige der Gitterstangen waren durchgerostet. Unschlüssig blieb ich stehen: Sollte ich Jackal helfen oder mir zuerst mein Schwert schnappen? Noch während ich zögerte, hob Sarren Jackal hoch und schleuderte ihn auf eine der abgebrochenen Gitterstangen. Das verrostete Metall bohrte sich durch seinen Körper und spießte ihn auf wie bei einer Pfählung. Jackal schrie.

Meine Angst fällte die Entscheidung für mich: das Schwert also. Mit einem Sprung erreichte ich die Waffe, die unbeachtet auf dem Boden lag, doch gerade als sich meine Finger um den Griff schlossen, wurde ich von hinten an den Haaren gepackt. Ich verlor den Boden unter den Füßen, wurde durch den Raum geschleudert und riss dabei eines der Betten um. Mit zitternden Fingern klammerte ich mich an meine Waffe und zog mich mühsam hoch. Sarren, der noch immer das Rohr in der Hand hielt, schlenderte gelassen auf mich zu. An seinen Armen und in seinem Gesicht klebte Jackals Blut; fast sah es aus wie eine Kriegsbemalung. Hinter mir erklangen die Schmerzensschreie meines Bruders, während Kanin aus seinem Gefängnis heraus hilflos zusehen musste. Jetzt gab es nur noch mich und Sarren, was ihm offenbar richtig Spaß machte.

»Oh, geh noch nicht, kleines Vögelchen«, säuselte er und leckte sich das Blut von einem seiner Knochenfinger. »Nun wird es doch erst interessant. Du darfst jetzt noch nicht davonflattern.«

»Ich wollte nicht gehen«, fauchte ich. »Ich werde bestimmt nicht zulassen, dass du deine Superseuche oder dein Virus oder wie auch immer du es nennst freisetzt. Du hast diese Welt vielleicht schon abgeschrieben, aber ich bin noch nicht bereit zu sterben. Deine Art von Erlösung braucht doch niemand.« Zitternd hob ich das Schwert, doch dann packte ich den Griff fester und zwang meine Arme zur Ruhe. »Na los, komm her, du Psychopath. Bringen wir es hinter uns. Jetzt bin ich nicht mehr an deinen Tisch gefesselt.«

Sarrens Grinsen wurde breiter – und noch gruseliger. »Du bist mir noch etwas schuldig, Liebes«, stellte er fest und zeigte dabei auf seinen milchigen linken Augapfel. »Auge um Auge, Zahn um Zahn. Vielleicht reiße ich dir einfach beide Augen aus, entferne dann all deine Zähne und mache mir eine Halskette daraus. Oder ein Windspiel? Ich liebe Windspiele, du nicht, kleines Vögelchen?«

Noch bevor mir eine Antwort einfiel, stürzte er sich auf mich. Er war so schnell, dass ich erst in letzter Sekunde seinem Schlag ausweichen konnte. Ich spürte, wie das Rohr nur Zentimeter neben meinem Kopf vorbeizischte, und riss mein Schwert hoch. Mit der äußersten Spitze traf ich etwas. Sarren wich zurück, blieb ruckartig stehen und hob eine Hand ans Gesicht.

Ohne die Waffe zu senken zog ich mich zurück und wartete auf seinen nächsten Zug. Sarren hingegen ließ die Hand sinken und musterte überrascht, aber belustigt das Blut, das an seinen Fingern klebte. Aus dem tiefen Schnitt an seiner Wange quoll noch mehr davon und lief über sein Kinn. Ich blinzelte schockiert.

Ich … ich habe ihn getroffen.

»Gut gemacht, kleines Vögelchen.« Sarren nickte mir fast schon stolz zu. »Wie ich sehe, bist du seit unserer letzten Begegnung stärker geworden. Langsam begreife ich, was Kanin in dir sieht. Nun denn.« Sein Lächeln verblasste. Während er langsam auf mich zu schlich, zeigte sich das wahre Ausmaß seines Wahnsinns. Mir lief ein kalter Schauer über den Rücken, als er mit leiser, dämonischer Stimme fortfuhr: »Ich werde keinen Moment länger mit dir spielen.«

Diesmal sah ich ihn nicht einmal kommen. Auf den kurzen, unbestimmten Eindruck, dass er sich näherte, folgte unmittelbar ein Schlag gegen meinen Kopf. Ich dachte, mein Schädel würde explodieren. Benommen landete ich auf dem Beton, den einen klaren Gedanken wiederholend: Bloß nicht die Waffe loslassen! Wieder traf mich etwas, diesmal im Rücken. Mein Körper löste sich vom Boden, die Welt drehte sich wild, dann prallte ich gegen die Mauer und brach zusammen. Und noch immer klebten meine Finger am Schwertgriff. Ich durfte ihn nicht loslassen. Die Welt bestand nur noch aus Schmerz, und momentan wusste ich kaum, wo oben und unten war, aber ich musste meine Waffe festhalten.

Schritte, dann schloss sich eine Hand um meinen Nacken und zerrte mich hoch. Sarrens Arm glitt von hinten um mei-

nen Körper, und er packte das Handgelenk meines Schwert-
arms. Seine kalten, trockenen Lippen streiften meine Wange,
als er mit der freien Hand meine Kehle zudrückte.

»Also, mein kleines Vögelchen«, flüsterte er. Seine Reißzähne kratzten über meine Haut. »Wie würdest du gerne
sterben?«

»Sarren.«

Hinter uns ertönte eine klare Stimme. Doch das konnte
nicht sein. Für den Bruchteil einer Sekunde erstarrte Sarren,
dann fuhr er herum und schleifte mich mit.

Im Türrahmen stand Zeke. Er hatte seine Pistole gezogen
und zielte damit auf uns beide. In seinen blauen Augen
brannte unbändige Wut.

»Diesmal nicht«, knurrte er, dann drückte er ab.

Das Dröhnen des Schusses wurde von den Wänden zurückgeworfen, ein rötlich-weißer Blitz flammte auf. Ich
spürte, wie der Luftzug durch meine Haare fuhr, als wenige
Zentimeter neben meinem Gesicht etwas Kleines vor-
beischoss. Dann bohrte es sich in den Vampir hinter mir.
Brüllend wich Sarren zurück. Aus seiner Schulter und seinem Hals sprudelte das Blut hervor.

Mit voller Kraft wirbelte ich herum und zog das Schwert
durch. Sarren sah die tödliche Klinge und hob den Arm, um
meinen Schlag abzuwehren. Diesmal war er nicht schnell
genug. Die Klinge durchtrennte seinen Arm knapp über
dem Ellbogen, glitt durch Fleisch, Sehnen und Knochen.
Der bleiche, dürre Unterarm flog in einer Blutfontäne durch
die Luft und landete einige Meter entfernt. Sarren schrie so
laut, dass die Wände vibrierten.

Mit dem gesunden Arm umfasste er den Stumpf und

rannte zur Tür, wo ihm allerdings Zeke im Weg stand. Sofort verkrampfte ich mich, aber Zeke war nicht so dumm, es mit einem vor Schmerz halb wahnsinnigen Vampir aufnehmen zu wollen, und trat beiseite. Sarren prallte gegen den Türrahmen und blieb stehen. Kurz starrte er den Menschen vor sich an, dann verzog sich sein Gesicht zu einer gequälten, hasserfüllten Grimasse. Doch ich sah vor allem Verwunderung in seinem Blick, bevor er in den Flur hinausstürmte und ein blutverschmiertes Schlachtfeld zurückließ.

»Zeke.«

In der nächsten Sekunde war ich bei ihm, keine Zeit also, um groß nachzudenken: Wie es sein konnte, dass Zeke noch lebte, wie er hierhergekommen war, warum *ich* überhaupt noch lebte. All diese Fragen schob ich erst mal beiseite. Später würde ich mich damit befassen, aber jetzt ließ ich nur meine Waffe fallen und warf mich Zeke in die Arme.

Er drückte mich an sich, sein warmer Atem glitt über meine Wange. Ich spürte seinen rasenden Herzschlag, die harten Muskeln unter der Weste, und gönnte mir eine Sekunde Entspannung an seiner Brust. Er lebte. Keine Ahnung wie, aber er lebte.

»Allie.« Zeke löste sich von mir und sah mich eindringlich an. »Geht es dir gut? Wo ist Kanin?«

Kanin. Jackal! »Da drüben.« Mit dem Kopf deutete ich auf Kanins Zelle. Ich konnte ihn zwar nicht sehen, hoffte aber, dass er in Ordnung war. »Und Jackal«, fügte ich hinzu. Sofort richtete sich Zeke angespannt auf. »Jackal ist auch hier.«

»Was?«

»Ist schon okay. Er hat gar nicht wirklich mit Sarren gemeinsame Sache gemacht. Er ist … wieder auf unserer Seite. Glaube ich.« So viele Fragen, aber die mussten warten. »Sieh du nach Kanin«, bat ich Zeke, während ich mich bückte und mein Schwert aufhob. »Finde heraus, ob es ihm gut geht. Ich kümmere mich um Jackal.«

Er nickte zwar, doch als ich den verhassten Vampir erwähnte, schlich sich eiserne Härte in seinen Blick. Während Zeke zur Zelle hinüberging, suchte ich mir einen Weg durch das Chaos, um an Jackal heranzukommen.

Selbst jetzt wäre ich bei seinem Anblick fast mitleidig zusammengezuckt. Aufgespießt auf die verrostete Metallstange hing er da, sein verkrampftes Gesicht zeigte, welche Schmerzen er litt. Mit beiden Händen klammerte er sich an die Gitterstange in seinem Körper. Als er zu mir hochsah, trat blutiger Schaum auf seine Lippen.

»Ja … es ist … wesentlich unbequemer … als es aussieht.«

Ich schüttelte den Kopf – tödlich verwundet und immer noch eine große Klappe. »Wie hättest du es gerne?«, fragte ich.

Jackal verzog das Gesicht. »Hinten … in der Ecke«, presste er hervor. »Kühlbox. Blutkonserven.«

Ich fand die Box, die, wie Jackal gesagt hatte, zur Hälfte mit Blutbeuteln gefüllt war. Offenbar hatte Sarren sich seit einiger Zeit Vorräte angelegt. Ich schnappte mir drei und brachte sie dem gepfählten Vampir, der sich mit letzter Kraft aufrecht hielt, indem er sich gegen die Stange in seinem Bauch stemmte. Mit hungrigem Blick fixierte er die Plastikbeutel in meiner Hand.

Knapp außerhalb seiner Reichweite blieb ich stehen, das Schwert noch immer in der Hand. »Warum hast du das getan?«, wollte ich von ihm wissen. Ungläubig starrte er mich an. »Wie viel davon war gelogen? Oder hattest du tatsächlich von Anfang an vor, Sarren auszutricksen?«

»Tut mir leid … Schwesterlein. Ist gerade … echt schwer … klar zu denken. Leichte … Bauchschmerzen.«

»Tja, dann.« Ich kniff die Augen zusammen und fuhr gnadenlos fort: »Ohne meine Hilfe kommst du hier sowieso nicht weg. Also fang besser an zu reden.«

Er fletschte die Zähne. »Na schön … Mistkäfer.« Stöhnend presste er die Lippen aufeinander, dann erklärte er: »Ich musste es … echt aussehen lassen. Sarren hätte es sonst … bemerkt. Du solltest … denken, ich hätte … die Seiten … gewechselt. Ohne deinen Hass … hätte es nicht … funktioniert.«

Ich sackte in mich zusammen. »Dann hast du uns also gar nicht verraten.«

Jackal stieß ein ersticktes Lachen aus. »Sei dir da mal … nicht so sicher. Für dieses Heilmittel … hätte ich alles getan. Wenn Sarren tatsächlich … eines gehabt hätte, wärst du immer noch … an das Bett gefesselt.«

»Warum sollte ich dir dann helfen?« Ich richtete die Schwertspitze auf seine entblößte Kehle. »Woher soll ich denn wissen, ob du dich nicht irgendwann wieder gegen uns stellst?«

Jackal versuchte mit den Schultern zu zucken. »Das Risiko … wirst du wohl … eingehen müssen«, keuchte er. Dann schloss er gequält die Augen und versuchte krampfhaft, sich weiter aufrecht zu halten. »Verdammt, Schwester! Entweder ... hilfst du mir jetzt, oder ... du kannst mich ... gleich umbringen. Aber ... entscheide dich.«

Ich biss die Zähne zusammen. Dann holte ich aus und schlug mit voller Kraft gegen die Eisenstange. Meine vampirische Stärke und die unfassbare Schärfe des Katana-Schwerts sorgten dafür, dass die Klinge das verrostete Metall halbierte, sodass nur noch wenige Zentimeter aus Jackals Bauch hervorragten. Ich streckte die Hand aus. Er packte sie und ließ sich von mir hochziehen. Als die Gitterstange aus seinem Körper glitt, stieß Jackal einen gellenden Schrei aus, dann sank er schaudernd auf alle viere. Aber er war frei.

Ich warf ihm die Blutkonserven hin und trat vorsichtshalber ein paar Schritte zurück. Er war jetzt vollkommen ausgehungert und damit kurz davor, die Kontrolle über sich zu verlieren. »Ich muss nach Kanin sehen«, verkündete ich, obwohl ich mir nicht sicher war, ob er mich hören konnte. »Bleib hier. Ich komme gleich wieder.«

»Hey.«

Ich drehte mich noch einmal um. Jackal kniete immer noch vor der Zelle und hatte einen Arm um seinen zerfleischten Bauch geschlungen. Zwar hatte er sich eine der Blutkonserven genommen, doch der Beutel war noch intakt. Jackals goldene Augen fixierten mich starr. »Das werde ich ... dir nicht vergessen«, sagte er. Ich war so verblüfft, dass ich mich automatisch fragte, ob der Blutverlust vielleicht sein Gehirn geschädigt hatte. »Danke.«

»Äh ... gern geschehen.«

»Allison.«

Zeke stand vor Kanins Zelle, die inzwischen offen war.

Sein ernster Blick sagte mir, dass es dringend war. »Ich denke, du solltest herkommen. Schnell.«

Sofort war die Angst wieder da. Kanin saß in der Ecke unter dem Fenster. Er lehnte kraftlos an der Wand, sein Kinn war auf die Brust gesunken. Eine eiserne Faust schien sich um mein Herz zu schließen und fest zuzudrücken. Hastig schlüpfte ich in die Zelle und ließ mich neben ihm auf die Knie sinken.

»Kanin?«

Er hob zwar den Kopf, doch selbst diese winzige Bewegung schien ihm enorme Schwierigkeiten zu bereiten. Ich biss mir auf die Lippe. Die schwarzen Wunden in seinem Gesicht hatten sich weiter ausgebreitet. Nun hatte sich auch an seinem Hals eine geöffnet, die über seine Brust und seinen Arm wanderte. In seinen dunklen Augen flackerte der Schmerz, auch wenn er versuchte, gelassen zu klingen.

»Wo ist Sarren?«

»Weg. Ich glaube nicht, dass er noch mal wiederkommt.« Kanin nickte und schloss die Augen. Sein Kopf sank zurück an die Wand hinter ihm.

»Kanin?«

»Ich denke«, fuhr Kanin schleppend fort, »ich befinde mich im letzten Stadium der Krankheit.« Sein Gesicht verkrampfte sich. »Ich hatte seit Jahrhunderten keine Kopfschmerzen mehr. Da vergisst man ganz, wie unangenehm das ist.«

»Warte hier«, sagte ich hastig und stand auf. »Ich sehe mich mal um. Vielleicht hat Sarren ja irgendwo Informationen über das Heilmittel hinterla…«

»Allison.« Erschöpft schaute Kanin mich an. »Es gibt

491

kein Heilmittel«, sagte er müde. »Es gab niemals eines. Sarren will nicht, dass es endet. Du hast ihn doch gehört.«

»Es muss etwas geben«, protestierte ich. Ich weigerte mich, die Wahrheit zu akzeptieren. Sarren war fort. Es gab kein Heilmittel. Keine Hoffnung für New Covington, für die kranken Menschen und Vampire, für Kanin. In meinen Augen brannte es, doch ich blinzelte wütend dagegen an. »Ich werde nicht aufgeben«, versicherte ich ihm. »Verdammt, Kanin! Du wirst nicht sterben.«

»Der Tod.« Wieder fielen Kanin die Augen zu. »Ich habe so lange gelebt«, flüsterte er. »Vielleicht war es lang genug. Vielleicht ... habe ich nun Buße getan für meine Sünden. Inzwischen kann ich doch sicher Vergebung finden.«

»Nein.« Meine Stimme klang erstickt, weil nun heiße Tränen der Wut über meine Wangen liefen. »Es muss eine Möglichkeit geben. Wir sind so weit gekommen, haben Sarren geschlagen und alles. Du darfst jetzt nicht sterben.«

Ganz am Rande nahm ich Zeke wahr. Er stand bei der Zellentür und beobachtete uns grimmig. Kanins Augen huschten von mir zu ihm, und trotz aller Schmerzen registrierte er offenbar, was das hieß. »Ezekiel. Du bist hier.« Kanin klang überrascht. »Die Krankheit hat dich ... nicht überwältigt.«

Stimmt! Zeke ist immer noch da.

Atemlos fuhr ich herum und klammerte mich verzweifelt an diesen winzigen Hoffnungsschimmer. »Zeke, *du* hast überlebt«, flüsterte ich, was mir ein verwirrtes Blinzeln eintrug. Hastig ging ich zu ihm, packte ihn an den Armen und zog ihn in die Zelle hinein. »Du hast überlebt«, wiederholte ich und starrte ihn durchdringend an. Er war blass und ausgezehrt, doch seine Haut war trocken. Auch die fiebrige Hitze war verschwunden. »Du hast die Krankheit besiegt. Wie?«

»Keine Ahnung.« Zeke runzelte die Stirn. »Nachdem Kanin und du weg waren, war ich, glaube ich, eine Weile bewusstlos. Als ich aufgewacht bin, ging es mir gut, also habe ich mich wieder einmal auf die Suche nach dir gemacht. Aber ich weiß wirklich nicht, wie ...« Plötzlich vertieften sich die Falten auf seiner Stirn, und er schüttelte den Kopf. »Das heißt ... vielleicht hat es etwas mit dem zu tun, was sie in Eden mit mir gemacht haben.«

Alarmiert sah ich ihn an. »Was haben sie denn mit dir gemacht?«

Nachdenklich fuhr er sich durchs Haar. »In Eden habe ich viel Zeit mit den Wissenschaftlern verbracht und mit ihnen über Jebs Forschungsergebnisse gesprochen. Sie brauchten eine Testperson, also habe ich mich bereit erklärt, eine Zeit lang die Laborratte für sie zu spielen.«

»Warum das denn?«

Er seufzte. »Ich dachte eben, besser ich als irgendjemand anders. Schließlich diente es dazu, ein Heilmittel zu finden, und deshalb ... na ja.« Zeke zuckte mit den Schultern. »Schau mich nicht so entsetzt an, Allie. Sie haben mir jeden einzelnen Schritt erklärt, außerdem hatte ich ständig die Möglichkeit auszusteigen. Schließlich wollten sie mich nicht in einen Verseuchten verwandeln.«

»Das konntest du doch nicht wissen!«

»Irgendjemand musste das Risiko eingehen«, entgegnete Zeke entschlossen. »Ich sage ja nicht, dass es mir nicht manchmal Angst gemacht hätte, aber sie brauchten eben einen Freiwilligen. Kurz bevor ich mich auf die Suche nach dir gemacht habe, haben sie mir ein paar ›experimentelle Impfstoffe‹ gespritzt, die auf ihren bisherigen Forschungen basierten. Sie waren sich zwar nicht sicher, ob es bei einem Verseuchtenbiss helfen würde, aber es war immer noch besser, als vollkommen ungeschützt loszuziehen. Vielleicht haben die Mittel ja auch gar nichts gebracht, aber …« Mit einer hilflosen Geste brachte er es auf den Punkt: »Ich bin immer noch hier.«

Jawohl, das war er. Und in meinem Gehirn kristallisierte sich langsam eine Idee heraus. Sie trug eine verführerische Hoffnung in sich. »Zeke?« Ich griff nach seiner Hand. »Wenn du überlebt hast, dann steckt das Heilmittel vielleicht … in dir. In deinem Blut.«

Als er irritiert die Stirn runzelte, zog ich ihn aus der Zelle zurück in den Hauptraum. Widerstandslos folgte er mir zu dem Bett, an das Sarren mich gefesselt hatte und neben dem immer noch der Wagen mit den Instrumenten stand. Ohne die Klingen, Skalpelle und anderen Folterwerkzeuge zu beachten griff ich nach einer Spritze und drehte mich wieder zu Zeke um, der mich verwirrt beobachtete.

Aufregung und verzweifelte Hoffnung stritten in mir um die Vorherrschaft. Es war der letzte Strohhalm – wenn das nicht funktionierte …

Ich schob den Gedanken beiseite. »Zeke.« Bittend streckte ich ihm die Spritze entgegen. »Du bist vielleicht der Einzige, der Kanin jetzt noch helfen kann. Wenn du Sarrens Virus überlebt hast, könnte in deinem Blut der Schlüssel zu einem Heilmittel stecken, und alle könnten gerettet werden.

Falls du … bereit wärst … einem Vampir zu helfen, indem du dein Blut gibst.«

»Du musst nicht erst fragen, Allie.« Zeke streckte mir den Arm entgegen und entblößte sein Handgelenk. »Kanin ist dir wichtig, außerdem hat er mir auch das Leben gerettet. Wenn das hilft, wenn es ihn eventuell heilt, bin ich bereit, es zu versuchen.«

Ich war so dankbar, dass ich ihm am liebsten um den Hals gefallen wäre, doch dazu blieb keine Zeit. Stattdessen nahm ich vorsichtig sein Handgelenk und musterte die weiche, warme Haut. Ich hatte zwar zugesehen, als Sarren mir Blut abgenommen hatte, aber – wie genau machte man das? Musste man die Nadel an einer bestimmten Stelle einführen, oder stocherte man einfach herum und zog das Blut auf?

»Allie? Alles okay?«

»Ich … äh … habe eigentlich keine Ahnung, wie das geht«, gab ich schließlich beschämt zu.

Zeke lachte nicht. Er nahm mir einfach sanft die Spritze ab, drehte sie um und ballte die Hand zur Faust, sodass seine Adern hervortraten. Dann ließ er die Nadel mühelos in seine Haut gleiten. »Im Labor musste ich das ständig machen«, murmelte er konzentriert. Fasziniert sah ich zu, wie er mit dem Daumen die Spritze aufzog, die sich daraufhin langsam mit dunkelroter Flüssigkeit füllte. Dummerweise meldete sich bei diesem Anblick der Hunger, den ich aber entschlossen zurückdrängte. »Man muss ein paarmal üben, bis man den Bogen raushat.«

Er zog die Nadel aus seinem Arm und reichte mir ernst die Spritze. »Hoffentlich hilft es«, flüsterte er. Dabei klang er so besorgt, dass ich fast wieder losgeheult hätte. Schnell rannte ich mit der Spritze zurück in die Zelle.

Kanin saß immer noch in der Ecke, jetzt allerdings im Schneidersitz. Er ließ den Kopf hängen und stützte sich auf den Knien ab. Vorsichtig ging ich zu ihm, hockte mich neben ihn und sah ihm ins Gesicht. Er hatte die Augen geschlossen und öffnete sie auch nicht, als ich seinen Namen flüsterte. Erschrocken legte ich ihm eine Hand aufs Knie.

»Kanin.«

»Ich höre dich, Allison.« Vollkommen reglos sagte er das, mit leiser, gepresster Stimme. Ich schluckte schwer und zeigte ihm die Spritze, auch wenn er sie nicht sehen konnte.

»Ich … ich werde dir jetzt etwas spritzen«, erklärte ich ihm. »Zekes Blut.« Hoffentlich wehrte er sich nicht dagegen, denn ein Nein würde ich nicht akzeptieren. »Das könnte dir helfen, Kanin. Vielleicht reicht es aus, um … dich zu retten.«

Kanin antwortete nicht, doch er streckte mir einen Arm entgegen, Innenseite nach oben. Auch eine Form der stummen Akzeptanz. Entweder glaubte er wirklich daran, dass es helfen könnte, oder er dachte sich, dass ich an diesem Punkt sowieso nichts mehr falsch machen konnte. Ich griff jedenfalls nach seinem Handgelenk und spürte die kalte Haut unter meinen Fingern. Sein Arm sah schrecklich aus: Die geschwärzte Haut schälte sich in Fetzen ab, und an der Art, wie er die Lippen zusammenpresste, erkannte ich, wie sehr selbst diese kleine Bewegung ihn quälte. Genau wie Zeke es mir gezeigt hatte, suchte ich mir eine der blassblauen Venen und bohrte die Nadel in Kanins Haut.

Ganz langsam ließ ich das Blut in Kanins Körper fließen,

dann stand ich auf und trat zurück. Während ich meinen
Schöpfer noch prüfend anstarrte, betrat Zeke hinter mir die
Zelle, stellte sich neben mich und beobachtete ebenfalls den
kranken Vampir.

»Das war's«, flüsterte ich. Sanft griff Zeke nach meiner
Hand. »Mehr können wir nicht tun. Hoffentlich funktioniert es.«

Zeke zog mich an sich und nahm mich in den Arm. »Er
ist stark«, murmelte er. »Falls irgendjemand ihm da durch-
helfen kann, dann er selbst.«

»Euch ist schon klar, dass ich euch hören kann, oder?«

Ich wusste nicht, ob ich lachen oder weinen sollte. Doch
ich riss mich zusammen und ließ mich von Zeke aus der
Zelle führen. Dabei hielt ich mich an seiner Hand fest. »Wo
ist Jackal?«, fragte er, als wir draußen waren.

»Genau hier, Blutsack.«

Jackal lehnte mit verschränkten Armen neben der Zellentür an der Wand. Sein Hemd war, besonders im Bauchbe-
reich, rot verklebt, doch es schien ihm wieder gut zu gehen.
Zeke blieb ruckartig stehen und drückte krampfhaft meine
Hand, aber er griff nicht zur Waffe.

»Wird er es schaffen?« Jackal deutete mit dem Kopf auf
die zusammengesunkene Gestalt in der Zelle.

»Ich hoffe es.«

»Hm.« Der Vampir stieß sich von der Wand ab und
streckte sich ausgiebig. »Bald geht die Sonne auf«, verkündete er, als wäre nie etwas gewesen. »Und die Nacht war
ziemlich anstrengend. Wenn sonst nichts mehr anliegt, werde ich mich jetzt hinlegen. Es sei denn, natürlich, einer von
euch hat etwas dagegen«, fügte er spöttisch hinzu. Zeke

starrte ihn finster an. »Du verlangst einen ganz schönen Vertrauensvorschuss, nachdem du uns so in den Rücken gefallen bist.«

»Taktisches Manöver, Junge.« Jackal grinste frech. »Hätte niemand die bittere Pille geschluckt, hätten wir Sarren im Leben nicht besiegt. Nicht, solange du und Kanin wie die besoffenen Schlafwandler durch die Gegend geschlurft seid. Sarren musste glauben, dass er gewinnt. Frag mal deine Freundin.«

»Genau genommen haben wir Sarren nicht besiegt«, rief ich ihm ins Gedächtnis. »Er ist immer noch da draußen.«

»Und wahrscheinlich ziemlich sauer auf dich«, ergänzte Jackal wenig hilfreich. »Aber ich denke nicht, dass er heute Nacht wieder auftaucht. Mit dieser Verletzung wird er sich bald nähren müssen, und das hat er sich mit diesen Irren da draußen selbst ziemlich erschwert. Und nicht einmal Sarren kann am helllichten Tag durch die Gegend laufen. Also keine Sorge, heute Nacht wird er seinen fehlenden Arm nicht mehr suchen kommen.«

Ich schaute zu dem bleichen, abgetrennten Unterarm hinüber, der blutverschmiert in einer Ecke lag, und schauderte. Und während ich noch gegen das Bild ankämpfte, wie er mithilfe der langen, knochigen Finger über den Boden kroch, beugte sich Jackal vor und flüsterte: »Stell dir besser nicht vor, dass das Ding sich anschleicht und dich im Schlaf erwürgt.«

»Ich werde Wache halten«, beschloss Zeke, bevor ich Jackal gegen das Schienbein treten konnte. »Falls etwas durch diese Tür kommt, muss es an mir vorbei. Es geht mir gut, Allie«, versicherte er mir, als ich ihn besorgt musterte.

»Geh schlafen. Ich bleibe in deiner Nähe. Und ich werde auch ein Auge auf Kanin haben.«

Ich spürte, dass die Sonne immer näher kam, und wusste, dass ich mich ihr nicht mehr lange widersetzen konnte. Aber der Gedanke, jetzt schlafen zu gehen, ohne zu wissen, was mich beim Aufwachen erwartete, war mir zuwider. »Ich bleibe bei Kanin«, sagte ich leise und ging in Richtung Zelle. Vor der Gittertür blieb ich stehen und sah mich streng nach Zeke und Jackal um. »Und wehe, ich wache auf und einer von euch beiden ist tot. Reißt euch zusammen.«

»Gott bewahre, Schwesterlein«, erwiderte Jackal grinsend. Zeke nickte nur stumm. Daraufhin betrat ich die Zelle und setzte mich gegenüber von Kanin auf den Boden. Nachdem ich mein Schwert griffbereit zurechtgelegt hatte, lehnte ich mich müde an die Wand.

Du wirst nicht sterben, befahl ich ihm in Gedanken. *Es wird funktionieren. Es* muss *funktionieren.*

Sekunden wurden zu Minuten, und draußen stieg die Sonne langsam in den Himmel empor. Ich hielt so lange wie möglich die Augen offen und kämpfte gegen die Schwere in meinen Lidern an. Doch diese Schlacht konnte ich nur verlieren, und so versank ich schließlich in der Dunkelheit.

21

Sobald ich die Augen aufschlug, packte mich die Angst.

Ich hatte keine Albträume gehabt, keine Visionen, nichts, was darauf hingedeutet hätte, dass Kanin noch lebte. Halb an der Wand der feuchten kleinen Zelle zusammengesackt wachte ich auf und sah mich sofort nach der dunklen, reglosen Gestalt um, die in der Nacht noch in der gegenüberliegenden Ecke gesessen hatte.

Da war niemand.

»Keine Panik, Allison«, beruhigte mich eine leise Stimme, was mich daran hinderte, in genau diese auszubrechen. Mein Blick wanderte zur Tür und … da stand er, direkt neben dem Gitterrahmen, und beobachtete mich. »Ich bin hier.«

Unsagbare Erleichterung durchströmte mich. Ich sprang auf, ging zu ihm hinüber und musterte prüfend sein Gesicht. Die schwärzlichen Wunden waren zwar noch da, aber sie hatten sich schon verkleinert und waren weniger tief. An den Rändern sah ich helles Gewebe, es bildete sich bereits neue Haut, die nachwuchs und alles verheilen ließ.

»Es hat funktioniert«, flüsterte ich. Kanin lächelte.

»Es hat den Anschein, als würde ich noch ein wenig länger leben.«

»Allie?« Zeke erschien in der Tür, blickte zwischen Kanin

und mir hin und her und grinste. »Hey, mein kleines Vampirmädchen.« Er kam zu mir, sodass ich mich erleichtert in seine Arme fallen lassen konnte. »Du hast es geschafft.«

Kanin beobachtete uns, wobei sein abschätzender Blick auf Zeke verharrte. Hoffnungsvoll und fast schon überwältigt murmelte er: »Ich glaube, wir haben unser Heilmittel gefunden.«

Wir nahmen Zeke noch zwei Phiolen voll Blut ab, spritzten eine davon mir und die andere Kanin – nur für den Fall, dass uns auf dem Rückweg etwas zustieß. Zeke bot uns noch mehr an, aber ich wollte nicht zu viel nehmen. Der Rückweg war weit, da brauchte er seine ganze Kraft. Insbesondere, da er sich gerade erst von Sarrens Virus erholt hatte. Jackal beschwerte sich natürlich, dass er nichts bekam, woraufhin ich ihm erklärte, dass es nur einen Weg gäbe, wie er an Zekes Blut herankäme: über meine Leiche. Schockierenderweise nutzte er den Rückweg durch Foyer und Aufzugschacht nicht dazu, mir die entsprechenden Drohungen an den Kopf zu werfen. Zurück an die Oberfläche, zurück in den Saum. Und zurück zum Prinzen.

»Verratet Salazar nicht, wie wir an das Heilmittel gekommen sind«, warnte uns Kanin, als wir uns vor dem Gebäude versammelten. Es schneite nicht mehr, und der Mond hing wie eine große silberne Scheibe am klaren Nachthimmel. »Falls er fragen sollte, sagt ihr einfach, wir hätten das Blut im Labor gefunden. Wenn er die wahre Quelle entdeckt, wird er Ezekiel niemals erlauben, die Stadt zu verlassen. Ist das klar?«

Bei der Frage sah er zwar Jackal an, doch mir lief es kalt

den Rücken runter bei dem Gedanken, dass Zeke in die unterirdische Vampirklinik verschleppt werden könnte, wo sie ihm wahrscheinlich auch noch den letzten Tropfen Blut absaugen würden. Oder ihn für immer einsperren würden, um für eventuelle weitere Epidemien vorzusorgen.

»Musst mich gar nicht so anstarren, alter Mann«, meckerte Jackal. »Ich würde nie zulassen, dass unserem lieben Ezekiel jetzt noch irgendetwas zustößt.«

Das klang aufrichtig, was mich allerdings eher nervös machte. Zeke gefiel das offenbar auch nicht, doch er blieb stumm, während wir Kanin über die zertrampelte Wiese folgten, immer vorsichtig in seinen Fußstapfen. Hatte Jackal etwa angefangen, Zeke als Menschen und Individuum zu respektieren? Bei diesem Gedanken musste ich mir das Lachen verkneifen. Oder – was ich viel eher vermutete – lag dieser Sinneswandel daran, dass Zekes Blut uns dem anderen Heilmittel einen großen Schritt näher brachte, nach dem wir alle suchten? Dem Mittel gegen das Verseuchtenvirus?

Im Grenzgebiet zum nächsten Sektor stießen wir noch einmal auf eine kleine Gruppe Bluter, bevor wir wieder in die Unterstadt abtauchen konnten. Da ich ja wusste, dass sie vielleicht gerettet werden konnten, wenn wir Salazar rechtzeitig erreichten, versuchte ich, sie nicht umzubringen. Was gar nicht so einfach war. Sie reagierten nicht auf Schmerz und wussten nicht, wann sie genug hatten, sodass ich am Ende aus reiner Notwehr doch einige töten musste. Helfen wollte ich ihnen, aber ich würde sicher nicht für sie sterben.

Stunden später kletterten wir dann hinter Kanin eine Leiter hinauf, er schob einen Gullydeckel beiseite, und als wir auf den Asphalt traten, sahen wir vor uns die glänzenden Vampirtürme aufragen. Wir marschierten mitten auf der Straße weiter, bis wir eine Patrouille fanden, die uns sofort zum Turm brachte. Dort ging es in den Fahrstuhl – ja, ich hasste es immer noch – und zum Prinzen.

Salazar empfing uns diesmal in einem anderen Büro, wahrscheinlich war das alte noch nicht wieder hergerichtet. Gerade als wir uns dem Raum näherten, öffnete sich die Tür, und Stick trat mit seinen ewigen Beschützern heraus. Bei unserem Anblick entgleiste ihm kurz das Gesicht, doch dann verfinsterte sich seine Miene, und er starrte mich hasserfüllt an. Ich hielt seinem Blick stand. Während wir an ihm vorbeigingen, überlegte ich, ob er uns wohl aufhalten würde. Dann hätte ich endlich eine Entschuldigung, um ihm mal so richtig seine mürrische Fresse zu polieren. Leider machte er uns wortlos Platz, auch wenn ich seinen Blick sogar noch durch die geschlossene Tür zu spüren glaubte.

Kanin rauschte ohne Vorrede oder Erklärung in das Büro, wir anderen liefen hastig hinterher. Der Prinz von New Covington stand während unseres Auftritts am Fenster und blickte auf die Stadt hinunter. Erst als Kanin auf ihn zuging, drehte er sich um und zog eine Augenbraue hoch. Kanin blieb stehen, und etwas Funkelndes flog durch die Luft, was der Prinz gelassen auffing.

»Da hast du dein Heilmittel«, erklärte Kanin, als Salazar mit gerunzelter Stirn die Spritze in seiner Hand musterte. »Ich gehe davon aus, dass du über die Möglichkeit verfügst, es zu synthetisieren, um den Rest der Bevölkerung zu versorgen.«

Der Blick des Prinzen glitt über Kanins Gesicht. Fast

konnte ich sehen, wie er die Puzzleteile zusammenfügte: Kanin, der sterbenskrank gewesen war, als wir die Innere Stadt verließen. Und der nun eigentlich tot oder zumindest ein verwesender Leichnam sein sollte. »Und du bist sicher, dass es sowohl bei Menschen als auch bei Vampiren wirkt?«, fragte er.

»Ja«, antwortete Kanin ohne zu zögern.

»Und Sarren?«

»Verschwunden.« Kanin führte das nicht näher aus. »Er hatte sich in dem alten Krankenhaus in Sektor Zwei eingenistet, dort hat er auch das Virus entwickelt. Du kannst es gerne durchsuchen lassen. Und nun ...« Er sah den Prinzen drohend an. »Wir haben getan, worum du uns gebeten hattest, und dir ein Heilmittel für deine Stadt besorgt. Wirst du deinen Teil des Abkommens einhalten und uns gehen lassen?«

Salazar ließ sich mit seiner Antwort Zeit. Zunächst ging er zu seinem Schreibtisch, schrieb etwas auf ein Stück Papier und drückte einen Knopf, der in der Tischplatte eingelassen war. Wenig später betrat ein Wachmann den Raum und eilte zu ihm hinüber.

»Bring das hier zu Dr. Emerson auf die Krankenstation«, befahl Salazar und streckte dem Mann den Zettel und die mit Blut gefüllte Spritze entgegen. »Sag ihm, dass er sich sofort an die Arbeit machen soll, es ist *lebenswichtig*. Das hat Vorrang vor sämtlichen anderen Projekten. Sollte das Ding irgendwo zwischen diesem Büro und dem Untergeschoss verloren gehen, wird der Rest deines Lebens sich stark verkürzen. Und trotzdem wirst du dir wünschen, niemals geboren worden zu sein.«

Der Wachmann wurde blass. Krampfhaft umklammerte er die Spritze und den Zettel, verbeugte sich hastig und lief hinaus. Salazar sah zu, wie sich die Tür hinter ihm schloss, dann drehte er sich zu uns um.

»Kanin.« Der Prinz bedachte den anderen Meistervampir mit einem nicht gerade freundlichen Blick. »Deine Verbrechen sind dadurch nicht getilgt. Nichts, was du tust, wird jemals auslöschen, was du in Gang gesetzt hast. Ich sollte dich hier und jetzt töten und deinen Nachkommen dabei zusehen lassen, damit sie das volle Ausmaß deines Verrates begreift.«

Meine Hand zuckte in Richtung Waffe. Doch als Kanin sich nicht rührte, zwang ich mich, sie zu entspannen. Sollte Salazar uns schon wieder hereinlegen, konnte ich nur hoffen, dass er für einen Kampf bereit war. Denn ich würde ganz sicher nicht tatenlos herumstehen und zusehen, wie Kanin ermordet wurde. Was Sarren mit Salazars letztem Büro gemacht hatte, wäre nichts im Vergleich zu dem, was ich hier anstellen würde.

Der Prinz und Kanin starrten sich eine halbe Ewigkeit stumm an. Dann wandte Salazar sich seufzend ab. »Jedoch«, fuhr er so angewidert fort, als wäre schon dieses eine Wort das reinste Gift, »bin ich ein Mann, der zu seinem Wort steht, und ihr habt tatsächlich getan, was ich verlangt habe. Aus diesem Grund werde ich mich an unsere Vereinbarung halten. Ihr dürft gehen … sobald ich sicher bin, dass das Mittel wirkt.«

»Und wann wird das sein?«, fragte Kanin leise.

»Bald.« Der Prinz machte eine unbestimmte Geste. »Mit etwas Glück bereits morgen Nacht. Bis dahin seid ihr meine

Gäste. Solltet ihr etwas brauchen, werden sich meine Lakaien darum kümmern. Und nun entschuldigt mich.« Er drehte uns demonstrativ den Rücken zu und ging zum Fenster. Die Audienz war beendet. »Ich muss meine Stadt wieder aufbauen.«

»Tja.« Wir standen in dem langen Flur vor Salazars Büro. Fragend sah ich Kanin, Zeke und Jackal an. »Und was jetzt?«

Jackal verdrehte die Augen und löste sich aus der Gruppe. »Jetzt werde ich mir ein paar Stunden Entspannung gönnen, in denen ihr mir nicht ständig die Ohren vollheult: ›Oooh, tu den armen Menschen nichts!‹, ›Ooohh, wir müssen Flüchtlinge vor Maulwurfsmenschen retten!‹, ›Oooooh, Kanin liegt im Sterben!‹. Würg.« Er schob sich angewidert einen Finger in den Hals. »Da kann man doch nur noch kotzen. Ich werde in die Bar gehen, um diesen Geschmack aus dem Mund zu bekommen. Ihr könnt machen, was ihr wollt.«

Damit drehte sich der ehemalige Banditenkönig auf dem Absatz um und marschierte davon. Kopfschüttelnd sah Kanin ihm hinterher.

»Und was ist mit dir, Kanin?«

Mein Schöpfer schenkte mir ein müdes Lächeln. »Ich werde die Gastfreundschaft des Prinzen hinter der verriegelten Tür meines Zimmers in Anspruch nehmen.«

»Um den anderen Vampiren aus dem Weg zu gehen?«

»Ganz genau. Und euch beiden würde ich raten, es ebenso zu halten. Mag sein, dass der Prinz uns Amnestie gewährt hat, doch die anderen Vampire werden eure Verbindung zu mir nicht gerade gut aufnehmen. Es wird am besten sein, wenn wir die Köpfe unten halten, bis wir New Covington endgültig den Rücken kehren können.«

New Covington den Rücken kehren. Und wohin würden wir dann gehen? Diese Frage beschäftigte mich, als wir zu dritt zu den Gästequartieren wanderten. Bis jetzt hatte ich noch gar nicht darüber nachgedacht. Zuerst war ich voll darauf konzentriert gewesen, Kanin zu finden, und dann war der ganze Mist mit Sarren passiert. Nun hatte ich ihn gefunden, wohin also?

»Ezekiel?« Kanins Stimme riss mich aus meinen Überlegungen. Wir waren vor einer Tür stehen geblieben, die fast genauso aussah wie die zu meinem Zimmer, es musste also wohl Kanins oder Zekes sein. Zeke drehte sich fragend zu dem Vampir um, der daraufhin die Stimme senkte.

»Könnte ich dich einen Moment sprechen? Allein?«

Das schien Zeke zu verwirren, denn er runzelte kurz die Stirn. »Äh … sicher. Allie?« Sein Blick huschte zu mir. »Macht es dir etwas aus?«

Verletzt sah ich zu Kanin hinüber. Warum wollte er mit Zeke reden und nicht mit mir? War nicht ich sein »Nachkomme«? War nicht ich diejenige, die den langen Weg auf sich genommen hatte, um ihn zu finden? »Warum?«, fragte ich trotzig. »Wollt ihr zwei etwa über mich reden?«

»Allison.« Kanin hatte wieder diesen gereizten Oberlehrertonfall angenommen, was mich nur noch mehr ärgerte.

»Na schön.« Mit einem wütenden Blick trat ich einen Schritt zurück. Verletzt, wie ich war, hätte ich mich am liebsten gar nicht von der Stelle gerührt, doch ich wusste, dass ich bei Kanin so nicht weiterkam. »Viel Spaß bei euren Männergesprächen. Ich bin dann in meinem Zimmer.«

»Allie …«, versuchte Zeke es noch einmal, doch ich drehte mich um und ging davon. Ich blieb erst stehen, als ich mein Zimmer erreicht hatte.

Darin war eine Frau mittleren Alters gerade dabei, den Kühlschrank mit frischen Blutkonserven aufzufüllen. Als ich hereinkam, richtete sie sich ruckartig auf. »Oh, Verzeihung, Madam!«, rief sie, schnappte sich die Kühlbox mit den Vorräten und verließ fluchtartig die kleine Kochnische. »Ich habe nur den Kühlschrank aufgefüllt, Befehl des Prinzen, und wenn Sie die Schmutzwäsche einfach auf dem Boden liegen lassen, werde ich sie waschen und Ihnen vor morgen Abend zurückbringen. Im Kleiderschrank und in der Kommode neben dem Bett finden Sie frische Sachen.«

»Äh … vielen Dank«, erwiderte ich vorsichtig. Sie knickste und schob sich rückwärts Richtung Tür. Ihr Blick schien am Boden festzukleben. Das waren wohl weitere Vorteile des Lebens in einem Vampirturm. An so etwas konnte man sich wahrscheinlich schnell gewöhnen, zumindest solange es einem nichts ausmachte, sich Sklaven zu halten und ein Terrorregime zu führen. Auch wenn die bezahlten Helfer hin und wieder gefressen wurden.

»Oh, und Mr. Stephen hat mir aufgetragen, Ihnen Ihr Buch zu bringen«, fügte die Frau von der Tür aus hinzu. Als ich misstrauisch die Augen zusammenkniff, zeigte sie hastig auf das Nachttischchen. »Er meinte, Sie sollten es auf keinen Fall vergessen.«

Ohne weiter auf die Frau zu achten, die eilig die Tür hinter sich zuzog, ging ich zu dem Nachttisch hinüber. Direkt unter der Lampe lag das Buch meiner Mom, die simplen Kindergeschichten, die sie mir unzählige Male vorgelesen hatte. Warum sollte Stick es mir bringen lassen? Er hasste mich. Dann entdeckte ich den Zettel, der zwischen den Seiten steckte, und zog ihn heraus. Sofort erkannte ich Sticks feine, schnörkelige Handschrift:

Allie,
das gehört dir. Eigentlich wollte ich es verbrennen, aber dann habe ich beschlossen, dass du es haben sollst. Denn wenn du nicht gewesen wärst, wäre ich jetzt nicht hier.
Stephen

Wütend zerknüllte ich die Nachricht und warf sie weg. Ich kannte Stick gut genug, um zu wissen, dass er mir das Buch nicht überlassen hatte, um nett zu sein oder um sich dafür zu entschuldigen, wie alles gelaufen war. Das war nur ein weiterer Schachzug in diesem dämlichen Krieg, den er sich einbildete. Er hatte der Gehilfe des Prinzen werden können, weil er lesen konnte. Was er nur konnte, weil ich es ihm beigebracht hatte.

Auch egal. Ich würde nicht zulassen, dass er das Andenken an meine Mom befleckte. Und bald würde ich von hier verschwinden, dann musste ich ihn niemals wiedersehen. Ich schlüpfte aus meinem Mantel, faltete ihn zusammen und legte ihn mit dem Buch auf die Kommode, damit ich es später nicht vergaß. Dann zog ich mein verdrecktes, zerrissenes Shirt und die Jeans aus und ging ins Bad.

Nach einer langen Dusche ging ich achtlos an dem schmutzigen Kleiderhaufen auf dem Boden vorbei und nahm mir eine dunkle Hose und ein Shirt aus dem Kleiderschrank. Trugen die Vampire hier etwa alle Schwarz? Dann schüttete ich mir eine kalte Blutkonserve in einen Becher, der auf dem Küchentresen stand. Wahrscheinlich erwärmten die Stadtvampire das Zeug irgendwie – ganz bestimmt trank der Prinz nicht Nacht für Nacht kaltes Blut. Aber da ich keine Ahnung hatte, wie das gehen sollte, würgte ich es so runter. Diesmal machte ich mir keine Gedanken darüber, dass es vergiftet sein könnte. Durch Zekes Blut war ich ja gegen Sarrens Seuche geimpft.

Mit dem Gedanken an Zeke kehrte die Unruhe zurück. Was hatten er und Kanin bloß zu besprechen? Wozu diese Geheimniskrämerei? Es musste schließlich einen Grund geben, warum Kanin nicht wollte, dass ich hörte, worüber sie sprachen. Vielleicht ging es ja um mich. Vielleicht wollte er Zeke davon überzeugen, wie unklug es war, sich mit einem Vampir einzulassen, nachdem er mich bereits als hoffnungslos sturen Fall abgeschrieben hatte, der sich nicht um seine Regeln scherte.

Verdammt, ich musste es einfach wissen. Es gab keinen vernünftigen Grund, warum einer der beiden ohne mich irgendetwas ausdiskutieren müsste, nicht nach allem, was wir zusammen durchgemacht hatten. Es sei denn, natürlich, es ging tatsächlich um mich. Dann wollte ich aber nur umso mehr herausfinden, was die beiden zu tuscheln hatten. Kanin würde es mir nicht verraten, aber ich würde wetten, dass ich Zeke zum Reden bringen konnte. Und wenn er und Kanin noch immer zusammenhockten, würden sie mich auf jeden Fall in das Geheimnis einweihen müssen, denn ich würde mich nicht vom Fleck rühren, bevor ich es wusste.

Bis Sonnenaufgang blieben noch ein paar Stunden. Nachdem ich das kalte Blut ausgetrunken hatte, stand ich auf, nahm mein Schwert von dem Stuhl, auf dem ich es abgelegt hatte, und machte mich auf die Suche nach Zeke.

Auf dem Weg zu dem Zimmer, vor dem ich die beiden stehen gelassen hatte, begegnete mir kein einziger Vampir. Allerdings huschten einige Menschen herum, ausgestattet mit Mopps und anderen Putzutensilien. Ansonsten sah ich niemanden. Erst als ich mein Ziel schon fast erreicht hatte, registrierte ich in der Nähe der Tür eine verstohlene Bewegung.

Es war Stick, ausnahmsweise einmal ohne Bewachung. Er drückte sich in den Schatten herum und schien sich nicht entscheiden zu können, ob er nun hingehen und klopfen sollte oder nicht.

Sofort war ich misstrauisch. Leise knurrend ging ich weiter, doch Stick bemerkte mich, wurde blass und trat den Rückzug an. Er sprintete um die nächste Ecke und verschwand. Kurz überlegte ich, ob ich ihm folgen und ihn zum Reden bringen sollte, doch dann würde er wohl direkt zum Prinzen oder den Wachen rennen, und das wäre den Ärger nicht wert.

Stattdessen stellte ich mich vor die Zimmertür und klopfte energisch an. Dabei lauschte ich auf vertraute Stimmen. Falls sie noch nicht fertig waren – Pech gehabt. Ich würde jedenfalls nicht wieder gehen. Dann mussten sie mir eben verraten, was los war.

Doch als Zeke wenige Sekunden später die Tür öffnete, war im Zimmer hinter ihm nichts von Kanin zu sehen. Im ersten Moment war ich enttäuscht – ich wollte doch unbedingt wissen, was sie besprochen hatten!

Aber dann realisierte ich, dass hier nur Zeke und ich

waren. Ganz allein. Und plötzlich war ich froh, dass Kanin schon weg war.

»Allie.« Zeke schien zwar überrascht zu sein, mich zu sehen, aber nicht unglücklich darüber. Seine feuchten Haare und die sauberen Klamotten verrieten mir, dass er ebenfalls geduscht hatte. Schwarz stand ihm ausgezeichnet. Mir entging nicht, wie schön dieses Hemd seine muskulöse Brust und den Bizeps betonte. Unter der Kampfweste hatte man gar nicht gesehen, wie gut gebaut er war. »Eigentlich hatte ich nicht damit gerechnet, dich heute Nacht noch zu sehen«, fuhr er fort und trat beiseite, um mich reinzulassen. »Ist irgendwas?«

Ich schüttelte stumm den Kopf und ging an ihm vorbei. Sein Zimmer war ähnlich eingerichtet wie meines: Einzelbett, Badezimmer, Kochnische. Auf einem kleinen runden Tisch stand ein Teller, auf dem ich die Reste einer richtigen Mahlzeit entdeckte, bestehend aus Gemüse, Brot und einer ausgekratzten Kartoffelschale. Das überraschte mich. Offenbar erstreckten sich Salazars Annehmlichkeiten auch auf den einzigen Menschen in unserer Gruppe.

»Nein, alles in Ordnung«, versicherte ich ihm, nachdem ich mich zu ihm umgedreht hatte. »Ich ... hätte da nur eine Frage, mehr nicht.«

Zeke grinste. »Lass mich raten.« Er schloss die Tür, verriegelte sie und wandte sich dann mit einem halb belustigten, halb resignierten Blick wieder zu mir um. »Du willst wissen, was Kanin und ich zu besprechen hatten – ohne dich.«

Ich zuckte mit den Schultern. »Und?« Wozu sich die Mühe machen, es abzustreiten? »Was *hattet* ihr zu besprechen?«

Zeke kam rüber und blieb nur wenige Zentimeter vor

mir stehen. »Was würdest du tun, wenn ich dir sage, dass ich es dir jetzt noch nicht verraten kann?«

»Ganz einfach.« Grinsend legte ich mein Schwert auf den Tisch. »Dann müsste ich es aus dir rausprügeln.«

Seine Augenbrauen schossen in die Höhe, und er musterte mich provozierend. »Tatsächlich, kleines Vampirmädchen?« Gelassen verschränkte er die Arme vor der Brust. »Das will ich sehen.«

»Okay, wenn du es nicht anders willst.«

Ich warf mich auf ihn. Er fing mich im Flug ab und packte mich um die Taille, während ich ihm die Arme um den Hals schlang und ihn wild küsste. Es gab keine Distanz mehr, keine Zweifel, weder Kanin noch Jackal waren hier und beobachteten uns kritisch. Es gab nur uns beide, wir waren allein und wussten genau, was wir wollten. Ich schob meine Finger in seine feuchten Locken und drückte mich an ihn. Er hielt mich fest, seine warmen Lippen erforschten meinen Mund. Selbst durch das Hemd spürte ich seine harten Muskeln, als wir uns regelrecht ineinander verknoteten, sein Herz raste an meiner Brust. Und obwohl ich mich erst Minuten zuvor genährt hatte, meldete sich der inzwischen altbekannte Hunger.

Zekes Duft und Wärme hüllten mich ein, schwer und berauschend. Als er sich über meinen Hals beugte, an meiner Haut knabberte und leise meinen Namen murmelte, schoben sich gegen meinen Willen meine Reißzähne aus dem Kiefer. Ich wollte ihn. Ich wollte spüren, wie diese Hitze, diese Lebendigkeit durch meine Adern floss. Ich wollte ihn noch einmal schmecken, sein Wesen in mich aufsaugen und das Monster, das in meinem Inneren tobte, befriedigen.

Impulsiv drückte ich die Lippen in die kleine Kuhle an Zekes Hals und spürte den heftigen Pulsschlag, spürte Hitze, spürte Leben. So nah. Ich müsste nichts anderes tun, als den Mund öffnen und ganz sanft zubeißen, dann würde diese Wärme mich wieder erfüllen.

Zekes Arm legte sich enger um meine Taille, und er schauderte leicht. Doch bevor ich mich zurückziehen, bevor mich das Entsetzen über mich selbst packen konnte, legte er den Kopf in den Nacken und bot mir seine Kehle dar. Die Zeit schien stillzustehen.

Erst jetzt realisierte ich: Er würde es zulassen. Zeke würde zulassen, dass ich ihn biss und mich von ihm nährte. Selbst jetzt, wo meine Reißzähne direkt über seiner Haut schwebten und meine Lippen sich an seine Kehle drückten, blieb er ruhig. Und er wartete. Als ich das begriff, stiegen mir Tränen in die Augen. Er hatte wahrhaft akzeptiert, was es bedeutete, mit einem Vampir zusammen zu sein. Voll und ganz.

Meine Fangzähne zogen sich zurück, und ich küsste sanft die pulsierende Haut an seiner Kehle … bevor ich seinen Kopf zu mir heranzog und mich wieder seinen Lippen widmete. Ich spürte, wie überrascht er war. Er hatte fest damit gerechnet, dass ich zubeißen würde, hatte sich bereits darauf eingestellt. Aber, wie ich nach und nach herausfand, konnte ich im Beisein von Zeke menschlicher sein als sonst. Irgendwie hatte er den kleinen Funken Menschlichkeit, der tief in dem Monster verborgen war, berührt, und der streckte sich ihm nun entgegen.

Einige Minuten lang knutschten wir wild herum, bis Zeke sich irgendwann mit flackerndem Blick von mir zurückzog. Ich starrte ihn an. Wenn er mir so nah war, konnte ich die wundervollen silbernen Ringe sehen, die seine Pupillen umschlossen. Und wie ihm die Haare in die Stirn fielen … »Komm mit mir nach Eden«, flüsterte er, ohne mich aus den Augen zu lassen. Ich lächelte resigniert.

»Du wirst mich so lange fragen, bis ich zusage, oder?«

»Bitte«, fügte Zeke leise hinzu und drückte mich an sich. »Sag Ja. Kanin und ich haben schon darüber gesprochen – er kommt auch mit. Darum ging es vorhin. Er wollte nur vermeiden, dass seine Entscheidung deine irgendwie beeinflusst. Aber du kommst doch mit, oder?« Er griff nach einer Haarsträhne von mir und ließ sie durch seine Finger gleiten. »Ich kann … ich werde ohne dich nicht gehen. Bitte, Allie, komm mit uns nach Eden.«

»Also schön.« Seufzend gab ich mich geschlagen. »Ja, natürlich komme ich mit nach Eden. Hast du ernsthaft daran gezweifelt, wenn sowohl Kanin als auch du gehen?« Ich schüttelte grinsend den Kopf. »Also, Ezekiel: ja. Ich werde mit dir nach Eden gehen, wo deine Forscher mich hoffentlich nicht in einen Käfig stecken und mit Probenröhrchen traktieren werden.«

Zeke gab mir einen schnellen, zärtlichen Kuss. »Bestimmt nicht«, versicherte er mir, als er sich von mir löste. »Fest versprochen. Sie wissen ja bereits, was du für mich und die anderen getan hast. Und Kanin …« Er zuckte mit den Schultern. »Ich weiß jetzt, was du gemeint hast. Er ist auch nicht wie die anderen Vampire.« Schelmisch grinste er mich an. »Jetzt begreife ich, wo du das herhast.«

»Pass auf, sonst beiße ich dich wirklich, Pfarrerssöhnchen.« Plötzlich fiel mir etwas ein. »Moment mal, was ist denn mit Jackal?«

»Jackal.« Schlagartig wurde Zeke wieder ernst. »Er war der zweite Grund für das Vieraugengespräch mit Kanin. Wir werden morgen Abend die Stadt verlassen, was der Prinz allerdings nicht erfahren wird. Und Jackal wird nicht dabei sein.«

»Wir lassen ihn hier zurück?«

»Es wird eher so ablaufen, dass Kanin ihm verdeutlicht, dass er in unserer Reisegruppe nicht länger erwünscht ist«, erklärte Zeke. »Und dass er ihn töten wird, falls er versuchen sollte, uns zu folgen.«

Ich blinzelte irritiert. »Das finde ich dann doch etwas extrem.«

»Ich werde ihn nicht nach Eden führen, Allie«, betonte Zeke nachdrücklich. »Oder möchtest du dir jemanden wie ihn in der Nähe von Caleb vorstellen? Oder von Bethany?«

Entsetzt verzog ich das Gesicht. »Alles klar, ich verstehe, was du meinst.«

»Indem ich dich und Kanin mitnehme, gehe ich schon ein enormes Risiko ein«, gab Zeke nun zu. »Einen einzigen Vampir durch das Tor zu lassen, gut und schön. Aber zwei?« Er schüttelte abwehrend den Kopf. »Wenn ich Jackal einschleuse, und er verletzt dann jemanden, könnte ich mir das niemals verzeihen. Und die Vertreter von Eden würden dann sicher gar keinem Vampir mehr trauen. Sie würden dich töten, Kanin und wahrscheinlich auch mich. Jackal könnte uns alle in Gefahr bringen. Deshalb muss er wegbleiben.«

»Und wenn er die Warnung ignoriert und uns mithilfe der Blutsbindung aufspürt?«

»Dann habe ich die Chance, mein Versprechen einzulösen«, erwiderte Zeke finster. Für einen Moment funkelten seinen Augen kalt. »Aber ich denke, Jackal ist schlau genug, sich von uns fernzuhalten. Insbesondere, wenn Kanin ihn ausdrücklich warnt.«

Ich nickte. Es gefiel mir nicht, und Jackal würde es genauso wenig passen, aber wir konnten ihn einfach nicht mitnehmen. Zeke hatte recht. Der Banditenkönig war viel zu sprunghaft, um ihn mit nach Eden zu nehmen, vor allem, wenn es dort ein Heilmittel gab. So wie ich ihn kannte, würde er sich das Mittel schnappen und abhauen, sobald sich eine Gelegenheit dazu bot.

»Also gut.« Ich schlang Zeke wieder die Arme um den Hals. Plötzlich kam ich mir herrlich verrucht und niederträchtig vor. »Und wann setzen wir diesen verwegenen Plan in die Tat um?«

»Direkt nach Sonnenuntergang.« Als ich mich vorbeugte und meine Lippen über seine Wange gleiten ließ, schloss Zeke genießerisch die Augen. »Wir werden dich abholen. Halte dich bereit, es wird alles sehr schnell gehen müssen.«

»Das schaffe ich.« Ich schenkte ihm ein träges Lächeln. »Oder ich bleibe einfach hier.«

»Allie …« Zeke klang plötzlich etwas atemlos. Sein Herz raste so schnell, als wäre er gerade einige Kilometer gelaufen. »Ich will dich. Aber … es soll alles passen.« Er legte eine Hand an meine Wange, sie war warm und weich. Sanft strich er mit dem Daumen über meine Haut. »Wir haben uns gerade erst wiedergefunden. Da will ich nichts tun, was wir später vielleicht bereuen. Wenn du jetzt bleibst, könnte ich mich, glaube ich, nicht … ich meine …«

Er seufzte schwer und schloss kurz die Augen. »Du kannst dir gar nicht vorstellen, wie schwer mir das fällt, aber jetzt ist vielleicht nicht die beste Zeit dafür. Nicht hier, in einem Vampirturm ... wenn *die* hier überall sind.« Flehend sah er mich an. »Verstehst du, was ich damit sagen will?«

Ich grinste breit. »Du wirst ja ganz rot.«

»Allie!« Empört stieß Zeke die Luft aus. Lachend ließ ich ihn los und trat einen Schritt zurück.

»Schon gut.« Ich griff nach meinem Schwert. »Dann gehe ich jetzt mal in mein Zimmer zurück, Pfarrerssöhnchen.« Er wirkte gleichzeitig erleichtert und enttäuscht, während ich erstaunlicherweise überhaupt nicht wütend war. Kanin war am Leben, Zeke war wieder gesund, und obwohl wir es kaum noch zu hoffen gewagt hatten, war es uns gelungen, ein Heilmittel für New Covington zu finden. Morgen würden wir drei die Stadt verlassen und nach Eden gehen. Zeke und ich hatten Zeit. Er würde so schnell nicht verschwinden, und ich ebenfalls nicht.

Zeke brachte mich zur Tür. Als ich sie öffnete und auf den Gang hinaustrat, zögerte er kurz. »Schlaf gut, Zeke.« Ich wollte gehen, doch er packte mich am Handgelenk und hielt mich auf.

»Warte, Allison.«

Zeke stand vor mir und hielt meine Hand fest. Sein gequälter Gesichtsausdruck verriet, dass er offenbar um Worte rang. Plötzlich begann meine Haut zu prickeln, und mir wurde ganz heiß. Schließlich sah er mich an und stammelte: »Also ... ich ... was ich noch sagen wollte ...«

Aus dem Augenwinkel nahm ich eine Bewegung wahr, und auch Zeke schaute abrupt zur Seite. Als ich mich umdrehte, entdeckte ich wieder Stick, der hinter der nächsten Ecke stand und uns mit finsterer Miene beobachtete.

Zeke ließ meine Hand los und trat ins Zimmer zurück. »Ist egal«, sagte er schnell und lächelte, damit es weniger peinlich wurde. Und obwohl ich stinksauer darüber war, dass Stick uns unterbrochen hatte, kribbelte meine Haut noch immer, wenn ich ihn ansah. »War nicht wichtig. Na ja, eigentlich schon, aber ... ich sage es dir einfach später. Wenn wir aus New Covington raus sind, versprochen.«

Als Zeke die Tür schloss, dachte ich kurz daran, mich auf die Suche nach Kanin zu machen, um mir den Plan noch einmal bestätigen zu lassen. Allerdings könnte ich dabei Jackal, Stick oder dem Prinzen begegnen, und die wollte ich jetzt auf keinen Fall sehen. Also ging ich zurück in mein Zimmer, blätterte eine Weile in Moms Buch und ging das Gespräch mit Zeke in Gedanken so oft durch, bis ich es auswendig konnte. Einige Male war ich kurz davor, trotz seiner Argumentation zu seinem Zimmer zurückzugehen, doch dann ging die Sonne auf und nahm mir die Entscheidung ab.

Irgendetwas nagte allerdings an mir, während ich die Bettvorhänge zuzog und unter die Decke kroch. Etwas Dunkles, Bedrohliches ließ mich nicht los und verhinderte, dass ich mich entspannte, trotz des gemütlichen Schlafplatzes.

Dann fiel es mir ein: Sarren. Er trieb sich noch immer irgendwo da draußen in der Dunkelheit herum. Wo er wohl steckte? Ich ließ mich in die Kissen sinken. Hatte er New Covington verlassen? Oder wartete er irgendwo auf uns, um sich zu rächen?

Ein verstörender Gedanke, den ich erst beiseiteschieben konnte, als die Müdigkeit überwältigend wurde. Selbst wenn Sarren noch in der Stadt war, würde er es niemals bis in den Turm des Prinzen schaffen, zumindest nicht, ohne die Menschen und Vampire hier aufzuscheuchen. Dies war der sicherste Ort in ganz New Covington. Und nicht einmal Sarren konnte es mit einer ganzen Armee aufnehmen. Solange wir im Turm blieben, waren wir vor verrückten Vampiren und ihren Racheplänen sicher. Und Zeke, Kanin und ich zusammen wären ein hartes Stück Arbeit für ihn.

Soll er es ruhig versuchen, dachte ich, als mir die Augen zufielen und ich in Dunkelheit versank. Bisher hatte ich ihm schon ein Auge und einen Arm genommen, außerdem waren Kanin und Zeke wieder wohlauf. Ich hatte keine Angst mehr vor ihm.

Am nächsten Abend wachte ich pünktlich bei Sonnenuntergang auf, schlüpfte in meine alten Klamotten – die, wie versprochen, frisch gewaschen bereitlagen – und wartete anschließend auf Kanin und Zeke.

Einige Minuten vergingen, und ich wurde immer unruhiger. Sie waren noch nicht da. Wo steckten die beiden? Hatte der Prinz sein Wort gebrochen und Kanin wieder in den Kerker gesteckt, wo er nun gefoltert und ausgehungert wurde? Hatte Jackal Wind von unserem Plan bekommen, ihn zurückzulassen, und daraufhin beschlossen, die Dinge selbst in die Hand zu nehmen? Ich versuchte krampfhaft, mir nicht das Schlimmste auszumalen, doch je mehr Zeit verstrich, desto nervöser und wütender wurde ich.

»Verdammt noch mal«, murmelte ich schließlich, als fast

eine halbe Stunde später immer noch niemand aufgetaucht war. »Ich werde nicht hier rumhocken und warten. Dann suche ich sie eben.«

Nach einer schnellen Überprüfung, ob ich auch alles bei mir hatte – also mein Schwert und das Buch meiner Mom –, stürmte ich durch das Zimmer, riss die Tür auf und wäre fast gegen Kanin geprallt, der auf der anderen Seite stand.

»Verflucht, Kanin!« Aufgebracht wich ich zurück. »Wo bist du gewesen? Ich wollte mich gerade auf die Suche nach …« Als ich sein Gesicht sah, verstummte ich. »Komm mit«, erwiderte er mit leiser, angespannter Stimme und setzte sich abrupt in Bewegung. Hastig stolperte ich los, um ihn einzuholen.

»Kanin? Wo gehen wir denn hin? Was ist los?« Stirnrunzelnd sah ich zu ihm hoch. »Wo ist Zeke? Und was ist mit Jackal?« Als er nicht antwortete, legte ich noch einen Zahn zu, um mit ihm Schritt zu halten. »Hey, irgendwie machst du mir Angst.«

»Tut mir leid.« Kanins Antwort war kaum mehr als ein Flüstern. Eine eisige Faust schloss sich um meine Eingeweide. »Ich kann dir nicht mehr sagen, Allison. Du wirst es sehen, wenn wir da sind.«

Halb krank vor Angst folgte ich ihm in den Fahrstuhl und beobachtete die abnehmenden Nummern an der Anzeige, bis wir den Keller erreichten.

Im Krankenflügel trafen wir auf Prinz Salazar, dessen dunkle Augen vor Wut funkelten. Doch diesmal galt sein Zorn nicht Kanin, sondern mir. Ich beachtete den Prinzen jedoch nicht weiter, da ich Jackal und Dr. Emerson entdeckt hatte, die zusammen mit einigen Wachen an einem der Betten standen. Darauf lag eine schlanke, große Gestalt, die ich allerdings nicht genau erkennen konnte – es standen zu viele Leute im Weg. Das Blut auf den Laken war dafür nicht zu übersehen und löste in meinem Gehirn panische Protestschreie aus.

Nein! Nein, das ist nicht er! Verdammt, das darf nicht er sein!

»Er wurde am frühen Morgen draußen vor dem Turm gefunden«, erklärte Salazar mit unterdrückter Wut in der Stimme. »Wir haben ihn hierhergebracht, doch man kann nichts mehr für ihn tun. Es ist ein Wunder, dass er überhaupt so lange überlebt hat. Er hat nach dir gefragt, Tochter von Kanin.«

Nein, jammerte ich stumm. Ich bekam kein Wort heraus. Doch dann trat Salazar beiseite, genau wie Emerson und die Wachen, und ich konnte erkennen, wer in diesem Bett lag.

Selbst auf diese Entfernung war nicht zu übersehen, dass Stick starke Schmerzen hatte. Als er mich erkannte, riss er die glasigen Augen auf. »Allie?«, flüsterte er. Meine Erleichterung darüber, dass es nicht Zeke war, wich eisigem Entsetzen, als ich mir Stick genauer ansah. Sein schicker Anzug war am gesamten Oberkörper mit Blut durchtränkt, und seine Haut war kreidebleich. Angst und Schmerz spiegelten sich in seiner Miene, und als er eine blasse, blutbespritzte Hand nach mir ausstreckte, verflogen all die Bitterkeit, die Wut und die Kränkungen, die sich in mir angestaut hatten. »Allie …«

Ich trat an seine Seite und griff nach den langen, dünnen Fingern. »Was ist passiert?« Verzweifelt ließ ich den Blick über seinen misshandelten Körper wandern. So etwas hatte ich schon einmal gesehen: Stichverletzung im Bauch, sehr schmerzhaft und unheilbar. Ihm blieb nicht mehr viel Zeit. »Wer hat dir das angetan?«

»Es tut mir leid«, flüsterte Stick mit erstickter Stimme. »Es tut mir so leid, Allie. Ich wusste es nicht. Bitte verzeih mir.«

»Was soll ich dir verzeihen?« Ein Schauer überlief Sticks Körper, und er fing an zu husten. Zwischen seinen Lippen quoll Blut hervor und rann an seinem Hals hinunter. Über das Bett hinweg starrte ich Salazar wütend an. »Tun Sie etwas!«, fauchte ich den Prinzen an. »Sie haben hier doch einen Arzt! Wie können Sie einfach nur dastehen und glotzen?«

Der Prinz kniff die Augen zusammen. »Es gehört nicht zu meinen Angewohnheiten, Verrätern zu helfen«, sagte er. Das verwirrte mich.

»Was? Verräter? Wieso?«

»Allie«, hauchte Stick und packte meinen Arm. »S-Sarren«, keuchte er. »Es war Sarren. Er ist wieder da.«

Mir gefror das Blut in den Adern. »Sarren hat dir das angetan? Wie? Und wann?«

»Ich … habe ihn hingeführt«, fuhr Stick fort. »Zu Sarren. Er hat auf uns gewartet. Hat versprochen … ihn wegzubringen. Wusste nicht … dass er mich abstechen würde. Es … tut mir so leid, Allie.«

Ihn wegzubringen? »Wen?«, flüsterte ich, doch Stick ächzte nur. Seine Hand glitt von meinem Arm, und seine Augen verdrehten sich, bis man nur noch das Weiße sah. »Stick!«, knurrte ich und packte ihn am Revers. Es fühlte sich an, als hätte ich Stacheldraht verschluckt. »Wen? Wen hat Sarren mitgenommen? Wen hast du nach draußen gebracht? *Wen?*«

»Zeke«, hauchte Stick. Mit diesem einen Wort lag meine Welt in Trümmern. »Es war Zeke. Sarren ... hat ihn.«

»Verdammter Drecksack«, knurrte jemand hinter mir. Vielleicht war es Jackal, aber ich konnte gerade keinen klaren Gedanken fassen. Ich starrte nur auf dieses ... Ding da vor mir, diese Kreatur, die ich früher einmal für ein menschliches Wesen gehalten hatte.

»Er meinte ... du würdest wissen ... wo du suchen musst.« Die Worte drangen kaum noch zu mir durch. Sarren hatte Zeke. Zeke war die ganze Nacht in seiner Gewalt gewesen. »Er meinte ... sie wären da, wo du ihn ... halb zerstört ... zurückgelassen hast.«

Das Krankenhaus. Sarren war in dem alten Krankenhaus. Und dann war Zeke ebenfalls dort. Lebendig. Er musste einfach noch am Leben sein.

»Ich wollte nur ... dass du noch einmal ... zu mir kommst«, fuhr die Kreatur flehend fort. »Du solltest wissen ... dass ich nicht ... nutzlos war. Dass ich ... stark sein konnte ... so wie du. Du sollst mich ansehen ... mehr nicht. Nur mich.«

»Das tue ich.« Benommen rutschte ich von der Bettkante. »Ich sehe dich ganz genau.«

»Allie ...«

»Fahr zur Hölle, Stick«, flüsterte ich und wandte mich ab. Mit einem erstickten Keuchen tastete er nach meinem Arm, doch ich riss mich ruckartig los. Dann ging ich einfach weg, bis Kanin mich an der Tür aufhielt. Als ich seine ernste Miene sah, blickte ich kurz über die Schulter zurück. Der Patient war wieder in die Kissen gesunken, die wässrig blauen Augen starrten blicklos zur Decke. Eine bleiche Hand hing über die Bettkante.

Ich spürte gar nichts. Dieser Tote war nicht mein Freund, nicht einmal ein entfernter Bekannter. Er war ein Fremder. Ich drehte mich wieder um, ging an Kanin vorbei und schob mich durch die Tür, hinter der ich den Leichnam eines Menschen zurückließ, den ich früher einmal gekannt hatte.

22

»Allison!«

Kanins dröhnender Befehl stoppte mich, bevor ich den Fahrstuhl erreichte. Mein Schöpfer erhob nur äußerst selten die Stimme, doch wenn er es tat, richtete man sich besser danach. Ich drehte mich um und sah zu, wie er mit undurchdringlicher Miene auf mich zukam.

»Du kannst nicht einfach losstürmen und dich ihm allein entgegenstellen«, bemerkte er leise, als er vor den Fahrstuhltüren zu mir stieß. »Wenn du noch ein wenig wartest, werden Jackal und ich dich begleiten.«

»Warten?«, fauchte ich. Fluchend versuchte ich, die Leuchtziffern über der Tür durch Gedankenkraft dazu zu bringen, dass sie schneller wechselten. »Wir haben keine Zeit! Wir müssen sie finden, jetzt sofort!«

Es klingelte, und ich wollte in die Kabine stürmen, doch Kanin packte mich an den Schultern und hielt mich fest.

»Hör mir zu«, befahl er und schüttelte mich leicht. »Du musst es dir jetzt anhören: Ezekiel befindet sich seit Stunden in Sarrens Gewalt. Allein. Er weiß, wo Eden liegt. Er weiß, dass deren Forscher an einem Heilmittel arbeiten, und genau diese Information wird Sarren haben wollen. Allison …« Kanin drückte sanft meine Schultern. »Du musst dich gegen das wappnen, was wir vielleicht vor-

finden werden. Du darfst nicht zulassen, dass es dich vernichtet.«

Ich schüttelte heftig den Kopf. »Nein. Nein, Zeke wird
dort sein. Es geht ihm sicher gut.«

»Wir reden hier von Sarren«, rief Kanin mir überraschend sanft ins Gedächtnis. »Du hast gesehen, was er mit
mir gemacht hat. Und du weißt, wozu er fähig ist. Dein
Mensch ist zwar stark, aber er ist eben nur ein Mensch.
Und Sarren ist ein wahrer Meister seines Fachs.« Seine
Stimme wurde noch weicher. »Das hier ist unsere Welt,
Allison. Sie ist voller Schmerz, Blut und Tod, weshalb ich
dir immer geraten habe, Distanz zu wahren. Keine Bindungen einzugehen.« Er ließ mich los und richtete sich auf,
doch seine dunklen Augen musterten mich durchdringend.
»Was auch immer wir dort vorfinden«, mahnte er leise,
»was auch immer du sehen oder hören wirst – du musst
dich darauf vorbereiten, denn es wird schlimmer sein als in
deinen schlimmsten Albträumen. Hast du das verstanden?«

»Ja«, zischte ich. In meinen Augen brannten Tränen.
Denn wie immer hatte er recht – sowohl in Bezug auf Sar-
ren als auch bezüglich seiner obersten Regel für Vampire.
Doch dafür war es längst zu spät. Ich hatte mich gebunden.
Und ich hatte keine Ahnung, was ich tun würde, wenn
Zeke nicht mehr war.

»Tja.« Endlich hatte auch Jackal zu uns aufgeschlossen.
»Jetzt kann ich mir das ›ich habe es dir ja gesagt‹ wohl sparen. Ich hätte diesem klapprigen Arschloch eben den Kopf
abreißen sollen, als ich die Gelegenheit dazu hatte. Also
zurück in den Saum, oder?« Stöhnend warf er mir einen
fast schon mitfühlenden Blick zu. »Na gut, machen wir uns

auf den Weg. Vielleicht ist ja sogar noch etwas übrig, das wir retten können.«

Auf dem Klinikgelände rührte sich nichts, als wir durch das hohe Gras schlichen: keine Bluter, keine infizierten Menschenhorden, gar nichts. Dafür schneite es stark, und die Flocken hatten alle Spuren beseitigt, sowohl unsere als auch Sarrens. Nirgendwo war Blut zu sehen, und weder am Eingang noch in dem zertrümmerten Foyer gab es Anzeichen eines Kampfes. Mir war nicht ganz klar, ob das nun ein gutes oder ein schlechtes Zeichen war, doch ich blieb hoffnungsvoll.

Was sich schlagartig änderte, als wir die Tür zu jenem letzten Raum aufstießen.

Der Geruch von Zekes Blut schlug mir entgegen, sobald die Tür aufschwang. Mir drehte sich der Magen um, und ich wäre fast zusammengebrochen, doch ich zwang mich weiterzugehen und mich ängstlich umzusehen. Wo war er? Hatte Sarren ihn in eine der Zellen gesperrt? Seinen Körper aufgehängt? Wo …? Und dann sah ich es.

Mitten im Raum stand das Bett mit den Fesseln, auf dem ich zuvor gelegen hatte. Ein einzelner Scheinwerfer war darauf gerichtet. Es war über und über mit Blut bedeckt, genau wie der Instrumentenwagen daneben. Ringsum auf dem Fußboden sah ich rote Schlieren. Doch keine Leiche. Die Gurte hingen schlaff herunter, das Bett war, abgesehen von einem seltsamen flachen Kasten, leer. Das Ding war klein, glänzend, schimmerte im Licht. Irgendwie kam es mir vertraut vor.

Benommen ging ich zu dem Bett und starrte auf den Kasten hinunter. Es war einer dieser seltsamen, tragbaren Computer aus der Zeit vor der Seuche. Doch nicht der Computer fesselte meine Aufmerksamkeit, sondern das, was darauflag.

Zekes silbernes Kreuz. Es war blutverschmiert.

Ganz langsam nahm ich es in die Hand, weigerte mich aber, mir einzugestehen, was das heißen musste. Ganz klar, das war seins; sein Geruch hing noch an dem Schmuckstück. Als ich ihn das letzte Mal gesehen hatte, hing es an der Kette an seinem Hals. Da war noch alles in Ordnung mit ihm, erst letzte Nacht war das gewesen. Lächelnd hatte er mich geküsst, so voller Leben.

Wie ferngesteuert streckte ich die Hand aus und klappte den Computer auf. Als der Bildschirm in die Senkrechte glitt, ertönte ein Klicken, dann ein leises Surren, das aus dem Inneren des Kastens kam.

»*Hallo, mein kleines Vögelchen.*« Sarrens körperlose Stimme drang blechern aus dem Gerät. »*Bedauerlicherweise ist die Kamera des Computers nicht mehr zu reparieren, deshalb werden wir uns mit dem Ton zufriedengeben müssen. Sehr schade. Dabei wollte ich dir doch unbedingt zeigen, wie fleißig ich war. Aber vielleicht sagt ein Lied ja mehr als tausend Bilder? Zeig ihr, was ich meine, Ezekiel. Sing für uns.*«

Dann erklang aus dem Computer ein so grauenhafter, markerschütternder Schrei, dass ich krampfhaft die Fäuste ballte und mir dabei Zekes Silberkreuz ins Fleisch presste. Am liebsten hätte ich den Deckel des Computers wieder zugeknallt, doch stattdessen zwang ich mich, mir Zekes Qualen reglos anzuhören, bis sein Schrei endlich erstarb und nur noch angestrengte Atemgeräusche folgten.

»*Du kannst äußerst stolz auf ihn sein, mein Vögelchen.*« Nun ertönte wieder Sarrens grausame, seelenlose Stimme. »*Er hat sich erstaunlich gut gehalten. Das hätte ich von einem Menschen gar nicht erwartet. Aber nun stößt er wohl langsam an seine Grenzen. Natürlich wollte ich, dass du seine letzten Augenblicke miterlebst, damit du begreifst, wie groß dein Verlust ist. Das ist nur gerecht – immerhin hast du mir einen Arm genommen. Ein Mann hängt doch sehr an so einem Arm. Also, sollen wir fortfahren?*« Ein metallisches Klappern, offenbar hatte Sarren etwas Kleines, wahrscheinlich Glänzendes aufgehoben. »*Ezekiel*«, flötete er. Seine Stimme entfernte sich, als würde er um das Bett herumgehen. »*Ich habe dir diese Frage bereits gestellt, aber nun siehst du dich vielleicht eher in der Lage, mit mir zu reden, oder? Wie hast du das Virus überlebt? Wo hast du ein Heilmittel gefunden?*«

»*Ich ... weiß es nicht.*«

Ich biss mir auf die Lippe, bis ich Blut schmeckte. Zekes Stimme war kaum mehr als ein ersticktes Flüstern. Überall um mich herum war sein Geruch, er drang in meinen Kopf, bis ich ihn vor mir sehen konnte: an das Bett gefesselt, die Augen matt vor Schmerz, und Sarren, der sich mit einem funkelnden Gegenstand in der Hand in das Licht des Scheinwerfers beugte.

»*Du weißt es nicht?*«, wiederholte Sarren spöttisch. »*Laut Jackals Schilderung warst du bereits so gut wie tot. Bist du sicher, dass du dich nicht erinnern kannst?*«

Jackal, der hinter mir stand, fluchte laut. Doch bevor ich begreifen konnte, was das hieß, dröhnte mir aus dem Gerät auf dem Bett wieder ein Schmerzensschrei entgegen.

Ich hatte das Gefühl, als würde jeder Blutstropfen in meinem Körper zu Eis, während ich darauf wartete, dass es aufhörte. Doch es hörte nicht auf. Endlose Minuten lang hielt das Geräusch an, mal stärker, mal schwächer, manchmal wurde es zu einem atemlosen, keuchenden Schluchzen, dann zu einem schrillen Ausdruck reinster Qualen. Aus dem Augenwinkel nahm ich wahr, wie Kanin steif neben mir stand und die Lider zusammenpresste, als würde er noch einmal seine eigene Folter durchleben. Aber nach einer Weile reduzierte sich alles auf die vernichtenden Laute aus dem Computer – die Laute eines Wesens, das den Tod herbeisehnt.

Oh Gott, Zeke. Mir liefen Tränen über das Gesicht, und ich spürte, wie das Blut aus meinen krampfhaft geballten Fäusten tropfte. *Bitte, sag es ihm. Gib ihm einfach, was er verlangt.*

Endlich wurde es still. Einige Sekunden lang hörte ich nur Zekes keuchenden Atem.

»*Also, Ezekiel*«, flüsterte Sarren gefährlich ruhig. »*Noch ein letztes Mal: Wo hast du das Heilmittel gefunden? Wenn du mich anlügst, werden wir die ganze Nacht so weitermachen. Und in der Nacht darauf. Und in der Nacht darauf. Ich habe alle Zeit der Welt.*«

Zeke holte ein paarmal gepresst Luft. Und obwohl er nur flüsterte, hörte ich den Schmerz und die Resignation in seiner Stimme, als er antwortete: »*Eden. Das Heilmittel ist in … Eden.*«

»*Aaah. Nun machen wir endlich Fortschritte. Mein kleiner Prinz, wir nähern uns dem großen Finale. Eine weitere Frage, dann werde ich dich aus deinem Elend erlösen, dich auf die Reise schicken, an deren Ende die große Belohnung wartet. Würde dir das gefallen? Möchtest du, dass die Schmerzen aufhören?«*

Zeke hustete. Es klang feucht und gequält. *»Töte mich … einfach«*, hauchte er mit erstickter Stimme. *»Bringen wir es hinter uns.«*

»Bald, kleiner Prinz, bald. Nur noch eine Frage.« Klirrend legte Sarren sein Instrument hin. Ich sah regelrecht vor mir, wie er sich über Zeke beugte, sein Gesicht ganz nah an das des Menschen heranschob und leise, aber entschlossen flüsterte: *»Wo liegt Eden?«*

Zeke sog rasselnd den Atem ein, dann war er still. Sarren wartete ein paar Sekunden, bevor er leise lachend fortfuhr: *»Oh, Ezekiel, du hast dich so tapfer geschlagen. Hör jetzt nicht auf damit.«* Als Zeke noch immer nichts sagte, wurde Sarrens Stimme hässlich und drohend. *»Drei Sekunden, Menschlein. Danach werde ich dafür sorgen, dass du dir wünschst, niemals geboren worden zu sein. Die Schmerzen, die du bis jetzt durchlebt hast, werden dir dann vorkommen wie ein schöner, halb vergessener Traum. Du solltest dir schon absolut sicher sein, dass du das willst. Eins.«*

»Allison.« Kanins leise Stimme klang angespannt. »Mach den Laptop zu. Das willst du nicht hören.«

»Zwei.«

Ich wollte nach der Klappe greifen, doch dann hielt ich kopfschüttelnd inne. »Nein«, flüsterte ich, zog die Hand zurück und umklammerte Zekes Kreuz. »Das bin ich ihm schuldig, ich muss mich daran erinnern können.«

»Drei.«

Ich machte mich auf das Schlimmste gefasst.

Es war schlimmer. Viel, viel schlimmer.

Diesmal schien es wirklich kein Ende zu nehmen, irgendwann verstummten Zekes Schreie nur deshalb, weil seine Kehle so wund war, dass ihm die Stimme versagte. Ich wollte die Augen schließen, mir die Ohren zuhalten. Immer wieder war ich kurz davor, die Klappe zuzuknallen, nur damit die Schreie, das Schluchzen, das Stöhnen sich nicht länger in meinen Kopf brannten, mein Bewusstsein malträtierten. Doch ich tat es nicht. Ich stand reglos da und weinte blutige Tränen, während seine Qualen um mich herum tobten wie ein Wirbelsturm, erbarmungslos und unermüdlich. In meinem Hals bildete sich ein drückender Kloß, und ich zitterte unkontrolliert, als der Junge, der mir mehr bedeutete als irgendetwas sonst, schrie, blutete und darum bettelte, sterben zu dürfen. Und ich absolut nichts dagegen tun konnte.

Als es schließlich vorbei war, war ich völlig erschöpft und wie betäubt. Ich nahm nichts anderes mehr wahr als Sarrens flache, gnadenlose Stimme und Zekes keuchenden, halb erstickten Atem. *»Das war längst noch nicht alles, Menschlein. Oh nein, diese kleine Unterbrechung dient lediglich als Erinnerung daran, dass du es jederzeit beenden kannst. Für mich macht das keinen Unterschied. Es liegen noch so viele Stunden vor uns, und ich habe gerade erst angefangen.«*

»Hör auf!«, flehte Zeke. *»Um Himmels willen, es reicht!«* Er begann zu schluchzen, dann fuhr er mit gebrochener, hohler Stimme fort: *»Ich werde es dir sagen. Gott vergib mir … ich werde es dir sagen. Aber … hör auf.«*

Die Dankbarkeit, dass es endlich vorbei war, ließ mich

fast zusammenbrechen. In stillem Triumph fragte Sarren: »*Wo?*«

»*Eine Insel*«, flüsterte Zeke. »*Eden liegt ... auf einer Insel, mitten im Lake Erie.*«

»*Du lügst, Menschlein*«, behauptete Sarren zischend, woraufhin Zeke einen erstickten Angstschrei ausstieß.

»*Sag mir, wo es wirklich liegt, sonst fangen wir noch mal ganz von vorne an.*«

»*Nein!*« Zekes Stimme überschlug sich. »*Bitte. Ich kann dir keine andere Antwort geben, das ist die Wahrheit. Oh Gott ...*« Ich hörte an seiner Stimme, wie sehr er sich dafür hasste, aber auch, wie verzweifelt er war. »*Ich habe sie alle verraten. Nun töte mich endlich. Lass mich sterben.*«

Sarrens Ton verriet, dass er lächelte. »*Aber natürlich, Menschlein. Bald wirst du nichts mehr spüren. Süßes Vergessen. Doch bevor ich dich in die ewige Dunkelheit schicke, möchtest du dich doch bestimmt noch verabschieden, oder? Deine Freunde werden bald hier sein. Und besonders das kleine Vögelchen möchte sicher noch ein letztes Mal deine Stimme hören. Gibt es etwas, das du ihr sagen möchtest, bevor wir Gute Nacht sagen?*«

»*Allie*«, keuchte Zeke entsetzt. Ich wollte seine Hand nehmen und nie wieder loslassen, aber er war ja nicht hier. Das hier war nur ein Echo seiner letzten Worte. »*Es tut mir leid*«, flüsterte er mit tränenerstickter Stimme. »*Es tut mir unendlich leid. Ich war nicht stark genug. Ich habe nicht ...*« Er holte angestrengt Luft, dann fuhr er mit eiserner Entschlossenheit fort: »*Ihr müsst ihn stoppen. Haltet ihn auf, bevor er Eden erreicht. Er will ... Aaaaaaaaaa!*« Der Satz endete in einem Schrei, so als hätte Sarren ihn unterbrochen, indem er ihm irgendetwas Spitzes ins Fleisch bohrte. Da ich nicht damit gerechnet hatte, zuckte ich erschrocken zusammen und packte das Silberkreuz noch fester.

»*Aber, aber*«, rügte Sarren ihn milde, als der Schrei verklungen war. »*Wir wollen ihnen doch nicht die Überraschung verderben. Möchtest du dem noch etwas hinzufügen, bevor ich dich töte, kleiner Prinz?*«

»*Allison.*« Zeke schaffte kaum mehr als ein leises Keuchen. »*Ich bereue nicht ... was zwischen uns war. Ich wünschte nur ... wir hätten mehr Zeit gehabt ... und dass du mit mir nach Eden gekommen wärst. Das hätte ich dir schon viel früher ... sagen sollen.*« Er holte tief Luft, dann fuhr er mit fester Stimme fort: »*Allie, ich ... ich liebe dich.*«

Zeke, nicht. Ich schlug die Hände vors Gesicht und spürte das Silberkreuz an meiner Wange, als ich anfing zu schluchzen. Ich weinte um mich, um Zeke und um diese kranke Welt, in die wir hineingeboren worden waren. Um verpasste Chancen und Worte, die ungesagt blieben, und um die Hoffnung, die im einen Moment so hell erstrahlte, um in der nächsten Sekunde einfach ausgelöscht zu werden.

»*Kümmere dich um die anderen in Eden*«, hauchte Zeke, während ich zitternd dastand und versuchte, die Tränenflut irgendwie einzudämmen. »*Sag ihnen ... dass es mir leidtut, dass ich nicht zurückkommen konnte. Aber ich ... bald werde ich bei meinem Vater sein. Sag Caleb und Bethany, sie sollen nicht weinen. Irgendwann ... werden wir uns wiedersehen. Und dann ... ist es für immer.*«

»*Wundervoll*«, unterbrach ihn Sarren. »*Wirklich rüh-*

rend. Ein gutes Requiem. Doch nun wird es Zeit, sich zu verabschieden, kleiner Prinz. Bist du bereit?«

Zeke antwortete ihm ruhig, ohne Furcht in der Stimme: »*Ich bin bereit.«*

»*Dann werde ich dich nun von allen irdischen Fesseln befreien und dich sanft in die ewige Nacht hinüberschicken.«*

Den exakten Moment, in dem Sarren Zekes Leben beendete, konnte ich nicht hören. Mir blieb nur ein rasselndes Keuchen, das irgendwann aussetzte, als fehlte ihm die Kraft, noch länger Sauerstoff in seinen Körper zu pumpen. In einem langen, quälend langsamen Strom stieß er noch einmal die Luft aus, dann verstummten Ezekiels gequälte Atemzüge unwiderruflich und für immer.

»*Gute Nacht, süßer Prinz«*, hauchte Sarren mit samtweicher Stimme.

Dann endete die Aufnahme.

Epilog

Ich stand neben der verlassenen Straße und blickte auf die Äußere Mauer von New Covington. Der Wind trieb die weißen Flocken in meine Haare und auf meinen Mantel. Von hier aus konnte man bei dem Wetter und in der Dunkelheit die weit entfernten Vampirtürme kaum erkennen. Ganz schwach funkelten ihre Lichter durch das Schneegestöber, doch vor der endlosen Wildnis dahinter wirkten sie klein und unbedeutend. Vor mir lag die gewundene Straße, die durch die ehemaligen Vororte führte, in denen die Verseuchten nur darauf warteten, sich auf jede unachtsame Beute zu stürzen. Hinter der nächsten Ecke verlor sie sich zwar, und auch die war im Schneetreiben nur schwer zu sehen, doch das war mir egal. Ich wusste genau, wohin wir gehen würden.

Der Wind zerrte an meinem Mantel und wehte mir kleine Eissplitter ins Gesicht. Auch das machte mir nichts aus. Ich war äußerlich wie innerlich taub. Als hätte jemand in mich hineingefasst und das winzige bisschen Hoffnung und Wärme, an das ich mich so verzweifelt geklammert hatte, erstickt. Einfach ausgelöscht. Seit wir am Abend das Labor verlassen hatten und durch die unterirdischen Tunnel gewandert waren, seit wir im Todesstreifen herausgekommen waren und New Covington endlich hinter uns gelassen hatten, hatte ich kein einziges Mal geweint. Meine Tränen, meine Gefühle, meine Erinnerungen und meine Hoffnung waren von Finsternis verschlungen worden, sodass ich nun überhaupt nichts mehr spürte.

Leise Schritte knirschten im Schnee, dann tauchte Kanin neben mir auf wie ein schweigender, regloser Schatten. Seit wir das Krankenhaus verlassen hatten, hatten wir kein Wort miteinander gesprochen. Sofort nach Zekes Tod war ich auf die Knie gesunken, hatte sein Kreuz umklammert und laut schreiend mit beiden Fäusten auf den Boden eingeschlagen, bis die Knochen in meinen Fingern gebrochen waren. Die beiden Vampire hatten sich lautlos zurückgezogen und mich allein gelassen. Dann hatte mich der Wahnsinn gepackt, ich hatte mein Schwert gezogen und den Raum verwüstet, jede einzelne Scheibe zertrümmert, alles auseinandergenommen, zerstückelt, zerfetzt und immer weiter meinen Zorn hinausgebrüllt.

Als es vorbei war, hatte ich zitternd vor Wut in dem Chaos gestanden und nur einen Drang verspürt: zu töten. Das Monster erhob sich, gab sich dem Schmerz hin und verwandelte ihn in Rachsucht. *So sind wir*, flüsterte es und linderte damit die Verzweiflung, die mich zu ersticken drohte. *Wir sind Vampire. Wir sind keine Menschen, brauchen keine menschlichen Gefühle, binden uns nicht an menschliche Wesen. Das wusstest du doch von Anfang an.*

Ja, das hatte ich gewusst. Allie, die Straßengöre, hatte das sogar schon vor ihrer Verwandlung gewusst. Mit leiser Stimme hatte sie versucht, mich zu warnen, damit ich besser auf mein Herz aufpasste.

Lektion begriffen – ich war ein Monster. Das würde ich niemals wieder vergessen.

»Weißt du, du hattest recht«, sagte ich nun zu Kanin, während wir gemeinsam auf New Covington blickten, jene Stadt, in der ich geboren und gestorben war und den letzten Rest meiner Menschlichkeit zurückgelassen hatte. Meine Stimme klang so kalt und ausdruckslos, dass ich sie selbst kaum erkannte. »Wir sind Monster. Menschen sind nichts weiter als Nahrung. Es war dumm von mir, so lange dagegen anzukämpfen.«

Kanin schwieg einen Moment. Dann sagte er sehr leise: »Hältst du es für ein würdiges Andenken an ihn, diesen Schluss aus der Sache zu ziehen?«

»Was willst du eigentlich von mir?« Wütend kniff ich die Augen zusammen und drehte mich zu dem Meistervampir um. »Du hast mir doch immer gepredigt, niemanden an mich heranzulassen, ja keine Bindungen einzugehen.«

»Das stimmt«, gab Kanin zu. Er konnte mir nicht in die Augen sehen. »Doch ich habe dir auch gesagt, dass du selbst entscheiden musst, welche Art von Monster du werden möchtest. Und was ich in jener Nacht im Kerker gesehen habe, oder in dem Flüchtlingslager, und bei der Konfrontation mit Sarren … das hat in mir etwas geweckt, was ich schon sehr lange nicht mehr empfunden habe – Hoffnung.«

Fassungslos starrte ich ihn an. Kanins Blick wanderte noch immer durch die Dunkelheit vor uns und glitt rastlos über New Covington. »Jene unter uns, die lange leben, stumpfen oft ab«, murmelte er. »Es ist schwer, das aufrechtzuerhalten, was uns menschlich macht. Viel leichter ist es, einfach loszulassen und zu dem Dämon zu werden, den alle in uns sehen. Ich dachte immer, mich könnte nichts mehr überraschen. Doch dir ist es gelungen, mich immer wieder aufs Neue zu verblüffen.« Er verstummte kurz, dann fuhr er fast zögernd fort: »Ich kann dir nicht sagen, wie du leben sollst. Aber … es wäre eine Schande, wenn auch du nur ein weiteres Monster wirst. Wenn du alles aufgibst, worum du bis jetzt so hart gekämpft hast.«

»Ich kann nicht«, flüsterte ich und schüttelte den Kopf. »Ich schaffe es nicht, Kanin. Noch einmal werde ich so etwas nicht durchmachen. Es ist zu schwer, jemanden so zu verlieren, zu hören, wie Zeke …« Meine Kehle schnürte sich zu, doch sofort kam die Finsternis, das Monster sprang ein und schützte mich mit seiner Kälte und seiner Gleichgültigkeit. »Noch einmal mache ich das nicht«, beschloss ich ruhig. »Und wenn ich ein Monster sein muss, um zu überleben, werde ich eben die Erwartungen der Welt bedienen. Mir ist egal, was aus Eden wird, aus den Wissenschaftlern oder dem verdammten Heilmittel. Im Moment interessiert mich nur eines: Sarren zu finden und ihn dafür bluten zu lassen.«

Kanin antwortete nicht, und so standen wir schweigend da und blickten auf die Stadt. Eine Minute später tauchte Jackal zwischen zwei Häusern auf und kam grinsend zu uns herüber. »Also, ich habe eine gute Nachricht und eine schlechte Nachricht«, verkündete er. »Die gute ist, dass der Jeep immer noch da steht, wo wir ihn zurückgelassen haben und dass ich das verdammte Ding wieder zum Laufen gebracht habe.«

»Und die schlechte?«, fragte ich.

»Irgendjemand hat meine Plüschwürfel geklaut.«

Ich verdrehte die Augen, während Kanin sich bereits an

ihm vorbeischob. »Los«, befahl er, ohne sich umzudre.
»Sarren ist schnell, und er hat bereits einen Vorsprung. V
dürfen keine Zeit verlieren, wenn wir Eden vor ihm errei
chen wollen.«

Ich berührte sanft das kleine silberne Kreuz, das an einer
Kette um meinen Hals hing. *Zeke ...* Noch immer konnte
ich sein Blut an der Kette riechen. *Ich werde dich rächen,*
das schwöre ich. Sarren wird um Gnade betteln, bevor ich
mit ihm fertig bin. Und ich werde dafür sorgen, dass er sich
an dich erinnert, bevor er stirbt. Aber ich werde niemals
wieder irgendjemanden so nah an mich heranlassen. Du
warst der Letzte. Ich hoffe, dass du glücklich wirst, wo du
nun bist. Und falls du mich jetzt sehen kannst: Es tut mir
leid, was aus mir geworden ist.

Kanin wartete im Schatten der Häuser auf mich. Jackal
beobachtete mich ebenfalls, seine Augen leuchteten un-
natürlich gelb in der Dunkelheit. Monster, die in der Nacht
herumstreiften, genau wie ich.

Das bin ich, dachte ich, während ich zu ihnen hinüberging. *Hier gehöre ich hin, in die Dunkelheit. Wir sind Vam-*
pire. Und etwas anderes werden wir niemals sein.

Der Wind wurde stärker und trieb immer mehr Schnee-
wehen über die Straße, als wir drei – mein Schöpfer, mein
Bruder im Blute und ich – unseren alten schwarzen Jeep
nach Nordosten lenkten und in Richtung Eden davon-
rasten.

Sie kommen.

Die schmale Gestalt mit dem furchtbar vernarbten Gesicht lehnte sich an den alten Van und lächelte.

auf den Weg gemacht. Folgten seiner Spur
...nten Stadt der Menschen, die der gesam-
...sung versprach. Tabula rasa. Einen Neuanfang
...chon bald.

...konnte spüren, wie entschlossen sie waren, ihn aufzu-
...alten, er fühlte ihre Wut und ihren Hass. Ganz besonders
bei ... ihr. Oh ja, ihr Zorn war großartig. Sanft streichelte
seine Hand über den Stumpf seines linken Arms. Früher
hatte er geglaubt, Kanin sei ein würdiger Gegner, doch dieses Mädchen, dieses leidenschaftliche, unerbittliche, wilde
kleine Vögelchen, war sogar noch brillanter.

»Sie kommt«, flüsterte er, und ein breites Grinsen verzerrte sein zerklüftetes Gesicht. »Ich kann es kaum erwarten, ihr Gesicht zu sehen, wenn sie uns das nächste Mal
aufspürt. Das wird ein Lied für die Ewigkeit.« Kichernd
spähte er in das Innere des Vans, wo eine zusammengesunkene Gestalt in einer Ecke lehnte. »Meinst du nicht auch ...
Ezekiel?«

Patricia Briggs

Die *New York Times*-Bestsellersaga
um Mercy Thompson

»Werwölfe sind verdammt gut darin, ihre wahre Natur vor
den Menschen zu verbergen. Doch ich bin kein Mensch. Ich kenne
sie, und wenn ich sie treffe, dann erkennen die mich auch!«
Mercy Thompson

»Ich kann gar nicht genug von den *Mercy-Thompson*-Romanen bekommen!«
Kim Harrison, Autorin der *Rachel-Morgan*-Serie

978-3-453-31812-0

Band 1: Ruf des Mondes
978-3-453-52373-9

Band 2: Bann des Blutes
978-3-453-52400-2

Band 3: Spur der Nacht
978-3-453-52478-1

Band 4: Zeit der Jäger
978-3-453-52580-1

Band 5: Zeichen des Silbers
978-3-453-52752-2

Band 6: Siegel der Nacht
978-3-453-52831-4

Band 7: Tanz der Wölfe
978-3-453-31662-1

**Band 8: Gefährtin der
Dunkelheit**
978-3-453-31812-0

Leseproben unter **www.heyne.de**

HEYNE ‹

Sue Tingey

Auch brave Mädchen kommen manchmal in die Hölle

Eine glitzernd dunkle und zauberhafte Geschichte
über eine Geisterjägerin, die ein ganz besonderes Erbe
antreten muss ...

978-3-453-31694-2